ウェールズ語原典訳

マビノギオン

森野聡子
編・訳

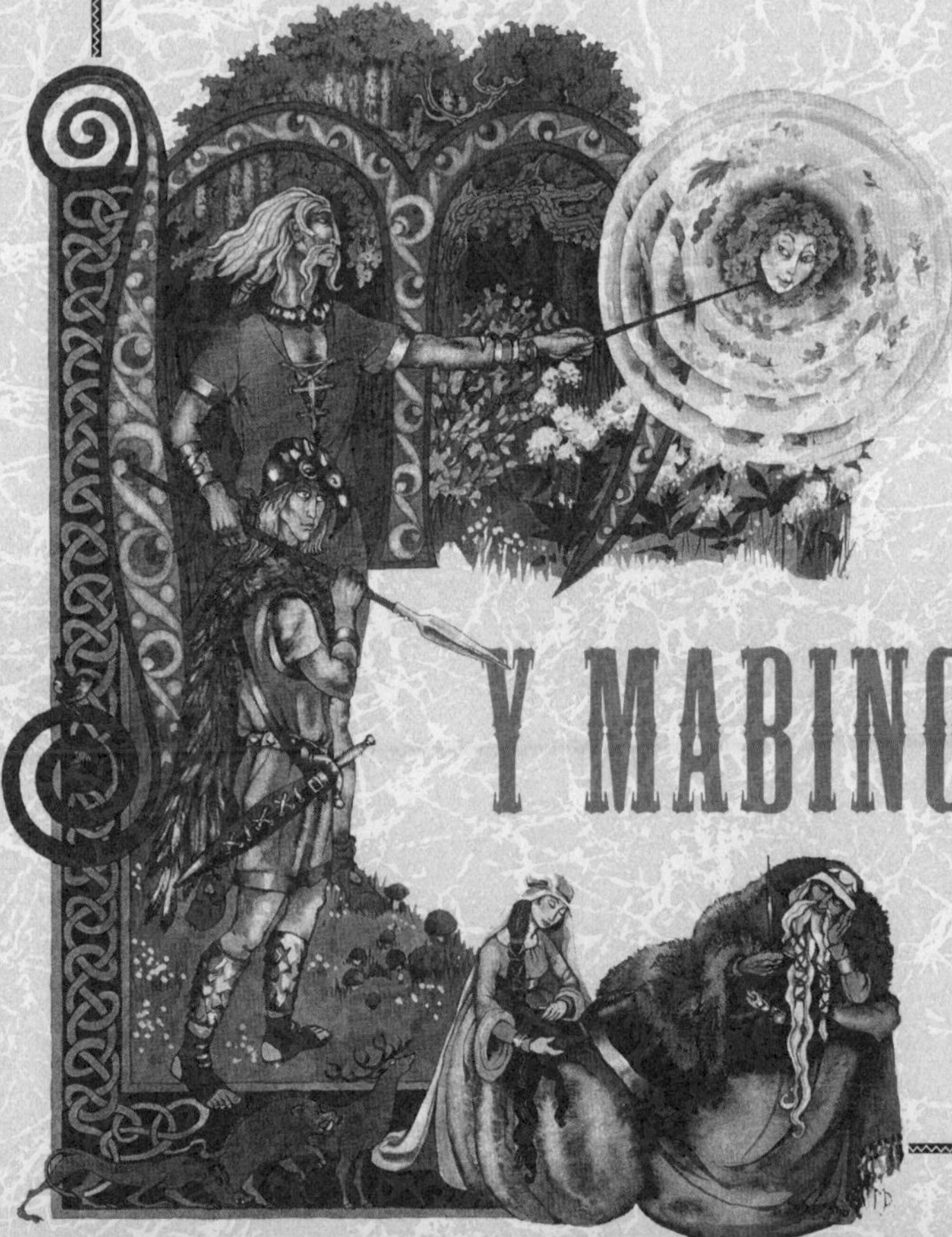

Y MABINOGION

原書房

ウェールズ語原典訳

Y Mabinogion

マビノギオン

目次

まえがき　5

キルフーフがオルウェンを手に入れたる次第――11

キルフーフ、アーサーと対面する――19
キルフーフ、アーサーの宮廷の者たちを召喚する――22
六人の助っ人――30
オルウェンを探しに――31
巨人の難題――37
ウルナッハの剣――45
モドロンの息子マボン――48
フラミーの二匹の子犬――52
アリの恩返し――52
髭面のディスリスの髭――53
ニーズの息子グウィンとグレイドルの息子グウィシールのいさかい――54
アスギスルウィン・ペンバエズ狩――55
タイルグワエズの息子メヌー――56
ディウルナッハ・ウィゼルの大鍋――56
トゥルッフ・トルウィス狩――57
黒魔女の血――62
巨人の最期――63

マビノギの四つの枝――65

マビノギの第一の枝――66
マビノギの第二の枝――93
マビノギの第三の枝――112
マビノギの第四の枝――128

スリーズとスレヴェリスの冒険――157

ローマ皇帝マクセン公の夢――163

三つのロマンス――175

オワインまたは泉の女伯爵の物語――176
エヴロウグの息子ペレディルの物語――203
エルビンの息子ゲラintの物語――249

フロナブウィの夢――299

タリエシン物語――315

タリエシンが見出されし物語――319

解説

マビノギオンについて――349
物語全体の解説――351
キルフーフがオルウェンを手に入れたる次第――375
マビノギの四つの枝――413
スリーズとスレヴェリスの冒険――439
ローマ皇帝マクセン公の夢――446
三つのロマンス――457
フロナブウィの夢――491
タリエシン物語――504

参考文献――lxiv
訳　注――ix
索　引――i

まえがき

本書は、一四世紀の写本に収録された一一編の中世ウェールズの物語と中世ウェールズの伝説的詩人タリエシンの転生譚『タリエシン物語』をウェールズ語原典から訳出し、解説・訳注を付けたものです。

一一編については、日本でも「マビノギオン」の名前で知られており、アーサー王物語やファンタジー・ファンなら耳にされたことがあるかもしれません。実際、「マビノギオン」には、世界最古のアーサー物語から始まって、アーサー伝承がヨーロッパ中に広まった最盛期の物語群、そしてアーサー王ロマンスのパロディまでそろっており、これらを読み比べるのも一興でしょう。また、死者を蘇らせる再生の大鍋や異界の猪追跡、花から創られた乙女など、冒険と魔法の要素がつまった「マビノギオン」は、ロイド・アリグザンダーの「プリディン物語」やアラン・ガーナーの『ふくろう模様の皿』などの現代ファンタジーのもとになったことでも知られています。

この物語集に収めた一二編は、作者も書かれた時代も趣向も異なるものなので、どこから読み始めてもかまいません。参考までに、物語の概要を紹介します。なお、物語の順序は、推定される成立年代あるいは物語の舞台背景の古い順としました。

冒頭を飾るのは、巨人の娘への求婚譚を枠組みに難題解決のさまざまな冒険がくり広げられる、口承の味わいの濃い一編です。翻訳に当たっては、読みやすいように、冒険ごとに写本にはない小見出しを付けました。現存するもっとも古いアーサー物語とされる本編からは、伝承のアーサーの原像に触れることができます。続く『マビノギの四つの枝』は、趣変わって、抑えた筆致のなかに浮かび上がる壮絶な人間ドラマや繊細な心理描写が印象に残る作品となっています。ブリテン島の古代史を扱った二つの小編の後には、ウェールズ語のアーサー王ロマンス三作を置きました。「三つのロマンス」と総称されますが、作者はそれぞれ別で、フランスやドイツの騎士道ロマンスと比べると、宮廷風雅より野趣が強く感じられます。『フロナブウィの夢』は、夢のなかで一二世紀のウェールズからアーサー王の時代にタイムスリップしてしまった男の話。騎士道ロマンスのパロディないしパスティーシュとも読める「ポストモダン的」作品です。六世紀に実在した詩人とされるタリエシンを主人公にした『タリエシン物語』は、現存するテクストこそ一六世紀と新しいのですが、古代ケルトの祭司ドルイドのごときタリエシンの叡智についての中世伝承の流れを汲む作品で、他の一一編と並べても違和感はありません。

本編では、マーガレット・ジョーンズによる挿絵をいくつか使用しました。ジョーンズは一九一八年イングランドの生まれで、アバリストウィスの大学（後述のように訳者の出身校です）で宗教学を教える夫とともにウェールズに移住、六〇歳でイラストを描き始め、一九八九年に絵本『キルフーフとオルウェン』、一九九三年に絵本『タリエシン物語』の挿絵でウェルッシュ・ブック・カウンシルより、その年ウェールズで出版された優れた児童文学に贈られるティル・ナ・ノーグ賞を受賞しています。

本編に合わせて、ぜひ注と解説にも目を通してみてください。日本でいえば源平合戦から室町時代の初期を背景にした物語群なので、専門家だけでなく一般読者の方々にも参考になるよう、時代背景の説明に力を入れました。中世ウェールズの風俗・慣習・歴史観、さらには各編の研究史や文学的評価、ウェールズやアイルランドの伝承との関係等について、現時点でわかる限りの情報をもとにまとめたものです。

訳者と「マビノギオン」の出合いは、中部ウェールズの海辺の町アバリストウィスにある、ウェールズ大学最古のコレッジ（現アバリストウィス大学）の博士課程で『マビノギの四つの枝』と「三つのロマンス」を論文のテーマにした留学時代にさかのぼります。当時の指導教官イアン・ヒューズ博士には、原文のわかりにくい箇所について疑問に答えてくださったり、出版前の校訂本の原稿をいただくなど、その後もたいへんお世話になりました。また、文献調査のために訪れたウェールズ国立図書館の歴代館長、とりわけリンダ・トモス氏のご厚意にもお礼申し上げます。翻訳に際し、中央大学教授・渡邉浩司氏には中世フランス文学について、中世英文学については慶應義塾大学教授・不破有理氏にご教示いただきました。キルフーフとオルウェンの描写については、静岡大学の同僚である許山秀樹氏が下訳を流麗な雅文に仕上げてくださいました。企画段階で出版社との仲介を行ってくださった藤曲秀樹氏・伊藤薫子氏、企画に関心をもってくださった原書房社長の成瀬雅人氏、そして同編集部の大西奈己氏、四人の皆様のご尽力がなければ本書は世に出ることがなかったでしょう。その他、お名前は挙げませんが、多くの方々のご支援によって翻訳を上梓できたことを心より感謝いたします。

さて、本書執筆のためにアメリカから取り寄せた古書の見返しに 'Bobi Jones Caerdydd Mawrth 1950' との書き込みがありました。ボビー・ジョーンズことR・M・ジョーンズ教授は、戦後ウェールズを代表する文学者であると同時に、一九八五年に訳者がウェールズに留学した当時のウェールズ語科主任で、ウェールズについて何も知らない訳者を温かく迎え入れ、ウェールズ研究の扉を開いてくださいました。一九五〇年三月カエルディーズとあるから、カーディフ大学の学生だったときに手にした一冊なのでしょう。このような形での「再会」に胸が熱くなるとともに、改めて思うことがあります。ボビー・ジョーンズは英語が母語の家庭に生まれ、高校でウェールズ語を学び大学のウェールズ語科に入学しました。そのためウェールズ語学習者である訳者を応援してくれたに違いありません。一九世紀中ごろに「マビノギオン」翻訳を初めて公刊したレイディ・シャーロット・ゲストもイングランド出身で、結婚後ウェールズに居住するようになってウェールズ語を学び、当代一流のウェールズ人学者の支援のもと翻訳を完成させています。ボビー・ジョーンズ、ゲスト、そしてマーガレット・ジョーンズを見ると、ある言語や文化の面白さは、その中で当たり前のように育ってきた者より外部の者の方が気づきやすいのかも知れないと感じます。彼らには遠く及ばない自分ではありますが、今回の翻訳を通じて日本の皆さんにウェールズの物語の魅力を伝えることができれば、これ以上の喜びはありません。

二〇一九年夏

森野聡子

マビノギオン絵地図、マーガレット・ジョーンズ画

キルフーフがオルウェンを手に入れたる次第

ケリゾン[1]公[2]の息子キリーズが望む伴侶とは自分と同じ良家の出。そこで白羽の矢を立てたのがアンラウズ公の娘、日の光のごとく輝くゴーレイジズである。乙女と床入りをすますと、二人に世継ぎができるように国中が祈願に詣でた。やがて息子を授かったが、これも民の祈りがあってのこと。ところが、身ごもったそのときから王妃は乱心し[3]、人里に寄りつかなくなった。いよいよ出産というとき、正気が戻った。それは、豚飼いが豚の群れを入れておく小屋の中での出来事だった。豚の姿に恐れおののいた王妃が子を産み落としたのだ。豚飼いが男の子を取り上げ、宮廷に赴いた。息子は洗礼を受け、キルフーフと名付けられたが、そのわけはフーフこと豚の小屋で見つかったからだ。だが、血筋はすぐれた男子、アーサーのいとこだった。赤子は里親に預けられた[4]。

その後、息子の母親、アンラウズ公の娘ゴーレイジズはというと、病に倒れてしまった。王妃は連れ添ってきた夫を枕元に呼び寄せ、こう言った。「わたくしはこの病で命を落とします。そうしたら、後添えをあなたは望まれることでしょう。贈り物をばらまいて機嫌を取るのが昨今の女たち。でも、ご自分の子をないがしろにするのは非道というもの。ですからお願いいたします、わたくしの墓に野ばらの木が生え、二つに枝分かれするのをご覧になるまでは妻をめとらないでくださいませ」

夫は約束した。妃は自分付きの司祭を呼んだ。そして、毎年、墓をきれいにし、何も生えぬようにしてほしいと頼んだ。王妃は亡くなった。一方、王は、毎朝、従者を遣わし、墓の上に何か生えていないか確かめさせた。七年目が終わるころには、司祭は王妃との約束を怠るようになった。ある日、狩に出た王は墓場を訪れてみた。王妃の墓を見て、嫁取りができるかどうか確かめようと思ったのだ。野ばらが生えていた。それを見るや王は早速、どこかにいい相手はいないか相談した。相談役の一人が言った。「お似合いの方を知っております。誰あろう、ドゲード王の妃です」一同、協議のうえ遠征を決めた。そして王を殺し、妃を奪うと、王妃の娘一人も一緒に連れ帰った。こうして、彼らは亡き王の領土を手に入れた。

ある日のこと、かの奥方は散歩に出かけた。やって来たのは町に住む老婆の家、老婆には歯が一本もなかった。王妃が言った。「老婆よ、教えておくれ、神にかけて尋ねたいことがある。わらわを力ずくで奪った男の子どもらはどこにおる?」

老婆が言った。「子どもらならおらんよ[5]」

王妃が言った。「哀れなわが身、息子もできぬ男のところに嫁いだとは」

そこで老婆が告げるには「嘆きなさんな。預言では王は世継ぎを得るとのこと。あんたじゃなきゃ誰がおる、他の女からは授かっておらんのだから。それに悲しむことはない。息子が一人おるからな」

奥方は上機嫌で帰宅すると夫に言った。「なぜ、お子たちのことをわたくしから隠していたのです?」王が言った。「もう隠し立てはしまい」

息子が呼び寄せられ、宮廷にやって来た。継母が話しかけた。「妻をもつのがよろしいでしょう、息子よ。娘がわたくしにおりますが、世界中のどんな殿方にもぴったりです」

息子が言った。「まだ自分は妻をめとる年頃ではありません」

「そなたに定め《タンゲッド》をかす[6]。そなたの体が女に触れることは決してない、巨人の頭《かしら》アスバザデン・ペンカウル[7]の娘オルウェンを手に入れるまでは」

息子は真っ赤になり、乙女を慕う気持ちが五体を駆けめぐった。といっても一度も会ったことはなかったのだが。

《王の息子》、キルフーフの旅立ち、アーサー・ジョセフ・ガスキン画、バーミンガム美術館

父が言った。「息子よ、なぜ赤くなっておる？　どこか悪いのか？」

「母上がわたしに定め《タンゲッド》をかしたのです。妻を得ることは決してできない、巨人の頭アスバザデン・ペンカウルの娘オルウェンを手に入れるまではと」

「たやすいことだ、息子よ」と父が言った。「アーサーはそなたのいとこ。アーサーのもとへ行って髪を切ってもらい[8]、それから、その件について無心するがよい」

旅の若人　乗る馬は[9]
白きたてがみ　葦毛古馬
四つ冬経たる[10]　強き足
高らか響く　貝ひづめ
馬のくわゆる　ものみれば
ハミぞきらめき　黄金色
猛《たけ》き駿馬に　またがれば
燦と輝く　金の鞍

手には二本の　銀の槍
かたや握れる　戦斧《いくさおの》
刃先の長さ　等しきは
大の男の腕《かいな》ほど
腕《かいな》ひと振り　風立ちて

赤き血潮は　滴らん
大地に落つる　六月の
露も及ばぬ　その速さ

帯びたる剣《つるぎ》　金の柄と
金の刃《やいば》は　輝けり
盾に描ける　浮き彫りは
天上の如く　光りたり
盾の真中《まなか》に　飾れるは
象牙もて成す　白き玉

駆けゆく二匹　猟犬は
白き胸毛のぶち模様
赤金首輪《トルク》　首に巻き
肩や耳まで輝けり
右や左と　駆け抜けて
海の燕《つばめ》の　飛ぶ如し
二匹互いに　戯れて
付かず離れず　遊びたり

馬のひづめを　追う如く
土くれ高く　舞い上がる
あたかもそれは　大空を
高く舞いたる　燕《つばくらめ》
前へ後ろへ　飛び去りて
四羽の燕も　かくあらん

紫色の　マントには
四隅　赤金　玉飾り
驚くなかれ　その値
百頭の牛[11]も　如かざらん
靴と鐙に　輝ける
金は三百頭の牛
黄金及ぶ　腿の下
武者のつま先　輝けり

若武者の髪　乱れぬは
馬の歩みのおかげなり
軽やか進み　行く先に
アーサーの宮　現れぬ

若者が言った。「門番はいるか?」

「おるとも。おい貴様、その首が飛ぶぞ、たわけた事をききおって。俺こそはアーサーの門番、毎年、元日に立っておる。だが、その日以外に俺の代わりを務めるは[12]、言わずと知れた早耳のヒアンダウ。そして、ちびの屠殺屋ゴギグール。ぐずのスラエス・カミン。それに独楽頭のペンピンギオン、こやつ頭を足にして動き回る、天を向くでも地を向くでもなく、宮廷の床を転がる石のようにな」

「門をあけろ」

「断る」

「なぜ、あけぬ」

「ナイフが肉を切り分け、酒が杯に注がれ、ざわめきがアーサーの大広間に満ちている。由緒正しき王の息子か、何か技をたずさえた匠《たくみ》以外は誰も入れぬ[13]。犬どもにはえさを、馬には麦を、おぬしには胡椒をかけた熱々の肉と杯になみなみと注がれたワイン、それに余興の音楽つき。五〇人前の食事がおぬしの宿所に届く。そこで食事をとるのは遠国の旅人や国王以外の君主の息子たち、アーサーの宮廷で技を披露せぬ者たちだ[14]。悪くはないぞ、廷内のアーサーにも劣らぬもてなしだ。床をともにする女はいるし、余興の唄もあるのだからな。明日の三時課〔朝九時前〕に、今日来た大勢の連中の目の前で門が開かれるが、おぬしには真っ先に門があく。そうしたらすわれるぞ、アーサーの大広間のお望みの場所に、上座でも下座でも好きなところを選べばいい」

若者が言うには「どれもお断りだ。門をあけるならよし。あけぬというなら、おまえの主君に不名誉を、おまえには汚名が振りかかるようにしてくれる。そして自分は、この門の扉のところで三度、叫びを上げよう[15]。その声は、コーンウォールのペン・グワエズ岬の突端から北方のディンソルのふもと、そしてアイルランドのエスガイル・オエルヴェルまでも届くだろう[16]。この宮廷にいる女たちのうち身ごもっている者はみな流産し、そうでない者は胎《はら》が石のように重くなって今日から後、二度と子を産むことはできなくなるだろう」

剛腕のグレウルウィド[17]は言った。「好きなだけほえるがいい、アーサーの宮廷の掟についての不満をな。だが中には入れぬぞ、俺が行って、アーサーに話してくるまでは」

キルフーフ、アーサーと対面する

そこで剛腕のグレウルウィドは大広間に入った。

アーサーが言った。「門から何か知らせか?」

「いかにも。わが人生の三分の二が過ぎ、三分の二を殿も過ごされた。

俺はいた、カエル・セとアッセ、サッハとサラッハ、ロトルとフォトル。
俺はいた、大インドに小インド[18]。
俺はいた、二人のアニル[19]の戦いで一二人の人質がスラフリン[20]から連れてこられたときも。
俺はいた、ヨーロッパ、アフリカ、コルシカの島々、
カエル・ブラスッフ、ブラサッフ、ネルサッフ。
俺はいた、殿がメリンの息子グライスの親衛隊を殺した場に、
ディーキムの息子ミル・ディー[21]を殺した場にも。
俺はいた、殿がギリシャを征服し、東へと遠征したときも。
俺はいた、カエル・オエスにアノエス[22]、
九つの守りをもつカエル・ネヴェンヒール・ナウ・ナウズ[23]にも。

容姿すぐれし貴公子はわれらもさんざん見てきたが、あれほど眉目秀麗な者、俺は見たことがない、そんな男が今、門に来ているというわけだ」

アーサーが言った。「歩いて入って来たのなら駆け足で戻れ。光を見て目をつぶる者への戒めだ。金の角杯をふるまい、胡椒たっぷりの熱い肉をもってこさせ、心ゆくまで飲み食いさせよ。雨風の中に待たせておくとは恥ずべきこと、その言葉通りの御仁なら」

カイが言った。「わが友の手にかけて申し上げたい。わたしの助言を聞いていただけるなら、宮廷のしきたりが、その者のために破られるべきではありませぬ」

「それは違うぞ、うるわしのカイ。われらが高貴な身でいられるのは人々が訪ねてくれるゆえ。贈り物を与えれば与えるほど、われらの身分、人望、名誉も高まるというもの」

グレウルウィドは門に戻り扉をあけた。誰もが門のところの乗馬台で馬からおりる決まりだったが、相手はそうはしなかった。馬に乗ったまま中へ入ったのである。

キルフーフが言った。「ごきげんよろしゅう、この島の君主たちの頭よ。この屋の牛小屋にも母屋に劣らぬ幸あらん[24]。そして、御身の貴族、軍隊、将軍たちにも同じくごあいさつ申し上げる。わが敬意にもれる者がおらんことを願う。貴殿には最上のあいさつをおくるので、その恩寵、人望、名誉が、この島にくまなく行き渡らんことを」

「神かけてそうあらん。ようこそいらした。戦士たちの間にすわられよ。余興の音楽、王国の跡継ぎたるエドリングの特権[25]をここにいる間は楽しまれたい。そしてわしが客人や遠国からの旅人に望む物を分け与えるときは、そなたの手に真っ先に渡るよういたそうぞ」

若者が言った。「参ったのはお世辞を言って食べ物や飲み物をもらうためではない。しかし望む物をいただければ、それに報い、そのことを讃えよう。もしだめならば、貴殿の面目をつぶし[26]、遠く世界の隅々まで知れ渡るようにいたす」

アーサーが言った。「そなたはここの住人ではないが、その頭とその口で名指すものを与えよう。風が大地を乾かすところまで、雨が大地をぬらすところまで、日の光が差すところまで、海が満ちるところまで、大地が広がるところまで、届く限りの望みを言うがよい。ただし、わが船とわがマント[27]、わが剣なる剛刀カレドヴルフ[28]、わが槍なる無敵のフロンゴマニアド、わが盾なる月明りのウィネブグルスイヘル、わが短剣[29]なる白い柄のカルンウェンナン、そしてわが妻なるグウェンホウィヴァル[30]以外なら」

「神かけて？」

「なんなりと。望みを言うがいい」

「それでは、髪を切っていただきたい」

「承知した」金の櫛をアーサーは手に取ると、銀の丸い持ち手のついた大ばさみで髪を整えた。それから相手が何者なのか尋ねた。

アーサーが言った。「そなたに対し情愛がわいている。わかっておるぞ、そなたはわが血族の出身であろう[31]。名乗るがいい」

「それでは言おう。われはキルフーフ、ケリゾン公の息子キリーズの息子にして、アンラウズ公の娘ゴーレイジズがわが母」

アーサーが言った。「まことか。そなたはわがいとこ。望みを言えば手に入ろう[32]。その頭とその口で名指すがよい」

「神と王国にかけて？」

「なんなりと」

「それでは言おう。いただきたいのは巨人の頭アスバザデン・ペンカウルの娘オルウェン。この娘を得ることを切願する、御身の戦士らの名にかけて」

キルフーフ、アーサーの宮廷の者たちを召喚する

呼びあげたる名は、カイにベドウィール、それに猛将グレイドル、グレイドルの息子グウィシール、エリの息子の熱血グライド[33]、物知りカンザリグ[34]、法螺吹きタサル[35]、バエダンの息子マエルウィス[36]、ネースの息子クナフル、ダエレの息子キベルト、ポーフの息子フェルコス、スリベル・ベイサッハ、コルヴィル・ベルヴァッハ[37]、エスニの息子グウィンにヌウィヴレの息子グウィンにニーズの息子グウィン[38]、ニーズの息子エデルン、ゲライントの息子カドウィ[39]、炎のフレウドゥル公、ドラースの息子の輝かしきフリヴォウン・ペビル[40]、モリエン・マノウグ[41]の狡猾な息子ブラドウェン、それに高潔なるモリエン・マノウグ本人、記憶の天才キニン・コーヴの跡取りで早分かりダスダヴ[42]、そしてアリーン・ダヴェッドの御曹司、サイディの御曹司、グーリオンの御曹司、戦隊の統帥イッフドリード、切っ先鋭いカンワス、猛牛のグールヒル、猫爪のアスペリル、殺し屋ガスコイド・ゴヴァニアド[43]、闇のディーアッハに突き刺しブラサッハに怪力ネルサッハ[44]は背中の曲がったグワウルジルの息子たち(彼らは冥府の高地[45]からやって来た)。百の手でつかみ取るキリーズ・カンアスティルに百の手でかすめ取るカンアスティル・カン・スラウに百のかぎ爪のコルス・カント・エウィン、エスガエル・ギルフーフ・ゴニンカウン、鉄拳ドリストゥルン、剛腕のグレウルウィド、烈風の手をもつスルッフ[46]、翼のアンワス、サイスヴェッドの息子[47]シノッホ、サイスヴェッドの息子ワディー、サイスヴェッドの息子ナウ、サイスヴェッドの息子ナウの息子グウェンウィンウィン、サイスヴェッドの息子ベディウ、逞しい足のイヘルの息子ゴブルウィ[48]、逞しい足のイヘル本人、ロイコルの息子マエル、盲目のダドワイル・ダスベン[49]、グウィ

オルウェン、ダフネ・アレン画、1926年

ソウグ・グウィールの跡取りガルウィリ、グウィソウグ・グウィール本人、リッカの息子ゴルマント、三つの雄叫びタイルグワエズの息子の小さなメヌー[50]、うんざりアラルの息子のほどほどディゴン、シノイドの息子セリーヴ、アッヘンの息子ギスグ、屈強カダルンの息子の剛力ネルス、トラフィンの息子の勇猛なドリードワス[51]、ペリーヴの息子トゥルッフにアンワスの息子トゥルッフ[52]、フランス王イオナ、セルギーの息子セル、イアエンの息子テレギードにイアエンの息子シリエンにイアエンの息子ブラドウェンにイアエンの息子モリエンにイアエンの息子シアウンにイアエンの息子カラドウグ（彼らはカエル・ダスルの戦士たちで、父を通じてアーサーの一族である）。カウの息子の悪口ディルミグにカウの息子イウスティグにカウの息子の高名なエドミグ、カウの息子アンガウズにカウの息子オヴァン、カウの息子ケリンにカウの息子コニンにカウの息子マブサント、カウの息子グウィンガドにカウの息子スルウィブルにカウの息子コッホ、カウの息子メイリグ、カウの息子カヌワル、カウの息子アルドウィアド、カウの息子エルガリアド、カウの息子ネーブ、カウの息子ギルダス、カウの息子カルカス、カウの息子ヒアイル（彼は決して主の手に屈しなかった）、唇の乾いたサムソン、バルドの頭目タリエシン、スリールの息子マナワダン、カスナール公の息子の鷹揚なスラリ、ブルターニュ王フレルガントの息子スベリン[53]、地獄のグラスウィルの息子サラノン[54]、エルーの跡取りスラウル、タイルグワエズの息子メヌーの息子アナノウグ、ヌウィヴレの息子グウィンとヌウィヴレの息子フラム、エルビンの息子ゲライントとエルビンの息子エルミード、エルビンの息子ダウェル、エルミードの息子グウィンとエルミードの息子カンドルウィン、一つマントのハヴァイズ、度量大きいエイゾン、フレイズウン・アルウィ、リッカの息子ゴルマント（アーサーにとっては母方の兄弟、父はコーンウォールの長老の長だった）、髭面のスラウヴロデーズ、髭を剃ったノダウル[55]、カドーの息子の貴公子ベルス、ベリの息子フレイズウン、寛容なるアスゴヴァン・ハエル、パノンの息子やせっぽちのアスガヴン、テギッドの跡取りモールヴラーン（彼に武器を向ける者はカムランでは誰もいなかった、というのもあまりに醜いので誰もが悪魔が助けにきたと思ったのだ。

雄鹿のような毛が一本生えていた）、天使の顔のサンゼ（彼に武器を向ける者はカムランでは誰もいなかった。あまりに美しいので誰もが天使が助けにきたと思ったのだ）、聖カンウィル（カムランから逃れた三人の一人で、古皮ヘーングロエンの馬上からアーサーに最後の別れを告げし者）、エリムの息子[56]イッフドリードとエリムの息子エイス、そしてエリムの息子の翼のヘーンワスにエリムの息子の健脚ヘーンベゼスティルにエリムの息子の軽やかな足のスキルティ。三つの不思議な力を三人は生まれつきもっていた。ヘーンベゼスティルはというと、騎馬でも徒歩でも彼について来られる者はいなかった。四つ足の獣で翼のヘーンワスと一緒に走れるものは一エルー[57]でもいなかった。もっと長い距離ならなおさらのこと。軽やかな足のスキルティは、歩いて主君の伝言を届けに行こうと思いたったら、行き先さえわかれば普通の道は選ばなかった。森があれば木々のてっぺんを渡り、山があれば葦原の上を歩いたが、これまで彼の足の下で葦がしなうことはなく、折れるなどなおのこと、それほどまでに彼の足どりは軽かったのだ。グウィナンの息子テイシ・ヘーン[58]、海が彼の領土を呑み込んでしまい、やっとのことで逃げ出すとアーサーのもとに来たというわけだ。不思議な力がその短剣に宿っていた。ここに来て以来、柄がついたままだったためしはなく、そのために業病がからだのなかにすくい、活力を失い、とうとう死んでしまった。ゴヴァニオン・ヘーンの息子カルネディル、〔ナヴの息子グウェンウィンウィン[59]〕、アーサー随一の戦士、赤目のスラガッドリーズ・エミスにグールヴォズー・ヘーン、二人はアーサーのおじ、母の兄弟にあたる。ゴーリヨンの息子キルヴァナウィド、ガモン岬出身のアイルランド人スレンスレオウグ・ウィゼル[60]、禿げのダヴンワル・モエル、北方の王ディナルス、テイルノン・トゥルヴ・ヴリアント、足の悪いテグヴァン、給仕テギル・タルゲソウグ、エブライの息子の勤勉なるグールザヴァル、モルガント・ハエル、ヌウィソンの息子グウィスティルにヌウィソンの息子フリンにヌウィソンの息子スルウィザイ、そしてスルウィザイの息子グウィドレはカウの娘グウェナブウィを母とする。叔父のヒアイルが彼を刺し、ヒアイルとアーサーの間にこのけがをめぐって争いが起こった。

遠目のドレミディーズの息子ドレムは、コーンウォールのケスリ・ウィッグからピクト人の地のペン・ブラサオンまで[61]、一匹の蝿が日の出とともに羽ばたく一瞬の間に見渡せるという視力の持ち主。ネルの息子エイドエル、石工のグラジン・サエル[62]はアーサーの壮麗なる大広間エアングウェンを建てた。立派な髭のカニル、カイは彼の息子だと言われている。妻にはこう言ったそうだ。「胎の子がわしの血を少しでも引くとすれば、心臓は氷のごとく冷たく、両の手にはまったく温かみがないだろう。別の特徴も宿るはず。わが子であれば、決して意を曲げぬ硬骨漢。ほかにも不思議な力が宿る。荷を運ぶとき、大きかろうが小さかろうが、前からも後ろからも荷は見えない。もう一つ不思議な力がある。彼ほどに水や火に耐えることができる者は誰もいないだろう。さらなる不思議。どんな侍従も役人も彼にまさる者はいないだろう」

ヘーンワスにヘーンウィネブにヘーンゲダムザイスの古強者、もう一人はガズゴイグ、三〇〇軒も家がある町にやって来たとしても、必要となれば自分がいる間は誰一人として眠りにつかせなかった。カレニールの息子ベルウィン、フランス王パリス、パリの城砦はその名に由来する。大剣のオスラ[63]、いつも持ち歩いていたのは幅広の短剣ブロンスラヴン・ヴェルスラダン、アーサーとその一行が急流に差し掛かると、流れの狭い場所を見つけて、かの短剣を鞘に入ったまま河に渡す。これで立派な橋になって、ブリテンの三つの領域と三つの群島[64]の兵士たちが分捕り品ともども渡ることができた。メネステルの息子グウィゾウグ、カイを殺したので、アーサーが彼とその兄弟を殺しカイの仇を討った。カイの息子ガランウィン、ベドウィールの息子アムレン、エリとミル、気が良いのに気難しいフレイ・フルウィズダリス、赤いハンノキのフリン・フリーズウェルン、エリとトラフミルはアーサーの狩人の頭、キルコエドの息子スルウィザイ[65]、グーリオンの息子ヒナブウィ、グウィン・ゴダヴロン、鳥番のグワイルに銀の額のカデスリンの息子グワイルに空威張りのグワイルに槍持ちのグワイル、彼らはアーサーのおじ、母の兄弟である。烈風の手をもつスルッフの息子たち[66]、その出身は怒涛の海の彼方。スレンスレオウグ・ウィゼルにブリテンの名将アルゼルホウグ[67]、サイディの息子カース、美しい髪のグールヴァン、フランス王グウィレニン、アイルランド王アエズの息子グウィタルド、アイルランド人ガルセリード・ウィゼル、隊の頭目パナウル、ナヴの息子アドレイドル、気性の荒いグウィン・ハヴァルはコーンウォールとデヴォンの代官でカムランの戦いを企んだ九人のうちの一人。ケスリにキエスリ、鹿足ギラ[68]はひとっ跳びで三〇〇エルーは飛び越えるという、アイルランド一の跳躍名人。頑丈な踵のソルと頑丈な足裏のグワディン・オソルと灼熱の足裏のグワディン・オザイス[69]、ソルは一日中片足で立つことができ、グワディン・オソルが世界一高い山の頂上に立ったら、山は彼の足の下で平地となるだろう。グワディン・オザイスは鉄床《かなとこ》から出されたばかりの熱い金属のように、危機に直面すると足裏から火花が散るのだった。アーサーのために進軍の道を開く役をしていた。ヒール・エルムにヒール・アトルムののっぽの二人、宴会にやって来た日には、腹を満たすのに三つの百家村《カントレーヴ》がいるくらい。宴は昼まで続き、夜まで飲み明かす。寝床に行っても虫の頭をむさぼり食う。まるで食べ物など一口も口にしていないかのように。宴会に行くと、太ったものもやせたものも、熱いのも冷たいのも、辛いのも甘いのも、新鮮なものも塩漬けも、調理したものも生のものも何一つ残すことはなかった。ハルンの息子ヒアルワルは上機嫌、ほしいだけアーサーに贈り物をねだったから。こいつはあまりに貪欲なのでコーンウォールとデヴォンの三つの災厄の一つに数えられた。また、満足しているとき以外は笑み一つ見せなかった。金色の髪のグワレー、雌犬フラミーの二匹の子犬、グウィズリードに狡猾なグウィゼン・アストリス[70]、うわばみシグネディズの息子シギンは三百隻の船が浮かんでいる海も干潟になるまで飲み干してしまう。胸に焼けるような痛みがあったからだ。アーサーの従者の勇ましきカカムリ。この男に納屋を見せたら、三〇畑分の籾の蓄えがあるほどの大きさでも、鉄の殻竿《からざお》で叩きつけ、羽目板も天井板も梁も木っ端微塵、籾殻の山に散らばる大麦の粒ほどになってしまう。スルングとダガヴルング、禿げのアノイス、ヒール・エイジルにヒール・アムレン、この二人ののっぽはアーサーの従者である[71]。グワスタッドの息子、大唇のグウェヴィルは悲しい日には下唇がへそまでたれ、上唇はフードのように頭まで伸びてしまう。

剛毛髭のイッフドリードがとげのような赤い髭を投げると、アーサーの大広間の天井を支える垂木五〇本目まで飛んでいくほど。物知りエリディル、アスガルダヴにアスギディズ、二人はグウェンホウィヴァルの召使。すばやいのは使いに出たときの足ばかりでなく頭もそうだった。ブラセサッハの息子ブリス[72]はブリテンの黒いシダの地のてっぺんから馳せ参じた。小人のグリズルウィン、

ブルフにカヴルフにサヴルフ[73]
クレジーヴ・カヴルフの三人息子
クレジーヴ・ディヴルフの孫息子
三つのきらびやかなるきらめきは三人の盾
三つの突きぬくつらぬきは三人の槍
三つの切っ先鋭く切り裂くは三人の剣
グラースにグレシグにグレイサドは三人の犬
カスにキアスにカヴァスは三人の馬
愚図なホウィル・ザズーグに邪なドルーグ・ザズーグに
全き悪のスルウィル・ザズーグは悪をもたらす[74]、三人の妻
ため息オッホにわめきのガリムに叫びのディアスバッドは三人の孫
稲妻スリヘッドに欲しがりネイエッドに貧乏エイシウェッドは三人の娘
性悪ドルーグに凶悪グワエスに極悪グワエサーヴ・オスは三人の侍女

カヴルフの息子エハイブリド、力のネルスの息子の骨太ゴールアスグルン、浅知恵カンヴェリン・ケイドウグ・

プウィス・ハネル・ディンの息子グワエザン[75]、不屈の将ドゥン、ペン・スラルカンの息子エイラダル、銀の顔のヘトゥンの息子の野人カネディル[76]、高慢なサウル・ペン・イヘル、グウィアルの息子グワルフマイ[77]、グウィアルの息子グワルハヴェド、言語万能グールヒル[78]、彼はあらゆる言葉に通じていた。ケスドルム神父、聞き耳クリストヴェイナドの息子クリストは、七尋の深さの土中に埋められても、五〇フィートのかなたで蟻が朝の眠りから覚めたのを聞き取ることができた。ねらい百中メスレディズの息子メディルは、アイルランドのエスガイル・オエルヴェルの上にとまったミソサザイを、ケスリ・ウィッグにいながらにして打ち落とすことができた、それもちょうど二本の足の間をねらって。猫目のグウィオウンは、ブヨの目から薄膜を切り取っても、目を傷つけることはなかった。オールウィズの息子オール、彼が生まれる七年前、父親の豚が盗まれた。大人になると豚の跡〔オール〕を求めて探求に行き、七つの群れを連れて帰還した。ベドウィニー司教はアーサーのために肉と酒に祝福を与える役目。

この島の金色のトルクをつけた乙女たち、グウェンホウィヴァルはこの島の高貴な女性の筆頭、その妹のグウェンホウィヴァッハ、クレメミルのひとり娘フラスティエン、カイの娘ケレモン、グワイル・ダサル・ウェイニドウグの娘タングウェン、百の猪カンワルの娘の白鳥のグウェン・アラルフ、クラドノー・エイディンの娘エイルナイド、ベドウィーールの娘のエネイオウグ、ティッドイアサルの娘エンフラドレーグ、背中の曲がったグワレジールの娘グウェンウェディル、トラフィンの娘エルディドヴィル、小人のグウゾルウィンの娘の金の輪のエイロルウィン、ペイルの娘テレリ、ガルウィ・ヒールの娘インデグ、イリエーン・フレゲッドの娘モルヴィズ、麗しのグウェンスリアン、高貴な乙女、銀の手のスリーズの娘クレイザラド、ブリテンの三つの領域と三つの群島のうちでもっとも気品ある乙女である。そして彼女をめぐって、グレイドルの息子グウィシールとニーズの息子グウィンは毎年のカラン・マイ〔五月一日の宵宮〕に戦い、それは最後の審判の日まで続くのだ。一物下げたるネオルの娘エスラルウは三世代にわたって生き続けた。白い首《うなじ》のエサストと細い首のエサスト[79]。これらすべての名にかけて、キリーズの息子キルフーフは望みを宣言した。

六人の助っ人

アーサーが言うには、「はてさて殿よ、まったく聞いたためしがない、お話しのような娘の名も親の名も。使いの者を出し、娘を探しに行かせることとしよう[80]」

その夜から年の暮れの同じ夜まで、使者たちは方々を探し回った。年末になったが、アーサーの使いらは何も見つけることができなかった。

かの武者〔キルフーフ〕が言うには、「みな望みのものをもらえたのに、わたしはまだだ。ここを出て行き、あなたの面目も丸つぶれにしてくれる」

カイが言うには、「貴公、アーサーに対し言葉が過ぎるぞ。われらとともに来るがいい。その娘がこの世にいないと自ら認めるか、われらが娘を見つけるまでは、われらがおぬしから離れることはない」

やおら立ち上がるカイ。不思議な力がカイには備わっていた。九晩と九日、水中で息を止めていられる。九晩と九日、眠らずにいられる。カイの剣から受けた傷はいかなる医者にも治せない。カイは何でもできた。森の一番高い木と同じ高さにまでなることだってできたのだ。ほかにも驚くべきところがあった。雨がどんなに降っても、その手から上下に手幅一つ分に置かれたものは乾いたまま。それほどまでに彼の体温は熱かったのだ。ものすごい寒さが仲間を襲っても、カイの熱が燃料となり火を燃やすことができた。

そこでアーサーはベドウィールに声をかけた。カイが赴く探求に怖気づいたためしがない男だ。ベドウィールと言えば、これほど端正な者は、この島ではアーサーとキブザールの跡取りドリッフ[81]以外には見当たらなかった。片腕ではあったが、そのすばやいこと、敵を仕留めることにかけては三人の戦士が束になってもかなう者はいなかった。ほかにも不思議な力があった。相手の一突きに対し、彼の槍は九つ突き返すのだ。

アーサーが名指すは物知りのカンザリグ。「わがために、こちらの武将とともに探求に赴いてほしい」この男、見知らぬ土地でも、自分の故郷に負けぬくらい案内が務まった。

次に名指すは言語万能グールヒル。あらゆる言葉に通じた男だ。

続いてはグウィアルの息子グワルフマイ。探求に出て、手ぶらで帰ってきたためしがない。徒歩でも馬上でも最高の戦士。アーサーの甥、姉妹の息子にしていとこだった。

それからアーサーが指名したのはタイルグワエズの息子メヌー。異教の地に赴いたら一行に呪文をかけ、人目には見えぬが、こちらはみなを見ることができるようにするためだ。

オルウェンを探しに

一行は旅を進め、大きく開けた平野に差し掛かると、目の前には世界一大きな城砦が見えてきた。歩き続けてその日が終わる[82]。だが、砦に近づいたと思いきや、いっこうに距離は縮まらない。そうこうしているうち、また元の平野に戻ってしまったが、今度は羊の群れが果てしなく、どこまでも広がっていた。見ると、羊飼いが一人、塚山《ゴルセッズ》[83]のてっぺんに腰をおろしている。革の胴着を着込み、そばには毛むくじゃらの番犬がいたが、その図体と言えば、九つの冬を経た堂々たる雄馬よりも大きかった。常日頃から、男には習いとするところがあった。これまで子羊一匹、見失ったことはなく、大人の羊なら、なおさらありえぬこと。いかなる軍勢も無傷で男の前を通り過ぎることはなかった。この平野にある木や茂みは、どんなに枯れていても男の息で燃え上がり、灰になってしまうのだ。

カイが言った。「グールヒル、あらゆる言葉に通じたおぬしが参って男と話をしてくれ」

「カイ、約束したのは、おぬしが行くところまでは同行することだけだ。われら全員で行こうではないか」

タイルグワエズの息子メヌーが言った。「心配は無用。わたしがあの犬に魔法をかけ、誰も襲わぬようにしよう」

一行は羊飼いのもとへやって来た。

「ずいぶんと豪勢ですな、羊飼い殿」

「おぬしらがわしにまさることがないように」

「いやいや、貴殿が一番だ」

「わしを破滅させられるのは女房だけ」

「誰の羊の番をしている？」

「たわけ者め。世界中の者が知っておる、巨人の頭アスバザデン・ペンカウルの砦だ」

「あの砦の持ち主は？」

「それで、貴殿は？」

「マヌウィエディグの息子キステニン[84]。女房のことで、〔わが兄弟[85]〕アスバザデン・ペンカウルにひどい目にあわされた。おぬしらは何者だ？」

「アーサーの使い、ここでオルウェンを探している」

「なんという者たちだ！　神のご加護があらんことを。全世界が引き換えでも、そんなことは断じてしてはならん。その願いをかなえんとやって来て、生きて帰れた者はない」

羊飼いは立ち上がった。立ち上がったとき、キルフーフは金の指輪を手渡した。指輪をはめようとしたがはまらない。そこで手袋の中にしのばせると家に帰り、女房に手袋を渡した。女房が手袋から指輪を取り出した。

「おまえさま、どこで指輪を手に入れたんだい？　お宝を見つけるなんて、めったにないのに」

「わしは海に行って魚を探しておった。すると、なんと死体が潮にのって打ち上げられるのが見えたのだが、これほど立派な姿は見たことがない。その男の指から、この指輪を頂戴したのだ」

「うそをおっしゃい！　海は死人の宝石を決して見逃さないよ。その亡き骸とやら見せてもらおうじゃないか」

「おい女房、当の本人が、まもなくここに現れる」

「誰のことだい？」と女房が言った。

「キルフーフ、ケリゾン公の息子キリーズの息子にしてアンラウズ公の娘ゴーレイジズを母にもち、オルウェンを探しに参ったのだ」

二つの感情が女をよぎった。うれしいことに自分の甥、姉妹の息子がやって来る。だが悲しいかな、探求者のうち生きて帰れた者を見たことはなかったのだ。

一行は羊飼いキステニンの館の門をめざした。女房は彼らがやって来る音を聞きつけ、走り出ると喜んで出迎えた。カイは薪の山から丸太を一本取り出した。そこへ女房が進み出て彼らの首に両腕を巻きつけ抱きしめようとした。カイが丸太をその腕の間に差し込んだ。女はかるがるとひねり、棒はねじれた綱のようになった。カイが言った。「女房殿、わたしをこんな風にしていたら、ほかの女には見向きもされなくなる。なんともはやの深情け！」

一行は家に入った。それから、しばしもてなしを受けたのち、おのおのが集まったところで女房が暖炉のそばの長櫃をあけた。すると、黄色い巻き毛の若者が中から姿を現した。

グールヒルが言った。「嘆かわしいことだ、これほどの若者を隠しておくとは。この者の落ち度の報いではないはず」

女房が言った。「この子が残されたすべて、あと二〇と三人のわが息子をアスバザデン・ペンカウルが殺めてしまった。この子についても希望はもっておりません」

カイが言った。「わたしと同行させるがいい。一緒ならどちらも無事、二人とも殺されぬ限りは」

一同は食事をした。女房が言った。「どんな用向きでこちらまで？」

「われらが来たのはオルウェンを探すため」

「おお神様、砦の者にはまだ見られていないから、帰りなされ」

「神に誓って、われらは帰らん、乙女の姿を見るまでは。どこか姿が見えるところにやって来ることは？」

「土曜日にはいつもここに来て髪を洗います。この器で洗い、そして指輪をみんな置いていきますが、本人も使いの者も取り来ることはありません」

「呼び出したらここに来るだろうか？」

「滅相な、わが掌中の珠を傷つけるまねなどしませんし、信頼してくれる人を裏切ったりはいたしません。でも、あの方を傷つけないと約束されるなら使いを出しましょう」

「こころえた」

乙女が呼ばれてきた。その姿はというと、

絹のころもを　まとい立つ[86]
あな　その姿は　燃ゆる赤
くれない　光る　金首輪《トルク》
真珠も紅玉　きらめけり
金雀枝《エニシダ》も恥ず　金の髪[87]
白波も越ゆ　玉の肌
手のひらと指　いと白く
似たるものなき　しおらしさ
さざれ石そば　咲きそよぐ

ワタスゲさえも　及ばざらん
見よ　乙女もつ　その瞳
類まれなる　清らかさ
羽生え変わる　若鷹も[88]
ハヤブサさえも　敵わざらん
胸の白きは　白鳥か
頬の紅きは　薔薇の花[89]
乙女をひと目　見たものは
誰か思いを　抱かざる
歩む乙女の　靴の後《オル》
クローバー四輪　花白し《ウェン》
かくて乙女の　その名前
オルウェンとぞ　呼ばれたる[90]

乙女は館に入るとキルフーフと主人の間にすわった。若者にはすぐ相手が誰かわかった。

キルフーフが言うには、「乙女よ、あなたこそわが愛する方。一緒に来てはくださらぬか？」

「あなたもわたくしも咎めを受けるかも知れないと思うと、それはできません。お父様はわたくしに約束させました、自分に断りなく出て行くことはしないと。というのも、お父様が生きていられるのは、わたくしが夫とともに出て行くときまでなのです。でも、あなたがその気ならば力をお貸ししましょう。お父様のところに行き、わたくしをほしいと申し出てくださいませ。そして、どのようなことを命じられても必ず手に入れると約束するのです。そうすれば、わたくしを手に入れることができましょう。疑いをもたれれば手に入れることはできないどころか、あなたも生きて逃げおおせれば幸運というもの」

「すべて約束します。必ず手に入れてみせましょう」

乙女は自室へと戻っていった。一行もそのあとを追って砦に向かい、九つの門を守る九人の門番を、一人も声を上げる間もなく殺し、九頭の番犬を、一頭も吠える間もなく片付けた。それから一行は大広間へと進んだ。

「ごきげんよう、巨人の頭《かしら》アスバザデン・ペンカウル殿、神と人からあいさつせん」

「貴様ら、どこへ行くところじゃ？」

「われらはキリーズの息子キルフーフのために、オルウェンを探しに行く道中」

「役立たずの家来ども、ごろつきどもはどこにおる？　二又のくま手で、わが両まぶたをもち上げてくれ。未来の婿殿が見えるように」家来たちは言いつけどおりにした。

「明日まいれ。何か返事をしよう」

一行が立ち上がると、巨人の頭アスバザデン・ペンカウルは、かたわらにあった三本の石の毒槍のうち一本をつかみ、彼らめがけて投げつけた。ベドウィールが槍を受け止め投げ返すと、アスバザデン・ペンカウルの膝頭を貫いた。

「いまいましい、なんと凶暴な婿殿じゃ。これからは坂もよう上がれぬわい。虻のように、毒の穂先がわしをちくりと刺したぞ。こいつを作った鍛冶と鉄床《かなとこ》に呪いあれ。ああ、痛い、痛い」

その晩、一行はキステニン宅に泊まった。翌朝、美々しく着飾り、豪華な櫛を髪にさして[91]砦へやって来ると、広間に入った。

「巨人の頭アスバザデン・ペンカウル、娘御をくださったら、嫁入りの代償として支度金をあなたと娘の女の親族二人に支払おう[92]。拒めば命を失う羽目になりますぞ」

「娘には四人のひいばあさんと四人のひいじいさんが健在じゃ。彼らと相談せねばならぬ」

「では、そのように。われらは食事に参るとする」

一行が立ち上がると、巨人は手近にあった二本目の槍をつかんで投げつけた。タイルグワエズの息子メヌーが槍を受け止め投げ返すと、巨人の胸板のど真ん中を貫き、背骨から先が突き出た。

「いまいましい、なんと凶暴な婿殿じゃ。頭のふくれた蛭のように、固い鉄がわしに吸い付いたぞ。こいつを熱した炉に呪いあれ。これからは坂を上ると胸がしめつけられ、腹が痛み、肉ものどを通らなくなるじゃろう。ああ、痛い、痛い」一行は食事に行った。

三日目に、また宮廷にやって来た。「アスバザデン・ペンカウル、われらをねらうのはもうやめよ。危難と危害、自らの死を招かぬよう」

「家来どもはどこじゃ？　くま手を上げてくれ。またまぶたが落ちてきた。未来の婿殿の姿が見えるように」

一行が立ち上がると、巨人は三本目の毒槍をつかんで投げつけた。キルフーフが受け止め投げ返すと、念じたとおり巨人の目玉を貫いて、首筋まで突き通した。

「いまいましい、なんと凶暴な婿殿じゃ。これからの人生、ものがよう見えなくなるわい。風にあたれば目がうるみ、頭痛が起こって、新月のたびにめまいがするじゃろう。これを熱した炉に呪いあれ。狂犬のように、毒の鉄がわしに噛みついた。ああ、痛い、痛い」一行は食事に行った。

巨人の難題

次の朝、また宮廷に出向くと、彼らは言った。「われらをねらうのはもうやめよ。危害と危難、殉教の憂き目を招かぬよう。いや、お望みなら、それ以上の難儀に遭うぞ。娘御をよこすのだ」

「娘と結婚したいというやつは、どこにおる？」

「ここに。キリーズの息子キルフーフと申す」

「近くへ寄れ、顔が見えるように」椅子が置かれ、二人の顔と顔が向き合った。

アスバザデン・ペンカウルが言った。「おまえか、娘をほしいというのは」

「いかにも」

「では誓え、わしに対しまことを欠くようなことは決してないと」

「誓おう」

「わしが望むものを手に入れることができたら娘をやろう」

「望みを言うがいい」

「よかろう。あちらの大きな茂みが見えるか？」

「見える」

「では、土中から根を引っこ抜き、地面を焼き払い、燃えかすと灰が堆肥となるようにしろ。そうしたら掘り起こして種を蒔き、翌朝、露が消えるころまでには実るように。そしてその麦から食べ物と飲み物を作って、婚礼の席でわが娘とわしの客人たちの前に並ぶようにする。これをすべて一日でやるのじゃ」

「たやすいこと、そちらはそう思わんだろうが」

「それが手に入っても、まだあるぞ。耕夫のなかでも、その土地を耕し、耕作の準備ができるはドーンの息子アマエソン[93]だけ。だが、そやつは自分から一緒には来ぬし、脅しても無駄」

「たやすいこと、そちらはそう思わんだろうが」

「それが手に入っても、まだあるぞ。ドーンの息子ゴヴァノン[94]がその土地の端まで来て犂の準備をせねばならぬ。だが、その仕事、そやつはしかるべき王のためでなければ自分からはやらぬし、脅しても無駄」

「たやすいこと、そちらはそう思わんだろうが」

「それが手に入っても、まだあるぞ。グルーリズ・ウィナイの二頭の牛[95]、一つのくびきにつないで荒地をしっかり耕すのだ。だが、そやつは自分からは渡さぬし、脅しても無駄」

「たやすいこと、そちらはそう思わんだろうが」

「それが手に入っても、まだあるぞ。薄黄色のメリン・グワヌウィンとまだらのイッフ・ブリッフ、くびきにつないだ二頭の牛がほしい」

「たやすいこと、そちらはそう思わんだろうが」

「それが手に入っても、まだあるぞ。二頭のバノウグの牛[96]、一頭はバノウグ山のあちら側〔ピクト人の地〕、もう一頭はこちら側から、一つの犂につないで連れてこられた牛ども。ナニオウとペイビオウ[97]といって、犯した罪業のために神が牛に変えたのじゃ」

「たやすいこと、そちらはそう思わんだろうが」

「それが手に入っても、まだあるぞ。あちらの赤土が見えるか？」

「見える」

「この娘の母親に初めて出会ったとき、九ヘストール分の亜麻の種[98]があそこに蒔かれた。黒いものも白いものもいまだに芽を出さぬが、同じだけの分量の種をまだもっておる。その種を例の新たに耕した畑に蒔き、白いベールにして、そなたの婚礼の日にわが娘にかぶらせたい」

「たやすいこと、そちらはそう思わんだろうが」

「それが手に入っても、まだあるぞ。特上の蜂蜜、最初に巣分かれした蜂の蜜[99]より九倍は甘く、雄蜂も雌蜂も入っていないもので、婚礼の宴のためのブラゴット〔蜂蜜入りエール〕を作るのじゃ」

「たやすいこと、そちらはそう思わんだろうが」

「それが手に入っても、まだあるぞ。スルウィリオンの息子スルウィルの大杯、最上の酒を入れるもの。なぜならば、世界広しと言えど、これほど強い蜂蜜酒を入れておくことができるのはその器だけ。だが、手に入れようにも、そやつは自分からは渡さぬし、脅しても無駄」

「たやすいこと、そちらはそう思わんだろうが」

「それが手に入っても、まだあるぞ。グウィズナイ・ガランヒールのかご。世界中から人々がかごの周りに集まって、九人の三倍の男たちが一時に食べ物を欲しても、誰もが望む物にありつけるのじゃ。わしは、わが娘がおまえと床をともにする晩、そのかごから食べたい。だが、そやつは自分からは渡さぬし、脅しても無駄」

「たやすいこと、そちらはそう思わんだろうが」

「それが手に入っても、まだあるぞ。グルゴウド・ゴドジンの角杯[100]で、その晩、われらに酒をついでほしい。だが、そやつは自分からは渡さぬし、脅しても無駄」

「たやすいこと、そちらはそう思わんだろうが」

「それが手に入っても、まだあるぞ。テイルティの竪琴で、その晩わしを楽しませてほしい。望めば、ひとりでに歌い出す。静かにして欲しければ、そのとおりにする。だが、そやつは自分からは渡さぬし、脅しても無駄」

「たやすいこと、そちらはそう思わんだろうが」

「それが手に入っても、まだあるぞ。フリアノンの鳥[101]。その歌声で死者を目覚めさせ、生者は眠りにつかせるという鳥たちに、婚礼の晩わしを楽しませてほしい」

「たやすいこと、そちらはそう思わんだろうが」

「それが手に入っても、まだあるぞ。アイルランド人ディウルナッハ・ウィゼルの大鍋[102]、アイルランド王アエズの息子オドガルの執事がもつ大鍋で、おまえの客に食事をふるまいたい」

「たやすいこと。そちらはそう思わんだろうが」

「それが手に入っても、まだあるぞ。わしは髪を洗い、髭を剃らねばならん。猪の頭《かしら》アスギスルウィン・ペンバエズの白い牙で剃りたい。やつが生きているうちに頭から引き抜かねば役に立たぬ」

「たやすいこと。そちらはそう思わんだろうが」

「それが手に入っても、まだあるぞ。やつの頭から牙を引き抜くことができるのは、アイルランド王アエズの息子オドガルのみ」

「たやすいこと。そちらはそう思わんだろうが」

「それが手に入っても、まだあるぞ。その牙を託せるのはピクト人の国のカウ[103]しかおらぬ。ピクト人の国の六〇の百家村がその者の支配下にある。だが、そやつは自分からは王国を離れぬし、脅しても無駄」

「たやすいこと。そちらはそう思わんだろうが」

「それが手に入っても、まだあるぞ。わしの髭、まず手入れをしてから剃らねばならぬ。この髭がまっすぐになるためには黒魔女の血を手に入れねばならぬ。白魔女の娘にして、冥府の高地にある悲嘆の谷[104]からやって来た魔女じゃ」

「たやすいこと。そちらはそう思わんだろうが」

「それが手に入っても、まだあるぞ。その血は温かいうちでないと役に立たぬ。世界広しと言えど、血を温かく保つことのできる器は小人グウィゾルウィンの瓶だけ。その中に入れておくと熱がさめぬ、東で入れて西に着いてもじゃ。だが、そやつは自分からは渡さぬし、脅しても無駄」

「たやすいこと。そちらはそう思わんだろうが」

「それが手に入っても、まだあるぞ。ミルクを欲しがる者もおるじゃろう。みなにミルクを出すには硬い髭のフラノン・フリンの瓶がなければならぬ。その中に入れた飲み物は決してすっぱくならぬのじゃ。だが、そやつは自分からは渡さぬし、脅しても無駄」

「たやすいこと。そちらはそう思わんだろうが」

「それが手に入っても、まだあるぞ。そんじょそこらの櫛やはさみでは、わしの髭を整えることはできぬ、なにせ剛毛なのでな。それができるのは、タレッズ公の息子トゥルッフ・トルウィス[105]の両耳の間にさしてある櫛とはさみのみ。だが、そやつは自分からは渡さぬし、脅しても無駄」

「たやすいこと。そちらはそう思わんだろうが」

「それが手に入っても、まだあるぞ。トゥルッフ・トルウィスを狩るには、白い猛犬ドリードウィン、エリの息子の熱血グライドの子犬が必要じゃ」

「たやすいこと。そちらはそう思わんだろうが」

「それが手に入っても、まだあるぞ。その犬をつなぐことができる紐は、百のかぎ爪のコルスの紐のみ」

「たやすいこと。そちらはそう思わんだろうが」

「それが手に入っても、まだあるぞ。その紐につけることのできる首輪は、カンアスティルの首輪のみ」

「たやすいこと。そちらはそう思わんだろうが」

「それが手に入っても、まだあるぞ。その首輪とその紐をつなぐことができる鎖は、キリーズ・カンアスティルの鎖のみ」

「たやすいこと。そちらはそう思わんだろうが」

「それが手に入っても、まだあるぞ。その犬とともに狩ができるのはモドロンの息子マボンのみ。マボンは、しかし、生まれて三晩で母親のもとから連れ去られた。どこにおるやら、どうしておるやら、その生死も定かではない」

「たやすいこと。そちらはそう思わんだろうが」

「それが手に入っても、まだあるぞ。切りそろえたたてがみのグウィン・マングズン[106]、グウェズーの白馬。

波のように走るこの馬で、マボンはトゥルッフ・トルウィスを狩るのだ。だが、そやつは自分からは渡さぬし、脅しても無駄」

「たやすいこと。そちらはそう思わんだろうが」

「それが手に入っても、まだあるぞ。マボンは決して見つからぬ――誰も居場所を知らぬのじゃから――まずはエイドエル、マボンの親族でアエルの息子であるこの男を見つけねばならぬ。その者なら、マボン探しに躍起になるじゃろう。いとこだからな」

「たやすいこと。そちらはそう思わんだろうが」

「それが手に入っても、まだあるぞ。ガルセリード・ウィゼル、アイルランドの狩人の頭だ。この男なしでトゥルッフ・トルウィスを狩ることはできん」

「たやすいこと。そちらはそう思わんだろうが」

「それが手に入っても、まだあるぞ。髭面のディスリス[107]の髭から作った紐、例の〔雌犬フラミーの〕二匹の子犬どもをつなぐことができるのはその紐だけじゃ。やつが生きているうちに、木の毛抜きで抜き取らねば役に立たぬ。それができる者は誰もいない。だがやつが死んでしまえば使い物にならなくなる、折れてしまうのでな」

「たやすいこと。そちらはそう思わんだろうが」

「それが手に入っても、まだあるぞ。世界広しといえど、あの二匹の子犬を扱える狩人はヘトゥンの息子、野人カネディルしかおらぬ。この者の凶暴なこと、山に住む一番凶暴な野獣の九倍はある。やつを手に入れることは絶対できぬし、わが娘もじゃ」

「たやすいこと。そちらはそう思わんだろうが」

「それが手に入っても、まだあるぞ。トゥルッフ・トルウィスを狩るには、ニーズの息子グウィンを見つけねばならぬ。神がアヌーヴンの悪鬼たちの霊をその体に押しこめたのじゃ、現世が滅ぼされぬようにとな。やつがそこから救われることはないじゃろう」

「たやすいこと。そちらはそう思わんだろうが」

「それが手に入っても、まだあるぞ。グウィンを乗せてトゥルッフ・トルウィスを狩ることができる馬は、モロ・オエルヴェゾウグの黒馬ディー[108]しかおらぬ」

「たやすいこと。そちらはそう思わんだろうが」

「それが手に入っても、まだあるぞ。フランス王グウィレニン、トゥルッフ・トルウィスはやつなしでは狩れぬ。王国を留守にするのは見苦しいゆえ決してここには来まい」

「それが手に入っても、まだあるぞ。トゥルッフ・トルウィスを狩るには、アリーン・ダヴェッドの息子が絶対に必要じゃ。猟犬を放す役目でやつにまさる者はおらん」

「それが手に入っても、まだあるぞ。トゥルッフ・トルウィスを狩るには、アネッドとアエスレム、二匹の猟犬が必要じゃ。疾風のように走り、放たれた獲物を仕留めなかったためしはない」

「たやすいこと。そちらはそう思わんだろうが」

「それが手に入っても、まだあるぞ。アーサーとその仲間たち[109]がトゥルッフ・トルウィスを狩るには必要じゃ。強大な力をもつ男じゃが、自分から手を貸しには来ぬし、脅しても無駄」

「たやすいこと。そちらはそう思わんだろうが」

「それが手に入っても、まだあるぞ。トゥルッフ・トルウィスを狩るにはブルフにカヴルフにサヴルフ、キリーズ・カヴルフの息子にしてクレジーヴ・カヴルフの孫たちが必要じゃ。三つの輝きを放つは彼らの三つの盾。三つの激しい突きを放つは彼らの三つの槍。三つの切っ先鋭く切り裂くは彼らの三つの剣。グラースにグレシグにグレイサド、彼らが三匹の猟犬。カスにキアスにカヴァス、彼らが三頭の馬。愚図なホウィル・ザズーグに邪なドルーグ・ザズーグに全き悪のスルウィル・ザズーグ、彼らが三人の妻。ため息オッホにわめきのガラムに地獄の叫びのディアスバッド、彼らが三人の魔女。稲妻スリヘッドに欲しがりネイエッドに貧乏エイシウェッド、彼らが三人の娘、性悪ドルーグに凶悪グワエスに極悪グワエサーヴ・オス、彼らが三人の侍女。これら三人男が角笛を吹き鳴らせば、他の者はみな悲鳴をあげ、空が大地に落ちてこようが誰も気にとめぬ」

「たやすいこと。そちらはそう思わんだろうが」

「それが手に入っても、まだあるぞ。巨人ウルナッハ・ガウルの剣。やつ〔トゥルッフ・トルウィス〕を仕留めることができるのは、その剣のみ。だが、そやつは自分からはよこさぬ、いくらお金を積まれても、あるいは贈り物をしてもじゃ。かといって脅しても無駄なだけ」

「たやすいこと。そちらはそう思わんだろうが」

「それが手に入っても、まだあるぞ。不眠不休、夜も休まぬ探求、だが、おまえはこれらを手に入れることはできぬし、わが娘もじゃ」

「馬も乗り手も手に入れる。わが主君にして親族のアーサーが、わがためにこれらすべてを手に入れてくれよう。そして、わたしはそなたの娘を得て、そなたは命を失うのだ」

「出立するがよい。娘の食べ物や衣服についてはかまわぬでよし、これらのものを探すのじゃ。手に入れたら、娘も手に入ろう」

ウルナッハの剣

一行がその日の日暮れまで旅を続けると、目の前に石と漆喰でできた世界一大きな城砦が現れた。すると、黒い男、大の男三人分より大きな男が砦から出てくるのが見えた。

一同は男に言った。「どこの者だ？」

「あちらの砦、おぬしらにも見えるだろう」

「砦の持ち主は？」

「愚か者どもが。世界中で知らぬ者はおらぬ。巨人ウルナッハの砦だ」

「いかなるしきたりがある、訪問者や旅人があの砦にまいったら？」

「おお殿よ、神のお恵みあれ。客のうち生きてここから出られた者はおらぬ。また何か技芸をもった者以外は入ることは許されぬ」

一行は城門へと向かった。

言語万能グールヒルが言った。「門番はいるか？」

「おるとも。貴様、その首が飛ぶぞ、たわけた事をききおるわ」

「門をあけろ」

「断る」

「なぜ、あけぬ」

「ナイフが肉を切り分け、酒が杯に注がれ、ざわめきがウルナッハの大広間に満ちている。何か技をたずさえた匠の者以外には、この門は開かれぬわ」

カイが言った。「門番殿、わたしには技があるぞ」

「どのような技だ」

「世界一の剣の研ぎ師だ」

「ではそのことを巨人ウルナッハに伝え、返事をもってこよう」

門番は中に入った。巨人ウルナッハが言うには、「門から何か知らせか？」

「いかにも。男たちの一団が城門の扉のところにいて、中に入りたいとのこと」

「何か技芸をもっているか尋ねたか？」

「もちろん。なかの一人が言うには、剣を磨くことができるとか」

「待ちかねておった。ずっと、わが剣を磨くことができる者を探しておったが見つからなかった。その者を通すがよい、技の持ち主だからな」

門番は戻ると門をあけ、カイだけが中に入った。そして巨人ウルナッハにあいさつした。椅子が下に置かれた。

ウルナッハが言うには、「おぬし、本当か、剣を磨くことができるというのは？」

「いかにもさよう」剣がもってこられた。まだら模様の入った砥石をふところから取り出すと、カイは腕の下に置いた。

「どちらがお好みですかな、白い刃か青い刃か[110]」

「おぬしの好きなように、自分の剣だと思ってやるがよい」そこで半分だけ磨くと、手にのせた。

「これでお気に召しますかな？」

「わが領国の何にもまして喜ばしいじゃろう、すべての剣がこのようになれば。情けないのお、おぬしほどの腕前の者に連れもいないとは」

「いや、殿。連れはおります。ただ、この技はいたしません」

「何者じゃ？」

「門番を表に行かせましょう、特徴を教えますから。その者の槍の頭が柄の上に突き出し、風から血をはらったと思うと柄に戻るのです」

城門をあけると、ベドウィールが中に入った。

カイが言うには、「ベドウィールは腕達者ですが、刀研ぎの技はいたしません」

一方、ざわめくのは城外の戦士たち。カイとベドウィールがすでに中に入ってしまったからだ。すると、一人の若者も続いて中に入っていった。羊飼いキステニンの一人息子である。若者と一行はぴったり身を寄せ合い、難なく三つの堀を飛び越え城砦に入った。仲間たちはキステニンの息子に言った。「おぬしは最高の戦士《ゴーライ》だ」それから後、キステニンの息子ゴーライと呼ばれるようになった。彼らはばらばらになって宿所に散っていき、巨人が知らぬまに泊まり客を殺すこととした。剣が研ぎ終わると、カイは巨人ウルナッハの手に剣を置いた。仕上がりが気に入ったか確かめるかのように。

巨人が言うに、「見事な仕上がり、満足じゃ」

カイが言った。「鞘が剣を傷めたのです。鞘を渡してください。木の部分を取り除き、新しく作り直しましょう」そして鞘を受け取ると、剣をもう一方の手で握る。巨人の頭より高く立ち上がる。剣を鞘に戻すかのように見せかけ、やおら巨人の頭に斬りつけると、一打ちで首を落とした。城砦を破壊し、宝をほしいだけ奪う。その日からちょうど一年が終わると[111]、一行はアーサーの宮廷にたどり着いた、ウルナッハの剣を手土産に。

モドロンの息子マボン

一行はアーサーに事の顛末を語った。

アーサーが言った。「どれが一番良いだろう、難題のうち最初にとりかかるのは」

「モドロンの息子マボンを探し出すことが良かろうと存じますが、それにはまず、アエルの息子エイドエル、マボンの親族であるこの者を最初に見つけなければなりません」

アーサーが立ち上がると、ブリテン島の戦士たちもともに立ってエイドエルを探しに行き、グリウィ[112]の要塞の外壁までやって来た。そこにエイドエルが囚われているのだった。グリウィは砦の城壁の上から、こう言った。「アーサー、わしに何の用だ？　どうせ、わしをこの岩場に放っておくつもりはないのだろう。ここには良いことも楽しいこともない。小麦もからす麦もない。そちらがわしを襲おうとしなくても、すでにな」

そこでアーサーが言うには、「おぬしに危害を加えに参ったのではない。そこにいる囚人に用がある」

「囚人は差し出そう。誰にも渡すつもりはなかったが。助力と協力もいたそう」

一行はアーサーに言った。「殿、お帰りください。このようなささいなことどもの探求に大軍を連れていくことはかないませぬ」

アーサーが言った。「言語万能グールヒル、そちはこの探求にうってつけ。どんな言葉もわかるだけでなく、鳥や獣の言葉も話せるのだから。エイドエル、そちも行くがよい、自分のいとこを探しに、わが手の者たちに同行せよ。カイとベドウィール、そなたらなら、この使命を達成できると期待しておるぞ。わがために探求に赴くのだ」

一行は旅を続け、キルグーリーのツグミ[113]のところまでやって来た。

グールヒルが尋ねた。「モドロンの息子マボンについて何か知らないか？　生まれて三晩で母親と壁の間から連れ去られた者だ」

ツグミが言った。「初めてここに来たとき、鍛冶屋の鉄床《かなとこ》があって、わたしはまだひな鳥でした。そこで鉄が鍛えられたためしはなく、わたしが毎晩くちばしでつつくのみ。今では、残っているのはドングリ一個ほどのかけらばかり。神の報いがあるでしょう、もしお尋ねの男のことを聞いたことがあったとしたら。でも、アーサーのお使いの方々のためにわたしがすべきことがあれば、喜んでいたしましょう。神様がわたしより前にお創りになった生き物がいます。ご案内いたしましょう」

一行はフレディンヴレの雄鹿[114]のいる場所へやって来た。

「フレディンヴレの雄鹿よ、そなたのもとに参ったるわれらはアーサーの使い、そなたより昔から生きている動物を知らぬので。答えてくれ、モドロンの息子マボンについて何か知らないか？　母のもとから生まれて三晩で連れ去られた者だ」

雄鹿が言った。「初めてここに来たとき、わたしの頭には両側に角が一本ずつしか生えておらず、木といえばオークの若木が一本あっただけで、それが大きくなって百の枝をつけ、やがてそのオークの木も倒れ、今では赤い切り株が残るばかり。その日からずっとここにおりますが、お探しの方のことは聞いたことがありません。でも、ご案内しましょう、皆様はアーサーのお使いですから。神様がわたしより前にお創りになった生き物のところへ」

一行はカウルウィドの谷のフクロウ[115]のいる場所へやって来た。

「カウルウィドの谷のフクロウよ、ここにいるのはアーサーの使い。モドロンの息子マボンについて何か知らないか？　生まれて三晩で母のもとから連れ去られた者だ」

「知っていたら、お話ししましょう。初めてここに来たとき、ご覧になっているこの大きな谷は木に囲まれた小さな谷間で、それから人間どもがやって来て切り倒してしまい、やがて二番目の森が育ちました。ここにあるのは三番目です。わたしはというと、残っているのは翼の付け根のこぶだけ。その日からずっとここにおりますが、お尋ねの方のことは聞いたことがありません。でも、ご案内しましょう、アーサーのお使いの方々を世界最古の生き物のところへ。もっとも多くを見聞してきた、グウェルナブウィの鷲[116]のもとへ」

グールヒルが言った。「グウェルナブウィの鷲よ、ここに参ったるわれらはアーサーの使い、モドロンの息子マボンについて何か知らぬか尋ねに来た。生まれて三晩で母のもとから連れ去られた者だ」

鷲が言った。「ここに来たのははるか昔で、初めてここに来たときは石が一つあり、その上から毎晩、星々をつついていたものです。今では、石の高さは手の幅ほどもありません。その日からこれまでずっとここにおりますが、お尋ねの方のことは聞いたことがありません。ただ、あるとき、食べ物を探すうちスリン・スリューの湖[117]にたどり着きました。そこで獲物を仕留めんと、かぎ爪を伸ばして一匹の鮭をつかまえようとしたのです。ずいぶんと食べでのある食料になると思ったからですが、そいつがわたしを水中に引きずり込み、やっとの思いで身をふりほどきました。そのあとわたしはというと、一族総出でその鮭を探し出し、殺そうとしました。向こうは和睦の使者を送ってきて、自らもわたしのところにやって来ると、自分の背びれから五〇の三つ又の銛を抜いてほしいと願い出たのです。お探しのものについてあの者が何か知らぬとしたら、ほかに誰が消息を知っているか見当もつきません。でも、そこへご案内いたしましょう」

一行は鮭のいる場所へやって来た。

鷲が言った。「スリン・スリューの鮭よ、アーサーの使いの方々とともに、モドロンの息子マボンについて何か知らぬか尋ねに来た。生まれて三晩で母のもとから連れ去られた者だ」

「知っていることは、お話しよう。潮が上がってくるたびに川をさかのぼり、カエル・ロイウ〔グロスター〕の城壁の一角まで行くのだが、そこで世にもむごい非道を見聞したことがある。信じるなら、どなたかひとりずつ、わたしの両肩にのせてお連れしよう」

鮭の両肩にのったのはカイと言語万能グールヒルである。一行は旅をし、囚人が閉じ込められている城壁の外側までやって来ると、嘆きとうめきが壁の向こう側から聞こえた。

グールヒルが言った。「何者がこの石の館で嘆いているのだ?」

「ああ、そこの者よ、ここにいる男には嘆くわけがある。モドロンの息子マボンがここには囚われており、これほどむごい虜囚の憂き目にあったのはわが身以外、銀の手のスリーズとエリの息子の熱血グライドのみ」

「釈放される望みはあるのか?　金、銀、宝をつめばかなうのか、それとも戦と武力によってか?」

「わが身を手に入れるには武力によってしかない」

そこで一行は引き返すとアーサーのもとに出向いた。そして、どこにモドロンの息子マボンが囚われているか告げた。アーサーはこの島の戦士たちを集め、マボンが囚われているカエル・ロイウに向かった。カイとベドウィールは鮭の肩にのっていった。アーサーの戦士たちが砦を襲撃している間にカイは城壁から中に押し入り、囚人を背負うと、前と変わることなく敵と戦った。アーサーは戻り、マボンも自由の身となって同行した。

フラミーの二匹の子犬

アーサーが言った。「どれが一番良いだろう、難題のうち最初にとりかかるのは」

「雌犬フラミーの二匹の子犬を探し出すのが良いでしょう」

「知っているか」とアーサー。「母犬の居場所を?」

「その犬は」と一人が言った。「ダイ・グレジーヴの河口[118]におります」

アーサーはクレジーヴ河口にあるトリンガッドの家へ向かい、こう尋ねた。「その雌犬のことをここらで聞いたことはあるか?　どのような姿をしておる?」

「雌の狼の姿で、二匹の子犬を連れて歩き回っている。やつはわしの家畜を幾度となく殺し、クレジーヴ河口の洞窟にひそんでいる」

アーサーはというと、プラドウェンで海路から、他の者たちは陸路で雌犬を追い、このようにして母犬と二匹の子犬を包囲した。すると彼らの魔法の姿を神がアーサーのために元通りにしたのである。アーサーの軍団は、一人、また一人と散っていった。

アリの恩返し

さて、グレイドルの息子グウィシールがある日、山を旅しているときのこと、嘆き声とうめきうなる声が聞こえてきたが、それは聞くだに身の毛がよだつほどだった。急いで声のする方へ向かい、たどり着くや剣を抜き、蟻塚を地上に出ている部分だけ斬り落とし、火から救った。

アリたちは言った。「神とわれらの祝福がともにありますように。もし人の手ではどうしても果たすことのできぬものがあれば、われらが参ってあなた様のためにお役に立ちましょう」

実はこのあと、このアリたちが九ヘストール分の亜麻の種を、アスバザデン・ペンカウルがキルフーフに命じたとおり、山盛り一杯もって来てくれたのである。一粒残らずと言いたいところだが、一粒残ってしまったところ、足が一本ないアリが日暮れまでに運んできたのだった。

髭面のディスリスの髭

カイとベドウィールがピムリモン[119]の頂、カルン・グウィラシルの上にすわり、これまで吹いたことのないようなすさまじい強風のなか周囲を見回していると、目に入ったのはもうもうたる煙。南の方角にあって、はるか彼方ではあるが、この強風にも微動だにしない。

するとカイが言った。「わが友の手にかけて、あちらを見てみろ、あれは勇者の焚き火」

二人は煙のたつ方へと急ぎ、その場所に近づくと、離れて見守るに、髭面のディスリスが森の猪を丸焼きにしている。だが、この男こそ世界最強の勇者、あのアーサーですら一目置いていた相手だ。

そこでベドウィールがカイに言った。「誰かわかるか?」

「わかる」とカイ。「やつこそ髭面のディスリスだ。世界広しと言えど、エリの息子のグライドの猟犬ドリードウィンをつなぐことのできる紐は、あちらに見える男の髭から取るしかない。加えて、生きているうちに木の毛抜きで抜き取らねば役に立たぬ。というのも死ぬと折れてしまうからだ」

「われらはどうしたらよい?」とベドウィール。

「待とう」とカイ。「やつが肉を腹いっぱい食って眠りにつくのを」

その間、二人は木で毛抜きを作った。カイは相手が寝ていることを確かめると、その足元を掘り、誰も見たことのないような大きな穴を作ると渾身の力をこめてなぐりつけ、穴のなかに押し込み、二人がかりで髭を残らず毛抜きで引っこ抜いてしまった。それがすむと、相手をその場で殺した。

それから二人一緒にコーンウォールのケスリ・ウィッグに向かい、髭面のディスリスの髭から取った紐をもっていき、カイがそれをアーサーの手に置いた。するとアーサーはこんな詩(エングリン[120])を歌った。

犬のリードを作ったカイ
髭の主はディスリス・ヴァブ・エヴライ
生きておれば　そなたは死体

それを聞いてカイは腹を立ててしまった[121]。この島の戦士たちがカイとアーサーを仲直りさせようとしたがだめだった。アーサーに危険が及んでも、アーサーの戦士が殺されても、カイが危急のときにアーサーに手を貸すことは、その後一切なかった。

ニーズの息子グウィンとグレイドルの息子グウィシールのいさかい

アーサーが言った。「どれが一番良いだろう、難題のうちとりかかるのは」

「エリの息子グライドの子犬ドリードウィンを探し出すのが良いでしょう」

これより少し前のこと、銀の手のスリーズの娘クレイザラドがグレイドルの息子グウィシールと駆け落ちしたが、床をともにする前にニーズの息子グウィンが現れ、力ずくで娘を奪ってしまった。グレイドルの息子グウィシールが軍を集め、ニーズの息子グウィンと一戦をまじえにやって来たところグウィンが勝利し、エリの息子グライド、タランの跡取りグリナイ、すねむき出しのグールグスト[122]とその息子ダヴナルスを捕虜にしてしまった。さらにネソオウグの息子ペン、ヌウィソン、その息子の野人カレディィル[123]も捕らえ、ヌウィソンを殺すと、その心臓を取り出し、無理やりカレディィルに父親の心臓を食べさせ、そのためカレディィルは正気を失ってしまった。このことを聞いたアーサーははるばる北方へ赴くと、ニーズの息子グウィンを呼び寄せ、自分の高官たちを牢から解放し、ニーズの息子グウィンとグレイドルの息子グウィシールの和睦を取りもった。和睦の中身はというと、乙女は父親の館でどちらからも手出しができぬように守られる一方、毎年のカラン・マイの宵の一騎討ちを、この日から最後の審判までグウィンとグウィシールは戦い続け、最後の審判の日に勝利した者が乙女を手に入れるというものである。

このようにしてことを収めると、アーサーはグウェズーの馬マングズンと百のかぎ爪のコルスの紐を手に入れた。

アスギスルウィン・ペンバエズ狩

それからアーサーはブルターニュに渡り、メストの息子マボンと金色の髪のグワレーを伴い、ブルトン人グラスミルの二匹の犬[124]を探しにいった。犬を手に入れると、今度はアイルランドの西部に渡りグールギー・セヴェリ[125]を探したが、アイルランド王アエズの息子オドガルも同行した。その後アーサーは北方へ向かい、野人カレディルをつかまえると、猪の頭アスギスルウィンの追跡に赴いた。メストの息子マボンはブルトン人グラスミルの二匹の犬とエリの息子グライドの子犬ドリードウィンを連れて行った。アーサーも自ら探索に加わり、自分の猟犬カヴァスの綱を握って行った。ピクト人の国のカウがアーサーの雌馬スラムライ[126]にまたがり、猪を追い詰める。カウは手斧を振り回し、すさまじい勢いで猪に襲いかかると、頭を真っ二つにかち割った。それからカウは牙を抜き取った。アスバザデンがキルフーフに要求した二匹の犬ではなく、カヴァスことアーサー自身の犬が猪を仕留めたのである。

タイルグワエズの息子メヌー

猪の頭アスギスルウィンを殺した後、アーサーと彼の軍隊はコーンウォールのケスリ・ウィッグに戻った。そこからアーサーはタイルグワエズの息子メヌーを偵察に出し、トゥルッフ・トルウィスの両耳の間に本当に宝があるのかを確かめさせた。宝がないのに戦っても無意味だからだ。とにもかくにも、相手がいるのは確かである。アイルランドの三分の一を荒地にしていたのだ。メヌーはかの猪の一団を探しに行った。彼らはアイルランドのエスガイル・オエルヴェルにいた。そこでメヌーは鳥に姿を変え、巣穴の上に行くと宝の一つを奪おうとした。だが、剛毛一本しか抜き去ることはできなかった。猪は起き上がって怒りに震え、体を激しく振ったので、毒が降りかかった。この後、メヌーが毒の苦しみから回復することはなかった。

ディウルナッハ・ウィゼルの大鍋

それからアーサーは、アイルランド王アエズの息子オドガルに使いを送り、彼の執事であるディウルナッハの大鍋をくれるよう要求した。オドガルは渡すように頼んだ。

ディウルナッハが言った。「これはたまげた、大鍋を一目拝むくらいならともかく、手に入れるなどとんでもない」そこでアーサーに届いたのは、アイルランドからの拒絶の返事。アーサーはわずかな手勢とともにただちに出発、プラドウェンに乗り込むとアイルランドに渡り、ディウルナッハ・ウィゼルの館に向かった。相手が少数であるのを見て取ったオドガルの軍がたっぷり飲み食いし終わったところで、アーサーが大鍋をよこせと要求した。ディウルナッハが言うには、誰かにやるとしたら、それはアイルランド王オドガルの頼みがあっての場合。断りの言葉が終わるや、ベドウィールは立ち上がり、大鍋を奪うとアーサーの従者ハグウィズの背中にのせた(この者は、アーサーの従者カカムリと母を同じくする兄弟だった)。彼の役目はというと、アーサーの大鍋を運んで火にかけることだった。スレンスレオウグ・ウィゼルがカレドヴルフをつかむと振り回し、ディウルナッハ・ウィゼルとその軍を皆殺しにした。アイルランドの大軍が加勢に来た。だが全軍が後退を余儀なくされ、アーサーと戦士たちは彼らの見守るなか船に乗り込み、大鍋とたくさんのアイルランドの宝を持ち去った。一行は、ダヴェッドのポルス・ケルジン[127]の港に上陸し、キルコエドの息子スルウィザイの館に入った。そこがメシール・ア・パイル[128]である。

トゥルッフ・トルウィス狩

それからアーサーは軍勢を召集したが、集められたのは、ブリテンの三つの領域と三つの群島、さらには、フランス、ブルターニュ、ノルマンディーに加え、夏の国〔サマセット〕からも戦士たち、それに選りすぐりの名犬と名だたる名馬である。そしてこれら全軍勢とともにアイルランドに向かったのでアイルランド中が恐れおののいた。アーサーが上陸すると、アイルランドの聖人たちがやって来て保護を請うた。保護を約束すると、彼らはアーサーを祝福した。アイルランドの戦士たちもアーサーのもとへ参上し、糧食を貢ぎ物として差し出した。アーサーはアイルランドのエスガイル・オエルヴェルまでやって来たが、そこにはトゥルッフ・トルウィスが七匹の猪の子とともにいた。猟犬が四方八方から猪に向かって放たれた。その日は日暮れまで、アイルランド人が猪と戦った。しかし、アイルランドの五つの地方[129]の一つを猪は荒地にしてしまった。翌朝、アーサーの親衛隊が挑んだが、さんざんな目にあわされただけで成果は何一つなかった。三日目にアーサー自身が立ち上がり、九つの夜と九日、対戦した。仕留めたのは子豚一匹だけだった。戦士たちがアーサーに猪のいわれを尋ねた。アーサーは言った。「かつては王だったが、その邪悪さゆえに神が猪〔フーフ〕に変えたのだ」

アーサーは言語万能グールヒルを通訳として送り、猪と話し合おうと試みた。グールヒルは小鳥の姿になると、猪と彼の七匹の子が隠れている巣穴の上にとまった。それからグールヒルがこう尋ねた。「おまえをその姿に変えた方にかけて尋ねるが、言葉ができるなら、誰か出てきてアーサーと話をしてくれまいか」

応じたのは銀毛のグリギン。その毛はすべて銀色の翼のよう。森の中でも草原でも、その通るところ銀毛の輝きが目に留まるに違いない。そのグリギンが言うには、「われらをこのような姿に変えた方にかけて断る。アーサーとは一切話はしない。われらはさんざん憂き目を見た。神によってこんな姿にされたのだ。おまえたちがわれらに戦いを仕掛けになくとも、もう十分な苦しみ」

「アーサーが戦うのは、トゥルッフ・トルウィスの両耳の間にある櫛と剃刀とはさみを得るためだ」

グリギンが言った。「命を取らん限り、それらの宝物は手に入らん。明日の朝、われわれはここを発ち、アーサーの国に入り、悪行の限りをつくすつもり」

猪たちは海路でウェールズに向かった。アーサーと軍勢、馬と犬がプラドウェンに乗り込むと、一瞬、彼らの姿が見えた。トゥルッフ・トルウィスは、ダヴェッドのポルス・クライス[130]の港で陸に上がった。その晩、アーサーはマニュウ〔現在のセント・デイヴィッズ〕に到着した。翌日、アーサーは、彼らが去ったあとであると知らされた。やっと追いついたときには、切っ先鋭いカンワスの牛が目の前で殺されるところだった。ダイ・グレジーヴでは人も獣も、アーサーが到着する前に皆殺しにされてしまっていた。

アーサーが到着すると、トゥルッフ・トルウィスはプレセリ[131]の山をめざした。アーサーと世界中の軍勢が山へ向かった。アーサーは戦士たちを追跡に向かわせた。猟犬エリとトラフミル、それにドリードウィン――エリの息子グライドの子犬――の紐をアーサーが自ら握り、カウの息子グワルセギズが反対側を受けもってブルトン人グラスミルの二匹の犬を伴い、ベドウィールはアーサーの犬カヴァスを連れている。ナヴェール河[132]〔ネヴァーン〕の両岸に戦士全員が並んだ。クレジーヴ・ディヴルフの三人息子も馳せ参じた。猪の頭アスギスルウィン・ペンバエズを仕留めて名を上げた勇士たちだ。トゥルッフ・トルウィスはグリン・ナヴェールからケルウィン渓谷へと入り追手と対峙した。その場で猪は、アーサーの勇者四人、すなわち、カウの息子グワルセギズ、クルウィッドの山のタロウグ、アドヴェール・エリの息子フレイズウン、アスゴヴァン・ハエルを殺した。彼らを手にかけると、同じ場所でさらに立ち向かい、アーサーの息子グウィドレ、ガルセリード・ウィゼル、アスゴッドの息子グレウ、パノンの息子アスガヴンを殺した。だが自らも傷を負った。

翌日の早朝、戦士数名が敵に追いすがった。そのうち、ヒアンダウ、ゴギグール、ペンピンギオン、これら剛腕のグレウルウィドの三人の家来は殺されてしまったので、手下として残るはスラエス・カミン、誰の役にも立たぬ怠け者だけになった。猪は、その他にも多くの戦士を殺害、アーサーの石工の頭グラジン・サエルも命を落とした。アーサーはペイリニオグで猪に追いついたが、相手はテイシオンの息子マドグ、トリンガッドの息子グウィン、エイリオン・ペンスロランを手にかけた。それからタウィ河へと逃走した。そこで猪は追っ手を迎え撃ち、カナンの息子カンラス、フランス王グウィレニンを殺した。それからグリン・アスティンの渓谷へ逃げ込み、戦士も猟犬もその姿を見失ってしまった。

アーサーはニーズの息子グウィンを呼び寄せると、トゥルッフ・トルウィスの消息を知らないかと尋ねた。

彼は知らないと答えた。そこで狩人たちは全員で猪狩に出かけ、スラフールの谷間にやって来た。すると銀毛のグリギンと殺し屋スルウィドウグが襲い掛かって狩人を殺しまくったので、生きて逃れたのはたった一人だった。そこでアーサーは軍勢を率いてグリギンとスルウィドウグが潜伏する場所に向かい、これまでに名を挙げた猟犬すべてを二頭に向かって解き放った。叫び声や吠え声を聞いてトゥルッフ・トルウィスが姿を現し、二頭を守ろうとした。アイルランドの海を渡って以来、彼らに目を向けたことは今まで一度もなかったのにである。たちまち、戦士と猟犬に一斉に攻撃された。猪は動き出しマニズ・アマヌーの山まで逃走したが、そこで豚の群れにいた一匹の子豚が殺された。生死をかけた激戦の末、トゥルッフ・スラウィンが殺された。もう一匹の豚も仕留められたが、グウィスという名だった。そこからアマヌーの谷間に逃げ込んだところで、バヌーとベンウィグの二匹の子豚が殺された。そこから向こう、生きてついてきたのは銀毛のグリギンと殺し屋スルウィドウグだけだった。

三頭はスルッフ・エウィンの湖に向かい、そこでアーサーが追いついた。猪は応戦してきた。そして、たくましい足のイヘル、グウィゾウグ・グウィールの跡取りアルウィリ、それに多くの戦士と猟犬を殺めた。そこから三頭はスルッフ・タウィの湖〔現在のスリン・ア・ヴァン・ヴァウル〕に向かった。銀毛のグリギンはそこで仲間から離れ、ディン・タウィの砦に行った。そこから今度はケレディギオンに向かい、エリとトラフミル、それに大勢がその後を追った。ガルス・グリギンの丘までやって来ると、そこでグリギンは追っ手に囲まれ殺された。しかし、フリーズヴュウ・フリースと他にも多くの者が命を落とした。一方スルウィドウグはアストラッド・ユウに向かい、そこでブルターニュの兵たちと対峙し、ブルターニュ王ヒール・ペイソウグ、そしてアーサーのおじで母の兄弟にあたるスラガッドリーズ・エミスにグールヴォズーを殺した。それから自分も命を落とした。

一方トゥルッフ・トルウィスは、タウェ河とエウィアスの間を越した。アーサーはコーンウォールとデヴォンの者どもを集め、アベル・ハヴレン〔セヴァーン河口〕で待ち受けることにすると、この島の戦士たちに向かって言った。「トゥルッフ・トルウィスはわが手の者を多く殺めた。武士の誉れにかけて、この命ある限りコーンウォールには入らせぬ。ここからは追撃はやめ命と命をかけた一騎討ちとする。そなたたちも思い通りにするがよい」

アーサーの意見により、騎馬の戦闘隊を、この島の猟犬たちとともにエウィアスまで行かせることになった。彼らは、そこから馬首をめぐらしハヴレンへと向かい、この島の歴戦のつわもの全員で待ち伏せすると、猪をハヴレンへと追い込んだ。続いてモドロンの息子マボンがグウェズーの俊馬グウィン・マングズンにまたがりハヴレンに飛び込むと、キステニンの息子ゴーライ、タイルグワエズの息子メヌーも後を追って、スリン・スリワンの湖とワイ河の河口の間に至った。そこでアーサーが飛びかかると、ブリテンの勇者たちも続いた。大剣のオスラが迫り、スリールの息子マナワダン、アーサーの従僕カカムリ、それにグウィンゲスリが肉薄する。彼らはまず足をつかんで敵をハヴレン河に引きずり込むと頭まで沈めた。一方からモドロンの息子マボンが馬に拍車をかけ剃刀をつかむ。もう一方から別の馬に乗った野人カレディルが河の中に突入し、はさみをつかむ。けれども櫛が奪い取られる前に相手は体勢を立て直し、岸に上がった。いったん地面に戻るや、犬も人も馬も誰も追いつくことができぬまま、相手はコーンウォールに入ってしまった。猪から宝を奪うことがいかに大変だったとしても、もっと難しかったのは二人の男が溺れるのを助けることだった。カカムリは引き上げようとしても、二個のひき臼が彼を水底へ引っ張り込む。大剣のオスラは、猪のあとを追っていく途中で鞘から剣が落ちてしまい、鞘が水でいっぱいになった。それで、オスラは引き上げようとしても、鞘が彼を深みへと引っ張り込むのである。

アーサーは軍勢を引き連れ、コーンウォールで敵に追いついた。これまでの困難がいかほどであれ、櫛を手に入れることの比ではなかった。だが、ついに櫛は奪われ、猪はコーンウォールから追い払われると海に追い詰められた。そののち、どこへ行ったのかは誰も知らない。猟犬アネッドとアエスレムもともに消えた。アーサーはコーンウォールのケスリ・ウィッグに戻り、風呂に入って疲れを癒した。

黒魔女の血

アーサーが言った。「難題のうちまだ手に入れていないものはあるか」

一人が答えた。「はい、黒魔女の血。白魔女の娘にして、冥府の高地にある悲嘆の谷からやって来た魔女です」

アーサーは出発し北方をめざすと、魔女の洞窟があるところまでやって来た。ニーズの息子グウィンとグレイドルの息子グウィシールは、カカムリとその兄弟のハグウィズを行かせて魔女と戦わせるようにと意見を述べた。そこで二人が洞窟に入ると、魔女は彼らに襲いかかり、ハグウィズの髪の毛をつかんで地面に投げ飛ばし馬乗りになった。カカムリが魔女の髪をつかみ、ハグウィズから引き離し地面に倒したところ、魔女は、今度はカカムリに向かってきて、二人とも叩きのめすと武器を奪ってしまい、うなり泣きわめく二人を外へ追い出した。アーサーは二人の従僕が殺されかかったさまを見て怒り心頭に発し、洞窟に突進しようとした。するとグウィンとグウィシールが言うには、「あなたが魔女とつかみ合いをする光景など見苦しく、見るにたえない。ここはヒール・アムレンとヒール・エイジルを行かせましょう」最初の二人が災難にあったとしたら、次の二人の運命はもっとひどいものだった。このままだったら、四人のうち一人でも逃れることができたかどうかは神のみぞ知るところ。だが、アーサーの雌馬スラムレイに全員のせられ難を逃れた。そこでアーサーは洞窟の入り口に突進し、入り口から魔女に向かってねらいを定め、短剣カルンウェナンを投げつけると見事当たって真っ二つ、魔女は二つの樽のようになった。ピクト人の国のカウが魔女の血を取り、大事に持ち帰った。

巨人の最期

一方、キルフーフは出立し、キステニンの息子ゴーライ、そしてアスバザデン・ペンカウルに災いをと願う者たちもつき従い、難題の品々をたずさえ宮廷へ向かった。ピクト人の国のカウが進み出ると巨人の髭を剃り、肉も皮も骨が見えるまで、両耳もすっかり削ぎ落とした。

そこでキルフーフが言った。「髭剃りはおすみかな?」

「すんだ」と巨人。

「それでは、娘御はわたしのものだな?」

「おまえのだ」と巨人。「だが礼には及ばぬ。礼ならアーサーに言うがよい。おまえのためにことをなした恩人じゃ。わしからは、決して娘を手に入れることはできなかったじゃろう。さて、もう十分、わが命、取るがよい」

そこでキステニンの息子ゴーライが巨人の頭髪をつかむと、塚山のところまで引きずり出し、首をはねて城壁の杭に突き刺した。そして、砦と領地を手に入れたのである。

その晩、キルフーフはオルウェンと床をともにした。オルウェンは彼の生涯でただ一人の妻となった。アーサーの軍勢は解散し、それぞれ故国へと戻った。

かくして、キルフーフは巨人の頭アスバザデンの娘オルウェンを手に入れたのである。

マビノギの四つの枝

マビノギの第一の枝

プウィス[1]は、ダヴェッドの頭領で、ダヴェッドの七つの州《カントレーヴ》[2]の領主だった。ある日のこと、アルベルス[3]――これは彼の第一の居城である――にいたとき、ふと思い立って狩に行くことにした。領内でお気に入りの狩場と言えばグリン・キッフ[4]の渓谷である。さっそく夜のうちにアルベルスを出立し、ペン・スルウィン・ディアルウィアに至ると、そこで一夜を明かした。そして翌朝まだ夜も明け切らぬうちに起き出し、グリン・キッフに着くと犬を森に放った。角笛を吹き狩を始める号令をかけ、自分も犬の後を追ったが、そのうち連れの者たちとはぐれてしまった。そこで耳をすまし飼い犬の声に聞き耳を立てていると、聞こえてきたのは新たな群れの声で、明らかに異なる吠え声が、だんだん自分の猟犬のいる方へと近づいてくる。やがて目の前が開け、木々の間に平地が見えてきた。プウィスの猟犬が空き地のへりに姿を現した。とその時、目の前に躍り出たのは一頭の雄鹿と、それを追う見知らぬ犬の群れ。犬どもは空き地の中ほどまで進み出ると、あっという間に鹿に跳びかかり、地面に引き倒してしまった。

思わず目を奪われたのは犬たちの毛色で、鹿のことなど目に入らない。今まで猟犬はいろいろと見てきたが、こんな色の犬はついぞ見たためしがない。どんな色かと言えば、体はまぶしいばかりに白く、耳は真っ赤。白い毛が輝けば輝くほど耳の赤が目にしみる。やがてわれに返ると、犬の群れに歩み寄り、鹿を殺した方の猟犬は追い立て、自分の犬たちに獲物をくれてやった。

そうやって飼い犬に獲物を与えていると、目に入ったのが騎馬の男で、先ほどの犬の一隊を先頭に、灰色のまだらのある大きな馬にまたがっている。首に角笛、灰色のマントという狩のいでたちだ。男はプウィスに近寄ると口を開いた。

「おぬし」男は言った。「わしは、そなたが何者か知っておるが、こちらからあいさつはいたさぬぞ[5]」

「なるほど、その必要がないとは、たいそうなご身分とみえる」

「いかにも。だが、わが身分が妨げているわけではない」

「貴殿、では、なにゆえに？」

「それは、おぬしがあまりに無知で無礼だからだ」

「無礼だと？　わたしのどこが？」

「これほどの無礼は見たためしがない」相手は言った。「鹿を仕留めた猟犬を追い払い、おのれの犬に鹿を与えたのだ[6]。これぞ無礼のきわみ。だが仕返しはせぬ。必ずや、おぬしの面目をつぶし、百頭の鹿に値する恥辱[7]を与えてくれん」

「おぬし、こちらの不始末ならば、償いの上、和解したい」

「どのように弁償するつもりだ？」

「貴殿の身分相応に。だが、貴殿がどなたか存じ上げぬ」

「王冠を頂く王というのが本国での肩書」

「殿、ごあいさつ申し上げる[8]。どちらの国から参られたのですか？」

「異界から。アヌーヴン[9]の王アラウンと申す」

「殿、どのようにすれば和解していただけますか？」

「こうするがよい」相手は言った。「わが領国と国を接する男がおって、始終、戦いを仕掛けてくる。この者、アヌーヴンの王でハヴガンという。わが身にとってのこの外敵の始末、そなたならたやすくできること、そうすれば和解いたそう」

「喜んでいたします。それでは、どうすればよいのか教えてください」

「教えよう。かくのごとくすべし。まず、わしが、そちと同志の固い絆を交わすこととする。すなわち、わしはそちをわが身代わりにアヌーヴンに送り、そちが見たこともないほどの絶世の美女を授け、夜ごと床を共にできるようにしよう。わしと姿形も瓜二つにすれば、侍従[10]はもとより、廷吏も、ほかの誰もわしでないと見抜くことはあるまい。そのようにして、明日から数えてちょうど一年の終わりまで過ごす。その後、われらが落ち合う場所は、ここと定めよう」

「わかりました。それで一年間お国にいたとして、どのようなご指示に従えば、おっしゃった男にめぐり会えるのですか？」

「今夜から一年後[11]、やつとわしは川の浅瀬で立ち合うことになっている。そちはわしの姿でそこへ出向く。そして一突きだけ与えるのだ。息の根はそれで止まるから。とどめをと懇願されても、どんなに泣きつかれても耳を貸してはならぬ。これまでは何度も強打を与えたがため、翌朝には元どおりになってわしに立ち向かっ

「マビノギの第一の枝」の扉絵（プウィスがアヌーヴンの王と狩で出くわす）マーガレット・ジョーンズ画

てきたのだ」

「わかりました」プウィスが言った。「わが領国についてはいかがいたしましょう?」

「わしが手配しよう」アラウンが言った。「そちの領国では男も女も誰一人、わしがそちでないと気づく者はあるまい。わしが、そちの代わりとして出向こう」

「承知しました」プウィスが言った。「では、わたしは出立します」

「平穏無事な道中となろう。誰にも邪魔されることなくわが領国に行き着くはず。わしが案内として、そちとともに行こう」

道案内していくうちに、王宮と人里が見えた。「さあ、あの宮廷と王国はそちのものじゃ。宮廷へ入るがよい。廷内で、そなたを見知らぬ者は誰もおらぬ。宮中での応対を見ていれば、おのずと王宮のしきたりもわかるはず」

館へと向かった。廷内には、いくつもの寝所や大広間や数々の部屋があり、誰も見たことがないような豪勢な造りの建物である。広間に入ってマントを脱ごうとした。とたんに数人の小姓や若党たちが飛んできて、口々にあいさつした。二名の騎士が進み出て狩衣を取ると、錦織[12]の金の服に着替えさせた。

広間の支度が整えられた。見れば、王の親衛隊をはじめ家中の者ども、みな惚れ惚れするような美丈夫の一団が、誰も見たことのないような見事なこしらえの武具を着込んで入室し、さらに王妃が彼らとともに入ってきたが、誰も見たことのないほどの麗人で、金の錦織のドレスがまぶしいばかり。それから一同は手を洗い清めると食卓につき、次のような席順ですわった[13]。すなわち、王妃が彼の隣に、高貴な者[14]と思しき男がその反対隣である。王妃と会話を始めた。歓談してみると、これまで会ったこともないような非のうちどころのない貴婦人で、気立てといい話しぶりといい気品にあふれている。それから肉料理に酒、音楽に余興と宴を楽しんだ。地上のどんな宮廷と比べても、こんなに肉や酒が豊富で、金の器や宝物があふれている所は見たことがなかった。

時が移り、寝る時刻となったので、寝間へと人々が席を立ち、彼と王妃も続いた。二人で寝床に入るや否や、顔は寝床の端に向け、背中は妃の方に向けた。そうやって朝になるまで一言も話しかけなかった。翌朝は、再びやさしげに言葉を交わし合った。だが、日中どんなに仲睦まじく過ごそうとも、夜はいつも最初の晩のような有様だった。それが一年続いた。

一年の間、狩や歌や遊びや仲間との交友、語らいに明け暮れるうち、とうとう果たし合いの晩がやって来た。この夜の立ち合いの件は領内隅々に至るまで、あまねく人々の記憶にあった。当人はもちろんである。対決の場に向かうと、王国の長老たち[15]もついてきた。川の浅瀬に着くや、一人の騎馬武者が立ちあがってこう呼ばわった。「長老の方々、よく聞かれよ。これは王と王の立ち合い。両人のからだを張った決闘だ。ともに要求するは相手のもつ土地と大地[16]。よって手出しは無用、勝負は当人同士に任せられたし」

この言葉を合図に二人の王は進み出て浅瀬の中ほどで向かい合った。最初のぶつかり合いで、アラウンの替え玉[17]がハヴガンの盾の飾り鋲のど真ん中を突くと、盾は真っ二つ、鎧もばらばらになった。ハヴガンはというと、馬の尻がい[18]から腕一本と槍一本分ほど向こうへはね飛ばされ、地面に落ち、致命傷を負った。「おぬし」ハヴガンが言った。「どんな権限で、わが命を奪うのだ？　貴殿から何も要求したことはなく、殺される理由など思いあたらぬ。だが、始めたからには、かたをつけるがいい」

「おぬし」相手は言った。「すまぬことをしたようだ。とどめを刺すのは他の者に頼まれよ。わたしは殺さぬ」

「わが忠実なる長老方よ」ハヴガンが言った。「わたしを連れていってくれ。もうだめだ。そなたたちを守ることもできなくなった」

「わが長老方よ」アラウンの替え玉が言った。「知恵を集め、誰がわたしに従うか決めるがいい」

「殿」長老たちが言った。「全員そういたします。アヌーヴン全体を統べる王《ヤウン》は、今やあなたしかおりませぬから」

「さようか。おとなしく従う者は受け入れるをよしとする。拒む者は剣の力で下してくれる」

そこで一同から忠誠の誓いを受けると領内を鎮圧に回り、翌日の昼には二つの王国を手中に収めた。それから約束の場所へ向かい、グリン・キッフにやって来た。森に着くと、そこにはアヌーヴンの王アラウンが待ち受けていた。二人はにこやかに相手を出迎え、あいさつを交わした。

「やあ」アラウンが言った。「神もそなたの友情に報いんことを。話は聞いたぞ」

「そうですか。お国に帰られたら、わたしの仕事ぶりをとくとご覧ください」

「それが何であれ、神の報いがあらんことを」

そこでアラウンは自分の身体と姿をプウィスに与え、ダヴェッドの頭領に戻し、自らも本来の姿形になった。それからアラウンはアヌーヴンの居城に向かい、自分の家来や親衛隊を目の当たりにすると、心はすっかり晴れやかになった。何しろ一年ぶりの再会である。だが家来たちはそんな事とは知る由もないから、以前と変わらぬ様子で出迎えた。その日は一日、愉快に楽しく過ごし、王妃や長老たちとも話がはずんだ。やがて遊興にも飽いて休む時がくると、一同は寝室に引き上げた。寝床に入ると妻も寄り添ってきた。そこで、さっそくささやきかけ、やさしく愛撫を始めた。一年というものこんな事はなかったものだから妻は不審に思った。「まあ、どうされたのかしら、今夜に限って」そのまま、しばらくあれこれと思いをめぐらした。そうして考えこんでいると夫が目を覚まし、声をかけた。一度、二度、三度。だが返事がない。

「どうしたのだ。なぜ口をきかぬ？」

「では、お話しします。この一年、わたくしは寝床では一言も口をきいておりませんでした」

「何をまた？　いつも一緒に話をしてきたではないか」

「なんとまあ。夕べまでの一年、同じ一つの褥《しとね》に入ってても喜びも語らいもなく、あなたはそっぽを向かれたまま。もちろん二人で睦み合うこともありませんでした」

それを聞いて夫は考えこんだ。「おお、そうだったのか。これほどまでの義理堅さと信義の厚さを友情として受けたとは！」そして妻に向かって言った。「奥方、わしを責めるな。実を申せば、そなたとはこの一年と一日、閨《ねや》をともにしたことも枕を並べたこともなかったのだ」それから一部始終を語って聞かせた。

「まことに、かけがえのない、しっかりした支えをお仲間として持たれました。肉欲に抗《あらが》い、あなたに節を通されたのですから」

「奥方、実は、そのことをわしも考えていて、さっき黙りこんでいたのだ」

「それは、もっともなこと。少しも不思議ではございません」

一方、ダヴェッドの領主プウィスも領国に戻った。さっそく国の長老たちに問いただし、この一年の統治は以前と比べどうだったかと尋ねた。

「殿」一同は言った。「ここまでのご分別はかつてありませんでした。これほどまでに人あしらいが良く、褒美を惜しまなかったためしもございません。今まで、こんなにご立派に国を治められたことはないと言っていい一年でした」

「実を申せば、正《ヤウン》しくはかくのごとし。そなたたちが礼をすべき相手は、そなたたちと一年をともにした男。話とはこういうことなのだ」そこでプウィスは事の次第をすべて語った。

「なるほど殿。そのような友情を得たことを神に感謝いたします。ところで、われらが手にした、あの一年の善政を、ゆめゆめ取り上げることなどありませぬな」

「もちろんだ」プウィスが答えた。

それからというもの、アラウンとプウィスの友情の絆はいやが上にも強まり、馬・猟犬・鷹はもとより、相手の気に入りそうな宝物を贈り合った。そして、この一年をアヌーヴンで過ごし、国を富み栄えさせた上に、二つの王国を勇気と武力をもって統一したがために、これまでの名、ダヴェッドの頭領プウィスでは不十分となり、ついた呼び名がプウィス・ペン・アヌーヴン、すなわちアヌーヴンの頭目プウィスとして、その後は呼ばれるようになった。

さてある日、いつものようにアルベルスの居城にいた時のこと。折から彼のために宴の席が設けられ、大勢の人々が列席していた。宮中の者たちが最初に食べ終わると[19]、散歩に立ち上がったプウィス、めざすは、とある塚《ゴルセッズ》[20]の頂上で、そこは館を見下ろすところにあり、ゴルセッズ・アルベルスと呼ばれていた。

「殿」廷臣の一人が言った。「あの塚には霊能力《カネズヴ》[21]がございまして、しかるべき者が上にすわると、二つのうちどちらかが起こらずして立ち上がることはできぬとやら。すなわち、打たれたり刺されたりして傷を負うか、さもなくば、あやかしを見ると申します」

「恐れはしない、打ち傷だろうが刺し傷だろうが。これだけの軍勢がおるのだから。それより、あやかしとやらを見たいもの。参るぞ。その塚にすわってみようではないか」

塚の上にすわった。そうしてみなで腰をおろしていると、女の姿が目に入った。秀麗にして堂々たる白馬にまたがり、豪華な錦の服を金色にきらめかせながら、街道を塚の方へと向かってくる。ゆっくり、同じ足取りで馬は進んでいると見る者には思われた。そして、いよいよ塚の正面に差し掛かった。

「者ども」プウィスが言った。「誰か、あの騎馬の主を知っている者はおらぬか」

「おりませぬ、殿」一同は言った。

「誰か一人、出向いて素性を確かめてまいれ」

一人が立ち上がり、女に会おうと道におりたが、すでに相手は通り過ぎた後。すぐに追いかけ、できる限りの早足で追いつこうとする。だが、急げば急ぐほど女の姿は遠ざかる。自分には追うことができぬと見て取ると、プウィスのもとに引き返して言った。

「殿、徒歩では、いかなる者でも追いつけませぬ」

「さようか」プウィスは言った。「宮廷にとってかえし、一番足が速いと思う馬を連れてきて後を追うのだ」

馬を連れてくると、再び追跡を始めた。平らで開けた場所に出たので馬に拍車をかけた。だが、逸れば逸るほど女の姿は遠ざかる。足取りは最前と変わらないというのに。とうとう馬が疲れ果ててしまった。馬がこれ以上進めないのを見て取ると、プウィスのもとに引き返して言った。

「殿、いかなる者も、あちらの貴婦人には追いつけませぬ。領内にこれより駿足の馬はおりませぬが、それでも自分には追うことがかなわなかったのですから」

「うーむ」とプウィス。「これには何やら魔法のにおいがする。ひとまず宮廷に戻るとしよう」そこで一同は館に帰り、その日は暮れた。

明くる日は起床し何かれと過ごすうち食事の時間になった。宮中の者が最初に食べ終わると、「それでは」とプウィスが口火を切った。「参ろうか。昨日の面々で、あの塚の頂へ。それから、おまえ」と、小姓の一人に向かって言った。「そちは馬場で一番足が速いと思う馬を連れてまいれ」若者は言われたとおりにした。塚へと人々は向かい、くだんの馬も引いていった。

そうしてみなが腰をおろしていると、例の女が同じ馬に乗り、身なりも変わらず、同じ道をやって来る。

「見よ」とプウィスが言った。「昨日の騎馬の主だ。抜かりはないな、素性を確かめてまいれ」

「殿、かしこまりました」

ちょうどその時、騎馬の女が一同の正面に差し掛かった。若者は馬に飛び乗ったが、鞍にまたがるより先に相手は行き過ぎて、両者の間にはもう隔たりができてしまった。といっても急ぐ様子は前日同様、見当たらない。若者は馬を並足で進めた。ゆっくり行っても追いつけると思ったのだ。ところが、いっこうに追いつけない。そこで手綱をゆるめ、馬の走るに任せたが距離は縮まらない。逸れば逸るほど女の姿は遠ざかる。さっきより早足になったわけでもないのに。自分には追うことができぬと見て取ると、プウィスのもとに引き返してきた。「殿、この馬には無理でございます。ご覧になった以上のことはできません」

「確かに、誰にも追いつけまい。この場所で誰かに、何やら用事があったに違いない。あんなに頑《かたく》なでなければ話してくれたろうに。ここは宮廷に戻るとしよう」

一同は館に帰って、その晩は音楽や酒盛りに打ち興じた。翌日もあっという間に過ぎて食事の時間が来た。みんなが食べ終わったところでプウィスが口を開いた。「昨日と一昨日、あの塚のてっぺんに行った面々は?」

「こちらに控えております」

「では参ろうか、塚の頂にすわりに。それから、そなた」と、馬丁に言った。「そちはわが馬にしっかりと鞍をつけ、街道に連れてまいれ。それとわが拍車も取ってくるように」若者は言われたとおりにした。

一行は塚に向かい、腰をおろそうとした。頂上に着くや否や、あっという間に、例の騎馬の女の姿が目に入った。同じ道を、同じなりで、同じようにゆっくりと近づいてくる。

「馬丁」とプウィス。「あの騎馬の主が見える。わが馬を連れてまいれ」プウィスは馬に飛び乗ったが、鞍にまたがるより早く相手は通り過ぎてしまった。プウィスは向きを変えると、馬が小気味よく飛ぶように走るに任せた。あとひとっ跳び、いや、もうひとっ跳びで追いつくとふんだ。ところがちっとも近づけない。馬に精一杯、拍車をかけたが追いつくことはかなわない。そこでプウィスは呼びかけた。

「乙女よ、もっとも愛しておられる男のためだと思って、わたしを待ってくださらぬか」

「喜んでお待ちします。あなたの馬のためにも、もっと前にそうおっしゃってくださったら良かったのに」

立ち止まり、乙女は待った。そして、顔を隠していた被り物の端をめくり上げると、相手をじっと見つめながら会話を始めた。

「姫君、どちらよりいらして、どちらへ行かれるのですか?」

「用があっての旅なのです。お会いできてうれしゅうございます」

《魔法の馬》フリアノンが不思議な馬に乗って現れる、マーガレット・ジョーンズ画

「こちらこそ」それから考えるに、自分の知っているどんな美女も、未婚・既婚の別なく、この乙女の容姿には見劣りする。

「姫君、ご用件の一部でも教えてはいただけませんか？」

「一番の目的はあなたを探し、お目にかかること」

「それは、それは」とプウィス。「わたしにとっても喜びの極み。どなたかお聞かせください」

「申し上げましょう、殿。フリアノン、ヘヴェイズ翁《ヘーン》の娘[22]で、心ならずも、ある男のもとへ嫁がされようとしております。でも他の殿方のことなど想ったこともございません、あなたを愛しておりますから。あなたがいやだとおっしゃらぬ限り、あの男のもとには参りません。お答えを知りたくて出向いて参りました」

「わたしの返事はこうです」プウィスは言った。「嫁しているや否やにかかわらず、この世のすべての女性の中から選ぶとしたら、それはあなただ」

「そうお望みならば、ほかの男に嫁がされる前に、わたくしと会うようになさりませ」

「早ければ早いほど自分には好都合」とプウィス。「お望みの場所で会う手はずをしてください」

「殿、こういたしましょう。今夜から一年の後、ヘヴェイズの館にて、あなたのために宴の席を設け、おいでをお待ちします」

「喜んで参りますとも、その会見の場に」

「殿、ごきげんよろしゅう。約束なさったことを覚えていてくださいませ。それでは、わたくしは戻るといたします」

　二人は別れ、彼は親衛隊やお供の者が待つ所へ戻った。だが、何を聞かれても乙女については語ろうとせず、話題をそらしてしまうのだった。そうやって彼らは一年を過ごし、とうとう約束の日が来た。プウィスは身支度を整え、百騎の武者団に加わった。そして出立すると、ヘヴェイズ翁の宮廷をめざした。館に着くと喜んで迎え入れられ、大勢の人々が集まって大歓迎し、手厚くもてなしされたばかりでなく、宮廷の貯えはすべて彼の思いのままに使われた。大広間の支度が整うと一同は食卓についた。席順はというと、ヘヴェイズ翁がプウィスの片側に、フリアノンがもう一方の側にすわり、あとは各自、身分に応じて座を占めた。それから、しばし食事や酒盛りや会話を楽しんだ。

食後の酒盛りが始まった時である。一人の若者が入ってきた。髪は栗色、背が高く、気品のある物腰で、錦織の絹物をまとっている。広間の上座に近づくとプウィスと彼の連れにあいさつした。

「ようこそ、お客人、まずはおすわりなさい」プウィスが言った。

「いやけっこう、わたしは願いがあって参った者、用件を先にすませたい」

「では、そうするがいい」とプウィス。

「殿、あなたに用がある。お願いしたいことがあり参上した次第」

「どんな望みであれ、わたしに手に入れることができるものであれば、そちに進ぜよう」

「まあ」とフリアノン。「どうしてそんな答えをされたのです！」

「確かにそう言われたぞ、姫、長老たちの目の前で」

「友よ」とプウィス。「何が望みだ？」

「わが最愛の女性と今晩あなたは床をともにされる。所望するのは、その女性、そしてここにある祝宴の支度。それをもらいに来たのだ」

プウィスは黙り込んだ。どうにも答えようがなかったのだ。

「お好きなだけ黙っておられませ」フリアノンが言った。「あなだほど思慮の足りない男はいたためしがない」[23]

「姫、どういう男か知らなかったのだ」

「あの者こそ、わたくしが心ならずも嫁がされようとした相手。クリッドの息子グワウル[24]といって、たくさんの軍勢をもった権勢並ぶ者のない男です。でも、口に出してしまったものは仕方がない。わたくしをあやつにやらなければ、とんだ恥さらしになりましょう」

「姫、そのように答える意味がわからぬ。そんなことは自分には絶対にできない」

「あやつにわたくしをやりなさい。あの者が決してわたくしを手に入れることができぬようにいたします」

「どうやって?」とプウィス。

「あなたに小さな袋を差し上げますから大事にとっておくのです。向こうは宴と食事のもてなしを求めましょう。でも、それはあなたの権限ではありません。わたくしが親衛隊と家来たちのためにと言って宴席を設けます。そのようにお答えなさいませ。わたくしの方は、今夜から一年後にあの者と会う約束をし、それまで床入りを延ばさせます。一年経ったらあなたはこの袋を持って、百名の騎兵にまぎれて向こうの果樹園で待つのです。そしてあやつが浮かれ騒いでいるところに、一人でぼろをまとっておいでなさい。袋を手にお持ちになってね。それから一つお願いをと言って、袋一杯の食べ物を所望するのです。わたくしが細工するので、七つの州分の食べ物、飲み物をすべて投げ込んでも袋は空っぽのままでしょう。さんざん詰め込んで、あやつが『一体、おまえの袋は満杯になるのか?』と言ったら、『いいえ、しかるべきご身分の権勢並ぶ者なきお方が立たれ、両足で袋の中に食べ物を押し込んで、もう一杯だと言うまでだめなのです』とお答えなさいませ。そうしたら、わたくしが、あやつに袋を踏ませるように仕向けましょう。そこであなたは袋を持って、あやつが頭から袋にすっぽり入ってしまうようにし、すかさず口の紐を縛るのです。狩の笛を首にぶらさげておいでなさいませ。あやつを袋に閉じ込めたら角笛を吹く。これをあなたの騎兵たちへの合図に、角笛を聞いたら宮廷へ駆けつけるようにと打ち合わせておくのです」

「殿」グワウルが言った。「そろそろ、お返事をいただきたい」

《プウィスとグワウル》プウィスが変装してグワウルを袋に閉じ込めようとする、マーガレット・ジョーンズ画

「わたしの権限が及ぶ限りのものは取らせよう」プウィスが言った。

「お客人」と、今度はフリアノン。「今日のもてなしの宴のことですが、これはもともと、わたくしがダヴェッドの方々と、ここに居並ぶ親衛隊をはじめ家中の者たちのために開いたもの。他の方に、というわけには参りません。そのかわり、今夜から一年後に宴会をこの館であなたのために催すこととし、友よ、わたくしと床をともになさりませ」

　グワウルは領国へ発った。プウィスもダヴェッドに帰り着いた。両人が一年を過ごすうち、ヘヴェイズ翁《ヘーン》の宮廷で宴を開く約束の時が訪れた。クリッドの息子グワウルが自分のために設けられた祝いの席に向かい、宮廷に入ると、みながそろって歓迎した。プウィスことアヌーヴンの頭目は、果樹園の方へ回った。百騎の兵の一人に身をやつしているのはフリアノンの指示のとおりで、例の袋をかついでいる。みすぼらしいぼろ服をまとったプウィスは、足にはぶかぶかの古い長靴をはいた。そして食事が終わって酒盛りが始まったころを見計らって大広間に入ると、上座に進み出て、クリッドの息子グワウルと連れの紳士淑女にあいさつした。

「よくぞ参った」グワウルが言った。「神のご加護を」

「殿様にも神のお慈悲を。お願いがごぜえます」

「よし、よし、願い事は何だ？　もっともな願いなら聞き届けてやろう」

「もっともですとも、殿様。ただ腹ぺこをどうにかしてほしいんで。どうか、このちっぽけな袋に入るだけでいいから、食べ物を恵んでくだせえまし」

「ささやかな望みだな。かなえてやろう。食べ物をもってきてやれ」

給仕が一斉に立ち上がると、袋に食べ物を詰め込んだ。ところが、いくらたっても一杯にならない。

「客人」とグワウル。「一体、おまえの袋は満杯になるのか？」

「そりゃ無理さね。しかるべきご身分の、土地と大地と領国をもったお方が立たれ、両足で袋のなかの食べ物を踏んで、こう言わないとだめなんでさあ、『もう一杯入っている』」

「さあ益荒男《ますらお》よ」とフリアノン、「早くお立ちになって」と、クリッドの息子グワウルに声をかけた。

「よかろう」立ち上がり、両足を袋に入れたとたん、プウィスが袋を引っ張るとグワウルは頭からすっぽり袋の中へ入ってしまった。そこを逃さず口を縛り、角笛を吹き鳴らす。とたんに親衛隊が飛んできて、グワウルに従ってきた兵たち全員に枷をはめた。そこで、ぼろや古靴、古着を脱ぎ捨て、プウィスが正体を現した。

プウィスの手勢は広間に入ってくるなり袋をなぐり、「中身はなんだ?」「アナグマさ」とかわるがわる答える。みんなで袋を足で蹴ったり棒で叩いたりして遊んだ。新しく入ってきた者が「何をして遊んでいる?」ときくと、「アナグマの袋詰めさ」と答える。これが「アナグマの袋詰め」という遊びの起こりである。

「殿」袋のなかの男が言った。「聞いていただきたい。袋詰めにして殺すのが、わが身の最期などまっぴらだ」

「殿」ヘヴェイズ翁《ヘーン》が言った。「この者の申すとおり。言い分を聞いてやることこそ正道《ヤウン》[25]というもの。この男にふさわしい死に様ではない」

「では、やつの処分はお言葉に従いましょう」プウィスが言った。

「こうなさりませ」そこでフリアノンが言った。「あなたは人の上に立つお立場ですから、請願者や楽人たち[26]をもてなさねばなりません。この虜は放免し、あなたの名で彼らに手厚くふるまうようにさせるのです。本人には、この件について以後、不服を唱えたり、仕返しをしたりしないと固く誓わせなさいませ。懲らしめはこれで十分でしょう」

「仰せのように誓う」袋のなかの男が言った。

「誓言を受けよう」プウィスが言った。「ヘヴェイズ殿とフリアノン姫のご助言とあれば」

「われらの助言はそのとおり」二人が言った。

「ではそういたします」とプウィス。「おまえの保証人となる者を探すがよい」

「われらが保証人となろう」ヘヴェイズが言った。「この男の家来どもが釈放され立会人となるまでは」

そこでグワウルは袋から出された。お供の主だった者も放免された。

「グワウルに保証人を出させなさい」ヘヴェイズが言った。「誰がふさわしいか。われらにはわかっておるが」

ヘヴェイズは保証人の名を書き上げた。

「ご自身の条件をおしゃっていただきたい」グワウルが言った。

「フリアノン姫の言われたとおりで異存ない」プウィスが言った。そこで立会人も、この条件を認めた。

「そこでだが、殿」グワウルは言った。「わたしは傷だらけだ。けががひどいので洗い清めなければなりません。お許しいただければ出立したい。長老たちを置いていき、わたしに代わって、あなたのもとに来る者の望みに答えるようにいたしましょう」

「承知した」とプウィス。「そのようにするがいい」グワウルは領国へ向かった。

大広間の方ではプウィスとその一行、及びこの館の人々のための宴が支度された。みなは食卓についたが、その夜も、ちょうど一年前と同じ席順で各人がすわった。食事に酒盛りと浮かれ騒ぐうち寝る時間になった。プウィスとフリアノンは寝室に入り、その宵は楽しく、また満ち足りた時を過ごした。

明くる朝まだ夜も明け切らぬうちにフリアノンが言った。「殿、お起きになって。あちらで楽人たちに褒美をふるまってくださいませ。今日という日は、無心する者は誰も断ってはなりません」

「喜んで、そうしよう」とプウィス。「今日と言わず、お祝いの間は毎日そういたそう」

プウィスは起きると、みなに静かにするように言い、請願者や旅の楽人は名乗りでよ、各人の願いも望みも聞き入れようと宣言した。そのとおりになった。宴が進み、その間、願いを断られる者はいなかった。さて、お祝いが終わるとプウィスはヘヴェイズに向かって言った。「殿、お許しいただければ、明朝、ダヴェッドへ出発したいと存じます」

「よかろう」へヴェイズが言った。「道中を神が守られんことを。フリアノンの出立の手はずをいたそう」

「われらは一緒に参るつもりです」とプウィス。

「そのようにお望みか、殿？」へヴェイズが言った。

「いかにも、そのとおり」プウィスが言った。

彼らは翌日ダヴェッドめざして出発、アルベルスの宮廷に向かうと、祝宴が一同を待っていた。国中にお触れが出され、領内のもっとも誉れ高き貴顕貴女が二人のところに拝謁に訪れた。訪問者が男であれ女であれ、フリアノンは決して手ぶらで帰そうとはせず、目を引くような贈り物としてブローチか、指輪か、宝石かを必ずもたせるのだった。こうして、二人はその年も次の年も国をうまく治めることができた。だが三年目になると、国の貴族たちは主君とも義兄弟とも慕う[27]方に世継ぎがないことを心配し始めた。とうとう本人を呼び出して直談判に及ぶことになった。会見の場所はダヴェッドのプレセリ[28]の山である。

「殿」と貴族たちは言った。「殿より年配の者は領内にもおりますが、われらの懸念を申すと、今の奥方からは子宝に恵まれないであろうこと。それゆえ、お世継ぎができるよう別の方をもらわれよ。いつまでも生きていられるわけではありませんし、このままでいいと言われても、われらは納得できません」

「なるほど」プウィスが言った。「まだ一緒になって間もないのだから、機会も十分あるだろう。一年待ってくれ。一年後にそなたたちと会うこととし、その時は忠告に従おう」

かくして会合が約された。けれどもその一年が過ぎぬうちに息子ができ、アルベルスで産声を上げた。その晩は領国の女たちが呼ばれ、息子と母親を見守ることになった。ところが女たちは眠りこんでしまい、息子の母、フリアノンも寝入っている。産室に集められた女の数は六人。最初のうちは見張っていたが、夜中前にみんな眠ってしまい、鶏が鳴くころに目を覚ました。目が覚めると、息子を寝かせたあたりを見たが影形もない。

「どうしよう。坊やが消えてしまった」一人が叫んだ。

「火あぶりや死刑ではすまないわ」もう一人が言った。

「何か良い知恵はないかしら」

「いい考えがあるわ」

「どんなこと？」みんなが尋ねた。

「ここに猟犬のメスがいるでしょう。その犬には子犬がいるわ。その子犬を何匹か殺してフリアノンの顔と両手に血をなすりつけ、骨をそばにばらまき、奥方自身が息子を殺したと言うのよ。わたしたちが六人で言い立

《眠るフリアノン》眠っているうちに赤子がいなくなり、女たちに子ども殺しの罪を着せられる、マーガレット・ジョーンズ画

てれば、向こうはかなうまい」そこでこの提案どおりにすることになった。

昼過ぎフリアノンは目を覚ますと言った。「おまえたち、息子はどこです?」

「奥方様、何を白々しい。わたしたちは傷にあざだらけ、あなたと争ったおかげで。あなたほど力の強い女は見たことがない。とてもかないませんでした。自分で自分の息子の命を枯らしておきながら、その子のことを聞くなどなさいますな」

「なんと愚かしき者たちよ」フリアノンが言った。「神は何もかもご存じです。わたくしに濡れ衣を着せるのはおやめなさい。全能の神は、今の言葉がうそだとお見通しです。罰を恐れているのなら、わたくしが取りなすことを誓いましょう」

「誰のためであれ自分たちを危険にさらすようなまねは御免です」

「愚かな。本当のことを言えば罰せられることなどないのに」

けれども、道理を説いても情に訴えても女たちは同じことを言い張るばかりだった。

そうこうするうちアヌーヴンの頭目プウィスが目を覚まし、親衛隊や家来たちも起き出した。事件を隠しておくことはできなかった。話は国中に広まり、長老たち全員の耳に入った。そこで長老たちは集まって使者を送り、あんな恐ろしいことを仕出かしたからには妻を離縁しろとプウィスに迫った。プウィスの答えはこうだった。「何のために妻と別れろと言うのか。子宝がないというならともかく、子どもは生まれたのだから離婚はしない。罪を犯したというなら償いをさせればよい」

フリアノンはというと司祭や賢者たちを呼んで相談した。女たちと争うくらいなら罰を受ける方が正しかろうという結論になり、罰を受け入れることとした。その罰とは次のようなものである。このままアルベルスの宮廷に七年の終わりまでとどまること。それから、城門の外に置かれた乗馬用の石台のそばに毎日すわって、この一件を知らないと思われる者すべてに物語の一部始終を話すこと。また、客や遠方からの旅人が承知すれば背中に乗せて館まで運ぶこと（もっとも、そうしてくれと言う者はめったにいなかったが）。こうして数か月が経った。

　さてその頃、グウェント・イス・コエド[29]の領主でテイルノン・トゥルヴ・ヴリアント[30]という、世にもまれなる立派な男がいた。彼の家には雌馬が一頭いた。国中でこの馬ほど美しい馬は雄も雌もいなかった。五月一日《カラン・マイ》の宵[31]がめぐってくると馬は出産するのだが、子馬がどうなったのかは誰にもわからない。ある晩の

《プラデリを発見するテイルノン》テイルノンが子馬をさらう魔法の手に斬りつける、マーガレット・ジョーンズ画

こと、テイルノンは妻に向かって言った。

「なあおまえ、われらも間の抜けたものだ。毎年、子馬が生まれるは生まれるのに一頭も手に入らないとは」

「何か手立ては？」妻が言った。

「カラン・マイの今宵、子馬の身に何が起こるのか確かめられなければ、神の呪いも厭わん」

テイルノンは雌馬を屋敷の中へ連れてこさせ、自分は武装して夜番を始めた。日が落ちるとすぐ、雌馬が産み落としたのは大きくて立派な子馬で、すぐに自分の足で立ち上がった。テイルノンが腰を上げ馬の体つきを調べていると、雷のようなすさまじい音がして、音が止むと、今度は大きなかぎ爪のついた手が窓から伸びてきて子馬のたてがみをひっつかんだ。テイルノンは刀を抜いて腕に斬りつけ、ひじから下をばっさり。腕は落ちて子馬もろとも室内に残った。とまたゴロゴロという音と泣き声がする。扉をあけ、音のする方へ駆け寄ったが暗くて何も見えない。それでも音をたよりに急いで後を追う。そこで扉を開けっ放しにしてきたことを思い出し、引き返した。すると入り口の所に男の赤子が錦織の布にくるまれて置かれているではないか。男の子を抱き上げてみると、幼いのに何ともがっしりしている。

錠前を閉めて妻のいる部屋に向かった。

「奥方、眠っているのか？」

「いいえ、殿。眠っておりましたが、中に入っていらしたので目が覚めました」

「ここにいる息子、よければ、そなたにと思ってな。これまでできなかった子だ」

「殿、一体どんな冒険をなさいましたの？」

「実はこうなのだ」と言って、テイルノンは一部始終を語った。

「殿、どんなものをその子は着ております？」

「錦の布だ」

「身分のある方の息子でございますね。殿、ご承知いただければうれしいのですが、女たちに言い含め、わたくしが妊娠していたことにいたしたいのです」

「もちろん賛成だ」

そして、そのように事が運んだ。彼らは息子に当時のやり方で洗礼を受けさせた[32]。ついた名前は金髪のグーリ。というのも、髪の毛が黄金のような見事な金髪だったからだ。

息子は一歳まで宮廷で育てられた。一歳になる前からしっかり歩き始め、発育がよい大柄の三歳児をしのぐ体つき。二歳では六歳児ほどに見えた。四歳になるやならずやで厩舎の少年たちに対し、馬を水飲み場まで連れていくのを任せてくれと掛け合うほど。

「殿」テイルノンの妻が言った。「息子を見つけた晩に殿が助けた子馬はどうされました?」

「馬係の少年たちへ預け、世話をさせている」

「いかがなものでしょう、殿。その馬を調教してあの子に与えては?　というのも、息子を拾ったその夜に子馬も生まれ、やはり殿がお救いになったのですから」

「異論はない」テイルノンが言った。「あの子にやりなさい」

馬は息子に与えられ、奥方は馬丁と馬係の少年たちのもとに出向くと、馬の面倒をみて、息子が乗れるようになるまでよく飼い馴らしておくこと、また報告をよこすように言った。

やがて風の便りに、フリアノンの一件と彼女の嘗めている辛酸の話が伝わってきた。テイルノン・トゥルヴ・ヴリアントは、拾った子のことがあるので、その話に関心をもち、いろいろ調べるうち、宮廷にやって来る大勢の口からフリアノンは哀れだ、ひどすぎる罰だといった不満を聞くようになった。テイルノンはよくよく考えた末、息子の顔をまじまじと見た。そこではっとした。こんなに父親似の息子は珍しい、この子はアヌーヴンの頭目プウィスに瓜二つではないか。プウィスの容貌は見知っていた。かつて臣下だったからだ。とたんに悲痛な気持ちになり、息子を手元に置いておくのは間違いだと思った。他人の息子だとわかったからだ。妻と二人きりで話す機会が来るや、こう告げた。息子を引き止めておくのは正しいことではないし、フリアノンのような高貴な女性が、そのために罰せられるとはとんでもない。この子はアヌーヴンの頭目プウィスの息子なのだと。

テイルノンの妻も息子をプウィスのもとに返すことに同意した。

「そうすれば、殿、三つ良いことがございます」妻は言った。「フリアノン様をお救いしたことへの感謝とお礼。プウィス様にはご子息をお育てし、お返ししたことで感謝されましょう。三つ目に、この子が立派に成人した暁には、わたくしたちの養い子としてできる限りの便宜を図ってくれるでしょう」

そこで、相談どおりにすることとした。翌日さっそくテイルノンは身支度を整え、二人の家来と一緒に馬に乗った。息子が四頭目にまたがったが、これはテイルノンが与えた例の馬である。アルベルスをめざして一行は旅立った。ほどなく彼らはアルベルスに到着した。宮廷にやって来ると、乗馬台の横にフリアノンがすわっているのが見えた。近づくとフリアノンが言った。「方々、お待ちください。一人ずつ宮廷まで背負って差し上げましょう。これが、わが息子を手にかけ、幼い命を枯らしたことへの懲らしめなのです」

「奥方」テイルノンが言った。「ここにいる者のうち、お背中に乗ろうなどと思う者はおりますまい」

「したい者にはさせるがいい」息子が言った。「わたしはけっこうです」

「安心なさい」テイルノンが言った。「われわれもだ」

宮廷に着くと、みなが喜んで迎えた。ちょうど宴会が始まるところだった。プウィスがダヴェッドの領地視察[33]から戻ってきたばかりだったのだ。旅人たちは大広間に入り、手を洗い清めた。プウィスはテイルノンをねんごろに迎え、一同、食卓についた。席順はというと、テイルノンの席はプウィスとフリアノンの間で、テイルノンの連れの二人はプウィスの側に息子を真ん中にはさんですわった。食事が終わると酒盛りが始まり、みなは会話に花を咲かせた。そこでテイルノンが語ったのは「雌馬と息子の冒険」、すなわち、テイルノン夫妻が息子を預かり、育てた経緯である。

「奥方様、目の前にいるのはあなたの息子」とテイルノン。「あなたについて偽りを述べたてたのが誰であれ、ひどい仕打ちをしたものだ。ご不幸を聞いて心は沈み、嘆いておりました。お集まりの衆で、この子がプウィス殿のご子息だとわからぬ者はおりますまい」

「疑う者は誰もいません」全員が答えた。

「それがまことなら、わたくしの悲しみ《プラデリ》も終わりました[34]」フリアノンは言った。

「奥方様」ペンダラン・ダヴェッド[35]が言った。「よくぞ、ご子息に名前をつけられた。プラデリこそ、ぴったりの名だ。プラデリ、アヌーヴンの頭目プウィスの息子」

「以前の名の方が良いかどうか確かめてください」とフリアノン。

「その名とは？」とペンダラン・ダヴェッド。

「われらは金髪のグーリと呼んでおりました」

「プラデリとなされよ」ペンダラン・ダヴェッドが言った。

「それが一番よい《ヤウン》」プウィスも言った。「息子の名を母親の口にした言葉から、その子について良い知らせを聞いた時にもらした言葉からとるのがもっともよきこと」そこで、そうすることにした。

「テイルノン」プウィスが言った。「よくぞ息子をこれまで育ててくれた。この子にとって正しき《ヤウン》は、立派に成長したら、そなたに埋め合わせをすること」

「殿」テイルノンが言った。「ご子息を育てたのは女親、世界中で一番悲しんでいるのはその者にほかなりません。正しき道《ヤウン》は、この子がわがためだけでなく、育ての母のために、われらが行いを覚えていることです」

「わたしが生きている限り、そなたを支えることを誓う。そなたとそなたの領地のことは、わたしの目の黒いうちは心配ない。息子が大きくなったら、しかるべく《ャウン》はわたしに代わってそなたの後ろ盾となること。それから相談だが、そなたと長老の面々に異存がなければ、今日まで息子を育ててくれたのだから、本日より息子の養育はペンダラン・ダヴェッドに任せよう。両人ともに友人、そして養い親として息子を助けてほしい」
「見事なご裁量[36]」みなが口々に言った。そこで息子はペンダラン・ダヴェッドに預けられ、国の長老たちはそれぞれ彼と同盟を結んだ。テイルノン・トゥルヴ・ヴリアントとその仲間は領国へ旅立った。心はなごんで喜びに浮き立つようだった。出立にあたっては、最上の宝石類や馬や犬が贈り物として差し出されたが、テイルノンは何一つ受け取らなかった。

彼らはその後、それぞれの領国で暮らした。プウィス・ペン・アヌーヴンの息子プラデリは大切に、また身分にふさわしく育てられ、やがて領内一の美男にして、あらゆる武芸に秀でた若者になった。時は移り、アヌーヴンの頭目プウィスも寿命が尽きて、この世を去った。プラデリはダヴェッドの七つの州を立派に治め、領民からもまわりの者からも慕われた。後にアストラッド・タウィの三州[37]とケレディギオンの四州[38]も所領に加えた。セイサスッフの七州と呼ばれる地域である。プウィス・ペン・アヌーヴンの息子プラデリは戦いに明け暮れていたが、やがて結婚することにした。妻にと思う相手はキグヴァ[39]と言って、カスナール・ウレディグの息子グロイウ・ワストラダンの息子グウィン・ゴホイウの娘にして、この島の由緒正しき家の出だった。これにてマビノギオンのこの枝はおしまい。

マビノギの第二の枝

ベンディゲイドヴラーン[40]はスリールの息子で、王冠を戴く王としてこの島を統べ、ロンドンの王冠[41]に輝く栄えある身だった。とある昼下がり、アルディドウィ[42]のハーレッフにある居城にいたときのこと。人々はすわってハーレッフの岩山から咆哮する海を見下ろしていた。スリールの息子マナワダンが王とともにいて、ほかには王と母を同じくする二人の兄弟ニシエンとエヴニシエン[43]、そして長老たちがまわりに控えていたが、いずれも王の側近にふさわしい面々だった。

二人の兄弟は母が王と同じだが、エイロスウィーズの息子であり、王自身の母、頭《かしら》美しきペナルジン[44]はマノガンの息子ベリ[45]の娘である。この若者たちのうち一人は温厚な青年で、彼なら、どんなにいがみ合っている軍勢でも間に入って和睦を取り付けるに違いないと思われた。それがニシエンである。一方もう一人は、世界一仲の良い兄弟さえ仲違いさせかねない若者だった。

さて、このようにすわっていると、一同の目に入ったのは一三隻の船で、アイルランドの南岸から、舳先をこちらに向けてするすると波間を渡ってくる。と思うや、追い風に乗って見る見るうちに近づいてきた。

「むこうに船が見える」と王が言った。「陸地に向かってくるぞ。宮廷の者どもに伝え、武具に身を固め、彼らの意図を確かめさせよ」

戦士たちは武装すると浜におりていった。間近に見れば確かに、これほど見事な装備の艦隊は見たことがない。錦織の旗が麗々と、美々しくもまた勇ましげにはためいている。

そうこうするうち、一隻の船が船隊から進み出ると、甲板の上に高々と盾を掲げるではないか。とがった方を上にしているのは和平の印だ。戦士たちは彼らの方へ近づいていき、互いに言葉が交わせるところまで来た。相手方は小舟をおろし岸に漕ぎ寄せると、王に向かってあいさつした。その言葉は、岩山の上、彼らのはるか頭上にいる王にも聞こえた。

「ようこそ参られた。して、このたくさんの船の持ち主は誰で、何者が首領なのだ？」

「王様、こちらにおりますのはマソルッフ、アイルランドの王で、これらの船の持ち主でございます」

「何をご所望じゃ？」王が言った。

「上陸されたいのか？」

「いいえ、王様。あなた様にお話があり、お聞き届けいただけぬ場合、上陸は望みませぬ」

「どのような御用かな？」と王。

「望みは王様と縁戚になる[46]こと。ブランウェン[47]ことスリールの娘に求婚するために主人は参ったのです。もし御意にかなうならば、主は、勇者の島〔ブリテン島〕とアイルランドが一つに結ばれて、お互いさらに強大になることを望んでおります」

「マビノギの第二の枝」の扉絵、物語中の勇者の島のアイルランド遠征の場、マーガレット・ジョーンズ画

「なるほど。では上陸されるがいい。われらはしばし協議をいたしたい」

この返事が伝えられた。「喜んで参ろう」とマソルッフは言った。彼が上陸すると、人々は丁重に迎えた。その晩大勢の人で宮中は賑わった。アイルランド王の手勢と宮廷の家臣たちが一堂に会したのである。

さっそく次の朝、会議が開かれた。協議の結果、ブランウェンをマソルッフに嫁がせることになった。彼女は、この島の三大乙女[48]の一人に数えられる。世界一の美貌の乙女だった。日取りも決まり、アベルフラウ[49]で床入りすることになって、一行はハーレッフをあとにした。そして大挙してアベルフラウに向かったのだが、マソルッフの勢は船で海路を、ベンディゲイドヴラーンの勢は陸路を進みアベルフラウに到着した。アベルフラウで婚礼の宴が開かれた。席順は次のとおりである。勇者の島の王を真ん中に、片側にスリールの息子マナワダン、反対側にマソルッフ、そしてブランウェンがその隣にすわった。そこは館の中ではなく天蓋の中だった。ベンディゲイドヴラーンの巨軀が屋内に収まったことは、これまで一度もなかったのである。

こうして宴会が始まった。酒を飲み交わし、会話に花が咲いた。やがて、そろそろお開きにしようということになって人々は寝所に引き上げた。その夜、マソルッフはブランウェンと一つ床で結ばれた。夜が明けて宮中がことごとく眠りから覚めたころ、廷臣たちは客人の馬と馬丁たちの宿舎の割り振りをどうするか相談を始めた。そして順に場所を割り当てていったところ、とうとう海辺まで達した。

ある日のこと、エヴニシエン、もめ事ばかり起こす男と上述したあの者が通りかかり、マソルッフの厩舎に入ってくると、馬の持ち主は誰だときいた。

「アイルランド王マソルッフの馬[50]でございます」

「その馬どもがここで何をしているのだ？」

「こちらにアイルランド王がご滞在中で、ブランウェン様と祝言をあげられたところ、ここにいるのは王の持ち馬です」

「なんたることをしでかしたものだ、あれほどの乙女、わが姉妹を俺に断りもなくくれてやるとは！ 51 これにまさる侮辱はない」

そう言うや否や馬に斬りかかり、口を切り裂き、耳をそぎ、尾を根元から切り落とす。近くにいたものはまぶたをえぐり取って骨を剝き出しにした。こうして馬をみんな傷つけ、使い物にならなくしてしまった。

知らせがマソルッフの耳に届いた。すなわち、馬が傷つけられ台無しにされ、一文の値打ちもなくなったという。

「王様」一人が言った。「なんたる侮辱でございましょう。それも、明らかにあなた様に対するいやがらせ」

「いやはや、わけがわからぬ。わたしに恥をかかせるつもりなら、なぜあれほど高貴な乙女、一族の愛を一身に集めている姫を彼らはくれたのだ」

「王様」別の一人が言った。「ご覧のとおりの次第。かくなる上は船にお戻りなさるほかありますまい」そこで彼は船に引き上げることにした。

知らせがベンディゲイドヴラーンの耳に届いた。すなわち、マソルッフが許しもえず、断りもなく宮廷を出ていくという。使者を送ってわけをただすことにした。その時、遣わされたのはアナロウグの息子イジーグとヘヴェイズ・ヒールである。二人は追いつくと、どのような意図で、なぜ帰るのかと問いただした。

「いやはや、初めからわかっていたら、ここまで参らなかったものを。はるばる来た挙げ句、赤恥をかかされた。こんな不運な求婚者はおるまい。おまけにまったく不可解な目にあった」

「と申されると?」

「スリールの娘ブランウェンを賜ったことだ。この島の三大乙女の一人にして勇者の島の王の娘と閨をともにさせておいて、その後で侮辱する。まったく奇怪千万。そういう魂胆なら、大事な王女をくれる前にそうすればよいものを」

「お待ちください。宮廷の主の意図や、誰かの入れ知恵で、あなたに侮辱が加えられたのではありません。それにあなた以上に被害をこうむっているのはベンディゲイドヴラーンの方、これほどの辱めと裏切りを受けたのですから」

「なるほどそうであろう。だが、だからといって、わが身がこうむった恥を帳消しにしてすますことはできぬ[52]」

使いの者たちはこの返事をたずさえてベンディゲイドヴラーンのもとに戻ると、マソルッフの言葉を伝えた。

「そうか。仲違いをしたまま帰国させるわけにはいかぬ、断じてそうはさせぬぞ」

「はい王様。では使者に追わせましょう」

「そういたそう。立て、スリールの息子マナワダン、ヘヴェイズ・ヒール、イニーグ・グレウ・アスグウィーズよ。マソルッフの後を追うのだ。そしてこう伝えよ。傷つけられた馬一頭につき代わりの馬一頭を差し出すものとする。それに加えて、名誉を損じたことへの賠償[53]として銀の延べ棒、あの男の小指くらい太くて長さは身の丈ほどもある一本と、顔の大きさほどある金の大皿を支払おう。それから下手人の素性を明かし、わが意に反して一切が行われたこと、そして腹を同じくする兄弟が罪を犯したゆえ[54]、わしには殺すことも害することもままならぬ、とな。わしに会いに来させ、あちらが望むようなかたちで和睦いたそう」

使者たちがマソルッフに追いつき、王の申し出を物柔らかな口調で伝えると、相手は注意深く耳を傾けた。

「者ども、会議を開くとしよう」

彼は協議を始めた。協議の末、次のような結論に達した。もし向こうの申し出を拒否しても、自分たちの恥が増すだけで補償《ヤウン》がふえるわけではない。そこで申し出を受け入れた。一行は穏やかな様子で宮廷に戻ってきた。さっそく彼らのために天蓋や天幕の支度をして、大広間で行うのに劣らぬほど盛大な宴会の用意がされ、食事が始まった。婚礼の宴の初日と同じ順序でみなは着席した。

マソルッフとベンディゲイドヴラーンは話を始めた。ところが、ベンディゲイドヴラーンが見るところ、ちっとも会話ははずまぬし、マソルッフは意気消沈した様子で以前のように楽しそうでない。これは思うに、損害に対する埋め合わせ《ヤウン》が少ない[55]ので気が晴れぬのだろう。

「婿殿」ベンディゲイドヴラーンが言った。「今夜は先の晩ほどお話をなさいませんな。もしあなたへの補償《ヤウン》が足らぬとお思いなら、お気のすむだけ追加いたそう。馬の分は明日にでもお払いする」

「王よ、それはありがたい」

「わしから進呈したい補償《ヤウン》の品が他にもござる」ベンディゲイドヴラーンが言った。「大鍋を差し上げよう。この鍋には霊能力《カネズヴ》が備わっておる[56]。すなわち、殿の兵が今日殺されても、その大鍋の中に投げ込めば明日にはすっかり元どおり。ただ言葉はしゃべれぬが」

　相手は礼を述べると、この話を聞いてすっかり上機嫌になった。翌日、弁償として馬が与えられるうち、調教馬は一頭残らずなくなった。そこでマソルッフは別の郡《コモート》に連れていかれ、足りない分は子馬で渡された。これにちなんで、そのコモートは「タール・エボリオン[57]」〔子馬による支払い〕と呼ばれるようになった。

　二晩目、二人はまた並んで宴席についた。

「王様」マソルッフが言った。「わたしにくださった大鍋は、どこからお手元に?」

「殿の領国出身の男から入手した。おそらく、そこで見つけたのだと思うが」

「何者です?」

「スラサール・スラエス・ガヴネウィッド[58]という。当地へはアイルランドより妻のカミダイ・カマインヴォス[59]と一緒にやって来た。アイルランドの『鉄の館』[60]に火がかけられた折、白熱と化した館から二人して逃げてきたそうな。殿が何もご存じないとは意外だが」

「存じておりますとも。知っている限りをお話ししましょう。アイルランドで狩をしていた時のこと、とある塚《ゴルセッズ》のてっぺんにおり、眼下には、アイルランドで『大鍋の湖』と呼ばれる湖が広がっていました。すると、黄褐色の髪の大男が、その湖からぬっと現れたのです。背中に大鍋を背負っていました。おぞましく、大きい上に、いかにも邪悪な無法者の風体。女があとからついて来ましたが、それがまたすさまじい巨人女[61]で、亭主も大きいが、その倍はありそうな図体。二人は近づいてきてあいさつしました。『用向きは？』と尋ねると、男は言いました。『殿、用というのは以下の次第。ここにいる女が二週間と一月後に身ごもり、その二週間と一月後には息子が産まれ、武具に身を固めた戦士となるはず。』そこで二人を連れ帰って面倒をみてやりました。連中は一年ほど、わたしのところにおりました。その一年間は、彼らに関し誰からも苦情は言われませんでした。ところがその後、いろいろと文句が出るようになったのです。そして四か月とたたぬうち、自らの行いゆえに国中の嫌われ者、はみだし者になってしまいました。貴顕貴女を侮辱し悩まし、さまざまな無礼に及んだのです。それからというもの、わが民がこぞってやって来て、連中と手を切れ、領地かやつらかどちらか選べと迫ったのです。そこでわたしは仕方なく、二人の始末を領国の者たちの決議に委ねることにしました。連中が自分から出ていくとは思えないし、自分たちの意思を曲げても出て行く必要はない。武力にものを言わすことができますから。そこで思案に窮した末、人々は四方を鉄で囲んだ部屋を作ることにしました。部屋ができあがるとアイルランド中に号令をかけ、鍛冶屋という鍛冶屋はすべて、さらには、やっとこと金槌と名のつく物をもっている者なら誰でも呼び集め、石炭を屋根に届くほど、うず高く積み上げさせると、食べ物、飲み物をたっぷり用意して、例の女と亭主と子どもたちに大盤振る舞いしたのです。連中が酔っぱらったと見てとるや、石炭を火にくべて四方から部屋に火をつけ、家のまわりに置いてあったふいごを動かし始めました。各人が二つのふいごをもってどんどん風を送るうち、とうとう家は連中の頭の上の方まで白熱と化したのです。連中は部屋の真ん中に集まって何やら相談をしていました。亭主は鉄壁が白くなるまで待ちました。それから灼熱の熱さを防ぐために、片方の肩を壁にぶち当てて壊し、女房も続いて逃げました。助かったのは夫婦だけ。

その後、おそらく」マソルッフがベンディゲイドヴラーンに言った。「やつは王様のもとへ参ったのでしょう」

「なるほど。それからここへ逃げてきて、大鍋をわしにくれたというわけだな」

「どのように彼らを遇されたのですか？」

「別々にして領国の各地に住まわせたが、今は一族の数が増え、どこでもうまくやっている様子。行く先々に砦を作り、最強の武士と最上の武具で軍備を固めているとやら」

その夜は、飲めや歌えと座がはずんだ。やがて潮時と見ると、人々は席を立ち寝所に向かった。こうして婚礼は最後まで和気あいあいと続けられた。お祝いが終わり、マソルッフとブランウェンがアイルランドに旅立つ日がきた。二人を乗せた一三隻の船はアベル・メナイ[62]から出港し、アイルランドに到着した。

アイルランドでは、大歓迎が一行を待ち受けていた。アイルランドの貴顕貴女のうち、ブランウェンの所にあいさつに行ってブローチや指輪や宝石をもらわない者は一人もおらず、そんな貴重な物を惜しげもなくくれる様は目を見張るばかりだった。そんなわけで最初の一年、ブランウェンは大いに敬われ、賞賛の言葉にも取り巻きにも事欠かなかった。そうこうするうち彼女は身ごもった。そして月満ちて息子が生まれた。名前はマソルッフの息子グウェルンとつけられた。息子が里子に出されたのは、アイルランドでは戦士にとってもっともふさわしい家だった。

二年目に入ったころ、不満の声がアイルランド国内でくすぶり始めた。マソルッフがカムリ〔ウェールズ〕で恥をかかされ、持ち馬を辱められた例の件についてである。王の義兄弟や近親者が、あからさまに王をなじるようになった。やがてアイルランド中が騒ぎ出したので、王としては侮辱[63]に報復するよりほか国内を安定させる術はなくなった。仕返しのために彼らはブランウェンを王の寝所から追い出し、宮廷の煮炊きをさせた上に、料理人に命じて毎日、屠殺を終えてから台所に出向いて彼女に平手打ちさせた。そのようにして彼女に罰が与えられたのだった。

「王様」人々はマソルッフに言った。「あらゆる船舶、手漕ぎ舟やコラクル[64]を含め一切の出航を禁じ、誰もカムリに行くことができないようにするのです。またカムリから来た者は誰であれ牢に入れ帰国させないこと。そうすればこの一件が漏れることはありません」そのように決められた。

　三年ばかりこんなことが続いた。その間、ブランウェンは一羽のムクドリを自分のこね鉢のへりにのせては餌をやり、人の言葉を教え、兄がどんな姿をしているのか語ってきかせた。それから、わが身にふりかかった苦難と辱めについて書きしたためた。その手紙を小鳥の翼の下に結わえつけてカムリに送った。小鳥はこちらの島に飛んできた[65]。小鳥がベンディゲイドヴラーンを見つけた場所はアルヴォンのカエル・サイント[66]で、部族会議の最中だった。小鳥は王の肩に止まると羽をふるわせ手紙を見せた。どうやら、誰かに飼われていたらしい。そこで手紙を取り開けてみた。手紙が読まれると、ブランウェンが虐待されていると知って王は悲しみ、ただちに使者を遣わし全島に出兵を呼びかけた。一四と二〇の七倍の地方[67]から軍勢が集まったところで、自ら彼らに向かって苦衷を語り、妹が受けている苦しみについて述べた。それから会議が開かれた。協議の結果、アイルランドに遠征することとし、七人を諸公として残し、ブラーンの息子カラドウグ[68]を七人の騎馬武者の頭とした。エデイルノン[69]という所に彼らが駐屯したので、その町は「七騎の庄《サイス・マルホウグ》」と呼ばれるようになった。七名の大将はブラーン〔ベンディゲイドヴラーン〕の息子カラドウグ、ヘヴェイズ・ヒール、イニーグ・グレウ・アスグウィーズ、巻き毛のアナロウグの息子イジーグ、エルヴィスの息子フォドール、ウルフ・ミンアスグルン、スラサール・スラエス・ガングウィーズ[70]の息子スラスハール、それにまだ若侍のペンダラン・ダヴエッド[71]である。以上の七人がこの島の七名の執政[72]として後事を託され、ブラーンの息子カラドウグがその長となった。

　ベンディゲイドヴラーンと上述した軍勢はアイルランドに向かって船出したが、昔は海原といっても大きくはなかったので、王は歩いて渡った。当時、両国の境には、スリーとアルハンという二つの流れがあるばかり

《ブランウェンのムクドリ》ブランウェンは手紙をムクドリの翼の下に結わえつけてカムリに送った。マーガレット・ジョーンズ画

だった。その後、海原が広がって、あたりの王国を飲み込んでしまったのである。話戻って王は、竪琴をもった楽人全員を背負って歩き、アイルランドの陸地めざして向かったのだった。

　さてマソルッフの豚飼いたちが浜辺にいて、豚のまわりで忙しく立ち働いていた日のこと。海上に何やら見えるので、マソルッフのもとに駆けつけた。

「王様」豚飼いたちが言った。「ごきげんよろしゅう」

「そちたちも、ごきげんよう。何か知らせか？」

「奇怪な知らせがございます[73]。森が海の上に現れたのです。木一本なかった所に！」

「それは面妖な。他には何か見えたか？」

「はい。大きな山が森のかたわらにそびえていて、こちらへ向かって参ります。山の上には切り立った崖があって、その両側に湖がありました。そして森も山もその他一切が、何と動いているのでございます」

「そうか。そのわけを知っている者がいるとしたら、それはブランウェンにほかならぬ。尋ねてまいれ」

　使いの者たちはブランウェンのところへ出向いた。

「王妃様、一体どういうこととお考えですか」

「もう王妃ではありませんが、わたくしにはわかります。勇者の島の強者《つわもの》たちが進軍してくるのです。この身が受けている苦しみと辱めを聞いて」

「海の上の森は何ですか？」

「船の帆柱と帆げたです」

「なんと！　では艦隊の横に見える山は何ですか？」

「ベンディゲイドヴラーン、わが兄が渡ってくる様子。船には入りきれないので」

「高い崖と二つの湖とは？」

「兄です。この島をにらんでいるのです、怒りに燃えた眼差しで。崖と両側に見える湖は、兄の鼻と二つの目」

そこで、アイルランドの戦士全員に加え、沿岸の警備軍にも非常召集をかけ、それから会議を始めた。

「王様」長老たちがマソルッフに言った。「スリノン[74]——アイルランドにある河である——を渡って逃げるほか策はありません。そして河をはさんで敵と向き合ったところで、河にかかった橋をこわすのです。あの河の底にはものを吸いつける石があるので、どんな船も渡れません」そこでアイルランド軍は河向こうに待避し、橋を破壊した。

ベンディゲイドヴラーンが上陸し、艦隊も彼に続いて河岸の方にやって来た。

「王様」長老たちが言った。「あの河の霊能力《カネズヴ》[75]はご存じでしょう。誰も渡ることはかないません。さりとて橋もない。何か渡る策はございますか?」

「何もない」王は言った。「唯一の道は、頭《かしら》をして架け橋になさん[76]。わしが橋となろう」この時初めて言われた、この言葉は、以来、格言として広く用いられている。

かくして王が河の上に横たわると、その身体に板を格子状に組んでのせ[77]、軍勢は王の上を歩いて河を越えた。最後にベンディゲイドヴラーンが身を起こしたとたん、マソルッフの使者が飛んできてあいさつし、マソルッフからの伝言で、縁戚として一行を歓迎する旨を伝えた。

「またマソルッフはアイルランドの王権を息子に譲ります。マソルッフの息子グウェルンはあなた様の甥、お妹の子であられる。主人は御前で王位を譲ることで、ブランウェン様を苦しめ、その名誉を汚したことへの償いとする所存。そして当地でも勇者の島でもかまいませぬから、マソルッフには応分の所領を下されますよう」

「さようか」ベンディゲイドヴラーンが言った。「わしが王権を手に入れることができぬというのであれば、願いの件についてとくと協議したい。他に申し出が来ない上は、返答はいたさぬ」

「承知しました。われらが色好い返事をおもちしますので、お待ちください」

「よかろう、だが早くするのだぞ」

使いたちはマソルッフのもとに戻って、こう伝えた。

「殿」彼らは言った。「もっと良い話をベンディゲイドヴラーンにもっていかなければ無理でございます。われわれの申し出など洟も引っかけぬ様子」

「では」マソルッフが言った。「そちたちの考えは?」

「殿。策は一つしかありません。相手はどんな家の中にも収まったためしがないという巨体の持ち主。敬意のしるしとして館を建て、彼と勇者の島の兵全員がこの大御殿の一翼に入り、殿ご自身も軍隊を引き連れもう一方の翼に入るのです。そしてこの島の王権を委ね家来となられませ。家を建てるという名誉に免じて、なにしろ一度も家に入ったことがないのですから、和平を結ぶでありましょう」

使者が新たな条件をたずさえ、ベンディゲイドヴラーンのもとへやって来た。そこで王は会議を開いた。協議の結果、申し出を受け入れることにした。実を言えば、こうなったのもすべてブランウェンの計らいで、戦争になって国土が荒廃することを案じたからである。

かくして和平が結ばれ、約束どおり御殿が建立されたが、その大きくて壮麗なことといったらなかった。だが、アイルランド人には密かに企むところがあった。すなわち、館内の百本の円柱の両側にくまなく掛け釘を打ちつけ、その一つ一つに皮袋をぶら下げて中に武装した兵士を隠したのだ。さて、ここに登場したのがエヴニシエン、勇者の島の軍勢に先駆けて中に入ると、野獣のような獰猛な目つきで館を見回す。そして皮袋がずらっと、柱に沿って取り付けてあるのを見つけた。

「中身は何だ?」と、アイルランド人の一人をつかまえてきいた。

「粉だよ」と相手は答えた。

そこで袋を外からさわると人の頭に当たったので、ぎゅっと力を入れ、両の手の指が頭蓋骨を貫通して脳みそこに食い込むまで締めつけた。そこで手を放し、隣の袋に手をかけた。

「ここには何が入っている？」

「粉さ」とアイルランド人が答える。

こんな調子で問答をくり返しながら、次々に袋の中身を片付けて、とうとう二百人いた兵士は一人だけになってしまった。エヴニシエンは最後の袋に近づくと「ここには何が入っている？」ときいた。「粉だ」とアイルランド人。そこで袋を外からまさぐると人の頭に触ったので他の兵士にもしたように脳みそを握りつぶした。頭にかぶった兜の音がした。絶息するまで指を離さなかった。それから次のような詩《エングリン》[78]を歌った。

袋の中身は　華々しくも粉いろいろ
大将、戦士に　戦支度の精鋭たち
敵を粉々にするつもり

やがて、両軍が館の中に入った。アイルランドの島の者どもが一方から、勇者の島の者どもがもう一方から入場した。全員が着席するや否や和睦がなされ、王権は息子に譲られた。

和平が結ばれたところで、ベンディゲイドヴラーンが息子を招き寄せる。ベンディゲイドヴラーンのところから、次に息子が向かったのはマナワダンで、この子を一目見て愛情を感じぬ者はいなかった。彼がマナワダンの隣にいると、エイロスウィーズの息子ニシエンが手招きしたので、息子はうれしそうに進み出た。

「なぜだ」エヴニシエンが言った。「わが甥で、わが姉妹の息子のくせに俺のところに来ぬわけは？　アイルランド王などという肩書がなくとも大歓迎してやるものを」

「もちろんあいさつに行かせよう」とベンディゲイドヴラーンが言った。息子は喜んでそばに歩み出た。

「神もご照覧あれ」エヴニシエンは心中つぶやいた。「思いもよらぬ非道、一族の者が唖然とするようなことを俺はやるつもり」そして立ち上がると、息子の両足をつかんで、館にいた者が引き止める間もなく、まっさかさまに炎の中へと投げ込んだのである。ブランウェンは息子が焼かれるのを見て自分も火に飛び込もうとした。彼女はちょうど二人の兄の間にすわっていた。ベンディゲイドヴラーンは片手で妹を制し、あいた手に盾を構える。とたんに、館の全員がはね起きる。後は怒号のなか、それぞれが武器を手に取る。こんな大騒ぎが一つ家の中で起こったことは今までなかったに違いない。その時、モルズウィド・タスリオン[79]が叫んだ。「グウェルンの犬ども、モルズウィド・タスリオンに心せよ！」みんなが武器を取りにいくなか、ベンディゲイドヴラーンはブランウェンを肩に引き寄せ盾でかばった。

アイルランド勢は再生の大鍋[80]の下に火をつけた。次々に放りこまれる死体で鍋は一杯になった。死者は翌朝には蘇って前のように戦い始めるが、もう口はきけない。エヴニシエンは屍の山を見回し、勇者の島の者たちが折り重なって倒れているのを見て心の中でつぶやいた。「神よ！ 俺のせいで勇者の島の軍勢は全滅だ。何とかしなければ」それからアイルランド兵の亡き骸の間にもぐり込む[81]。すると、二人の尻丸出しのアイルランド人[82]がやって来て、味方と思って大鍋に投げ込む。エヴニシエンが大鍋のなかで手足をぐんと伸ばすと、さしもの魔法の鍋も四つに砕け、彼の心臓も砕け散る。こうして勝運は勇者の島にころがりこんだ。だが勝利といっても生き残ったのはたった七人のうえ、ベンディゲイドヴラーンは毒槍で足にけがを負ってしまった。生き残った七人とはプラデリ、マナワダン、タランの跡取りグリヴィアイ、タリエシン、アノウグ、ミリエルの息子グリジアイ、そしてグウィン・ヘーンの息子ヘイリンである。

ベンディゲイドヴラーンは自分の首をはねよと命じた。そして言うには、「そなたたちはわが首をたずさえ、ロンドンの白い丘《グウィンヴリン》[83]に運んでいき、顔をフランスに向けて埋めるのだ。長い道中となるだろう。ハーレッフでの七年間の宴、フリアノンの鳥[84]が歌を聞かせてくれよう。そしてこの首も、良き仲間として、生前と変わ

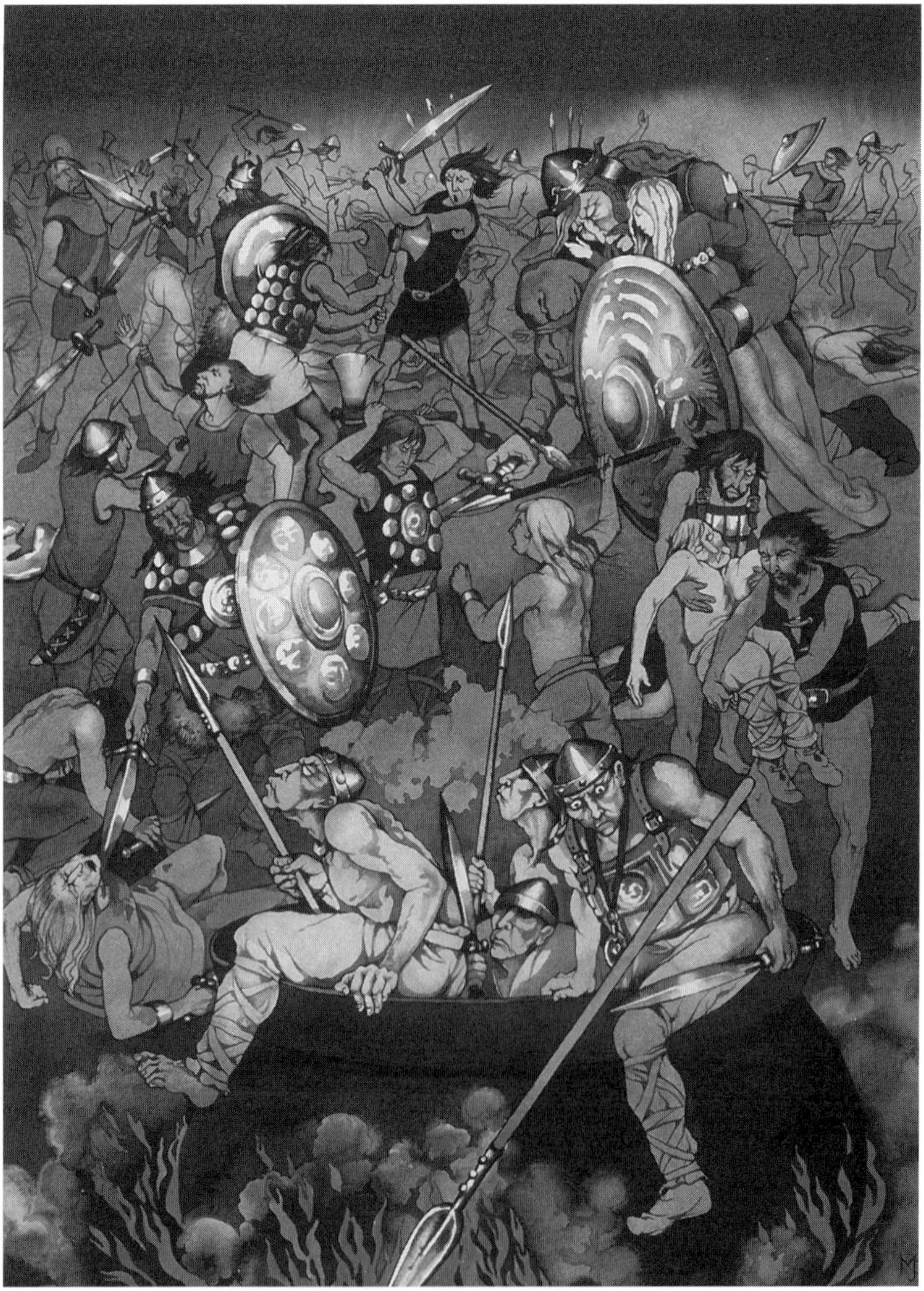

《再生の大鍋》、マーガレット・ジョーンズ画

らず、そなたたちとともにあるだろう。それからペンヴロ一のグワレス[85]で八〇年。アベル・ヘンヴェレン〔ブリストル海峡〕を望む扉をあけてコーンウォールを目にしない限りは、そこにいることができるし、この首も腐らない。だが扉をあけたが最後もう一刻の猶予も許されない。ロンドンへ向かい首を埋めるのだ。では海を渡って行くがよい」

かくして王の頭は打ち落とされ、一行は首級をもって海峡を渡った。七人の武者のあとにブランウェンが八人目として続く。タル・エボリオンのアラウ川の河口に上陸すると、腰をおろし休息した。ブランウェンは、そこからアイルランドの地を見やり、また振り返って勇者の島を見渡した。

「ああ神様、生まれてなどこなければよかった！　こんなにもすばらしい島が二つともに荒地になってしまった、わたくしのせいで」深くため息をついたとたん、その心臓は破れたのである。みんなは彼女のために方形の墓[86]を作り、アラウ川の畔に葬った。

それから七武者はハーレッフに向けて旅立った。もちろん王の首も一緒である。途中、一団の男女に行き合った。

「何か便りは?」マナワダンが言った。

「特にはございません。ただベリの息子カスワッスロンが勇者の島を征服し、ロンドンにて戴冠いたしました」

「それでは、ブラーンの息子カラドウグと、王子を含め、この島に残された七名の執政はどうなったのだ?」

「カスワッスロンに攻められ六人は討死。カラドウグは配下の者が次々、見えぬ手によって切り殺されるのを見て悲憤きわまり息絶えたのでございます。カスワッスロンは魔法のマントに身を隠していたので、誰の目にも六人を殺めるところは見えず、ただ剣が虚空を動いていたのです。カスワッスロンはカラドウグを殺したくはありませんでした。相手は実の甥、従兄弟の息子ですから。（かくしてカラドウグもまた、「悲しみのあまり心が破れた三人[87]」の一人に教えられる。）ペンダラン・ダヴェッド、あの若者だけは森へ逃げました」こう人々は語った。

一行はハーレッフに入り、すわって食事を始めた。そうやって飲み食いしているところに三羽の小鳥が飛んできて歌い出した。その歌声に比べれば、これまで聞いた歌などまったく耳障りなものに思えるのだった。目を凝らさないと、はるか大海原の彼方に浮かぶ小鳥たちの姿は見えなかったが、歌声は、まるで目の前にいるかのようにはっきりと聞くことができた。こうして宴は七年の間、続いた。

七年目が終わると一行はペンヴロ一のグワレスに出立した。旅人たちを待ち受けていたのは大海原に浮かぶ美しい王宮で、大広間があり、その広間へ入った。すると扉が二つ開いていたが、三つ目はしまったままだ。第三の扉の向こうはコーンウォールである。

「ほら見てみろ」マナワダンが言った。「これぞ禁断の扉」

その晩、一行は何一つ不自由することなく、心ゆくまでごちそうを楽しんだ。戦争のつらさ、悲しさもすっかり忘れ、また憂き世の事に心煩わされることもなかった。こうして、いつしか八〇年という歳月が流れたが、これほど楽しく、すばらしい時を過ごしたことはなかったほどだ。退屈が増すこともなく、また、どれだけの時間が経ったのかわかる者もいなかった。それに、生首と一緒でも気味の悪いことなどなく、ベンディゲイドヴラーンが生きていたころと何ら変わりはない。この八〇年のくだりを称して「不思議な首の宴の一行」という。ちなみに「ブランウェンとマソルッフの宴の一行」とは、アイルランドに行った一団を指す。

さて、ここにグウィンの息子ヘイリンという男がいた。ある日のことである。「わが髭にかけて、あの扉をあけて例の話が本当かどうか確かめてくれる」第三の扉を開け放つと、目の前にコーンウォールとアベル・ヘンヴェレンが姿を現した。この光景を見たとたん、これまでの苦しかった日々の思い出がまざまざと一行の胸に蘇ってきた。どれだけ多くの同族や友をあの戦いで失い、どれだけ多くの慟哭の思いを味わってきたことか。とりわけ主君を失った時のあのつらさ。その時から七人の心は二度と安らぐことはなく、頭とともにロンドンに旅立つ以外すべはなかった。長い道中の末、ようやくロンドンにたどり着くと、主君の首を白い丘に葬った。

これが世に言う「三つの幸運な埋蔵」の一つで、後に掘り出されて「三つの不運な発見」[88]に数えられるようになった。そのわけは、この首が地中に隠されている間は、いかなる外敵《ゴルメス》も海からこの島に侵入することはできなかったからである。古譚[89]の伝える彼らの冒険は以上で終わる。これを題して「アイルランドを脱出した男たち」という。

さてアイルランドは先の大戦で無人の野と化したが、五人の妊婦だけは助かって荒地の洞窟で生活していた。月満ちて女たちは同時に五人の息子を産んだ。やがて五人はたくましい青年になり、まわりの女たちをほしいと思うようになった。そして一人一人が、相手かまわず仲間の母と床をともにしたのである。そうやって彼らはこの国を治め、家を建て、国土を五つに分配した。これがアイルランドの五地方[90]の起こりである。それから彼らは戦火に焼かれた土地を回って金銀を集め、大金持ちになった。

かくしてマビノギのこの枝は終わる。語りしは「ブランウェンの殴打」——これはこの島の「三つの不運な殴打[91]」の一つと呼ばれるもの。「ベンディゲイドヴラーンの集会」は百と五四の地方の軍勢が集結して「ブランウェンの殴打」の仇を討ちにアイルランドへ向かうくだり。そして七年間の「ハーレッフの饗宴」。「フリアノンの鳥の歌」に八〇年に及ぶ「切られた首の宴の一行」の物語。

マビノギの第三の枝

くだんの七武者が、上述したようにベンディゲイドヴラーンの首をロンドンの白い丘に運び、顔をフランスに向けて埋めたのちのこと、マナワダン[92]はロンドンの街並みを見下ろし、それから仲間を見やると大きくため息をついた。悲しみと切なさが胸にこみ上げる。

「全能の神よ、この広い天の下、わたし一人、今夜、行くあてもないとは」

「殿」プラデリが言った。「そう嘆かれますな。いとこ殿[93]はこの勇者の島の王。あなたを差し置いてひどい話だ。でも、あなたは土地も大地も要求されなかった。『無欲な三大将[94]』の一人などと世間で言われるのも道理」

「いくら相手がいとこでも、わが兄ベンディゲイドヴラーンの座にほかの者がすわっているのを見るのはつらい。同じ屋根の下にいるなどできぬ相談」

「ほかの相談なら聞き入られますか」プラデリが言った。

「わたしに必要なのは、まさに相談であろう。どのような相談か言ってくれ」

「ダヴェッドの七つの州《カントレーヴ》がわたしに譲られ」とプラデリ。「母のフリアノンもそこにおります。母を差し上げるとともに、これらの地もお任せしましょう[95]。たった七つのカントレーヴですが、これ以上良い土地はありますまい。わたしにはキグヴァという素封家出の妻もいることですし、土地はわたし名義でも、そこから得られる利益は、あなたとフリアノンのものといたしましょう。ご自身の所領を望まれていたのなら、それも差し上げないとは限りません」

「いや、それには及ばぬ。おぬしの友情に神も報いんことを」

「友としてできる限りのことをするつもり。何なりとおっしゃってください」

「では、その言葉に甘えて一緒に行くといたす。そして、フリアノン殿にお目にかかり、領地を拝見しよう」

「それはいい《ヤウン》なさりよう[96]。わたしが請け合いますが、わが母ほど話術の巧みな女性はおりません。若いころは並ぶ者のないほどの美貌の持ち主、今とて、決してがっかりなさるような容姿ではありません」

二人は出発した。長い道中だったが、やがてダヴェッドに到着した。歓迎の宴がアルベルスに入ると待っていた。フリアノンとキグヴァが用意したものである。マナワダンとフリアノンは並んですわり話に花を咲かせた。いつしかマナワダンの心はなごみ、相手のことを憎からず思うようになった。気持ちは嵩じて、こんなに美しく、たおやかな女性に会ったことはないとすら思えてきた。

「プラデリ、この間の話、受けさせてもらおうか」マナワダンは言った。

「何のお話ですの？」フリアノンが言った。

「母上」プラデリが言った。「スリールの息子マナワダン殿の妻にとお約束したのです」

「まあ光栄ですこと」フリアノンが言った。

「こちらも光栄至極です」とマナワダン。「これほどの友情を示してくれたかの者に神の報いがあらんことを」

祝いの終わるのも待たず、マナワダンはフリアノンと床をともにした。

「酒盛りの続きを楽しんでください」プラデリは二人に告げた。「わたしはベリの息子カスワッスロンに拝謁しにスロエグル［イングランド］に行ってきます」

「殿」フリアノンが言った。「ケント[97]にカスワッスロンは滞在中ですから、宴を続け、あちらがもっと近くに来るまでお待ちになれます」

「では、そういたしましょう」プラデリは言った。

そこで心ゆくまでお祝いをした後、二組の夫婦はダヴェッドの領地視察[98]に出かけた。狩をするなど楽しい道中である。こうして領内をめぐっていると、目に入るのはすばらしい土地ばかりだ。住みやすいうえに猟場としても申し分なく、蜜や魚があふれんばかりである。今や四人の旅の仲間は固い友情で結ばれ、片時も離れてはいられないくらいだった。途中、プラデリはカスワッスロンに会いにフリードアッヘン〔オックスフォード〕に出かけ忠誠を誓った。彼の地では大歓迎で、主従の誓いに対してはねんごろに礼が述べられた。首尾よく戻ってくると宴を開き、ほっとするプラデリとマナワダンだった。

続いて一同は宴会をアルベルスで始めた。というのは、いかなる栄誉も、まず居城であるアルベルスから祝うのが習わしだったからだ。さて、その晩、四人は最初に食事を終えると、召使たちが食べている間、自分たちはそぞろ歩きに出た。行く先はゴルセッズ・アルベルス[99]、四人に加え家来たちも一緒である。塚にすわっていると、突然、雷のような音が鳴り響いた。と思うや轟音とともに霧がさっとたちこめて相手の顔も判別できない。霧が晴れると、どこもかしこも昼間のごとく明るい。だが、さっきまで見えていた羊や牛の群れや家並みはどこへいってしまったのだろう。家も、家畜も、人家の煙も、竈《かまど》の火も見えず、人影もなければ村里もなく、ただあるのは宮殿の建物。だが中はもぬけの殻で、荒れ果て、人の住む気配はなく、人間はおろか獣の姿も見えない。一緒に来た仲間たちさえかき消すように消え失せて、どこにいるやもわからない。四人だけが取り残された。

「おお、何たることだ」とマナワダンが言った。「宮廷のみなや連れの者たちはどこにいるのだ？　探しに参ろう」

大広間に入った。誰もいない。居室や寝所を回った。影も形も見えない。酒蔵も厨房も、さながら無人の荒野のごとし。

仕方がないので四人きりで食事をし、狩に出たりして気ままに暮らし始めた。それから各自、国中をめぐり、

《ダヴェッドにかけられた魔法》アルベルスの塚山で魔法の霧にまかれる、マーガレット・ジョーンズ画

どこかに民家や里は残っていないか尋ね歩いてみたものの、あたりには野生の獣がうろつくばかり。やがて酒も食糧も尽きたので、獲物を狩ったり、魚を釣ったり、蜜を採ったりして暮らした。こうして一年、また一年、満ち足りた時を過ごした。そのうち、さすがに嫌気がさしてきた。

「いやはや」マナワダンが言った。「こんな暮らしは続けられん。スロエグルに行って、何か仕事を見つけ、それで身を立てよう」

四人はスロエグルに向かい、ヘンフォルズ[100]〔ヘレフォード〕の町に入ると、そこで馬の鞍を作ることにした。マナワダンは鞍頭をこしらえると色づけを始めた。伝説の匠スラサール・スラエス・ガングウィーズの仕事を見たことがあるので、そのやり方にならって鮮やかな紺碧に仕上げたのだ。この色は、それを作ったスラサールの名を取って「カルフ・スラサール[101]」と今でも呼ばれる。さて、このすばらしい鞍がマナワダンの所で手に入るというので、ヘンフォルズ中の馬具屋では鞍頭も鞍もさっぱり売れなくなり、とうとうどの職人も、目に見えて売上が減っている上に、マナワダンの店が品切れで買えない時しか自分の商品が売れないことに気づいた。みんなで談合の結果、マナワダンと連れの男を殺そうということになった。二人は警告を受け、町を去ろうか相談した。

「誓って言うが」とプラデリが言った。「真っ平御免。おめおめ町を出るくらいなら、あの田舎者どもをやっつけましょう」

「それはいかん」とマナワダン。「職人たちを傷つけたりした日には醜名が流れる上に投獄の憂き目。別の町に行って生計を立てる方が上策だ」

四人は連れ立って新しい町に向かった。

「今度は何をしましょう?」とプラデリが言うと、「盾を作ろう」とマナワダン。

「心得はあるのですか?」

「まあ、やってみるさ」

二人はさっそく盾作りを始めた。自分たちの知っている最高の盾を手本に形を作ると、鞍の時と同じように青く色付けした。仕事は大成功、こちらが品切れでない限り、町中で盾が売れなくなった。仕事が速いので、どんどんこしらえる。そうこうするうち、とうとう町民たちは頭にきて、やつらを殺してしまえということになった。警告する者があって、町の男たちが彼らを殺そうとしていることがわかった。

「プラデリ」マナワダンが言った。「連中はわれわれを亡き者にする計画だぞ」

「あの田舎者どもの好きにはさせません。こっちから仕掛けて殺してしまいましょう」

「それはいかん。カスワッスロンや、その一党が聞いたらわれらの身の破滅。他の町に行こう」

新しい町にやって来た。

「さて何を始めるか？」とマナワダンが言うと、「心得のあることなら何でも」とプラデリ。

「心得はないが、靴を作ってみよう。靴屋は肝が小さいから、われわれと争ったり邪魔したりはしまい」

「でも、作り方がわかりません」

「わたしに任せておけ。縫い方を教えよう。革をなめす手間ははぶいて出来合いのものを買い求め、それを縫って作ればいいからな」

そこでさっそく町で一番上等のコルドバ革[102]だけを買い、あとは靴底に使う革を見繕った。それから町で一番腕のいい金細工師と懇意になると飾り留め金を注文し、金でめっきしてもらった。その仕事の一切をかたわらで観察して、やり方をのみこんだ。こうして、マナワダンは「三人の黄金の靴作り[103]」と呼ばれるようになった。

例によってマナワダンの所で靴が手に入るようになると、短靴も長靴も町の靴屋では売れなくなった。もうけは減るばかりである。というのも、マナワダンが形を作るそばから、プラデリが手際よく靴を縫い上げるからだ。とうとう靴職人たちは集まって談合の結果、二人を殺すことに決めた。

「プラデリ」とマナワダンが言った。「連中はわれわれを亡き者にする計画だぞ」

「あちらがそのつもりなら田舎者どもを皆殺しにしてやりましょう」プラデリが言った。

「それはいかん」とマナワダン。「争いはだめだ。もうスロエグルにはいられない。ダヴェッドに戻って、あとの算段をしよう」

長い道中だったが、やがてダヴェッドに到着し、アルベルスに入った。さっそく火を焚き、猟をして食糧を得る。そんな風にして一月持ちこたえた。次に犬を集めて狩を始め、アルベルスにとどまるうち一年が過ぎた。ある朝、目を覚ましたプラデリとマナワダンは猟に出た。犬を従え、宮廷の外に出る[104]。数頭が先に立ち、近くの小さな茂みの方へ向かった。だが、そばへ行くや、犬どもはあわてふためいて戻ってきた。背中の毛は逆立ち、恐慌状態で人間たちの方へ逃げてくる。

「茂みに近づいてみましょう」とプラデリが言った。「なかに何がいるのか確かめに」

二人が藪の方へ近づく。と、目の前に一頭の森の猪が飛び出した。輝くばかりの白さだ。猟犬たちは主人の姿に元気づけられ獲物に飛びかかった。猪はというと、茂みから出ると、少し距離をおきながら二人が寄ってくるのを待っており、犬と対峙しつつ、逃げようともしない。二人が近づくと、今度はさっと駆け出して追手を振り切った。

猪を追っていくうち、目の前にそびえるように大きい城砦が立ちはだかった。建てられたばかりと見えるが、この場所で前に石材や建物の骨組みを見た覚えはない。猪は砦をめざしてまっしぐら。続いて猟犬たちが飛び込んだ。猪と犬が吸い込まれるように姿を消すと、二人は目をこすった。今まで何もなかった所に突如として城砦が現れるとは。塚《ゴルセッズ》に登って[105]様子を伺い、飼い犬の声はしないかと耳をすませた。だが、いくら待っても犬の鳴き声はおろか、物音ひとつ聞こえない。

「殿」プラデリが言った。「わたしが砦に行って犬がどうなったのか探ってきましょう」

「いやいや良い判断ではないな[106]、あの城砦へ入るのは。今まで影も形もなかったのだぞ。わが判断に従うなら、あそこには行かぬことだ。この土地に魔法をかけた輩《やから》が、あの砦もこしらえたに違いない」

「いや、飼い犬を見殺しにはできません」

そう言うとプラデリは、マナワダンの忠告にもかかわらず砦へ向かった。中へ入ると、人っ子一人いない。猪も犬も、家も人の住まいも見当たらない。見ると、砦の床の真ん中あたりに、大理石で囲んだ井戸がある。井戸の縁には金色の桶があり、四方に鎖を付けて大理石の台座の上につり下げてあるのだが、元はどこなのか、鎖の先ははるか雲の中へ消えていた。プラデリはすっかり心を奪われた。純金のえも言われぬ色合い。桶の意匠のすばらしさ。近寄って桶を手に取ってみた。とたんに、両手が桶にくっついた。足も台座にはりついたまま離れなくなった。話す力も失せて、一言も発することができない。そして、そのまま立ちつくした。

連れの帰りをずっと待っていたマナワダンだが、そのうち夕刻が迫ってきた。日も傾き始めたころ、いくら待ってもプラデリや犬の消息はわかるまいと判断して宮廷に引き返した。中へ入ると、フリアノンがその姿を見て言うには「お連れと犬はどこですの？」

「実は」とマナワダンは冒険の次第を語った。

「まあ、ひどい。友達甲斐のない方！　すばらしい友人をなくしてしまわれたのですね」そう言うとフリアノンは表に飛び出し、さっきの話で息子と城砦が見つかるだろうと思われる方向へ向かったのである。

城門が開いているのが見えた。何も隠れている様子はない。さっそく中に入ると、プラデリが桶を握ったまま凍りついたように立っている。そばに寄って「まあ、何をなさっているの？」と言った。そして自分も桶に手をかけた。とたんに両手が桶に吸いつき、両足が石台からくっついて離れなくなり、口もきけなくなってしまった。やがて日が沈んだと思うと、あたりをつんざくような雷鳴とともに霧が二人の上に降りてきた。あっという間に砦は見えなくなり、二人の姿もかき消えた。

プラデリの妻キグヴァは、マナワダンと廷内で二人きりになったことを知ると、身も世もなく泣きくずれた。マナワダンはその様子を見ると言った。

「わたしを恐れているのなら、とんだ考え違い。これまで出会った誰よりも忠実な友と思っていただきたい。誓って言うが、わたしがまだ若かったとしても、プラデリには信義を尽くすだろう。そなたに対してももちろんだ。だから、こわがることはない」さらに言うには、「わたしから望むがままの友情を手にするがいい。われらのこの苦しみが神意なら、わたしも力を尽くしてがんばるつもり」

「神の報いがありますことを。おっしゃるとおりですわ」そう言うと、乙女はにっこり笑った。今の言葉ですっかり力づけられたようだった。

「ところで、友よ」マナワダンが言った。「ここにいても仕方がない。犬がいなくては食べていけない。スロエグルに行こう。あそこなら、どうにか暮らせるはず」

「はい、殿、喜んでそういたしましょう」

そこで二人はスロエグルに向かって旅立った。

「殿、何をなさいますの？　恥ずかしくない仕事になさりませ」と女が言った。

「仕事は靴屋しかない、以前にやったように」

「靴屋など、殿のように才気も身分もある方にはふさわしくありません」

「だが、それがわたしの商売だ」男は答えた。

マナワダンは仕事を始めた。町で売っている最高級のコルドバ革から型を取る。以前別の町で［プラデリと］二人でやったように、靴を飾る金の留め金も作った。マナワダンの靴に比べると、町のどんな靴屋の品もちゃちで安っぽく見えるほどだった。彼のところで手に入る間は、短靴も長靴も他の店ではまったく売れない。やがて一年が経つと靴屋たちはマナワダンをねたむようになり、マナワダンの耳にも、みんなが自分を殺そうとしているという噂が届いた。「殿、なぜ田舎者たちの言いようにさせるのです?」とキグヴァが言うと、「そうはさせんが、われらはダヴェッドに戻ろう」と相手は答えた。

二人はダヴェッドに向かった。出発の際、マナワダンは小麦の袋をもっていき、アルベルスに向かうと、そこで生活を始めることにした。アルベルス一帯の光景ほど心を晴れやかにするものはなかった。ここで昔よく狩をしたものだ。あの頃はプラデリやフリアノンも一緒だった。こうしてしばらくは魚を採ったり、巣にいる獣を襲ったりして食いしのいだ。それから今度は土地を耕すと、一枚、二枚、三枚と畑に種を蒔いた。やがて穂波があたりをうめつくした。三つの畑とも成育は順調で、こんなにすばらしい麦畑は見たこともないほどだった。季節はめぐり刈り入れの時がきた。最初の畑に行ってみると、ずっしりと実が重い。「よし、明日、刈り取ろう」と言って、その晩はアルベルスに戻った。

翌朝、まだ薄暗い中を起きると収穫に出かけた。畑に着くと、裸の茎が残っているばかり。どれもこれも途中で折られて穂はなくなり、穂のない茎だけになっている。これはどうしたことだろうと思って、二番目の畑に行ってみた。こちらは、たわわに実っている。「よし、ここは明日、刈り取ろう」その翌日、収穫に来ると、また茎しか残っていない。「いったい誰がわたしを破滅させようとしているのだ? だが、これだけは確かだ。下手人が誰であれ、始めたことはやりきるつもりだな。そいつはこの国ばかりか、わたしも破滅に追い込もうというわけだ」

三つ目の畑を見に行った。誰も見たこともないくらい、見事な麦が、ずっしりと重い穂を揺らしている。「ええい、今晩こそ見張りに立たねばなるまい。麦畑を荒らしたやつがここにも来るはずだから正体を確かめてやろう」

戻って武器を取り、夜に備えて身支度をする。キグヴァにも一切を説明した。

「それで、どうなさります?」と言うので、「今夜は畑を見張るつもり」と答えた。

マナワダンは畑に出かけた。真夜中が近づいたころだろうか、耳をつんざくばかりの雷鳴がする。そこで目を凝らした。すると、ネズミの大軍がぞろぞろ現れた。どれほどの数がいるのか見当もつかない。呆気に取られているうち、ネズミの群れは畑を襲い始めた。一匹ずつ麦によじ登り、重みでしないだところを穂だけ食いちぎり持っていく。あとには茎が残るばかり。麦畑を見回すと、一本残らずネズミが群がって穂に食いついている。やがてネズミどもは、もときた道を、収穫を引きずりながら引き返していった。マナワダンは怒りにわれを忘れネズミに襲いかかった。ところが目にも止まらぬ、その速さ、ブヨの群れか鳥が飛び立つにもまさる。だがよく見ると、中に一匹、一回り大きいネズミがいる。動きも鈍そうだ。そいつをねらって追いかけると、むんずと押さえた。それから獲物を手袋の中に入れ、口を紐で縛り、宮廷へ持ちかえった。

キグヴァの待つ部屋に向かった。中に入ると炉の火をおこし、手袋を釘に引っかけた。

「殿、何が入っていますの?」キグヴァが言った。

「泥棒だ。盗みの張本人をつかまえた」

「どんな泥棒ですの? 手袋の中に入るなんて」

「実は」と言って、マナワダンは畑が荒らされ作物が台無しにされたこと、そして夜番をしていたらネズミが残った畑にやって来たことを話した。

「それで、太ったネズミがいたのでつかまえたわけだ。ほら、この手袋の中にいるやつだ。明日こいつを縛り首にするつもり。できることなら、一匹残さず死刑にしてやりたいところだが」

「お怒りはごもっともですわ。でも、みっともない、殿のようなご立派な、身分の高いお方がこんな卑しい獣を縛り首になさるなんて。正義《ヤウン》とは、ネズミごときに構わず、逃がしてやることですわ」

「ネズミどもがみんなこの手にあるのなら、どうして殺さずにおくものか。捕らえたやつだけでも、死刑にしなければ気がすまぬ」

「殿、わたくしは何もこの卑しい獣を助けようというのではありません。殿の不名誉になってはと思って申し上げるのです。それなら、どうぞ、お好きなようになさいませ」

「こやつを助けようとなさる理由がわかったら、ご判断に従うところだが、当方にはわかりかねるので、こいつは殺すほかない」

「では、そうなさいませ」

そこでマナワダンはネズミを持ってゴルセッズ・アルベルスに向かい、頂上まで来ると地面に先がふたまたの棒を二本、突き立てた。そうこうするうちやって来たのは、くたびれた身なりの旅の学僧[107]。この七年というもの人も獣も見たことがないマナワダンである。四人きりでずっと暮らしてきたのだ。だが、そのうちの二名はすでに失踪してしまった。

「殿、ごきげんよろしゅう」乞食坊主があいさつした。「神のご加護を。ようこそ来られた」とマナワダン。「旅の方、どこからお出でだ？」

「スロエグルからで。旅をしながら歌など作っております。それが何か？」

「かれこれ七年、このあたりで人を見かけたことがない。四人のさすらい人がいただけだ。そこへそなたが現れた」

「殿、ただ通りかかっただけで、ここから自分の国へ帰る途中。ところで何をなさっておいでです？」

「泥棒の絞首刑。盗みの張本人をつかまえたのでな」

「どんな泥棒で？　何だか汚らわしい物がお手の中に見えるが、ネズミですか？　あまりいい眺めではありませんな。あなたのような立派な方が、こんな卑しい獣をどうこうするなどは。逃がしておやりなさい」

「いや、神にかけて逃がさぬぞ。盗みをしたのだ。法の定めにより[108]、こいつは縛り首だ」

「殿、あなたほどの高貴な方がお手を汚すのを黙って見ているくらいなら、この喜捨の一ポンドを差し上げますから、ネズミは放してやってください」

「いや、神にかけて、逃がさないぞ。身代金を払ってもだめだ」

「では、お好きなように。あなたのようなご身分の方がこんな蛆虫を相手にするのは見苦しいと思っただけです。さもなければ差し出口はしませんよ」そう言うと托鉢僧は立ち去った。

マナワダンが二本の棒の間に横木をわたしていると、馬に乗った修道僧が通りかかった。

「殿、ごきげんよろしゅう」僧があいさつした。

「ごきげんよう」マナワダンもあいさつを返した。

「神のお恵みがありますように。ところで、何をなさっておいでかな?」

「泥棒の絞首刑。盗みの張本人をつかまえたのでな」

「どんな泥棒で?」

「卑しい獣、姿はネズミ。こいつが盗みを働いたので、泥棒の受ける罰を受けさせてやろうというわけだ」

「殿、そんな卑しい獣を相手になさるのを黙って見ているくらいなら、身代金を払います。釈放しておやりなさい」

「いや、神に誓って、身代金は受け取れぬ。釈放するつもりもない」

「一文の価値もないやつだが、お手を汚すのを見るには忍びない。三ポンド差し上げるから、放してやってください」

「いや、神にかけて、金はいらぬ。ほしいものは、こやつの命だけ」

「では、どうぞお好きなように」そう言うと僧は立ち去った。そこでマナワダンはネズミの首に綱を巻いた。ネズミを吊るそうとした時である。司教の行列が通りかかった。荷馬やら側近に続いて司教本人もこちらへやって来る。マナワダンは綱を引く手を止めた。

「司教様、ごきげんよう」

「神のご加護を。何をしておられる?」

「泥棒の絞首刑。盗みの張本人をつかまえたもので」

「手に持っているのはネズミでは?」

「そのとおり。こいつが盗みを働いたのです」

「この卑しい獣を処刑する所にわしが通りかかったのも何かの縁。身代金を出しましょう。七ポンドではいかがかな。あなたのような立派な方がネズミごときを死刑にするのは見るに忍びない。放しておやりなさい。あなたの損にはなりませんぞ」

「お断りします、神にかけて」

「それなら二四ポンド、この場で払うから逃がしてやりなさい」

「いや、神に誓って、だめです。その二倍と言われてもお断りします」

「それでは、ここにいる馬全部と七頭分の荷駄を馬ごと差し上げよう」

「いりません」

「それなら、そちらの条件は?」

「フリアノンとプラデリを解放すること」

「かなえよう」

「まだ足らぬ」

「ほかに望みは?」

「ダヴェッドの七つのカントレーヴにかけられた魔法と呪文を解くこと」

「かなえよう。さあネズミをよこせ」

「いやまだだ。このネズミの正体を知りたい」

「わしの妻だ。そうでなければ取引などしなかった」

「何のためにわたしの所へ？」

「麦を盗まんがため。わが名はキルコエドの息子スルウィド。何を隠そう、このわしがダヴェッドの七つのカントレーヴに魔法をかけた張本人。クリッドの息子グワウルの恨みを晴らすため、友人として魔術を使ったのだ。プラデリを仇とねらったのは、例の『アナグマの袋詰め[109]』遊びでグワウルがプラデリの父親、プウィス・ペン・アヌーヴンにひどい目に遭わされたからだ。ヘヴェイズ翁《ヘーン》の宮廷でのあの所業は、まったくもって無分別。おぬしがこの地に住み着いたと聞いて、家来どもが押しかけてきた。わけをきくと、ネズミの姿にしてくれ、おぬしの畑を荒らすのだという。最初の晩はわしの親兵たちが来て自分たちがやると言う。次の夜もやって来て畑を台無しにした。最後の晩は妻と宮廷の女どもが来て自分たちも変装したいという。望みどおりにしてやった。ところが妻は身重の体。さもなければ、おめおめ囚われなかったものを。ともかくも妻を人質にされたからには、プラデリとフリアノンは返してやろう。ダヴェッドの魔法と呪文も解いてやる。さあすべて話したのだから妻を釈放してくれ」

「断る」

「ほかに何が望みだ？」

「二度と再びダヴェッドの七つのカントレーヴに魔法をかけぬこと、そして誰も魔法で虜にしないこと」

「かなえよう。さあ、妻を放してくれ」

「断る」

「ほかに何が望みだ？」

「今度のことで、プラデリやフリアノン、そしてわたしに仕返しなどしないこと。以後、決してだ」

「すべてかなえよう。よくぞ分別を働かせたものだ。実際、その言葉がなければ、おぬしが一切の苦労をしょいこむところだった」

「わかっていたから言ったのだ」

「今度こそ、妻を放してくれ」

「いやだ。プラデリとフリアノンが自由の身になってここに来るまでは」

「ほら見ろ、二人はそこだ」

間違いなく、そこにいるのはプラデリとフリアノンだった。マナワダンは立ち上がって二人を出迎えると、一緒に腰をおろした。

「貴殿にお願いする。妻を釈放してくれ。望みのものはすべて得たではないか」

「では、そうしよう」マナワダンはそう答えると、虜を解き放った。夫が魔法の杖で一撃ちした。そのとたん、ネズミは妙齢の、見たこともないほど美しい女に変わった。

「まわりを見てみろ。里も民家もすべて昔どおりのはずだ」

伸び上がって見ると、全土が人の住める地に回復している。どこを向いても家畜の群れや人家がびっしりだ。

「プラデリとフリアノンは、どんな仕置きを受けていたのだ?」とマナワダンが言った。

「プラデリには、わが宮廷の城門を叩く金環を首にかけさせた。フリアノンにはロバがまぐさを引くのに使ったくびきをはめてやった。そのようにして二人を捕らえておいたのだ」

二人の苦難にちなんで、この物語は「くびきとくびわのマビノギ[110]」と呼ばれる。これにてマビノギのこの枝はおしまい。

マビノギの第四の枝

マソヌウィの息子マース[111]はグウィネッズ[112]の領主で、プウィスの息子プラデリは南部二一州《カントレーヴ》の領主[113]だった。ちなみに二一とはダヴェッドの七州、モルガヌーグ七州[114]、ケレディギオン四州、アストラッド・タウィ三州のことである。その当時、マソヌウィの息子マースは戦騒ぎで呼び出される場合を除いては、生娘の膝の上に両足をのせていなければ生きていかれない身[115]だった。仕えていた乙女はペビンの娘ゴエウィンといい、アルヴォンのドール・ペビン[116]の出身だった。当代一の美女として当地で知られていた。マースはアルヴォンのカエル・ダスル[117]にいて、いつもそこに座していた。自ら国土巡視に出向くことはできず、行くのはもっぱらドーン[118]の息子ギルヴァスウィ[119]とドーンの息子エイヴィーズ[120]〔グウィディオン?[121]〕、甥で、自分の姉妹の息子にあたるこの二人が、親衛隊を率いて王の代わりに領地を視察して回るのだった。

くだんの乙女はマースと常に一緒だった。そのうちドーンの息子ギルヴァスウィが乙女に想いを寄せるようになり、恋しさのあまり、どうしたらよいやら分別もつかぬ有様だ。見る見るうちに顔は青ざめ痩せ細り、別人のように面変わりしてしまった。

兄のグウィディオンはというと、ある日、弟をまじまじと見て言った。

「弟よ、何があったのだ?」

「なぜ、きかれるのです?　一体、どんな風に見えますか?」

「見るところ、顔色もさえないし元気もないが、何があったのだ？」

「兄上、話しても無駄なこと」

「どういう意味だ？」

「ご存じでしょう、マソヌウィの息子マースの霊能力《カネズヴ》のことは。どんな内緒話でも、いかに声をひそめようが、二人の人間の間で交されたことは風に乗って届き、知るところとなるのです」

「いかにもさよう」グウィディオンが言った。「それ以上は申すな。おまえの頭のなかは読める。ゴエウィンに恋しているのだな」

それを聞くと相手は、心のうちを兄に悟られたと知って、深い、深いため息をもらした。

「静かに、弟よ」とグウィディオン。「ため息などついても何の解決にもならぬ。わたしに任せておけ。手立ては、これしかあるまい。グウィネッズとポウィスとデヘイバルス[122]を武装蜂起させ、乙女を手に入れるのだ。元気を出せ、手はずは整えてやる」

そこでマソヌウィの息子マースのもとに二人は赴いた。

「殿」グウィディオンが言った。「聞き及びましたところでは、南の国に何やら小さな動物が参ったとか。この島には、かつて来たことのない生き物らしゅうございます」

「何という名前だ？」

「豚《ホブ》です、殿」

「どのような獣じゃ？」

「なりは小さいが、肉は牛より美味だそうです。とにかく小さくて、いろいろ呼び名があります。近頃はモッホとも言うようです」

「持ち主は誰じゃ？」

「プウィスの息子プラデリで、異界アヌーヴンからの贈り物、贈り主はアヌーヴンの王アラウン[123]です」（今日でも、この古名は豚《フーフ》のわきばら肉を指すハネルホブ[124]という呼び名に残っている。）

「なるほど。どうやったら手に入れることができる？」

「わたしが参りましょう。一二人の仲間に加わり、詩人のなりで豚をもらいに行きます」

「相手は断るかも知れぬ」

「策がございます。豚を連れずしては戻りません」

「承知した。それでは行くがよい」

そこで出立し、ギルヴァスウィと一〇人の供も連れ立ってケレディギオンの地に至り、今日ではフリズラン・ティヴィ[125]と呼ばれる地に到着した。そこにはプラデリの館があった。吟遊詩人の身なりで宮廷に入った。一行は喜んで迎えられた。その夜、プラデリの隣にグウィディオンは席を与えられた。

「それでは」とプラデリが言った。「われら、何か物語を所望したいが、あちらの若い衆の誰かにお願いしよう」

「実は慣習がございまして、殿様」とグウィディオン。「初めて貴人をお訪ねする晩は、詩人の頭《ペンケルズ》[126]がお相手をするのが習い。よって、わたくしめがお話をご披露いたしましょう」

グウィディオンは当代随一の語り部[127]だった。その夜、宮中は大いに沸きたち、グウィディオンがくり出す愉快な話や物語に宮廷の誰しも聞き惚れてしまい、プラデリも大いに会話を楽しんだ。

こうして余興が終わると、「殿」と彼は言った。「お話があるのですが、わたしではなく、ほかの誰かからお伝えした方がよろしいでしょうか？」

「いや、それには及ばぬ。そちは口達者だからな」

「殿、実は、アヌーヴンから贈られた獣を頂戴したいのです」

「なるほど、たやすいことと言いたいところだが、領民との間に守らねばならぬ取り決め[128]がある。すなわち、その数がこの国で二倍に増えるまでは手放してはいけないという約束なのだ」

「わたしなら、その誓文から殿を自由にすることができます。こういたしましょう。今夜はわたしに豚をくださらなくてもかまいませんが、やらぬとも言わないでください。明日、豚と交換するものをお見せします」

その晩、グウィディオンは仲間とともに宿舎に引き上げると相談をした。

「おのおの方、豚は頼んだだけではもらえぬようだ」

「いかにも」一同が言った。「どんな策なら手に入るでしょうか」

「わたしが手はずを整え手に入れよう」グウィディオンが言った。

それから手練の術を尽くして何やら始めたと思うと、魔法で生み出されたのは一二頭の駿馬と一二匹の猟犬、みな胸だけ白い黒犬で、一二の首輪《トルク》には一二の革紐がつき、誰の目にも金に見える。一二の鞍も普通なら鉄を使うところを金にして、馬具も同じく豪華な造りだった。それから、馬と犬を連れてプラデリのもとを訪れた。

「殿様、ごきげんよろしゅう」

「神のご加護を。よくぞ参った」

「殿、夕べ言われた豚についての約束から自由になる方策をお示ししましょう。豚を人に譲ったり売ったりしてはいけないとの

《マソヌウィの息子マース》、マーガレット・ジョーンズ画

こと。それなら、もっと価値のあるものと交換なされればいい。わたくしめが差し上げますのは、ここにいる一二頭の馬。すぐにでも乗れるよう、鞍も馬具一式そろっております。そして一二匹の猟犬、首輪と革紐は、ご覧のごとし。それにあちらの一二の黄金の盾もおつけしましょう」（盾はみんなキノコからこしらえたものだった）

「それでは、われらは相談することといたす」

相談の結果、豚はグウィディオンにやり、代わりに馬と犬と盾をもらうことにした。

それから一行はいとまごいをし、豚を連れて出発した。

「わが戦友たち」グウィディオンが言った。「急がねばならぬ。魔法は今日から一日しかもたぬから」

その晩はケレディギオンの山間部までたどり着いた。そこは、それゆえ、今でも「豚の町《モッホ・ドレーヴ》[129]」と呼ばれている。翌日も前進を続け、エレニッドの高地を越えた。その夜は、ちょうどケリとアルウィストリの中間[130]に至り、そこで入った町が、今日やはりモッホ・ドレーヴの名をとどめる。そこからさらに旅を続け、夜にはポウィスのコモートまでやって来るとそこで一泊。その地には、ゆえに「豚の渓谷《モッホ・ナント》」という名がついた。さらに進んでフロス[131]のカントレーヴにたどり着き、一夜を過ごしたのがモッホ・ドレーヴの名で知られている町である。

「おのおの方」グウィディオンが言った。「われらがめざすはグウィネッズ最強の砦[132]、かの獣どもも一緒だ。追手が迫っている」

そこで一行はアルスレフウェッズのカントレーヴの山地に分け入り、てっぺんの町まで登りつめると、そこに囲い《クレイ》を作って豚を入れた。この故事にちなんで、その町はクレイウリオン[133]と呼ばれる。こうして豚を柵の中に閉じ込めると、マソヌウィの息子マースのいるカエル・ダスルに向かった。

一行が到着すると、国中に非常召集をかけている最中だった。

「何事だ？」とグウィディオンが言った。

「プラデリがあなた方のあとを追って一と二〇の州を動員しているのです。ずいぶんとまあ、のんびり旅をなさったことですな」

「目的の動物はいかにした？」マースが言った。

「すでに柵を作って入れ、隣のカントレーヴにおります」グウィディオンが言った。

そのとたん、ラッパが一斉に鳴り渡り、いよいよ全軍集合だ。一同は武具に身を固め、アルヴォンのペナルズまで進軍した。

その晩、引き返してきたドーンの息子グウィディオンと弟のギルヴァスウィ、めざすはカエル・ダスルである。そしてマソヌウィの息子マースの寝所で[134]、ギルヴァスウィとペビンの娘ゴエウィンは互いに枕を交わさせられたのだった。侍女たちはつまみ出され、乙女はその夜、無理やり操を奪われたのである。

翌日、夜が明けたと見るや二人は出立し、マソヌウィの息子マースと彼の軍勢がいる陣営に駆けつけた。二人が着いたとき、兵士らはちょうど作戦会議を始めるところ、プラデリと彼の南軍をどこで待ち受けたらよいかの相談である。そこで二人は協議に加わった。相談の結果、グウィネッズの最強の砦たる、このアルヴォンで待ち伏せようということになり、ペナルズとコエド・アリンという二つの地区《マエノール》[135]の中間[136]に陣を張った。

プラデリがその地に攻撃を仕掛けた。こうして対戦が始まり、両軍ともに大勢が殺されたが、結局、南軍が退却を余儀なくされた。彼らが退却した先は、今日ではナント・カス[137]と呼ばれる。そこで追いつかれ、また大虐殺が行われた。南軍はさらに南下、ドール・ペンマエンと呼ばれる地まで逃げると、戦列を建て直した上で停戦を申し入れた。プラデリは和睦の証として人質を送ってよこした。グールギー・グワストラ[138]を始めとする、二四名の長老の子弟が差し出された。

それから、軍勢はトラエス・マウル[139]の砂浜まで争うことなく進軍したが、ヴェレン・フリード[140]の渡瀬を越えたあたりまで来ると、歩兵たちが今にも互いに矢を射かけんばかりになったのでプラデリは使者を送り、

《魔術師グウィディオン》グウィディオンが魔法でキノコから猟犬を作り出した、マーガレット・ジョーンズ画

お互いの親衛隊を抑制し、自分とグウィディオンの間で決着をつけようと申し出た。何と言ってもグウィディオンが事の張本人だったからである。口上はマソヌウィの息子マースに伝えられた。

「そうか」マースは言った。「ドーンの息子グウィディオンがよいと言うなら、わしも同意しよう。嫌がる者を無理矢理戦わせるわけにはいかぬからな」

「しからば申し上げる」使者は言った。「プラデリが申すには、悪意からわが身にこのような事を仕出かした当人が体を張って勝負に応ずることこそ公正というもの。その間、両軍は控えてほしいとのこと」

「グウィネッズの戦士らに、わがために戦えと頼むつもりはない。自分でプラデリと対戦できるのだから。わが体を張っての勝負、喜んでお受けする」グウィディオンが言った。返事はさっそくプラデリに伝えられた。

「そうか」プラデリは言った。「こちらとて正義《ヤウン》を守るのに他人の手は借りぬ」

　二人は身支度を整えると一騎討ちに臨んだ。武勇と腕力ばかりでなく、魔法と呪文の力も借りたグウィディオンが勝利を得、プラデリは倒れた。死者はヴェレン・フリードの上流、マエントゥローグ[141]に葬られた。今でもそこに墓が残されている。

　南軍はというと、嘆き悲しみながら故国に引き上げた。それも不思議では

グウィディオンがプラデリを倒す、
E. Wallcousins 画、1905 年

ない。主君を失い、多くのすぐれた男たちを失い、馬も武器もほとんどすべてなくしたのである。

　一方、グウィネッズ軍は喜び勇んで帰途についた。

「殿」グウィディオンがマースに言った。「われわれも正義《ヤウン》の証として例の貴族を南軍のもとへ戻してやったらいかがでしょう。停戦の証に人質としてよこされた者のことです。このまま虜にしておくのは良くありません」

「それなら、釈放してやれ」とマースが言った。そこで、くだんの若者とその他の人質たちは全員、南軍へ引き渡された。

　マースはカエル・ダスルへ戻った。ドーンの息子ギルヴァスウィと親衛隊は慣例となったグウィネッズの視察に直行し、宮廷には顔を出さなかった。さて、マースは私室に入ると寝所の支度をさせ、いつものように乙女の膝の上に足を置いてくつろごうとした。

「殿様」ゴエウィンが言った。「他の娘をお探しになり、おみ足の下にすわらせてくださいませ。わたくしは女になりました」

「どういうことだ？」

「襲われたのでございます。それも公然と。わたくしとて、おとなしくはしておりませんでした。ですから宮中でこのことを知らぬ者はございません。甥御殿が押しかけて来たのです。殿の御姉妹の子、ドーンの息子グウィディオンとギルヴァスウィの兄弟のことです。二人してわたくしを辱め、あなたのお名前に泥を塗りました。手込めにされたのです。あろうことか殿の寝間で、殿の寝床の中で」

「そうか。それなら、わしにできる限りのことをしよう。まず、そなたへ応分の償い《ヤウン》[142]をし、それからわし自身の恥辱を晴らす道《ヤウン》を考えよう。そなたについては」と言葉を続け、「わが妻とし、やがてはわが領国をその手に委ねよう」

　一方、兄弟たちは宮廷には寄りつかず、領内の巡視を続けていたが、やがて、二人に食べ物や飲み物を与えてはならぬとのおふれが出回った。それでも初めのうちは王のもとに来ようとはしなかったが、ついに音を上げマースのもとに顔を出した。

「殿」兄弟は言った。「ごきげんよろしゅう」[143]

「わしに償《ヤウン》いをしようと参ったのか？」

「殿、思いどおりになさってください」

「思いどおりにしていたならば兵士や武器も失わずにすんだものを。わしの受けた恥辱は物や金で償えるものではないし、プラデリ殿の命は言わずもがな。処分は任すと言うのなら罰を受けてもらおう」

そう言うと、マースは魔法の杖を取ってギルヴァスウィを一打ちし、大きななりの雌鹿に変えた。間髪入れず、もう一方にも手を伸ばし、逃げようとするところをつかまえて杖で打った。とたんに雄鹿に姿が変わった。

「おまえたちはつるむのが好きなようだから、一緒にさすらい、つがうがよい。その姿どおりの獣のやり方でな。子鹿の生まれる季節には、おまえたちにも子どもができよう。今日から数えて一年経ったら、ここに戻ってまいれ」

それからかっきり一年経った日のことである。窓の下が何やら騒がしい。廷内の犬も一斉に吠えている。

「外がどうなっているのか見てまいれ」

「殿」お供の一人が言った。「見ましたが、雄鹿と雌鹿がおります。子鹿も一緒です」

マースは立ち上がって外に出た。なるほど三頭いる。つがいの鹿とたくましい子鹿だ。そこで杖を振り上げた。

「この一年雌鹿だった方が今度はオスの猪となって一年過ごすがいい。雄鹿だった方はメスの猪になれ」その言葉とともに二頭を杖で打った。

「子どもはもらっておこう。わしが育てて洗礼も受けさせよう」ヒズン〔黒鹿〕という名が与えられた。

「さあ行け。今からは猪の夫婦だ。野豚そのままの性《さが》となって生きるがよい。今日から数えて一年経ったら、この壁の所へ来るのだ、子どもを連れて」

丸一年が経った。窓の下で犬の吠え声がする。宮中の者が寄ってきた。マースはやおら立ち上がると外へ出た。三頭の獣がいる。野生の猪のつがいに、よく肥えた子豚も一緒だ。年のわりにがっしりした子である。

「よし、こいつはわしの手元に置き洗礼を受けさせよう」そう言うとマースは魔法の杖で一打ちした。とたんに子豚はたくましい体つきの、栗色の髪の美青年に変わった。ヒフズン〔黒豚〕という名がつけられた。

「さて、おまえたち。この一年、メスの猪だった方は、今年はオスの狼になれ。オスの猪だった方は雌狼となれ」その言葉とともに魔法の杖で叩くと、二頭はつがいの狼に変わった。

「姿そのままのけだものの性《さが》となって生きるのだ。今日から数えて一年経ったら、この壁の所にやって来るがいい」

ちょうど一年たった日のこと。窓の下で人や犬が騒いでいる。立ち上がって外に出た。いるいる。オスとメスの狼が大きな子どもを連れて立っている。

「この子はもらっておく」マースは言った。「洗礼も受けさせる。名前は決めた。ブレイズン〔黒狼〕だ。おまえたちの三人息子というわけだな、これら三人は、

ギルヴァスウィの息子三人[144]
不忠な親に似ぬ忠義な武人
ブレイズン、ヒズン、ヒフズン[145]は長身

それから二頭を杖で打って元の姿に戻した。

「両人とも、わしに悪事を働いたが十分懲らしめは受けた。かわるがわる相手の子を身ごもって大いに恥をか

いたのだからな。二人に香油を入れた湯を用意し、頭を洗い清め、身なりを整えさせるがよい」

命令どおりにされた。兄弟はさっぱりすると王の御前に進み出た。

「では和解としよう。仲直りじゃ。そこで相談だが、新しい乙女について心当たりはないか」

「殿」ドーンの息子グウィディオンが言った。「お安い御用です。ドーンの娘アランフロッド[146]はいかがでしょう。殿にとっては姪、つまり御姉妹の娘にあたる者」

さっそく召し出され、娘が入ってきた。

「乙女よ、そちは生娘じゃな？」

「そのつもりでございます」

マースは魔法の杖を取ると、低く持って差し出した。

「では、これをまたいでみよ。生娘であるかどうかわかるはず」

娘は杖をまたぎ越した。またいだところで、金髪の大きな男児を残していった。息子がおぎゃあと叫ぶと、あわてて娘は扉の方へ駆け出した。その途中、床の上に何か小さなものを落としていったが、目にも止まらぬ早業でグウィディオンが取り上げ、錦の布にく

《スレイ・スラウ・ガフェス》アランフロッドと靴作りに変装したグウィディオンたち、マーガレット・ジョーンズ画

るんだ。そして後で、自分の寝台の足元に置いてある小さな衣裳箱に隠したのである。

「よし」マソヌウィの息子〔マース〕が言った。「わしが、この子に洗礼を与えよう」いかにも頑健そうな金髪の少年に向かい言うには「名前はダランとする」

洗礼が終わると、男の子はそのまま海に向かった。海に入ったとたん、海の性《さが》がその子に乗り移った。そしてどんな魚にも負けないくらい上手に泳ぎ始めた。そこで少年はダラン・アイル・トン[147]すなわち波の子ダランと呼ばれるようになった。泳ぎ回る少年の体の下では波一つ立たなかった。この子を死に追いやった一撃は、おじのゴヴァノンの手によってくだされた。世に言う「三つの不運な一撃」の一つである。

ある日のこと、グウィディオンが寝床の中で目を覚ますと泣き声がする。足元の衣裳箱の中からだ。かすかではあるが確かに聞こえる。急いで起きて箱をあけた。すると小さな男の子が両手をばたばたさせ、おくるみをはねのけようともがいている。赤ん坊を抱き上げ町へ、乳をやる女のところへと連れて行った。そして、その女を雇い、息子に乳を与えるように話をつけた。子どもが預けられて一年経った。その年の終わりには、二歳児だとしても目を見張る程たくましくなった。二年目には立派な少年に成長し、自分の足で宮廷に参上した。グウィディオン自身が宮廷にやって来た少年に気づき面倒をみた。男の子はすぐになついて、グウィディオンのことを誰よりも好きになった。少年は宮中ですくすく育って四歳になった。その頃には、八歳児だと言っても目を見張る程たくましくなった。

ある日、少年は外出するグウィディオンの後についていった。めざすはカエル・アランフロッド[148]で少年も一緒である。宮廷に着くと、アランフロッドが兄を出迎えあいさつした[149]。

「神のご加護を」

「誰の息子です、後ろの子は？」

「この子はおまえの息子だ」

「まあ、ひどい！　どういう魂胆でわたくしを辱め、さらに恥をかかせようと、その子をここまで育てられているのです？」

「恥さらしと言うは、こんな立派な息子をわたしが育てているということだ。それに比べれば、そなたの恥などささいなもの」

「あなたの息子は何という名前です？」

「実は、まだ名がない」

「それでは、定めをかす《タンゲッド》[150]。その子は生涯、名なしのまま。わたくしが名付けてやらぬ限り」

「なんという悪女だ。息子は必ず名前を得る、おまえがどんなに悔しがってもな。おまえは、この子のせいだと恨んでいるのだな、もう誰からも生娘とは呼ばれないことを。もう一生、そう呼ばれることはないだろう」

そう言い捨てて怒って出ていき、カエル・ダスルに向かうと、その晩はそこに泊まった。翌朝また少年を連れ出し、アベル・メナイまで海原に沿って歩いていった。それから紅藻やコンブを見つけると、魔法で船に変えた。同じく魔法を使ってコルドバ革もたっぷりこしらえて色付けすると、誰も見たことのないような美しい革ができあがった。次は船に帆を張り、息子とともに乗り込むと、カエル・アランフロッドの港の入り口までやって来た。二人は船上で靴を作り始めた。型を切り縫い合わせる。その様子が砦の上からも見えた。見られていると知って、グウィディオンは自分たちの外見を変え、正体がわからぬよう別人の姿になった。

「どんな男たちが船にいるのです？」アランフロッドが言った。

「靴屋です」

「革は何を使っているのか、どんなものを作っているのか見てきておくれ」

おつきの者たちは出ていった。行ってみるとコルドバ革に金を施している。戻って、そのことを女主人に報告した。

「では、わたくしの足の大きさを測って、靴を一足、注文してきておくれ」

靴はできたが、わざと大きくしてあった。おつきの者たちが靴を持ち帰る。もちろん、ぶかぶかだ。

「これでは大きすぎる。前のお代も払うからと言って、もっと小さいのを作らせてちょうだい」今度はわざと小さい靴を作ると、持っていかせた。

「どっちも合わないとお言い」そう伝えると相手は答えた。「靴はお作りできませんよ。ご本人の足を拝見しないことには」そう伝えるとアランフロッドは言った。「では参りましょう」

そこで彼女自ら船までやって来た。すると一人は型を作り、少年の方が縫っている。

「奥方様、ごきげんよろしゅう」男はあいさつした。

「神のご加護を。あきれましたわ、靴屋のくせに寸法どおりの靴も作れないなど」

「おっしゃるとおり。でも今なら作れますよ」

その時、ミソサザイが甲板に舞い降りた。少年はすかさずねらいを定め、鳥の足を打った。ちょうど腱と骨の間にぴたっと入ったのだ。女はにっこりした。

「なんて手先の器用《スラウ・ガフェス》なこと、この金髪《スレイ》の子は」

「いかにも。神の呪いを受けよ。この子は名前を手にしたぞ。けっこうな名ではないか。これからはスレイ・スラウ・ガフェス[151]だ」

靴は消え失せ、残るは海藻の山ばかり。以来、靴作りを続けることはなかったが、以上のことから「三人の黄金の靴作り[152]」の一人に数えられている。

「何の得があってこんな悪さをするのじゃ？」

「悪さだと、とんでもない！」言うや男は息子を元の姿に戻し、自分も正体を現した。

「それなら、定め《タンゲッド》をかす。その子は一生涯、元服できぬ。わたくしが武器を授けてやらぬ限り」

《花娘（ブロダイエッズ）の創造》、マーガレット・ジョーンズ画

「これも、その種はおまえの邪悪な心。だが、この子は必ず武器を得る」

二人が向かったのはディナス・ディンスレイ[153]という名の町である。スレイ・スラウ・ガフェスはそこで育てられ、やがて、どんな馬でも乗りこなし、姿といい、身長といい、体格といい、申し分なく成長した。そのうちグウィディオンは養い子が馬や武具がないことを苦にしているのに気がつき、そばに呼んだ。

「なあ、おまえとわたし、二人で明日出かけるとするか。きっと気も晴れよう」

「そういたしましょう」と若者は言った。

そして翌日、まだ夜も明け切らぬうちに二人は早出し、海岸を進んでブリン・アリエン[154]の丘まで登っていった。ケヴン・クリドゥノー[155]の峰で馬に乗りかえ、カエル・アランフロッドまでやって来た。そこでまた姿を変えると、若者の二人連れのなりで城門に向かった。もっともグウィディオンの方が、見るからに思慮深そうな顔つきをしていたが。

「門番」グウィディオンが言った。「中へ行って、モルガヌーグから来た吟遊詩人がお目見えしたいと伝えてくれ」門番は廷内へ入った。

「神も歓迎なされんことを。中へ入れておやり」女主人が言った。

旅人たちは大歓迎された。大広間で宴会の支度がされ、二人は食卓についた。食べ終わると、彼女とグウィディオンは噂話や物語に打ち興じた。グウィディオンは語り上手だったのだ。

そろそろお開きの時がきて、寝間の支度が整うと、全員、広間を引き上げた。ところが、まだ一番鶏も鳴かぬうちにグウィディオンが一人起き出した。そして魔法や秘術の限りをつくして何やら始めたのである。ようやく空が白み始めたと思うや外がひどく騒がしくなり、ラッパの音や叫び声が辺り一面に響き渡った。すっかり明るくなったころ、二人の寝室の扉を叩く音とともに、アランフロッドが扉をあけるよう頼む声がする。若者が起きてあけると、アランフロッドが侍女を一人従え入ってきた。

「お二方、困った事になりました」

「なるほど、さっきからラッパが鳴り、人声がしています。何があったのです？」

「海の色も見えぬくらい軍船がひしめき、全速力で港に押し寄せてくる。一体、どうしたらよいのやら」

「奥方様」グウィディオンが言った。「手だてはこれしかありません。門を閉ざし、一丸となって砦を守るのです」

「よくぞ申してくれました。われらを守っておくれ。武器は十分あります」

そう言うと、アランフロッドは武器を取りに行った。戻ってきた時には二人の侍女が一緒で、それぞれが武具一式を抱えていた。

「奥方様、どうかこの若者に鎧を着せてやってください。わたしの方は、こちらのお二人に手伝ってもらいますから。急いでください。兵隊たちの声が近づいていますよ」

「喜んでそういたしましょう」アランフロッドは喜々として若者の全身くまなく防具を着せ付けた。

「若者の支度は整いましたか？」とグウィディオン。

「ええ」

「こちらも終わったところ。では鎧は脱ぐとしよう。もう必要ない」

「まあ、どういうこと？　軍艦に囲まれているのに」

「女よ、船など一隻もおらん」

「では、あの騒ぎは何だったのじゃ？」

「騒ぎは、おまえの呪いからおまえの息子を解き放し、元服させるためだ。ご覧のとおり、武器を得ることができた。お生憎さまだな」

「何という極悪人。大勢の息子たちが命を落とす羽目になったかも知れぬのに、あなたが今日、このカントレーヴで起こした騒ぎのせいで。それなら、今度はこれがこの者の定め《タンゲッド》。今、この地上にある、どの一族からも、妻をめとることはできぬであろう」

「おまえこそ悪女、昔から変わらぬ。誰もおまえの助けに来ることはあるまい。だが、この子は花嫁を得る」

二人はマソヌウィの息子マースを訪ね、アランフロッドのことを熱弁をふるって非難し、ようやく武具一式を手に入れた次第を説明した。

「それなら」マースが言った。「われら二人、わしとおまえで魔法と呪文をつくし、妻をこしらえてやるか、花からな」もうそのころには、若者は体つきも一人前、目を見張るばかりの美青年になっていた。

二人の魔術師はオークとエニシダとメドウスイートの花[156]を摘んでくると、集めた花から誰も見たことのないほど麗しくも美しい乙女を作ったのである。それから当時のやり方で洗礼を施すと「花娘《ブロダイエッズ》[157]」と名付けた。

婚礼の宴の後、二人は結ばれた。

「ところで」グウィディオンが言った。「男に所領がなくては一人立ちもままなりません」

「そうじゃな」とマース。「ではカントレーヴを一つくれてやろう。若い者が治めるには最高のところだ」

「殿、何というカントレーヴです?」

「ディノディング[158]のカントレーヴじゃ」現在のエイヴァニーズとアルディドウィである。このカントレーヴで宮廷を構えた場所はミール・カステス[159]と言って、アルディドウィの高台にあった。そこに居を構え治め始めた。領民もみな、新しい主人と彼の統治を歓迎した。

そんなある日のこと、若い城主はカエル・ダスルにマソヌウィの息子マースを訪ねに出かけた。夫が出立すると、城主夫人は宮廷の庭を散歩して回った。すると、どこからか狩の角笛が聞こえ、角笛に続いて一頭の雄鹿が息をきらして逃げて行き、そのあとを犬の群れと狩人の一隊が追っていく。犬と狩人の後には、男たちが徒歩でやって来た。

「若党を行かせ、誰なのか調べておいで」と奥方が言った。若者は外に出て、相手の素性を尋ねた。

「こちらはグロヌー・ペビル[160]、ペンスリンの殿様」との返事。若者はそのことを奥方に伝えた。

グロヌーはというと、鹿を追っていった。そしてカンヴァエル河[161]のほとりで追いつき、獲物を仕留めた。それから鹿の皮をはいで、犬どもには餌をやっていたが、やがてあたりが暗くなってきた。そこで引き返し、日が傾き夕闇が迫ったころ、ちょうど城門の前に差し掛かった。

「その方は、きっとわれらを物笑いの種にするでしょう。こんな時間に他の地へ行かせ、招待もしなかったなら」

「奥方様」家来たちも言った。「最善の策《ヤウン》はご招待されること」使いが出向いて旅人を中に招じ入れた。相手は喜んで招待を受けると廷内へ入った。夫人は客を迎えに出ると、あいさつした。

「奥方、ご親切、感謝いたす」一行は狩装束を脱ぎ食卓についた。ブロダイエッズは男を見つめ、そのとたんに体中が恋心で熱くなった。男も彼女をじーっと見るうち同じ思いにとらわれた。黙っていられなくなって気持ちを打ち明けたところ、女は飛び上がらんばかりに喜んだ。そして、お互い相手をどんなに恋い焦がれているのか、そんなことばかり二人はその晩、語り合った。抱き合うのに時間はかからなかった。その夜、二人は結ばれたのである。

翌日、男はいとまごいをした。

「いやよ」女が言った。「今夜は一人にしないで」その晩も二人で過ごしながら、額を寄せあって、どうやったら一緒になれるか相談するのだった。

「策は一つしかない。夫から聞き出すのだ、どのようにしたら死が及ぶのかを。さも心配しているようなふりをして突き止めろ」

その翌日、男は出発すると告げた。

「今日は行かない方がいいわ」

「そんなに言うならやめよう。だが、この家の主がいつ戻ってくるかわからぬぞ」

「明日なら、行ってもいいわ」

次の日、男がいとまごいをすると、もう奥方は止めなかった。

「先の話を忘れるな。夫には言葉を選んで、心底、愛しているかのように話すのだぞ。必ず弱点を聞き出せよ」

夫が戻ったのは、その晩のことである。おしゃべりに音楽に余興を楽しんで日が過ぎた。それから一緒に床についた。夫は妻に声をかけた。一度、そして二度。だが返事がない。

「どうした？　具合でも悪いのか？」

「考えておりましたの。わたくしがこんな事を考えているなど、ご想像もつかないでしょうけれど。心配なのです、あなたが死ぬのではないか、わたくしより先にいってしまうのではないかと」

「ありがとう、おまえ。だが神が手を下さぬ限り、簡単には殺されぬから心配はおよし」

「それなら神にかけて教えてくださいな、どのようにしたら、あなたは殺されてしまうのかを。用心にかけては、わたくしの記憶の方があてになります」

「喜んで教えよう。わたしを一撃で殺すのは容易ではない。まず凶器となる槍を準備するのに一年、それも、みんなが日曜の礼拝に行っている間しか作業ができないのだ」

「それは確かですの？」

「ああ、もちろんだ。おまけに、家の中でも外でも、わたしを殺すことはできない。馬に乗っている時も、おりている時もだ」

「では、どうすれば殿を殺すことができますの？」

「教えよう。川岸に風呂の準備をして、桶の上に丸く木枠をかけ、屋根を葺いて雨などかからぬようにする。次にオスの山羊を連れてきて風呂桶の隣につなぐ。わたしが片足を山羊の背に残したまま、もう片方の足を桶の縁にかける。この姿勢で撃たれたら、わたしは死ぬだろう」

「神様、感謝いたします。そんな危険なら防ぐのは簡単」

秘密を聞き出すと、さっそくグロヌー・ペビルに使いを出した。グロヌーは槍作りに取りかかった。きっかり一年後、槍は完成し、その日のうちに女にそのことを知らせた。

「ねえ殿様」女は言った。「例のお話ですけれど、本当にあんな事ができるのか不思議で仕方ありません。どうやって風呂桶のへりと山羊の上に同時に立つのか見せてくださいませな。湯浴みの支度をいたしますから」

「いいとも」と夫は言った。

そこでグロヌーにはカンヴァエル河の岸辺にある丘の物陰で待つようにと伝えた。今日ではブリン・カヴェルギル[162]と呼ばれる場所である。それからカントレーヴ中の雄山羊を集め、向こう岸に、ちょうどブリン・カヴェルギルと真向かいになるように並ばせた。

翌日、女が言うには、「殿、屋根をかけ、風呂桶も置かせました。準備はできています」

「そうか、行って見てみよう。楽しみだ」

その翌日、二人して風呂を見に行った。

「中に入ってみてくださいな」

「よしよし」夫は風呂につかり体を洗った。

「殿、ほら、おっしゃっていた動物たち、雄山羊はこちらにいます」

「一頭つかまえて、連れてこさせなさい」

山羊が連れてこられた。夫は風呂から出てズボンをはき、片足を桶の縁に、もう片足を山羊の背に乗せた。

グロヌーはブリン・カヴェルギルの丘の陰から這い出すと、片膝ついてねらいを定め毒槍を投げつけた。槍は横腹に命中し、柄が突き出て穂先は体の中に食い込んだ。とたんにスレイは鷲の姿になって舞い上がり、恐ろしい悲鳴を上げるや、二度と姿は見えなくなった。

鶩がいなくなったのを見て二人は廷内へ入り、その夜は抱き合い愛し合った。次の日、グロヌーは起きると、アルディドウィを占領した。領地を占領し領主となったので、アルディドウィとペンスリンは彼の支配下に置かれることになった。

一件はマソヌウィの息子マースの耳にも届いた。マースはたいそう心配し心を傷めた。グウィディオンはなおさらである。

「殿」グウィディオンが言った。「いてもたってもおられません。甥の消息を尋ねに参ります」

「そうか、主のお力添えを」とマースは言った。

こうして探索の旅が始まった。まずはグウィネッズと国境の向こうポウィスの一帯をしらみつぶしに探した。それからアルヴォンに引き返し、ペナルズにある、とある農家に行き着いた。グウィディオンは中へ入ると、その夜はそこに一泊することにした。そのうち、家の主人と家族、最後に豚飼いが戻ってきた。主人が豚飼いにきいた。「おい、母豚は、今夜はもう帰ってきたか?」

「ええ、今しがた子豚のところへ」

「母豚はどこへ出かけるのだ?」グウィディオンが言った。

「毎日、柵があくと外へ出ていくのです。誰にもつかまえることができません。まるで地中にもぐったように姿が消えるのです」

「頼みがある」グウィディオンが言った。「わたしも一緒に行くから、それまで柵をあけないでおいてくれないか」

「よろしいですとも」豚飼いが言った。そこでみんなは寝床についた。

豚飼いは朝日が差すのを見るとグウィディオンを起こした。グウィディオンは急いで身支度し、一緒に出かけると柵の脇に立った。豚飼いは柵をあけ放した。とたんに雌豚が飛んできて、そのまま外へひとっ跳び。颪を切って走り去るのをグウィディオンが追う。豚は流れをさかのぼり渓谷へと入っていく。今日ではナントスレイ[163]と呼ばれる場所である。そこで立ち止まると、何やらもぐもぐ食べ始めた。グウィディオンは木の下に身をひそめ、豚が何を食べているのかと観察した。見ると、豚がほおばっているのは腐肉と蛆虫だ。木の上を見上げた。すると、木のてっぺんに鷲が一羽いるのが見えた。鷲が体をふるわせると、虱や腐った肉片がぽろぽろ落ちてくる。雌豚はそれを食べているのだ。はっと思い当たった。この鷲はスレイに違いない。そこで歌《エングリン》[164]を歌ってきかせた。

オークの木　はさむ二つの　沢と沢《スレン》
暗き空　もの寂しきは　この谷間《グレン》
知らいでか　気ままな花は　目に綺麗《きれい》
花《ブロディ》のぬし　スレイ裏切り　肉こぼれん

すると鷲は木の中程まですべりおりた。グウィディオンは二番を歌い始めた。

オークの木　そびえ立つるは　高き原《マエス》[165]
豪雨にも　濡れることなく　はねかえす
技の数　二〇に九倍　ぬし宿る
てっぺんに　宿るはスレイ・スラウ・ガフェス

鷲はさらにすべりおりて、一番下の枝に止まった。グウィディオンは三番を歌い出した。

オークの木　そびえ立つるは　坂のうえ
隠れ家に　宿りし君は　空のうえ
知らいでか　あとをめぐりて　見つけしや
舞い降りよ　いとしやスレイ　膝のうえ

するとスレイ鷲はグウィディオンの膝の上に舞い降りた。魔法の杖で一打ちすると、鷲は元の姿に戻った。だが、誰も、こんなみじめな有様の者は見たことがなかったろう。骨と皮ばかりだったのだ。

さっそくカエル・ダスルに向かい、グウィネッズ中の名医が集められた。その甲斐あって、一年とたたぬうちに全快した。

「殿」スレイはマソヌウィの息子マースに向かって言った。「今こそ、わたしをこのような憂き目に遭わせた男を糾弾し、不正を正す時《ヤウン》がきました」

「わかった」とマース。「そやつもこのまま、そなたに賠償《ヤウン》の義務を負っているわけにはいかぬでな」

「はい、償い《ヤウン》を求めるのは早ければ早いほど良いと存じます」

そこでグウィネッズの国中から兵を集めアルディドウィに攻め込んだ。グウィディオンが先陣に立ってミール・カステスに向かった。ブロダイエッズは敵軍の声を聞くや侍女たちを連れて山に入った。めざすは、カンヴァエル河の向こう岸にある山城である。恐怖で度を失っている女たちは、歩くにも後ろを振り返り振り返り進まざるをえない。とうとう、気づかぬうちに湖に落ちてしまい、みな溺れ死んだ[166]。ブロダイエッズだけが残った。

グウィディオンはそこで女に追いつき、こう言った。「殺しはしないが、死よりつらい目に遭わせてくれん。鳥の姿で放してやろう。おまえがスレイ・スラウ・ガフェスに与えた辱めのため、日中は他の鳥に会うのがこ

《オークの木の上のスレイに呼びかける》、マーガレット・ジョーンズ画

わくて顔を出すこともできまい。おまえはすべての鳥の嫌われ者。見つかったら叩かれ[167]、さげすまれる。だが名前は残してやる、これからはブロダイウェッズと呼ばれるだろう」

「花の顔《ブロダイウェッズ》」は今で言うフクロウのことである。こんなわけでフクロウは鳥たちに憎まれるようになった。またフクロウは、今日でも「ブロダイウェッズ」と呼ばれる。

さてグロヌー・ペビルの方は本拠のペンスリンに引き上げるとスレイ・スラウ・ガフェスに使者を送り、土地と大地、そして金と銀を賠償金として[168]受け取ってくれないかと尋ねた。

「断る。受け入れられる条件はこれ一つ。わたしを槍で撃った場所にやつが来て、やつがいたところにわたしが立つ。そしてわたしに槍でねらわせるのだ。これ以上は譲れない」

この返答がグロヌー・ペビルに伝えられた。

「いやとは言えぬ。長老たち、わが親兵に義兄弟の面々、誰かわたしのために槍の一撃を受けてくれる者はおらぬか?」

「ご遠慮いたします」彼らは言った。主君の身代わりになることを拒んだがため、彼らは今日まで「三つの不忠な親衛隊[169]」の一つに数えられている。

「それでは、わたしが受けよう」グロヌーは言った。

それから二人はカンヴァエル河の岸辺に向かった。グロヌー・ペビルはスレイ・スラウ・ガフェスのいた位置に、スレイがグロヌーの位置に立った。グロヌー・ペビルがそこからスレイに言うには、「殿、わたしの所業も、もとはと言えば女の邪心によるものです。後生ですから、あの土手に見える石を前に置いて一撃を受けることをお許しください」

「そうか」スレイが言った。「その願い、拒むことはしない」

「感謝いたします」

《グロヌー殺害》、マーガレット・ジョーンズ画

グロヌーは石を運んでくると、自分の前に置いた。スレイが槍を投げると、槍は石を突き通し、相手の体も貫通し、背骨を砕いた。かくしてグロヌーはこと切れた。その石は、今でもアルディドウィのカンヴァエル河のほとりにあって、穴も確かに残っている。「スレッフ・グロヌー」〔グロヌーの石〕として知られているものだ。スレイ・スラウ・ガフェスは領国を取り戻すと、以後は平和に国を治めた。言い伝えによれば、その後、グウィネッズ一国の王となったという。

かくしてマビノギのこの枝は終わる。

スリーズとスレヴェリスの冒険

マノガンの息子ベリ大王には三人の息子があり、スリーズ、カスワッスロン、ナニオウといった。さらに伝承によれば、四人目の息子がいて、スレヴェリス[1]といった。ベリが亡くなった後、ブリテン島の王国を手にしたのはスリーズ、つまり長男で、スリーズは国をよく治め、スリンダイン〔ロンドン〕に城壁を再建し、数え切れないほどの塔で周りを固めると、それから市民に命じ城内に家々を建てさせたが、これほどすばらしい建物や家並みは、ほかのどんな王国にもなかったほどだ。加えて彼は戦士としてもすぐれており、気前がよく鷹揚で、望む者にはみな食べ物や飲み物をふるまった。多くの城砦や都市をもっていたが、この町が一番のお気に入りで、この地で一年の大半を過ごした。そこからついた名前が「スリーズの城砦」ことカエル・リーズ[2]で、最後はカエル・リンダイン[2]に落ちついた。その後、異民族がここにやって来て、スリンダインあるいはルウンドリスと呼んだ。

兄弟のうちでスリーズがもっとも愛したのはスレヴェリス、というのも思慮深く賢い男だったからだ。フランス王が亡くなり、跡継ぎと言えば娘が一人だけで、領土をその手に委ねるという話を耳にすると、スレヴェリスは兄のスリーズのもとに出向き、助言と力添えを願った。そして自分のためだけでなく、一族の名誉と威光と権威が増すよう、フランスの地に渡り乙女を妻に所望したいと述べた。その場で兄は同意したばかりか、この申し出にたいへん気を良くした。そこでただちに船隊を準備し、鎧に身を固めた騎士たちを乗り込ませ、フランスに向けて旅立たせた。上陸するや、すぐに使者を送り、フランスの長老たちに用件を伝えた。フランスの長老たちと諸公たちの合議の結果、乙女はスレヴェリスに与えられることになり、王国の王冠も一緒に授けられた。こうして賢くも幸せな治世が[3]スリーズの存命中続いたのである。

さて、それからしばらく後のこと、三つの災厄がブリテン島にふりかかったが、この島々の住民誰一人これまで出会ったことのないような代物だった。一番目は、とある渡来民族で名はコラン人[4]といい、並はずれた知力の持ち主で、島の上での会話は、どんな小声で話しても風に運ばれ彼らの耳に入らぬものはなかったから、いかなる危害も彼らには及ばなかった。第二の災厄は叫び声[5]で、毎年五月一日《カラン・マイ》の宵宮[6]にブリテン島のあらゆる炉辺に響き渡る。この声、人々の心を突き刺し、恐怖でおののかせるので、男は顔色も体の力も失せ、女は胎児を失い、若者や乙女は正気をなくし、獣も木々も大地も海もことごとく不毛と化してしまうのだった。第三の災厄はというと、どれほど多くの食べ物や糧食を各王宮に貯蔵しておいても、それが一年分の肉や飲み物だったとしても、味わえるのは最初の晩に食べたものだけという始末。そして原因が明らかで、はっきりしているのは第一の災厄のみで、あとの二つの謎がわかる者は誰もいなかったから、第一の災厄を取り除く望みの方が、第二・第三の災厄よりもまだしも大きいくらいだった。

このような次第で、スリーズ王は大いに心を痛め悩み苦しんだ。どのようにして、これらの災厄から逃れることができるかわからなかったからだ。そこで領国の長老たち全員を呼び集めると彼らに相談し、これらの災厄に対抗するにはどうしたらいいか尋ねた。そして長老たちの合議を受け、ベリの息子スリーズは弟たるフランス王スレヴェリスのもとへ出向き、助言に長けた知恵者である彼に助言を乞うことにした。そこで船隊の支度を始めたが、ことは目立たぬように、例の外来民族に用件が悟られぬよう、王と助言役以外の誰にもわからぬよう内密に行われた。準備が整うと一行は船隊に乗り込んだ。スリーズと生え抜きの家臣たちが一緒に船出し、海また海を越えてフランスをめざした。やがて、彼らの話がスレヴェリスのところにもたらされたが、兄の艦隊がなぜ来航するのかわからないので、自分も大艦隊を引き連れて迎え出た。スリーズはこれを見ると、一隻を除く全艦隊を海原に残し、自分はその一隻に乗船して弟との対面に向かった。相手も別の一隻に乗り込んで兄のもとに向かい、そうして二人が一緒になると、抱き合い、兄弟の情愛からお互いを喜んで迎えた。

スリーズが弟に用件を明かすと、スレヴェリスが言うには、当地にやって来られた件の謎はわかっているとのこと。それから二人で、この件についてどうやったら話ができるか、風が会話を運んでいかないよう、コラン人に二人が話していることを悟られぬようなやり方はないか相談した。そこでスレヴェリスは青銅から長い角笛を作らせ、この角笛を通して二人は言葉を交わしたが、どんな話を相手にしても、角笛を通じて伝わると、とても不快な悪意のあるものばかりに変わってしまう。スレヴェリスはこのことに気がつくと、角笛の中に何かいて、それが悪さをして通話の邪魔をしているのだなと悟り、葡萄酒を角笛に注いで管をゆすぎ、葡萄酒の霊力で悪霊[7]を角笛から追い出した。

ようやく二人の会話が邪魔するものなく進むようになると、スレヴェリスが兄に向かって言うには、虫を差し上げるので、一部は生かして増えるに任せ、あのような災厄が再び来た場合に備えるように、残りの虫はつぶして水とまぜるように、それはコラン人の一族を滅ぼすのに効果があると断言した。すなわち、王国に戻ったらすべての民を召喚し、自分の一族とコラン族を一堂に集め、両者の間に和睦を結ぶと見せかけ、全員が集まったところで霊水を取り出し、だれ彼かまわずぶちまける。この水はコラン族には毒となるが、こちらの一族については誰も殺したり害したりすることはないと太鼓判を押した。

「第二の災厄は」とスレヴェリスは言った。「御領内にいる一頭の龍ですが、他の部族の龍が、その龍と戦って打ち負かそうとしています。そのため、あなた方の龍が恐ろしい叫び声を上げるのです。次のようになされば、そのことがおわかりになるでしょう。戻られたら、島の縦と横の長さを測り、ちょうど真ん中になる地点を見つけ、そこに穴を掘ってください。そして、その穴の底に最上の蜂蜜酒を満たした樽を入れ、上に錦織の絹をかけて覆ってください。あとは、ご自身で見張りをなされば、やがて例の龍どもが戦うさまをご覧になるでしょう。異形の獣のなりに見えますが、しまいには龍の姿に戻って空中に浮かびます。そして最後は恐ろしくも身の毛のよだつような一騎討ちに疲れ果て、一緒に降りてくると、二匹の子豚の姿にしぼんで覆いの上にのります。すると、二匹をのせたまま布が沈んで樽の底まで引っ張られていき、そこで蜂蜜酒を飲み尽くして後は眠ってしまいます。そうしたら、あなたは、ただちに覆いの布で二匹を包んで、所領の内でもっとも堅固な場所を探し、石の函に入れて埋め、土中深く隠すのです。彼らが、この堅固な場所にいる限り、いかなる災厄も他の地からブリテン島に訪れることはないでしょう」

「三番目の災厄の原因は、魔法に長けた、力の強い男です。その者が、あなたの食べ物や飲み物や蓄えを盗み出しているのですが、そやつの妖術と魔法は強力で、誰をも眠らせてしまいます。ですから、必ずご自身で出向かれ、ご自分の宴会と糧食の見張りをなさらなければいけません。そして、やつの眠りに屈しないよう冷たい水の入った桶をそばに置いておき、眠気が襲ってくるたびに桶に入るのです」

スリーズは国に戻ると、すぐさま自分のもとに一族の者を一人残らず召し出した。コラン人も同様である。そしてスレヴェリスが教えたとおり例の虫をつぶして水に入れ、全員に同じようにふりかけたので、その場でコラン人の全一族が壊滅したが、ブリテン人のうち被害を受けた者は一人もいなかった。

それからややあって、スリーズが島の縦・横を測らせたところ、フリードアッヘン[8]〔オックスフォード〕に中心があることがわかった。そこで、その場所を選んで地面を掘り、穴には樽を入れ、これ以上のものはあるまいと思われる極上の蜂蜜酒で満たすと錦織の絹の覆いをかけ、その夜は自ら夜番に立った。見張っていると、龍どもが戦っているのが見えた。そして対戦に疲れ果て気力も失せると、覆いの上に舞い降り、布ごと樽の底へ落ちていった。蜂蜜酒を最後の一滴まで飲み干すと眠り込んだので、彼らが眠っている間に、スリーズは覆いでくるむと、もっとも守りの堅い場所としてエラーリ[9]〔スノードン山〕に見つけておいた地に、石の函に納めて隠したのである。その砦こそ、その後、ディナス・エムリス[10]として知られるようになった場所だが、以前の名はディナス・ファラオン・ダンゼだった。彼は「悲しみのあまり心が砕けた三人の執政[11]」の一人である。かくして、嵐のように領内に響いていた叫びは終わりとなった。

さてこの件が落着したところで、スリーズ王は、すばらしい大宴会を開くこととした。宴の準備が整うと、冷水を満たした桶を近くに置いて、自ら見張りに立ったのである。こうやって、鎧に身を包み夜番に立つこと三日目の晩、なんと耳に次々と入ってくるのは聞いたこともないような歌やさまざまな調べの数々で、眠気が襲ってきて寝入らんばかり。そこで、自分の企てが邪魔されてはならぬ、睡魔に負けてはならぬとばかり何度も水に浸かった。そしてとうとう現れ出たのが、とてつもなく大きななりの男で、身にまとった鎧はどっしりと頑丈、籠をかついでずかずかと入ってくる。そして慣れた様子で、食料や蓄えてあった肉や飲み物をみんな籠に入れ立ち去ろうとする。何とも奇妙だとスリーズに思えたのは、籠にあんなにたくさんのものを詰め込むことができることだった。それからスリーズ王は男の後を追うと、呼びかけた。「待て、待つのだ。」続けて言うには、「これまでの度々の侮辱と盗みの数々、だが二度とはくり返せぬぞ。貴様の武芸の方がすぐれ、すばらしいとわかるまでは」すると、すぐさま男は籠を地面に置いて身構えた。すさまじい戦いが両者の間でくり広げられ、しまいには火花がお互いの武器から飛び散った。だが、ついにスリーズは相手につかみかかり、運命の見守るなか、勝利がスリーズにもたらされ、災厄の主は地面に投げ出されたのである。腕力と気力で叩きのめされ、男は情けを請うた。「いかにして」王は言った。「おまえに情けをかけろというのだ、盗みや侮辱の限りをわしにし尽くした後で」

「これまでの損失一切については、取った分と同じだけ差し上げ、また、今後は、このようなまねは絶対にいたしません。そしてこれからは忠実なる家来となって、お仕えいたします」そこで王は男の申し出を受け入れた。

このようにして、スリーズはブリテン島から三つの災厄を取り除き、その後、一生の間、ベリの息子スリーズは平和と繁栄のうちにブリテン島を治めたのである。

この話はスリーズとスレヴェリスの冒険と呼ばれる。これにて物語は終わる[12]。

ローマ皇帝マクセン公の夢

マクセン公はローマの皇帝で、美しく賢きこと比類なく、代々の皇帝のうち誰よりもその器にふさわしかった。諸王を集めた会議が皇帝のもとであった日のこと、側近たちに向かって皇帝が言った。「わたしは、明日、狩にまいろうと思う」

翌日の朝早く、大勢の家来たちとともに出立し、一同はローマへと流れ下る河の渓谷に差し掛かった。谷へと狩を進めるうち半日が過ぎた。この日は、一〇と二〇名の王が[1]、王冠を戴く王者のなかから臣下としてつき従っている。もっぱら狩猟を楽しみたくて、こんなに長時間狩をしていたわけではない。それが、これほど多くの王たちの君主に選ばれた者の務めだったからだ。

日は空高く頭上に昇り、暑いことこの上ない。やがて睡魔が襲ってきた。そこで侍従たちは盾を集めると、主君を囲むように置いた槍の柄で支え、猛暑から守った。それから彫金をほどこした盾を一枚、頭の下に置いた。このようなかっこうで皇帝は眠りについたのである。

気がつくと皇帝は夢を見ている[2]のだった。夢のなかでは、自分は渓谷を川上に向かって歩いている。やがて目の前に高い山が立ちはだかったが、その高いことと言ったら今まで見たこともないくらいで、天にも届かんばかりだ。山に差し掛かると、今度は誰も見たことのないほど美しい平野が山の向こう側に広がり、そこを歩いている。いく筋もの大河が滔々と、くだんの山から海に注いでいるのが見え、そして海峡と大河の流れに向かって自分は旅をしているのだった。

そうやって進んでいくうちやって来たのは大きな河口、その広いことと言ったら誰も見たことがないくらいだ。大きな町が河口に広がり、大きな城壁がその町を取り囲み、いくつもの大きな塔が色とりどりにきらめきながら城塞の上にそびえている。くだんの河口には何隻もの船が停泊しているのが見えたが、こんな大船隊、今まで見た覚えがない。一隻の船が目に留まった。船隊の真ん中にあって、その大きく美しいこと、他のどの船より数倍まさっている。見たところ、水面から上の船体のうち片側は金、もう片側は銀でできているようだ。橋がこの船から陸地まで延びているのが見えたが、それは海獣〔鯨またはセイウチ〕の骨でできていて、どうやら自分はその橋を渡って船に乗り込んだようだ。帆が上がり、大海原の怒涛をかき分け船はするすると進んでいく。そうして、世界一美しい島に到着した。島のなかを、こちら側の海から向こう側の海へと渡り、島の最先端より見回せば、峨々たる山の連なりや切り立った崖に岩だらけの荒涼たる大地ばかりだ。こんな光景はついぞ見たことがない。さらに見渡せば、海の向こうには島があって、こちらの荒地と向かい合っており、自分とその島の間には、平野が海岸と同じほどに、森が山と同じほどに広がっている。その山からは一筋の河が流れ出て、あたりを縦断して海に至っているのが見え、さらにその河口には世にもまれなる美しい宮殿があり、城門が開け放たれている様子なので中に入った。まず見えたのは城中の大広間。天井のタイルは、すべて金のようだ。広間の壁はどれも高価な宝石をはめ込んだものと思え、広間の床[3]は金、長椅子も金造りで卓は銀に見える。こちら向きの長椅子では栗色の髪の凛々しい若武者二人がグウィズブウィス〔チェスのような盤上ゲーム〕をしている。グウィズブウィスの盤は銀、駒は赤みがかった金である。若者の衣服はというと漆黒の絹の錦織、それぞれ頭には赤金の造りの額飾りを巻いて髪を留めていたが、そこには燦々と輝く高価な宝石がはめ込まれていた。紅と白の宝玉が交互に組み合わされ、いずれも皇帝にふさわしき貴石ばかりだ。そして真新しいコルドバ革の編み上げ靴[4]が足を包み、赤金の靴留めをつけている。大広間の主柱の根元には銀髪の男が象牙の椅子に腰かけていて、二羽の鷲の赤金の像が椅子を飾っている。黄金の腕輪が両腕にはめられ、たくさんの金の指輪が両手に輝き、黄金のトルクが首のまわりを飾り、黄金の額飾りが髪を留め、そのさまはいかにも威厳に満ちている。グウィズブウィスの盤が男の前に置かれており、金の塊を手のひらにのせ、鋼鉄のやすりでグウィズブウィスの駒を彫っているのである。

乙女がすわっているのが見えた。先ほどの男の向かい側で、赤金の椅子に腰かけている。その姿をじっと見つめようにも、太陽がもっともまぶしく、もっとも美しく照り輝いているのを見るよりむずかしいほどに乙女は美しい。白絹のチュニックが乙女の身を包み、赤金の留め飾りが胸元を彩り、金の錦織の上衣《シュルコ》とそれに映えるガウンをはおって、襟元を赤金のブローチで留めている[5]。頭には赤金の額飾り、そこにはめ込まれたのは紅と白の宝玉、真珠が二つおきに組み合わされ、いずれも皇帝にふさわしき貴石ばかりだ。赤金の造りのベルトを腰にしめ、その姿は目にも麗しいさまである。乙女が金の椅子から立ち上がると、彼は両腕を相手の首に回して抱き寄せ、二人並んで金の椅子に腰をおろした。二人一緒にすわっても、乙女一人のときと変わらず、ちっとも窮屈ではない。そこで両腕を乙女の首に回し、自分の頬を相手の頬に寄せたとたん、犬どもは猛り狂って革紐を激しくひっぱり、盾と盾の縁はぶつかり合い、槍の柄は一斉に突き出され、馬は馬で足を踏み鳴らしたものだから皇帝は目が覚めた。目は覚ましたものの、命も、生きる力も、そこにいる力も失せ、思うは夢で見た乙女のことばかり。骨の節々の一つ、指の爪の付け根一つから身体の他の部分まで、乙女への思慕があふれていないところはなかった。そのときちょうど、親兵たちが声をかけた。

「殿、もうそろそろ食事に参る時間ですぞ」

そこで皇帝は自分の馬にまたがったが、これほど打ちひしがれた男の姿を見た者はいるまいという有様でローマに向かった。まわりが何を言っても一言の返事もなく、ただ悲しみ、ふさぎ込むばかり。ローマの都についても、こんな調子で一週間が過ぎた。親衛隊の者たちが金の器から酒を飲んだり騒いだりしに出かけても、誰とも一緒に行こうとはしない。彼らが歌や余興を聞きに行っても、誰とも一緒に行こうとはしなかった。もうただ眠っているばかり、というのも眠れば眠るほど、愛する乙女に夢のなかで会えるからだ。眠っていないときはまったくの上の空、思うは乙女のことばかり、というのも乙女が一体どこにいるのか見当もつかなかったからだ。

ある日、侍従の一人が言った（侍従といっても、彼自身ローマ人の王である）。

「殿、臣下がみな陰口を叩いておりますぞ」

「なぜ、わたしのことを悪く言うのだ」と皇帝が言った。

侍従は次のように答えた。「理由はというと、長老たちや他の誰一人として、あなたからお言葉やお返事がいただけないからです。臣下なら当然、主君から得られるはずの一言がありません。だから陰口が言われるのです」

「そち」皇帝が言った。「ローマの賢者たちをわがもとへ連れてまいれ。そうしたら悲しみのわけを話そう」

そこでローマの賢者たちが皇帝のもとへ連れてこられると、皇帝は口を開いた。

「実を申すと、長老の方々よ、夢を見たのだ。その夢のなかで目にしたのが一人の乙女。命も、生きる力も、ここにいる力も失せ、思うはその乙女のことばかり」

「殿、われらに助言を求められたのですから、そういたしましょう。これがわれらの助言でございます。使いを立て、三年の間、世界の三つの地域[6]に送り出し、陛下の夢を探すのです。しからば、いついかなる日または晩に良い便りが届くやも知れませんから、その希望が御身の支えとなりましょう」

こうして使いの者たちが旅に出て、年の瀬まで世界中を放浪しながら皇帝の夢について何か便りがないか探し回った。彼らは年の終わりに戻ってきたが、わかったことが一つもないのは出立した日と同様。すっかり落胆した皇帝は、最愛の乙女の知らせを得ることはもはやできないと思うのだった。それから別の使者の一団が新たに出発し、二つ目の地域の探索を始めた。彼らは年の終わりに戻ってきたが、夢についてわかったことが一つもないのは元日と同様。すっかり落胆した皇帝は、最愛の乙女を得るという運命にめぐり合うことは一生ないだろうと思うのだった。それを見て、ローマ人の王が皇帝に話しかけた。

「殿、狩をなさいませ。ご自分が旅をされた方角、東あるいは西へ向かうのです」

そこで皇帝は狩に出、夢のなかで見た川岸に差し掛かると告げた。

「ここここそ、夢を見ていたときに来たところ。そして、川上の方角へ、西に向かって旅をしていた」

三と一〇人の男たちが皇帝の使いとして出発した。やがて目の前に巨大な山が見えてきて、天にも届くほどの高さだと彼らは思った。使者の旅のいでたちはというと、全員がケープの片袖を正面につけて使者であることを示し、どんな好戦的な国を旅していても危害が加えられないようにした。さて、その山を越えると、彼らの目の前にはなだらかな大平野が広がり、いく筋もの大河が滔々と平野を流れている。それを見て彼らは言った。

「ここここそ、わが君がご覧になった地」

海峡へと大河に沿って進むと河口にたどり着いた。河は見るところ海に注いでおり、大きな都市がその河口には広がり、そして大きな城塞がその都市にあり、いくつもの大きな塔が色とりどりにきらめきながらそびえている。世界一の大船団が河口に停泊しているのが見え、なかに、他に抜きん出て大きな一隻の船があった。そこで彼らは言った。

「またしても、わが君の夢のとおり」

そしてその大船に乗りこんで、彼らは海に向かい、ブリテン島に到着すると上陸した。島を進むとエラーリ〔スノードン山〕が見えてきた。彼らは言った。

「ここここそ、わが君がご覧になった荒地」

さらに旅を続けると、モーン島〔アングルシー〕が向かい側に見え、やがてアルヴォン[7]も視界に入ってきた。そこで彼らは言った。

「ここここそ、わが君が眠りのなかでご覧になった地」

それからアベル・サイントが見え、河口には城があった。城門が開け放たれているのが見えたので、城のなかへ入った。大広間が城内にあるのを彼らは見た。

「ここです、わが君が眠りのなかでご覧になった大広間」

一同は大広間に入った。彼らの見たものは、二人の若武者が黄金の長椅子にすわってグウィズブウィスをしている光景、銀髪の男が柱の根元にいて象牙の椅子に腰かけてグウィズブウィスの駒を彫っているさま、そして乙女が赤金の椅子にすわっているところである。そこでひざまずくと、乙女に向かって次のように声をかけた。

「ローマ女帝陛下」彼らは言った。「ごきげんよろしゅう。　われらは使者としてローマ皇帝よりあなた様のもとに遣わされた者」

「長老のみなさま」と乙女が言った。「お姿から身分正しき方々とわかりますし、使者の印もつけておられます。それなのになぜ、わたくしをおからかいになるのです」

「とんでもない、姫君」彼らは言った。「からかってなどおりません。ローマ皇帝があなたのお姿を眠りのなかでご覧になったのです。命も、そこにいる力も、生きる力も失せ、思うはあなたのことばかり。姫、あなたが選ぶべき道は一つ、われらとともに参ってローマ女帝の冠を授かるか、それとも皇帝自身がここに参って、あなたを妻とされるか」

「長老のみなさま」と乙女が言った。「おっしゃることを疑いはしませんが、手放しで信じもいたしません。ともかくも、このわたくしを皇帝陛下が愛しているというのならご本人がいらして、わたくしを手に入れなさいませ」

夜を日に継ぎ、使者たちは帰り戻った。馬が倒れれば置き去りにし、新しい馬に買い換えた。こうしてやっとローマにたどり着くと、皇帝のもとに出向いてあいさつし褒美を求めたが、言ったそばからかなえられた。そこで一同は次のように語った。

「殿、われらが案内役となって陸路、海路を越え、最愛の女性のいる場所まで参りましょう。また乙女の名も、一族、血統についてもわかっております」

ただちに皇帝は兵とともに出発し、くだんの家臣たちが案内役となった。ブリテン島をめざして船に乗り、大海原の怒涛を越えて進んだ。そして力ずくで島をマノガンの息子ベリ[8]とその息子たちから奪うと、彼らを海へ追いやり、自分はまっすぐアルヴォンへ向かった。ひと目見た瞬間、皇帝には見たことがあるとわかった。そしていよいよアベル・サイントの城を目にすると、彼は口を開いた。

「長老の方々、ご覧あれ。あちらの城に、わが最愛の女性がいるのを見たのだ」

それから城に入り、大広間へと進むと、目の前でエイダヴの息子カナンとエイダヴの息子アデオン[9]がグウィズブウィスに興じ、カラドウグの息子エイダヴが象牙の椅子に腰かけグウィズブウィスの駒を作っている。眠りのなかで見た乙女が、赤金の椅子にすわっているのも見える。

「ローマ女帝陛下」彼は言った。「ごきげんよろしゅう」両腕で彼女を抱きしめると、その晩、乙女と床をともにしたのである。

次の日の朝、乙女は婚資[10]を要求した。処女であることが確認されたからである。そこで望みのものの名を挙げるよう言った。それは次のようなものだった。北海からアイルランド海にかけてブリテンの島は父に、三つの群島[11]はローマ女帝の支配下に[12]、そして三つの城砦[13]をブリテン島のなかで自分が選んだ三つの地に作ること。もっとも重要な城砦はアルヴォンに置くことを決め、ローマから土を運び入れて、皇帝も健やかに眠ったり、すわったり歩いたりできるようにした。その後、残りの二つの砦が建てられた。カエルスリオン〔カーリオン〕とカエルヴァルジン[14]〔カーマーゼン〕である。

ある日、皇帝はカエルヴァルジンから狩に出て、ア・ヴレニ・ヴァウル[15]の頂上に至ると天幕を張ったので、以来ここはカダイル・ヴァクセン〔マクセンの椅子〕と呼ばれるようになった。一方、砦の方はというと、大勢の兵士たちの手で建てられたので、カエルヴァルジン〔軍隊の砦〕と呼ばれている。この後エレンは街道を建設し、砦と砦を結んでブリテン島を移動できるようにしようと決めた。ゆえに、これらの街道はフィルズ・エレン・スルウィゾウグ[16]〔エレンの軍隊の道〕と呼ばれている。それというのも、エレンはブリテン島の出自であり、ブリテン島の者たちがこうした大軍を集めるとしたら、彼女のためをおいてはなかったからだ。

七年の間、皇帝は島にとどまった。この時代のローマ市民の慣わしでは、いかなる皇帝も外国にて征服の途につき[17]七年が経ったら征服した領土で暮らさねばならず、ローマには戻ることを許されなくなる。そのため人々は新しい皇帝を選び、その男が脅迫状をマクセンに宛ててしたためた。といっても手紙に書いてあった文言はというと、「来てみろ、貴様がローマに来たら、そのときは！」そしてカエルスリオンへと、この手紙がマクセンのもとへ新帝即位の知らせとともに届いた。そこで手紙を、ローマ皇帝を名乗る男に送った。その手紙にも文言はこれだけ。「ローマに行ったら、行ったそのときは！」

それからマクセンは軍隊を伴ってローマに向かい、途中フランスとブルゴーニュ及びローマに至るまでのあらゆる国々を征服すると、ローマの都市を包囲した。一年の間、皇帝は城砦を前にしたままだった。陥落までには少しも至らず、状況は最初の日のまま。一方、彼の背後にはエレン・スルウィゾウグの兄弟がブリテン島から出兵し、わずかな手勢を率いていた。この小隊には、二倍の数を誇るローマ兵よりすぐれた戦士たちがいた。皇帝のもとに報告が届き、この一軍が本隊のそばで下馬すると野営用の天幕を張ったという。これほど立派な軍隊を誰も見たことがなかった。武具のすばらしさ、旗の美しいこと、少数にもかかわらず見事なものである。エレンも軍隊を見にやって来ると、自分の兄弟の軍旗を認めた。エイダヴの息子カナンと同じくエイダヴの息子アデオンが謁見に来たので、皇帝は二人を歓迎し抱擁した。それから二人はローマ軍が城砦を攻撃する様子を見たが、そこでカナンが兄弟に向かって言った。「われわれでやってみよう。もっと抜け目ない戦術で砦を落とそうではないか」

二人は夜になるのを待って城砦の高さを測ると大工たちを森に遣わし、兵士四人につき一つ梯子を作らせた。こうして準備万端整った。一方、二人の皇帝は毎日正午にそれぞれ食事をとり、両軍の兵士もまた全員が食べ終わるまで休戦する習いである。だがブリテン島の兵士たち[18]は朝、食事をすませ、酒をたらふく飲んで意気を上げた。そして二人の皇帝が食事をしているさなか、ブリテン人は城砦に近づき、梯子を立てかけ、あっという間に城壁を乗り越えてしまった。新皇帝に鎧を着る暇も与えず襲いかかって殺し、そばにいた大勢の者たちも同様にした。彼らは三夜と三日をかけて砦の兵士を平定し城を打ち落としたが、その間もう一隊が砦を守って、マクセン軍の一兵たりとも寄せ付けぬよう、自分たちが砦内の全員を制圧するまで守りを固めていたのである。

そこでマクセンがエレン・スルウィゾウグに言った。

「まったく奇妙だ、奥方よ。そちの兄弟が城砦を征服したのが、わがためでないとは」

「皇帝陛下、わが兄弟は世界一賢い若者です。あちらに出向いて城砦を所望なさいませ。二人が城を手中にしているのならば、喜んで陛下に差し上げるでしょう」

そこで皇帝とエレンは連れ立って砦を要求した。すると兄弟が皇帝に言うには、城砦を征服して彼に差し上げることは誰あろう、ブリテン島の戦士たちの第一の望み。そこでローマの城砦都市へと通じる城門が開かれ、皇帝は玉座につき、すべてのローマ市民が彼に臣下の礼を捧げた。そこで皇帝はカナンとアデオンに言った。

「長老どの。わが帝国をくまなく手中に収めたからには、この軍隊を進呈するので世界中どこでも望みの地を征服されよ」

そこで彼らは旅に出て、数々の国や城や都市を平らげる一方、男は皆殺しに女は生かしておいた。そうこうするうち、付き従っていた若者たちも白髪となった。それほど長い期間、遠征に明け暮れてきたのである。そこでカナンは兄弟のアデオンに向かって言った。

「どのようにしたい、この国にとどまるか、故郷に戻るか」

アデオンは故国に戻ることとし、他の多くの者も従った。しかしカナンと残りの者たちはとどまって、ここに居を構えることとした。そして彼らは相談し、女たちの舌を切り取り、自分たちの言葉がそこなわれぬようにした。こうして女たちとその言葉が封じられ、一方、男たちは話し続けたから、ブリテン人は「スラダウ[19]〔半分静かな〕男」と呼ばれた。その後しばしば、今でもブリテンの島に、この言語を話す人々がやって来る。

この物語は、「ローマ皇帝マクセン公の夢」と呼ばれる。これにて物語はおしまい。

三つのロマンス

オワインまたは泉の女伯爵の物語

皇帝アーサーはウスク河のほとりのカエル・スリオン[1]にいた[2]。居室ですわってくつろいでいた日のことである、ともにいたのはイリエーンの息子オワイン、クラドゥノーの息子カノン、カニルの息子カイで、グウェンホウィヴァルと侍女たちは窓辺で縫い物をしていた。言い伝えでは、アーサーの宮廷には門番がいたというが、本当は一人もいなかった。だが、剛腕のグレウルウィド[3]が門番役を務めており、客人や遠方からの旅人を出迎え、礼をもって遇し、宮廷のしきたりや習いを知らせた。すなわち、ある者には大広間や部屋へ入ってよいと伝え、ある者は宿舎へ通すこととして振り分けていたのである。

さて、部屋の床の真ん中では皇帝アーサーが青々とした藺草を積み重ねた上に寝そべり、黄みを帯びた赤の錦織のマントを下に敷き、赤い錦織のカバーをかけたクッションを肘の下に置いていた。やがてアーサーが言うには、「おのおのがた、笑わんでほしいのだが、食事を待つ間、休んでいたい。そなたたちはおしゃべりを楽しみ、蜂蜜酒と厚切り肉をカイからもらうがよい」そして皇帝は眠りについた。クラドゥノーの息子カノンが、アーサーの約束したものをカイに所望した。

「それならこちらは、とっておきの面白い話をきかせてもらおうか。それが当方への約束」とカイが言った。

「なにを申す」カノンが言った。「アーサーの約束を最初に果たすのが公正というもの。その後でわれらが知る最高の話をいたそう」

カイは台所と酒蔵に行き、蜂蜜酒の酒樽と金の杯をひとつ、そして肉の串焼きを片手で持てるだけ持って引き返してきた。一同は肉をとり、蜂蜜酒を飲み始めた。

「さて」カイが言った。「おぬしたち、わたしに物語の借りがあるぞ」

「カノン」オワインが言った。「カイに物語をしてやれ」

「これはしたり」カノンが言った。「あなたの方が年長で話し上手、ずっとたくさんの奇妙なことを見てこられたのに。あなたこそカイに物語を話してください」

「まずはそなたから」とオワイン。「知っている、もっとも奇妙なことを披露なされ」

「よろしいでしょう」とカノンが言った。

「わたしは父と母の一人息子、血気盛んで、たいそうおごり高ぶっていた。この世で自分に武芸でまさる者はないと信じていた。そして生国であらゆる武勲をものにすると旅仕度をし、世界の果ての荒野[4]をめぐった。旅の果てにやって来たのはこの世でもっとも美しい谷間、同じ高さの木が茂り、一筋の河が流れていて、河沿いには道があった。その道をたどっていくと昼になり、対岸を行くうち九時課〔午後三時ごろ〕になった。次にやって来たのが大きな平野、その果てには光り輝く大きな城砦が見え、咆哮する海が砦にせまっている。砦へと向かった。すると目の前に現れたのは黄色の巻き毛の若者二人、金の額飾りを頭につけ、黄色い錦織の絹のチュニックをまとい、真新しいコルドバ革を足に巻いて金の留め金で留めている。象牙の弓をそれぞれ手に持っていたが、つるは鹿の腱、矢はというと、海象《せいうち》の牙の矢柄に孔雀の羽根をつけ、先端には金の矢じりがついている。そして金の刀身の短剣、その海象の牙の柄を的に、お互いに短剣にねらいを定めているのだ[5]。

二人のほど近くに見えるのは黄色い巻き毛の男で、年ごろはまさに人生の盛り、髭は整えたばかりと見え、黄色の錦織の絹でできたチュニックとマントをまとい、マントには金糸が縫いこまれ、まだら文様のコルドバ革を足に巻き、二つの金ボタンで留めている。男の姿を認めると近寄り、あいさつしようとした。ところが相手はたいそう礼をわきまえていて、こちらがあいさつするより早くあいさつしてきた[6]。そして、わたしを連れて城砦に向かった。なかには人の気配がなかったが、大広間は別だった。そこには四人と二〇の乙女がいて、窓辺で錦織の絹に刺繡をしている。そしておぬしに言うがカイ、このうちでもっとも醜い者も、おぬしがブリテン島で見た最高の美女を上回る美しさ。もっとも見栄えに欠ける者さえ、その麗しさといったらグウェンホウィヴァル、アーサーの妃以上で、妃がもっとも美しく見えるクリスマスや復活祭のミサのときをしのぐほどだ。さて、くだんの乙女らが立ち上がってわたしを出迎えた。まず六人がわたしの馬の手綱をとり、靴を脱がせた。次の六人が武器をとり、ぴかぴかになるまで磨き上げた。それから次の六人が食卓に布をひろげ、食べ物を並べた。そして四番目の六人組が旅の垢のついた衣を脱がせ、着替えさせたが、着替えというのはほかでもない、紗[7]でできたシャツとズボン[8]、そして黄色の錦織の絹のチュニックと上着《シュルコ》[9]とマントで、マントの縁には幅広の美しい縫い取り[10]がしてある。そして、赤い紗地のクッションを体の下やまわりにぎっしりと並べてくれた。そこでわたしは腰をおろした。馬を連れて行った六人が、馬具のことごとくを非の打ち所なく手入れしてくれたが、その手際はブリテン島の最高の馬丁に匹敵するくらい。さて、そこへ運ばれてきたのが銀の水盆、手を洗うための水がなみなみと入っていて、タオルは白、あるいは緑の紗。一同、手を洗うと、まず食卓についたのが先ほど話した男で、わたしがその隣に、乙女たちは、給仕をする者以外、末席にすわった。食卓は銀でできていて、食卓用のリネンは紗の生地。食卓で使われた食器はことごとく金か銀、あるいは水牛の角でできている。肉料理が出されたが、確信したのはな、カイ、ここでふるまわれた食べ物、飲み物にまさるものを他では見たことがないと。

そこで一同食べ始め、食事が半分ほど終わったが、それまでは、主人も乙女も誰一人わたしに一言も話しかけなかった。だが、こちらがもう満腹で、食べるより話したい気分であることを見て取ると、主人はどのような旅をしているのか、いかなる素性なのかと尋ねてきた。そこでわたしは口を開き、ようやく話し相手ができた、この宮廷に一番欠けているのは人々がちっとも話し相手にならないことだと言った。『これはしたり』主人が言った。『ずっと前に会話を始めていてもよかったが、そうしたら食事の邪魔になったはず。さあ、今から話を始めましょう』そこでわたしは自分の素性と旅の次第を打ち明けた。そして自分を打ち負かすような相手を探して、こちらが打ち負かしたいと告げた。

　すると主人はわたしを見てにっこり笑い、こう言った。『貴殿に大きな災いが降りかかると思わなければ、お探しのものについてお教えするところだが』わたしはがっくりして、悲しい気持ちになった。それを見て取ると主人は言った。『御身のためになることより害なすことをお望みのようなので、お話ししよう。今夜はここで休まれよ。そして早起きして、来た道を引き返し、例の谷まで来たら通ってきた森へ向かいなさい。森の中をしばらく行くと右手に分かれ道が現れる。その道をたどって行くと、大きく開けた平地に出ます。塚《ゴルセッズ》が空き地の真ん中にあります。大きな黒い男[11]が塚のてっぺんにいるのが見えるが、その図体といったら、この世の男二人を合わせた分にも負けないくらい。一本足で、一つ目が額の中心についています。手に持った棍棒は鉄製で、大の男二人がかりでやっと持ち上がるほどの重さ。性根は醜い男ではないが見た目は醜い男[12]。その森の番人[13]なのです。千もの野生の獣が男のまわりで草をはんでいるでしょう。男に空き地を抜ける道を尋ねなさい。男はぞんざいだが道は教えてくれるから、そこを行けば探しているものにめぐり合うはず』

　その晩はとても長く思えた。翌朝起きると仕度をし、馬に乗って道を引き返し、谷を抜け森を通り、主《あるじ》が話してくれた分かれ道に行きあたり、さらに例の空き地へ向かった。着いてみると、目の前の獣の数といったら、主人が話したよりゆうに三倍はあるように思えた。黒い男が塚の上に腰をおろしていた。大きいとは主人が言っていたが、その大きさといったら話以上だ。そして鉄の棍棒ときたら、かつぐには大の男二人がかりだと主は言っていたが、カイ、戦士四人は必要に違いない。それなのに黒い男ときたら片手で持っているのだ。

　黒い男にあいさつしたが、向こうは何やら無礼な言葉をつぶやいただけ。そこで尋ねてみた、『あの獣たちにどんな力をもっているのか』と。『見せてやろう、ちびすけ』と男が言った。そして棍棒を手に取ると、雄鹿をなぐったので、鹿は大きなうめき声を上げた。それを合図に獣たちが一斉にやって来たが、その数といったら天空にかかる星々のごとくで、こちらは空き地に立っている場所もないほどに、まわりには、蛇やら、ライオンやら、長虫やら、ありとあらゆる種類の動物がひしめいている。男はそいつらを見て、草を食べるように命じた。すると獣たちは頭をたれ、うやうやしく敬意を表したのだが、その様子はまるで卑しい僕が主君に対するよう。すると男が言った。『見たか、ちびすけ、俺がこの動物たちにもっている力を』そこで男に道を尋ねた。相手はぞんざいだが、それでも、どこへ行きたいのかときいてきた。わたしは自分の素性と探しているものを話した。すると男は教えてくれた。

『この道をたどって空き地の端まで行き、その向こうにある坂を登り、頂上に出ろ。そこから渓谷が大きな水路のように広がるのが見えるはずで、渓谷の真ん中には一本の大きな木があるが、その梢の緑といったら、緑なす樅の木にもまさるほどだ。この木の下に泉があり、泉のかたわらには大理石の大きな板があり、石板の上には銀の水盤が銀の鎖ではずせないように取り付けてある。水盤を取って、一杯の水を石板のてっぺんにかけろ。すると大きな雷鳴が聞こえ、天と地がこの轟きで揺れていると思うだろう。雷鳴の後に一陣の冷たい雨がやって来るが、生きて持ちこたえるのも難儀なほど、雹《ひょう》も降り注ぐだろう。雨が過ぎると晴れ渡る。木の葉のうち、先ほどの雨で落ちなかった葉は一枚もない。するとそこに一陣の鳥の群れがやって来て木にとまり、おまえが生国で聞いたことのないような歌をさえずるだろう。その歌にすっかり心を奪われているうちに聞こえてくる、荒々しい息遣いと大きなうなり声が谷づたいに自分の方へと迫ってくるのが。そして目の前に、漆黒の馬にまたがった騎士が現れるだろう。漆黒の錦織の絹衣で身を包み、漆黒の紗の旗を槍先にはためかせて。そして問髪入れず襲ってこよう。後ろを見せれば打ち倒される。来るのを待ちかまえ馬上にいれば、徒歩で逃げるのは許してくれよう。そこで危ない目にあわなければ、一生かけても出合う恐れはない』

それから自分はくだんの道をたどって丘のてっぺんまでやって来た。そこから見渡せば、黒い男が言ったとおりの光景だ。木のそばまで行くと泉が木の下に見え、そのかたわらには大理石の板、そして銀の水盤が鎖で吊るしてあった。そこで水盤を手に取ると、一杯分の水を石板にかけた。すると雷鳴が起こったが、その音といったら黒い男の語った以上で、雷鳴の後は雨だ。確信したのは、カイ、人も獣も、あの雨に打たれたら生きて逃れることはむずかしい。というのも、雹という雹が皮膚や肉に容赦なく叩きつけ、骨に届くほどの激しさなのだから。けれどもわたしは馬の尻を雨に向け、盾の先を馬の頭とたてがみにのせ、兜で自分の頭を覆い、このような格好で雨をしのいだのだ。そしてわが命が、この身から離れんとするそのとき、雨がやんだ。木を見ると、一枚の葉もない。やがて空が晴れ渡った。すると、なんと、鳥の群れが木にとまり、さえずり始めたのだ。はっきり申すが、カイ、以前にもあの後にも、あのような歌を聞いたことはない。夢中になって鳥が歌うのに聞きほれていると、聞こえてきたのだ、荒い息遣いが谷づたいに自分の方へと迫ってきて、こう呼ばわるのが。『騎士よ、何が望みだ？　いったい、おまえにどんな非道を働いたというのだ、わたしとわが領国に今日、こんな仕打ちをしでかすとは。知らぬのか？　今日の雨で、わが領国では人も獣も戸外にいて生き残ったものはおらぬ』

声とともに現れたのは漆黒の馬にまたがった騎士で、漆黒の錦織の絹衣に身を包み、漆黒の紗の旗を槍先にはためかせている。すぐさま突進し、すさまじい体当たりをしたものの、あっという間に地面に投げ出されてしまった。すると騎士は自分の槍をわが馬の手綱に通し立ち去ったのだ、二頭の馬を引き連れ、わたしをその場に残して。黒い男はこちらのことなど本気で相手にもせず、捕らえようともしなかった。鎧を奪うことさえしなかったのだ。そこで自分は引き返し、もと来た道を戻った。空き地に着くと黒い男がいた。正直に言うがカイ、恥ずかしさに身が溶け出さなかったのが不思議なくらい、黒い男にあざけられた。晩には前日の夜を過ごした城砦にやって来た。前の晩にまして歓待され、食事も前以上にふるまわれ、男も女もこちらの望む話をしてくれた。だが誰も泉の冒険に関しては一言も触れないし、こちらもその話はしなかった。そして、その晩はそこに泊まった。

翌朝起きると、濃い栗毛の馬が一頭待っていたが、たてがみの赤の鮮やかさは貝紫のよう、すでに馬具もすっかりつけている。そこで鎧を着て、祝福の言葉を残して別れると、自分の宮廷に向かった。その馬は今でももっていて、あちらの厩にいるのだが、神かけて申す、カイ、ブリテン島一番の馬とだって交換するつもりはない。カイ、自分の恥を告白し、これほどの失敗談を語った者はおるまい。だが、なんとも奇妙なのは、あれ以前もあの後も、わたしが話したこと以外で、この物語について何か知っているという者のことを聞いたことがない。この物語の出来事は皇帝アーサーの領内のことなのに、ほかの誰も行き当たることがないとは摩訶不思議」

「おのおのがた」オワインが言った。「いかがかな、その場所を探し当ててみるのは」

「わが友の手にかけて申すが」とカイ。「おぬしはよく、そうしたことを口にするが、口先ばかりで行いに移したためしがない」

「なんとまあ」グウェンホウィヴァルが言った。「カイ、そなたには縛り首が相応というもの。オワインのような戦士に向かって、そのような悪口を言うなど」

「わが友の手にかけて申しますが、奥方」とカイ。「オワインのことをご自身ではわたしほどほめ讃えたこともござらぬのに」そのときアーサーが目を覚まし、自分は眠っていたかと尋ねた。

「はい、わが君」オワインが言った。「しばしの間」

「食卓につく時間か?」

「時間です、わが君」とオワイン。そのとき角笛が鳴って手を洗う合図をしたので、皇帝と家臣一同は食事に向かった。料理が終わると、オワインはそっと抜け出し、自分の宿舎に戻って馬と鎧の仕度を整えた。

翌朝、日が昇るのを見ると、オワインは鎧をつけ馬に乗り、世界の果ての荒れ果てた山々をめざした。そしてついに谷間に行き当たったが、カノンが語ったとおりで、ここに違いないと確信した。それから谷を河づたいに進み、反対岸に渡って大きな渓谷までやって来た。その渓谷を行くうち城砦が見えてきたので、砦へと向かった。目に入ったのは若者たちで、短剣をねらって［矢を射て］いたが、その場所はカノンが見たのと同じところで、砦の持ち主である黄色い巻き毛の男も近くに立っている。オワインが黄色い巻き毛の男にあいさつしようとしたとたん、相手が先にオワインにあいさつし、先に立って砦の方へ向かった。城内の一室が見え、その部屋に入ると、乙女たちが黄金の椅子に腰かけ錦織の絹を縫っている。オワインが思うに、その麗しさと美しさはカノンの話をはるかにまさる。乙女らは立ち上がってカノンにしたのと同じようにオワインの世話をした。オワインが思うに、自分に出された食事はカノンのときをまさるに違いない。食事の半ばで黄色い髪の男がオワインに旅の次第を尋ねてきた。そこでオワインは旅の一部始終を話してきかせた。「泉を護る騎士とやらを見つけること、それがわが目的」すると黄色い髪の男はにっこり笑い、オワインに旅路を教えたが、カノンに教えたときと同様、気の進まぬ様子だ。それでも、オワインにすべてを話してくれた。それから一同は眠りについた。

翌朝、オワインの馬の仕度を乙女たちが整えてくれておいたので、オワインは旅を進め、黒い男のいる空き地までやって来た。オワインが思うに、黒い男の大きいこと、カノンの話どころではない。オワインが黒い男に道を尋ねると、相手は教えてくれた。オワインはカノンと同じ道をたどり、緑の木にたどり着いた。泉が見え、泉のかたわらに石板、そしてその上に水盤があった。オワインは水盤を取って、一杯分の水を石板にかけた。すると雷鳴がとどろき、雷鳴の後に雨が来た。そのすさまじいこと、どちらもカノンの話以上である。そして雨が過ぎると空が明るくなり、オワインは木を見たが、一枚の葉も残っていなかった。そのとき、今度は鳥の群れが現れ木にとまり、歌い始めた。鳥の歌に聞きほれていると、騎士が谷づたいにやって来るのが見えた。オワインは迎え撃ち、渾身の力で突撃したところ、両人とも槍を折ってしまったので、今度は剣を抜き相手に打ちかかった。オワインが騎士に与えた一撃は相手の兜を貫き、鎖頭巾もブルゴーニュの布頭巾も通り越して[14]、皮膚、肉、骨を貫通し、脳に深い傷を与えた。黒騎士は自分が致命傷を負ったことを悟り、馬首をめぐらし逃げ去った。

オワインは後を追いすがり、剣で切りつけるも届かなかったが、距離はさして離れてはいない。やがて、オワインの前に光り輝く大きな城砦が立ちはだかった。城門へと二人は突き進み、黒騎士は中に通されたが、オワインの上には落とし格子[15]が降ってきた。ちょうど鞍の後ろにぶつかったので馬は真っ二つになり、さらに、オワインのかかとについた拍車の歯車に当たった。こうして格子門が地面におりると、歯車と馬の半身は外側に、オワインと馬の残りの半身は二つの門の間に残された。続いて内門が閉じられたので、オワインは出られなくなった。どうしたらよいかオワインは途方にくれた。こうして閉じ込められたままオワインが門の隙間をのぞくと、一本の道が正面に見え、その両側には家が立ち並んでいる。すると現れたのが黄色の巻き毛の乙女である。金のバンドを額にはめ、黄色い錦織の絹の衣をまとい、まだら文様のコルドバ革の編み上げ靴をはき、門の方にやって来る。そして門をあけるよう命じた。

「神かけて」オワインが言った。「ここにいては、そなたのために門はあけられぬ。そなたが、そちら側からわたしを救い出すことができぬように」

「神かけて」と乙女が言った。「あなた様を救って差し上げられないのは口惜しゅうございます。女なら、あなたのお役に立ちたいと思うのが当然。女にとって、あなたにまさる若者を見たことがありません。親しい女性をもつならば、あなた様は女にとって最高の友になられましょう。愛する方をもつならば最高の愛人となられましょう。ですから」と彼女は言った。「あなたへの友情のためにできることは何なりといたしましょう。

この指輪を取って指にはめたら、石を手で握り、しっかりとこぶしを閉じてください。石を隠している間は石があなたを隠してくれます。この場所のことに気づいたら、彼らはやって来て、あなたをつかまえ、あの男のことで処刑しようとするでしょう。でもお姿が見当たらないので、いら立つはず。わたしは向こうの馬乗り台の上でお待ちしています。あなたにはわたしが見えますが、わたしにはあなたが見えません。いらしたら、わたしの肩に手をのせてください。そうすればいらしたことがわかります。そうしたら、あちらへと進みますから一緒についてきてくださいませ」そう言うと、オワインのもとから立ち去った。

オワインは乙女が言ったとおりにした。そこへ宮廷の男たちがやって来て、オワインを見つけ処刑しようとした。だが探しにはきたものの、見つかったのは馬の半身のみで、たいそういら立った。オワインは彼らの間をすり抜け、乙女のところへ行くと肩に手を置いていた。そこで乙女は立ち上がり、オワインも後について、上階の部屋の大きな美しい扉までやって来た。乙女が部屋の扉をあけ、二人は中に入り扉をしめた。オワインは部屋を見回した。室内で使われている釘のうち高価で美しい色合いでないものは一本もなく、また羽目板には、一枚一枚、意匠の異なる金の図柄が描かれている。乙女が炭に火をつけ、水をはった銀の水盆をとり、白い紗のタオルを肩にのせ、オワインに手を洗う水を差し出した。そして金を象嵌した銀の卓を彼の前に置くと、黄色い紗の布を広げ、食事を持ってきた。オワインが思うに、これほどふんだんに食べ物がふるまわれるのを見たことがないし、その豪華さは、いずれにもまさる。それに、これほど多くの珍しい料理や飲み物がそろった場所も見たことがなく、器はというと、すべてが銀か金でできていた。オワインが飲み食いしているうち日が暮れてきた。すると城砦の方で大きな叫び声がするのが聞こえた。オワインは乙女に尋ねた。「あの叫びは？」

「終油の秘跡をご城主に行っているのです」と乙女が言った。

そこでオワインは寝床に行ったが、アーサーにふさわしいほどのすばらしい寝床を乙女は用意してくれており[16]、緋色の布、アーミン、錦織の絹、薄絹に紗が敷き詰められている。すると、真夜中ごろ恐ろしい叫び声が聞こえてきた。

「今度は何の叫びだ?」オワインが言った。

「ご城主が今しがた亡くなられたのです」と乙女が言った。

夜が明けてまもなく、途方もなく大きな嘆き声と叫びが聞こえてきたので、オワインが乙女に尋ねた。

「この叫びの意味は?」

「ご城主の亡き骸が教会に運ばれていくところです」

そこでオワインは立ち上がり、身支度をすると部屋の窓をあけ、城砦の方を眺めた。すると目に入ったのは限りなく果てしもない人々の群れが通りに満ち満ちているさまで、みな完全武装し、大勢の女たちが馬上あるいは徒歩で連れ添っており、町の司祭たちが祈りを唱えている。オワインには空全体が鳴り響いているかのように聞こえるほど、泣き声とラッパと司祭たちの祈りの声は大きかった。群集の真ん中に棺台が見え、その上を白い紗が覆い、まわりには無数の細いろうそくがともっていた。棺をかつぐ男たちのうちで、権勢を誇る男爵に身分が劣るように見える者は誰一人いなかった。オワインが思うに、これほどまでに美しい葬列は初めて見る。みな錦織の絹、繻子、薄絹を美々しく着こんでいる。一団に続いて、黄色い髪の女性が髪を両肩に振り乱している。見れば、おびただしい血汐が一房一房を染め上げ、黄色の錦織の絹衣はあちこちが破け、足にはまだら文様のコルドバ革の編み上げ靴をはいている。女の指先が傷ついていないのが奇跡と見えるほどに、激しく両手を打ち合わせていた。オワインが思うに、これほど麗しい女性は見たことがない、しかるべき姿でいたならばさぞや美しいはず。女の叫び声といったら、一団の男や角笛よりも大きかった。彼女を見たとたん、恋心に火がつき、体中がその思いでいっぱいになった。オワインは乙女にあれは誰かと尋ねた。

「神かけて」乙女が言った。「あのお方こそ誰あろう、世界一の美女にして、もっとも貞淑で物惜しみをしない、そして賢く高貴なお方。わたしのご主人、泉の女伯爵[17]と呼ばれ、あなたが昨日殺めた男の妻です」

「神かけて」オワインが言った。「あの方こそわが最愛の女性」

「神かけて」と乙女。「あなたを愛するなど、まったくもってありえぬこと」

そう言うと乙女は立ち上がり、炭火に火をつけ、やかんに水を満たすと火にかけ、白い紗のタオルをとってオワインの首にかけると、象牙の水差しと銀の水盆をとり、水盆にお湯をなみなみとはると、オワインの頭を洗った。それから木の箱をあけ、象牙の柄と二本の金の溝のついた剃刀を取り出し、彼の髭を剃り、頭と首をタオルでふいた。次に乙女は食卓を運んできてオワインの前に置くと、食事を持ってきた。オワインはこれほどすばらしい食事ももてなしも初めてだと思った。食べ終わると、乙女が寝床の用意をした。

「こちらへ来てお休みなさいませ。わたくしがあなたのために求婚に参りましょう」そこでオワインは眠りについた。それから乙女は部屋の扉をしめ、城砦へ向かった。

砦に着くと、そこにあるのは悲しみと心労ばかりで、女伯爵その人は自室にこもり、悲嘆のために誰にも会うことができないでいる。リネッドは歩み出てあいさつしたが、女伯爵は返事をしなかった。乙女は腹立ち言った。

「いったいどうなさったのです、今日は誰にもお言葉を返さないとは？」

「リネッド」女伯爵が言った。「どんな面目あって姿も見せず、わたくしを慰めにも来なかったのです。おまえを何不自由ない身にしてあげたのは、このわたくしですよ。悪いのはおまえ」

「これはしたり」リネッドが言った。「もっと分別のある方だと思っておりました。新しい殿御を得ることに心を配る方が、二度と取り戻せないものに執着するよりましというもの」

「神に誓って」と女伯爵。「ほかの男をわが殿の代わりにするなど絶対にできぬ」

「できますとも」とリネッド。「あの方と同じくらいか、もっとすぐれた者を夫になさることが可能です」

「神に誓って」と女伯爵。「手塩にかけて育てた者を処刑することを厭わねば、そのような不忠をそそのかした咎でそなたを処刑させたはず。代わりに追放にいたす」

「本望です」リネッドが言った。「そうなさる理由はわたしの進言、あなた様のためになることを、ご自身では気がつかれぬので申し上げたのですから。恥知らずは、二人のうち先に相手を呼びにやった方。わたしがあなたを招くか、その逆か、ご覧あれ」

そう言うとリネッドは急ぎ足で立ち去った。女伯爵は立ち上がり、リネッドの後を追って部屋の扉まで行くと大きく咳払いした。リネッドが振り返ると、女伯爵はリネッドにうなずいてみせた。そこでリネッドは女伯爵のそばに引き返した。

「神に誓って」女伯爵がリネッドに言った。「なんという激しい気性の持ち主であろう。でもわたくしのためにしたのだから、それがどのような手だてなのか申してみよ」

「申し上げます。ご存じのとおり、あなたさまの領国を護るのは戦闘力と武器だけです。ですから、ただちに護り手となる者を探すのです」

「どのようにして?」と女伯爵。

「お教えしましょう」リネッドが言った。「泉を護ることができぬ限り、領国を護ることはかないません。泉を護ることができるのはアーサーの家中の者以外におりません。そこで」とリネッド。「わたしがアーサーの宮廷へ参りましょう。もし泉を護る戦士、これまで護ってきた者と同じか、それ以上の護り手を連れずに戻りましたら、わが身の不面目というもの」

「それはたやすくはあるまい」と女伯爵。「それでも自分の言葉を証明しに行くがよい」

リネッドはアーサーの宮廷に行くふりをして出て行ったが、実際には屋根裏部屋へ、オワインのもとへ向かった。そしてオワインと一緒にそこにとどまるうち、アーサーの宮廷から戻る時分になった。そこで身支度を整えると、女伯爵に会いに出かけた。女伯爵は喜んで迎えた。

「アーサーの宮廷から何か知らせは？」女伯爵が言った。

「最高の知らせです、御主人様。首尾よく使いを果たして参りました。いつ、わたしと一緒に来た殿御と会われますか？」

「そなたたちは」女伯爵が言った。「明日の昼ごろに、わたくしとの会見に参りなさい。邪魔の入らぬよう、それまでに町中、人払いしておきましょう」そう言うと戻っていった。

翌日の昼過ぎ、オワインは黄色の錦織のチュニックと上着《シュルコ》とマントを身に着けた。マントには幅広の縫い取りが金糸で織り込んであり、まだら文様のコルドバ革の編み上げ靴は、黄金のライオンの像で留めてある[18]。

二人が女伯爵の部屋に向かうと、女伯爵は喜んで迎えた。女伯爵はオワインをじっと見つめた。

「リネッド。旅をされたご様子が、この殿にはないが」

「何か差しさわりでもございますか？　奥方様」とリネッド。

「神に誓って」女伯爵が言った。「わが殿の命を奪ったのは、この男に相違ない」

「なおさら良いではありませんか、奥方様。この方がより力をもっていなければ、命をとることもできなかったでしょう。それはもう仕方のないこと、終わって、けりがついてしまったのですから」

「下がりなさい」と女伯爵が言った。「これから相談をします」

翌朝、女伯爵は国中の者を一箇所に呼び集めると、自分の伯爵領が護り手を失い[19]、馬と武器と戦闘力をもってしか護ることができないことを明らかにした。

「選びなさい。あなたがたのうちの一人がわたくしをめとるか、わたくしが他所から夫を連れてきて国を護らせるか、どちらがよい」

彼らは相談の結果、他から夫を連れてこさせることに決めた。そこで彼女は司教と大司教を宮廷に連れてきて、オワインとの婚姻の儀を執り行わせた。伯爵領の男たちはオワインに臣従を誓い、オワインは泉を槍と剣で護った。どのようにして護ったかというと次の次第である。すなわち、やって来た騎士は誰であれオワインが打ち倒し、相応の身代金を要求する。そしてそれをオワインは臣下の男爵や騎士たちに分け与えたので、世界で彼ほど国中から愛される者はいなかった。このようにして三年を過ごした。

グワルフマイは、ある日のこと、皇帝アーサーと散歩していたが、アーサーを見ると、悲しげで元気がない。グワルフマイはアーサーのそんな様子に、ひどく心を痛め、尋ねた。

「わが君、どうなさいました?」

「神に誓って、グワルフマイ」アーサーが言った。「オワインがなつかしい。いなくなって三年たつ。もし四年目も会えずにいたならば、わが命はこの身体にとどまってはおるまい。クラドゥノーの息子カノンの話のせいでオワインがいなくなったに違いない」

「それならば」グワルフマイが言った。「国中の兵を召集する必要はありません。殿と家中の者だけで、オワインが殺されたのならば仇を討ち、囚われているなら解き放ち、生きているのであれば、連れ戻されるがいい」

グワルフマイの言葉通りに決定された。アーサーは出立の仕度を整え、戦士たちを付き従えオワインを探しに向かった。総勢はというと三千人、それに加えて従者たち、そしてクラドゥノーの息子カノンが案内役で随行した。アーサーはカノンが滞在した城砦に向かったが、一行が到着すると、例の若者たちが同じ場所で短剣を的に矢を射っており、黄色の髪の男もそばに立っている。黄色の髪の男はアーサーを見るとあいさつし、招待した。アーサーは招きを受け、城砦へとみなで向かった。一団は大勢であったが、そのようには感じられないほど城内は広かった。乙女らが立ち上がり一行の世話をした。これまで体験したどんなもてなしも及ばぬほど、完璧な歓待ぶりである。また馬丁たちがその晩行った馬の世話も、アーサーが自分の宮廷で受けるのに劣らぬものだった。

翌朝アーサーは出発し、カノンを案内役にすると、黒い男のいる場所へ向かった。アーサーが思うに、黒い男の大きいこと、話以上だ。それから丘のてっぺんへ一行はやって来て、さらに谷間へ、そして緑の木のそばへと進み、ついに泉と水盤と石板を見つけた。そこでカイがアーサーのもとへ進み出て言うことには、「わが君、この旅のわけはすべて心得ています。どうかわたしに石に水をかけ、来たる試練に最初に立ち向わせてください」アーサーは許しを与えた。

カイは水盤一杯の水を石板にうちかけた。そのとたん雷鳴が起こり、轟音の後に雨が襲った。一行がこれほどすさまじい雷鳴や雨音を聞いたことはかつてなく、アーサーについて来た従者の多くを雨が殺してしまった。雨がやむと空が明るくなり、一同が木を見ると、そこには一枚の葉も残っていなかった。そこへ鳥の群れがやって来て木にとまったが、この鳥の歌に匹敵するものを誰も聞いたことがなかった。そのとき彼らの目の前に現れたのは漆黒の馬にまたがった騎士一騎、漆黒の錦織の絹衣をまとい、勢いよく馬を駆ってくる。カイが応戦した。立ち合いは長くは続かなかった。カイが投げ飛ばされたのである。そこで騎士は野営用の幕を張り、アーサーと軍勢も天幕を張って夜を過ごした。

次の日の朝一行が起きると、立ち合いのしるしが騎士の槍にはためている。そこでカイがアーサーのもとへ進み出て言うには、「わが君、不当にも昨日打ち負かされてしまいました。よろしければ今日もわたしがあの騎士と立ち合いたいのですが」

「よかろう」とアーサーが言った。そこでカイは騎士のもとに向かった。けれども、相手はたちまちカイを投げ飛ばすや、カイを見おろし、その額を自分の槍先で突き刺したので、カイの兜と鎖頭巾、そして皮も肉も骨まで裂け、槍の握りほどの広さが開いてしまった。そこでカイは仲間のもとに戻ってきた。それからはアーサーの親衛隊がかわるがわる騎士と立ち合ったが、とうとう、騎士に投げ飛ばされていないのはアーサーとグワルフマイだけになってしまった。そこでアーサーは仕度をし、騎士と勝負に出ようとした。

「おお、わが君」グワルフマイが言った。「わたしに先に騎士と戦わせてください」

アーサーは承諾した。彼は騎士との戦闘に出向き、アンジュー伯の娘から贈られた錦織の絹衣で自分と馬を覆った。そのため誰も彼を見分けることができなかった。二人は攻め合い、夕暮れまで戦ったが、どちらも接近して相手を地面に投げ飛ばすには至らなかった。

翌朝二人は鋭い槍を手に対戦した。しかし、どちらも相手を負かすことができなかった。三日目に二人はまた立ち合い、頑丈で切れ味の鋭い槍で丁々発止と打ち合った。二人とも怒りで燃え立ち、正午の鐘が鳴る刻限まで戦ったところで、お互いに相手に激しい一突きを与えたので、どちらの馬も鞍を留めている腹帯がばらばらになり、二人とも馬の尻がいから地面に投げ飛ばされてしまった。二人は急いで立ち上がり、剣を抜いて打ちかかった。見物をしていた面々は、この両人ほど勇猛でまた強い者は見たことがないと思った。夜の闇も、彼らの武器からほとばしる火花で明るくなったことだろう。やがて騎士がグワルフマイに一突き浴びせると、兜の頬当てが顔からはずれたので騎士は相手がグワルフマイであると知った。そこでオワインが言うには、「グワルフマイ殿、被り物のせいであなただとわからなかったが、あなたはわたしのいとこ。わが剣と鎧をお取りください」

「そちらこそ、オワイン殿」とグワルフマイが言った。「勝ったのはあなただ。わたしの剣を取られるがいい」

そのときアーサーが二人を見て、近づいてきた。

「わが君」グワルフマイが言った。「ここにいるオワインがわたしを打ち負かしたのに、鎧を取ろうといたしません」

「わが君」オワインが言った。「あちらこそわたしを打ち負かしたのに、わたしの剣を取ろうといたしません」

「わしによこすがいい」とアーサーが言った。「これで、どちらも相手を打ち負かす仕儀にはならぬ」

そこでオワインは鎧を脱いで皇帝アーサーの首にかけると、二人は抱き合った。それを合図に軍勢も押し合いへし合いやって来て、オワインであることを確かめ抱擁しようとしたので、あやうく死人がでるところだった。その晩は全員が陣屋に戻った。

翌朝、出発してもよいかと皇帝アーサーが尋ねた。

「わが君」オワインが言った。「それはよくありません。今から三年前わたしは御前を去り、今やこの地がわが領分。以来、今日まで、あなたのために宴会を準備しておりました。わたしを探しに来られるとわかっていたからです。わたしと一緒においでになって疲れを休めてください、ご家来衆も一緒に。そして、皆々お風呂をお召しになるがいい」

そこで一同はそろって泉の女伯爵の城砦に行った。三年を準備に費やした食事の宴は三か月の間くり広げられたが、これほど楽しく、すばらしい宴会は彼らにとって初めてだった。宴が終わると、アーサーは出発してもよいかと尋ね、女伯爵に使者を送るとオワインを連れていく許しを請い、ブリテン島の貴族と貴婦人たちが三か月だけ彼に会えるようにしたいと伝えた。女伯爵は了解したものの、耐えられない思いだった。こうしてオワインはアーサーについてブリテン島に向かった。そして一族や朋友と再会すると、三か月どころか三年という月日を過ごした。

オワインがある日、ウスク河のほとりのカエル・スリオンにある皇帝アーサーの宮廷で食事をしていたときのこと[20]、一人の乙女が現れた。たてがみの縮れた栗毛の馬にまたがっていたが、そのたてがみは地面につくほどで、自分は黄色の錦織の絹衣をまとい、手綱から鞍のように見える馬具まですべて金造りである。オワインに近づくと指輪をもぎとった。

「見よ」乙女が言った。「不実な裏切り者にはこうしてくれる。おまえの髭に恥あれ」そう言うと、馬首をめぐらし立ち去った。

たちまち、かの冒険の記憶が戻ってきて、オワインは悲嘆にくれた。食事を終えると宿舎に戻ったが、その晩は悶々として寝つかれなかった。翌朝起きると、アーサーの宮廷ではなく、世界の果ての荒れ果てた山々へ向かった。そしてさまようううち、衣服はすべてぼろぼろになり、からだもほとんど朽ちかけて長い毛が体中に生えてきた[21]。野獣と暮らし食べ物をやっていると、向こうもすっかり慣れてしまった。そのうち、からだが弱ってきて、獣たちと一緒にいることもできなくなった。そこで山をおり谷間に入ると、とある庭園へ向かった。そこは世界でもっとも美しいところで、夫を失った女伯爵が所有していた。

さてある日のこと、女伯爵と侍女たちは散歩に出て、庭園の中にある湖のほとりを歩いて半分ほど来たときである。庭園の中に男らしき姿が見えたので、すっかり怖くなった。それでも近寄ると、からだにさわり、注意深く観察した。血管がどくんどくんとからだの上で波打ち、日の暑さに身をもだえている。そこで女伯爵は城郭[22]に戻ると、高価な塗り薬の入った瓶を取って侍女に手渡した。

「これを持って、お行き。それからあちらの馬と衣服も一緒に持っていき、あの男の近くに置きなさい。そして、この塗り薬を心の臓のあたりに塗るのです。もし命があるなら、この薬で目を覚ますでしょう。そうしたら、次に何をするのか見ていなさい」

侍女は引き返し、薬をすべて男に塗ると、馬と衣服を手近に残して引き下がり、男から少し離れたところに行って身を隠し観察した。ほどなくして男は腕を掻き始め、起き上がると、自分の裸を見て恥ずかしくなった。というのもなんとも醜い風体だったからだ。男は馬と衣服が少し離れたところにあるのに気づくと、這って行って衣服に手を伸ばし、鞍ごしに引き寄せ身に着けると、やっとのことで馬にまたがった。そこで乙女は姿を現し、あいさつした。男は乙女を見て喜び、ここはどこか、何という場所かと乙女に尋ねた。

「これはしたり」乙女が言った。「夫をなくされた女伯爵があちらの城の持ち主です、ご夫君が亡くなったときに二つの伯爵領を残されましたが、今では奥方様の名のもとにあるのはあちらの館一つだけ。近くに住む若い伯爵がすべて奪ってしまったのです。奥方様が妻になることを拒んだからです」

「それはおいたわしい」オワインが言った。

それからオワインと乙女は城に向かい、オワインが城のところで馬からおりると、乙女は彼を心地よい部屋へと案内し、火をおこすと立ち去った。乙女は女伯爵のもとに行き、瓶を手渡した。

「なんとまあ、乙女よ」女伯爵が言った。「中身はどこにあるのです?」

「なくなりました、御主人様」

「乙女よ」女伯爵が言った。「そなたを責めるわけにはいかない。でも不運なことでした。七ポンドに二〇をかけただけの価値のある秘薬を、自分が誰かもわからぬ男のために使ってしまうとは。そうは言っても仕方ない。何も不自由ないように面倒をみておあげ」

そこで乙女は言われたとおりにし、肉や酒、火に寝床にお風呂を与え、元気になるまで世話をした。からだの毛がぼろぼろと房になってオワインのからだから抜け落ちた。三か月かかったが、彼のからだは以前よりも白くなった。

さてある日のこと、オワインは城の中が騒がしいのに気づいた。大掛かりで仕度をし、武具を運び入れる音がする。そこでオワインが乙女に尋ねるに、「あの騒ぎは?」

「前にお話しした伯爵がお城に攻めてきているのです、奥方様を滅ぼそうと大軍勢を引き連れて」

そこでオワインが乙女に尋ねるには、「馬と鎧を女伯爵はおもちか?」

「はい」と乙女。「世界でもっともすばらしいものをおもちです」

「それでは、わたしのために女伯爵から馬と武器を借りてきてはくれまいか?」オワインが言った。「そうしたら軍勢の様子を見に行かれる」

「喜んで」と乙女が言った。乙女は女伯爵のもとに行くと、男の言葉を伝えた。女伯爵は笑った。

「神に誓って、馬と鎧はあげましょう。あの男、これほどの馬と鎧をもったことはないはずです。あの男が持ち主になる方がうれしいというもの。明日には、敵が無理やり奪ってしまうのだから。でも、いったい何に使うつもりなのでしょう」

美しいガスコーニュ産の黒馬が連れてこられた。ブナの木で作った鞍をつけ、鎧は人にも馬にも有り余るほどである。そこで身支度をすると馬にまたがり出発した。二人の小姓が一緒で、馬と鎧に身を固めている。一行が伯爵軍の近くに行くと、その数は果てしなく、限りがないように見えた。そこでオワインは小姓たちに伯爵はどの隊にいるのかと尋ねた。

「四本の黄色い旗指物が立っているのがそうです。二本が先頭、残り二本が後方にあります」

「なるほど」とオワイン。「引き返し、城の門のところで待っておれ」そこで二人は戻った。オワインは先陣にいる二つの隊の間を抜けると、伯爵と対面した。オワインは相手を鞍から引きずりおろし、自分と鞍の前部の間にのせると、馬首をめぐらし城へ向かった。そしていくら抵抗されようとものともせず、伯爵を城門まで連れてきたが、そこには小姓たちが待ち受けていた。二人が近づくと、オワインは伯爵を女伯爵への贈り物として渡し、次のように言った。「あなたからいただいた貴重な塗り薬のお返しです」

軍勢は城の周囲に陣を張った。伯爵は命を助けてもらうのと引き換えに二つの伯爵領を戻した。また自由の代償として自分の領土の半分を差し出し、さらに彼女の銀、金、宝石すべてを返すとともに人質もつけた。オワインは出発した。女伯爵は彼と彼の領民すべてを迎えると申し出たが、オワインの望みは世界の果てと荒野を旅することだけだった。

このようにして旅を続けていると、森の中で大きなうなり声が一度、二度、三度と聞こえてきた。そこで声のする方へ向かった。着くと、岩だらけの巨大な丘が森の真ん中に立ちはだかり、灰色の岩が丘のかたわらにある。一筋の割れ目が岩にあいていて、蛇が割れ目の中におり、真っ白なライオンが蛇のそばにいた。ライオンが動こうとすると蛇がシューッと向かってきて、そのたびにライオンがうなり声をあげていたのだ。そこでオワインは剣を抜くと岩に近づいた。そして蛇が岩から出てきたところをオワインが剣で切りつけると、真っ二つになって地面にころがった。そこで剣をぬぐい、もと来た道に戻った。するとどうだろう、ライオンが自分の後をじゃれながら付いてくる。まるでずっと飼ってきた猟犬のようだ。こうして一日中旅をし、夕暮れになった。休む刻限になったので、オワインは馬からおりると、馬には森の中の平らな草原で草を食べさせた。オワインは焚き火をおこしたが、オワインが火をつけたころには、ライオンが三日分の薪を運んできた。ライオンはそばからそっと離れると、すぐさま、今度はなんと見事なノロジカのオスをくわえて立ち戻り、獲物をオワインの目の前に落とすと自分は焚き火の反対側に身を横たえた。オワインは鹿を受け取ると皮をはぎ、肉片を串に刺して火のまわりに並べ、残りはライオンにやった。オワインがそうしていると、大きな嘆き声が一度、二度、三度と遠からぬところから聞こえてきた。オワインは、嘆き声の主はこの世の者かと尋ねた。

「はい、そうです」相手が言った。

「何者だ?」オワインが言った。

「誰あろう、わたしはリネッド、泉の女伯爵の侍女です」

「そこで何をしている?」とオワイン。

「わたしは囚われの身。それというのも一人の若者が皇帝の宮廷からやって来て、女伯爵を我がものにせんと望み、しばらくともに暮らしていたのです。それからアーサーの宮廷を訪ねて去ってしまい、二度と戻ってきませんでした。その者は、わたしにとって友人、世界で一番お慕いしていました。するとどうでしょう、女伯爵の二人の侍従がわたしの目の前でその方のことをあざけり、詐欺師、裏切り者呼ばわりしたのです。そこでこちらも、あなた方二人が力を合わせても彼一人に立ち向かうことはできないだろうと言い返しました。そのために、二人はわたしをここに閉じ込め[23]、その方が約束の日までに助けに来ない限り命はないと宣言したのです。その約束の日とはまさに明後日。わたしには、その方を探してくれる者などおりません。その方こそ、イリエーンの息子オワインです」

「それで信じているのか」と彼は言った。「その若い男がこのことを知ったら、そなたを助けに来ると？」

「神に誓って、もちろんです」肉が焼けると、オワインは自分と乙女で半分に分け、ともに食事をした。それから一緒に話をするうち夜が明けた。朝になるとオワインは、今晩、食べ物と一夜の宿にありつく場所があるかと乙女に尋ねた。

「ございます、殿」と乙女が言った。「あちらを進んで渡瀬まで行き、次に川沿いの道を行くと、まもなく多くの塔がそびえる大きな城砦が見えるでしょう。その砦の主である伯爵は、ことももてなしに関して並ぶ者がおりません。そこに今晩お泊まりになることができます」ライオンはというと、いかなる見張りも顔負けに、前の晩オワインを守っていた。

オワインは馬の装備をすませると出立し、渡し場を越え、城砦が見えるところまでやって来た。オワインが砦に着くと丁重に迎え入れられ、馬には十分な世話と、たくさんの飼い葉が与えられた。ライオンが主人の馬のいる仕切りの中で休んだので、城中の者はこわがって誰一人馬に近寄ろうとはしなかった。オワインが思うに、これほどすばらしいもてなしをする場所はない。だが男たちの陰鬱な様子は、まるで死が全員に迫っているかのよう。やがて一同は食事に向かい、伯爵がオワインの隣の席に、伯爵の一人娘がもう一方の隣にすわった。オワインが思うに、これほど見目麗しい乙女を見たことがない。ライオンがやって来て、食卓の下のオワインの両足の間に寝そべったので、オワインは自分に出された料理はすべてライオンにも分けてやった。それにしても、オワインが見るに、人々の悲しみようは何としたことか。食事も半ば過ぎて伯爵はオワインにようやく歓待の言葉を述べた。

「それなら、最前から楽しげにしておられたら良かったものを」とオワインが言った。

「神かけて申すが、御身のことでわれらが悲しんでいるわけではない。悲しみと不安の原因がわれらの上に降りかかったのだ」

「それはいかなる次第？」オワインが言った。

「二人の息子がいたのだが、昨日その二人息子が山に狩に出かけた。そこには誰あろう、けだものがいて人を殺しむさぼり食うのだ。そやつがわが息子たちをつかまえて、明日がやつとわたしの間で取り決めた約束の日。この娘を差し出すか、さもなければ息子たちを目の前で殺すという。なりは人のようだが、その大きいこと、巨人にまさるほどじゃ」

「なんと」とオワイン。「それはおいたわしい。そしてどちらにされるおつもりか？」

「神かけて」と伯爵。「あやつがわが意に反してつかまえた息子たちを殺す方が、わが娘を自ら差し出し、陵辱の上、殺させるよりはましというもの」

　それから話題は他のことに移った。オワインはその晩をそこで過ごした。

　翌朝、人々はすさまじい轟音を聞いた。何かといえば、大男が二人の息子を引き立てて現れたのだ。城砦を守りたいと伯爵は思い、息子たちのことはあきらめることにした。オワインが鎧を着込み、外へ出て男と対決しようとすると、ライオンも後についてきた。男はオワインが武装しているのを見ると、突進してきた。大男相手に善戦したのはオワインよりライオンだった。

「神に誓って」男がオワインに言った。「その獣が一緒でなければ、おまえと戦うのにこんなに苦労はしない」

　そこでオワインはライオンを砦に追い返し、城門をおろして閉じ込めると、再び大男に立ち向かった。ライオンはオワインの苦境を聞いて吠えると、よじ登って伯爵の大広間へ、大広間から城壁へ、そして城壁の上から飛び降りてオワインと一緒になった。ライオンが大男の肩にくらわした一撃は、前足が男の両足の付け根から出てくるほど激しく、腹わたがみな、からだから流れ出ていくのが見えた。大男は倒れて死んだ。オワインは二人の息子を伯爵に取り戻し、伯爵が泊まるように招いたのにもかかわらず、ひたすら望んだのはリネッドの待つ草原へと戻ることだった。

戻ってみると大きな火があかあかと燃やされ、褐色の巻き毛の見目麗しい若者が二人、乙女を火に投げ込もうとしているところだった。オワインは乙女に対する要求は何かと尋ねた。すると二人は次第を語ったが、それは乙女が前の晩に話したとおりだった。

「それでオワインが女を見捨てたので、火あぶりにするところだ」

「これはしたり」とオワインが言った。「その者は立派な騎士、乙女がどのような目にあっているのか知っていて助けにこなかったのなら、それは驚きだ。わたしに代役を務めさせてもらえたら、お相手しよう」

「われらが創造主にかけて承知した」そう言うと若者たちはオワインと対戦を始めた。オワインが二人の若者によって危機に陥ると、ライオンがオワインを助けに現れ、一緒になって若者たちを打ち負かした。そこで二人が言うには、「なんと貴殿。約束では、おぬし一人と戦うはず、おぬしと戦うより、あちらの獣と戦う方がたいへんなのだ」

そこでオワインは乙女が幽閉されていた場所にライオンを入れ、入り口を石の壁でふさぎ、戦いに戻った。オワインはまだもとの力を取り戻していなかったので、二人の若者がオワインを圧倒した。ライオンは、オワインが窮地に陥っているのを見て、うなり続けた。とうとうライオンは石壁をひっかき崩し、出口を見つけると、たちまちのうちに若者の一方を殺し、続いてもう一人も殺してしまった。こうして彼らはリネッドを火あぶりから救ったのである。それからオワインはリネッドを伴い、泉の女伯爵の領国へ向かった。そしてそこから出発すると、女伯爵を連れてアーサーの宮廷に赴いた。この後、彼女は、一生涯、妻として連れ添った。

この後、やって来たのは黒い無法者の宮廷で、彼と対決したが、ライオンはオワインが黒い無法者を倒すまでそばを離れなかった。

話はさかのぼって、黒い無法者の宮廷に到着した時のこと。大広間に入ると、目の前には四人と二〇の女たち、絶世の美女たちだが、着ているものはというと、四と二〇の銀貨ほどの値打ちもない。そして死んだように青ざめている。オワインは悲しみのわけを尋ねた。女たちが言うには、自分たちは伯爵の娘で、ここに来たときにはそれぞれが最愛の男性に伴われていた。「わたしたちがここに着くと歓待され、丁重に遇され、すっかり酩酊させられました。そこに、この宮廷の持ち主である悪魔がやって来て夫たちを皆殺しにし、馬も衣服も金も銀も奪ったのです。夫らの亡き骸はまだこの城内にあって、その他の大勢のむくろも一緒です。それが、殿様、わたくしたちの悲しみのわけなのです。そして殿様、悲しいことに、あなたまでいらして危難に遭われることになるとは」

オワインはこれを聞いて心を痛め、外に出た。すると騎士がこちらへやって来て、にこやかに親しげに彼を出迎えたが、その様子はまるで実の兄弟のよう。これぞ、まさしく黒い無法者だった。

「神かけて」とオワインが言った。「おまえに歓待されるためにここに来たわけではない」

「神かけて」相手が言った。「それなら、歓待を受けることはできぬぞ」

たちまち二人は相手に襲いかかり激しく戦った。オワインは相手を圧倒し、後ろ手に縛り上げた。すると黒い無法者は命乞いをし、こう言った。

「オワイン殿、預言があり、あなたが参って、わたしを打ち負かすと言われていました。あなたはいらして、そのとおりにされた。略奪者がここでの自分、略奪の館がこれまでのわが家。でも命を助けていただければ良き歓待者となり、この館を生きている限り弱きも強きも受け入れる歓迎の館といたしましょう[24]。あなたの魂にかけて誓います」

オワインは望みを受け入れ、その晩は館にとどまった。翌朝、二四人の貴婦人たちを連れ、彼らの馬と衣服、そして女たちがここに持ってきた財産や宝石をたずさえて出発し、一緒にアーサーの宮廷に向かった。アーサーは以前、再会した際にも大いに喜んだものだが、今回の喜びようはそれ以上だった。そして貴婦人たちはというと、アーサーの宮廷に残りたい者は望みどおりに、旅立ちたい者はそうする許しを得た。オワインはこの後アーサーの宮廷にとどまり、親衛隊の隊長としてアーサーに愛されたが、最後には自分の民のところへ戻った。彼らとは、ケンヴェルヒンの三百の剣と大鳥の群れ[25]である。オワインが行くところ、どこでも彼らは付いていき、彼は勝利に輝いた。

この物語は、泉の女伯爵の話と呼ばれる。

エヴロウグの息子ペレディルの物語

エヴロウグ伯は伯爵領を北方《ゴグレッズ》[26]にもっていて七人の息子がいたが、エヴロウグは所領からというよりも、馬上槍試合[27]と一騎討ちと戦で暮らしを立てていた。そして、戦闘に明け暮れる者の常で、命を落とす羽目になった。自分だけでなく六人の息子も一緒である。七番目の息子はペレディルといった。七人兄弟の最年少で戦や一騎討ちに赴く年齢には達していなかったが、もし成人していたならば、父や兄たちと同じ運命をたどっていたことだろう。

利巧で知恵の回る女、それが彼の母だった。彼女は息子と領地のことに思いをめぐらした。熟慮の末に、息子とともに草深い山野、荒野へと逃げ、人里から離れることとし、供に選んだのも女に少年、そして男どもはおとなしく温厚で、一騎討ちや戦をする力も意思もない者ばかりである。誰一人として、息子の耳に入るところで軍馬や武器のことを口にはしなかった。そうしたものに関心をもつことを恐れたのである。少年は毎日、深い森へと出かけては、柊の枝を矢にして投げて遊んだ。

そんなある日、母の飼っている山羊の群れに出くわしたが、山羊の近くに二頭の雌鹿もいた。少年は立ち止まり目を丸くした。こちらの二頭には角がないが、ほかのものにはどれも角があるのを見て、二頭はずっと迷子になっていて、そのために角をなくしたに違いないと思った。そこで、森のはずれにある山羊の小屋へと、腕っ節と足の速さに物言わせ、雌鹿を山羊と一緒に追い込んだ。それから家に戻った。

「母上、奇妙なものを近くで見かけました。母上の山羊のうち二頭が正気を失い、角がなくなっていました。長い間、森の中をさまよっていたからです。連れ戻すのにとても苦労しました」そこで全員が立ち上がり、見に行った。鹿を見て全員たいそう驚いた。これら二頭をつかまえる力と足の速さを誰も持ち合わせていなかったからだ。

ある日、彼らは、三人の騎士が森のかたわらの騎馬道を通ってくるのに出くわした。グウィアルの息子グワルフマイとグウィスティルの息子グワイル[28]、それにイリエーンの息子オワインである。オワインがしんがりを務め、アーサーの宮廷で林檎を配った騎士の後を追っていた。

「母上、あちらにいるのは何ですか?」

「天使ですよ、おまえ」

「わたしも行って、彼らと一緒に天使になります」とペレディルが言った。そして道に出ると、騎士たちを待ち受けた。

「教えてほしい、友よ」オワインが言った。「この近くで騎士を見かけなかったか? 今日か、昨日のことだが」

「わかりません。騎士とは何ですか」

「わたしと同じ者だ」とオワインが言った。

「質問に答えてくれるなら、あなたの知りたいことを答えます」

「喜んで」

「これは何ですか?」鞍を指して言った。

「鞍という」とオワイン。

ペレディルは、その他のものすべてについて、それは何なのか、どういう目的で何に使うのかと問いただした。オワインはいちいち、事細かに説明した。

「出発なさい」ペレディルが言った。「お尋ねのものを見かけました。わたしも後から行きます。今からは騎士として」それからペレディルは母と一同のもとに引き返した。

「母上、あの者たちは天使ではなく騎士です」

母はそれを聞いて気を失った。ペレディルは馬小屋に向かった。薪や食べ物、飲み物を人里から荒野へと運ぶのに使う馬がいる。その中から貧相な、白黒まだらの、やせた子馬を選んだ。一番、強健だと思ったのだ。そして馬の背に荷かごを鞍のようにのせると、母のもとに戻ってきた。女伯爵は息を吹き返した。

「それでは行くのですね？」

「はい」

「旅立つ前にわたくしの忠告を聞きなさい」

「手短にお願いします。待っていますから」

「アーサーの宮廷をめざしなさい。そこで最高の戦士たち、もっとも寛大にして勇敢な者たちに出会えるでしょう。教会を見かけたら主の祈りを唱えなさい。食べ物と飲み物があって、ほしいが、親切にくれる者が誰もいなければ、自分でお取りなさい。悲鳴が聞こえたら必ず駆けつけ、特に女性の悲鳴なら何をおいても真っ先に行きなさい。美しい宝石を目にしたら手に入れて他の者にあげなさい。そうすれば名声を得ることができましょう。美しい女性を見たら求愛しなさい。たとえ向こうにその気がなくとも。そうすれば、よりすぐれた、より高貴な戦士におまえは育つでしょう」

それから、先ほど見た馬具をまねてこしらえた。そうして一握りの先を尖らせたダーツを手に出発した。二晩と二日、草深い山野と荒野を飲まず食わずで旅した。やがて、やって来たのは、うっそうとして人気《ひとけ》のない森である。森の奥深くに平らに開けたところがあった。その空き地に天幕が見えた。教会だと思い、天幕に向かって主の祈りを唱えた。それから天幕の方に進んだ。すると、天幕の扉が開いている。金の椅子が入り口の近くにあった。栗色の髪の見目麗しい乙女がすわっており、額には黄金の額飾り、額飾りにはいくつもの宝石がきらめいている。そして大きな黄金の指輪が指にはまっていた。ペレディルは馬からおりた。中へ入ると、にこやかな顔で乙女が出迎え、あいさつした。天幕の奥に食卓が見えた。ワインがなみなみと入った酒瓶が二つ、白パンが二斤、子豚の厚切り肉がのっている。

「母上が申された」とペレディル。「食べ物を見たら取れと」

「では、殿様、どうぞ食卓へ。神のご加護がありますように」ペレディルは食卓に向かうと半分は自分が食べ、半分は乙女に残した。食事がすむと、乙女のもとに歩み寄った。

「母上が申された、美しい宝石を見たら取れと」

「どうぞ、お取りなさい、友よ。わたくしはかまいませんから」ペレディルは指輪を取った。それから膝をかがめ、乙女に口づけした。そうして、馬にまたがり立ち去った。

とそこにやって来たのが、この天幕の持ち主である騎士。すなわち、「空き地の高慢な者」である。馬の足跡に気がついた。

「答えろ」乙女に言った。「わたしがいない間ここに誰がいた?」

「不思議ななりの男です、殿」そう言って、ペレディルの人相や振る舞いを説明した。

「答えろ、そいつとずっと一緒だったのか?」

「いいえ、誓って違います」

「そんなことは信じぬぞ。次にその男と出会い、わが怒りと恥をはらすまで、おまえは二晩と同じ所にいることはまかりならん」騎士は立ち上がり、ペレディルを探しに出発した。

ペレディルはというと、旅を続けアーサーの宮廷に向かった。彼がアーサーの宮廷に着くよりも前のこと、別の騎士が宮廷にやって来て、大きな黄金の指輪を門番に渡すと馬の番をさせた。そして自分は大広間に入っていった。そこには、アーサーと彼の親衛隊、グウェンホウィヴァルと侍女たちがいて、侍従が王妃に杯をすすめていた。騎士は杯をグウェンホウィヴァルの手からもぎとると、中の酒を彼女の顔と胸にぶちまけた。それから、グウェンホウィヴァルを平手でひっぱたいた[29]。

「われこそはと思う者あらば、この杯を取り戻し、グウェンホウィヴァルの恥辱をはらさんがため草原まで追ってくるべし。そこで待っていよう」騎士は馬にまたがると草原に向かった。すると、みなは下を向き、グウェンホウィヴァルの恥辱をはらせと命じられたらどうしようと恐れた。彼らが心中、思うには、このような非道を働く者は力と武勇によほど長けているか魔法と呪文に長けているかに違いなく、誰も相手に復讐できるはずがない。そのとき現れたのが誰あろうペレディルである。大広間へ入ってきた[30]が、貧相な、白黒まだらの骨ばった子馬に、お粗末な馬具をくっつけたなりだ。カイが大広間の真ん中に立っていた。

「答えろ」ペレディルが言った。「そこののっぽの男[31]、アーサーはどこだ?」

「貴様がアーサーに何の用だ?」とカイ。

「母上が申された、アーサーのもとに行き、一人前の騎士に取り立ててもらえと」

「誓って申すが」とカイ。「なんともみすぼらしいなりで来たものだ。馬といい、武器といい」親衛隊も気づいて、からかったり、棒を投げたりし始めた。彼らが喜んだのは、このような男が来てくれたおかげで例の一件を忘れることができたからだ。

するとと、現れたるは一人の小人。一年前にアーサーの宮廷を訪れ、自分と女小人とともにアーサーのもてなしを願い許されたのである。以来この一年というもの、誰にも一言も口をきいていなかった。小人はペレディルを認めると言った。「おー、神のご加護を。美しきペレディル、エヴロウグの息子、戦士の長にして騎士の華よ」「おい、小わっぱ」カイが言った。「この悪党めが。一年もアーサーの宮廷でだまりこくっていた挙句、話し相手、飲み友達を選ぶに何の不自由もなかったのに、こんなやからに向かって、皇帝とその親衛隊の面前で、戦士の長にして騎士の華などと呼びおって!」そしてなぐりつけたので、小人は床に頭から倒れ気絶してしまった。するると、現れたるは女小人。「おー、神のご加護を。美しきペレディル、エヴロウグの息子、戦士の長にして騎士の灯りよ」

「おい、小娘」カイが言った。「この悪党めが。一年もアーサーの宮廷でだまりこくっていた挙句、こんなやからに向かって、今日というこの日に、アーサーとその親衛隊の面前で、戦士の長にして騎士の灯りなどと呼びおって!」そして足蹴にしたので、女小人は床に頭から倒れ気絶してしまった。

「のっぽの男」ペレディルが言った。「アーサーはどこだ?」

「口を慎め」とカイ。「ここにやって来た騎士の後を追って草原に行き、そいつから杯を取ってこい。そいつを倒し馬と鎧を奪え。そうしたら一人前の騎士に取り立てられよう」

「のっぽの男、ではそうしよう」そういうと馬首をめぐらし草原へと向かった。到着すると、くだんの騎士が草原で馬を走らせていた。武力と武勇にまさること、ありありと見てとれる。

「答えろ」騎士が言った。「誰か宮廷からわたしを追ってきた者を見かけたか?」

「そこにいたのっぽの男が言った。おまえをやっつけ、杯と武器は自分のものにしろと」

「黙れ」騎士が言った。「宮廷にとっとと戻り、わが名にかけて、アーサーに来いと伝えろ。本人でも代理でもいいから、わたしと一騎討ちをしろと言え。ぐずぐずするなら、こちらは待たぬぞ」

「誓って言うが」とペレディル。「おまえが選べ。承知しようがしまいが、馬と武器と杯はもらうぞ」

騎士は腹を立てて襲いかかり、槍の柄が肩と首の間にあたった。

「この小わっぱ」ペレディルが言った。「母の召使だって、こんな風には遊ばないぞ。それなら、こちらはこうしてやる」先のとがった投げ矢でねらいを定めると、相手の目に突き刺した。槍先はうなじを突き抜け、相手は地面に倒れた。

「なんと」イリエーンの息子オワインがカイに言った。「ひどい仕打ちをしたものだ、おどけ者に騎士の後を追わせるとは。二つのうちどちらかだ、打ち負かされたか、殺されたか。打ち負かされたとしたら、それなりの身分の者と騎士は思っているだろうから、アーサーとその戦士たちにとっては未来永劫の恥辱。殺されたとしても恥辱は免れぬ上に、非はそなたに降りかかろう。自分の面目がつぶれる前に、どのような次第になったか見に行かねば」

オワインは草原に向かった。着くと、ペレディルが相手を引きずってくるところだった。

「おぬし、待たれよ」オワインが言った。「わたしが鎧を脱がせよう」

「絶対に」とペレディル。「この鉄の服はやつから引き離れない。一部になっている」そこでオワインが鎧と衣服を引きはいだ。

「さあ、どうぞ、友よ。前のよりもずっといい馬と甲冑だ。喜んでもらって、一緒にアーサーのところに参り、一人前の騎士に取り立ててもらおう」

「行ったら面目丸つぶれだ」とペレディル。「この杯をグウェンホウィヴァルに渡してほしい。そしてアーサーには、どこにいようと忠誠を誓うと伝えてくれ。なにか、あの方の利益や助けになることがあればそうしよう。それから伝えてほしい、自分は宮廷には行かぬ、あののっぽの男と相まみえ、小人と女小人が受けた恥に復讐するまでは」オワインは宮廷に戻り、果たし合いについてアーサーとグウェンホウィヴァル、そして親衛隊の全員に語り、さらにカイへの脅しも伝えた。

一方ペレディルはというと、旅を続けた。旅路の途中、一人の騎士が立ちはだかった。

「どこから参った？」騎士が言った。

「アーサーの宮廷から」

「アーサーの臣下か？」

「いかにも」

「アーサーに忠誠を尽くすにはもってこいの場所」

「なぜだ？」とペレディル。

「わけを話そう。アーサーに対し盗みや悪さを働いている。アーサーの家臣に出会えば殺してきた」たちどころに二人は相手に襲いかかった。まもなくペレディルの一撃で、相手は馬の尻がいからふっとんで地面に落馬した。騎士は命乞いをした。

「よかろう」とペレディル。「ただし、誓うのだ。アーサーの宮廷に行き、アーサーに告げろ、わたしが、アーサーを讃え、お仕えするために、おまえを打ち負かしたと。それから、あののっぽの男と相まみえ、小人と女小人が受けた恥に復讐するまでは自分は宮廷には行かぬと伝えるのだ」そこで騎士は誓いのとおりアーサーの宮廷に赴き、この立ち合いについてつぶさに報告し、さらにカイへの脅しも伝えた。

　ペレディルは旅を続けた。この同じ週に一六人の騎士と立ち合い、ことごとく打ち負かした。そのたびに彼らはアーサーの宮廷に赴き、最初に倒された者と同じ話、そしてカイへの脅しをくり返した。カイはアーサーと彼の親衛隊から叱責され、そのことで大いに心を悩ませた。


　ペレディルはというと、旅を続け、やがて大きくて、うっそうとした森にやって来た。森のはずれに湖があり、湖の対岸には大きな宮殿と壮麗たる城砦があった。湖のほとりには、銀色の髪の男が錦織のクッションにすわっていた。錦織の衣服をまとい、数人の若者が湖に船を浮かべて釣りをしている[32]。銀色の髪の男はペレディルの姿を認めると立ち上がり宮廷に向かった。足が不自由だ。ペレディルも宮廷に向かった。門があいているので大広間に入った。中に入ると、銀色の髪の男は錦織のクッションにすわっており、火が赤々と燃えている。親衛隊や宮中の者たちは立ち上がってペレディルを出迎え、馬からおりるのを手伝い鎧を脱がせた。老人は片手をクッションの上において、若武者〔ペレディル〕に隣にすわるよう手招いた。二人は腰かけ、話をした。やがて時がくると食卓の準備がされ、食事を始めた。席は老人の隣である。食事が終わると、老人はペレディルに剣の使い方を知っているかと尋ねた。

「知りません」とペレディル。「教えてもらえれば、わかるでしょう」

「棒と盾で遊ぶやり方を知っていれば剣の使い方もわかるはず」息子が二人、銀髪の男にはあった。一人は金髪、もう一人は栗色の髪である。

「立って、棒と盾で戦ってみよ」息子たちが立ち上がった。

「さて友よ、どちらが強いと思う?」

「わたしの意見では、金髪の若者は、望んでいれば、とっくの昔に栗色の若者に血を流させていたでしょう」

「友よ、栗色の若者から棒と盾を取り、金髪の若者に血を流させてみせよ」

ペレディルは立ち上がり、棒と盾をとって金髪の若者に向かっていくと、しまいには相手のまぶたは目の上に落ち、血がだらだらと流れてきた。

「よろしい。友よ、こちらへ参って腰をおろすがいい。そなたは剣をとったら、この島で一番の者となろう。わしは、そちのおじ、そなたの母の兄弟じゃ。そなたはしばしわしとともに暮らし行儀作法を学ぶのだ。母の言葉は忘れるがいい。これからはわしがそちの師になり、一人前の騎士に取り立てよう。今後、守るべきことを教えよう。どんなに不可思議なものを目にしても問いただしてはならぬ、誰かが親切に説明してくれるまではな。責めはそちではなく、師である、わしが負おう」それから、ありとあらゆるもてなしを受けたのち、時がきて一同は床についた。

夜が明けるや否やペレディルは起き上がり馬に乗ると、おじにいとまごいをして旅を続けた。やがて大きな森に差し掛かり、森のはずれの平らな草原までやって来ると、草原の向こうに大きな砦と壮麗たる宮廷があるのが見えた。ペレディルは宮廷に向かうと、入り口があいていたので大広間に入った。中に入ると、銀色の髪の上品な男が広間のかたわらにすわっており、大勢の小姓がまわりにいて、一斉に立ち上がると若武者を出迎えた。彼らはみな古式に通じ、忠実な臣下だった。宮廷の主である、かの貴族の隣に導かれ、二人は話し始めた。やがて食事の時がくると、主の隣の席にすわらされた。楽しく飲み食いした後で、貴族は剣を扱えるかと尋ねた。

「教えてもらえれば」ペレディルが言った。「わかるはず」

　大広間の床に巨大な鉄柱が一本立っていた。戦士一人がようやく抱えられるほど太い。

「あちらの剣をとって鉄柱を撃ってみよ」老人がペレディルに言った。ペレディルが立ち上がり柱を一撃すると、柱も剣も真っ二つに割れてしまった。

「二つを合わせて、つないでみよ」ペレディルがそうすると元通りにくっついた。二度目に撃つと、また柱も剣も真っ二つになったが、今度も元通りになった。三度目に撃つと、やはり柱も剣も真っ二つになった。

「二つを合わせて、つないでみよ」ペレディルはそうしたが、三度目は柱も剣もくっつかなかった。

「若者よ、こちらに来てすわるがいい。そなたは、剣をとらせたら、この王国一の使い手だ。持てる力の三分の二はすでに備わったが、三分の一はまだこれから。すべてが備わった暁には誰にも屈することはない。わしはそちのおじ、そなたの母の兄弟、昨夜そちが泊まった宮廷の持ち主の兄弟じゃ」ペレディルはおじの隣にすわり、二人は話し始めた。

　そのとき二人の若者が広間に入ってくるのが見えた[33]。広間から別の間へと進んでいく。捧げ持つのは途方もなく大きい一本の槍で、三筋の血が奔流となって柄を伝わり床に流れ落ちている。若者たちがこのような様子で入ってくるのを見て、一同みな叫び嘆き始めたので、あたりは騒然となった。主は、しかし、ペレディルとの会話をやめなかった。それが何なのかペレディルに説明しなかったし、ペレディルもまた質問しなかった。

しばしの静けさの後、今度は二人の乙女が入ってきた。大きなお盆を捧げ持っている。男の首がお盆にはのっており、首のまわりにはおびただしい血が流れていた。一同は一斉に悲鳴をあげ叫び始めたので、あたりは一変した。やがて人々は泣きやみ腰をおろすと杯を取った。そのうちペレディルのために一室が用意され、みなは床についた。

翌朝早くペレディルは起きると、おじにいとまごいをして旅を続けた。やがて森に差し掛かると、森の奥から、すすり泣きが聞こえてくる。声が聞こえる方へ近づいていった。すると栗色の髪の麗しい女性が、鞍を置いた馬とともにいるのが見えた。男の亡き骸を抱きかかえている。亡き骸を鞍にのせようとするが、地面にすべり落ちてしまう。女は泣き声を上げた。

「教えてください、わが姉妹よ[34]、その涙はなんですか？」

「おお、おまえは呪われたペレディル。わが不幸が、多少とも、おまえによって慰められたことがあろうか」

「なぜ、わたしが呪われているなどと言われる？」

「おまえが母親を死に至らしめた張本人だからだ。意思にそむいて旅に出たとき、母のうちに苦しみが湧き上がり、そのために

ペレディルと血の槍（The Mabinogion, Translated by Charlotte Guest, Fisher Unwin 1912より）

亡くなられたのだ。自分の母親を死に至らしめたゆえ、おまえは呪われている。それからアーサーの宮廷で出会った二人の小人は、おまえの父と母の小人。そしてわたくしは、おまえの義理の姉妹で、ここにいるのがわが夫、森の空き地の騎士が殺めたのだ。おまえも殺されたくなくば、あの者には近づかぬこと」

「それは違う、わが姉妹よ、わたしを責めないでほしい。一緒に長くいたので、そいつを倒すことは難しくなったやも知れません。これ以上ここにいたら二度と倒すことはできなくなります。嘆くのはおやめなさい、救いが近づいているのだから。この方を埋葬し、ともにくだんの騎士のいるところへ参りましょう。仇討ちができるとしたら、そうしましょう」


死者を葬ると、二人は騎士が空き地で馬を駆っているところに出向いた。すぐさま騎士はペレディルにどこから来たのかと尋ねた。

「アーサーの宮廷からだ」

「アーサーの臣下か？」

「そのとおり」

「アーサーに忠誠を尽くすにはもってこいの場所」


たちどころに二人は相手に襲いかかり、ペレディルは騎士を打ち負かした。騎士は命乞いをした。

「よかろう」とペレディル。「ただし、この女を妻とし、他の女性と同様に手厚く遇するのだ。おまえが、この人の夫をゆえなく殺めたのだから。それからアーサーの宮廷に行きアーサーに告げるのだ、わたしが、アーサーを讃え、お仕えするために、おまえを打ち負かしたと。それから、あののっぽの男と相まみえ、小人と女小人が受けた恥に復讐するまでは自分は宮廷には行かぬと伝えるのだ」


ペレディルは、そのようにするとの約束を取り付けた。騎士は女を馬に乗せ、自分も隣にまたがるとアーサーの宮廷に赴き、この立ち合いについて報告し、さらにカイへの脅しも伝えた。カイはアーサーや親衛隊から叱責を受けた。アーサーの宮廷から、ペレディルほどのすぐれた若者を追い払ったからである。

「あの若武者は決して宮廷に現れないし」オワインが言った。「カイも宮廷から出ることは絶対にありません」

「よかろう」アーサーが言った。「わしがブリテン島の草深い山野を探し、あの者を見つけ出そう。そして二人に互いの遺恨をはらさせようではないか」


一方、ペレディルはというと、旅を続け、大きくて、うっそうとした森にやって来た。人も家畜も通った跡はなく、森の中に見えるのは、やぶと雑草ばかり。森のはずれまで進むと現れたのは蔦がからまった大きな砦で、強固な塔が何本も突き出ており、門の近くには草がどこよりも高く生い茂っている。すると、精悍な顔つきの、黄褐色の髪の若者が銃眼から顔を出した。

「どうされる、貴殿、門をあけて進ぜるか、それとも主にあなたが入り口にいることを知らせるか」

「ここにいることを知らせるがいい。入りたければ自分で入る」先ほどの若武者が急いで戻ってきてペレディルのために門をあけたので、大広間に進んだ。広間に入ると、一八人の精悍な顔つきの赤毛の若者がいて、みな身の丈も見かけも年齢も身なりも先刻、扉をあけてくれた若者と瓜二つ。ふるまいやもてなしは丁重だ。馬からおりるのに手を貸し、甲冑を脱がせると、一同は腰をおろし話し始めた。


そのとき、五人の乙女が別の間から大広間に入ってきた。先頭の乙女、これほどの美しい姿は今まで見たことがない。古びて擦り切れた錦織のドレスは、かつては豪華だったに違いない。衣服からのぞく肌の白いこと、どんなにすばらしい水晶よりも白く透き通っている。髪と眉毛の黒々しきこと、どんな黒玉にもまさっている。紅に染まる両頬は、どんなものよりも赤い。乙女はペレディルにあいさつし、彼を抱擁すると隣に腰をおろした。ほどなく二人の尼僧が入ってきた。一人はワインがなみなみと入った酒瓶を、もう一人は白パンを六斤かかえている。

「奥方様、僧院には今夜、食べ物と飲み物はこれだけしかございません」一同は食事を始めたが、ペレディルは乙女が食べ物と飲み物をほかの者よりもたくさん自分にくれようとしているのを見て取った。

「わが姉妹よ。わたしもこの食べ物と飲み物を分け合います」

「とんでもない、友よ」

「いいえ、さもなければ、わが髭にかけて不名誉なこと」ペレディルはパンを取るとみなに分け、同様に飲み物についても一杯ずつ配った。食事が終わったところで「居心地のいい寝場所さえいただければありがたい」とペレディルが言った。部屋が整うと、ペレディルは床についた。

「さて姉妹よ」若者たちが乙女に言った。「これが、われらの相談の結果」

「どのような?」

「あの若武者の寝室に行き、その身を差し出すのだ。相手が望むままに、妻または愛人として」

「それはふしだらなこと。一度も殿方とともにいたことがないわたくしが、求愛もされていないのに身を捧げるなど何があってもできません」

「神にかけて申すが、言うことをきかぬのであれば、この場に置き去りにし、敵の思いのままにさせよう」乙女は立ち上がり、泣く泣く寝室に向かうと、扉の開く音でペレディルが目を覚ました。乙女の両頬に涙が流れたあとがある。

「教えてください、わが姉妹よ、その涙はなんですか?」

「お話しします、殿様。父がこの宮廷を治めており、国中で最高の伯爵領も支配下にありました。別の伯爵の息子が父にわたくしを所望しました。その者に嫁ぐ気持ちにはなりませんでしたし、父も無理やり嫁がせるようなことはしませんでした。父にはわたくし以外に子どもがおりませんでした。父の亡き後、領土はわたくしのものになりました。なおさら、その男を迎えるのがいやになりました。そこで相手はというと、戦を仕掛け、わが領土を征服、残ったのはこの館のみ。先ほどお会いになった若者たち、わたくしの義兄弟がたいそう豪胆で、この館も難攻不落のため、ここにいれば、食べ物と飲み物が続く限り、わたくしたちも安全でした。けれども糧食もとうとう尽きてしまいました。頼りは、先ほどお会いになった尼僧たちの助けのみ。あれらの者は、この国と領土で自由に活動できるからです。でも、彼らにももう食料はありません。明日になるかならぬうちに、伯爵が全軍をあげて、ここに襲ってきましょう。あの者の手に落ちたら、わが運命は伯爵の馬係に払い下げられるよりもみじめなものになりましょう。ですから、あなたに身を捧げに参りました。お好きなようにしてください。そのかわり、われらを助け、ここから連れ出すか、さもなければここで守ってくださいませ」

「行っておやすみなさい。あなたを見捨てて行くことは決してありません」乙女は戻って床についた。翌朝早く乙女は起きると、ペレディルのもとに行きあいさつした。

「友よ、神のお恵みを。何か知らせは？」

「良きことばかりです、殿様、あなたがすこやかである限りは。伯爵が全軍を率いて館を包囲しました。いたるところ、天幕と一騎討ちをと呼ばわる騎士の姿でいっぱいです」

「なるほど」とペレディル。「馬の仕度をさせてください。わたしも起きましょう」

人々は馬の準備をし、自分も起きて草原に向かった。そこには騎士が馬にまたがり、一騎討ちのしるしをかかげている。ペレディルは相手を馬の尻がいから地面へ放り出した。その日打ち負かした人数は数知れず、やがて午後になり、日が暮れかかるころ、見るからに身分の高そうな騎士が向かってきたが、その男も打ち負かした。相手は命乞いをした。

「何者だ？」ペレディルが言った。

「伯爵の親衛隊長だ」

「女伯爵の領地をどの程度をもっている？」

「三分の一」

「では、今夜、その三分の一をそっくり戻すのだ。その領地から得た利益も全部だ。それに戦士百人分の食べ物と飲み物、軍馬に鎧を今夜中に宮廷に届けよ。おまえは女伯爵の虜とするが、命は差し出さずともいい」ただちにそのとおりにされた。乙女は、その晩、心より喜んだ。領土の三分の一が戻った上に、馬も武器も肉も飲み物も宮廷にたっぷりあるからだ。一同はしばしくつろいだ後、床についた。

翌朝早くペレディルは草原に向かい、その日も軍勢を打ち負かした。そして日が暮れるころ、見るからに傲慢な騎士が一人現れたが、同様に打ち負かすと相手は命乞いをした。

「何者だ?」ペレディルが言った。

「宮廷の家令[35]だ」

「乙女の領土をどの程度をもっている?」

「三分の一」

「三分の一を乙女に、そこから得た利益もそっくりそのまま返すのだ。それから戦士二百人分の食べ物と飲み物、軍馬に鎧もだ。おまえは女伯爵の虜とする」ただちにそのとおりにされた。

三日目になって、ペレディルは草原に出向くと、さらに大勢を打ち負かした。ついに伯爵自らが向かってきたが、そちらも打ち負かすと伯爵は命乞いをした。

「何者だ?」ペレディルは言った。

「何を隠そう、伯爵だ」

「それでは、伯爵領のすべてを乙女に返せ。おまえの伯爵領も一緒にだ。それから戦士三百人分の食べ物と飲み物、軍馬に鎧も差し出せ。おまえは女伯爵の支配下に入る」

このようにしてペレディルは三週間かけて、乙女への貢ぎ物と服従の誓いをさせた。そして彼女を領土に戻すと「いとまごいをして」とペレディルは言った。「旅を続けます」

「わが兄弟よ、それがお望みのことですか?」

「はい。お慕いしていなければ、とうの昔に去っていたところ」

「友よ、何者なのです?」

「北方《ゴグレッズ》出身の、エヴロウグの息子ペレディィル。苦難や危険が及んだら、お知らせください。力の限りお守りいたします」

ペレディィルは旅立った。しばらくいくと馬に乗った貴婦人に出くわした。馬はやせこけ、よろよろしている。彼女が騎士にあいさつした。

「どこからいらしたのです、わが姉妹よ?」ペレディィルが言った。

彼女は自分の苦境と旅について語った。空き地の高慢な者の妻だった。

「なるほど」ペレディィルが言った。「わたしがその騎士、あなたを苦境に陥れた張本人です。その償いをいたします」

すると一人の騎士が現れ、自分が追いかけている騎士を見かけなかったか尋ねた。

「静かにしろ」ペレディィルが言った。「わたしこそ、おまえが探している相手だ。そして誓って言うが、この乙女に罪はない」

けれども両者は立ち合い、ペレディィルが騎士を打ち負かした。相手は命乞いをした。

「よかろう。だが条件がある。もと来た道を引き返し、乙女が潔白であると判明したことを告げて回るのだ。そして乙女を救わんがため、この身がおまえを打ち負かしたことも」

騎士はそうすると誓言し、一方、ペレディィルは旅を続けた。やがて山がそびえ立ち、その上に城郭が見えてきたので城に向かうと、城門を槍でたたいた。すると、栗色の髪の美しい若者が門をあけた。身の丈や体つきからは戦士のようだが、歳は少年だ。ペレディルが大広間に入ると、大柄の美しい女性が椅子にすわっており、そのまわりを大勢の侍女が囲んでいた。貴婦人が彼を出迎えた。食事の時がくると、二人は食卓に出向いた。食事が終わると「殿、どこかよそにお泊まりなさいませ」奥方が言った。

「ここで休んではいけませんか？」

「友よ、九人の魔女がここに来ます。父親と母親も一緒です。カエル・ロイウ〔グロスター〕の魔女たちです。夜明けまでにはわれらは逃げるどころか、殺されておりましょう。領土を侵略し、この館以外、ことごとく荒廃させたのです」

「それでは」ペレディルが言った。「今夜はここにとどまりましょう。この難事にお役に立てるなら、そうしましょう。悪いようにはいたしません」人々は床についた。

　夜が明けるころペレディルは悲鳴を聞いた。シャツとズボンの下着姿のまま[36]飛び起きると、首から剣を吊るして外へ出た。外に出ると一人の魔女が見張りに襲いかかっており、男が悲鳴をあげている。ペレディルは魔女に飛びかかると、頭を剣で撃ちつけた。相手の兜と面がまるでお盆のように平らになってしまった。

「情けを、美しきペレディル、エヴロウグの息子、神のお慈悲を」

「魔女、どうして知っているのだ、わたしがペレディルだと」

「これは定めで預言されていたこと。われはそなたによって苦しみを味わい、そなたは、われから馬と武器を手に入れるとな。そなたはしばし、われとともに過ごすのだ、馬の乗り方と武器の扱いを教えよう」

「その条件で許してやろう。女伯爵の領地に二度と悪さをしないと誓うのだ」ペレディルは誓言をとりつけると女伯爵にいとまごいし、魔女とともに魔女の宮廷に向かった。そしてそこに三週間の終わりまでとどまると、馬と甲冑を選んで旅路についた。

　日暮れに、とある谷間にたどりつき、谷の奥にある隠者の庵までやって来た。隠者は彼を歓迎し、その晩はそこで過ごした。翌朝早く起きて外に出てみると、昨夜のうちに雪が降ったところだった。野生の鷹が庵の近くでアヒルを殺した。鷹は馬のひづめの音で飛び立ち、大烏が死肉の上にとまっていた。ペレディィルは立ち尽くし、心の中で思った。烏の濡れ羽色、純白の雪、紅の血[37]は、最愛の女性の黒玉のような黒髪や、雪のように白い肌のよう。純白の雪に映える赤い血は、最愛の人の赤い頬のよう。

一方、アーサーと親衛隊はペレディィルの行方を捜していた。

アーサーが言った。「長い槍を持って、向こうの谷間に立っている騎士は何者だ?」

「殿」一人が言った。「誰か確かめて参ります」その小姓はペレディィルのもとに行き、そこで何をしているのか、何者なのかと尋ねた。ペレディィルの頭は最愛の女性のことでいっぱいだったので返事をしなかった。そこで若者はペレディィルを槍で突いた。ペレディィルは小姓に襲いかかると、馬の尻がいから地面へ放り出した。続いて一人、また一人と、四と二〇の騎士がやって来たが一言も答えず、いずれも一撃で馬から地面に叩き落としてしまった。次にカイがやって来て、ペレディィルにぞんざいな口調で問いただした。ペレディィルは相手の両顎の下に槍を押し付けると遠くに突き飛ばしたので、片方の腕と肩甲骨が砕けてしまった[38]。死んだように気を失っていると(それほど深手の傷を負ったのだ)、馬が狂ったように走り戻ってきた。親衛隊の面々は馬が騎手を乗せずに戻ってくるのを見て、急いで対決の現場に駆けつけた。到着するや、彼らはカイが殺されたと思った。だが、よく見れば、医者が骨をつなぎ、つなぎ目をしっかり包帯すれば大丈夫だとわかった。ペレディルはまだ物思いにとらわれており、カイのまわりで人々が騒いでいるのを見ても上の空だ。カイはアーサーの天幕に運ばれ、アーサーは腕の立つ医者を何人かつかわした。アーサーはカイがこのように負傷したことに心を痛めた。カイをとても愛していたからだ。するとグワルフマイが言った。「誰も、一人前の騎士が瞑想にふけっているところを無作法に邪魔するべきではありません。失ったもの、あるいは最愛の女性のことを考えているのでしょうから。無作法といえば、最後に立ち合った者がまさにそうでした。わが君、よろしければ、わたしが出向いて騎士が物思いから覚めたかどうか見て参りましょう。もしそのようでしたら、ここに来て拝謁するように丁重に頼んでみましょう」

カイは機嫌を悪くし、いやみを言った。「グワルフマイ、おぬしなら、見事、手綱をつかんで相手を引っ張ってくることだろうな。だが、戦いで疲れた騎士に打ち勝ったとしてもたいした名誉にもならんぞ。おぬしの舌と美辞麗句が健在なうちは薄絹のチュニックでも鎧には十分。相手がそんな状態では、あえて槍や剣をまじえる必要もあるまい」

グワルフマイはカイに言った。「その気になれば、もっと気持ちのよい物言いもできたろうに。わたしに向かって怒りや憤懣をぶつけても仕方のないこと。だが、それはともかく、わが腕も肩も折ることなく、その騎士を連れてくるとしよう」

アーサーがグワルフマイに言った。「賢くも思慮深い物言いだ。行くがよい。鎧でしっかり身を固め、好きな馬を選んでな」

グワルフマイは身支度を整えると、馬の歩むがままにゆっくりとペレディルのところに向かった。彼は槍の柄にもたれて、同じ思いにまだふけっている。グワルフマイは敵意のかけらもない様子で近づくと言った。「おいやでなければ、お話をしたいのだが。わたしはアーサーからの使い、どうかこちらに来て会っていただけぬか。最前、二人の者が同じ用件で参ったところだ」

「いかにも」ペレディルが言った。「無作法な連中だった。戦いを仕掛けてきたが、それが気に入らなかった。考え事をしているのに邪魔されるのがいやだったからだ。考えていたのは、わが最愛の女性のこと。なぜ思い出したかというと理由はこうだ。雪と大烏と、鷹が雪の中で殺したアヒルの血のあとを見ていた。そうしたら、よく似ているではないか。あの方の肌の真白きことは雪に、あの方の髪と眉毛の黒さは大烏に、そしてあの方の頬の赤きところは血の二滴に」

グワルフマイが言った。「そのような思いは不名誉ではない。それにもの思いから引き離されるのが不快だったのも不思議なことではない」

ペレディルが言った。「教えてほしい。カイはアーサーの宮廷にいるのか?」

「そのとおり。彼こそ貴殿と立ち合った最後の騎士だ。だが結果はさんざん。貴殿の槍の一撃で落馬した際に右の腕と肩甲骨を折ってしまった」

「なるほど」ペレディルが言った。「あの小人と女小人の受けた恥辱にこのようにして報いることができるようになったとは、もっけの幸い」グワルフマイは小人たちのことを相手が口にするのを聞いて驚いた。そして近づくと抱擁し、名前を尋ねた。

「エヴロウグの息子ペレディルと呼ばれている。そちらは?」

「グワルフマイと申す」

「お目にかかれて光栄です」ペレディルが言った。「どこの土地でもお噂は聞いている。武勇にすぐれ、高潔だと。友だちになりたい」

「もちろん。こちらも友にしてほしい」

「喜んで」ペレディルが言った。

二人は上機嫌で仲良くアーサーのもとに向かった。カイは彼らがやって来るのを聞きつけると言った。「グワルフマイならあの騎士と戦うに及ばないとわかっていた。名声を得ているのも不思議はない。やつは、あの美辞麗句で、われらが武器を使うより、ずっと多くのことをやりとげる」

ペレディルとグワルフマイは一緒にグワルフマイの陣屋に入ると、鎧を脱いだ。ペレディルは、グワルフマイが着ているのと同じような衣服に着替えた。それから両人は手をたずさえ、アーサーのもとに出向くと、あいさつした。

「さあ、わが君」グワルフマイが言った。「こちらが、長らく探しておられた例の者」

「よくぞ参られた」アーサーが言った。「わがもとにとどまれよ。ここまで武勇にすぐれし者になるとわかっておれば、そなたがあのように立ち去る必要はなかった。だが、このことは小人と女小人によって預言されていた。そしてあの二人をカイが傷つけたため、そなたは復讐を果たしたわけだ」

そこに王妃と侍女たちがやって来たので、ペレディルがあいさつすると、相手もあいさつを返し歓迎した。敬意と名誉をアーサーはペレディルに示し、彼らはカエル・スリオンに戻った。


ペレディルがカエル・スリオンのアーサーの宮廷にやって来た最初の晩、食後に城内を散策していたときのことである。金の手のアンガラッドが現れた。

「なんと、わが姉妹よ」ペレディルが言った。「みやびやかで、愛すべき乙女であることか。よろしければ、わが最愛の人としたい」

「誓って申しますが、あなたを愛することも、あなたを欲することも永遠にありません」

「それでは、わたしも誓いましょう」とペレディル。「この後、決してキリスト教徒に口をききません、あなたがわたしを誰よりも愛していると告白するまでは」

翌朝ペレディルは出立し、大きな山の尾根づたいに街道を進んだ。山の向こうに見えたのは丸い谷で、谷の周囲は木々やごつごつとした岩で囲まれ、谷底は草原になっており、草原と森の間に耕地が広がっていた。森の真ん中には大きな黒い、みすぼらしい造りの家が並んでいる。馬からおりると、馬を引いて森の方へ進んだ。森の奥深くに切り立った岩山が見え、そちらに向かって小道が続いており、一頭のライオンが鎖につながれ、岩山のふもとで眠っていた。恐ろしく大きくて深い穴がライオンの下にあいており、穴の中は人と獣の骨でいっぱいだ。ペレディルが剣を抜きライオンに撃ちかかると、獣は鎖につながれたまま穴に宙吊りになった。次の一撃で鎖を叩き切ると、鎖はこわれてライオンは穴に落下した。

ペレディルは馬を引いて岩山の下を通り、谷へとやって来た。谷の真ん中あたりに美しい城郭が見えたので、城に向かった。城の近くの草原に灰色の髪の大男がいた（これまで見たうちで、もっとも大きな男だった）。二人の若者が、セイウチの牙を束にした短剣を投げ合っていた。一人は栗色の髪、もう一人は黄色の髪である。灰色の男の近くに行きペレディルはあいさつした。すると灰色の男が言った。「わが門番の髭に泥を塗ったな」そこでペレディルはあのライオンが門番だと合点した。それから灰色の男と若者は一緒に城へ入り、ペレディルも後についていった。それは、なんとも美しいところだった。一行は大広間に向かった。食卓の準備がすでに整っており、肉も酒もたっぷりあった。

そのとき、別室から年配の女性と若い女性が入ってくるのが見えた。二人とも、今までに見たこともない大女だ。二人は手を洗うと、食卓についた。灰色の男は食卓の一番の上座に、年配の女がその隣にすわった。ペレディルと乙女は一緒にすわらされ、二人の若者が給仕にあたった。乙女がペレディルに目を向けた。悲しそうだ。ペレディルはなぜ悲しんでいるのかと乙女に尋ねた。

「友よ、あなたを見たときから誰よりもお慕いするようになりました。あなたのような高貴な若者の身に明日起こる運命を考えると悲しくてたまりません。森の中にたくさんの黒い家があるのをご覧になりましたか？あれらはすべて、わが父、あちらにいる灰色の男の家臣たちで、全員が大男なのです。明日彼らはあなたに襲いかかり、殺してしまうでしょう。丸い谷とここは呼ばれております」

「美しい乙女よ、わが馬と鎧が今夜わたしと同じ場所に置かれるようにしていただけますか？」

「承知しました。神にかけて、喜んで力を尽くします」

やがて、おしゃべりに飽きると一同は床についた。乙女はペレディルの馬と鎧が彼の寝所に置かれるように取り計らった。

翌朝ペレディルは人馬のざわめきが城郭を取り囲んでいるのを耳にした。ペレディルは起き上がり、自分と馬の鎧の仕度をすると草原に出て行った。年配の女と乙女が灰色の男に近寄った。

「殿」二人は言った。「この若武者は、ここで見たことは一切口外しないと約束いたします。そしてわれらがその言葉の証人となりましょう」

「断じてならぬ」灰色の男は言った。そこでペレディルは軍隊と戦い、夕暮れまでには三分の一を殺したが、自分は傷一つ負わなかった。年配の女が言った。「あの若武者があなたの軍隊の多くを殺してしまいました。どうかお情けを」

「断じてならぬ」相手は言った。年配の女と乙女は城壁の狭間から見守っていた。ペレディルは黄色の髪の若者と対戦し、彼を殺した。

「殿」乙女が言った。「どうか、あの若武者にお情けを」

「断じてならぬ」灰色の男が言った。そこでペレディルは栗色の髪の若者と対戦し、彼を殺した。

「あの若武者に情けをかけておればよろしかったのに。わが子二人が殺されてしまいました。あなたご自身は、もしその気でも、お逃げになるのはむずかしいでしょう」

「行け、乙女よ。若武者に情けを乞うのだ。こちらはそうしなかったが」そこで乙女はペレディルのもとに行き、父親と生き残った者たちに情けを与えてほしいと頼んだ。

「よかろう。ただし条件がある。そなたの父と手下ども全員が皇帝アーサーに忠誠を捧げること。そしてペレディルが主のためにやったと伝えるのだ」

「喜んでそういたしましょう」

「それから、そなたたちは洗礼を受けるのだ。アーサーに頼んでおこう、この谷をそなたに与えるようにと。そなたの後は、永遠にそなたの跡取りたちの手にあるように」

二人は城中に入った。灰色の男と大女がペレディルを出迎えた。灰色の男が言った。「この谷間を支配してからこの方、生きてここから旅立ったキリスト教徒を見たことはなかったが、あなたは別だ。われらはアーサーに忠誠を誓いに参ろう。そして信仰と洗礼を授かろう」

ペレディルが言った。「わたしも神に感謝したい、最愛の女性に立てた誓いを裏切らずにすんだことを。キリスト教徒には決して口をきかぬと誓ったゆえ」一同は、その晩は、ここにとどまった。

翌朝早く、灰色の男とその一行は連れ立ってアーサーの宮廷に向かった。彼らはアーサーに忠誠を誓い、アーサーは彼らに洗礼をほどこした。それから灰色の男はペレディルが自分を打ち負かしたことを伝えた。アーサーは谷を灰色の男とその一族に与え、ペレディルの言ったように、自分の支配化で統治するようにさせた。アーサーにいとまごいすると、灰色の男は丸い谷に向かって出立した。

一方、ペレディルも、その朝早くに旅立ち、広大な荒野を抜けていたが、人の住まいにはまったく出くわさなかった。とうとう、小さなあばら家にたどり着いた。そこで耳にしたのは、一匹の蛇が黄金の指輪の上でとぐろを巻いており、周囲七マイル〔約11キロ〕には一軒の家もないという話である。そこでペレディルは蛇がいるという場所に出向き、怒りと勇気に血沸き肉踊って蛇に襲いかかると[39]、ついに殺して指輪を奪った。こうして長らくさまよい、キリスト教徒には一言も口をきかなかった。そのうち容色も外見もやつれ果てた。アーサーの宮廷と最愛の女性、そして仲間たちが恋しくてたまらなかったからだ。

そこでアーサーの宮廷をめざした。途中、アーサーの親衛隊が彼と出くわし、カイが先頭を切って使者として近づいてきた。ペレディルには全員の顔がわかったが、親衛隊の方は誰も彼に気づかなかった。

「貴公、どこから参った？」カイが尋ねた。二度、三度ときいたが返事はない。カイは槍で相手の太ももを骨まで突き刺したが、口をきいて誓いを破らされる羽目になるのを恐れ、ペレディルは仕返しもせずに通り過ぎた。するとグワルフマイが言った。「神にかけて申すが、カイ、なんとも恥ずかしいことをしたものだ。口がきけぬというそれだけで、このような若武者を襲うとは」そしてアーサーの宮廷に引き返した。

「奥方」彼はグウェンホウィヴァルに言った。「ご覧ください。口がきけぬというそれだけでカイがこの若武者にどんなひどい仕打ちをしたか。神かけてお願いいたします。わたしが戻るまでにあの者を治療してください。お礼はわたしからいたしましょう」

戦士たちがまだ戻ってこぬうちに、一人の騎士がアーサーの宮廷近くの草原に現れ、立ち合いを望んだ。一名が名乗り出たが、騎士は相手を打ち負かしてしまった。こうして一週間の間、騎士は毎日一人を倒し続けた。ある日、アーサーと親衛隊が教会にやって来た。彼らはくだんの騎士が一騎討ちを望むしるしをあげているのに気がついた。

「ものども」アーサーが言った。「これ以上は行かぬぞ。馬と鎧を持って、あちらのならず者を負かすまでは」召使たちはアーサーの馬と鎧を取りに行った。ペレディルは召使たちが通りかかるのに出会い、馬と鎧を奪って自分が草原に向かった。彼が起き上がり騎士との対決に向かうのを見て、人々はみな館のてっぺんから、丘の頂から、あるいは高所から一騎討ちを見物した。ペレディルは騎士を手招きし戦いを始めるように合図した。そこで騎士が突撃してきたが、こちらは微動だにしない。次にペレディルが馬に拍車をかけ相手に向かい、怒りと勇気に任せ、すさまじくも恐ろしいまでに激昂し、意気盛んに襲いかかると、猛毒のように切れ味のいい、強烈で凶暴なる、戦士の一突きを両顎の下にくらわし、相手を鞍から持ち上げ遠くに突き飛ばした。そして戻ってくると、馬と鎧を召使に返した。それから自分は歩いて宮廷に向かった。「無言の騎士」とペレディルは呼ばれるようになった。

金色の手のアンガラッドが現れた。「神にかけて申しますが、口がきけぬとはおいたわしい。もし口がきけるのであれば、誰よりもお慕いするものを。いえ、口がきけなくとも、誰よりも愛しましょう」

「神のご加護を。わたしもあなたを愛します」そこで、彼がペレディルであることがわかった。その後、彼はグワルフマイやイリエーンの息子オワイン、そして親衛隊の全員と友だちになり、アーサーの宮廷にとどまった。

アーサーはウスク河ほとりのカエル・スリオンにあって、狩に出ることとし、ペレディルも付き従った。ペレディルが雄鹿に向かって自分の猟犬を放つと、犬は荒野で雄鹿を仕留めた。少し離れたところに人家のあるのが見えたので、そちらに向かった。広間があるのが見え、扉のところで三人の頭の禿げ上がった浅黒い若者らがグウィズブウィス〔盤上ゲームの一種〕をしている。中に入ると三人の乙女が寝椅子の上に腰をおろしていたが、身にまとった金の衣は高貴な生まれの人々にふさわしいものだった。寝椅子の隣に腰かけると、乙女の一人がペレディルをじっと見つめ泣き出した。ペレディルが泣いているわけをきいた。

「なぜならば、あなたのように美しい若者が殺されるのを見るに忍びないからです」

「誰がわたしを殺すのですか?」

「ここにとどまるのが危険でなければ、お話しいたすものを」

「どのような危険にあおうと、必ず聞き出しましょう」

「わたくしたちの父にあたる男がこの宮廷の主で、許しなく宮廷に来た者をことごとく殺してしまうのです」

「父上はどのような方ですか? そのようにみなを殺すことができるとは」

「裏切りと悪意をもって仲間に接する男、そして正義は誰にも行いません」

するとと若者たちが立ち上がり盤を片付けた。大きな物音がして、そのあと、一つ目の黒い大男が入ってきた。乙女たちが席を立って出迎え甲冑を脱がせると、男は腰をおろした。一息つき、くつろぐと、男はペレディルに目を止め、この騎士は何者だと尋ねた。

「殿、ご覧になったうちで、もっとも美しく気高い若者です。神さまと御自身の誇りにかけて、どうか大目に見てあげてくださいませ」

「おまえに免じて大目に見よう。今夜は見逃してやる」

そこでペレディルは彼らのいる火のそばに近寄り、一緒に食べ物や飲み物をとり、娘たちと会話した。やがてペレディルはほろ酔いかげんになり、黒い男に向かって言った。

「たまげたものだ。自分のことをたいそう強いと思っているのだな。誰が目を抉り出したのだ？」

「わがしきたりの一つは、その問いをした者は誰であれ命を失う決まり。金を払おうが払うまいが同じこと」

「殿」乙女が言った。「あの者がたわ言を申しているのは酔って舞い上がったせい、どうか最前おっしゃったことを守り、わたくしに約束したようにしてくださいませ」

「お前に免じて、そうしよう。今夜は見逃してやる」そこでその晩は、それまでとした。

翌朝、黒い男は起き上がると、鎧を着込み、ペレディルに言った。「さあ起きて死の苦しみを味わうのだ」

ペレディルは黒い男に言った。「黒い男よ、わたしと戦うつもりなら二つのうちどちらかを選べ。身に着けた鎧を脱ぐか、わたしに別の鎧一式をよこせ」

「はー、人間よ」相手は言った。「戦うのに武器がいるのか？　好きな武器をとるがいい」

乙女がペレディルのところに望んだ武器を持ってきた。そうして二人は戦い始め、しまいには黒い男が命乞いをした。

「黒い男よ、許してやってもいいぞ。おまえが何者で、誰がその目を抉り出したのかを言えば」

「殿、それでは申し上げよう。わが敵は積み石《ケルン》の黒い長虫。嘆きの丘と呼ばれる墳丘があり、その墳丘に積み石があって中には長虫がおり、その蛇の尾の中に一つの宝玉がある。その宝玉の霊験とは、片手でその石を握り黄金がほしいと念じると、もう一方の手に黄金が現れる。その長虫と戦って片目を失った。わが名は黒い無法者。なぜ黒い無法者と呼ばれたのかというと、まわりにいる者を一人残さず苦しめるが、誰にも正義を行わぬゆえ」

「そうか」ペレディルが言った。「今の話の丘は、ここからどのくらい遠いのだ?」

「道順をお話しし、どのくらい遠いかお教えしよう。ここを出発した日に受難の王の息子たちの宮廷にたどり着くだろう」

「なぜ、そのように呼ばれているのだ?」

「湖水のアザンク[40]が毎日、一人ずつ殺しているからだ。それから武勲の女伯爵の宮廷に着くだろう」

「どのような武勲が、その者にあるのだ?」

「三百人の親衛隊をもっている。宮廷に来たよそ者はみな、その三百人隊の武勇を聞かされる。それゆえ、三百人隊は女主人の隣にすわっておる。客人をないがしろにするわけではなく、戦隊の武勲を語るために。そこを発ったその晩に嘆きの丘に差し掛かるだろう。墳丘のまわりに三百の天幕の持ち主たちが取り囲んで長虫を守っている」

「おまえは長い間、災厄《ゴルメス》[41]となってきたのだから、この後は二度とそのようにならぬようにする」ペレディルは男を殺した。

すると最初に話しかけてきた乙女が言った。「いらしたときは貧しい身であったとしても、これからは富を、あなたが殺した黒い男の財宝から得られましょう。この宮廷には大勢の好ましい乙女たちがおりますから、お望みの相手に求婚なさいませ」

「わが故郷から来たのは、奥方よ、妻をめとるためではありません。だが、好ましい若者たちがここにはいるようなので、あなたがた一人ひとりが思うがままに一緒になるがいい。あなた方の財産は望まぬし、いりもしない」

ペレディルは出発すると、受難の王の息子たちの宮廷にやって来た。宮廷に入ると、そこには女の姿しかない。女たちは立ち上がると、彼を出迎えた。話し始めたそのとき、一頭の馬が入ってきた。鞍がのっており、そこには亡き骸があった。女たちのうちの一人が立ち上がり遺体をおろすと、扉のそばのお湯をはった桶にいれ、そこに高価な香油を注いだ。すると男は生き返り、ペレディルのもとにやって来てあいさつし、彼を歓迎した。さらに二人の男が鞍で運ばれ、乙女がその二人にも同じようにした。そこでペレディルは、戦士に事情をきいた。すると彼らが言うには、洞窟にアザンクがいて、毎日彼らを殺すのだという。その晩はそこまでとした。

翌朝、若武者たちは起き上がった。ペレディルは、彼らの恋人たちのために同行する許しを願った。彼らは断った。「もし殺されたら、あなたを生き返らせる者は誰もいません」そう言って彼らは出発し、ペレディルはその後を追った。一行がいなくなって、姿を見失ってしまったとき、現れたのが丘のてっぺんに腰をおろしている絶世の美女である。

「旅のわけを知っています。アザンクと戦いに行くのでしょうが、向こうがあなたを殺します。そやつが強いからではなく、策略に長けているからです。洞窟をもっていて、入り口には石の柱が一本立っており、中に入ってくる者はすべて見えますが、そやつの姿は誰にも見えません。毒を塗った石槍を柱の隠し場所から取り出し、それでみなを殺すのです。もしわたくしを誰よりも愛すると誓うなら石をあげましょう。中に入ったとき、あなたにはやつの姿が見えますが、むこうはあなたを見ることができません」

「誓います」ペレディルが言った。「一目見たときから恋に落ちました。どこに行けば、お目にかかれますか?」

「わたくしを探したければインドの方角へ向かいなさい」乙女は姿を消し、ペレディルの手には石が残された。

こうして、やって来たのは、とある渓谷で、谷のまわりは木々で囲まれ、河の両岸には草原が開けている。一方の岸には白い羊の群れ、対岸には黒い羊の群れが見えた。白い羊の一頭がメエーと鳴くと、黒い羊の一頭が河を渡ってきて白くなった。黒い羊の一頭がメエーとなくと、今度は白い羊の一頭が向こう側に渡り黒くなる。

岸辺には背の高い木が一本立っていたが、その木の片側は根元から梢まで燃えており、もう片側には緑の葉が生い茂っている。さらにその先には、一人の若武者が丘のてっぺんに腰をおろしているのが見え、胸が白く、からだはぶちの二匹の猟犬が皮紐でつながれ、かたわらに寝そべっている。こんな、王侯のようななりの若武者を見たためしがない。正面に広がる森では何頭もの猟犬が雄鹿の群れを追っている声が聞こえる。若武者にあいさつすると相手もペレディルにあいさつを返した。三つの小道が山から分かれ出ている。二本は広く一本は細い。ペレディルは、三本の道はどこへ通じているのかと尋ねた。

「一本はわが宮廷に。よろしければ、先に宮廷に行き、そこにいるわが妻に会うか、それともここにいて猟犬どもがくたびれ果てた鹿を森からこの空き地に追い立ててくるのを待つかなさるがよい。世界一すばらしい猟犬、雄鹿を狩るには最強の犬どもが、河の近くで獲物を仕留めるさまをご覧にいれましょう。食事の時間がきたら、召使が馬を連れて迎えに来ます。今夜はお泊まりになるがいい」

「神のご加護を。しかしながら、待つのはご遠慮し、先を進みます」

「二番目の道は近くの町へ通じており、そこでは食べ物や飲み物が売られている。ほかよりも細い道はアザンクの洞窟に向かう」

「では失礼して、その場所へと向かいます」

ペレディルは洞窟の近くまでやって来た。左手に石を握り、右手には槍を持っている。中に入るとアザンクの姿が見えたので、槍で突き刺し首を切り落とした。洞窟の外に出ると、入り口には例の三人の仲間がいた。彼らはペレディルにあいさつし、彼があの災《ゴルメス》いを殺すという預言があったことを告げた。ペレディルが首を若武者たちに渡すと、彼らは三人の姉妹のうちから妻を選ぶように、そして一緒に王国の半分を差し上げようと言った。

「わたしが来たのは妻をめとるためではない」ペレディルは言った。「だが、もし誰かをというなら、あなたがたの姉妹を第一に所望することでしょう」

ペレディルは旅を進めた。背後で大きな音がしたので振り返ると、赤い馬にまたがり、赤い甲冑を着た男がいる。男は追いつくと、神と人にかけて、ペレディルにあいさつした。ペレディルも若武者に丁重にあいさつを返した。

「殿よ、願い事があって参りました」

「その願いとは?」ペレディルが言った。

「わたしを家臣にしてほしい」

「家臣となる者の正体は?」

「なにを隠そう、赤い剣のエドリムと呼ばれる者。東の方から参った伯爵です」

「なんと、自分と変わらぬ領土の持ち主の家臣になるというのか。わたしも伯爵領をただ一つもつ身。だが家臣になりたいというのなら、喜んでそういたそう」

二人は女伯爵の宮廷にやって来た。宮廷では喜んで迎えられ、親衛隊の下座に案内するのは敬意を払っていないからではなく、宮中のしきたりなのだと告げられた。というのも、三百人隊を打ち負かした者なら誰でも女主人の隣で食事をすることが許され、彼女の愛を得るのだという。ペレディルが三百人隊を地面に投げ倒し、隣にすわったところで、女伯爵は言った。「神に感謝します。そなたのような美しく勇敢な若者を迎えられたことを。というのも、最愛の殿方をまだ迎えたことがないのです」

「最愛の相手とは?」

「赤い剣のエドリムです。でも一度も会ったことはありません」

「実は、エドリムはわが連れで、ここにおります。彼のためにあなたの軍隊と戦ったのです。彼なら、その気さえあれば、きっとわたしよりうまくやり遂げたに違いない。あなたを彼にめあわせましょう」

「神のご加護を、美しい若武者よ。わが最愛の方を迎えましょう」そしてその晩、エドリムと女伯爵は床をともにした。

　翌朝、ペレディルは嘆きの丘に向かった。「お供します」エドリムが言った。二人は墳丘と天幕が見えるところまでやって来た。ペレディルがエドリムに言った。「あちらの男たちのところに行って、わたしに忠誠を誓うように伝えよ」エドリムは彼らの方に行き、このように言った。「こちらに来て、わが主君に忠誠を誓え」

「主とは？」

「長槍のペレディルこそ、わが主君」エドリムが言った。

「使いを殺すことが許されるなら、おまえは生きて主のもとへは戻れぬものを。厚かましくも王に伯爵、そして男爵に向かって自分の主に忠誠を誓いに参れなどと要求するとは」

　エドリムはペレディルのもとに引き返した。ペレディルは彼らのところに戻り、忠誠を誓うか戦うかどちらか選べと伝えさせた。彼らは戦いを選んだ。ペレディルは百の天幕の持ち主たちをその日、地面に突き倒した。翌朝、さらに百の天幕の持ち主たちを地面に突き倒した。残りの百人は相談し、ペレディルに忠誠を誓うことを決めた。ペレディルはそこで何をしているのかと尋ねた。彼らが言うには、長虫が死ぬまで守護しているのだという。

「その後は、宝玉をかけて互いが戦い、われらのうちで最強の者が石を手に入れるという次第」

「ここで待っていろ」ペレディルが言った。「わたしが長虫と立ち合おう」

「いえ、殿」彼らが言った。「われらも、その戦いのお供をさせてください」

「いやだめだ」ペレディルが言った。「長虫が貴殿らのうちの誰かに仕留められてしまったら、わが名の名折れ」

一人で長虫のいるところに向かうと殺し、戻ってきた。

「ここに来てからかかった費用を計算しろ。わたしが黄金で支払ってやろう」ペレディルは言った。そして各人の言い値のままに払い、彼らには、自分に仕えると認めることだけを求めた。それからエドリムに向かって言った。「最愛の女性のもとに戻るがいい。わたしは旅を続ける。わが臣下になったお礼を進ぜよう」そして宝玉をエドリムに贈った。

「神のご加護を。ごきげんよう」

そうしてペレディルは旅立った。やって来たのは、とある渓谷、今まで見たうちでもっとも美しいところで、色とりどりの天幕が並んでいる。もっと驚いたことには、たくさんの水車と風車があった。栗色の髪の大男が近づいてきた。職人のような様子である。ペレディルは何者かときいた。

「粉屋の頭で、あちらにある粉ひき場をすべてもっている」

「泊めてもらえるか？」ペレディルが言った。

「もちろん」粉屋の家に着くと、それは快適な美しい住まいだった。ペレディルは粉屋に自分と家人たちの食べ物と飲み物を買う金を貸してくれ、出立する前に返すつもりだと頼んだ。それから、粉屋にこんなに人々が集まっているわけを尋ねた。粉屋はペレディルに言った。「おまえさんは遠くから来たか、頭が足りないのかどちらかだな。大いなるコンスタンティノープルの女帝がおいでで、世界一勇敢な男をお望みだ。ほかに足らぬものはないからな。ここにいる数千の者たちに食べ物を運ぶのは無理なので、このように粉ひき場があるというわけだ」その晩、彼らは休息した。

翌朝ペレディルは起きると、自分と馬の身支度をし、馬上槍試合に赴いた。天幕が並ぶ中でひときわ美しい天幕があった。その天幕の窓から、美しい乙女が首を伸ばして外を見ている。これまで見たどの女性よりも美しく、金の錦織の絹衣を身に着けている。じっと乙女を見つめているうち、恋しさでいっぱいになった。そうやって朝からお昼まで乙女から目を離さず、やがて昼が過ぎ夕暮れとなった。馬上槍試合はその頃には終わっていたので宿に戻った。鎧を脱ぐと粉屋に無心した。粉屋の女房はペレディルに腹を立てたが、粉屋は金を貸してくれた。翌朝も同じような次第だった。晩に宿に戻ってくると、また粉屋から金を借りた。そして三日目のこと、前と同じ場所で乙女をじっと見つめていると、肩と首の間を斧の柄でひどく撃たれるのを感じた。振り返ると粉屋がいて、こう言った。「目をそらすか、馬上槍試合に行くかどちらかにしろ」ペレディルは粉屋に向かってにっこり笑うと、馬上槍試合に赴いた。その日、対戦した相手は、ことごとく地面にねじ伏せた。そして打ち負かした者たちすべてを女帝への贈り物として差し出し、馬と鎧は粉屋の女房へ、借金の担保として送った。ペレディルは馬上槍試合を続け、とうとう全員を地面に突き飛ばし、突き飛ばした者たちは全員、女帝の牢屋へ、馬と鎧は借金の担保として粉屋の女房のもとに送った。

女帝は粉ひき場の騎士に謁見に来るよう使者を差し向けた。彼が一番目の使者を追い返したので二番目が出向いてきた。三回目には、騎士百人を差し向け、謁見に来るよう命じた。進んでこないなら、力ずくで引っ張って来いと告げた。一行はやって来ると女帝の言葉を伝えた。彼はよく戦い、全員ノロジカを縛るように縛り上げると、粉ひき場の堀に投げ込んだ。女帝は賢者を呼び相談した。男は言った。「わたしが参りましょう」そしてペレディルのところにやって来ると、あいさつし、恋する女性のために女帝に謁見してほしいと言った。そこで粉屋と一緒に出かけた。天幕に入ると、すぐに腰をおろした。女帝がやって来て隣にすわった。二人はしばし会話を交わした。それからペレディルはいとまごいをし、宿に戻った。

翌朝、また女帝に会いに出かけた。天幕のどこもかしこも美しく飾り付けられている。というのも彼がどこに腰をおろすかわからなかったからだ。ペレディルは女帝の片側にすわり、丁重に口をきいた。そうやっているところに黒い男が現れた。片手にはワインがなみなみと入った金の杯を持っている。女帝の前に膝をつき、この杯、彼女のために自分と戦う者だけにあげてほしいと述べた。彼女はペレディルの方を振り向いた。「わたしに杯をください」ワインを飲み干すと、杯は粉屋の女房にくれてやった。そうやっていると、また黒い男が現れた。先ほどの男よりも図体が大きく、片手に持った獣のかぎ爪は杯の形をしており、中にはワインがなみなみと入っている。彼はそれを女帝に差し出すと、自分と対戦する者にだけあげよと述べた。

「わたしにください」ペレディルが言った。杯をペレディルに差し出した。ペレディルはワインを飲み干すと、杯は粉屋の女房にくれてやった。そうやっていると赤い巻き毛の男が現れた。最前の二人よりも図体が大きく、片手には水晶の杯を持ち、中にはワインがなみなみと入っている。男は膝をついて杯を女帝の手に握らせると、彼女のために自分と対戦する者に与えよと言った。そこでペレディルにあげると、彼は粉屋の女房のところに送り届けた。その晩、ペレディルは宿に戻った。翌朝、自分と馬の身支度をすませると、草原に向かった。ペレディルは三人を殺し、天幕に向かった。女帝は言った。「美しきペレディル。わたくしにした約束を思い出しなさい。そなたに石を渡し、そなたがアザンクを殺したときのことです」

「はい、覚えております」こうしてペレディルは一四年の間、女帝と統治をともにした。物語が語るとおりである[42]。

アーサーはウスク河のほとりのカエル・スリオンにいた。彼の居城である。大広間の床の真ん中に四人の男が錦織のマントの上に腰をおろしていた。イリエーンの息子オワイン、グウィアルの息子グワルフマイ、エミール・スラダウの息子ハウェル[43]、そして長槍のペレディルである。すると、黒い巻き毛の乙女が黄色いラバに乗って入ってきた。ざらざらした紐の束を握ってラバに鞭打っており、端正で愛らしいとはおよそ言えない顔立ちだ。顔と手の黒いことといったら、タールにつけて真っ黒になった鉄の塊よりもまだ黒い。だが何よりも醜悪なのは肌の色ではなく容貌だ。頬骨が突き出し、顔の肉はたるんで垂れ下がり、団子鼻に大きな鼻の穴があいている。片方の目はにごった緑で飛び出し、もう一方は黒玉のように黒くて額の奥に埋まっている。長く黄ばんだ歯はエニシダよりも濃い黄色で、おなかはあばら骨からせり出して顎に届くほどだ。背骨は杖のように曲がっている。両尻はぺちゃんこで骨ばり、下半身はやせこけているが、膝から下は大足である。女はアーサーと親衛隊全員にあいさつしたが、ペレディルにはしなかった。それからペレディルに向かって、激しい言葉でののしった。

「ペレディル、おまえにはあいさつをせぬぞ。その資格がないからな。運命は盲目なり。おまえなどに恩寵と名誉を与えるとは。おまえが足の不自由な王の宮廷に参ったおり、若者が鋭い槍を支えもち、槍先から血のしずくが奔流のように流れ出て手元まで達しているのを目にしたであろう。そのほかの不思議もそこで見たはず。だが、おまえはそれらの意味もわけも尋ねようとはしなかった。そうしていたら王は健康を取り戻し、王国は平和になっていただろうに。だがあれ以来、争いと戦が続き、騎士たちは命を失い、女はやもめとなり、乙女らは保護者を失った。それもみなおまえのせい」

それから女はアーサーに向かって言った。「いとまごいを。わが宿はここから遠く離れております。ほかでもない『高慢の城』です。その名、お聞き及びになったことがあるかは存じません。そこには五百と六六人の騎士がいて、各人がその愛する女性とともにおります。武勇や、一騎討ちに戦闘で誉れを得たい者は誰であれ、その資格があれば手に入れることができましょう。さらなる誉れや名声を望む者には格好の場所があります。ひときわ目に立つ山の上に城郭があり、そこに乙女がおります。城は包囲されていて、包囲を解いた者は世界一の名声を得ることでしょう」そう言い残すと女は立ち去った。

グワルフマイが言った。「二度と安らかに眠ることはないだろう、乙女を救うまでは」アーサーの親衛隊のほとんどが同じ思いだった。けれどもペレディルは違った。「二度と安らかに眠ることはない、黒い乙女が話した槍の物語と意味を知るまでは」

全員が身支度を整えていると、一人の騎士が城門のところに現れた。体軀といい力といい、まさしく戦士である。馬にまたがり甲冑で身を固め、乗り込んでくるとアーサーと彼の親衛隊全員にあいさつしたが、グワルフマイにはしなかった。騎士の肩には金の浮き彫りを施した盾がのっており、紺碧の横木がついていた。鎧も同じ色である。男はグワルフマイに向かって言った。「よくも、わが主君を企みと裏切りによって殺したな。

その証をしてみせん」

グワルフマイが立ち上がった。「これが返答だ。ここであろうが、そちらの望みの場所であろうが、わたしがうそつきでも裏切り者でもないことを明らかにせん」

「わが王の御前で一騎討ちをしたい」

「承知した」とグワルフマイ。「出立するがいい。貴殿の後についていこう」

騎士は出発し、グワルフマイは身支度をした。たくさんの武器が差し出されたが、彼は自分のものしか受け取らなかった。グワルフマイとペレディルは鎧を身に着けると一緒に旅立った。というのも、お互いに強い友情と愛で結ばれていたからだ。けれども二人は途中で別れ互いの道を行った。

グワルフマイは、まだ夜も明け切らぬうちにとある谷間に差し掛かった。谷には防壁が見え、中に大きな宮殿があり、壮大な塔がそびえ立っていた。すると城門から騎士が出てきて狩に向かうのが見えた。またがる軍馬はつややかな黒い毛並みに、鼻息荒く、軽やかに、ゆったり、堂々と、揺るぎのない足取りで闊歩している。この宮廷の持ち主である。グワルフマイは彼にあいさつした。

「神のご加護を。どこから参られた？」

「アーサーの宮廷から」

「アーサーの臣下か？」

「いかにも」とグワルフマイ。

「そなたへの助言を進ぜよう」騎士が言った。「見るからにくたびれ疲れ果てた様子。宮廷に行き、よければ今夜はそこに泊まられよ」

「かたじけない。神のご加護を」

「指輪を持って門番に見せ、それから向こうの塔へ参られよ。わが姉妹がいる」

グワルフマイは城門に進むと、指輪を見せて塔に向かった。中に入ると、大きな火が赤々と燃え、明るい炎が煙一つなく立っており、火のそばには麗しく、厳かな様子の乙女が椅子に腰かけていた。乙女は彼を見ると喜び、席を立って出迎えた。彼は乙女の隣にすわった。二人は一緒に夕食を食べ、食後は楽しげに会話を始めた。そうしていると、そこに、銀髪の、堂々とした男が近づいてきた。

「おお、この性悪の売女めが。その男といちゃついて一緒にすわることがその身にふさわしいとでも思っていたのか」きびすを返すと立ち去った。

「殿」乙女が言った。「わたくしからの忠告です。あの男が罠を仕掛けているかも知れません。扉にかんぬきをおかけください」グワルフマイが立ち上がり扉に近づいたそのとき、先ほどの男が三〇人の武装した手下を引き連れ塔に登ってきた。グワルフマイはグウィズブウィスの盤を持って身構え、主が猟から戻るまで誰も上がってこられぬようにした。そこに伯爵がやって来た。

「なにごとだ？」

「見苦しきことに」銀髪の男が言った。「あちらの邪な女が日暮れまで、お父上を殺した男と席をともにし、酒を汲み交わしている。やつはグウィアルの息子グワルフマイだ」

「そこまでだ」と伯爵が言った。「わたしは中に入るぞ」

伯爵はグワルフマイを歓迎した。「われらが父を殺したことをご存じだったのなら、この宮廷に来られたのは間違いでしたな。われらには復讐できないが、神が手を下さろう」

「友よ」グワルフマイが言った。「そのことについて説明しよう。ここに参ったのは、父上を殺めたことを告白するためでも、それを否定するためでもない。アーサーと自分のために探求の旅をしているのだ。ともかくも、探求から戻るまで一年の猶予をいただきたい。その後は必ずやこの宮廷に立ち戻り、殺人を認めるか否定するか、どちらかいたそう」猶予が与えられた。その晩はそこにとどまった。翌朝彼は出立したが、物語はグワルフマイのその後について、これ以上は何も述べていない。

一方、ペレディルは旅路にあった。ペレディルは島をさまよい、黒い乙女の便りを捜し求めたが何も見つけることができなかった。やがてやって来たのは見知らぬ土地、とある渓谷に囲まれている場所である。谷を抜けている途中に一人の男が馬でやって来た。聖職者のように見える。そこで祝福を求めた。

「おお、哀れな男よ。おまえには祝福を受ける権利はないし、祝福などおまえの役には立たぬ。このような大事の日に鎧で身を飾っているとは」

「今日は何の日ですか?」ペレディルは言った。

「今日は聖金曜日[44]だ」

「どうか責めないでください。知らなかったのです。今日から一年前に故国を出立しました」

そして馬からおりると、馬の手綱を引っ張って進んだ。街道を進んでいくと、やがて一本のわき道に出くわしたので、その道に入り森の中を進んだ。森の奥深くに塔のない城砦が見え、砦には人が住んでいる気配があった。砦へと向かった。城門のところで、以前に出会った司祭が現れた。そこで祝福を求めた。

「神のご加護を。その方が旅をするにふさわしい姿だ。今夜はわしとともにいるがいい」ペレディルはその晩、そこに泊まった。

翌朝ペレディルはいとまごいをした。

「今日は旅をすべき日ではない。今日と明日、あさっては、わしとともにいなさい。そなたが探している件について最良の助言を与えよう」

四日目にペレディルはいとまごいをし、「驚異の城砦」についての助言を司祭に求めた。

「知っていることはすべて教えよう。あちらの山を越えなさい。山の向こう側に河があり、その渓谷に王の宮廷がある。その王は復活祭のころにそこにおるのだ。驚異の城砦についての便りを得るとしたら、そこであろう」

そこで道を進み、渓谷までやって来ると、大勢の者が狩に行くところに出くわした。その中に、ひときわ高い身分の男が見て取れた。ペレディルは男にあいさつした。相手は言った。「どうなさる？　宮廷に行かれるか、狩に付き合うか。わが家臣の一人をつかわし、宮廷にいるわが娘にそなたをもてなすように伝えよう。わしが狩から戻るまで、食べ物と飲み物を楽しむがいい。そなたの用向きの役に立つことなら、喜んでして差し上げよう」

王は黄色の髪の小柄な若者を一緒に行かせた。二人が宮廷に着いたとき、ちょうど乙女は席を立って手を洗いにいくところだった。ペレディルが近づくと、彼女はうれしそうにペレディルにあいさつし、自分のかたわらに席を作った。二人は食事をとった。ペレディルが何か言うと、乙女は高らかに笑うので、宮中の人々の耳にも聞こえた。すると先ほどの黄色の髪の小柄な若者が姫に言った。「すでに意中の方がいるとすれば、この若武者こそ、まさにその相手。もし誰もいないのであれば、お心をこの者に注がれるがいい」

それから黄色の髪の小柄な若者は王のもとに行き、先ほど出会った若武者こそ王の娘の思う相手に違いないと述べた。

「そうでないとしても、何か手を打たぬ限り、恋人になるのは時間の問題でしょう」

「そなたの考えは、若者よ」

「武勇の者たちを差し向け、確信が得られるまで拘束しておくのです」

そこで王は手下をペレディルに差し向け、捕らえると牢に入れた。乙女は父を迎えに出て、なぜアーサーの宮廷から来た若武者を投獄したのか尋ねた。

「今日も、明日も、あさってても自由にはしてやらぬ。今いるところから出ることは二度とない」

乙女は父の言葉には反論せず、若武者のところにやって来た。

「ここにいるのはおいやではありませんか？」

「とんでもない」

「寝床も何もかも、王に劣らぬようにいたしましょう。宮中最高の歌も望みのままにお楽しみください。わたくしの寝台をここに持ってきて一緒にお話しする方がよろしければ、そういたします」

「文句はありません」その晩、彼は牢獄で過ごした。乙女は約束したとおりにした。

翌朝、ペレディルは町の方で騒ぐ声を聞いた。

「麗しの乙女よ、あの騒ぎは何ですか？」

「王の軍勢が今日、町にやって来るのです」

「それで何をしに？」

「近隣に伯爵がいて、二つの伯爵領を支配しています。王なみの権力をもっています。今日、二人の対決があるのです」

「お願いがある」ペレディルが言った。「馬と鎧を持ってきてください。その果たし合いとやら見物したい。牢に戻ると約束します」

「喜んで。馬と鎧を探して参ります」乙女は彼に馬と鎧を持ってきた。それに鎧の上に羽織る真っ赤な陣羽織《シュルコ》と、肩にかつぐ黄色い盾もである。そこで彼は対戦の場に行き、その日、出会った伯爵の手の者をことごとく地面に突き落とした。そうしてまた牢屋に戻ってきた。乙女はペレディルにどうだったかきいたが、相手は一言もしゃべらなかった。そこで父親に尋ねることにし、親衛隊のうちで誰がもっともすばらしい働きをしたかときいた。父は何者かわからぬと答えた。

「真っ赤な陣羽織を鎧の上に羽織り、黄色い盾をかざした男だ」

乙女はにっこりし、ペレディルのところに戻った。その晩、彼は最高の敬意を受けた。

それから三日というもの、ペレディルは伯爵の手の者を殺しては、誰にも正体がわからぬうちに牢屋に引き返した。四日目にはペレディィルは伯爵自身を殺した。乙女は父を出迎え、知らせをきいた。

「よき知らせだ」王が言った。「伯爵は殺され、二つの伯爵領はわがものとなった」

「殺したのは誰だかご存じですか？」

「赤の陣羽織に黄色の盾の騎士だ」

「その者の正体を知っています」

「なんと、何者だ？」

「殿が牢に投げ込んだ騎士です」

そこで王はペレディィルのもとに行き彼にあいさつすると、今回の働きに対し何なりと返礼しようと述べた。食事の時間になると、ペレディィルは王の隣に導かれ、乙女がペレディィルの隣にすわった。食事の後、王はペレディィルに言った。

「わが娘を妻として授けよう。わが王国の半分もともに。それから二つの伯爵領はそなたへの贈り物だ」

「神のご加護を。でも、ここに来たのは妻をめとるためではありません」

「それでは何を探しておられる？」

「驚異の城砦の便りです」

「この方の胸中には、われらが思うよりもずっと壮大なことがあられます」乙女が言った。「その砦についての便りをお教えしましょう。父の領土を行く間の案内人と糧食もたっぷり差し上げましょう。殿、あなたこそ、わが最愛の殿方です」それからこう言った。「あちらの山を越えなさい。すると湖が見えるでしょう。湖の中に砦があって、驚異の城砦と呼ばれています。でもどのような驚異なのか、われらは存じません。ただそう呼ばれているということのみ」

ペレディィルがその砦の近くまでやって来ると、城門があいていた。大広間に進むと、その扉もあいていた。

中に入ると、グウィズブウィスが広間に置かれていて、二組の歩兵[45]がお互いに戦っている。そして、彼が応援している方が負けると、もう一方はまるで戦士のように雄叫びを上げた。彼は腹を立て、歩兵を膝の上にかき集めると、盤を湖水に放り投げた。そうしていると、黒い乙女が入ってきてペレディルに言った。

「神も歓迎なさらんことを。おまえは益よりも害ばかりなす」

「わたしを非難するそのわけは、黒い乙女よ」ペレディルが言った。

「女伯爵の盤をなくした。帝国にかけて、それはあの方にとって不本意なこと」

「盤を取り戻す方法があるのか？」

「ある。アスビディノンガルの城砦に行くがいい。そこに黒い男がいて女伯爵の領土を荒らしている。そいつを殺せば盤は取り戻せる。だが、そこに参れば生きては戻れぬ」

「そこへ案内してもらえるか？」ペレディルが言った。

「道を教えよう」

アスビディノンガルの城砦にやって来て黒い男と戦った。黒い男はペレディルに命乞いをした。

「許してやろう。わたしが大広間にやって来たときにあった場所に盤を戻しておくのだ」そのとき黒い乙女が現れて言った。

「神の呪いがおまえの仕業に下らんことを。女伯爵の領土を荒らしている災厄《ゴルメス》を生かしておくなど」

「やつを生かしておいたのは」ペレディルが言った。「盤を取り戻すためだ」

「盤は、おまえが最初に見たところにはもうない。戻って、やつを殺して参れ」

ペレディルは出かけ、黒い男を殺した。宮廷に戻ると、黒い乙女がいた。

「乙女よ」ペレディルが言った。「女伯爵はどこに？」

「神かけて申すが、向こうの森にいる災厄《ゴルメス》を殺すまでは会えまいぞ」

「どのような災厄だ？」

「一頭の雄鹿がそこにいて、どんな鳥よりも素早く、額には一本の角がある。槍ほどの長さで、どんな穂先よりもとがっている。その鹿は木々のてっぺんまで食べつくし、森の草もすべて食べ荒らす。森で出くわした獣は殺す。殺されなかった獣も飢えで死ぬ。それよりも悪いことに、そいつは夜な夜な現れ、池の水を飲み干し、魚を干上がらせるのだ。ほとんどの魚は水がたまる前に死んでしまう」

「乙女よ」ペレディルが言った。「一緒に来て、その獣の居所を教えてくれまいか」

「断る。死すべきものは、この一年誰も森へは行こうとしない。女伯爵の抱き犬がいる。犬が鹿を起こして、おまえのもとに連れてこよう。さすれば鹿はおまえに襲いかかる」

抱き犬がペレディルの案内となり、雄鹿を起こすと、ペレディルのいる場所に連れてきた。雄鹿はペレディルに襲いかかった。ペレディルはそれをやりすごし、剣で頭を切り落とした。雄鹿の首を眺めていると、馬に乗った貴女が近づいてきて、抱き犬を抱き上げケープの袖に入れ、首は鞍の前部と自分の間に置いた。雄鹿の首に巻いてあった赤金の首輪も一緒である。

「殿、非道なことをなさいましたね。わが領国でもっとも美しい宝石を殺めるとは」

「そうせよと頼まれたのです。和解する方法がありますか？」

「あります。向こうの山の中腹に行きなさい。茂みがあるでしょう。茂みの根元に石の板があります。そこで馬上槍試合をする相手がいないかと三度呼ばわりなさい。さすればわが友情を得ることができましょう」

ペレディルは出立し、茂みのそばまでやって来ると、馬上槍試合をする相手を求めた。すると石板の下から黒い男が現れた。骨ばった馬に乗り、大きなさびた甲冑を自分も馬もまとっている。二人は対戦した。ペレディルが黒い男を地面に投げ落とすと、男は鞍に飛び上がる。とうとうペレディルは馬をおりて剣を抜いた。すると黒い男の姿が消え、ペレディルの馬も男の馬もいなくなり、二度とその姿を見ることはなかった。

ペレディルは山を登り、反対側に出ると、渓谷に立つ城砦が見えたので砦に向かった。城内に入ると広間があり、広間の扉はあいていた。中へ入ると、足の不自由な灰色の髪の男が広間の奥にすわっていて、グワルフマイが横にいる。ペレディルの馬がグワルフマイの乗馬と同じ厩にいるのが見えた。彼らはペレディルを出迎えた。彼は銀髪の男の隣にすわった。すると黄色の髪の若者がペレディルの前にひざまずき、友情を乞うた。「殿」若者が言った。「わたしが黒い乙女に変装してアーサーの宮廷に参りました。あなたが盤を投げたとき、アスビディノンガルから来た黒い男を手にかけたとき、雄鹿を殺したとき、石板の黒い男と対決されたときも。お盆に血まみれの首をのせて出てきたのはわたし、先から柄まで血が流れ出ている槍を持って。あの首はあなたのいとこのもの。カエル・ロイウの魔女らが殺めたのです。あなたのおじ上を片足にしたのもそいつらです。わたしはあなたのいとこ。そして預言では、あなたが復讐をとげるのです」

そこでペレディルとグワルフマイはアーサーと親衛隊に使者を送り、魔女と戦うために来てほしいと頼むことにした。こうして彼らは魔女との戦いを始めた。魔女の一人がペレディルの目の前でアーサーの手の者を殺したので、ペレディルはやめろと言った。魔女は再びペレディルの目の前で男を殺し、ペレディルは再びやめろと言った。三度目に魔女がペレディルの目の前で男を殺すと、ペレディルは剣を抜き魔女の兜のてっぺんを一撃した。兜も鎧も頭も真っ二つに割れた。魔女は大声を上げ、他の魔女らに向かって、逃げろ、こいつはペレディル、騎士の修行を自分たちのもとでしてきた男、自分たちを殺す定めの者だと叫んだ。そのときアーサーと親衛隊が魔女に飛びかかり、カエル・ロイウの魔女たちは皆殺しにされた。これが驚異の城砦について語られていることである。

エルビンの息子ゲラントの物語

アーサーは、ウスク河のほとりのカエル・スリオンに宮廷を構えるのが習いで、七つの復活祭と五つのクリスマスをそこで過ごした。さて、聖霊降臨節[46]のときに、ここで宮廷を開いたことがあった。というのも、カエル・スリオンは領内でもっとも地の利が良く、海路でも陸路でもたやすく来られる場所だったからだ。この場所へと集めたのは、自分の臣下である九人の王冠を戴く王で、また彼らとともに伯爵や男爵もやって来た。彼らは大きな式典の折には、何か支障がない限り客として招かれるのが常だった。カエル・スリオンに宮廷がおかれるときには、三と一〇の教会を使ってミサが行われる。すなわち、一つはアーサーと配下の王と客人たちのため、二つめはグウェンホウィヴァルと侍女たちのため、三番目が家令と請願者たち用で、四つめがフランク人オディアル[47]とその他の役人たち用、残りの九つは九人の親衛隊の隊長のためのもので、とりわけグワルフマイは武勲の誉れと高貴な生まれでつとに知られ、九人の長であった。これだけの総勢をひとつの教会に収容することはできなかったろうから、今言ったような数が必要だったのである。

剛腕のグレウルウィドが王の門番の筆頭だったが、その役を務めるのは三大祝祭[48]のときだけである。七人の部下が、一年間、かわるがわる門番役となった。彼らの名は、言わずと知れた、グリン、ペンピンギオン、スラエスガミン、ゴガヴルフ、猫眼のグールズナイ——夜も昼と同じように見ることができた——、そして遠目のドレミディーズの息子ドレム、聞き耳のクリストヴェイニーズの息子クリストで、全員アーサーの戦士である[49]。

聖霊降臨節の火曜日のこと、皇帝〔アーサー〕が宴席にすわっていると、栗色の髪の長身の若者が入ってきた。地紋の浮き出た錦織のチュニックと上着《シュルコ》を身に着け、金の柄の剣を首にかけ、コルドバ革の短靴をはいている。アーサーの方へ進み出た。

「ごきげんよろしゅう、陛下」

「神のご加護を。よくぞ参られた。何か知らせか？」

「はい、陛下」

「おまえのことは存ぜぬが」とアーサーが言った。

「これは驚き、ご存じないとは。あなたの森番、ディーンの森[50]の番人をしております。マドウグと申します。トゥールガダルンの息子です」

「知らせを申すがよい」とアーサー。

「かしこまりました。一頭の雄鹿を森で見たのですが、あのようなものは見たことがありません」

「どのような様子なのだ？」とアーサー。「これまでに見たことがないというのは」

「真っ白なのです、陛下。ほかの獣とともに歩くことのないほど気位と誇りが高く、なんとも威厳に満ちています。陛下にご相談するために参りました。お考えはいかに？」

「もっとも適切に処置いたそう」アーサーが言った。「狩に行く。あすの未明に出て仕留めるのだ。そして、このことを、今夜、宿舎にいる全員に知らせよ、フラヴェリス（アーサーの狩人の頭だった）とエリヴリ（筆頭小姓だった）、そしてそのほかの全員に」そして、このように事が決まり、先の若者が先陣に送り出された。

そこでグウェンホウィヴァルがアーサーに言った。

「わたくしも明日お供することをお許しくださいませ。あの若者が話していた雄鹿の狩の様子を見聞したいのです」

「喜んで許そう」とアーサーが言った。

「では、ご一緒いたします」

するとグワルフマイがアーサーに言った。「狩で鹿を仕留めた者には、その者の望む相手、自分の恋人か友の恋人に陛下から鹿の首を与えるというのはいかがでしょう。騎士でも歩兵でもどちらでもよろしいでしょう」

「喜んで許そう」とアーサーが言った。「では、責任は家令に負わせよう。もし、明朝、狩に行く仕度を全員が整えていなかったとしたらな」

一同、その晩は羽目をはずさぬ程度に歌や余興や物語、もてなしを楽しんだ。それから頃合を見て寝所に向かった。

翌朝、日の出とともにみなは目を覚ました。アーサーは、自分の寝室を警護している侍従たちを呼び寄せた。ほかでもない四人の小姓[51]で、顔ぶれはというと、門番ガンドウィの息子カドリヤイス、ベドウィールの息子アムレン、アーサーの息子アマル、そしてキステニンの息子ゴーライの面々である。彼らはアーサーのもとにやって来ると、あいさつし、着替えさせた。アーサーはグウェンホウィヴァルが起きてこなかったのに驚いたが、寝室には行かなかった。家来たちは王妃を起こしたいと願った。

「起こさずともよい」とアーサーが言った。「狩見物に行くより寝ていたいのだろう」

それからアーサーが出発すると、角笛の音が二つ聞こえてきた。一つは、狩人の頭の宿舎あたり、もう一つは筆頭小姓の宿舎の方で鳴っている。全員が召集され、アーサーのもとにやって来ると、一同、森へ向かった。ウスク河を渡り森まで来ると、彼らは街道を離れ、切り立った高地を行き、森へ入った。

さて、アーサーが宮廷から出発したあと、グウェンホウィヴァルは目を覚まし、侍女たちを呼んで着替えた。「おまえたち、夕べ、狩を見に行くお許しをいただきました。誰か一人厩へ行って、女が乗るに向いている馬をすべて連れてきておくれ」

侍女の一人が出かけたが、厩には二頭しか馬がいなかった。そこでグウェンホウィヴァルと侍女一人が二頭に乗って出発した。二人はウスク河を渡り、人馬の通った跡を頼りに一行を追った。こうやって進んでいくと、何やら騒がしい音が聞こえてきた。二人が振り返ると見えたのは騎馬の男が柳の穂の銀白色の毛色をした、途方もなく大きい若駒にまたがっている姿、栗色の髪の若い騎士はというと、すねはむき出しだが[52]王者の気品があり、金の柄の剣を腰に、錦織の絹のチュニックと上着《シュルコ》、コルドバ革の短靴、青みがかった紫のマント[53]の両端には金の玉飾りがついている。馬は誇らしげに頭をもたげ、ひづめの音も高らかに、速足ながら同じ歩調で近づいてくるとグウェンホウィヴァルに追いついた。そして彼女にあいさつした。

「神のご加護を、ゲライント。姿を見たとき、すぐにそなただとわかりました。よく参られました。なぜ陛下と一緒に狩に行かなかったのです？」

「いつ出かけられたのか知らなかったからです」

「わたくしも驚きました。わたくしに知らせずに先に行かれるとは」

「奥方様。わたしの方は寝過ごしてしまい、出かけられたのに気づかなかったのです」

「そなたは、わたくしにとって最高の連れ。若者の中で、ともに行ってくれる者としたら、全領土のうちでもそなたしかおりません。わたくしたちも他のみなと同様に狩を楽しめます。角笛が吹き鳴らされるのを聞くことができるし、犬が放たれ、獲物を追いつめる様子も聞こえますから」

彼らは森の端までやって来ると、そこで立ち止まった。「ここから犬が放たれるのを聞いていましょう」

そのとき、騒がしい音が聞こえてきた。音のする方に振り返ると、見えたのは馬に乗った一人の小人である。大きくたくましい馬は鼻息荒く、大地をむさぼり食わんばかりの勢いで、意気も高々だ[54]。小人の手には鞭が握られていた。そして小人のかたわらには貴婦人が一人、美しい白馬に乗って悠々と歩を進めており、錦織の金の服を着ている。その隣には騎士が泥にまみれた大きな軍馬にまたがり、人馬ともに重い鎧をきらめかせている。男も馬も鎧も、その大きさは並外れており、いずれもが、こちらに近づいてきた。

「ゲライント」グウェンホウィヴァルが言った。「あの大きな騎士を知っていますか?」

「いいえ、存じません。あの風変わりな、大きい鎧からは顔も表情も見えません」

「乙女よ」グウェンホウィヴァルが言った。「行って、小人に騎士が何者なのか尋ねてきなさい」

乙女は小人のところに向かった。小人は、乙女がやって来るのが見えたので立ち止まった。乙女は小人に尋ねた。

「あの騎士はどなた?」

「おまえには教えない」

「なんという無礼な態度でしょう。教えないとは。それなら、じきじきに尋ねます」

「それはだめだ」

「なぜです?」

「おまえは、御主人様に口をきける身分ではないからだ」

乙女は馬首をめぐらし騎士に近づこうとした。すると、小人が手に持っていた鞭を乙女に振り上げ顔と両眼を打ったので、血が流れ出した。乙女は、あまりの痛さにグウェンホウィヴァルのもとに引き返し、痛みを訴えた。

「見るに堪えぬ小人の仕打ち」ゲライントが言った。「わたしが行って騎士の正体を調べます」

「行くがよい」グウェンホウィヴァルが言った。

ゲライントは小人のところにやって来た。そして言うには、「あの騎士は何者だ?」

「おまえには教えない」と小人。

「それなら、じきじきに尋ねよう」

「それはだめだ」小人が言った。「おまえは、御主人様に口をきくにふさわしい身分ではない」

「おまえの主人と同じ身分の者とも話をしてきたぞ」とゲライントは言い、馬首をめぐらして騎士に近づこうとした。小人は追いかけてくると、乙女をなぐったのと同じところを打ったので、血がゲライントの着ているマントに滴り落ちた。ゲライントは剣の柄に手をかけたが、あれこれ考えた末、小人を手にかけても復讐にはならぬし、武装した騎士が鎧も着ていない自分を軽んじるだろうと思い直した。そこでグウェンホウィヴァルのもとに戻った。

「思慮深く、賢明なふるまいでした」

「奥方様。お許しを得て後を追いたいと存じます。相手は、いずれ、どこか人家のある場所に行くはずですから、そこで自分も借りるなり、担保を払うなりして鎧を調達します。そうすれば、あの騎士と力の限り手合わせができましょう」

「行くがよい。でも、良き鎧がそろうまでは、あまり近づいてはなりません。便りが届くまでは、そなたのことが気がかりでならないでしょう」

「生きていれば、明日の九時課〔午後三時〕、夕刻までには便りをお届けします。窮地を脱していればですが」

そう言うと彼は出立した。

三人連れはというと、カエル・スリオンの宮廷を通り過ぎ、ウスク河の渡し場で河を渡ると、美しい平野、切り立つ高地を越え、城壁で囲まれた町に入った。城下のはずれには砦と城が見えた。一行は町はずれまでやって来た。騎士が城下を抜けていく間、どの家からも人々が出てきてあいさつし、歓迎した。ゲライントは町に入ると、知っている者はいないかと一軒一軒をのぞいてみた。しかし知り合いはいないし、向こうもこちらを知らぬので、都合よく鎧を調達することは、借りるにしろ担保を払うにしろできそうにない。一方、どの家打たれている。

も男たちと鎧と馬でいっぱいで、盾はぴかぴかに磨かれ、剣は研ぎすまされ、鎧は艶出しされ、馬には蹄鉄が打たれている。

くだんの騎士と貴婦人と小人は町の中にある城に向かった。城中の者はみな喜んで胸壁や城門の上に出てくると、あらゆる方向に首を伸ばしてはあいさつや歓迎の言葉を投げていた。ゲラィントは立ち止まり、相手が城に泊まるかどうか確かめた。滞在すると確信すると、あたりを見回した。するど、城下から少し離れたところに古い朽ち果てた館が見え、中には崩れかけた大広間があった。町に知り合いがいないので、その古い館に向かった。館に着くと、ほとんど何もなく、見えたのは二階と、そこからおりている大理石の階段だけだ。階段には、銀髪の男が着古して、ぼろぼろになった衣服を着て腰をおろしている。ゲラィントはしばらくの間、相手を観察した。銀髪の男が言った。

「若武者殿、何を思案しておられるのだ？」

「今夜どこに泊まればいいのかと思案中です」

「こちらに来られぬか、殿。そなたのためにできる最高のもてなしをいたそう」

「そうします。神のご加護を」

進んでいくと、銀髪の男が先に立って広間へ向かった。広間で馬からおり、馬はそこに残したまま、二階の部屋へと二人は上がった。部屋には、たいそう年配の女性がクッションにすわっていて、着古した、ぼろぼろの錦織の服を着ている。若い盛りには、誰よりも美しかったであろうと思われた。そばに乙女が見えたが、身にまとっているのはシュミーズとリネンのショールだけ[55]で、着古して、糸も擦り切れてきている。こんなに美貌と優雅さと気品がそろった乙女を見たことがなかった。銀髪の男が乙女に言うには、「こちらの若武者殿の馬の手入れを今晩する者は、おまえしかおらぬ」

「できるだけのお世話をいたしましょう、その方にも馬にも」そこで乙女は若者の靴を脱がせ、馬には藁と麦を与え、広間に向かうと、また二階へ戻ってきた。そこで銀髪の男が乙女に向かって言うには、「町へ行き、買えるだけの最上の肉と酒をみつくろって、ここに持ってきなさい」

「承知いたしました」そう言うと乙女は町に向かい、乙女が町に行っている間、二人は話をした。するとまもなく乙女が戻ってきたが、下僕も一緒で、若者の背中には蜂蜜酒がいっぱい入った瓶と四分の一頭分の子牛肉の塊、乙女の両手には白パンと上等のマンチット[56]・ローフをショールに包んで抱えている。乙女は二階の部屋にやって来た。

「申し訳ございません。これ以上そろえることができませんでしたし、つけで、これよりも上等のものを買うこともできませんでした」

「十分です」とゲライントが言った。

肉をゆで、食事の仕度が整うと一同は席についた。ゲライントは銀髪の男と妻の間にすわり、乙女は給仕を勤めた。こうやってみなで飲み食いした。食事が終わると、ゲライントは銀髪の男と話を始め、今住んでいる、この館の最初の持ち主はあなたなのかと尋ねた。

「そのとおり。わしが、ここを建て、そなたが見た城下町も城も所有していた」

「おー、なんとまあ」ゲライントが言った。「なぜ失う羽目になったのです?」

「広大な伯爵領もともに失ってしまった。その理由はこうだ。わしには甥、わが兄弟の息子がいて、甥の領地と自分の領地をともに治めていた。甥は力をつけると自分の領地を要求してきた。わしは、だが、領地は渡さなかった。すると、甥は戦を仕掛けてきて、わが手中にあるものすべてを奪ったのだ」

「ご当主」ゲライントが言った。「教えてくださいませんか。先刻、町に到着した騎士と貴婦人と小人が来たわけを。そして、なぜ鎧の用意がされているのですか?」

「お話ししよう。それは、明日、若い伯爵が開催する試合の準備、すなわち、草原に先が二股に分かれた木を二本立て、その間に銀の棒を渡し、その棒の上にハイタカ[57]を一羽止まらせる。ハイタカを賞金に馬上槍試合が行われ、そなたが見た町中の男たちが馬と鎧で身を固め、試合に押しかけるというわけだ。最愛の女性が、男たち一人ひとりについて来る。最愛の女性を伴わぬ者は、ハイタカの馬上槍試合への出場が許されぬ。そなたが見た騎士は二年間ハイタカを勝ち取っており、もし三年目も勝てば、ハイタカは、それ以降、毎年、かの者に送られ、自分でここに出向く必要はなくなり、『ハイタカの騎士』の名で、その後は呼ばれることになる」

「ご当主」ゲライントが言った。「あの騎士に関して何か助言をいただけませんか。あの者の小人からわたしは傷を負わされ、グウェンホウィヴァル、アーサーの妃の侍女も、ひどい目にあったのです」そしてゲライントは、銀髪の男に例の侮辱の一件を物語った。

「助言するのはたやすいことではない。なぜならば、既婚・未婚を問わず、そなたには尽くすと誓った女性がおらぬから、出場して、あの騎士と戦って守るべき相手がいないというわけだ。あちらの鎧はわしのものだったが差し上げよう。また、もしよければ、そなたの馬ではなく、わしの馬を使うがいい」

「ご当主、神のご加護を。自分の馬とあなたの鎧があれば十分です。それから、お許しいただけないでしょうか。あちらの乙女、あなたの娘御を、わが誓いの女性として明日、定められた時刻に宣言させてください。生きて馬上槍試合から戻ったあかつきには命ある限り忠誠と愛を捧げます。戻れなかったとしても、乙女は前と同様に清らかなまま」

「わしも喜んでそうしよう」銀髪の男が言った。「そのように決めたのなら、明日の日の出には馬と鎧の準備がされてなければならぬ。というのも、その刻限にハイタカの騎士がかく宣言するからだ。すなわち、自分の最愛の女性にハイタカをもらってほしいと頼み、『あなたにもっともふさわしいゆえ、昨年も一昨年もあなたは鷹を手にされた』と言うだろう。『もし、本日、あなたが手にするのを拒む者がいたら、武力をもって、あなたのために守り抜こう』このようなわけで」と銀髪の男は言った。「そなたは日の出にはその場に行っておらねばならん。われら三人も一緒に参ろう」一同はそのように決めた。それから夜となり、眠りについた。

夜が明ける前に彼らは起きて身支度を整えた。日が昇った頃には四人とも岸辺の草原に立っていた。ハイタカの騎士が呼ばわり、恋人にハイタカをもらってほしいと頼んだ。

「そうはさせぬ」とゲラィントが言った。「ここにいる乙女は、そなたよりも美しく、気品にあふれ、血筋もまさっており、ハイタカによりふさわしい」

「ハイタカが、その乙女のものだと主張するなら、進み出てわたしと一騎討ちするのだ」

ゲラィントは草原の端まで進み出た。重くて錆だらけの、みすぼらしく不格好な鎧が人馬を覆っている。二人は突撃した。最初の槍が折れ、二番目も、そして三番目も折れ、残りもすべて、自分たちで持ってきたものも、まわりからもらったものも折れてしまった。伯爵とその一党は、ハイタカの騎士が優勢になると歓声を上げて喜び、銀髪の男と妻と娘は悲嘆にくれる。銀髪の男が、槍が折れるたびにゲラィントに槍を渡し、一方、小人がハイタカの騎士の付き人を務めた。銀髪の男がゲラィントのところにやって来た。

「殿、こちらの槍を御覧なさい。これは、騎士に叙せられたとき、わが手に握っていたもの。その日以来、今日まで一度も折れたことはない。それに、切っ先は十分使える。いかんせん、そなたの槍は、もう一本も残っていないのだから」

ゲラィントはその槍を取り、銀髪の男に礼を述べた。すると、どうだろう。小人もまた主人のところに長槍をもってきた。

「あなた様もこちらの槍をご覧ください。質は劣りません」と小人が言った。「そして思い出してください。いかなる騎士も、この槍がある限り、御主人様に立ち向かうことはできなかったことを」

「神かけて申すが」とゲラィントが言った。「不慮の死がこの身に起こらぬ限り、あの者は、おぬしの助けにはならぬだろう」

そして相手から距離をとると、ゲラインントは馬に拍車をかけ襲いかかり、警告の言葉とともに、鋭く突き刺すような、容赦ない激烈な一撃を相手の盾のもっとも頑丈な部分に与えたので、盾は割れ、鎧は打撃をくらって破れ、鞍を結んでいた腹帯も切れて、相手は鞍ごと、馬の尻がいからはね飛ばされ地面に落ちてしまった。ゲライントはすぐさま馬からおり、怒りに燃えて剣を抜き放つと、すさまじい勢いで襲いかかった。騎士も起き上がり、剣を抜いてゲライントに立ち向かい、両者は徒歩のまま剣で戦ったが、とうとうどちらの鎧も相手の攻撃でぼろぼろになり汗と血で目の前が見えなくなった。ゲライントが優勢になると、銀髪の男と妻と娘は喜んだ。騎士が優勢になると、伯爵とその一党が喝采を上げた。銀髪の男は、ゲライントが激しい一撃を受けたのを見るや近くに飛んでいって声をかけた。「殿、小人から受けた恥辱を思い出されよ。ここに来られたのは貴殿の恥辱を晴らすため、そしてグウェンホウィヴァル、アーサーの妃への無礼を晴らすためではなかったのか?」

するると、小人の言葉がゲライントの頭に蘇ってきて、彼は力を振り絞ると、剣を振り上げ、騎士の脳天めがけて打ちかかった。すると兜が粉々に砕け、肉も皮膚も破れ、骨に達したため、騎士は膝をつき、剣を投げ出してゲライントに命乞いをした。

「遅すぎた。自分が強いと思い込み、尊大にふるまって命乞いをしそびれた。一時の猶予を得て、わが罪を神に悔い、司祭に告白しない限り、命乞いをしても仕方がない」

「命は助けよう。ただし条件がある。グウェンホウィヴァル、アーサーの妃のもとへ行き、おまえの小人が王妃の侍女に与えた無礼の償いをするのだ。わたしに関しては、もう十分。おまえと小人から受けた侮辱は、おまえにしたことで済んだことにする。おまえは、ここから出立し、グウェンホウィヴァルの面前に出るまで、馬からおりてはならない。そしてアーサーの宮廷で決められたとおりに償いをするのだ」

「承知した。そしておぬしは何者だ?」

「エルビンの息子ゲライント。そちらこそ何者か名乗るがいい」

「ニーズの息子エデルン[58]だ」

騎士は馬にかつぎ上げられると、そのままアーサーの宮廷に向かった。彼の最愛の女性と小人は先頭に立ち、大いに嘆き悲しんだ（彼の物語はここまで）。


若い伯爵と手勢がゲライントのもとにやって来ると、彼にあいさつし一緒に城に来るよう招待した。

「けっこうです」とゲライントが言った。「昨晩、泊まったところに今夜も参ります」

「招待は断っても、こちらは断られぬはず。貴殿のために準備したものを、昨夜泊まったところで召し上がるといい。風呂も用意させるので、疲れと疲労をとられよ」

「神のご加護を」とゲライント。「それでは宿に参ります」

このような具合で、ゲライントとニュウル伯爵[59]〔銀髪の男〕と妻と娘は帰路についた。一行が二階の部屋に上がると、若い伯爵の侍従たちがすでに館にやって来ていて、すべての部屋を掃除し、藁と炉の仕度を整えており、ほどなくして風呂の準備ができた。ゲライントは風呂に行き、頭を洗ってもらった。続いて若い伯爵が到着した。四〇名の颯爽たる騎士、自分の軍隊、そして馬上槍試合の客たちも一緒である。ゲライントが風呂から出てくると、伯爵は広間に行って食事をとるように告げた。

「ニュウル伯爵はどちらに？　奥方と娘御は？」

「二階の部屋におられます」と伯爵の侍従が言った。「伯爵がお持ちした服に着替えられているところです」

「娘には、シュミーズとショールのままでいさせるように。アーサーの宮廷に着いたらグウェンホウィヴァルがお手持ちの衣裳から身支度をさせるから」そこで乙女は着替えぬままとなった。

一同は広間に入り、手を洗うと、席について食事を始めた。席順は次のようである。ゲライントの隣に若い伯爵が、もう一方の隣にニュウル伯爵がすわった。ゲライントの向かい側に乙女と母、あとは、身分の高い順である。みなは食事をし、さまざまな料理を心ゆくまで堪能した。それから、一同は話を始め、若い伯爵がゲラインを翌朝、招待した。

「けっこうです」とゲライントが言った。「アーサーの宮廷へ、こちらの乙女と明日は向かいます。そしてニュウル伯爵は長いこと貧乏と苦難にあえいでこられたので、資産を増やして差し上げることを試みに、わたしは参るのです」

「殿」若い伯爵が言った。「わが不正のせいで、ニュウル伯爵に領地がないのではない」

「さようか」ゲライントが言った。「不慮の死がわが身を襲わぬ限り、今後ニュウル伯爵が領地を持たぬことはないでしょう」

「殿、わたしとニュウルの間に起こった不和については貴殿の助言に従おう。われらの義に対しては中立でおられるから」

「わたしは」とゲライントが言った。「この方が正当な権利をお持ちのものしか要求しません。それに加え、領地を失ってから今日までの損害の補償です」

「貴殿に免じて、喜んでそういたそう」

「それでは」とゲライント。「ここにいる者で、ニュウルの臣下であるべき者は全員、今ここで臣従の誓いを立てるべし」

全員がそのようにし、この調停で落着した。それから、城と城下と領土はニュウルに渡され、失ったものは、宝石一個にいたるまですべて戻された。

それからニュウルがゲライントに言うには、「殿、馬上槍試合の日に誓いを捧げられた娘は、お望みのままにしていただいてかまわぬ。もうそなたのものなのだから」

「望みはただ、アーサーの宮廷に着くまで、乙女が今のままでいてくださること。アーサーとグウェンホウィヴァルの手で乙女を与えてほしいのです」

こうして翌朝二人はアーサーの宮廷へと向かった（ゲライントの冒険はここまで）。


さて、こちらはアーサーの鹿狩の顚末である。一行は持ち場を決め、それぞれに男と馬を割り当て、犬を放った。最後に放たれた犬はアーサーの愛犬で、カヴァス[60]という名である。カヴァスはほかの犬をみな追い抜き、鹿に向きを変えさせた。二番目に向きを変えたところで、鹿はアーサーが待つ場へ追い込まれた。アーサーはねらいを定めると、ほかの者が手にかけるより早く鹿の首を切り落とした。そこで角笛が吹かれ、獲物を仕留めたことが知らされた。そこで一同が集まった。するとカドリヤイスがアーサーのもとに進み出て言った。「陛下、あちらにグウェンホウィヴァルがおられますが、おそばには侍女一人しかおりません」

「それでは、こうしてほしい」アーサーが言った。「カウの息子ギルダス[61]と宮廷の聖職者全員がグウェンホウィヴァルと一緒に宮廷に戻るように」彼らはそのとおりにした。

帰路の間、一同は口々に鹿の頭をどうするか、誰に与えたらいいのかと言い合った。ある者は自分の最愛の女性に贈りたいと言い、別の者は、いや、自分の最愛の女性にと言い張って、親衛隊の面々も騎士たちもみな鹿の頭がほしくて言葉を荒げる。こうやって一同は宮廷に到着した。アーサーとグウェンホウィヴァルは鹿の頭をめぐる口論を耳にするや、グウェンホウィヴァルはアーサーに向かって言った。「陛下、雄鹿の頭について、わたくしから進言いたします。お与えになるのは、エルビンの息子ゲライントが探求から戻るまでお待ちくださいませ」そしてグウェンホウィヴァルはアーサーに探求の理由を話した。

「喜んで、そのように取り計ろう」とアーサーが言った。そこで一同は納得した。

翌朝、グウェンホウィヴァルは城壁に見張りを立て、ゲライントの到着を待った。すると昼過ぎ、小さな男が馬の上で丸くなっているのが見えた。その後ろには妻女あるいは乙女だろうか、馬に乗っており、女の後ろからは、前かがみになった大きな騎士が、頭を低くたれ、意気消沈して、ぼろぼろで、ものの役に立たなくなった鎧を着て続いている。一行が城門に着くよりも早く見張りの一人がグウェンホウィヴァルのところに行き、どのような面々を見かけたのか、どんな風体かを告げた。

「正体はわかりません」

「わたくしにはわかります」グウェンホウィヴァルが言った。「ゲライントが追っていった騎士です。自分の意思でここに来たとは思えません。もしゲライントが打ち負かしたのなら、侍女に与えられた侮辱はすっかり晴らしたわけですね」

そのとき、門番がグウェンホウィヴァルのもとに飛んできた。

「奥方様、城門に騎士がおります。これほど、身の毛のよだつ有様は見たことがありません。破れて、ぼろぼろになった鎧をはおっております。鎧の破片についた血の色の方が、本人の顔色より赤々としております」

「何者か知っていますか?」

「はい。ニーズの息子エデルンですが、知り合いではありません」

そこでグウェンホウィヴァルは城門に出て騎士を迎えると、相手は中に入った。その有様にはグウェンホウィヴァルも心を痛めたに違いない。小人が一緒に中に入ることを騎士が許さなかったならばの話だが。小人は、それほど礼儀知らずだった。エデルンはグウェンホウィヴァルにあいさつした。

「神のご加護を」

「奥方様、エルビンの息子ゲライントがよろしくと申しておりました。もっとも勇敢な、最高の若者です」

「そなたに挑んだのですか?」

「はい。わたしにとっては都合の悪いことに。しかし非は、彼ではなく、わたしにあります。ゲライントから申し付けられたことです。あなたにごあいさつするよう命令され、ここまでやって来ました。小人によってあなたの侍女になされた辱めの償いのために、あなたの言うようにするようにと。けれども、自分がこうむった辱めについては、わたしへ仕返ししたことで許してくれました。わたしが死の危険にあると思われたからです。手ごわくも、手厳しくも、かたくなにも、そしていかにも戦士らしく、わたしを意に従わせ、あなたに償いをするためにここに来させたのです」

「なんとまあ、どこでそなたに追いついたのです?」

「われらが馬上槍試合をして、ハイタカをめぐって競い合った場所です(その町は今、カエルダヴ[62]と呼ばれている)。一緒にいたのは手勢などではなく、たった三人の貧しく、みすぼらしいなりの者たち。すなわち、年老いた銀髪の男と、年かさの女、それに若い美しい乙女ですが、みな、着古してぼろぼろの衣服を着ていました。ゲライントがその乙女への愛を誓ってハイタカの試合に参入し、自分の乙女の方が、あちらの乙女、わたしと連れ立っていた者よりもハイタカにふさわしいと宣言したのです。そこでわれわれは一騎討ちをし、彼は立ち去りました。わたしをご覧のような態にして」

「それで、ゲライントはいつこちらに着くと思いますか?」

「明日には到着するでしょう。乙女も一緒です」

そこにアーサーがやって来たので、騎士はアーサーにあいさつした。

「神のご加護を」アーサーが言った。アーサーは相手をまじまじと見つめると、その有様にたいそう驚いた。それから、見覚えがあることに気づき、尋ねた。「ニーズの息子エデルンか?」

「そのとおりです、陛下。途方もない災難と、耐えがたき傷を負いました」そこで彼はアーサーに不幸の一切を語った。

「なるほど」アーサーが言った。「今聞いた話からすると、グウェンホウィヴァルは、そなたに情けをかけてしかるべきじゃ」

「陛下がお望みのようにいたしましょう。わたくしが恥をかかされるということは陛下に対する侮辱でもあるのですから」

「この件で最善の裁きは」とアーサー。「傷の治療をさせ、生きながらえるかどうかを見定めよう。もし命があれば、宮廷の長老たちが決めるように償いをさせ、そなたは担保を取るがよい。もし死ぬとすれば、エデルンほどのすぐれた若者の命は、侍女一人の賠償金としては、あまりにも大きい」

「異存はありません」グウェンホウィヴァルが言った。

それからアーサーは保証人となるために彼のもとに行き、スリールの息子カラドウグ[63]、スレノウグの息子グワソウグ、ニーズの息子オワイン、そしてグワルフマイを始め大勢が付き従った。またアーサーはモルガン・チッド[64]を呼び寄せた。医師の長である。

「ニーズの息子エデルンをそなたに任せるので、一室を用意させ、できる限りの治療を、わしがけがをしたと思って施すように。そなたと弟子たち以外は誰も部屋に入れず静かに過ごさせよ」

「承知しました、陛下」とモルガン・チッドが言った。すると家令が言うには、「連れの女性の方の世話はいかがいたしましょうか?」

「グウェンホウィヴァルと侍女たちに任せよ」そこで家令は、そのようにした（彼らの物語はここまで）。

翌朝、ゲライントが宮廷にやって来た。グウェンホウィヴァルは、自分の知らぬ間に到着することのないよう城壁に見張りを立たせておいた。見張りがグウェンホウィヴァルのもとにやって来た。

「奥方様、ゲライントが参った様子、乙女が一緒です。馬に乗っていますが、着ているのは平服です。乙女はというと、とても白く見え、なにやらリネンのようなものを身に着けております」

「侍女たち、準備をしなさい。そしてゲライントを出迎えに行き、もてなすように」

それからグウェンホウィヴァルはゲライントと乙女に会いに行った。ゲライントはグウェンホウィヴァルのもとに出向くとあいさつした。

「神のご加護を、よくぞ参られました。実り多く、恵みに満ち、上首尾にして、賞賛に値する冒険をなさってきましたね。神の恵みがあるでしょう。わたくしのために正義を、あんなにも立派になされたのですから」

「奥方様のお気がすむように正義がなされることを願ったまでのこと。こちらにいる乙女のおかげで、御身の恥辱を晴らすことができました」

「そうですか」グウェンホウィヴァルが言った。「神も喜んで迎えられましょう。ここに迎えるのに異存はありません」

一行は中に入り、馬からおりると、ゲライントはアーサーのもとへ行きあいさつした。

「神のご加護を」アーサーが言った。「よくぞ参られた。ニーズの息子エデルンが、そちの手で苦難とけがを負う羽目になったとはいえ、あっぱれな働きをしたものじゃ」

「そのことの非は、わたしにはありません」ゲライントが言った。「ニーズの息子エデルンが傲慢さゆえに名乗ろうとしなかったのです。相手の正体を知るか、どちらかが勝つまでは、わたしは戦いをやめませんでしたから」

「ところで」アーサーが言った。「誓った女性がいると聞いたが、今どこにおるのだ?」

「グウェンホウィヴァルとともに、王妃のお部屋に参りました」

そこでアーサーは乙女に会いに行った。アーサーとお付きたち、それに宮中の全員が乙女を歓迎した。そしてその容姿にふさわしいだけの財産があったら、これほどの麗人はほかにいないだろうと誰もが確信した。アーサーは乙女をゲライントに与えた。このとき、二人を結ぶ絆が、ゲライントと乙女の間で結ばれたのである。乙女はグウェンホウィヴァルの全衣裳の中から一枚を選んだ。それを着た乙女を見た者は誰もが、輝くばかりの美貌に気品あふれる姿だと思ったことだろう。その日は夜まで人々は大いに歌い、たくさんの料理と、さまざまな酒、そして種々のゲームを満喫した。やがて就寝の時が来て一同は寝所に向かった。アーサーとグウェンホウィヴァルの寝台が置かれる一室に、ゲライントとエニッド[65]のための寝台が用意された。その夜、初めて二人は床をともにした。翌朝、アーサーは、ゲライントのために、嘆願者たちにたくさんの贈り物をあげて満足させた。乙女は宮廷に慣れていき、男女含め友人もできて、やがて、ブリテン島でこれほど評判のいい乙女はいなくなった。そこでグウェンホウィヴァルが言うには、「正しい判断をわたくしはしたわけですね、鹿の頭は、ゲライントが戻るまで誰にもやらぬと決めたことは。今こそ、ニュウルの娘エニッド、このもっとも誉れ高い娘に進呈しましょう。そのことでねたむ者はおりますまい。誰からも、愛情と友情を持たれていますから」

　この言葉に全員が喝采し、アーサーも同様だったので、雄鹿の頭はエニッドに与えられた。以来、彼女の評判はますます高くなり、そのことで友人も前にも増して増えていった。一方ゲライントは、この後、馬上槍試合や激しい一騎討ちを好むようになり、いずれも勝利をおさめた。かくして一年、二年、そして三年が過ぎ、彼の名声は王国中に広がった。

　さて、アーサーがウスク河のほとりカエル・スリオンで聖霊降臨節の折に宮廷を構えていたときのこと、進み出たのは使者の一団、賢くも思慮深く、学識に富み、かつ弁の立つ面々で、アーサーにあいさつした。

「神のご加護を」とアーサーが言った。「よくぞ参られた。どちらから来られたのだ？」

「陛下」一行は言った。「コーンウォールから参上しました。キステニンの息子エルビン、あなたのおじ上の使いの者です。あなた様への伝言と、よろしくとのごあいさつをお伝えします。おじとして、また臣下としてごあいさつ申し上げるとともに、お伝えしたいのは、疲れ果て、からだが弱り、老齢に近づいていること、そして隣に領地をもつ者たちがこのことを知り、境界を侵し、領土をねらっているのです。主《あるじ》が陛下にお願いするは、息子であるゲライントを遣わして領国を護り、境界を確認することです。本人にとっても、若い盛りと絶頂の時期を自分の領地を護るのに費やす方が、馬上槍試合にうつつを抜かすより良いとのお考え。試合で名声を得ても、益は何もありませんから」

「さようか」アーサーが言った。「着替えて食事をし、疲れを癒やすがいい。出立するまでには返事を得られよう」一行は食事に向かった。

それからアーサーが考えるに、ゲライントを自分のもとからも、自分の宮廷からも去らせることは簡単にはできかねる。かといって、実のいとこが領国と境界を護るのを邪魔するのもできかねるし公平でもない。父親にはその力がないのだから。グウェンホウィヴァルの心労や悲しみもまた大きかった。宮廷の貴婦人たち、侍女たちも同様で、あの乙女がいなくなってしまうというのは耐え難い。その日は夜まで、一同がさまざまなことに興じたあと、アーサーはゲライントに用向きを話し、使者がコーンウォールからやって来たことを告げた。

「なるほど」とゲライントが言った。「それがわたしにとって利益であれ、不利益であれ、この件に関しては、御意のままにいたします」

「これが、そなたへの助言じゃ」とアーサーが言った。「そなたが行ってしまうのはつらいことではあるが、領国に居を移し、境界を護るのだ。望みの者を連れてまいれ。わが家来、そなたの親族、仲間の騎士のうち、一番好ましい者たちを同行者とするがよい」

「神のご加護を、そのようにいたします」ゲライントが言った。

「何の騒ぎです？」とグウェンホウィヴァルが言った。「お二人でお話しされているのは？　国元までゲライントに同行する者たちのことでしょうか？」

「そのとおり」とアーサー。

「それではわたくしも」グウェンホウィヴァルが言った。「乙女のために一緒に行く者たちと準備のことを考えましょう」

「よくぞ申した」とアーサーが言った。その晩、人々は眠りについた。

翌朝、使者の一団は出発するように言われ、ゲライントも後から行くと知らされた。それから三日後にゲライントは出発した。彼に同行したのは次の面々である。グウィアルの息子グワルフマイ、アイルランド王の息子フリオゴネズ、ブルゴーニュ公の息子オンディアウ、フランス君主の息子グウィリム、エミール・スラダウの息子ハウェル、技芸に富んだエリヴリ・アナウ・カルズ、トリンガドの息子グウィン、キステニンの息子ゴーライ、勇猛なグワイル・グールヒド・ヴァウル、ゴリスメールの息子ガランナウ、エヴロウグの息子ペレディール、グウィン・スロゲス・グウィール（彼はアーサーの宮廷の長老である）、アリン・ダヴェッドの息子ダヴィール、言語万能グーライ、ベドラウドの息子ベドウィール、グーリオンの息子カドゥーリ、カニルの息子カイ、フランク人オディアル、彼はアーサーの宮廷の家令である。

「それにニーズの息子エデルンを」とゲライントが言った。「馬に乗れるようになったと聞いているが、一緒に来させてください」

「うむ」とアーサーが言った。「たとえ元気になったとはいえ連れて行くのは、ふさわしき行いではないぞ。まずはあの者とグウェンホウィヴァルの仲直りが先じゃ」

「グウェンホウィヴァル様はお許しくださるでしょう、保証人をつければ」

「許すのであれば、条件なしで、保証人はつけずに許させよ。小人が侍女に与えた侮辱に関しては、災いも痛みも十分に味わったのだから」

「わかりました」とグウェンホウィヴァルが言った。「あなた様とゲライントがこの件について正しいと思われることを喜んでいたしましょう」そしてエデルンに自由に出発する許しを与えた。さらに多くの者がゲライントに付き従った。

こうして一行は出発し、旅路についたが、こんなに見事な一団は誰も見たことがなかったろう。行く先はハヴレン〔セヴァーン河〕である。ハヴレン河のはずれには、キステニンの息子エルビンの長老たちがゲライントの養父を先頭に待っており、ゲライントを歓迎すると、大勢の侍女たちもゲライントの母の言いつけで、妻である、ニュウルの娘エニッドを出迎えた。宮廷、そして領国全体の者はことごとく、ゲライントの到着に心の底から大喜びした。彼への親愛の念はたいそう大きく、彼の名声は別れて以来いや増しており、その当人が自分の所領を手にして境界を護るつもりでやって来たからである。

一行は宮廷に向かった。彼らのために、宮廷では、さまざまな種類の料理がふんだんに用意され、酒もたっぷり、給仕も非の打ち所なく、歌や余興に明け暮れた。ゲライントに敬意を表して、その晩は領国の貴族全員が招かれ、ゲライントの前に伺候した。人々はその日も夜も、羽目をはずさぬ程度にくつろいで過ごした。翌日の朝早く、エルビンは起きてゲライントを呼び寄せると、同行した貴族たちも集まったところで、ゲラインに向かって言うには、「わしは、もう年老いた老人じゃ。そなたと己のために領地を護ることができる間は、そうしてきた。だが、そなたは若く、力も若さも今が盛りの花。これからは自分の領国を護るがいい」

「自分の望みを言えば」ゲライントが言った。「父上の土地に対する権限をわが手に与えたり、アーサーの宮廷から連れ戻したりしてくださらなかった方が良かったのですが」

「そなたの手に支配権をゆずる。今日、わが配下の者たちより臣下の礼を受けるがいい」

するとグワルフマイが言った。「嘆願に来た者たちの願いは今日聞き届け、領国の者たちの臣下の礼は明日受けられるのがよろしかろう」

そこで、嘆願者たちが一箇所に呼び寄せられた。カドリヤイスが彼らのところに出向くと意図を調べ、一人ずつ何が望みか尋ねた。それからアーサーの親衛隊が贈り物を分け与えた。すぐにコーンウォールの者たちも来て同様にした。誰もが贈り物の分配に長くはかからず、みなどんどん分け与えたのである。贈り物をもらいに来た者のうち、望みを手にせず戻った者は一人もいなかった。その日は夜まで人々は羽目をはずさぬ程度にくつろいで過ごした。

翌朝未明、エルビンは家臣たちに使者を送るようゲライントに命じ、臣従の誓いを受けに出向くがかまわぬか、不満や反対があるかと問うた。次にゲライントがコーンウォールの者たちにも使者を送り、同様のことを尋ねた。彼らが答えるには、ゲライントが臣下の礼を受けに来たことをみな心より喜び、名誉に思うとのことだった。そこで宮廷にいた者たちから臣従の礼が誓われた。そして一同は三日目の夜をともに過ごした。翌朝、アーサーの親衛隊は出立したいと申し出た。

「そんなに早くご出立か。どうか、長老たちから臣下の誓いを受けるまでおとどまりください。彼らは、そのつもりで来ることになっているので」

そこで一同は事がすむまで滞在し、それからアーサーの宮廷に向けて出発した。ゲライントも途中まで道案内としてついて行き、エニッドとともにダガンホウィル[66]まで同行した。そこで一行は別れた。ブルゴーニュ公の息子オンディアウがゲライントに言った。「まずは、領土の境界まで行き、境界線をしっかり、はっきりと見定めることだ。もし何か困ったことが起こったら、仲間たちに知らせるのだぞ」

「神のご加護を。そのとおりにしよう」

それからゲライントは領国の境界へ向かい、長老たちから適切な助言を受けた。領地の最果ての地点が示され、それをしっかりと心に刻んだ。

ゲライントは、アーサーの宮廷にいたときと同様、馬上槍試合に明け暮れ、勇気と力にすぐれた者たちと対戦するうち、その名はこの地域でも知れ渡るようになり、昔、かの地で名声をほしいままにしたのと同じようになった。また、宮廷は富み栄え、友人や貴族には最上の馬と鎧一式、それにすばらしい宝石類が与えられた。そのうち、彼の評判は王国中に広がった。それを境に、彼は安穏と自分の時間を楽しむようになった。というのも、戦うに足る相手がいなくなったからである。妻を愛し、宮廷で穏やかに過ごし、歌と余興を楽しみ、しばらくはそのような生活に身をおいた。その後は、部屋でくつろぎ、妻と過ごしてばかりで、他の事には一切、楽しみを覚えなくなった。やがて、貴族たちの親愛を失い、狩にも余興にも興味を失い、宮廷の家臣たちの心もすっかり離れていき、ついには、宮中の人々の間で、主君に対する噂や嘲りがひそかにささやかれるようになった。女を愛するあまり仲間をすっかり見捨ててしまったからだ。こうした言葉がエルビンの耳に入った。エルビンはそれを聞いた後、エニッドに伝え、彼女のせいでゲラインにそのような事が起こったのか、親衛隊や家臣をないがしろにするよう、そそのかしたのかと問うた。

「わたくしではありません。神に誓って申します。わたくしとて、これほど苦々しいことはございません」けれども、どうしたらいいのかわからなかった。ゲラインにこの事を告げるのはたやすいことではないが、さりとて、ゲラインに忠告することなく中傷を聞いたままでいるのはもっと辛かったからだ。心は悲しみですっかり沈んだ。

　夏の日の朝のこと、二人が寝床の中にいると（ゲラインは隣で寝ていたがエニッドは寝つけなかった）、部屋のガラスを通して、太陽の光が寝台を照らした[67]。胸や腕から服が脱げ落ちたまま彼は眠っている。その姿はとても美しく、息を呑むほどだった。

「ああ、情けない。わたくしのせいで、この腕と胸が、昔はあんなにも大きかった名声と力を失っていくとは」そう言うと、涙がとめどなく流れてきて彼の胸に落ちた。それが彼の目を覚まさせたことの一つだが、加えて彼女の言葉があった。また別の考えが浮かんできて彼を苦しめた。自分のために心配しているのではなく、他の男のことを愛していて自分から離れたいと思っているのではないか。そう考えたゲライントは心の平安を失い、小姓の一人を呼び寄せた。

「馬と甲冑をすぐに用意せよ」それからエニッドに向かって言った。「準備ができたらおまえも起きて着替え、馬の仕度をさせ、一番みすぼらしい服をもってきて馬に乗るのだ。わが面目にかけて、おまえは戻れないぞ。おまえが申すようにわたしが力をすっかり失ってしまったかどうかわかるまでは。そして、望みのとおり、意中の男と密会している方が良いかどうかわかるまでは」そこで彼女は起き上がると、地味な服を身に着けた。

「あなたのお考えは見当もつきません、殿様」

「今は、わからぬままでいい」そう言うとゲライントはエルビンに会いに行った。

「殿、わたしは旅に出ます。いつ戻ってこられるかはわかりません。ですから、戻るまで領地をお願いいたします」

「心得た。しかし、こんなにも急いで出立するとは驚きじゃ。誰が同行するのだ？　そなたは、単身スロエグル〔イングランド〕の地を旅するような男ではあるまい」

「同行するのは、ただ一人です」

「息子よ、神のお導きを」とエルビンが言った。「スロエグルでは多くの者が、そちへの恨みを晴らしたいと待ち受けているはず」

ゲライントが自分の馬のところへ行くと、馬は、重い、異国風の、きらめく鎧で装備していた。そこで、エニッドにも馬に乗り、先を行き、離れて先導するように命じると、「わたしのことで何を見ようが、何を聞こうが、決して戻ってきては来るな。それから、こちらから話しかけるまでは一言もしゃべってはならぬ」

こうして二人は旅に出た。だが、旅のしやすい、人通りのある道は選ぼうとはせず、わざわざ荒れ果てた道を行ったので、途中、追いはぎや盗賊や恐ろしい野獣に出くわしても不思議ないような道中だった。やがて二人は街道に出て、しばらくそれに沿って行くと、大きな森が見えてきたので、森へ向かった。森から出てきたのは四人の武装した騎士で、二人を見ると一人がこう言った。「ここはちょうど都合が良い。あちらの二頭の馬と鎧と女を奪うにはもってこいだ。それに手も掛けずにできるだろう。あの一人でやって来る、うなだれて、元気のない、腑抜けのような騎士相手なら」

エニッドはこの言葉を聞いたが、ゲライントが恐ろしくて、教えるべきか黙っているべきか、どうしてよいやらわからない。

「神のお裁きが下るだろう。あの方の手ではなく、他の者の手で、この身が命を落とすことになったならば。たとえ殺されようと、お伝えしなければ。さもないと不意打ちをくらって、あの方が殺されてしまうのを見る羽目になる」そこでゲライントが近づいてくるまで待った。

「殿、あちらの男たちが殿について話していることを聞かれましたか?」ゲライントは顔を上げ、怒って彼女を見つめた。

「余計なことを。言われたとおりにしていればいい。黙っていろと言ったはずだ。おまえの心配などどうでもいいし、忠告もいらん。わたしが死ぬのを、あちらの男たちの手にかかって殺されるのを見たくて仕方ないだろうが、こちらは恐れてはおらぬ」

その時、先頭の者が槍を構え、ゲライントに打ちかかってきた。こちらは待ち構え、ひるむことなく一撃をかわすと、相手の盾の真ん中を一突きしたので、盾は割れ、鎧も砕け、槍が腕の長さほど突き刺さって、騎士は、ゲライントの槍の長さの分だけ、馬の尻がいから地面へ落ちた。二番目の騎士が仲間が殺されたのを見て怒りに任せて襲ってきたので、一突きで打ち倒すと同様に殺した。三番目の騎士も向かってきたが、同じように殺した。同様に四人目も殺した。乙女はそれを見て悲しみ嘆いた。ゲライントは馬からおり、殺した男たちの鎧一式を脱がせ鞍にのせると、馬の手綱を束ねて縛り、自分の馬にまたがった。

「何をすればいいかわかるか。四頭の馬を引き、前を走らせ、おまえは、前に言ったとおりに先頭に立て。そして話しかけるまでは一言も口をきくな。神に誓って申すが、言うとおりにしなければ罰は免れぬぞ」

「できるだけ、ご命令に従います」

二人は森へ差し掛かり、森を抜けたところで、大きな平原に出た。その真ん中には、木が絡み合った茂みがあった。そこから三人の騎士がこちらへやって来るのが見えた。馬に乗り、全身を覆う鎧で乗り手も馬も武装している。乙女は彼らをじっと観察した。近づいてくると、こう言っているのが聞こえた。「これは格好の獲物。四頭の馬と鎧が四組、あちらの、うなだれて、ふさぎこんだ騎士相手なら、やすやすと手に入るぞ。それに女もわれわれのものだ」乙女が心中思うに「それは、そうでしょう。こちらは騎士たちと戦ったばかりで疲れ切っているのですから。神のお裁きが下りましょう。もし、注意して差し上げなければ」それからゲライントが近づくまで待った。

「殿、あちらの男たちが殿について話していることを聞かれましたか?」

「どんなことだ?」

「この獲物、やすやすと手に入ると申しております」

「神かけて、やつらの言葉よりいらだたしいのは、おまえが口を慎まず、命令を聞かぬことだ」

「殿、不意打ちされぬために、このようにしているのです」

「黙れ。おまえの心配などどうでもいいことだ」

その時、一人が槍を構え、ゲライントに向かってくると、ねらいを定め一突きしたが、ゲライントは難なくかわし、槍が脇にそれたところで、今度はこちらから突撃し、相手のど真ん中をねらって人馬もろとも一突きしたので、鎧はもはや役に立たず、槍の頭と柄全体が貫通し、騎士は、ゲライントの腕と槍の長さの分だけ、馬の尻がいから地面へ落ちた。二人の騎士も一人ずつ向かってきたが、どちらも大した攻撃はできなかった。

乙女は、その場に立って様子を見守っていたが、ゲライントが戦いでけがをするのではとやきもきしつつも、優勢になると心が躍るのだった。それからゲライントは馬からおり、三組の鎧を鞍にのせ、馬の手綱を束ねて縛ったので、今では七頭の馬がそこにつながれた。それから自分は馬にまたがると、乙女に馬を引くように命じた。

「黙っていろと言っても意味がないようだな。おまえは命令を守らぬのだから」

「殿、できる限りは守ります。けれども、悪意ある言葉が殿について言われるのを聞いたならば隠してはおけません。先ほどの者たちのような、荒野を旅する無法者たちから」

「おまえの心配などどうでもいいことだ。これからは口を慎め」

「そういたします、殿、できる限りは」

乙女は出発し、七頭の馬を前に走らせ、自分は離れて先を行った。先ほど話した茂みを後にすると、二人は開けた土地を抜け、切り立った山、平らで美しい高地を横切っていった。やがてしばらく先に森が見えてきたが、行く手にある森の端以外は、その先どこに端があるのか、境はどこなのかまったく見当がつかなかった。二人は森へ向かった。すると森から五人の騎士がやって来るのが見えた。血気盛んで、勇み立ち、力みなぎる様子で、軍馬も頑健、堂々とした体軀にがっちりした骨格、地面を砕かんばかりの勢いで、鼻息荒く、突進してくる。鎧はびっしりと人馬を覆っていた。彼らが近づいてくると、こう言っているのがエニッドには聞こえた。

「見ろ、良いものを見つけた。お茶の子さいさい、手もかからない。馬も鎧もそっくりいただき、女も一緒だ。あちらはたった一人、元気のない、うなだれた、腑抜けのような騎士だ」

男たちの言葉を聞いて乙女はたいそう心配したが、どうしてよいやらわからない。けれどもついに意を決し、ゲライントに注意しようと馬首をめぐらした。

「殿、あちらの騎士たちの話を聞かれておられたら、もっと用心されておられましょう」

ゲラィントは、不機嫌そうにいらだって、苦々しげに、冷ややかに笑うと、こう言った。「なるほど。おまえは禁じたことすべてに逆らうのだな。だがじきに懲りるだろう」

たちまち男たちが襲いかかってきた[68]。ゲラィントは奮い立ち、五人を打ち負かした。それから五組の鎧を五つの鞍にのせ、十二頭の馬をつなぎ、エニッドに引き渡した。

「一体全体、おまえに命令してなんの役に立つ。だが、もう一度、これは忠告だが、申しつけるぞ」

乙女は森へと出発し、ゲラィントに命じられたとおり離れて先を行った。これほどすばらしい乙女が馬を引いていく光景には彼も痛ましく思ったに違いない。だが、怒りがそうさせなかった。こうして二人は森へ向かった。深く、広大な森で、夜が更けてきた。

「乙女よ。これ以上進んでも仕方ない」

「はい、殿、御意のままに」

「ここで休み、日の出を待とう」

「承知しました」そこで二人はそのようにした。ゲラィントは馬からおりると乙女を地面におろした。

「疲れたので、眠らずにはいられぬ。おまえが寝ずに馬の見張りをしろ」

「承知しました、殿」

ゲラィントは鎧を着たまま眠った。夜が過ぎていった。この季節、夜は長くなかった。夜明けの光が見えたので、振り返って彼が起きているか確かめた。その気配で相手は目を覚ました。

「殿、お起こししようと思っていたところでした」

彼は黙ったまま、怒った顔をした。口きいていいとは言っていなかったからだ。それから起き上がると、こう言った。「馬を連れて出発しろ。昨日のように離れているのだぞ」

こうしてしばらく行くうちに、二人は森を抜け、開けた平原に出た。片側には牧草地があり、男たちが大鎌で草を刈っている。さらに進んで河にたどり着いたところで馬は頭をたれ、水を飲み、その後、二人は馬で河を越え、高い丘に上がった。するとそこで出会ったのは若い男で、首のまわりにタオルを巻いている。タオル[69]の中に何か包みが見えたが、中身はわからない。小さな青い水差しを持っており、水差しの口にはコップがついていた。若者がゲライントにあいさつした。

「神のご加護を」ゲライントが言った。「どこから来られた？」

「この先にある町からです。よろしければ、殿がどこから来られたのかお教えください」

「もちろん。あちらの森を抜けて参った」

「今日、森を抜けられたわけではありますまい？」

「いや、森の中で昨夜は過ごした」

「恐れながら」と若者が言った。「昨夜は居心地が良くなかったことでしょう。それに何も飲み食いされておられぬのでは」

「神かけて、そのとおり」

「わたしからの助言ですが」若者が言った。「お食事を召し上がりませんか？」

「どのような食事なのだ？」

「朝食を、あちらの草刈人たちにもっていくところでした。パンと肉とワインしかありませんが。もし召し上がりたければ、彼らの分はなくてもかまいません」

「ありがたい。神のご加護を」

ゲライントは馬からおり、若者が乙女を馬からおろした。彼らは手を洗い、食事をとった。若者はパンを切り、飲み物をつぎ、給仕した。食べ終わると、若者は立ち上がりゲライントに言った。「殿、お許しを得て、草刈人たちの食べ物をとりに行ってきます」

「最初に町に行き」とゲライントが言った。「宿をとってほしい。町一番の宿で、馬も泊まれる広々としたところをお願いする。それから、もてなしと食事のお礼に、どれでも好きな馬を一頭、それに鎧ももっていかれよ」

「神のご加護を」若者が言った。「十分すぎるくらいです」

若者は町に行くと、知る限りで最高の良い宿を確保した。それから宮廷に向かい、馬と鎧ももっていった。そして伯爵のもとに行くと一切を語った。

「それでは、その若武者を迎えに行き、宿まで案内いたします」

「よかろう。それから、あちらが望むなら、ここでも喜んで歓迎いたそう」

そこで若者はゲライントに会いに行き、伯爵が自分の宮廷で歓迎する旨を伝えた。しかし彼の望みは宿に行くことだけだった。部屋は快適で、たくさんの藁床にクッション、そして馬にも広々とした居心地の良い場所が与えられ、若者は一行のためにたくさんの食べ物を用意してくれた。服をゆるめ休息してからゲライントがエニッドに言うには、「部屋の隅に行き、家のこちら側には来ぬように。望むなら、この家の主婦を呼び寄せてもよいぞ」

「承知しました、殿、そうおっしゃるのでしたら」

その時、家の主がゲライントのところにやって来て歓迎のあいさつをした。

「殿様、お食事はおすみですか?」

「すんでいる」

すると若者が言った。「伯爵のもとに戻る前に、飲み物か何かを召し上がりますか?」

「そうしよう」ゲライントが言った。

そこで若者は町に行き、飲み物を買ってきた。そして二人は飲み物を飲んだ。その後、すぐにゲライントが言うには「もう眠くてしかたがない」

「わかりました」若者が言った。「眠っておられる間に伯爵のところへ行って参ります」

「承知した。それでは、命じた時間にここに戻ってきてほしい」そうしてゲライントは眠り、エニッドも眠った。

若者は伯爵のもとに行くと、伯爵が騎士はどこに泊まっているのかと尋ねたので、場所を告げた。

「わたしは、これからすぐに戻らなければなりません。お世話するために」

「行くがいい。わたしからよろしくと、そして、こちらもこれから会いに行くと伝えよ」

「承知しました」

若者が着いたのは、ちょうど二人が起きる頃だった。彼らは目を覚まし、外を散歩した。それから食事をとろうということになり、食事をとった。若者が給仕を務めた。ゲライントは家の主に、誰か招待したい客はいるかと尋ねた。

「おります」

「それなら、その者たちをここに連れてきて、わたしが費用をもつから、町で売っている最高のものを腹いっぱい食べさせるがいい」家の主の知り合いの中でも最高の者たちが連れて来られ、ゲライントのおごりで腹を満たした。

そのとき、伯爵が十一名のそうそうたる騎士を伴い、ゲライントに面会に来た。ゲライントは立ち上がり出迎えた。

「神の恵みを」伯爵が言った。一同は席につき、身分に応じてすわった。それから伯爵はゲライントと話を始め、どのような旅なのかと尋ねた。

「心にあるのは、ただ冒険を求め、気に入った探求を行うこと」

そこで伯爵はエニッドに目を留め、まじまじと眺め、思うに、これほど美しく優雅な女性は見たことがない、そしてすっかり夢中になってしまった。そこでゲライントに尋ねるには、「よろしければ、あちらの乙女のところに参り話をしたいのだが。遠ざけておいでの様子」

「お望みのままに」

そこで乙女のところに行くと話しかけた。「乙女よ、あちらの男と旅をするのは楽しくはなかろう」

「あちらの方と同じ道を旅するのはいやではございません」

「そなたには、世話をする下男も侍女もおらぬではないか」

「いえいえ、わたくしにとっては、あちらの方について行く方が、下男や侍女をもつよりも心はずむのです」

「一つ提案がある。わが伯爵領をそなたに委ねるから、わしと一緒にいるがいい」

「神に誓って、それはできません。あちらの方に、わたくしはまず誓いを捧げたのですから裏切ることはいたしません」

「それは間違っておる。もしわしがあの男を殺せば、そなたを思いのままにできるし、飽きたら捨てるだろう。だが、もしそなたが自分の意思でそうするなら、われらの間の絆は永遠に、生きている限りこわれることはない」

彼女はしばらく相手の話を考えた末、心を決め、相手に期待をもたせることにした。

「殿様、こうなさるが一番よろしいと存じます。わたくしが、この会話の後、不貞を咎められないように、明日ここにいらして、わたくしを連れ去ってくださいませ。わたくしは何も知らなかったと見えるように」

「承知した」そう言うと彼は立ち上がり、いとまを告げ、家臣とともに立ち去った。その時は、彼女はゲライントに会話のことは何も言わなかった。彼のうちに怒りや不安、悲しみが起こるのを恐れたからである。

それから二人は頃合を見て寝床についた。リネッドは夜分早いうちは少し眠ったが、真夜中に目を覚ますとゲライントの鎧をすべて準備し、すぐに身に着けられるようにした。そして震え、おののきながらゲライントの寝台の横に行くと、小声でゆっくりとこう言った。「殿、起きて身支度をしてくださいませ。これが、伯爵がわたくしに話したことと、わたくしへの思いです」そしてゲライントにすべてを語った。彼は腹を立てたが、忠告を聞き入れ仕度をした。彼女がろうそくをともし、着替えのための灯りとすると、「ろうそくは置いて、この家の主を呼んでこい」と言った。彼女は出ていき、家の主がやって来たので、ゲライントが尋ねるには「借りはいくらだ？」

「わずかでございます」

「では、いくらであれ、十一頭の馬と十一組の鎧を取るがいい」

「神のご加護を。でも、鎧一組ほどの金も、あなた様のために使ってはおりません」

「だからどうだというのだ？　金持ちになるではないか。友よ、町から出られるよう、案内してもらえるか？」

「もちろんです。どちらへ行かれるおつもりですか？」

「町へ入ってきた場所とは違う方向へ行きたい」

宿の主人は道案内が不要になるところまで同行した。それからゲライントは乙女に離れて前を進むように命じ、乙女はそれに従って先頭を行き、宿屋の主人は家に戻った。主人が家に入ろうとしたとたん、前代未聞の騒音がこちらへ迫ってくるのが聞こえた。外へ出てみると、なんと、家の周りを二〇の四倍の武装した騎士たちが取り囲んでおり、褐色《ドゥン》の伯爵[70]が指揮をとっている。

「ここにいた騎士はどこだ？」伯爵が言った。

「ここから、もうずっと離れたところにおります。かなり前に出発なさいました」

「なんと、このならず者[71]めが、わしに告げずに行かせたのか？」

「殿、見張りをしていろとは言われておりません。もしそうご命令いただいていたら、行かせはしませんでした」

「どちらへ向かったと貴様は思う？」

「存じません。ただ、街道を行きました」

一同は馬首をめぐらし街道へと向かい、馬のひづめの跡を見つけたどっていくと広い道へ出た。日が差してきたので乙女が振り返ると、背後にもうもうと立ち上る煙と霧、どんどんこちらへ近づいてくる。その光景にすっかり狼狽して、伯爵とその軍勢が追いかけてきたのだと考えた。そう思うと、何やら、霧の中から一人の騎士が現れるのが見えた。

「あの方に忠告しなければ、たとえ殺されても。あの方の手にかかって殺される方が、あの方が何も知らずに殺されるのを見るよりましというもの」彼女は言った。「殿、あなたの方に迫ってくる騎士が見えませんか？ほかにも大勢の者が一緒です」

「見える。何度、黙っていろと命じても、おまえは決して黙ってはいない。おまえの忠告などどうでもいいことだ。口を慎め」そう言うと騎士に襲いかかり、最初の一撃で相手を馬の足元に落下させた。残った二〇と四倍の騎士たちも、最初の一撃で一人ずつ投げ飛ばした。だんだんに強い者が立ち向かってきて、最後は伯爵だけになった。とうとう伯爵の出番となったが、槍が折れ、二本目の槍も折れてしまった。今度はゲライントが突撃し、槍で盾のもっとも厚い部分を一撃すると、盾は割れ、鎧も粉々になり、乗り手はというと、馬の尻がいから地面へ落ち、今にも死にそうになった。ゲライントが近づくと、馬がいななないたので伯爵は息を吹き返した。

「殿、お情けを」相手はゲライントに言った。

そこでゲライントは情けをかけてやることにした。彼らが投げ飛ばされた地面は恐ろしく硬かった上に、受けた一撃もすさまじい憤怒に満ちていたので、誰一人として、死に至らんばかりに鋭く、無慈悲にして敵意に満ちた、強力かつ痛手を与える打撃をゲライントから受けずに、ここから去った者はいなかった。

それからゲライントは街道を先へと進み、乙女は離れて先頭を行った。やがて近くに見えてきたのは、見たこともないほど美しい谷間で、大きな河がそばを流れている。橋が河にかかっていて、街道はその橋へと通じており、橋を越えた対岸には城壁に囲まれた町が見えたが、誰も見たことがないほどの壮麗な有様である。橋へ向かっていくと、こんもりとした茂みの中から男が近づいてくるのが見えた。乗っているのは大きな、丈の高い馬で、足取りも確かに、勢いこんではいるが、乗り手の命ずるままに進んでくる。

「騎士殿」ゲライントが言った。「どこから来られた？」

「下の谷間から参った」

「なんと。では、あの美しい谷間とあちらの城塞都市の持ち主は誰か教えていただけないか？」

「喜んで。グウィフレッド・プティ[72]、フランス人とイングランド人はそう呼んでいる。カムリ〔ウェールズ人〕はブレーニン・バッハン〔小人の王〕と呼ぶ」

「あちらの橋か」ゲライントが言った。「あるいは下の街道を通って町のそばを行くことは可能か？」

「やめなさい」と騎士が言った。「彼の領地である橋の向こう側に行くのは。彼と立ち合うことになりますぞ。というのも、自分の領内へ来る騎士とは立ち合わずにはすまさぬというのが彼の習い」

「神にかけて申すが」とゲライント。「それでもわが道を参りたい」

「そううればきっと」と騎士が言った。「おぬしは恥と辱めを受けることになろう」

かっとなり、血気に燃えたゲライントは、そのまま道を進んだ。橋から町へ向かう街道ではなく、ゲライントが選んだ道の先には、荒れ果て、切り立った、見晴らしの良い高地があった。このようにして旅をしていると、騎士が追いかけてくるのが見えた。たくましく頑強な軍馬で、悠々たる足並みで、ひづめは大きく、胸も厚い。だが馬上の男はというと、こんな小さい男は見たことがない。人馬もろともびっしり鎧で身を固めている。ゲライントに追いつくと、相手が言うには「おぬし、無礼からか、厚かましさからか、わが権利を無にし、わが慣習を破らせたのは？」

「そうではない」とゲライントが言った。「この道を通ることが禁じられているとは知らなかったのだ」

「知らなかったのなら、わが宮廷に一緒に参り、償いをするのだ」

「断る。そなたの主君の宮廷には参るまい。アーサーがそなたの主《あるじ》でない限り」

「それではアーサーの手で、おぬしから賠償をいただくか、さもなければ、おぬしを痛い目にあわせるまでだ」

たちまち二人は互いに襲いかかった。相手の方は従騎士《エスクワイア》がやって来て、槍が折れるたびに新しい槍を渡した。どちらも相手に激しく痛烈な打撃を何度も与えるうち、両者の盾の色はすっかり剝げ落ちてしまった。また、なりふりかまわず、ゲライントは相手と戦わねばならなかった。なにしろ、たいそう小さいので、ねらいを定めるのがむずかしく、それでも猛烈な攻撃を仕掛けてくるのだ。二人は戦いをやめなかったが、馬の方が膝をついてしまい、ついにゲライントは相手を頭から地面へと投げ飛ばした。それから二人は徒歩で戦い始め、どちらも相手に、無慈悲にして素早く、痛手を与えるほど激烈で、鋭くも強力な打撃を与え、それらは両者の兜を貫き、鎖の頭巾を砕き、鎧をめった打ちにしたので、二人の目は汗と血で何も見えなくなっていった。とうとうゲライントが怒りに燃え、力を振り絞り、心は鬼のごとく、勇猛迅速、残忍獰猛に剣を振りかざすと、相手の脳天に、死に至らんばかりに鋭く、敵意に満ちて素早く、無慈悲にして痛烈な一撃を与えたので、兜は木っ端微塵、皮膚と肉がむき出しになり、傷は骨に達した。剣は小人の王の手から落ちて、野原の端まで飛んでいってしまい、手が届かない。そこで神の名にかけてゲライントに命乞いをし、情けを乞うた。

「許そう」ゲライントが言った。「ただし、これまでの貴殿の振る舞いはけしからぬし、貴殿自身もそうだった。助ける代わりに、これからはわが味方になり、二度と戦いを仕掛けぬこと。そしてもし災いがこの身にふりかかったと知ったら助けにくるように」

「承知した」そして、それからは、この言葉通りにした。

「殿、わが宮廷に一緒にいらして、労苦と疲れをおとりなさい」

「いやけっこうだ」彼は言った。

そこでグウィフレッド・プティがエニッドに目を留めたが、このような高貴なたたずまいの女性に、これほどの苦難がのしかかっているのを見て心を痛めた。そこでゲライントに言うには、「殿、疲れを癒やし、休息をとらねばいけません。もしこのような状態で難儀にあえば、優勢に戦うのはむずかしいでしょう」

ゲライントの望みは旅を続けることだけだったので馬にまたがったが、血に汚れ、疲れ果てていた。乙女は離れて先を行った。

二人の行く手に森が見えてきた。暑さは耐えがたく、鎧は汗と血でからだにへばりついている。森に入ると、木の下で立ち止まり暑さをしのいだが、痛みは傷を負ったとき以上にいや増して感じられた。乙女は別の木の下にいた。すると角笛と人々のざわめきが聞こえてくる。アーサーとその一行が森の中で馬からおりるところだったのだ。どちらに行ったら彼らに会わずにすむかと考えていると、徒歩の男がこちらをじっと見ている。そこにいたのは家令[73]の召使で、召使は家令のもとに戻ると、森で見た男の風体について話した。家令は馬に鞍をつけ、槍と盾を取り、ゲライントのいるところへ向かった。

「騎士殿、そこで何をしておられる?」

「木陰で、太陽の暑さと熱を避けている」

「旅の目的は?　そして何者か?」

「冒険を探し、気の向くままに旅をしている」

「なるほど」とカイが言った。「一緒に来てアーサーに謁見するがいい。すぐ近くにおられる」

「断る」とゲライント。

「来てもらう羽目になるぞ」カイが言った。

ゲライントにはカイがわかったが、カイはゲライントだとわからなかった。そこでカイは全力で向かってきた。ゲライントは腹を立て、槍の柄で顎の下を突くと、相手はまっさかさまに落馬してしまった。それ以上は、傷を負わせたくはなかった。恐怖にわなわなと震えながらカイは起き上がると、馬にまたがり、自分の宿舎へ戻った。それからグワルフマイの陣屋へ向かった。

「なんと」彼はグワルフマイに言った。「召使の一人が話すのを聞いたのだが、けがをした騎士を森の中で見たという。みすぼらしい鎧を着ていたそうだ。そこで頼みだが、本当かどうか行って見てきてはくれまいか?」

「行ってもいいが」とグワルフマイ。

「では馬に乗り、武器も持っていった方がいい」とカイ。「話では、出会った者には、誰であれ、たいそう無礼だというから」

グワルフマイは槍と盾をとり、馬に乗ってゲライントがいる場所へやって来た。

「騎士殿、旅の目的は?」

「自分の使命を果たし、冒険を探している」

「どなたか教えてくださるか? それとも、アーサーに会いに来られるか? この近くにおられるが」

「何者かは言わぬしアーサーに会いにも行かぬ」

相手がグワルフマイだとわかったが、グワルフマイには相手がわからなかった。

「この後」とグワルフマイ。「おぬしが何者か知らずして逃したとは言われたくない」そう言うと、槍を構えて襲いかかり、盾に一突きしたので、槍の柄は粉々に折れ、互いの馬と馬が頭をつき合わせた。そこでよく見ると見知った顔だ。

「なんとまあ、ゲライント、おぬしだったのか?」

「人違いだ」

「神に誓ってゲライントだ。これは、誤った、遺憾な対戦だ」それから見回すと、エニッドの姿を認め、あいさつし、出迎えた。

「ゲライント」グワルフマイが言った。「さあ、アーサーに会いに参ろう。おぬしの主君であり、いとこでもある」

「断る。出かけて、人に会える状態ではない」

するとその時、小姓の一人がグワルフマイを追ってきて何かささやいた。グワルフマイは小姓を使いに出し、ゲライントがけがをしてここにいるが会いに行くのを拒んでいること、そしていかに惨めな有様なのかをアーサーに伝えることにした。それから、ゲライントにわからぬように小声でささやくには、「そしてアーサーに、天幕をこの街道近くに移すように頼んでくれ。自分からは決して会いに行かぬだろうし、この状態で無理やりそうさせるのもたやすくはないから」

そこで小姓はアーサーのもとへ行き、そのことを伝えた。彼は天幕を街道の片側へ移した。乙女はほっとした。グワルフマイはゲライントを連れ出して、アーサーが野営しているところまで連れて行くと、王の小姓たちがちょうど天幕を張っているところだった。

「陛下、ごきげんよろしゅう」とゲライントが言った。

「神のご加護を」とアーサー。「そしてそなたは?」

「ゲライントです」とグワルフマイが言った。「自分の意思では、本日、御前に参らなかったでしょう」

「なるほど」とアーサー。「分別が足らぬのう」

そのときエニッドがアーサーのもとに進み出て、あいさつした。

「神のご加護を」アーサーが言った。「誰か、馬からおろして差し上げよ」小姓の一人が彼女を抱きおろした。

「なんとまあ、エニッドではないか。旅の目的はなんじゃ?」

「存じません。ただ、殿が旅をされるのに従わなければなりません」

「陛下」ゲライントが言った。「よろしければ、旅を続けたいのですが」

「どちらへ行くのだ?」とアーサー。「今発つことはできぬぞ。死にに行くようなものだ」

「わたしからとどまるよう命じることは我慢ならぬでしょう」とグワルフマイが言った。

「わしからなら我慢するだろう」とアーサー。「それから、元気になるまではここを去ることは許さぬ」

「わが最高の喜びは」とゲライント。「出立のお許しをいただくこと」

「それはならん」

それから侍女を呼び寄せると、エニッドを案内して、グウェンホウィヴァルが使っている天幕に連れて行った。グウェンホウィヴァルと侍女たちはみな彼女を歓迎し、旅の衣を脱がして着替えさせた。王はカドリヤイスを呼び、ゲラインントと医者たち用に天幕を張るよう命じ、必要なものは何でも、たっぷり用意するように申し付けた。カドリヤイスはすべて命じられたとおりにした。次にモルガン・チッドと弟子たちをゲライントのもとへ連れて行った。

アーサーと一行は一月近く、ゲライントの治療にあたった。そして肉体がすっかり力を吹き返したとゲライントは思うと、アーサーのもとに出向き、出発の許しを乞うた。

「そちが本当に回復したのか確信が持てぬ」

「大丈夫です」ゲライントが言った。

「その件で信頼できるのはそちではなく、そちを介護してきた医者たちだ」そこで医者たちを呼び寄せると、本当かと尋ねた。

「本当でございます」とモルガン・チッドが言った。

翌朝アーサーは出立の許しを与え、ゲライントは旅を続けた。アーサーも、同じ日にそこを発った。一方ゲライントはエニッドに先頭に立って旅すること、自分から離れているようにと、以前同様、命じた。彼女は先を行き、街道に沿って進んだ。このようにして旅をしていると、近くで聞いたこともないような悲鳴が聞こえてきた。

「ここにいて待っていろ。行って、何が起こったのか見てくる」

「承知しました」

行ってみると、街道近くの空き地に出た。空き地の真ん中に二頭の馬がいて、一頭には男用の鞍、もう一頭には女用の鞍がのっており、騎士が一人、鎧を着たまま死んでいる。騎士の上にかがみこんでいると、結婚したばかりの若妻[74]が乗馬服を着て泣き叫んでいた。

「ご婦人」ゲライントが言った。「どうなされたのだ？」

「ここを旅しておりました、わたくしと、わが最愛の殿とともに。すると三人の巨人が襲ってきて、正義も何もおかまいなく、わが殿を殺してしまったのです」

「どちらの方向へ巨人どもは行ったのです？」ゲライントが言った。

「あちらです、街道に沿って」

エニッドのもとへ戻ってきた。「さあ、あちらにいるご婦人のところに行き、そこで待っているのだ」そのように命じられて悲しくなったが、それでも乙女のもとに行き、話を聞いて悲しみにくれた。そしてゲライントは二度と戻ってこないと確信するのだった。

彼は巨人たちの後を追い、やっと追いついた。巨人はみな、大の男三人分より大きく、肩には大きな棍棒をかついでいた。彼は一人に襲いかかり、槍でからだのど真ん中を貫くと槍を抜き、二人目も同じように突き刺した。しかし三人目が向かってくるや棍棒で打ってきたので、ゲライントの盾は砕け、肩に棍棒が当たり、傷口があいて体中の血が流れ出した。そこで剣を引き抜き、相手に向かっていくと、痛烈にして鋭く、恐ろしくも、強烈猛烈な一撃を脳天にくらわせたので、相手の頭も喉も肩まで切り裂かれ、倒れて死んだ。このようにして彼らを殺すと、エニッドの待つところへ戻ってきた。そしてエニッドを見たとたん、意識を失い、地面に落馬した。エニッドは恐ろしい、つんざくような悲鳴を上げ、倒れたままの彼の上にかがみこんだ。

するとそのとき、悲鳴に答えて、リムリス伯爵[75]とその軍隊がやって来た。街道を旅しているところだったのだ。悲鳴を聞いて一行は街道を横切ってくると、伯爵がエニッドに言うには「ご婦人、何があったのです？」

「殺されたのです、わたくしがもっとも愛していたお方、未来永劫、最愛の方が」

「そして、あなたは？」もう一人に言った。「何があったのです？」

「最愛の殿御が、同じように殺されたのです」

「手にかけたのは？」

「巨人どもが、わが最愛の殿御を殺しました。そしてあちらの騎士が後を追っていかれたのですが、ご覧のような姿で戻ってこられました。血があふれんばかりに流れております。思うに、巨人たちの何人か、いや全員を殺してこられたに違いありません」

絶命している騎士を伯爵は埋葬したが、ゲライントには息の根が残っていると考え、盾のくぼみにのせて棺架の上に置くと連れ帰り、息を吹き返すかどうか見守ることにした。

二人の乙女は宮廷にやって来た。二人が到着した後、ゲライントは棺架にのせられたまま大広間の卓上に横たえられた。一行はみな旅装束を脱ぎ、伯爵はエニッドにも着替えるように言った。

「けっこうです」

「なんと、そんなに悲しむことはない」

「このことで、わたくしにご忠告くださるのはむずかしいこと」

「そなたが悲しむ必要がないようにいたそうではないか。あちらの騎士の運命がどのようなものであれ、生きているのか死んでいるかにかかわらず。ここに立派な伯爵領がある。それを、そなたの手に委ねよう、この身もともに。そして、これからは、喜び、楽しく暮らすのだ」

「これから、楽しく暮らすことなどありません。神に誓って、わが命ある限りは」

「来て、食べるがいい」

「けっこうです」

「もちろん、そうすることになる」そう言って、彼は乙女を無理やり食卓に連れて行くと、何度も何度も食べるように命じた。

「食べません、神に誓って。あちらの棺にのせられた方が召し上がるまでは」

「そなたにはできぬ話だ」伯爵が言った。「あの男は死んだも同然」

「いいえ、かなえてみせます」

伯爵は酒のなみなみと入った杯を渡した。

「これを飲むのだ。そうすれば考えも変わるだろう」

「わが面目にかけて、あの方が飲まれるまでは一口も口にしません」

「よかろう」と伯爵が言った。「これ以上そなたに礼儀をつくしても無駄、手荒く扱った方がよさそうだ」そう言うと、彼女の顔をなぐった。彼女は、つんざくような、大きな悲鳴を上げ、かつてないほどの大声で叫んだ。そ心に浮かんだのは、ゲライントさえ生きていれば平手打ちされることはなかっただろうという思いだった。そのときゲライントは彼女の悲鳴が響いてくるのを聞いて息を吹き返し、からだを起こして、すわった姿勢になると、盾のくぼみに自分の剣があるのを見つけ、伯爵のもとへ駆け寄り、鋭くも強烈、無慈悲にして痛烈、激しくもすさまじい一撃を脳天にくらわせたので、相手のからだは真っ二つ、食卓に剣が突き刺さったままになった。みなは卓から離れ逃げ去った。生きている者への恐怖からではなく、死者が起き上がり殺しにくる光景を思って震え上がったのである。ゲライントがエニッドに目を留めたところで、二重の悲しみが襲ってきた。一つには、エニッドが顔色も日ごろの物腰も失って取り乱している様子を見たからであり、二つには、彼女が正しかったことを悟ったからだ。

「奥方、われらの馬がどこにいるか、ご存じか?」

「はい。あなた様の馬の居場所はわかりますが、もう一頭がどこに行ったかは存じません。あちらの家に、あなたの馬は行きました」

彼はその家に向かい、自分の馬を連れ出してまたがると、エニッドを地面から抱え上げ、自分と鞍頭の間に乗せて出発した。

このようにして二人が生垣と生垣の間を抜けるように、夜が昼を打ち負かすように、旅を続けていくうち、自分たちと天空の間に、いくつもの槍先が後を追ってくるのが見え、馬のひづめの音や、軍勢のどよめきが聞こえてきた。

「われわれの後を追ってくる者がいる。そなたは生垣のこちら側にいるがいい」

そうしたところで、一人の騎士が向かってくると、槍を構えたので、それを見た彼女は言った、「殿、死者を殺して、どのような栄光が手に入るのです？　あなたがどなたであれ」

「なんと、こちらはゲライントか？」

「そのとおり。おぬしは？」

「小人の王。難儀にあわれたと聞き、助けに参ったところ。わが助言を聞いていれば、このような難儀が降りかかることはなかっただろうに」

「何事も神の御心次第」とゲライントが言った。「多くの良きことは助言から生まれるが」

「そのとおり」小人の王が言った。「良き助言がござる。一緒に、すぐ近くに住む、わが義兄弟の宮廷に行き、王国一の手当てを受けられてはいかがかな」

「喜んで参ろう」ゲライントが言った。

そしてエニッドは小人の王の従騎士の一人の馬に乗せられ、一行は男爵の宮廷に到着し、そこで大歓迎を受け、ねんごろにもてなされた。翌朝、医者たちが探しにやられ、見つかると、すぐに連れてこられた。それからゲライントは、傷が完治するまで介護を受けた。手当ての間、小人の王は彼の鎧を修繕させ、昔どおり最高の状態にした。こうして二週間と一月の間、彼らはここにとどまった。そこで小人の王がゲライントに言うには、「わが宮廷に赴き休息いたしましょう」

「もしよければ」とゲライントが言った。「もう一日だけ旅をし、それから戻ることにいたそう」

「承知した」と小人の王。「旅を続けましょう」

まだ日が昇ったばかりのうちに彼らは旅に出たが、これほど楽しく、喜びに満ちてエニッドが旅をしたことは、この日が初めてだった。一同が街道に出ると分かれ道になっているのが見えた。一方から、徒歩の男がこちらに向かってくる。グウィフレッドは徒歩の男にどこから来たのか尋ねた。

「この土地で用事があり参りました」

「教えてほしい」ゲライントが言った。「どちらの道を旅したらよいだろう」

「そちらをお行きなさい。こちらの下の道[76]を行けば二度と戻ることはありません。この先には霧の垣根があり、中では魔法の試合が行われております。そこへ出かけて戻ってきた者はおりません。またオワイン伯爵の宮廷があって、自分の宮廷に来る者以外は城下に泊まることを許しません」

「神に誓って申すが」とゲライント。「こちらの道を行こう」

こうして道をたどり町までやって来ると、一番、美しく立派だと思うところに宿をとった。そうしていると、年若い従者がやって来てあいさつした。

「神のご加護を」一行は言った。

「おのおのがた、どのような目的でいらしたのです?」

「宿をとるために。そして一夜を過ごすために」

「この町の支配者は、宮廷に本人が参らぬ限り、誰もこの町の由緒正しき人々の中に泊まるのを許しません。

ですから宮廷においでください」

「喜んで、そうしよう」とゲライントが言った。

一同は若者と一緒に行き、宮廷で歓迎を受けた。伯爵が大広間にやって来て一行にあいさつし食卓を用意するよう命じた。彼らは手を洗い席についた。席順は以下のとおりである。ゲライントが伯爵の隣に、エニッドが反対隣に。エニッドの次に小人の王、伯爵夫人がゲライントの次に、残りは身分に応じてすわった。

ゲライントは試合のことをあれこれ考え、自分は行くのを許されないだろうと思い、そのことで食べるのをやめてしまった。伯爵はゲライントを見て、試合が気がかりで食べるのをやめたのだなと想像し、そんな試合を始めてしまったことを後悔した。ゲライントのようなすばらしい若者を失う羽目になるからである。もしゲライントが試合を中止するよう頼んでいれば、喜んでそうしたに違いない。そこで伯爵はゲライントに言った。

「殿よ、何を考えておられる？　食事が進まぬようだが。試合に出られるかどうか迷っておられるのなら出ることはないし、そなたの名誉のために他の誰も出しはせぬ」

「神のご加護を」ゲライントが言った。「されど、わが望みは試合に出ることだけ、その道を教えていただきたい」

「それがお望みなら、喜んでお教えしよう」

「最上の望みです」

そこで一同は食事をし、丁重にもてなされ、豊富な料理とたっぷりの酒を楽しんだ。食事が終わると立ち上がり、ゲライントは馬と甲冑をもってこさせ身支度をした。そして軍隊全員が垣根の近くまでやって来た。垣根のてっぺんはというと、空と見える一番高いところよりもなお高い。柵の一本一本に男の頭が刺さっており、何もないのは二本だけだった。そして垣根の中にも、そのまわりにも何本もの柵が立っている。小人の王が言った。

「こちらの殿に誰かついていくことは許されるのか？　一人きりで行くのか？」

「誰も許されぬ」オワインが言った。

「どちらの方向に」ゲライントが言った。「ここから進めばよいのですか?」

「わからぬ」とオワイン。「自分が行きやすいと思う方向へ行かれるがいい」

そこで、恐れることなく、迷うことなく、ゲライントは霧の中へ進んだ。霧を抜けると大きな果樹園に出た。果樹園の中に空き地があり、錦織の絹でできた天幕があって、赤い天蓋がついているのが見え、入り口はあいていた。天幕の入り口にもたれかかるように一本の林檎の木が立っていて、林檎の木の枝には大きな狩猟用角笛が吊り下がっている。天幕の中には乙女が一人、黄金の椅子に腰かけているばかりで、反対側に空っぽの椅子が置いてあった。ゲライントは、その椅子に腰をおろした。

「殿」乙女が言った。「その椅子にはすわってはなりません」

「なぜに?」とゲライント。

「この椅子の持ち主は、他人が自分の椅子に腰かけるのを決して許しません」

「椅子にすわったからといって、その者に悪意をもたれようがかまわぬ」

するとそのとき、大きな物音が天幕に迫ってくるのが聞こえ、外には騎士が、鼻息荒い、高ぶった、意気盛んな、たくましい軍馬にまたがって待ち構え、マントが人馬を覆い、その下には鎧をびっしり着込んでいるのが見えた。

「申せ」相手はゲライントに言った。「誰がそこにすわれと命じた?」

「わが身が」

「これほどの恥辱と不名誉をわしに対して行うとはけしからん。そこから立ち上がり、自分の無分別の償いをするのだ」

そこでゲライントは立ち上がり、たちまちのうちに両者は決闘を始めると、二人とも最初の槍の一組が折れ、二番目も折れ、三組目も折れ、どちらも、鋭くも激しく、迅速にして痛烈に打ち合った。ついにゲライントが怒りに燃え、馬に拍車をかけると、襲いかかり、盾の一番頑丈な部分を一突きしたので、盾は割れ、槍の切っ先が鎧に突き刺さり、鞍を結ぶ腹帯が切れて、自分はというと馬の尻がいから、ゲライントの槍と腕の長さの分だけふっとび、まっさかさまに地面へ落下した。そこで素早く剣を抜き、首をはねようとした。

「殿、お情けを。お望みのものを差し上げよう」

「望みはない。ただ、この試合は二度とここで行われないこと、霧の垣根も魔法も妖術もなくすことだけだ」

「承知した」

「それでは霧が消えるようにするのだ」

「その角笛を鳴らされよ。吹いたとたん霧は消えましょう。われを打ち負かした騎士が吹き鳴らすまで、霧はここから消えぬ決まり」

悲しみ、心配しながらエニッドは待っていたが、ゲライントのことで胸はいっぱいだった。ゲライントが進み出て角笛を吹くと、一吹きしたとたん霧は消えた。そして全員が出てくると、お互いに和解した。その晩、伯爵はゲライントと小人の王を招待し、翌朝、一行は別れ、ゲライントは自分の領国に向かった。それからは国を豊かに治め、彼とその武勲と華々しき所業は、彼自身とエニッドへの賞賛と敬愛の念とともに後々まで語り継がれた。

フロナブウィの夢

マレディーズの息子マドウグ[1]は、ポウィスの国を端から端まで治めていた。すなわち、ポルフォルズからグワヴァンまで[2]、領土はアルウィストリの高地にも及んでいた。当時マドウグには弟がいたが、兄とは違って人の上に立つ身ではない。名前はマレディーズの息子ヨルウェルス[3]といった。この男、心中、鬱々として晴れないのは、名誉や権力を一身に集めている兄の姿と引き比べ自分には何もないからだ。そこで友人や義兄弟たちを呼び集め[4]、どうしたらいいかと相談した。相談の結果、取り巻きたちのうち何人かを差し向け、王に生計を助けてもらうことにした。マドウグが示したのは親衛隊長[5]の役職、そして自分と同等の地位に馬と武器と名誉である。この申し出を突っぱねたヨルウェルスは森に入り、イングランドとの境に潜伏すると、殺人を犯す、家を焼き払う、人質を連れ去るといった悪行を重ねた。さっそく会議が召集され、マドウグとポウィスの男たちが集まった。会議の結果、百人の兵を三つの郡《コモート》[6]ごとに配置し、ポウィス中を追跡することにした。ポウィス平野[7]は豊かなことこの上なく、ハリクトゥンのケイリオグ河口からエヴァルヌウィにあるウィルヴレの渡瀬まで広がるこの地帯は、ポウィス領内で最上のコモート三つにも引けを取らぬ肥沃な土地とされる。この地で一族郎党を養うことができぬ者が、ポウィスでうまくいくはずがない。かくして探索の手は、はるばるディドラストゥン[8]まで及び、この平野部の村里に兵隊たちは駐屯することになった。

一人の男が追手の中にいた。名はフロナブウィという。さて、このフロナブウィ、赤いそばかすのカヌリグというマウズウィ郡から来た男と、太っちょカドゥガンというカンスライス郡モイルヴレ出身の男と連れ立ってやって来たのがイゾンの息子カドゥガンの、そのまた息子の赤毛のヘイリンの住まいで、そこを一夜の宿とすることにした。家に向かうと見えてきたのは古ぼけた平屋[9]で、真っ黒に煤け、屋根は平たく、そこから煙がもくもく上がっている。中に入ると床は穴だらけで、でこぼこだ。出っ張った所は立つのもやっとで、ぬるぬるした床は牛の糞尿にまみれている。くぼんだ所は足首の上まで汚水と牛の尿の水たまりに浸かってしまう。床には柊の枝が敷き詰められていたが、葉っぱの方は牛に食べられてしまっていた。家の奥へ進むと目の前には長椅子、埃にまみれ敷物もなく、その上で老婆が一人、火をおこしている。寒くなると老婆は前掛け一杯の籾殻を火にくべるのだが、それはもうたまったものではない。もうもうとした煙が両方の鼻の穴をふさいでしまう。反対側の椅子には黄色い雄牛の皮が敷いてあった。三人のうちあの皮の上にのった一人は幸運を手にするに違いない。

一行はどうにか腰をおろすと老婆に家人はどこかと尋ねたが、老婆は返事をするどころか何やら口汚くののしるばかりだ。すると突然、家の者が姿を現した。一人は赤毛の男、頭は禿げかけ、皺だらけで、薪の束をかついでいる。続いて、やせぎすで顔色の悪い小柄の女が、やはり薪を小脇に抱えて入ってきた。二人は無愛想に兵士たちを迎えた。それから三人のために火を焚きつけると、女は何か作りに出ていき、やがて大麦パンとチーズに水っぽいミルクを持って戻ってきた。すると突然、激しい風と雨が襲ってきて、小用を足しに外へ出るのもままならない。行軍の疲れで一行はくたびれ果て、早々に休むことにした。寝床を見ると上には切り藁が少々、埃と蚤にまみれてあるばかりで、あとは小枝だらけだ。牛が藁を食べてしまったので、頭の上と足元の部分がすっかりなくなっている。くすんだ赤の、すり切れて穴のあいた毛布が一枚、その上には、ごわごわして穴だらけのぼろシーツが敷かれ、汚れたカバーのついた、ぺちゃんこの枕がシーツの頭に置かれている。一同は寝床に入った。いつしかフロナブヴィの連れ二人はぐうぐう寝息を立てている。先ほどまで蚤に食われるわ寝心地は悪いわで、もぞもぞしていたのがうそのようだ。一方のフロナブヴィ、眠ることも休むこともできないので心中つぶやくに、同じ苦しみなら、あの黄色い牛皮の所に行って椅子の上で寝た方がまだましだ。

そうして皮の上で眠りについた。

やがてまぶたがくっついたと思うと、こんな光景が見えてきた。フロナブウィは仲間の二人と一緒にアルガングロエグの野[10]を旅している。自分の行き先と目的地は、どうやらハヴレンのクロエスの渡し[11]と見える。急いで進んでいくうち、聞こえたのは耳をつんざかんばかりの地鳴り、こんな音はついぞ聞いたことがない。急いで後ろを振り返った。目の前に立ちはだかるのは黄色い巻き毛の若武者、顎髭は手入れをしたばかりで、乗る馬は黄色。前足の付け根から後ろ足の膝頭までは緑である。黄色い錦織の絹衣が騎士の身を包み、そこには碧の糸で文様が織り出されていた。腰に帯びた剣は金色で、鞘は真新しいコルドバ革、鹿皮の剣帯に金の留め金をつけて吊るしていた。一番上にはおった黄色い錦織のマントは緑の絹糸の文様に碧の房飾り。乗り手と馬の装いの緑は樅の木の葉ほどに瑞々しく、鮮やかな黄色はエニシダの花にも負けぬくらい。ぽかんとして騎士を見つめていた三人は、怖気づいて走り出した。すると、彼らの後をくだんの騎士が追ってきた。馬が息を吐きかけると三人は遠くへ吹き飛ばされる。馬が息を吸い込むと、ずるずると馬の胸元まで引き寄せられる。とうとう追いつかれると三人は命乞いをした。

「喜んで助けて進ぜよう。だから恐れることはない」

「お主、助けると言うなら、名前を明かしてくれ」フロナブウィが言った。

「何を隠そう、マニオーの息子イゾウグだ。この名で呼ばれることはあまりなく、もっぱらあだ名で通っているが」

「では、通り名を教えてくれるか?」

「もちろん。人呼んで、イゾウグことブリテンの火掻き棒」

「ほう」と、フロナブウィ。「なんでそのような名で呼ばれているのだ?」

「答えよう。実を言うと、使者の一人としてカムランの戦いでアーサーと甥のメドラウドの間の伝令を務めていた。まだ若くて血の気の多い年頃だったから、戦争がしたくてたまらず二人をけしかけた。何をしたかというと、皇帝アーサーがわたしをメドラウドのもとへ使いに差し向けた時のこと、自分はメドラウドにとって養い親でおじであるし、ブリテン島の王家の息子たちや貴族らが命を落とさぬよう和平を結びたいという用件だった。アーサーが語ったのは美辞麗句を尽くしたものだったが、こちらはそれを知っている限りの悪口雑言に直してメドラウドに伝えてやったのだ。そこでついた名前がブリテンの火掻き棒。こうしてカムランの戦が始まった。ところで自分は戦いの終わる三晩前に出奔し、ピクト人の国の碧岩《スレッフ・ラス》[12]を拝みに行くと罪の償いをしようと思った。そうして七年の間苦行を積んだ結果、とうとう許しを得たという次第」

とその時、再び地鳴りがした。さっきよりもずっと大きい。音のする方に振り返ると、見えたのは赤味がかった黄色い髪の若者、まだ年若く顎髭も口髭も生やしていないが、一目で高貴な生まれとわかる物腰で大きな軍馬にまたがっている。両肩から後ろ足の膝頭まで馬は黄色。若者の着ているのは赤い錦織の絹衣、黄色い絹糸で柄を織り込み、マントの房飾りも黄色である。乗り手と馬の装いの黄色はエニシダの花のようにまぶしく、鮮やかな赤は真紅の血の色にも負けぬくらい。見る見るうちに騎士は一行に追いつき、イゾウグに向かい、このちびどもの分け前を自分にもくれないかと尋ねた。「あげても良い分は分けてやろう。連中の連れになればいい。当方もさっきそうしたところだ」そのとおりにすると騎士は走り去った。

「イゾウグ」とフロナブウィ。「あの騎士は何者だ?」

「デオルサッフ公の息子フリヴァウン・ベヴィル[13]だ」

それから一行は広大なアルガングロエグの曠野を越えてハヴレン河のクロエスの渡しにたどり着いた。渡しの手前一マイルばかり、街道の両側は大小の天幕が埋めつくし、大軍団が陣を張っている。さらに進み土手までやって来た。すると、目の前にアーサーがすわっている。そこは渡瀬の下流にある川原で、両脇にはベドウィン司教とカウの息子グワルセギズが控えていた。栗色の髪の大柄の若者が三人の前に立って長剣を鞘ごとたばさんでいる。身にまとったチュニックとケープは黒い絹の錦織で、色白の顔は象牙のごとく、黒々とした眉は黒玉のよう。手首をのぞこうと手袋と袖口の間を見たならば、百合の花よりまだ白く、それでいて太さといったら並の戦士のふくらはぎよりも太いくらいだった。

さてイゾウグを先頭に彼らはアーサーのもとへ出向くとあいさつした。

「よくぞ参った」アーサーは言った。「ところでイゾウグ、このちびどもをどこで見つけたのじゃ?」

「見つけましたのは、殿、街道の向こうです」皇帝は唇をゆがめた。

「殿」とイゾウグ。「何がおかしいのです?」

「イゾウグ」とアーサー。「笑っているわけではない。ただ情けないのじゃ。こんな屑のような連中が、われらが島を守っているとは。その昔、島の守り手と言えば、すばらしい勇者たちであった」

そこでイゾウグが言った。「フロナブウィ、指輪が見えるか? 石がついていて、皇帝の手にあるやつだ」

「見えるとも」

「あの石には魔力がある。その一つはというと、今晩ここで見たことの記憶が貴公に残ることだ。あの石を見なかったなら、この冒険のことなど、これっぱかしも覚えていないはずだからな」

そこへ戦士の一団が渡瀬の方へとやって来るのが見えた。

「イゾウグ」とフロナブウィ。「あの軍勢の持ち主は?」

「デオルサッフ公の息子フリヴォウン・ペヴィルの一党だ。連中、蜂蜜酒とブラゴット〔蜂蜜入りエール〕の名誉にあずかり、ブリテン島の姫君たちにも遠慮なく言い寄ることが許されている。それも当然、どんなに苦戦を強いられても皇帝のためなら先陣も殿陣《しんがり》も辞さぬのだから」

馬も騎手も血のような赤一色だった。一騎でも隊列からはみ出たならば、きっと炎の柱が空に立ち昇ったかのように見えたに違いない。そうして軍勢は渡しの上流に陣を張った。

そうこうするうち、別の一隊が渡瀬に向かって近づいてきた。鞍先から上にかけて、馬は百合のように真っ白で、そこから下は黒玉のように黒かった。と見る間に一人の騎士が先頭を切って走り出し、そのまま浅瀬へ乗り入れると水しぶきをばしゃばしゃ飛ばしたので、アーサーや司教をはじめ、その場で会議をしていた者たちは頭からずぶ濡れ、まるで河から引き上げられたような有様になった。男が馬首をめぐらしたところで、アーサーの前に立っていた若者が馬の鼻っ面を鞘ごと剣で打ったが、その激しさといったら、肉や骨どころか鋼鉄も割れない方が不思議なくらい。そこで騎士は剣を半分抜きかけ若者に尋ねた。「それがしの馬をなぐるとは侮辱のつもりか、忠告のつもりか？」「忠告に決まっている。狂ったように貴公は馬を走らせ、陛下や司教殿や貴族の面々に渡瀬の水をはねかけた。おかげで河から引っ張り上げられたように濡れ鼠になってしまったではないか」「忠告としておこう」そう言うと男は自分の軍勢の方へ引き返した。

「イゾウグ」とフロナブウィ。「今の騎士は？」

「あの若者は、品性、知性ともにこの国で一番と言われている、タリエシンの息子アザオン[14]だ」

「馬をなぐった方は？」

「強情で気の荒い、グウィズノーの息子エルフィンだ」

その時、話し始めたのが、いかにも気位の高そうな顔つきの美丈夫で、高飛車に言い放つには、これ程の大部隊がこんな狭い所に収まっているとは何という奇跡か、だが、それより不思議なのは兵隊たちがいまだにここでうろうろしているということだ。昼までにバゾン[15]の戦場に赴いて、大剣のオスラと一戦交える約束をしているのに。「行くなり何なり、好きにいたせ」「それでは、それがしは参りますぞ」「よくぞ申した」とアーサー。

「一緒に参ろう」

「イゾウグ」とフロナブウィ。「アーサーに向かってあんな口をきいたやつは誰だ？」

「ぞんざいな口をきいても許される男。スリール・マリーニの息子で強腕のカラドウグ[16]という。アーサーの相談役の筆頭でいとこでもある」

そう言うとイゾウグはフロナブウィを後ろに乗せて出発した。大軍団も各部隊がしかるべき位置に並んで、対岸のケヴン・ディゴスの峰に向かった。ハヴレンの渡しの中程に差し掛かったところでイゾウグが馬の向きを変えたので、フロナブウィはハヴレンの渓谷を見やった。すると向こうから二つの部隊が、なんとも悠然たる様子で[17]渡しめがけておもむろに行軍して来る。一方は輝くばかりの白い武者たちで、いずれも白絹の錦織のマントに漆黒の房飾りをつけ、馬はというと両膝から両足の付け根まで黒く、あとは銀灰色。旗印は純白で、どれも先端だけが黒かった。

「イゾウグ」とフロナブウィ。「あの白衣の一団は?」

「ノルウェー人[18]たちだ。頭目はメイルヒオンの息子マルフ[19]という。アーサーのいとこだ」

もう一隊は全員が闇のように黒い装束に身を固め、ひるがえすマントの房飾りは真白く、馬は両足の付け根から膝頭まで純白。旗印は真っ黒で、どれも先端だけが白かった。

「イゾウグ」とフロナブウィ。「あちらの黒衣の一団は?」

「デンマーク人たちだ。頭目はニーズの息子エデルンという」

後続の二隊が追いついたころには、アーサー麾下、勇者の島の軍勢[20]はバゾンの砦の方へと下っていくところだった。街道を行くアーサーを追うようにして、自分もイゾウグも同じ道を進んでいるのが見える。一同が行軍を終えたところで、ものすごい地鳴りが軍団の間から聞こえた。兵士が、端にいたと思ったら真ん中へ、真ん中にいたと思ったら端へと右往左往している。とその時、こちらへ迫ってくる一騎、乗り手も馬も鎧で武装し、その鎖帷子《かたびら》の金環の白いことといったら純白の百合の花のようで、環を留める鋲は鮮血のごとく赤い。

そのまま、軍団の中に突っこんだ。

「イゾウグ」とフロナブウィ。「みんな、わたしから逃げていくようだが?」

「逃げるなど、皇帝アーサーの軍はしたことがない。今の言葉をきかれたら貴公は死体になっているぞ。それはさておき、あの騎士はカイという。馬に乗る姿の美しさはアーサーの宮廷随一だ。隊列の端にいる兵士は中へ入ってカイが馬を走らせるのを見ようとする。中の者は外へ逃げ馬のひづめにかけられぬようにしているのだ。それであの大騒ぎ」

突然、コーンウォール伯カドゥール[21]、と呼ばわる声があった。男が一人立ち上がり、アーサーの太刀を捧げ持って進み出た。二匹の絡み合う蛇の図柄がある黄金の剣である。さっと鞘がはらわれた。一瞬、二匹の蛇の口が火を吹いたかのように見えた。あまりの恐ろしさに誰もが目をつむりそうになった。兵士たちは静まり返り騒ぎはやんだ。そこで伯爵は天幕に引き返した。

「イゾウグ」とフロナブウィ。「アーサーに剣を渡した者は?」

「コーンウォール伯カドゥール。合戦の日に王に鎧をお着せするのが役目だ」

その次に召し出されたのはペイビンの息子エイリン・ウィッフ[22]、アーサーの従者で、こちらは赤毛の無骨な醜男、赤い口髭からは剛毛が突き出ていた。従者がやって来たが、またがるのは大きな赤い馬で、たてがみが首の両側に垂れ下がり、背には何やら立派な大荷物を乗せている。赤い大男は皇帝の御前で馬からおりると、荷物の中から金の椅子一脚と地紋の浮き出た繻子のマント[23]を取り出した。それからマントをアーサーの足元に広げた。金朱の玉飾りが四隅についている。そしてマントの上に椅子を置いたが、その椅子の大きいことといったら、兵士が三人、鎧のままでゆうゆう腰かけられるくらいだった。「グウェン」という名のマントだった。不思議な力が備わっていて、その一つは、このマントに身を隠すと誰にも姿を見られずに相手を観察することができることだった。また染めようとしても、もとの白地のままだった。アーサーはマントの上にすわった。イリエーンの息子オワイン[24]がすぐ前に立っていた。「オワイン、一局指すか」とアーサーが言うと、「お受けしましょう」とオワインは応じた。例の赤毛の従者がグウィズブウィス[25]を運んできて、アーサーとオワインの前に金の駒と銀の盤を置いた。そうして対戦が始まった。

対局が最高潮に達したちょうどそのとき、白い天幕の垂れ幕がさっと開かれ、赤い屋根のてっぺんの真っ黒い蛇の像が赤い目をぎらつかせ炎のような舌をのぞかせるなか、若い従士[26]、黄色い巻き毛に青い目、まだ髭が生え始めたばかりのひよっこが、黄色い絹の錦織のチュニックと陣羽織《シュルコ》[27]に、黄緑の薄手の靴下をはいて現れた。靴下の上には斑《まだら》文様のコルドバ革の革紐[28]を巻き、甲の上の金の留め金で留めていた。剣はというと、柄頭は重厚な金で、刀身には三重の血溜まり、鞘は黒いコルドバ革で先端を赤みがかった金具で留め、こんな出で立ちで皇帝とオワインがグウィズブウィスをしている所へと近づいてくる。

若者はまずオワインにあいさつした。オワインは不思議に思ったが、それは、相手が自分に先にあいさつし、皇帝には声をかけなかったからである。アーサーはオワインの驚いた様子を見て取ると言った。「不思議がることはない。あの者、そなたには今あいさつしたが、わしにはすでにあいさつをしておる。それに、そちに用があるのだ」すると若者がオワインに言った。「殿、殿の許しがあって皇帝の小姓と従士たちが殿の大烏に手を出し、いじめ、いたぶっているのですか？　もしそうでないなら、陛下に言って止めさせてください」「陛下」とオワイン。「この者の話を聞かれたでしょう。よろしければ、わたしのかわいい烏たちに手を出さぬようにおっしゃってください」「そなたの番だ」皇帝は言った。そこで従士は天幕に引き返した。

ゲームが終わり、二局目が始まった。勝負が中盤に差し掛かったころ、またも現れたる赤ら顔の若者一人、栗色の巻き毛の下の目は鋭く、長身で髭は剃ったばかりと見える。若者が出てきた天幕は明るい黄色で、赤い獅子の像がてっぺんに取り付けてあった。服装はというと、黄色い絹の錦織のチュニックはくるぶしに届くほどで、赤い文様が織り出してある。白い厚手の靴下の上には編み上げた黒いコルドバ革と赤みがかった金の留め金。手にした大剣はずっしりと重そうで、三重の血溜まりのついた刀身を、赤い鹿革で先端が金の鞘におさめたまま、アーサーとオワインがグウィズブウィスをしている方へと近づいてくる。

若者はオワインにあいさつした。オワインは先にあいさつされて、またもやとまどったが、アーサーは相変わらず気にも留めない風である。若者はオワインに向かってこう言った。「殿の意思に反して、皇帝の従士どもが殿の烏に切り付け、殺し、いたぶっているのですか？　もしそうなら陛下に願って止めさせてください」「陛下」とオワイン。「よろしければ連中に手を引かせてください」「そなたの番だ」皇帝は言った。そこで従士は天幕に引き返した。

そのゲームも終わり三局目に入った。二人が最初の駒を進めようとした時、目に入ったのが少し離れたところにある黄色の斑文様の天幕で、それだけが群を抜いて大きく、てっぺんには金色の鷲の像があって、高価な宝石が一粒、額にきらめいていた。その天幕から出てきた従士、黄色い髪は輝くばかり、美しくも優美な姿に、緑の絹の錦織のマントを身に着けている。右肩を金のブローチで留めていたが、その厚みといったら剛の者の中指程もあろうか。足には上質の薄手の靴下[29]と斑文様のコルドバ革を巻いて、黄金の留め金で留めている。品の良い顔立ちだが、色白の頬は紅潮し、目は鷹のように鋭かった。手にはどっしりとした黄色い斑文様の槍が、研いだばかりの穂先をきらめかせる。柄には華麗な旗印がひらめいていた。

若者はいらいらしながら馬の足を早めると、アーサーとオワインがグウィズブウィスに熱中している所へ近づいてきた。何やらひどく腹を立てている様子である。そしてオワインにあいさつすると、生え抜きの烏どもはみな、殺されてしまったと報告した。「生き残った烏たちも切り付けられ、ひどいけがで、地面から羽を持ち上げるのもやっとなくらい」

「陛下」とオワイン。「連中に手を引かせてください」「勝負を」とアーサー、「そちに異存なければ」そこでオワインは若者に言った。「戻ってくれ。そして一番戦いの激しい所に差し掛かったら、その旗を掲げてほしい。後は神の御心に任せよう」

従士は引き返すと、途中、大烏の群れがひどく攻め立てられているのに行きあったので旗印を高く上げた。

旗がひらめいたと思うやどうだろう、鳥は一斉に飛び上がり、怒りに燃え、勇み立ち、狂喜しながら、翼を風にあてて疲れを癒やしている。そうして体力も気力も元通りになると、怒りと狂喜に燃えながら、そろって急降下、さっきまで自分たちに怒りと痛みと死をもたらしてきた兵士たちに襲いかかった。首を引っこ抜かれる者、両眼をついばまれる者、耳を食いちぎられる者、腕をもぎ取られる者……。鳥は生贄をくわえて飛び上がる。空中をつんざくように、勝ち誇った鳥が羽をばたつかせカーカー鳴くそばで、それに負けないくらいの大声を上げて泣き叫ぶ人間どもが、血を流し、傷つき、断末魔のうめきを上げる。アーサーもオワインも、これにはひどくたまげてしまった。盤上にかがみこむ二人の耳にも、この阿鼻叫喚は届いたのである。

二人が見上げると、葦毛の馬にまたがった武者が近づいてくる。何とも奇妙な色合いの馬で、灰色の毛並みに右足は真っ赤、だが両足の付け根からひづめの先までは混じり気のない黄色である。乗り手は、馬と同様ずっしりと重い異国の鎧という身ごしらえ。馬衣はというと、鞍先より上は真紅の薄絹[30]、下は黄色の薄絹である。若者は金の柄の片刃の大剣を腰に下げていたが、鞘は鮮やかな碧で真新しく、先端はスペイン製の合金[31]で飾られていた。剣帯はけば立たせた黒のコルドバ革に金メッキの留め金、それに象牙の爪と漆黒の折り返しがつく。頭にかぶった黄金の兜には、高価な宝石がいくつもはめこんであった。兜の上の緋色の豹《ひょう》[32]の像は紅玉の目をきらめかせ、その恐ろしいことといったら、どんなに勇敢な戦士も豹の顔をまともに見ることはできないに違いない。乗り手の顔は言わずと知れたこと。碧色の柄の太くて長い槍を握りしめていたが、その穂先は真紅に染まり、鳥の鮮血と羽がこびりついていた。

若者はアーサーとオワインがグウィズブウィスをしている方へ近づいてきた。疲れ切って、おまけに不機嫌そうにいらついている。従士はアーサーに向かってあいさつすると、オワインの鳥が皇帝の小姓や従士たちを殺していると告げた。アーサーはオワインの方に振り向いて言った。「鳥どもに手を引かせろ」「陛下の番ですぞ」オワインが言った。二人は勝負を続けた。騎手は戦場に戻っていったが、鳥が呼び戻される気配はいっこうになかった。

二人がしばらく駒を戦わせていると、ものすごい騒ぎがして、兵士たちが悲鳴を上げ、烏がわめき立てるのが聞こえてきた。烏どもは犠牲者をくわえて軽々と空へ飛び上がっては、体を引きちぎって手足を地面に落としているのだ。

阿鼻叫喚の中から姿を現した一騎、またがる馬は純白で、左足だけがひづめまで黒かった。乗り手は、馬と同様にずっしりと重い大きな碧の鎧という重装備。上にはおった衣は地紋の浮き出た黄色い錦織に緑の房が揺れる。馬の方は、漆黒の衣に黄色の房飾りが目にも鮮やかだ。腰の長剣はどっしりとした造りで、三重の血溜まりがつき、赤い皮に型押し文様のついた鞘ごと、真新しい赤の鹿皮の剣帯に、鮮やかな朱金の留め金を幾重にもつけて吊っている。海象《せいうち》の牙でできた留め針には、真っ黒の折り返しがついていた。頭に戴く黄金の兜にはサファイアがちりばめられ、神秘の光を放っている。兜のてっぺんでは緋色の獅子の像が炎の舌を三〇センチほども突き出して、真紅の両眼を怒りに燃え立たせている。従士が近づいてくると手にした頑丈なトネリコの槍が見えたが、先っぽは真新しい血で真っ赤で、そのこびりついた血の中から銀の鋲がところどころ頭を出している。若者は皇帝にあいさつした。「陛下の小姓と従士たちがやられております。ブリテン島の貴族の子弟たちもです。これでは、この先、われらの島をどうやって守っていったらよいのやら」「オワイン」とアーサーが言った。「烏どもに手を引かせろ」「陛下、勝負を」オワインが応じた。

この一番は終わり、また勝負が始まった。いよいよ大詰めに差し掛かったころ、またぞろ聞こえる大騒ぎ、兵士たちは泣き叫び、烏はカーカー鳴きわめきながら空中で羽をばたつかせている。鎧はそのまま、人と馬はばらばらにして地面に落とすのだ。続いて目に入ったのは一人の騎士、黒いひづめの軍馬は頭をさっそうともち上げている。左足は付け根から真っ赤で、右足はひづめまで真っ白だ。乗り手と馬が身に着けている鎧は黄色い斑文様で、スペイン産の黄色の合金で装飾してある。鎧の上には人馬そろって、身頃が白と黒に分かれた衣をまとい、金の入った紫の房飾りをつけていた。衣の上に吊るした剣は、柄は黄金で刀身には三重の血溜まりが彫ってあった。剣帯は黄色がかった金地に、海馬《くじら》のまぶたからこしらえた黒い爪と黄金の折り返しがついていた。騎手の頭で燦然と輝く兜は黄色い真鍮製で、水晶がいくつも散りばめられている。兜の頂でにらみをきかせるグリフォンの像、その額には一粒の石が神秘の光を放っている。トネリコの槍の丸い柄を握りしめていたが、色は紺碧[33]の青である。だが、その先端には生々しい鮮血がこびりつき、鋲が銀色の頭をのぞかせている。近づいてきた乗り手の顔は怒りで真っ赤だ。アーサーのもとまで来て言うことには、鳥の軍が皇帝の親衛隊とこの島の貴族の子弟たちを壊滅させた。オワインに命じて鳥を退却させてくれ。それを聞くとアーサーはオワインを呼び戻せと命令した。それから盤上にあった黄金の駒を叩きつぶしたので、駒は粉々になってしまった。オワインはフレゲッドの息子グレースを呼ぶと自分の幟《のぼり》をおろさせた。旗がおろされたのを合図にすべては静かになった。

そこでフロナブウィはイゾウグに初めの三人は誰かときいた。オワインの所へやって来て、鳥がやられていると告げた三騎である。イゾウグは言った。「あの連中が嘆いていたのはオワインの痛手を思ってのこと。仲間の武将で友人たちなのだ。最初がカナン・ガルウィンの息子セリーヴ[34]でポウィスの出身。次が赤い剣のグーゴン[35]。そしてフレゲッドの息子グレース[36]。この男は戦の時オワインの幟を持つのが役目」

「では」とフロナブウィ。「後の三人組は？　アーサーの所へ駆けつけて、鳥が皇帝の兵を殺していると注進していたが」

「生え抜きの戦士たちだ。この勇士中の勇士たちにとってもっとも厭うべきは、主人のアーサーが何であれ後れを取ることなのだ。ムルヘスの息子ブラサオン[37]、デオルサッフ公の息子フリヴォウン・ペヴィル、それに一つマントのハヴァイズ・インスレンという面々」

とその時、現れいでたる四と二〇騎。大剣のオスラ配下の者たちで、アーサーに二週間と一月が終わるまで休戦を申し入れに来たのだった。アーサーは立ち上がると会議を始めることにした。まず向かったのは、栗色の巻き毛の大男、王のすぐ近くに立っていた。そしてそこに相談役たちが呼び集められたのである。

ベドウィン司教、カウの息子グワルセギズ、メイルヒオンの息子マルフ、強腕のカラドウグ、グウィアルの息子グワルフマイ、ニーズの息子エデルルン、デオルサッフ公の息子フリヴォウン・ペヴィル、アイルランド王の息子フリオガン、ナヴの息子グウェングウィンウィン、エミール・スラダウの息子ハウェル、フランス王の息子グウィリム、オースの息子ダネッド、キステニンの息子ゴーライ、モドロンの息子マボン、長槍のペレディル[38]、ヘヴェイズ・インスレン、ペリーヴの息子トゥルッフ、カダルンの息子ネルス、逞しい足のイヘルの息子ゴブルウィ、グウィスティルの息子グワイル、ゲラインの息子カドウィ、タソッフの息子ドリスタン、高貴なるモリエン・マノウグ、スリールの息子グランウェン[39]、アーサーの息子スラッハイ[40]、髭面のスラウヴロゼズ、コーンウォール伯カドゥール、テギドの跡取りモールヴラーン、モルガントの跡取りフリアウズ[41]、アリーン・ダヴェッドの息子ダヴィール、言語万能グールヒル、タリエシンの息子アザオン、カスナール公の息子スラリ、炎のフレウドゥル・フラム、猛将グレイドル、カドガフローの息子ギルバート[42]、タイルグワエズの息子メヌー、ガルスムル公[43]、強腕のカラドウグの息子カウルダヴ、カウの息子ギルダス、サイディの息子で言葉巧みなカダリヤイス、それにノルウェーとデンマークの兵士たち。それからギリシャからも大勢が参加した。こうして十分な数の戦士たちが合議に加わったのである。

「イゾウグ」とフロナブウィ。「あの栗色の髪の男は何者だ？　みなが寄ってきたが」

「マエルグン・グウィネッズの息子フリンだ。非常に信望のある男で、誰もが相談といえば彼の所へ行く」

「どうしてあんな若僧まで会議に参加しているのだ？　一人前の男たちにまじって、あちらにサイディの息子カダリヤイスがいるが」

「なぜなら、このブリテンで、あの若者の提言ほど頼りになるものはないからだ」

　そこへ詩人たちがやって来てアーサーの御前で歌を始めた。だが歌詞が理解できたのはカダリヤイス一人で、あとはアーサーをほめ讃えているらしいとわかるくらい。とその時、四と二〇頭のロバが金と銀の荷をのせ、疲れきった男たちに一頭ずつ引かれながら、アーサーのもとへギリシャの島々からの貢ぎ物を運んできた。そこでサイディの息子カダリヤイスが口を開いた。「大剣のオスラに二週間と一月の間、休戦を与えてはいかがでしょう。また、貢ぎ物をもってきたロバは詩人に分け与え、荷の方も褒美として彼らに取らせては。そして休戦の間、歌の礼を支払うようになされればよい」。すべて、そのようになった。「フロナブウィ」イゾウグが言った。「とんだことになるところだったな。あの若者、あんな名案の持ち主を殿の会議から締め出していたら」するとその時カイが立ち上がり発言した。「アーサーに従わん者は、今夜は皇帝の供をしてコーンウォールへ参るべし。そう望まぬ者は、休戦が終わるまでアーサーと敵対すべし」

　あたりが騒然となって、その騒ぎでフロナブウィは目が覚めた。目をあけてみると、例の黄色い牛皮の上に横になったままで、もう三日三晩眠っていたのだ。

　この物語、名づけて『フロナブウィの夢』という。この夢をそらんじている者は誰もいない。詩人や語り部ですら本を見なければわからぬとやら。それもそのはず、色とりどりの馬、奇妙きてれつな色合いの鎧に馬飾り、おまけに高価なマントやら魔法の石やらの描写が覚えきれないほどあるのだから。

タリエシン物語

その昔、高貴な生まれの男がいた。名前はテギッド・ヴォエル[1]、父祖伝来の地はペンスリン[2]のバラ湖、今ではスリン・テギッド[3]と呼ばれるところである。妻ケリドウェン[4]との間に生まれた息子はモールヴラーン[5]・アプ・テギッド、娘はクライルーといい、こちらはブリテン島中でもっとも美しい乙女だったが、息子の方は世界中でもっとも醜いキリスト教徒だった。母親のケリドウェンが思うに、何らかの偉業をなしたとか秀でた知恵とかでもない限り、わが子が位の高い高貴な人々の間に受け入れられることはありえない。時はまさにアーサーの御世の始まり、円卓の集会が催される時代だった。そこで母親のケリドウェンは、ウェルギリウスの書[6]の技を使って、息子のために霊感《アウェン》[7]と知恵の大鍋を煮込み、博識と学識によって息子が人々に望まれ、受け入れられるようにしようとした。そんなわけで、大鍋を煮始めることにしたが、いったん沸騰したら、一年と一日の間、昼も夜も火をたやさぬようにして初めて知恵が得られるのだ。

彼女はグウィオン・バッハ〔小さなグウィオン〕——ポウィスのスラン・ヴァイル・カエルエイニオン[8]出身の従僕の息子だった——に大鍋をかきまぜさせ、ダスモール・ダスマエン[9]に大鍋の下の火の番をさせた。それから二人に、一年と一日が経つまでは、鍋を沸かすのをやめないように言いつけると、天文学や時間や惑星に関する書物を調べ、毎日、不思議な効力をもった、ありとあらゆる種類の薬草を集めて回った。一年の終わりに近い、ある日のこと、女が薬草を集めているとき、沸騰した汁から三滴のしずくが偶然グウィオン・バッハの指の上に飛び散った。熱かったので、指を口に入れ、霊力のある三滴をなめたとたん、これから起こることがすべてわかるようになった。そして自分の身にケリドウェンの悪意と憎悪という最大の危険が迫っている

魔女ケリドウェン

ことを察知した。というのも、この女はたいへん賢かったからだ。震え上がって、生国へ逃げようと心に決めた。大鍋はというと、霊力をもった三滴が飛び散ったときに粉々に砕けた。これらの三滴以外、煮汁は毒をもっていたので、グウィズノー・ガランヒール[10]の館の下を流れるせせらぎに流れ込んで、グウィズノーの馬を殺してしまった。以来、その川はグウェンウィンヴェイルフ[11]〔馬の毒殺〕と呼ばれるようになった。

さて、こちらはケリドウェン、家に帰ってきて、一年間の仕事が台無しになったのを見つけると、船を漕ぐかいをつかみダスモール・ダスベンの頭をなぐったので、片目が頬から突き出てしまった。「まったく、なんてひどいことを。だが、こうなったのは、わしのせいじゃあない」「まことそのとおり」彼女が答えた。「うそつきのグウィオンがわらわからすべてを奪ったのじゃ」そう言うや、グウィオンが先刻通ったのと同じ道に向かい、ペティコートの裾をつまみ上げて駆け出した。やがて少年が山を登っていくのが見えたが、一マイル半〔約二・四キロ〕ほど先である。グウィオン・バッハも追っ手に気づいた。そこで野うさぎの姿になって走った。すると彼女は猟犬の姿となり後を追った。少年は川に向かってまっしぐら。そして魚の姿になると水中に飛び込んだ。そこで女がカワウソになって水底まで追い詰めたので、仕方なく鳥に変身して空に飛び立った。すると女は鷹の姿になったので、一時も休む間もなく逃げ続けた。ついにくたびれ果て、もうだめだと思ったその時、小麦の束が、渓谷に立つ、とある納屋の床に置いてあるのに気づいた。少年は麦粒の一つに身を変えた。するとケリドウェンは尾羽の短い黒い雌鶏の姿になり、小麦のなかから相手を見つけ出すと、ごくりとひと呑みした。

物語の語るところでは、九か月の間、胎のなかにいたのち産み落としたが、あまりの美しさに赤子を殺すに忍びなくなった。そこで、殺す代わりに、赤子を皮の袋[12]に入れ、口を縫うと、海に流して神の御心に委ねた。四月二〇日のことである。

タリエシンが見出されし物語[13]

マエルグン・グウィネッズ[14]がデガヌウィに城を構えていた時代のこと、カビ[15]という名の聖人がモーンの島〔アングルシー〕に住んでいた。また同じころ、裕福な地主がカエル・デガヌウィ[16]の近くに居住しており、この者、物語が示すところでは、名をグウィズノー・ガランヒールといった。彼には、書物の記すところによれば、コンウィ河岸のやな[17]が海に接したところにあって、そこでは、毎年カラン・ガエア[18]〔大晦日〕の夜には、鮭一〇ポンド分[19]に値する獲物が獲れるという。そしてこの物語によると、グウィズノーには息子があって、その名をエルフィン[20]といい、マエルグン王の宮廷に仕えていた。書物の記すところによれば、彼は生まれ、気立てよく、同輩からもすこぶる愛されていたが、同じく書物が示すところだと、道楽好きで気ままな性分でもあった。つまりは、宮廷の大半のやからと同じである。グウィズノーの富が続く間は、エルフィンが友人と遊ぶ金に事欠くことはなかった。しかし、グウィズノーの財産が減り始めたので、息子に金をやるのをやめた。すると息子は友人たちに向かって、もう昔のように遊んだり付き合ったりできなくなった、父親の羽振りがすっかり悪くなってしまったからだとこぼした。だが、それでも、宮廷の者たちに頼んで、父親のやなの魚を次のカラン・ガエアの夜にくれるように頼んでもらうことにした。グウィズノーは頼みを聞き入れた。

かくして、その日が来ると、エルフィンは数人の召使を引き連れ、手ぐすね引いて待ち構え、やなに潮が満ち、また引くのをうかがった。それからエルフィンと仲間たちは両手を広げてやなを探ったが、若い鮭の頭も

'Whither lead you, my friend? My horse can no longer keep his footing.'

エルフィン

尾も見当たらない。やなの両端は、普通なら、この晩には魚で満杯になっているのだ。だが、この物語が示すには、このとき見えたものはというと何か黒っぽいものが網に引っかかっているだけだった。

そこで彼は頭を垂れ、不運を嘆き始め、家の方に顔を向けると、自分より運も付きもない男は世界中にいないとこぼした。やがて気を取り直し振り返ると、網の中に何があるのかを確かめた。そこにあったのはコラクル[21]、または皮の袋で、上も下も覆いがかけてある。急いでナイフを取り出すと、袋に数箇所切れ込みを入れた。それはちょうど、中にいるものの額のある向きだった。エルフィンは、その額を見たとたん思わずこう叫んだ。「タリエシン！」すなわち、「額が秀麗」という意味である。この言葉に、コラクルから王子が答えた。

「タリエシンなり！」

こう、昔の人々は考えたのである。つまり、これはグウィオン・バッハの魂で、ケリドウェンのお腹の中にいたのだが、ケリドウェンが産み落としてから、湖水あるいは海に流し、そしてすでに述べたように、そこで袋に入ったまま、アーサーの御世の始まりからマエルグンの治世の始まりまで海を漂っていたのである。これは四〇年の長きにわたる。

実際、こんなことは、理屈や理性からは程遠い。だが、それはともかく、わたしは物語の通りに語っているのであり、それによれば、エルフィンは袋を持ち上げると、馬の背に、籠に入れてのせた。すると籠の中からタリエシンが次のエングリン[22]を歌った。題して「エルフィンへの慰め」という。すなわち、こんな歌詞である。

麗しの君エルフィンよ、今は嘆きはなさぬもの
自暴自棄とは　悪しきもの
父御《ててご》のやなに　二度なき獲物
今宵にまさる　贈り物

こうして、ほかにもさまざまなエングリンを作りながら、エルフィンを慰めるために、家路に着く間、詩をきかせたのだ。家に入るとエルフィンは子どもを妻に手渡し、妻はその子をいとおしんで大切に育てた。

さてそれからというもの、エルフィンの財産はどんどん、毎日のように増えていき、王の寵愛も待遇も良くなっていった。この出来事からしばらく経った後、王はデガヌウィの城を開放してクリスマスを祝い、臣下の大勢の貴族たち、すなわち聖界と俗世の二つにおいて高位にある者がことごとくそこに集まり、大勢の武将や従者たちも同席した。会話がはずむにつれ、彼らのなかから、こんな問いかけが上がった。

「世界中でマエルグンほど裕福な王はいるだろうか？　天におわす父は、たくさんの贈り物を授けられたうえに、同じだけの美徳もお与えになった。まずは美しき姿形に高貴さと力。心の豊かさは言うまでもない」これらの贈り物に加え、と彼らは続けた。父なる神は王にさらなる恵を与えた、それは他の贈り物すべてにまさるもの、すなわち、姿形、立ち居振る舞いにすぐれ、聡明で貞節な王妃である。その魅力において、王妃は国中の貴族の奥方や令嬢すべてを凌駕する。

そのほかにも、彼らは、口々にこんなことを話し始めた。これほど勇敢な家来をもつ者、これほど俊足の馬をもつ者、これほど立派で俊敏な馬と猟犬をもつ者、これほど知識と知恵にすぐれた詩人《バルズ》をもつ者がいるだろうか、マエルグンのほかに？　彼らは、今や、この王国の身分高き者たちの間で厚遇されているではないか？

さて、当時、今日の伝令官[23]の職につくには、たいそう学のある者でなければならなかった。諸王や諸公に対する職務はもちろんのこと、系図、武具、武勲の類は、他国の諸王・諸公についても同じくらい精通しており、この国の先祖のこと、特に最初の高家の年代記を熟知していなければならない。さらに、これらの者たちは全員、いつでも、さまざまな言語で受け答えができる備えがなければならなかった。すなわちラテン語、フランス語、ウェールズ語、英語である。それに加えて、歴史の語りと記憶にすぐれ、詩作に秀で、上述した各言語で韻律正しき詩を作るたしなみがあった。こうした者たちが、この日の宴には、マエルグンの宮廷に二四名もおり、その長がヘイニン・ヴァルズという名の者だった。

このようにして、みなが口々に王とその授かりものをほめちぎったところで、エルフィンがこんなことを口にした。「確かに王と競える者は王しかいない。だが、相手が王でなければ自分は主張するだろう、わが妻は、身の清らかさにおいて、この王国のいかなる高貴な女性にもひけをとらない。また、わがもとにいるバルズは、王のバルズすべてをしのぐ知識の持ち主だと」

しばらくたってから、当の王に対し、王の取り巻きたちがエルフィンの自慢話をつぶさに報告したので、王は彼を堅固な牢獄に入れるように命じ、その間、彼の妻の貞淑さや彼のバルズの知恵について言われたことが真実かどうか確かめることにした。

エルフィンは城の塔に閉じ込められ、重い鎖で両足をつながれた。それは銀の鎖だったともいわれる。というのも、彼は王の血を引いていたからである。このあと、王はというと、この物語が示すところでは、息子のフリンを遣わし、エルフィンの妻の品行を調べさせた。作者の言うところでは、フリンという男、世界一の好色者の一人だった。物語によれば、既婚・未婚を問わず、彼がちょっとでも口をきいたことのある女性で、その後、悪い評判を立てられない者はいなかった。

フリンは勇んでエルフィンの館へ向かった。彼の妻に邪《よこしま》なことを働こうという心づもりである。一方タリエシンはというと、女主人に一切を説明し、王が主人を投獄したこと、そしてフリンが彼女の貞操を奪おうと勇んで向かっていることを話した。そんなわけで、女主人に言って、台所女中の一人に自分の服を着させた。令夫人は喜んで従っただけでなく、女中の両手の指いっぱい、自分と夫がもっている最上の指輪をはめさせて、着飾らせた。このように服を換えると、タリエシンは女主人に言って、自室の食卓に女中をすわらせ、夕食をとらせた。タリエシンは、食事の間、女中を女主人に、女主人を女中のようにふるまわせたのだ。

そうやって二人が居住まいを正し、先に述べたような姿で夕食の席についていると、不意に姿を現したのがフリン、エルフィンの館に到着したのである。大歓迎で迎え入れられた。というのも召使たちは全員、彼のことをよく知っていたからである。さっそく部屋に案内すると、女主人の格好をした女中が夕食の席から立ち上がり、愛想よく出迎えた。その後、女中は再び席につき、フリンも一緒に夕食に加わった。フリンは、冗談にまぎれ、口説き文句を女中にささやき始めたが、女中は女主人のふりをしたままだった。

そして、この物語が示すところによれば、女中はすっかり酔っぱらい眠ってしまった。物語によると、これは、フリンが酒に入れた粉薬のせいだという。女中はぐっすり眠り込んでしまい、物語が本当ならば、小指を切られたのにも気づかなかった。その指にはエルフィンの紋章つき指輪がはめてあった。ちょっと前に、彼が妻へ記念として贈ったものである。このようにして、フリンは女中を思いのままにし、その後で、小指と指輪を証拠として王のもとへ持ち帰ると、夫人の貞操を奪ったこと、どのようにして小指を切り落としたのかを話し、相手は酩酊して目覚めることもなかったことを報告した。

この知らせに王は大喜び。側近たちを呼び集めると、ことの一切を最初から最後までとくとくと語った。それからエルフィンを牢から連れてこさせ大法螺をたしなめた。そしてエルフィンに向かって次のように言った。「エルフィン、これでそなたも間違いなく身にしみたであろう。男にとって、自分の目の届かぬところで己の妻が身の清らかさを保っているなど信じるほどの愚行はない。そなたも、細君が婚姻の誓いを昨夜ついに破ったことを確信するはず。これを見よ。この指には、そなたの紋章入りの指輪がはまっておる。そなたの妻と床をともにした者が、その手から切り落としたもの。相手は、すっかり眠っていたそうな。いくら申しても、そなたの妻が貞節を破ったことに反論することできまい」

するとエルフィンはこう答えた。「陛下、おそれながら申し上げます。なるほど、これがわが指輪であることを否定することはできません。大勢の者が見知っておりますから。けれども、わが指輪がはまっているこの指が、わが妻の手についていたことは断じてありません。というのも、この指には三つのはっきりとしたしるしが、しかと見てとれますが、そのいずれもが、わが妻の両の手の指の一つにあったことは一度もないからです。第一のしるし、それは明白です。おそれながら申し上げますが、わが妻が今、この時どこにいるとしても、すわっていようが立っていようが、はたまた横になっていようが、この指輪、妻の親指にもおさまってはおりますまい。ご覧になればおわかりのとおり、この指輪がはまっているところは、この指が切られた手にあった、一番細い指の関節の上です。二番目には、わが妻は、土曜日に爪を整えずに床についたためしは一度たりともありません。ご覧になればおわかりのとおり、こちらの小指の爪、一月は切っておりません。第三に、この指が切り取られた手は、ライ麦パンの生地を指が切断される三日以内にこねたばかり。そして断じて申し上げますが、わが妻は嫁いで以来、自分でパン生地をこねたことなど一度もありません」

物語によれば、王はエルフィンに対する怒りをつのらせた。こんなにも毅然として自分に立ち向かい、妻の貞節を擁護したからだ。そこで再び獄につなぐように命令し、自慢話が真実と証明されるまでは解き放たれることはないだろう、妻のことだけでなく、バルズの知恵に関してもな、と言い放った。

くだんの二人は、エルフィンの館でしばらくは楽しい時を過ごしていたが、やがてタリエシンが女主人に向かって、エルフィンがまたもや自分たちのために投獄されたことを話した。けれども、すぐに女主人を安心させた。自分がマエルグンの宮廷に行って主人を救うからと伝えたのである。そこで、どうやって自由の身にするのかと尋ねると、タリエシンは次のように答えた。

歩いて旅を　われいたす
城の門へと　われ参る
次に広間へ　われ向かう

そしてわが歌　われ歌う
寿ぎの詞《うた》　われ語る
貴族のバルズ　口封じ
王の御前に　進み出て
彼らねじ伏せ　打ち負かさん。

始まりけるは　歌マラソン[24]
見物するは　公家名門
集められたる　楽士《ケルソリオン》たち
正しき調べ　かなでる和音
宮廷集う　貴族の子孫
宴の席に　ありしグウィオン
恐れおののき　なくす平穏
者ども震え　もだえる苦悶。

騒ぎ起これば　鉄槌の
落とせし言葉　アーサーの
抜き身の剣　紅の
血で染め上がる　もののふの
王が挑みし　敵軍の

流したる血の　潮流の
端は森から　北の地《ゴグレッズ》[25]まで。

威厳容色　失われん
哀れなりしは　マエルグン
非道の報い　来たるなん
傍若無人　その終焉
世継フリンの　世は尽きん
領地は荒れて　荒れ果てん
報いは長く　降りかからん
マエルグン・グウィネッズの身の上に

歌い終わると女主人にいとまごいをし、マエルグンの宮廷にやって来た。マエルグンは、王の威厳をもって大広間にすわり、食事をとろうとするところだった。このようにして、王公が大きな宴を執り行うのが当時の慣わしだったのだ。タリエシンは大広間に入るとすぐに片隅に腰をおろしたが、そこは、バルズと吟遊詩人らが控えている場所の近くだった。彼らは王の前で勤めを果たすのを待っていた。同じく当時の慣わしで、大きな宴の折には、大声で褒美を要求するのが常だったが、今日はフランス語でそれを行っている。

さて、バルズと伝令官が進み出て褒美をと呼ばわり、王の権力や強さをほめ讃えようとしたときである。一行は、タリエシンが身をひそめている物陰の近くに来たので、彼らが通り過ぎる際、タリエシンは頬をふくらませ、唇に指を当てて「ブレルム、ブレルム」と音を出した。彼らはさして気にもとめず、そのまま通りすぎていき、王の前に立つと、いつものように身をかがめてお辞儀をしたが、言葉は一言も発せずに、頬をふくらませ、王に向かって口をとがらすと、唇に指を当てブレルムをやり出した。先ほど、少年がやっているのを見たのと同じ具合である。

これを見て王は一体どうしたのか、こいつらは酔っ払っているのかと心中思った。そこで、食卓の差配をしている領主の一人に命じた。彼らのところに行って、正気に戻れ、ここがどこだかわきまえよ、そして自分たちのすべきことは何かを考えよと伝えるように言った。その貴族は言われたとおりにした。けれども、彼らの騒ぎはやまない。そこで王は二度、三度と使いを出し、大広間から出て行けと伝えた。しまいに王は、従者の一人に向かって、詩人の長に一発くらわせろと命じた。ヘイニン・ヴァルズである。従者が大皿を手に取り頭をなぐると、相手は尻もちをついてしまった。その場からバルズの長は身を起こし、ひざまずいて王の許しを請うと、自分たちの失態は正気を失ったからでも酔っていたからでもない、この大広間にひそむ精霊の力のせいであると弁明した。それからヘイニンは次のように言った。「おお、誉れ高き陛下、お慈悲の心に届きますことを。酒の力でも、酩酊したからでもございません。われらが、まるで酔っ払いのようにしゃべることができないのは。すべては精霊のせい、あちらの隅に、子どもの姿でひそんでおります」

それを聞くと王は、従者に、その者をつかまえてこいと命じた。従者はタリエシンがすわっている物陰に行くと、王の前に引っ張り出した。王は何者でどこから来たのかと問いただした。すると相手は、詩の形で王に答えた。

バルズの長は　俗世の任
われ仕えしは　かのエルフィン
生まれいずるは　天の陣

ケルビム[26]の地の　われ出身

そこで王は尋ねた。どのようにして地上に参ったのかと。すると、相手は王に向かって次のように答えた。

預言者たるは　ヨハネ・ゼウィン[27]
彼われを呼ぶ　そはマルジン[28]
しかるに後は　王全員
呼びならわすは　タリエシン

そこで王は尋ねた。一体どこで生まれたのかと。すると、相手は王に向かって身の上を話した。以下はこの書物にあるとおりである。

われは　主とともにあった
そこは天国であった
ルシフェルが奈落へと
堕ちしとき
われは　軍旗を掲げていた
アレクサンドル大王[29]の前で
われは星ぼしの名を知る
　北天から南天に至るまで

われはグウィディオンの砦[30]〔銀河〕にあった
　聖なる四文字《テトラガマトン》[31]とともに
われはカナン[32]にあった
　アブサロム[33]が刺されしとき
われは種をもたらした
　ヘブロン[34]の谷へと
われは貴人の館にあった
　グウィディオンが生まれし　その前に
われは教父であった
　エリヤとエノク[35]を教えた
われは大工であった
　ニムロドの塔[36]を建てしとき
われは十字架の地にあった
　神の御子の慈悲とともに
われは三つの時代にあった
　アリアンフロッドの獄[37]にて
われは方舟の中にあった
　ノアとアルファ[38]〔神〕とともに
われは見た
　ソドムとゴモラ[39]が落ちるのを

われはアフリカにあった
ローマの都市ができる前に
われは　はるばるここにいたり
トロイアの名残[40]を見る
われは　わが主とともにあった
牛とロバのまぐさ桶[41]の中に
われはモーセを支え
ヨルダン河を越えた[42]
われは空にあった
マグダラのマリアとともに
われは霊感《アウェン》を得た
ケリドウェンの大鍋から
われは竪琴のバルズであった
スレオン・スラフリン[43]のもとで
われは白い丘[44]の上にあった
カンヴェリン[45]の宮廷で
われは枷と鎖につながれ
一年と一日を過ごした
われは姿を現わせり[46]〔?〕
三位一体の地に

そして　われは究めたり[47]
　医術のすべてをば
われは最後の審判の日まで
　この大地の上にあり
誰も知らぬ　わが身体
　獣であるのか　魚であるのか[48]
われは　九か月にわたり
　魔女ケリドウェンの胎にあり
われは　かつてはグウィオン・バッハ
　だがタリエシンなり　今よりは

物語が示すところでは、この歌に王と家臣たちはたいそう驚いた。それから、王やほかの人々に、自分がここに来たわけや何をしようとしているのかを語った。すなわち、書物によれば、その歌とはこのようなものである。

そこなるバルズ[49]　われ競わん
才を隠さず　披露せん
預言のうたを　今くださん
耳傾ける　者たちに。
われが　こたび参りしは

失いし物　探すため
苦難にあえぐ　エルフィンを
デガヌウィから　救うため

われはわが主を　解き放たん
枷と鎖の　くびきから
デガヌウィの城　その玉座《カダイル》
高まりたるは　わが誇り
三百超える　詩にも比す[50]
われの歌をば　披露せん
いかなる槍も　値せぬ
石も指輪も　値せぬ
われのまわりに　侍るなど
無知なバルズに　許されぬ[51]

グウィズノーの息エルフィンは
口をすべらせ　一三の
錠の奥にぞ　つながれり
バルズの長を　褒めし罪
われここにあり　タリエシン

バルズの長なり　西国の
解き放とうぞ　エルフィンを
黄金の枷　くびきから。

この後、書物の示すところでは、彼はさらに歌を続けた。すると、一陣のつむじ風が巻き起こり、王と一同、城が頭の上に崩れ落ちてくるかと思った。そこで、王は急いで地下牢からエルフィンを連れてこさせ、タリエシンの前に立たせた。そして語り伝えによれば、歌が発せられたとたん、鎖が両足からはずれたという。もちろん、とても信じがたい話ではある。しかしながら、わたしはこの物語や彼の作として自分が書物に書き残されているのを見た歌の数々に従うだけである。この後、歌ったのが「バルズの謎かけ」と呼ばれる、次のような一連の詩である。

アルファが初めに造られた
最初の人とは何者ぞ?
主が美しく造られた
清き言葉はいかなるもの?

どの食べ物、どの飲み物?
分別あるは　誰の装い?
誰が拒絶を耐え忍ぶ
邪な者どもの企みを?

なぜ　石は硬い？
なぜ　とげは鋭い？
誰が石のように硬く
塩のようにからい？

なぜ鼻は長い？
なぜ車輪は丸い？
なぜ舌は動く
からだのどこよりも？

それから続いて「バルズの戒め」という一続きの詩が披露された。

汝が　闘志荒ぶるバルズなら
荒ぶる　霊感受けたなら
荒ぶるなかれ
汝の王の御前では
次の名前を知らぬでは
リミン、ラミン、リミアド、ラミアド[52]
そして汝の高祖父祖

洗礼前の　その名前

発酵するもの[53]
元素の名
汝の一族[54]
故郷の名
上座のバルズ
下座のバルズ
わが愛しきは下にあり
アリアンフロッドの枷の下
汝らには　わかるまい
わが口歌うものの意味
そして　まこととうその
その違い

器小さいバルズらよ
なぜにここから逃げ出さぬ？
われを封ぜぬバルズには
沈黙のとき　訪れぬ
小石真砂に

埋もれるまで
われに耳を傾ければ
神も　おん耳傾けん。

この後に続く一続きの詩は「バルズの苦言」と呼ばれる。

旅の詩人[55]の　拙き芸
不敬な唄が　その頌詩
でまかせばかり　並べ立て
清き男ら　あざ笑い、
その妻女らを　辱め、
マリアの処女　冒瀆す。
あたら人生　むだにして
夜は酔いしれ　昼寝して、
教会を避け　酒びたり。
村、町、国を　流れゆく。
無銭で泊まり　喜捨もせず。
詩編も祈りも　唱えはせず。
安息日さえ　お構いなし。
徹夜の祈禱も断食も[56]　一切　守ることはなし。

鳥は飛ぶ
魚は泳ぐ
蜂は蜜を集める
長虫は這う
万物は動き
　食べ物を求める
旅の詩人と盗人と
　ごろつきユダヤ人以外。
おまえらの芸　責めはせぬ
邪道に落ちぬ　そのために
神が情けで　与えしもの
イエス貶め　背かぬよう。

こうして、タリエシンが主君を牢獄から救い出し、女主人の貞節を証明し、バルズたちを黙らせ、誰も一言も発せぬほどに圧倒すると、エルフィンに向かって王と賭けをし、王のどの持ち馬よりも足が速く俊敏な馬をもっていると挑戦するよう頼んだ。エルフィンはそのとおりにした。そこで、競争の日取りと場所が決められた。そこは、今日ではモルヴァ・フリアネズと呼ばれるところである。そこに王と家臣たち、そして王の持ち馬のうちでもっとも俊足の馬二三頭が到着した。それから、話し合いの末コースが決まると、馬が放たれた。その場にタリエシンも四と二〇の柊の束をたずさえてやって来た。柊の枝は、予め火であぶって真っ黒にしておいた。主人の馬に乗る少年に、それらの枝をベルトの下にはさませると、こう命じた。王の馬はすべて前に行かせよ、そして一頭追い越すたびに枝の一本を抜き相手の馬の尻を叩け。枝を地面に落としたら、次にもう一本の枝を抜き、同じようにして追い越すときに馬を打つ。それからさらに、自分の馬がいつ立ち止まるかを見定め、馬が立ち止まったら、その場に帽子を投げろと言いつけた。

少年は言われたとおり、王の馬の一頭、一頭に柊の枝で一撃をくらわせ、自分の馬が止まったところに帽子を投げ落とした。その場所へ、タリエシンが主人を連れてきた。すでにレースには勝っている。そしてエルフィンに言って、召使に穴を掘らせた。彼らが地面深く掘ると、そこには大鍋があって、中は金でいっぱいだ。するとタリエシンがやって来た。「エルフィン、ご覧なさい。これがあなたへのお支払い《タール》[57]とお礼。わたしをやなから取り出してくれたこと、そして今日まで育ててくれたお返しです」この場所に水がたまって池となり、今ではピス・バイル〔大鍋の池〕と呼ばれている。

レースの後、王はタリエシンを面前に連れてこさせると、人の一族の始まりについて語るように言った。そこで作った一連の詩が以下のものである。今日では、歌の四つの柱[58]の一つと呼ばれるもので、その出だしは次のようである。

全能の者は造られた
ヘブロンの谷　その地にて
その清らかな両の手で
　われ知る姿　そはアダム
続いて造る　美の姿
楽園にある宮廷で

あばら骨から　取られしは
　見目麗しき　女なり

見る間に過ぎし　七時間
美しき園　守りしが
災いの種　まきしサタン
　常に飽くなき　誘惑者

そこから二人　追いやられ
身を切る寒さ　酷寒に
震えてつなぐ　その命
　生きて暮らすは　この現世

苦痛のなかで　もうけしは
あまたの息子と娘たち
めざす未来は　王国を
　築かんとする　アジアにて

五の二倍に一八年
ついに身ごもる　かの女

あまたの子らを　産み出せり
　男　女が　生まれたり

何を隠さん　その胎に
宿すはアベル　そしてまた
まごうことなき　罪人の
　悔悛せざる　カインなり。

アダムと妻に　そののちに
与えられたる　すきとくわ
土掘り起こし　耕すは
　糧なるパンを　得んがため

白く輝く　麦をまく
よく耕した　畑土に
家族すべてを　養わん
　審判の日が　来たるまで

天の御使い　つかわせし
至高の神の　みもとから

豊作約す　麦の種
　もたらされたる　エヴァのもと

女は隠す　麦の種
一〇分の一の　贈り物
掘り起こしては　みたものの
　すべてはまかぬ　土の上

生えて出たのは　黒い麦
まことの小麦の　そのかわり
明らかにせん　偽りを
　犯せしそれは　盗みなり

この偽りの　所業ゆえ
サトゥルヌス[59]の　申すには
納めるべきぞ　十分の
　一の税をば　神の手に[60]

燃ゆる紅　赤のワイン[61]
植えつけたるは　晴天日

満月の夜
　アルバのワイン

由緒正しき　小麦から
あふれる血汐の　ワインから
完璧な身体が造られる
　アルファの息子キリストの

聖餅は肉
ワインは血
三位一体のみ言葉が
　清められたり　神の子を

秘儀を知るせし　あらゆる書
インマヌエル[62]のなせしこと
大天使たるラファエルが
　手ずから与えし　アダムにぞ。

泡立つ流れに彼の者が
顎の上まで浸かるとき

流れる水のヨルダンで
　犯した罪を　贖えり。

彼モーセは手に入れり
ヨルダンの川　水底より
霊能もてる三つの杖[63]
　世にも名高き　不思議の杖。

彼サムソンは手に入れり
バビロンの塔　高見より
アジアの国の　あらゆる秘術

しかるにわれも手に入れり
わが言霊に
あらゆる秘術
　ヨーロッパそしてアフリカの

歩む道をば　われは知る
訪ねる町に　その権利
捧げものと　その定め

最後の審判来たるまで。

なんたる悲哀　おお神よ！
大きな嘆きともないて
預言は来たる　トロイアの
誉れも高き一族に。

とぐろ巻きたる　雌の蛇
おごり高ぶり　容赦なく
金の帆あげて　迫りくる
　ゲルマニアより至りくる。

しかして彼ら　平らげる
スロエグル〔イングランド〕とピクトの地
スカンディナビアの岸辺から
サブリナ〔セヴァーン〕までを　制圧す。

そしてこの後　ブリテン人
虜のごとくなりにけり
国を追われし放浪者

サクソン人に　頭垂る。

彼ら讃えん　天の主を
おのが言葉を　守らんと
たとえ領土は失えど
　グワスト・ワリア〔荒涼たるウェールズ〕を除いては

やがて来たれる時があり
長きにわたる辛苦の果て
等しき二つの傲慢が
　生まれる未来　訪れん。

その時来たればブリテン人
領土と王冠　取り戻し
異国のやから
　消えさらん

天使は語る
平和と戦
やがては来たる　平安が

ブリタニアの地にぞ訪れん。

この後、さまざまな預言を王に向かって語ったが、それらはこの後、世界に起こるであろうことを歌にしたものである。それらのうちのいくつかを続けてここに記載する。[64] これらは書物で見たものである。

解説
マビノギオンについて

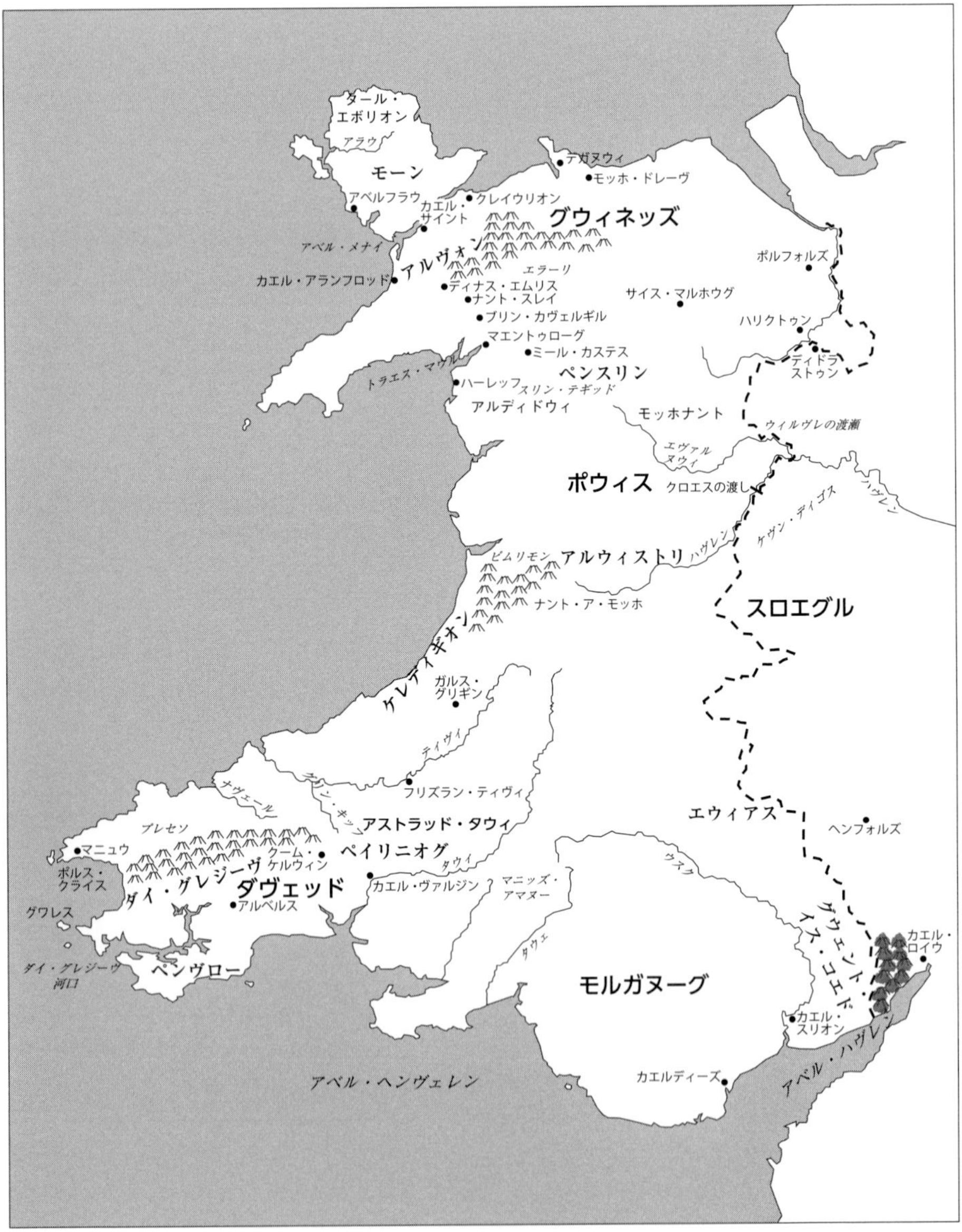

タール・エボリオン
アラウ
モーン
アベルフラウ
デガヌウィ
モッホ・ドレーヴ
カエル・サイント
クレイウリオン
グウィネッズ
アベル・メナイ
アルヴォン
カエル・アランフロッド
エラーリ
ディナス・エムリス
ナント・スレイ
ブリン・カヴェルギル
サイス・マルホウグ
ポルフォルズ
ハリクトゥン
マエントゥローグ
ミール・カステス
ディドラストゥン
トラエス・マウル
ペンスリン
ハーレッフ
スリン・テギッド
アルディドウィ
モッホナント
ウィルヴレの渡瀬
エヴァルヌウィ
ポウィス
クロエスの渡し
ハヴレン
ケヴン・ディゴス
ピムリモン
アルウィストリ
ハヴレン
ナント・ア・モッホ
スロエグル
ケレディギオン
ガルス・グリギン
ティヴィ
フリズラン・ティヴィ
ナヴェール
スリン・キップ
アストラッド・タウィ
エウィアス
ヘンフォルズ
プレセリ
マニュウ
クーム・ケルウィン
ペイリニオグ
タウィ
ウスク
ポルス・クライス
ダイ・グレジーヴ
ダヴェッド
カエル・ヴァルジン
マニッズ・アマヌー
グワレス
アルベルス
タウエ
グウェント・イス・コエド
カエル・ロイウ
ダイ・グレジーヴ河口
ペンヴロー
モルガヌーグ
カエル・スリオン
アベル・ハヴレン
アベル・ヘンヴェレン
カエルディーズ

マビノギオンの舞台

物語全体の解説

1．「マビノギオン」という名称

本書の題名にある「マビノギオン」という用語についての「弁明」から始めたい。翻訳した一一編のうち、一四世紀の写本『フラゼルフの白本』と『ヘルゲストの赤本』に残る散文物語一一編を指して「マビノギオン」と呼ぶのは一八世紀末以来の慣行だが、厳密にいうと二つの点で誤用と考えられている。

まず問題なのが「マビノギオン（mabinogion）」という語形だ。これは単数形‘mabinogi’にウェールズ語で複数を表す接尾辞‘-(i) on’がついた形だが、現存する中世写本で確認できるのは『フラゼルフの白本』の‘mabynnogyon’という表記一件だけで、しかも他の写本の該当箇所がすべて「マビノギ」となっていることから写字生の誤記と考えられている。

二つ目は「マビノギ」を「物語」の意味で使う点だ。「マビノギ」の名称に該当するのは「これにてマビノギのこの枝は終わる」という文言で締めくくられる四作のみで、他の物語を「マビノギ」と呼ぶのは間違いだとされる。そのため、「真正の」マビノギを『マビノギの四つの枝』と呼んで区別することが一九世紀末から一般化した（ただし後述するように、「マビノギ」の原義については定かでない）。

とはいえ、レイディ・シャーロット・ゲストの英訳（一八三八～一八四五年）のタイトルに使われて以来、ウェールズ文学の古典となった一一の物語をまとめて呼ぶ適当な名称がないため、今でも以上のような「弁解」

をつけて用いられているのが現状だ。[1]

そもそも「マビノギオン」という語を使ったのは、これらの物語を最初に英訳した古事研究家ウィリアム・オーウェン・ピューである。ピューはロンドンのウェールズ人コミュニティでウェールズ文芸復興に身を投じ、一七九六年、自ら立ち上げた雑誌『カンブリアン・レジスター』創刊号に「プウィス」（本書の「マビノギの第一の枝」に該当）前半の英訳をウェールズ語テクストとともに掲載した。目次には「マビノギオン、または子どものための娯楽読み物、古のウェールズのロマンス」とある。ピューは『タリエシン物語』を含む一二編を「マビノギオン」として出版するつもりで全編を訳出したが、生前に刊行されたのは「プウィス」、「マース」（「マビノギの第四の枝」）と「タリエシン」だけだった。

『タリエシン物語』を除くと、ピューが訳したのは『ヘルゲストの赤本』に収録された散文物語である。この写本にはほかにも散文作品があるが、一一編を選んだ理由はラテン語やフランス語からの翻訳でないこと、「事実」を記した年代記に対し民衆の想像力が生み出したウェールズ固有の伝承物語であることだったと思われる。[2]「マビノギ」を中世ウェールズ・ロマンスに当たる普通名詞とする用法はピューによって始まり、ゲストの翻訳によって定着したと言えるだろう。

「マビノギオン」の分類

1　ゲストの『マビノギオン』には一一編のほかに一六世紀の作である『タリエシン物語』も含まれていたが、今日「マビノギオン」という場合、『タリエシン物語』は除外するのがふつうである。ただし、本書では、ゲスト同様『タリエシン物語』も訳に加えている。

2　「プウィス」の序文には、マビノギオンと呼ばれるウェールズ語のロマンスは写本、または庶民の口承に残るとある（*Cambrian Register*, vol.1,177）。

一一編は通常、以下の三つのグループに分類される。[3]

(1)マビノギの四つの枝：一一編のうち、もっとも「神話的」な要素が強いとされる四編。
「マビノギの第一の枝」(ダヴェッドの頭領プウィス)
「マビノギの第二の枝」(スリールの娘ブランウェン)[4]
「マビノギの第三の枝」(スリールの息子マナワダン)
「マビノギの第四の枝」(マソヌウィの息子マース)

(2)三つのロマンス：ウェールズ語によるアーサー王ロマンス
『オワインまたは泉の女伯爵』
『エヴロウグの息子ペレディルの物語』
『エルビンの息子ゲラint トの物語』

3　カッコ内は従来、用いられてきたタイトルだが、もともとの写本には存在しない。

4　マビノギ各話の題名は写本には残っていないため、一九世紀来の慣行で、人名から始まる物語のフォルミュラに従い、その人物の名をタイトルとして用いてきた。よって「マビノギの第一の枝」は「ダヴェッドの頭領プウィス」の名で親しまれている。それに従えば「第二の枝」は「スリールの息子ベンディゲイドヴラーン」となるところだが、「スリールの娘ブランウェン」の名で通っているのはシャーロット・ゲストの英訳の題名を踏襲しているからである。ゲストに先立ち英訳を完成したオーウェン・ピューの手稿(ウェールズ国立図書館蔵)には'Bran the Blessed'とあることから、もしピューの英訳が予定どおり刊行されていたら、この物語は「ブラーン」または「ベンディゲイドヴラーン」の名で後世に知られることになったに違いない。ゲストがなぜブランウェンを題名に選んだのかについては、カーディフ大学のショネッド・デイヴィスがフェミニスト批評の立場から考察している(Davies 1990)。

(3)その他、四つのウェールズ伝承物語：最初の二つはジェフリ・オブ・モンマスが一一三〇年代に執筆したラテン語年代記『ブリタニア列王史』に基づく短編で、三つ目は現存する最古のアーサー物語、四つ目はアーサー王ロマンスのパロディとされる作品。
『スリーズとスレヴェリスの冒険』
『ローマ皇帝マクセン公の夢』
『キルフーフがオルウェンを手に入れたる次第』（キルフーフとオルウェン）
〔以下『キルフーフ』と略〕
『フロナブウィの夢』

このような、さまざまなジャンルの物語がまとまって写本に残されていたのは幸いと言えるだろう。なぜならば、一三世紀後半の写本にある、通称『ブリテン島の三題歌』5を見ると、失われてしまった伝承が数多くあったことがうかがえるからである。

ウェールズ人のアイデンティティの象徴としての「マビノギオン」

それでは、伝承物語はなぜ消失してしまったのだろうか。一六世紀にヘンリ八世が行った修道院解体によって修道院に保管されていた写本の多くが散逸したこともあるが、そもそも中世ウェールズでは物語や詩は語られるもので書かれるものではなかった。

5 「ブリテン島の三人の勇将」、「ブリテン島の三つの災厄」などのように、語り部や詩人バルズのレパートリーに登場する人名や項目を三つ一組にまとめたもので、語りを記憶するためのモチーフ・インデックスのようなもの。

文字として残っているウェールズ語の最古の例の一つが、北西ウェールズの町タウィンにある聖カドヴァン教会の石碑（通称「カドヴァン・ストーン」）に刻まれた碑文である（図1）。墓碑銘のように読め、八世紀のものとされる。ほかにはイングランドのリッチフィールド大聖堂所蔵の『聖チャド福音書』に挿入された土地紛争についての裁定記録の覚書（八〇〇年ごろ）、九世紀後半の『ユウェンクス写本』に残る一二連の詩の断片などがある。碑文以外はいずれもラテン語テクストの注釈・要約や余白への書き込みという形で、話し言葉はウェールズ語でも書き言葉として使われていたのはラテン語だったことがわかる。

アイルランドでは早くも八世紀から散文物語が執筆されているのに比べ、「マビノギオン」一一編が書かれた時期は、おおよそ一一世紀後半〜一四世紀の間とかなり遅い。口頭で流通している伝承を高価な皮紙（ヴェラム）に書き留めるという行為には、それを促す文化的・社会的背景があったはずだ。中世ウェールズの場合、契機はノルマン朝イングランドの成立だった。一〇六六年にはイングランドの王冠がフランスはノルマンディー公国のウィリアムに奪われ、このノルマン征服によって、ウェールズにも、特にイングランド国境地帯から南の平野部にかけてノルマンの勢力が及ぶことになった。

ウェールズには、もともと大小さまざまの部族国家が群雄割拠して

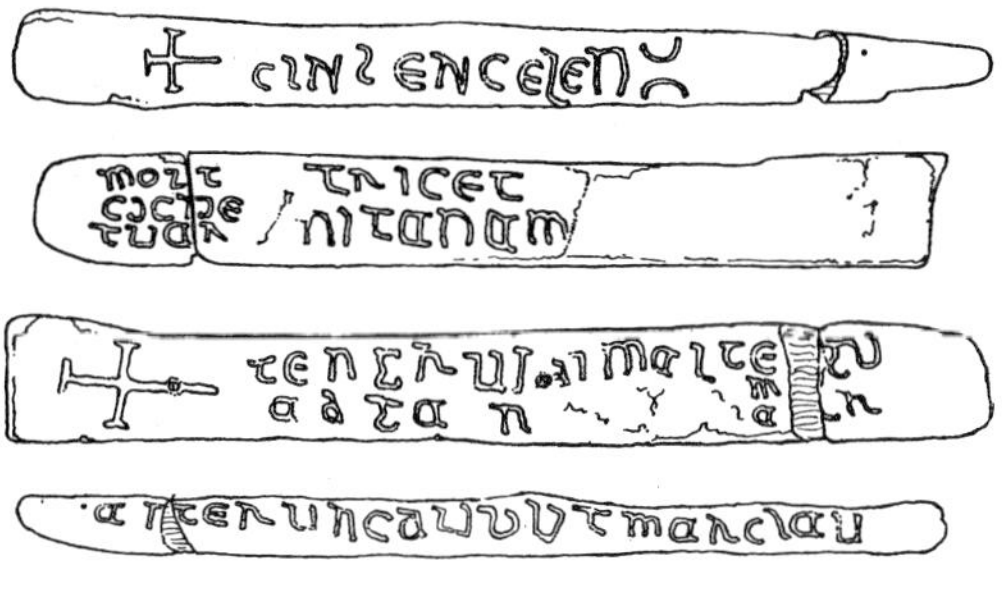

（図1）タウィンの聖カドヴァン教会のカドヴァン・ストーンに刻まれた古ウェールズ語の碑文、ウェールズ古代・歴史的建造物王立委員会

いた。グヴィネッズやポウィス、デヘイバルスといった強国の王が覇権を唱えることはあっても、ウェールズ全体が完全に一つの国家に統一されたことはない。そんななか、ウィリアム征服王はウェールズとイングランドの国境線に沿ってチェスター、シュルーズベリ、ヘレフォードに三つの伯爵領を置き、自分の親族や腹心に統治させた。一二八二年、「最後のウェールズ大公」ことグウィネッズ王スラウェリン・アプ・グリフィズが戦死し、エドワード一世がウェールズを征服するまでの二〇〇年あまりの間に、ノルマン支配はじわじわとウェールズに及んでいった[6]。

ウェールズ中世史研究の大家サー・リース・デイヴィスの言葉を借りれば、ノルマン侵攻期のウェールズは「二つの民族」の居住する二つの世界からなっていた（Davies 1987:100）。すなわち、ウェールズ諸公の支配下で独立を保つ「プーラ・ワリア（Pura Wallia）」とアングロ＝ノルマンが占領する辺境地域「マルキア・ワリア（Marchia Wallia）」である（図2参照）。

ノルマン侵入の影響は軍事的支配にとどまらない。封建制や中央集権に基づく支配構造、フランスの言語文化の流入は「プーラ・ワリア」の伝統的社会にも大きな変化を与えた。上流階級の間ではウェールズ人とノルマン人の婚姻が行われ、二つの文化が混淆する地域ではバイリンガル化も進んだ。おそらく、こうした大変革の時代を背景に、ウェールズ人としてのアイデンティティが意識化され、ウェールズの口承伝統を記録して保存するという動きが起こったのではないかと考えられる。

中世ウェールズにおける民族意識には二つの流れがある。一つは、知識階層や職業詩人バルズの伝承によって構築された、トロイの王族ブルートゥス（またはブリットー）を先祖とする、ブリテン島最古の住民という

6　中世ラテン文学研究者として知られるラピッジは、ウェールズにおけるノルマン文化の浸透を示すメルクールとして、一一一五年にヘンリ一世の命によりセント・デイヴィッズの司教にノルマン人のベルナルドゥスが就任したことを挙げている．（Lapidge 1973-74:68 n.1）。

起源伝説である。五世紀にブリテンからローマ軍が撤退した後、アングロ＝サクソン人やアイルランド人などの外来民族の侵略に脅かされるようになったブリテンの住民は、「われらブリテン人」の意味を込めて自らを「ブリトネス」または「ブラソン」と呼んだ。やがて、アングロ＝サクソン諸王国の成立によりブリテン人の部族国家が次々と消滅すると、スコットランド低地地帯からヨークシャーを含む北イングランドにかけての同胞の地を、ウェールズ人はノスタルジアをこめて「古き北方《アル・ヘーン・オグレッズ》」、あるいは単に「北方《ア・ゴグレッズ》」と呼び習わした。そして、失われた北方の故地で異民族と戦った古のブリテンの英雄たちは「北方の戦士たち《グイール・ア・ゴグレッズ》」として讃えられ、中世ウェールズの諸王家の祖に祭り上げられた。また、預言詩では、異民族を一掃し、ブリテン島が再びブリテン人の手に戻る時が来ると歌われた。バルズ・テイリと呼ばれる宮廷付き詩人が王の親衛隊を鼓舞するために歌う「ブリテンの王権《インベニアエス・プラダイン》」という詩は、そのような預言の一種だったようだ（LHDd 20.23-4 n.）。

（図 2）13 世紀ウェールズにおける二つの「ワリア」

もう一つは、沿岸部を除くと、ほとんどが高地からなるウェールズの地理的環境に根差したもの、すなわち、山地や渓谷、湿地などで細かく区切られた地域共同体「ブロ」ないし「チッド」

という単位に基づく同族意識である。「中世ウェールズ法」では、「同じブロの者」を語源とする「カムリ」という言葉がウェールズ人の意味で使われている。一〇世紀のデヘイバルスの伝説的王ハウェル・ザー（「善良なるハウェル」の意）の名のもとウェールズ法が編纂された時期は「マビノギオン」の時代と重なる。ノルマン以前の古い慣習法と、より簡便化・合理化された一三世紀来の法規定を合わせもつウェールズ法は、土地相続や賠償制度、宮廷の役割などの確認のために記された、外来文化と伝統がせめぎ合う、この時代の典型的な産物であるとともに、一つの法のもとに結ばれた「同国人」としてのウェールズのアイデンティティを支える根幹として機能することになる。前出のデイヴィスは、もともと狭義の「同郷者」を意味する「カムリ」が「他のブロ／チッドの者」を意味する「アスチッド／アスヴロ」、すなわち「外国人」と対比され、成文化されたウェールズ法のもと権利を保障された「ウェールズ人」という意味に変わったと指摘する（Davies 1987:19）。

民族意識の触発という点では、「マビノギオン」成立の背景にある地理的要因も重要だ。ベルファスト出身のケルト学者で「マビノギオン」研究においても主導的役割を果たした故プロンシャス・マッカーナが、この点に関し重要な仮説を提唱しているので紹介したい。

「マビノギオン」の散文に、現存する古ウェールズ語の断片や現代ウェールズ語とも異なる特徴的なスタイルがあることは広く認められている。現代ウェールズ語の書き言葉の語順が通常「述語＋主語」なのに対し、中期ウェールズ語散文では「主語」（ときに「目的語」）が先にくる「非標準構文」が一般的なのだ。しかも、現代ウェールズ語では「主語」または「目的語」が先行するのは強調構文だけだが、中期ウェールズ語ではそのような特別な意味をもたない。たとえば、以下の三つの文を比較してみよう。

Tyghaf tyghet it（『フラゼルフの白本』）

Mi a tynghaf dynghet itt（『ヘルゲストの赤本』）

Tyngaf dynged arnat ti（Ifans 1980:81）

最初の二例は『キルフーフ』の物語より継母の呪いの言葉を引用したものだ。成立年代の古い『フラゼルフの白本』では、一人称単数現在形の動詞が最初にきて「かす、定めを、そなたに」という古ウェールズ語の構文になっているのに対し、『ヘルゲストの赤本』の該当箇所は一人称単数の代名詞「わたしは（Mi）」が動詞の先にくる、中期ウェールズ語散文特有の非標準構文を用いている。けれども両方とも意味は変わらない。三番目は現代ウェールズ語訳で、『白本』と同じく、動詞が先にくる語順であることが確認できる。

ローマン＝ブリテン時代にローマ化が進んだブリテン島南東部で、ラテン語の語順の影響下、書き言葉のための新しい文体として成立したのが非標準構文ではないかと指摘するのがマッカーナである（Mac Cana 1973; 1992:13）。

イングランドと国境を接するウェールズ南東部は、古代ローマだけでなく多様な民族・言語・文化が混淆する地域であり、海に開かれた一帯は、海路を通じて大陸ヨーロッパやアイルランドとの交流も盛んだった。一方、近年、「マビノギオン」のいくつかの物語について北ウェールズ起源説が主張されているが（くわしくは『マビノギの四つの枝』の解説を参照）、アイルランドとの地理的近さ、広範な支配圏を誇った王家、バンゴール、クラノッグといったキリスト教の中心地をつなぐ巡礼の道のネットワークの存在など、グウィネッズにも類似した環境が見出される。こうした豊穣な文化的土壌がノルマン侵攻に触発され、「われらカムリ」の「伝統」を編纂、書き記す文学を生み出した可能性は高い。[7]

現実世界では国同士の戦闘や略奪、親族間での血なまぐさい王位争いなど分裂が続く中世ウェールズだった

7　アーサー伝承の揺籃の地としてのウェールズ南東部については森野聡子（2016）を参照されたい。

が、イデオロギーとしての「一つのブリテン」ないし「一つのカムリ」は生き続けた。それを支えたものとして教会や修道院の存在も無視できない。

ノルマン人が大陸からもたらしたベネディクト会に対抗し、ウェールズではシトー会が各地の領主の保護を受け発展、シトー派修道院のスクリプトリウムから多くの貴重な写本が生み出されたことからもわかるように、教会や修道院はウェールズ文芸の中核の役割を果たした。実際、「マビノギオン」の作者または編者は職業的語り部やバルズではなく、その多くが修道士、あるいは修道院で教育を受けた知識人だったと考えられているのだ。ウェールズの教会や修道院はローマ街道などの交通の要所に位置しており、このネットワークを利用することで聖職者は教区や国を越えて移動しながら各地の伝承を収集することができた。かくして、人々を楽しませてきた口承の語りは書き残されることで文化的意義を変えた。すなわち、ウェールズの民族的記憶を形成するアーカイブとなったのである。

「マビノギオン」という用語が必要とされてきたのは、こうした背景があるからだ。各話の解説部分に成立年代についての煩雑な議論をあえて取り上げているのは、これらの作品がいつ書かれたのかを推定することは、単に文学の領域にとどまらぬ問題を提起するからである。すなわち、もっとも古いとされる『キルフーフ』ともっとも新しいと考えられる『フロナブウィの夢』の執筆年代は、ウェールズ独自の社会制度や慣習法、伝承などがいつまで残ったのかを示す指標として重要な意味をもっている。[8]

一般的には、一一編のうち、少なくとも『キルフーフ』と『マビノギの四つの枝』は、ジェフリの『ブリタニア列王史』以前か、『列王史』のウェールズ語版が流通するようになる一二〇〇年以前に書かれ、したがって

8　たとえば『マビノギの四つの枝』では、君主が領内に複数の居城をもち、それらを拠点に領地の巡視を行うことが言及されているが、ノルマンの中央集権制度の影響で、こうした制度はすたれていき、「中世ウェールズ法」でも、すでに巡視は王自身ではなく親衛隊などの役割とされている。

『列王史』やノルマン文化の影響を受けることがなかったと想定されている。[9] クレティアン・ド・トロワなどの大陸のアーサー王ロマンスやジェフリの影響が見える作品にも、ウェールズ独自の伝承が残されていると多くの研究者は考える。「マビノギオン」が、ウェールズが独立を失う以前の、ウェールズ国文学の至宝を指す総称として使われ続ける所以である。

「マビノギオン」における口承と書承

王位継承をめぐる長い紛争ののち一一五四年にイングランド王となったヘンリ二世は、『ブリタニア列王史』をもとにアングロ＝ノルマン語でブリテン建国史『ブリュ物語』を書いて成功をおさめた詩人ウァースに、同様にアンジュー帝国[10]の起源をノルマンディー公国建国からノルマン征服を含め執筆するよう依頼する。ウァースは、『ルー物語』（一一七〇年ごろ）と題された、この年代記のなかで、伝承や歴史を「書き記す」ことの大切さについて、次のように述べている。

先祖のことを記憶するためには、

9　ただし『列王史』自体も、ウェールズの伝承を多く用いており、特に、トロイのブルートゥスを先祖とする起源伝説、外敵の侵入によるブリテン人の滅亡と再興の預言というプロットは、ウェールズ伝来の歴史観を、ある意味まとめたものであると言える。

10　ヘンリはフランスのアンジュー伯ジョフロワの息子で、父よりノルマンディー公国とアンジュー伯領を相続したのち、アリエノール・ダキテーヌと結婚してアキテーヌ公領の共同統治者となり、さらに母マティルダがノルマン朝イングランドの王ヘンリ一世の娘に当たることから、マティルダの従兄スティーヴンの死後イングランド王位も継承する。こうした、アンジュー家による、イングランドからフランスに及ぶ支配をさしてアンジュー帝国と呼ぶ。年代記編纂の目的は、君主としてのヘンリの正統な血筋とアンジュー帝国の栄光を喧伝することだったと推察されている（Burgess 2004: xi）。

彼らの業績や言葉やふるまい、
悪しき者らの悪しき行い、
さらに勇ましき者らの勇ましき行いも、
それらについて書物、武勲詩、
そして歴史書が宴のおりに読み上げられねばならぬ
もし本が書かれなければ
そして聖職者によって読まれ、朗読されなければ
過ぎ去りし日々の出来事は
忘れ去られてしまうだろう　(RR Part III: 1-6)

中世ウェールズの散文物語もまた、知識階層によって民族的記憶をとどめるために書き記された。しかし、そのことは、これらの物語が修道院の一室でひっそりと読まれたことを必ずしも意味しない。このあたりのことを理解するために、少し遠回りになるが、まずはウェールズにおける聖界と俗界の緊密な関係について述べておきたい。

五〜六世紀にブリテン諸島やブルターニュでキリスト教の布教に努めた、いわゆる「ケルトの聖人」の大半が王族とされるのは伝記作者の粉飾だとしても、王族が聖界に入ることは珍しいことではなかった。[11] それど

11　六世紀の北ウェールズの王マエルグン・グウィネッズは、複数の聖人のパトロンだっただけでなく、ギルダスによると、一時、修道士になったというし、ポウィスの王でバルズとしても知られるオワイン・アプ・グリフィズは一一九五年に領土を息子にゆずると、自分が建てたストラータ・マルセラ修道院で隠棲生活を送っている。庶子を含め息子が複数いた場合、土地を相続できなかった者が聖職者の道を選ぶこともあったに違いない。実際、デヘイバルスのフリース公（一一九七年没）の大勢の庶子のうち、少なくとも一人はカーディガンの教会の大助祭に叙せられている。

ころか、「クラース」と呼ばれるウェールズ独自の教団組織では、聖職者と俗人の敷居もきわめてあいまいだったようだ。

クラースは大修道院長（アボット）とクラスウィールと呼ばれる信徒の共同体で、婚姻を許されており、役職はしばしば世襲されたほか、聖職者でなくても就くことができた（Williams 1976:17）。たとえば、一二世紀後半の詩人スラウェリン・ヴァルズは、タウィンの教会の創設者、聖カドヴァンに捧げた頌詩のなかで、教会を預かるモールヴランなる院長の名に言及している（GLIF no.1:60）。一方、『諸公の年代記』[12]では、一一四七年にオワイン・グウィネッズの息子たちが叔父のもつカンヴァエルの城を攻めたとき、城代だったのがモールヴランで、脅しにも賄賂にも屈せず果敢に城を守り抜こうとし、城は陥落したがモールヴランは首尾よく逃げおおせたとある（*Brut* 96b）。

この敗戦を契機にモールヴランが聖界に転じたとも考えられるが、城代であり同時に大修道院長だったという可能性も否定できない。なぜならば、ギラルドゥス・カンブレンシスは、『ウェールズ紀行』（一一九一年）のなかで、伝統的なクラース組織の残るスランバダルン・ヴァウル教会を訪れた際、俗界の権力者を教会の長にすえて「アボット」と呼び習わす慣習がアイルランドやウェールズに広く残っていることを嘆いているからだ。ギラルドゥスは続けて、征服王ウィリアムの孫にあたるスティーヴンの治世（一一三六〜五四年）に、異国の地を旅して見聞を広めようと志すブルターニュの騎士がたまたま祝祭日にスランバダルン教会にやって来たところ、ミサに現れたのは、なんと武装した二〇人の若者たちだった。それを見て、アボットは誰かと尋ねると、先頭を行く、長い槍をもった者がそうだと聞いてたいそう驚き、騎士は勉学をあきらめて国に帰ったと

12 ブリテン王朝終焉後のウェールズの諸王国の君主たちの事績を記した年代記。『ブリタニア列王史』においてブリテン最後の王とされるカドワラドルの死（六八一年）から始まり、スラウェリン・アプ・グリフィズの死（一二八二年）とエドワード一世によるウェールズ平定までを扱っている。

いう逸話を紹介している（IK ii, cap.4）。

聖界と宮廷、読み書きのできる聖職者と語り部を結ぶ場としてのクラースが、口承伝承を書かれたテクストという新しい器に入れ、ノルマン征服以降の社会背景・思想のもとに「マビノギオン」を生む土壌になった可能性は高い。

次に指摘したいのは、口承の時代から俗語で書かれた世俗的作品への移行は、対象が聴衆から現代的な意味での読者へ変化したと単純に図式化できない点だ。私室で一人静かに本と向き合う読者ももちろんいただろうが、文字の読める上流階級を含め、聴衆の前で「読み上げられる」というのが、中世ヨーロッパにおける書物の一般的な楽しみ方だったことが研究者によって検証されている（Crosby 1934; Green 1994; Coleman 1995, 1996）。

コールマンは、プライベートな個人的読書に対し、複数の聴衆を対象としたパブリック・リーディングという用語を用い、読み書き能力をもった教養ある人々の間でパブリック・リーディングが行われていた理由について次のように説明する。

> なによりも、中世の読者が文学体験の共有を選んだ理由は、体験を分かち合うことを重視したからである。彼らにとって、本は声に出して読み上げられることで命をもった。読み手の声だけではない。聴き手の反応や応酬、熱心に耳を傾けるさま、涙や拍手喝采、哲学的・政治的討論、どのページを読めといった注文などが活気を与えたのである（Coleman 1996:221）。

コールマンは、こうした読書体験の共有は社交的娯楽であると同時に意見や感想を論じ合う、ハーバーマス的意味での「公共圏」的空間を作り上げたと指摘する（ibid.93-7）。

口承文化の時代とは異なり、物語を朗じるのは職業的な語り部や吟遊詩人だけではなかった。たとえば、一三世紀中ごろに書かれたフランスのロマンス『双剣の騎士』では、アーサー王が狩猟に出ている間、王妃が泉のそばの木陰で残った騎士や乙女たちにロマンスを読み聞かせているシーンが登場する（ChDE 8951-3）。同じく一三世紀のフランスのロマンス『アンボー』にも、円卓の騎士がとある城を訪れたとき、広間では城主の娘がロマンスを朗読させ、それを六人の乙女と一〇人ほどの騎士が聞いていたとある（*Hunbaut ll.* 3048-3053）。作者自身が読み上げることもあれば、[13]ウァースの例のように聖職者がその役を引き受けることもあっただろう。[14]と同時に、音読を前提とした中世の読み物には、耳に訴えかけるような言葉遣いやフォルミュラが多用されており、朗読する者には聴衆を魅了するだけの表現力や身振り・手振り・表情をまじえた「演技」が必要とされた（Coleman 1995）。

ひるがえって「マビノギオン」を見てみると、文章のスタイルの面で注目されるのが会話文のほとんどに「ヘブ（heb）」という動詞が使われている点だ。「ヘブ」は単に「……が言う」を意味し、「叫ぶ」や「つぶやく」などのように話者の感情を含まないニュートラルな動詞である。カーディフ大学のショネッド・デイヴィスは、登場人物の心理が文中の描写ではなく、会話と、それを再現する語り手や読み手のパフォーマンスを通じて表

13　ランズダウン写本851（c.1410）所収の『カンタベリー物語』には、チョーサーが本をもって読み上げているような挿絵がある。ケンブリッジ・コーパス・クリスティ写本61（c.1410）にも、チョーサーがリチャード二世（在位一三七七―九九）に自作の『トロイラスとクレシダ』を朗読している挿絵がある。図版については以下のURLを参照。
http://www.bl.uk/catalogues/illuminatedmanuscripts/ILLUMIN.ASP?Size=mid&IllID=12351
http://www.luminarium.org/medlit/chaucerreading.jpg

14　ウァース自身が自らを三人のヘンリ（ヘンリ一世・二世、二世の息子ヘンリ）に仕えた'clerc lisant'（RR Part III: 179-180）だと述べている。文字通りには「本を読む聖職者」となるが、宮廷で貴族の子弟の教育のために、書物を読み上げ講義するような役職だったのではないかと推察される（RR xiv-xv）。

現される点、「マビノギオン」に口承的特徴が色濃く残っていると指摘する（Davies 2005: 22-23）。

一方、内容面からは、もっとも新しいと考えられる『フロナブウィの夢』以外には、ウェールズとイングランドを分断する国境が物語に存在しない点が特筆される。宮廷の宴や儀式の際に、これらの物語がすぐれた読み手によって語られるとき、多くの聴衆は、アングロ＝サクソン侵入以前の「一つのブリテン」を起源とする「われわれカムリ」としての集団的アイデンティティを分かち合ったのではあるまいか。

だが忘れてならないのは、同時期に宮中で聴衆の前で披露されたバルズの詩がパトロンである君主の勲功を手放しにほめ讃える内容だったのに対し、書くという新しいメディアは、散文物語の作り手に、過去や伝承を相対化し論理的・客観的に向き合う「批判的思考」の余地も与えた点だ。バルズの詩では異民族と戦った古の戦士が英雄の鑑として引き合いに出されても、「マビノギオン」では必ずしもそうではない。一徹なヒロイズムや名誉・体面の重視は時に皮肉や笑いの対象になり、時に争いや破滅の種として否定的に描かれる。

これは、多くのウェールズ諸公が二つのワリアを横断する二面的存在だったことにも関係する。典型的なのがデヘイバルスのフリース公で、ヘンリ二世に臣従の礼を誓った「盟友」だが、一一八九年にヘンリが没したとたんアングロ＝ノルマン勢力を南ウェールズから追い出しにかかる。ウェールズの領主は、ノルマン王朝と手を結ぶことでウェールズ内のライバルを退ける一方、寝返りも辞さない油断のならぬ同盟者だったのだ。

生き馬の目を抜く乱世におけるモラル、信義、知恵、英雄的行為とは何なのか。その答えは一様ではない。「マビノギオン」が単に神話や伝承を集めたものではなく、中世ウェールズの知識層の思索や世界観を反映した作品でもあることを訳文から伝えられれば幸いである。

2. 写本とテクスト

『タリエシン物語』を除く一一編は、中期ウェールズ語（一二五〇～一四〇〇年ごろ）で書かれた写本に収録されている。現存する最古のウェールズ語写本は一三世紀半ばに編纂された『カエルヴァルジンの黒本』だが、これは詩のみを集めたもので、散文物語に関しては『フラゼルフの白本』と『ヘルゲストの赤本』が中世ウェールズを代表する写本である。実際、一一編のうち『フロナブウィの夢』を除く一〇編が、断片を含め、これら二写本に収められている。

『フラゼルフの白本』

ウェールズ国立図書館の写本部門学芸員を務めたダニエル・ヒウズによれば、一三五〇年ごろ中部ウェールズのシトー派修道院、ストラータ・フロリダで制作された（Huws 2000: 228,234）。写本の名は、依頼主であるフラゼルフ・アプ・エヴァン・スルウィッドに由来すると考えられている（ibid. 250f）。フラゼルフは、ストラータ・フロリダ修道院から一六キロほど南西にあるスランゲイソー在住の裕福な地主で、ウェールズ法の権威として司法関係の役職に就くかたわら、両親の代から詩人のパトロンとして知られた。そのなかには、一四世紀ウェールズを代表する詩人ダヴィッズ・アプ・グウィリムもいる。『フラゼルフの白本』（以下『白本』と略）は、フラゼルフ家の手元を離れてから、さまざまな持ち主の手を経て、一九〇九年、ペニアルス写本の一部[15]

15　ペニアルス写本は、古事研究家として知られるロバート・ヴォーンが一七世紀に収集したヘングルト蔵書が、一八五九年に継嗣の途絶えたヴォーン家からペニアルスのウィン家に譲渡されたもので、もっとも重要な中世ウェールズ写本コレクションとされる。一九〇四年、ウェールズの教育や文化復興に関心をもつサー・ジョン・ウィリアムズが購入し、一九〇九年にウェールズ国立図書館に寄贈した。

としてウェールズ国立図書館に寄贈された。その過程で何度か製本しなおされ、消失したフォリオもあり、現在は不完全な状態である。

『白本』の前半（ペニアルス5写本）は一五二葉のフォリオ、ページに換算して三〇六ページからなり、宗教的テクストとシャルルマーニュ物語群に属するロマンスのウェールズ語訳が収められている。「マビノギオン」に分類される散文物語が含まれるのは後半部分（ペニアルス4写本）で、フォリオ八八葉、一七六ページからなる（図3、3a参照）。

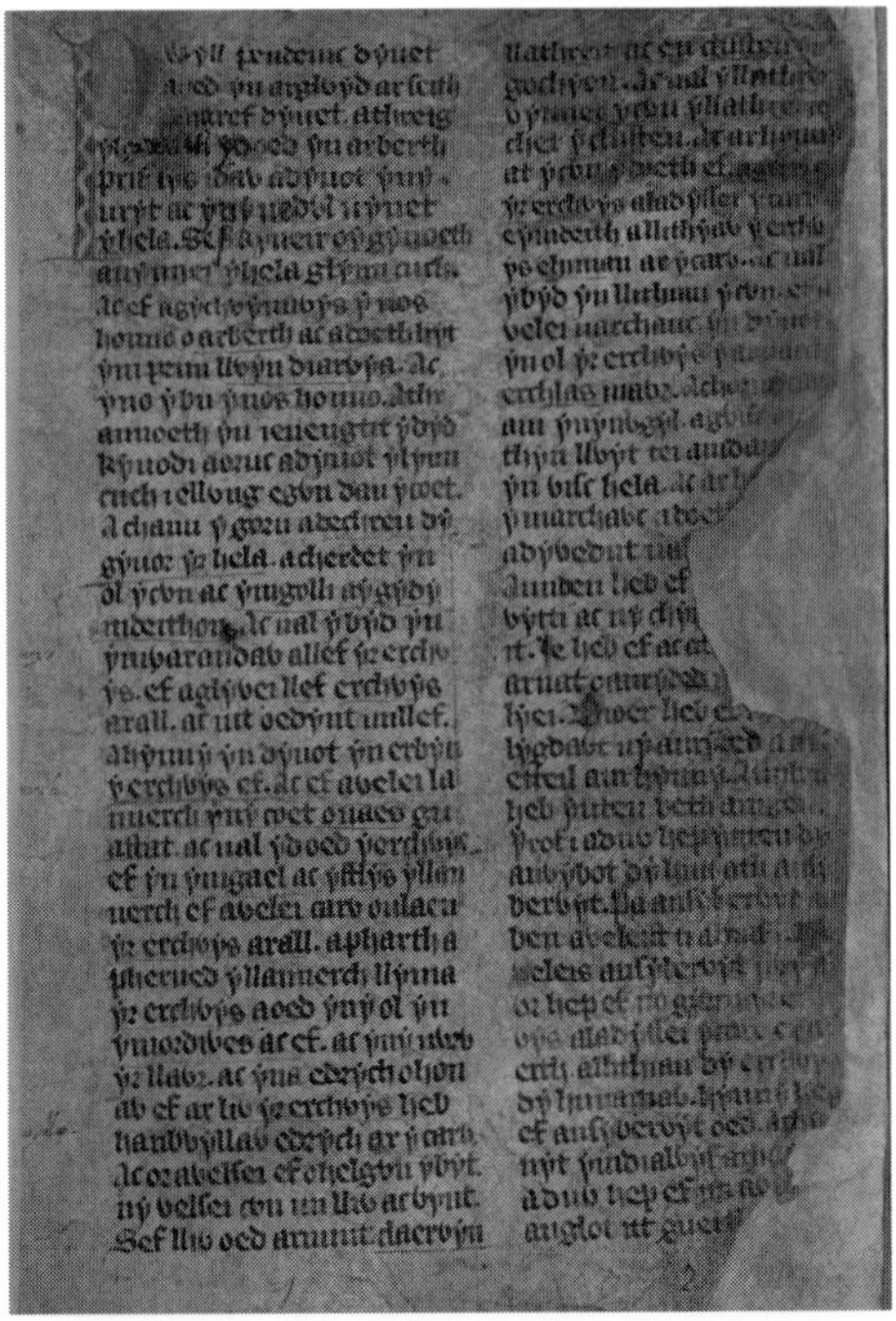

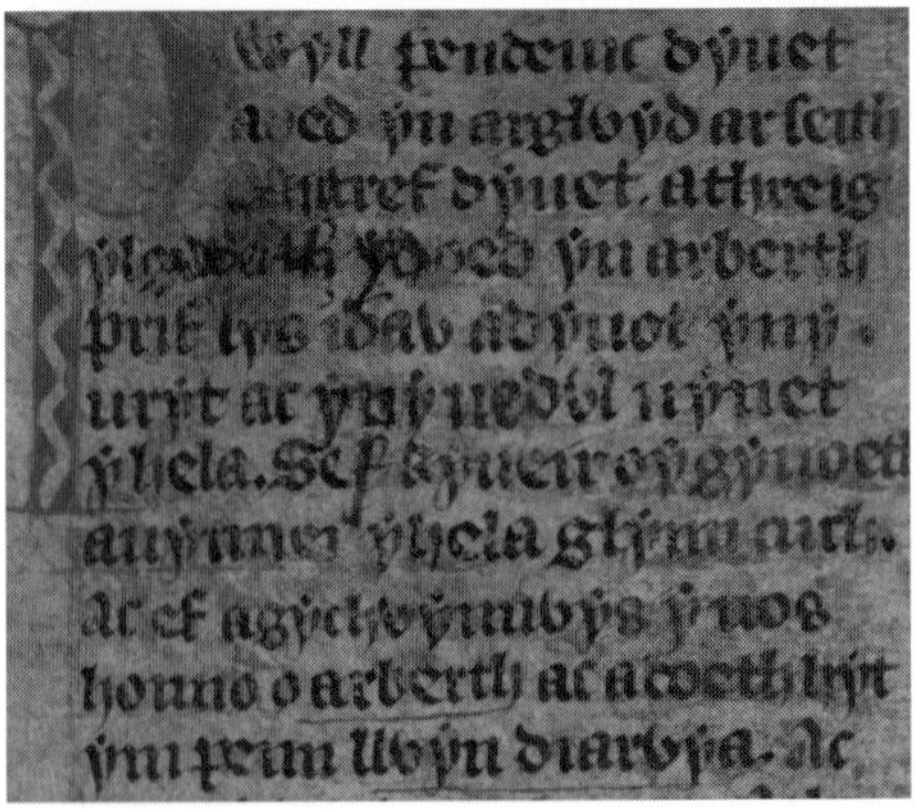

上：（図3）『フラゼルフの白本』（ペニアルス4写本フォリオ1r）、国立ウェールズ図書館所蔵
下：（図3a）拡大図（「マビノギの第一の枝」冒頭部分）

『ヘルゲストの赤本』

オックスフォード・ジーザス・コレッジ所蔵（Oxford Jesus College111）で、現存する中世ウェールズ写本としては大きさ・厚さ（フォリオ三六二葉）、内容ともに最大級である。文芸のパトロンとして知られた南ウェールズ、グラモルガンのジェントリ、ホプキン・アプ・トマスのために編まれたウェールズ古典のアンソロジーで、ハウェル・ヴァッハン・アプ・ハウェル・ゴッホと二名の写字生によって作られたものである[16]（Huws 2000:82）。

『赤本』が制作されたのは一三八二年から一四一〇年ごろだとされる（ibid.254）。理由としては、まず、写本に収められた『イングランド人年代記』の記述（『赤本』のフォリオ253v）が、一三七六年に即位したエドワードの息子リカルド、すなわちリチャード二世の治世六年目（一三八二年）に大洪水があったという記録で終わっていることが挙げられる。第二に、ホプキン・アプ・トマスの消息が確認できるのが一四〇三年までで[17]、一四〇八年には領地は息子が所有しており、この時点でホプキンは没していたと推測されるからである（James 1993:9）。

写本の名は、後に写本の持ち主となったヴォーン家の所領、ヘルゲストに由来する。

16　ホプキンに捧げた頌詩五編とホプキンの息子にあてた頌詩一編が写本に収められていること、そして、アメリカのフィラデルフィア図書館会社が所蔵するウェールズ語版『ブリタニア列王史』の写本（Philadelphia 8680）の奥付（コロフォン）に、ハウェル・ヴァッハンがホプキンのために作ったとあることから、『赤本』も同様に、ハウェル・ヴァッハンがパトロンのホプキンの要請で編纂したと考えられている。

17　一四〇三年、イングランドによるウェールズ支配に反旗を翻したオワイン・グリンドゥールはカーマーゼン城を攻略すると、ホプキンに使者を送り、「預言（ブリット）を読み解く達人」として知られるホプキンに自分の運命について尋ねたことが知られている。ホプキンはそれに対し、カーマーゼンとガワー半島の間のどこかに、「黒い旗」のもと没落が訪れるだろうと答えたとされる（Lloyd 1931: 68f）。

『白本』と『赤本』のルーツ

『白本』と『赤本』は成立時期に五〇年近い差があるため、「マビノギオン」の各テクストを比べると綴りや語句の違いがあるものの、全体的には非常によく似ている。両者の関係については、『赤本』は『白本』のコピーであるという説と、現在は消失した同一の写本から別々に派生したという見解がある。前者の立場をとるのは、一九〇七年に『白本』を原典どおり復元し出版した古文書学者ジョン・グェノグヴリン・エヴァンズ、『マビノギの四つの枝』ほか中期ウェールズ語テクストの校訂本を多数編纂しているサー・イヴォール・ウィリアムズ（PKM xii）だが、近年は共通起源説を支持する研究者の方が多い傾向である。[18]

『白本』以前の写本としてはペニアルス6・7・14・16写本に話の断片が存在し、ペニアルス16写本所収の『ブリテン島の三題歌』にも登場人物の名前や関係する出来事が言及されている。これらは一三世紀後半〜一四世紀前半のものなので、『白本』が最古の写本ではないこと、したがって『白本』・『赤本』に共通するルーツとなった写本があった可能性はありうると言える。けれども、表1、2に見るように、『白本』と『赤本』における各話の順番が一致しないこと、そして『白本』に『フロナブウィの夢』が現存しないことから、共通の写本自体の存在も確定的ではない。

3. 翻訳について

『タリエシン物語』を除く一一編については原則的に『白本』を底本とし、欠落個所は『赤本』より補っている。『白本』と『赤本』、あるいはその他の写本を比較した結果、『白本』以外の写本のテクストより翻訳した場合は、

18　Huws 2000:255 n.56 を参照のこと。ブロムウィッチとエヴァンズは、二写本間の字句の異同を詳しく比較することで共通起源説の根拠を検証している（CO x-xix）。

その旨、注に示した。

ウェールズ語テクストは、カーディフ大学ウェールズ語科が、中期ウェールズ語写本より散文作品をディジタル化した「ウェールズ語散文 1300 ~ 1425（Rhyddiaith Gymraeg 1300-1425）」のコーパスを用い、必要に応じて所蔵図書館のサイトから写本のディジタル・ファクシミリを参照した。その他、各物語の校訂本で参照したものについては参考文献に示している。

地名や人名の発音・表記はウェールズ語の慣用にならい、文献からの引用に関しては当該テクストの表記をそのまま記載した。

4．ウェールズ語のカタカナ表記について

翻訳に際し、ウェールズ語固有名詞の表記はなるべく原音に近づけた。ただし日本語として読みにくいものは適宜、簡略化し、「アーサー」のようにすでに一般的な呼称が定まったものについては、それを踏襲した。以下はカタカナ表記に関して採用した原則である。

ch / χ / はドイツ語の ch に近い音なので、ハ行の子音で表した。
（例）Coch コッホ
dd / ð/　f/v/　ff/f/　th / θ / は、それぞれザ行、ヴァ行、ハ行、サ行に置き換えた。
（例）Gododdin ゴドジン　Arberth アルベルス
ll /ɬ/ は、英語の 'l' を発音するときの位置に舌をおいて息を発する音で、ス＋ラ行で表記した（ただし文末に来る場合は「ス」とする）。

（例）Lleu Llaw Gyffes　スレイ・スラウ・ガフェス

正確には一つの音であり、たとえば Llywelyn は、もっとも原音に忠実に表記しようとすると「スラウェリン」となろうが、日本語として不自然なため「スラウェリン」としている。「サウェリン」という表記も可能であるが、すでに/s/と/θ/の音にサ行を当てているため、ウェールズ語独特の音である ll の分別性を考慮した。読者のご理解を請う。

rh /r/ は、同様に、英語の 'r' を発音するときの位置に舌をおいて息を発する音で、フ＋ラ行として表した。

（例）Rhiannon フリアノン

子音の i /j/ はヤ行で表した。

（例）Iorwerth　ヨルウェルス

w 子音の場合はウ、母音の場合は表記しない。

（例）Gwawl　グワウル（子音）Gwri グーリー（母音）

Maelgwn Gwynedd マエルグン・グウィネッズ

母音の y は単語の最終音節にある場合は「イ」または「イー」、それ以外は「ア」または「アー」と表記した。

長母音については撥音または長音で表した。

母音の長短

ウェールズ語の母音の長短については、ウェールズ語学者ジョン・モリス＝ジョーンズの『ウェールズ語文法』（*A Welsh Grammar Historical and Comparative*, 1913）およびウェールズ大学ケルト学研究所文学委員会による『ウェールズ語正書法』(*Orgraff yr Iaith Gymraeg*, 1928) に従って表記した。ただし、中期ウェールズ語期に起こった母音変化の時代が特定できず、また写本の綴りには反映されていないことを踏まえ、以下の点については訳者の判断による。

①エイ＞アイ：強勢のある単音節と最終音節において古ウェールズ語の/ei/が/ai/に変化した。訳では綴りに-eiが残る場合でも「アイ」の発音とする。

（例）Cei カイ　Owein オワイン

②最終音節の -aw /au/が /o/ に変化した点については、音調を考慮して「オ」（短母音）または「オウ」（長母音）と表記した。。

（例）Madawg マドウグ　（長母音）　Caswallawn カスワッスロン　（短母音）

【参考資料】

次ページの表は『白本』と『赤本』二写本における「マビノギオン」テクストの配置を示したものである。[19] イタリックは「マビノギオン」に属さないコンテンツを表す。ちなみに、中世の写本では、パーチメント（羊皮紙）一枚を二つ折りにして綴じるので、フォリオ一葉につき四ページになる。見開きの右側のページ（フォリオの表）を「レクト（recto）」といい「r」で示す。左ページ（フォリオの裏）は「ヴェルソ（verso）」で「v」で示す。『白本』と『赤本』は、さらに各ページを二段に分けて記している。よって、『白本』における「マビノギの第一の枝」はフォリオ1右ページ一段から始まり、フォリオ10右ページまで、現代式にページ数で数えると三八ページ一一行までということになる。

19　表の作成にあたっては、Huws 2000:231、およびカーディフ大学による Rhyddiaith Gymraeg 1300-1425 コーパスより、それぞれの写本についての標題解説を参照した。URL は以下のとおり。http://www.rhyddiaithganoloesol.caerdydd.ac.uk/en/tei-header.php?ms=Pen4; http://www.rhyddiaithganoloesol.caerdydd.ac.uk/en/tei-header.php?ms=Jesus111

（表 1）『フラゼルフの白本』（ペニアルス 4）における「マビノギオン」の配置

ページ	段	テクスト	注
1r-10r	1-38	マビノギの第一の枝	
10r-16r	38-61	マビノギの第二の枝	
16r-21r	61-81	マビノギの第三の枝	
21r-28v	81-111	マビノギの第四の枝	
30r-45r	117-178	ペレディル	
45r-48v	178-191	マクセン公の夢	
48v	191-192	スリーズとスレヴェリスの冒険	不完全
49r-54v	225-256	オワイン	不完全
55r-62v	321-352	ブリテン島の三題歌・詩・聖人伝等	ページ脱落あり
63r-79v	385-451	ゲラint	
79v-88v	452-467	キルフーフ	不完全

（表 2）『ヘルゲストの赤本』における「マビノギオン」の配置

ページ	段	テクスト
1r-134v	1-555	歴史・詩・地誌・ロマンス翻訳等
134v-138v	555-571	フロナブウィの夢
139r-154r	571a-626	詩・宗教作品・三題歌・ロマンス翻訳等
154v-161v	627-655	オワイン
161v-172r	655-697	ペレディル
172r-174r	697-705	マクセン公の夢
174r-175r	705-710	スリーズとスレヴェリスの冒険
175r-179v	710-726	マビノギの第一の枝
179v-182v	726-739	マビノギの第二の枝
182v-185v	739-751	マビノギの第三の枝
185v-190r	751-769	マビノギの第四の枝
190r-200r	769-809	ゲラint
200v-210r	810-844	キルフーフ
210r-302v	845-1212	翻訳物語・医術・詩・歴史等

キルフーフがオルウェンを手に入れたる次第

1. 物語の梗概

まず、タイトルから話を始めたい。シャーロット・ゲストの英訳以来『キルフーフとオルウェン』の名で知られるが、本来の題名は不明である。というのも、中世の写本には今日の印刷書籍にあるようなタイトルページが存在しないからだ。本文の後に付けられる、書写地、書写日、写字生の名前等を記した「奥付（コロフォン）」に題名の記載がある場合はいいが、一五世紀以前の写本ではコロフォン自体ない方がふつうである。本編についても、現存する写本では「かくして、キルフーフは巨人の頭目アスバザデンの娘オルウェンを得たり。」と結ばれているのみだ。そこから、今回の翻訳では上記の題名を採用した。

結びの一文が示すように、物語の大筋は、継母に人間の娘とは結婚できないと宣告された若者キルフーフが、アーサーの助けを借りて巨人アスバザデンの娘オルウェンと結ばれるというもの。娘が婿を取ると死ぬ定めにある巨人は、婚礼に必要な品々だという口実で数々の無理難題を押し付ける。婚礼の日に自分の髭を剃るには大猪トゥルッフ・トルウィスが両耳の間にさしている櫛とはさみがいる、この魔界の猪を狩るためには、どこそこの犬がいる、その犬をつなぐには誰それが所有する紐がいる、たとえば、こんな具合だ。これらの冒険をなしとげ、キルフーフを助けるのは、武勇や不思議な能力に秀でた六人の勇士たち。大枠は、グリム童話の「六人男、世界を股にかける」と同様、アールネ＝トンプソンの昔話の分類で「超自然的援助者」のタイプに属する物語というわけである。

2. 物語の成立時期

本編は『フラゼルフの白本』と『ヘルゲストの赤本』に現存するが、年代の古い『白本』版は途中（「ウルナッハの剣」の段）で終わっており、結末まで含むのは『赤本』だけだ。

これら一四世紀の写本に残されているテクストの原型ができあがったのは、オックスフォード大学元ケルト学教授で、キルフーフの物語の権威とされるサー・イドリス・フォスターによれば一一〇〇年前後とされる（Foster 1959:38）。北ウェールズはグウィネッズ王家のグリフィズ・アプ・カナンが王位奪回のため一〇八一年に亡命先のダブリンから帰還した際、セント・デイヴィッズ近くの港ポルス・クライスを利用したこと、また同年、ノルマン朝イングランドの征服王ウィリアムがセント・デイヴィッズ大聖堂を訪れていることを受け、トゥルッフ・トルウィスのウェールズ上陸地点にポルス・クライスが選ばれたのではないかというのが理由である。それに加えて、フォスターが校訂したテクストに解説と注釈を付したブロムウィッチとエヴァンズは、ウィリアムことフランス名ギョームが「フランス王グウィレニン」としてアーサーの戦士の一人に擬せられていることを挙げている（CO lxxxii, n.231; lxxxvii）。ちなみに物語のなかのグウィレニン王は猪に殺され、歴史上のウィリアムは一〇八七年に戦争で受けた傷がもとで亡くなった。

こうした状況証拠から成立年代を推定できるかはともかく、「マビノギオン」中もっとも口承の味わいが濃く古さを感じるのは、本作を読んだ者の多くが抱く率直な感想だろう。実際、物語の世界にノルマン社会との接触の痕跡はほとんど見当たらない。たとえば、フランス語からの借用語は一つ（gleif）——これも『白本』

と『赤本』の写字生による書き込みであり、それ以前の稿本には存在しなかったと考えられる[20]——と「マビノギオン」のなかでもっとも少ないことに加え、アーサーの勇士たちは「騎士」にあたるウェールズ語「マルホウグ（marchawg）」ではなく、「成人男子・戦士」を意味する「グール（gŵr）」と呼ばれているし、大陸の騎士道ロマンスにつきものの宮廷風恋愛や華々しい騎馬試合とも無縁だ。また、古ウェールズ語の古形をとどめる語彙や綴りが多いことも指摘されている。[21]主な点は以下のとおりである。

(1)会話を示す「……が言った」は、中期ウェールズ語では一般に動詞'heb'が用いられるのに対し、本編では'amkawd'を使用。ほかにも、他の中期ウェールズ語散文作品には登場しない語彙や表現を多く含む（CO xxi-xxii）。

(2)コピュラ（文の主語と名詞等を結ぶための連結動詞）を含む文の統語について、古ウェールズ語には(A)コピュラ＋述語＋主語　(B)述語＋コピュラ＋主語の二タイプがあり、(A)の方が古いとされる。本編では(A)より(B)が上回るものの、他の中期ウェールズ語散文に比べると(A)の比率が高い。[22]

20 『白本』および『赤本』では'gleif penntire'と表記されている。これは両写本が手本とした、今は失われた稿本に'penntire'という見慣れぬ語句が、おそらく写字生の写し間違いで記載されていたため、『白本』と『赤本』の写字生が、中英語または古フランス語起源の'glaive'を注釈として挿入したと考えられている。なお、'penntirec'は正しくは'emmillec'（戦斧）だったとされるが、GPCでも中世での用例は一つしかあげられておらず、一般的な語彙ではなかったと思われる。

21 年代について、サイモン・エヴァンズは他のどの散文物語よりも言語的に古いことから一〇五〇年ごろ～一一〇〇年を提唱している（Evans 1964: xxx）。

22 『ゴドジン』（現存する写本は一二五〇年ごろだが、テクストの一部は九世紀の写稿に基づくとされる詩）53A＞19B、『スラワルフ翁の歌』（九～一〇世紀に成立されたと考えられる詩編）に対し、『キルフーフ』16A＜83Bで、同じく中期ウェールズ語散文『マビノギの四つの枝』は5A＜172Bであることから、構文的には古ウェールズ語の詩に近いとされる（CO xxvi）。

(3)動詞の三人称単数形を表す語尾に古ウェールズ語の形が残る。仮定法・現在で '-wy'（中期ウェールズ語では '-o' に変化）、直説法・現在および未来で二七の動詞に関し '-ws/wys'（中期ウェールズ語では '-(h)awdd'）などが使用されている（CO xxiv）。

(4)古ウェールズ語散文の語順は動詞が主語の先にくるＶＳＯ構文だったが、中期ウェールズ語期になると動詞が二番目にくる「非標準構文」が一般化するのに対し、本編ではＶＳＯ構文が併用されている。

(5)一四世紀のウェールズ語の綴りでは、通常 't' を現代ウェールズ語の綴りの 'd/d/'、'd' を 'dd/ð/' として表記するが、『白本』版では 't' を 'dd /ð/'（dyt, trydyt, etc.）、/d/ を 'd /d/'（meichad, offeiriad, etc.）としており、この特徴はウェールズ語最古の写本『カエルヴァルジンの黒本』（一二五〇年ごろ）と共通する（CO xx）。

(1)については、「マビノギオン」の他の作品には見られぬ特徴で、『赤本』版を筆写したハウェル・ヴァッハンは、一四世紀当時としてはあまりに時代遅れと判断したのか、より一般的な動詞（'dweud' の変化形または 'heb'）に書き換えている。同様に(3)は『白本』版にしか見られない傾向で、(5)に関しても『赤本版』には二例しかない（methawd, ymchoelawd）。(4)については、全体解説に例を挙げたので参照されたい。

以上の点から、『白本』と『赤本』が典拠した稿本には一四世紀当時のウェールズ語より古い形が使われており、『白本』版はそれをほぼ踏襲、『赤本』版は当世風に書き直したと考えられる。これらを踏まえ、ブロムウィッチらは、現存する散文物語のなかで、本編が語彙や構文上、古ウェールズ語の形をもっともよくとどめ、六世紀ごろに活動した古詩人の作に帰されるテクスト（写本自体は中期ウェールズ語期）に近いと結論づける。[23]

23　ただしサイモン・ロドウェイは、古ウェールズ語の綴りが『白本』で使われているのはキルフーフがアーサーと面会するシーンまでの紋切り型の表現であること、韻文では古ウェールズ語風の語形が一三世紀前半まで一般的に使用されていたことを指摘、本編が古ウェールズ語期に存在した証拠はなく、むしろ成立時期は、語法が類似している一二古めかしさは言語面だけではない。「マビノギオン」の他の作品と比べプロットは荒削りで緻密な心理描写にも欠けるが、古拙な趣はその分、濃厚だ。語りは饒舌で、過剰なまでに物や名前に満ちているも細部の整合性はなく、造りはいたってずさんである。たとえば二〇〇を超えるアーサーの宮廷の者の名が呼び上げられる（重複や似た名前も多い）が、そのうちキルフーフに同行するのは六名のみ（グワルフマイは助っ人に指名されるが、その後は登場しないので厳密には五名）。さらに、猪狩の際にはアーサーの戦士に新たな顔ぶれも加わる。巨人の難題は当初四〇あるが、実際に取り上げられるのは二〇で、巨人が口にしていない難題も二件登場する。そもそも主人公であるはずのキルフーフは最初と最後しか現れず、肝心の難題解決も巨人殺しも他人任せである。

写本に残るテクストは、おそらく口頭伝承のレパートリーを巨人の娘の婿取りの枠組を借りて再構成する試みの産物と言えるだろう。ただし、現代的な意味において首尾一貫した物語を作るという意図は中世の書き手には最初からなかったようだ。似たような人物の重複や矛盾・欠落が多いのも、そのためだと思われる。現代の読者が考える「文学作品」とは程遠い本作を、ここでは①最古のアーサー物語　②神話的背景　③ノルマン征服前後のウェールズにおける口承と書承のあり方、の三点から読み解いていきたい。

世紀後半の宮廷詩と同時代であると考えるのが妥当だとする。そして、この時期、南ウェールズでは、デヘイバルスのフリース公がノルマン勢力を退け絶頂期を迎えていたことも、ウェールズの英雄アーサーの栄光を讃える作品の成立に関係したのではないかと示唆する（Rodway 2005）。それに対し Thomas Charles Edwards 2010 は宮廷詩を尺度に散文の時代測定を行う方法に疑問を呈し、ロドウェイもさらに反論しており（Rodway 2013: 168-170）、成立時期の問題は依然、決着がついていない。

3．最古のアーサー物語

今日、知られているアーサー物語の起源は九世紀のウェールズに遡る。北ウェールズで八二九年または八三〇年に編纂されたラテン語年代記『ブリテン人の歴史』で、一二の戦いにおいてアングロ＝サクソン軍を破った将軍として登場するアーサーは、ジェフリ・オブ・モンマスの『ブリタニア列王史』（一一三六年ごろ）ではブリテン島の大王として描かれる。その後、大陸ヨーロッパでクレティアン・ド・トロワらによって円卓の騎士の冒険、王妃グィネヴィアとサー・ランスロットの悲恋、トリスタン物語、聖杯探求などの要素が加わった。それらを集大成したのがサー・トマス・マロリーの『アーサーの死』（一四八五年）である。キルフーフの冒険は、ジェフリの年代記や騎士道ロマンス以前のアーサー伝承の古い姿をとどめる散文物語として貴重であるばかりか、現存する最古のアーサー物語として文学史上に記憶されている。

異界の猪狩

『ブリテン人の歴史』での歴史的武勲への言及を除くと、キルフーフの物語以前におけるアーサーについての伝承は断片的だが[24]、そのなかで本作に関連するものを見ていこう。第一が猪狩である。『ブリテン人の歴史』の写本のなかには、ブリテン諸島の各地に残る驚異を挙げた「ブリタニアの奇蹟」を含むものがある。そこでは、ウェールズのビエストにあるカルン・カバルという石塚が紹介されている。てっぺんの石に、アーサーの猟犬カバルが豚トロイトまたはトロイントを狩ったときついた足跡があり、その石を持ち去っても、翌日には人知れず元に戻っているという言い伝えだ。

24　ウェールズにおけるアーサー伝承の概要については、森野聡子（2016）「ウェールズ伝承文学におけるアーサー物語の位置づけ」を参照されたい。

また、「アーサー」という名前が登場することで知られる古詩『ゴドジン』を収録した一三世紀後半の写本『アネイリンの書』には「カンヴェリンの歌」と呼ばれる詩があり、そこには「トゥルッフドルウィッドのトルク（torch trychdrwyt）」という文言が読める（CA 1.1340）。難解な文章で具体的な内容は不明だが、トゥルッフ（twrch）は「猪」を意味することから、「猪トルウィッド」の首にあるトルクを奪おうとする冒険に関連しているようだ。[25] さらに、この例から判断して、猪の本来の名は「トルウィッド」で、そのラテン語形がトロイト／トロイントだと考えられている。いずれにしても、猪狩は、現存するアーサー伝承のなかでも最古層に位置するもので、本作のクライマックスをなすトゥルッフ・トルウィスこと「猪トルウィス」の追跡が、その伝統を引き継ぐものであることは間違いない。

異界への遠征

次に挙げられるのは異界遠征譚である。一四世紀前半の写本『タリエシンの書』には、詩人タリエシンがアーサーとともにプラドウェンという船に乗り、異界の砦に赴いたときの冒険を歌った詩が存在する。カエル・シジーこと硝子の砦の牢にはグワイルという男が重い鎖につながれている。砦攻略に失敗し捕囚の憂き目にあっているのだろう。「アヌーヴンの略奪品を前にして（あるいはアヌーヴンの略奪品のために）彼は悲しげに歌っている」という詩行から「アヌーヴンの略奪品」の名で知られる作品である（BT 54.6-56.13 = *Legendary Poems* no.18）。アヌーヴンとはウェールズ語で異界の意で、略奪の目的の一つが、アヌーヴンの頭目が所有する魔法

25　トゥルッフはアイルランド語ではトルク（torc）となるが、トルクには「猪」のほかに首に飾る金属製の装身具「トルク」（ウェールズ語では'torch'）の意味もある。神々や戦士の像の多くがトルクをつけた姿であることから、トルクは聖性、身分の高さの象徴であるとされる。「トルクをつけた猪」は、したがって、神格化された猪、あるいは猪の王者を表すと考えられる（図4参照）。

の大鍋であることは明らかだ。詩は「砦より戻れしは七名のみ」と歌うが、グワイルは解放されたのか、大鍋は手に入ったのかは不明である。詩の成立時期は八世紀から一二世紀と研究者によってまちまちだが、本作では、まさしくプラドウェンに乗ってアーサーはアイルランドに遠征し、難題の一つディウルナッハの大鍋を奪い取ることから、このエピソードもアーサーの古伝承に由来すると考えられる。またタリエシン自身、バルズの頭目タリエシンの名でアーサーの宮廷リストに登場する。

カイとベドウィール

もう一つ言及しておくべきなのは、『カエルヴァルジンの黒本』に収録された、「何者が門番か」という問いかけから始まる詩である(LIDC no.31)。剛腕のグレウルウィドと名乗る門番は、キルフーフの物語ではアーサー自身の城を守っているが、ここでは城内に入ろうとするアーサー一行を尋問する役割だ。この詩で興味深いのは、まずアーサーの戦士の代表がカイとベドウィールである点である。両人は、一二世紀の『聖カドク伝』でもアーサーの連れとして登場する（VSB26）。円卓の騎士と言えばすぐ思い浮かぶランスロット（仏名ランスロ）、ガウェイン（ゴーヴァン）、パーシヴァル（ペルスヴァル）といった面々は、後世アーサーに結び付けられたことがわかる。アーサーの宮廷の戦士としてキルフーフが真っ先に名指すのがカイとベドウィールであることや、キルフーフに同行する助っ人に最初に選ばれるのも彼らであることは、こうしたアーサーの古伝承に本作が則っていることの証しである。なかでも、後のアーサー王ロマンスでは他の騎士の引き立て役である皮肉屋の執事ケイがウェールズ伝承ではアーサーの宮廷きっての勇士である点に注目したい。[26]「カイ・ウィン」(う

26　一方、キルフーフがアーサーの宮廷を訪れたとき、カイが宮廷のしきたりを破って訪問者を城内に入れるべきではないと進言する場面や、後のアーサーとの対立に、ロマンスのケイの原型が表れているという見方も存在する（TYP 309f）。

るわしのカイ）、あるいは「カイ・ヒール」（背高きカイ）と形容される美丈夫で、数々の超人的力の持ち主であることが本作から確認できる。

なお、宮廷リストのうち門番の詩で言及されている名前と同定できるのはグレウルウィド、アーサー、カイ、ベドウィールのほかに五名いる。[27] 詩の内容は、アーサーの戦士たちの過去の武勇談で、特にカイの活躍が強調される。成立年代は確定できないが、キルフーフの物語とほぼ同時期ではないかとみなされている。シムズ＝ウィリアムズは両者の関係について、門番の詩で言及されている人名や地名の多くがキルフーフの物語に不在である点にむしろ注目すべきだと指摘する（Sims-Williams 1991:39）。つまり、両者は、一方が他方の種本になったのではなく独立した作品であると考えられるということだ。だとすれば、門番の詩から浮かび上がる国境警備隊としてのアーサー戦士団の役割がキルフーフの物語にも垣間見られるのは、それこそアーサー伝承の本来の姿だったからと言えないだろうか。

アーサー戦士団の役割

ジェフリがアーサーを、ブリテン島全体を統べる大王、ハイキングとしたのに対し、ジェフリ以前のウェールズ伝承では、アーサーはむしろブリテン島の辺境を守る戦士団の頭領として描かれている。その活動範囲は、北はピクト人の国「プラディン」との国境をなすエディンバラ、西はアイルランドと海を隔てて向き合うモーン（アングルシー島）で、戦う相手は巨人、魔女、人狼、怪猫といった魑魅魍魎。時に異界に遠征し、時に異

27　モドロンの息子マボン、メストの息子マボン、グウィン・ゴダヴロン、翼のアンワス、烈風の手をもつスルッフ、スリールの息子マナワダンである。また、同じリストで「ケスリにキエスリ」という名が言及されるが、門番の詩に「ケスリが失われたとき、憤激が走った（Pan colled kelli. caffad cuelli）」との一行があり、二つの名はそこから取られた人名ではないかとブロムウィッチらは指摘している（CO102）。

界の魔物である猪を狩立て、二つの世界を行き交いながら、この世とあの世の境界を監視する。[28]

キルフーフの物語は、このようなアーサーにまつわる古伝承の集大成とも言うべきものである。キルフーフが初めて宮廷を訪れたとき、アーサーに対し「この島の君主たちの頭」[29]と呼びかける場面があるものの、本作のアーサーは為政者というより戦士団の将軍である。特に、大軍を召集し、アイルランドからブリテン島に侵入してきたトゥルッフ・トルウィスをウェールズの南の海岸線からブリストル海峡、そしてコーンウォールから海の彼方へと狩立てるエピソードは、ブリテン島の南の防衛線を固める呪術的儀礼の観がある。躍動感と緊張にあふれた追跡劇の後、宮廷に戻り「風呂に入って疲れを癒した」アーサーが再び腰をあげブリテン北方に出向き黒魔女を退治するのは、語りの流れからすると大団円の盛り上がりをこわすものだが、書き手は、辺境防衛隊としてのアーサーの古典的役割をここでも忠実に再現していると見ることもできる（黒魔女の血は、小人のグウィゾルウィンが所有する保温瓶に入れてもっていかねばならないと巨人は命じているが、小人の瓶を手に入れる冒険は登場しないので、難題解決のプロットから見ても付け足しに過ぎない）。

巨人が要求する四〇の難題は、婚礼の宴のために必要な食べ物や飲み物、器などに関するものと、婚礼の晩に巨人が身だしなみを整えるのに必要な品々に分けられる。トゥルッフ・トルウィスのもつ櫛と剃刀は後者のためのものである。このうち、アーサー一行が実際に取り組む冒険として語られるのは、オルウェンのベールを作るための亜麻の種と、婚礼の客の食事を作るための大鍋を除くと、すべて猪狩にかかわるものだ。つまり、

28　パトリック・フォード（Ford 1983）が注目するように、船、短剣、マント、さらには妻と、アーサーの持ち物の名に異界のコノテーションをもつ「白（gwyn/gwen）」が含まれるのは、人間界と異界を行き交うアーサーの位置づけに関係しているのかもしれない。

29　「君主たちの頭（Pen Teyrnedd yr Ynys hon）」という表現は、一二世紀中頃に作られた三題歌「ブリテン島の三つの部族の玉座」（TYP no.1）にも見受けられる。ここでは、アーサーはセント・デイヴィッズとケスリ・ウィッグと、北方のペン・フリオニズの君主の頭とされている。

辺境を脅かす異界の猪ハンターとしてのアーサー戦士団の古来の役割に沿った難題解決が、物語では優先的に取り上げられていることがここでも確認できる（ディウルナッハの大鍋は、前述のようにアーサーのもう一つの伝統的役割である異界遠征に分類できる）。

アーサーの宮廷ケスリ・ウィッグ

キルフーフの物語は、ジェフリ以前のアーサーの宮廷の原型を再確認させるとともに、ここで初登場するアーサー伝承の要素も伝えてくれる。まず、アーサーの宮廷の所在地である。ジェフリでは、ローマ軍団の砦のあった南ウェールズ、ウスク河ほとりのカーリオンをアーサーの都としたが、本作ではコーンウォールのケスリ・ウィッグに置かれている。「木の茂み」の意の地名だが、実際の場所は判明していない。それに対し、アーサー伝承とコーンウォールとの関係を研究しているパデルは、コーンウォールのペン・グワエズ岬の突端とランズ・エンドがケスリ・ウィッグではないかと示唆する（Padel 1991: 234-238）。

キルフーフがアーサーの宮廷を初めて訪れたとき、門をあけぬなら、コーンウォールのペン・グワエズ岬の突端から北方のディンソルのふもと、そしてアイルランドのエスガイル・オエルヴェルまで届くほど叫んでやると脅す場面がある。中世ウェールズ文学における「北方」はかつてのローマン＝ブリテンの北辺を指すことから、ここではブリテン島の北端から南端、さらには海を越えてアイルランド沖まで響くほどの大声という意味だろう。一方、アーサーの戦士の一人ドレムは、コーンウォールのケスリ・ウィッグからピクト人の地のペン・ブラサオンまで見渡せるほどの視力の持ち主であり、メディルは、アイルランドのエスガイル・オエルヴェルの上にとまったミソサザイを、ケスリ・ウィッグにいながらにして打ち落とすことができたとある。これらの例を比較すると、ケスリ・ウィッグはペン・グワエズ岬の突端とほぼ同義に使われていると考えられる。「ランズ・エンドからジョン・オ・グローツまで」という表現がブリテン島の端から端までを意味するように、パデルにしたがってケスリ・ウィッグをランズ・エンドと推定すると、このロケーションも、ブリテン島の辺境を守るアーサーの本拠地にふさわしいと言えるのではあるまいか。

カムランの戦い

アーサーが甥（または不義の子）モードレッドと戦い、瀕死の重傷を負うことになる宿命の戦いカムランについての最古の言及は、一〇世紀後半に南ウェールズで編纂された『カンブリア年代記』にある次のような記述である。

第九三年（五三七年ごろ）カムランの戦い、そこにてアーサーとメドラウドは倒れ、多数の死がブリテンとアイルランドにあった。

ジェフリの『列王史』以前には、これ以外、アーサーとメドラウド（モードレッド）の対決についての記述は見当たらない。しかし本作には、間接的にカムランの戦いに触れた箇所が存在する。まずアーサーの宮廷リストに登場するモールヴラーン、サンゼ、聖カンウィルについての記述は、いわば「カムランの戦いから逃れた三人」とも題すべき三題歌の体をなしている。以下、該当部分を引用する。

テギッドの跡取りモールヴラーン（彼に武器を向ける者はカムランでは誰もいなかった、というのもあまりに醜いので誰もが悪魔が助けにきたと思ったのだ。牡鹿のような毛が一本生えていた）
天使の顔のサンゼ（彼に武器を向ける者はカムランでは誰もいなかった。あまりに美しいので誰もが天使が助けにきたと思ったのだ）

聖カンウィル（カムランから逃れた三人の一人で、ヘーングロエンの馬上からアーサーに最後の別れを告げし者）[30]

さらに宮廷リストには「コーンウォールとデヴォンの代官でカムランの戦いを企んだ九人のうちの一人」であるグウィン・ハヴァルなる男も登場する。[31] 本作にメドラウドの名前はないが、アーサーがカムランの戦いで非業の最期を遂げたことが、ジェフリ以前のウェールズで記憶されていたことがうかがえる。「中世ウェールズ法」の一四世紀の写本には「王妃が部屋で歌を望むときは、バルズにカムランについての歌を歌わせよ、ただし大声を出して広間の平安を乱さぬよう」（AL i,679）とあるように、カムランの歌は、戦士の心をかき乱すような哀歌だったのだろう。その一方で、敵が手出しできなかった二人、悪魔のように醜い者と天使のように美しい者の対照、直訳すると「古い皮」となる老いぼれ馬「ヘーングロエン」に乗ってかろうじて逃げのびた聖人についての本作の語り口は、以上のような情感とは無縁である。口承伝統から書承の世界へと踏み出

30 モールヴラーンは「大ガラス」の意。テギッドの醜い息子モールヴラーンは一六世紀半ばに書かれた『タリエシン物語』に登場するが、それ以前から彼の伝承が伝わっていたことは本作や三題歌で確認できる。「アーサーの宮廷の二四人の騎士」ではモールヴラーンは、その醜さゆえ「三人の抗いがたい騎士」の一人とされ、同じくサンゼ（ここでは'Sandde'と綴られている）は、その美しさゆえに抗しがたいと説明されている。サンゼまたはサンゼヴは、系図（EWGT86§5）および『スラワルフ翁の歌』にスラワルフの息子として登場する。現在のカーマンゼンシャーにあるカンウィル・ガエオー（Cynwyl Gaeo）とカンウィル・エルヴェッド（Cynwyl Elfed）、ケレディギオンのアベルポルス（Aberporth）、スリーン半島のペンフロス（Penrhos）の守護聖人の名が聖カンウィルである（WCD210）。

31 イアン・ヒューズは、グウィン・ハヴァル（Gwyn Hyfar）とアーサーの王妃グウェンホウィヴァル（Gwen + hwyfar）の語形が似ていることから、カムランの戦いの原因をグウェンホウィヴァルに帰する伝承を本作の作者は意識していた可能性を示唆する（Hughes 2007:25）。『白本』所収の三題歌（TYP no.53）では、グウェンホウィヴァッハがグウェンホウィヴァルに平手打ちを与えたために戦いが起こったとあり、それゆえカムランは「ブリテン島の三つの不毛な戦」（TYP no.84）に数えられる。

そうとする作者のまなざしにある、従来の宮廷文学の伝統をパロディとして解体する諧謔や機知に注目したい。

アーサーの親族

次に挙げられるのがアーサーの家系についての言及である。周知のように、『ブリタニア列王史』では、ユーサー・ペンドラゴンとティンタジェル城主の妻イゲルナの間にできた子がアーサーである。『列王史』にはイゲルナの父の名は出てこないが、『列王史』のウェールズ語版の一つ『ディンジェストー版ブリット』（一三世紀半ば）には、アーサーの母エイギルはアムラウズ・ウレディグの娘とされている（BD 136:15）。アムラウズは、本作でキルフーフの母ゴーレイジズの父アンラウズ・ウレディグと同一人物であると考えられるから、キルフーフは母方を通じてアーサーといとこ関係となるわけだ。また、羊飼いキステニンの妻とキルフーフの母は姉妹とあるので、キステニンの息子ゴーライもアーサーの母方のいとこということになる。さらに、一二世紀に書かれたラテン語の『イスティッド伝』でも、イスティッドの母はブリタニア王アンラウズの娘で、若き日の聖人はいとこアーサーのもとを訪ねている（VSB 194,196）。一三世紀末の写本に残る『北方の男たちの系図』（EWGT73§13）には、アムラウド・ウレディグの五番目の娘としてダワヌーなる者の名がコーンウォール公チドヴルフの母として記載されている。[32] アンラウズまたはアムラウズ・ウレディグ本人については、これらのテクストでの言及を除くと、詳細は知られていない。ブロムウィッチとエヴァンズは、『イスティッド伝』で用いられている綴り'Anblaud'が古ウェールズ語の語形であることから、もっとも古い形であるとし、おそらく教会が保管する聖人の系図の記録に登場する人名を、キルフーフの物語と『ディンジェストー版ブリット』の編纂者が借用したのではないかと説明している（CO44）。

32　『北方の男たちの系図』は六世紀の北ブリテンの支配者たちの家系をたどったもの。アムラウド公の娘についての同様の記載は『聖人の系図』にもある。

いずれにしてもおもしろいのは、ジェフリ以前にはアーサーの父親についての伝承がないのに対し、アーサーには母方親族が設定されている点だ（図A参照）。しかも本編を見ると、狂気の母から豚小屋で生まれたという、尋常ならざる出生の赤子が洗礼を受けたのち、「しかし、すぐれた血筋の男子だった、アーサーのいとこだったのだ」と説明が続くように、キルフーフの血統の正統性を領主である父ではなく、母方のいとこアーサーとの血縁関係に帰しているのはなぜだろう。中世ウェールズの社会的文脈で言えば、レヴィ＝ストロースを引き合いに出すまでもなく、別の一族から女をめとることによって女の一族との間に友好関係が生じるという意味で、父系社会においても母方の血縁は重要な機能をもっていた。文学的文脈では、アーサーの母方の親族とすることで、キルフーフをアーサーの物語世界に無理なく引き込むことができる。[33] 同様に、本来はアーサーとは無縁だったキステニンの息子ゴーライや聖人、北方の勇士たちなどが、伝承の舞台の枠を超えてアーサーと接点をもつのも、「母方のいとこ」という関係が成立しているからである。

本作には、このほかにもアーサーの母親を介した親族が複数登場する。

33　中世ウェールズにおける最大の血縁集団であるケネドルは共通の父祖をもつ父系一族を指すので、アーサーを父方の親族とすると、アーサーが初対面のキルフーフを親族と認めることで難題解決をかなえる義務が生じるという物語の設定が不可能になる。

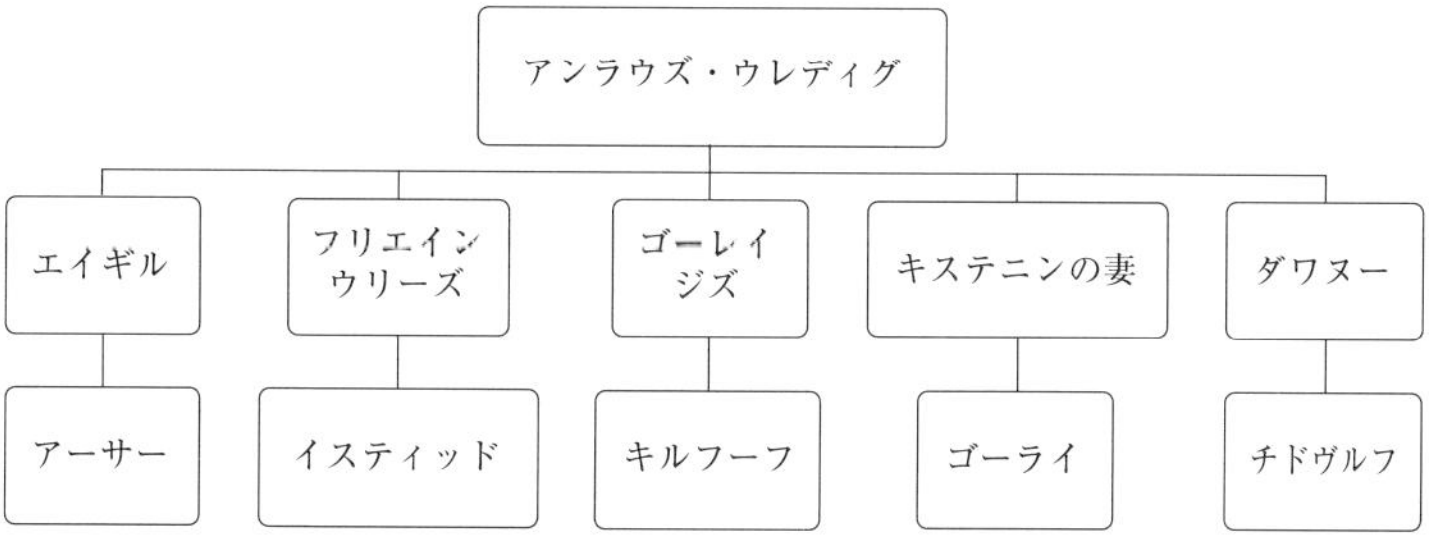

（図A）アーサーと母方のいとこたち

（CO 44）

宮廷リストにあるスラガッドリーズ・エミスにグールヴォズー・ヘーンの二人は「母の兄弟」、つまりアーサーにとっておじにあたる。同じく、リストには母の兄弟でアーサーのおじである「四人のグワイル」の名がある。同様にコーンウォールの長老の長を父とするリッカの息子ゴルマントも、アーサーにとっては母方の兄弟であるとされる。

以上七人のうち、グールヴォズーは、[34]一二世紀の『スランダフの書』で言及されている七世紀の君主「エルギングの王グルウォディウス」に由来するとされる。ゴルマントの父親リッカはウェールズの民間伝承でフリッタ・ガウルとして知られる巨人を連想させる。フリッタはウェールズの王で無敵で知られたが、最後にアーサーと戦って死んだ。アーサーはウェールズ一高いスノードンの頂にケルンを立て巨人を葬ったとされる。[35]あとの人物については不詳であり、またグールヴォズー、ゴルマントを含め、彼らをアーサーの母の兄弟とする伝承も本作以外には現存せず、本来はアーサーと無関係の人物をアーサーの母系親族とすることで登場させる作者の技巧であると考えられる。[36]

一方、宮廷リストには「父を通じてアーサーの一族」というイアエンの六人息子も存在する。いわゆる「ハ

34　テクストでは Gwrbothu と表記されているが、これは古ウェールズ語の綴りの名残で、<th> は /ð/、<b> は /v/ となる（Rodway 2005:33）。/ū/ は中期ウェールズ語でも <u> と表記されることが多い（Evans 1976: xliv）。『スランダフの書』研究の第一人者ウェンディ・デイヴィスによれば、グールヴォズーは六一〇～六一五年ごろ活動した領主である（Davies 1980: 17-18）。

35　『列王史』には巨人レトーとして登場する。巨人は殺した君主の髭を編み込んで外套にしており、アーサーに恭順の印として髭を差し出せ、さもなければ決闘だと挑戦する。アーサーは拒絶し、アラビア山（Mount Aravius）で一騎討ちの末、巨人を打倒し、その髭と外套を戦利品とした（HRB x.iv）。『列王史』のウェールズ語版では巨人の名はフリッタ、場所はエラーリことスノードン山と訳されている（BD170）。

36　『列王史』によれば、アーサーの母イゲルナの夫はコーンウォール公であるから、ゴルマントはアーサーの異父兄弟ということになる。だとすると、この部分は『列王史』の影響を受けた、後世の挿入の可能性も出てくる。

ネシン・ヘーン」系図によれば、イアエンには息子のほかに娘エレイルッフがおり、彼女はアーサーの息子カドヴァンの母とされている(EWGT85§2)[37]。したがって、イアエンの息子とアーサーの関係はアーサーの父方の縁者という意味ではなく、彼らの父イアエンがアーサーの義父にあたることを指していると解釈できる。これがどの程度古い伝承なのかは不明だが、いずれにしてもアーサーの父、そしてアーサーの父を通じた親族というものがジェフリ以前のウェールズ伝承には存在しなかったことは確認できる。

それでは、なぜアーサーの父の名は不詳なのだろうか。ウェールズ諸公の系図を記憶し伝えることはバルズや語り部の重要な役割だったから、もしアーサーの父の名が知られていたとしたら現存するテクストに残らぬはずはない。一方、アーサーが父の名をもつということは、こうした系図に組み込まれ、キネザやコエル・ヘーンなどの北方ブリテンの王から分岐した中世ウェールズ諸王家の系譜に位置づけられることを意味する。それは、ウェールズというよりブリテン島全体を活動の舞台とする、伝承のアーサーにはそぐわない。

父の名をもたないのはアーサーだけではない。カイとベドウィールという、アーサー伝承中もっとも古参のアーサーの戦士たちにも元来は父の名がなかった。本作ではカイの父としてカニルなる人物が紹介されているが、カイの父称が言及されるのは、これが確認される最古の例である。しかもカニルは、カイの母親に、もし子どもが自分の子ならば両手にはまったく温かみがないはずだと述べているが、後にカイの不思議な力を説明する箇所では、どんなに雨がふっていてもカイの手のなかにあるものは乾いたまま、どんなに寒くてもカイの実体温が燃料となって火を燃やすことができたとあり、カニルの発言とは矛盾する。書き手がカイはカニルの

37 エドワード・スルウィッドが『ブリタニア考古学』(一七〇七年)の写本カタログで、ウェールズの古物研究家ロバート・ヴォーンが所有していた写本(Hengwrt MS33)につけた呼び名。写本自体は現存しないが一五～一七世紀に筆写されたヴァージョンが残る。系図にはスラウェリン・アプ・ヨルウェス(一二四〇年没)と彼の同時代人の名前までが記載されていることから、原本は一三世紀後半に書かれたと推測される。

の子ではないと暗示しているのでなければ、これらの記述は本来、別個の伝承に基づくものだと考えるべきだろう。

ベドウィールに関しても同様で、彼の父称ベドラウドへの言及は『エルビンの息子ゲライントの物語』が初出である。もともと、アーサーを含め彼の戦士たちは父の名をもたない、すなわち系図に居場所をもたず、具体的な歴史的背景ももたぬ、空想の世界の登場人物たちなのである。そのような伝承のアーサーの名は、この物語が成立するころまでには広く知られるところとなり、母とのつながりを設定することで、アイルランドの物語の人物から北方の実在の英雄までを呼び込むことができる存在となった。求心的なアーサー世界はその後も拡大を続け、大陸にて一大ロマンス群に発展することになるのである。

4．神話的背景

アーサーとその戦士団についての伝承が年代記や聖人伝、そして古詩などでも伝わっているのに対し、巨人の娘への求婚譚という本筋から言えば、もっとも重要なキルフーフ、巨人アスバザデン、オルウェンに関しては、本作以外に伝承が確認できない。キルフーフの名は、九世紀ごろの作とされる「カンザランの死」[38]における次の三連詩（EWSP430）に言及されているものの、本作のキルフーフと同一人物かどうかは不明である。

Kyndylan, Gulhwch gynnifiat llew
Bleid dilin disgynnyat

38　ポウィスの王カンザランの死と王家の没落を、カンザランの姉妹ヘレーズが歌う詩群『ヘレーズの歌』の一編。このほかの例だと一二世紀のエングリンにキルフーフの名が言及されているものが一つある（後出）。

Nyt atuer twrch tref y dat

カンザラン、キルフーフのごとき獅子の戦士
狼を追跡する闘士
この猪、父の地には戻らず

本作を「巨人の娘」という民話のパターンに基づくとする研究者にとっては、三人の伝承が現存しないことに不思議はない。[39]民話の登場人物である彼らには、「ヒーロー」、「巨人」、「娘」という「役柄」以外の特性はないからだ。それに対し対照的なのが、物語の起源をケルト固有の神話に求めるアプローチである。

物語は、若者キルフーフの不思議な誕生から始まる。キリーズの王妃ゴーレイジズは身ごもったとたん正気を失い、人里から離れ、森の野人としての生活を送る。王妃が野人と化す理由は明らかにされていないが、豚小屋で理性を取り戻し、そこで出産するのは象徴的である。豚小屋は、人里と森のいわば境界と言えるからだ。おそらく狂気の間、王妃は豚小屋で寝起きをし、豚の残飯を食べていたのではないかと思われるが、われに帰ったため急に怖気づき、「豚への恐怖」から子どもを産み落とし、その子を豚飼いが取り上げる。そして、子どもは「豚」を意味するフーフにちなんでキルフーフと名付けられるのである。

豚にゆかりの名をもつキルフーフの出生に、ガリアでモックスとして知られる豚の神から生まれた英雄の伝承の名残を認めるのがカリフォルニア大学のケルト学者パトリック・フォードである（Ford 1977:15）。フォー

39　民話としての解釈の代表は Jackson1961 である。同種の物語として知られるのが、『マグ・トゥレドの戦い』におけるバロールについてのエピソードである。アスバザデンと同じ一つ目巨人は、娘の結婚によって命を落とすという同じ運命にある。巨人の邪眼を射て殺すのは、娘の産んだルグである。

ドは、印欧比較言語学者のエリック・ハンプの仮説――キルフーフおよび父キリーズの名は、前印欧語期の北ヨーロッパで「豚」を意味する「キル」に由来する――を踏まえ、豚の神の息子と結ばれるオルウェンもまた神格化された豚ではないかと示唆する。フォードが注目するのは、オルウェンの名前の由来譚だ。彼女が歩いたあと（オール）には四つの白い（ウェン）クローバーが咲いたという表現は、オルウェンは四つ足で歩いたとも読めると指摘する。また、アーサーの宮廷リストに出てくるオールが父親オールウィズのもとから盗まれた豚の後を追って連れ戻したとあることからも、本編における「オール」という語は豚と結び付いていること、聖なる豚の追跡は、後述する豚飼いの三題歌に代表されるように、ケルトの神話的モチーフの一つであると主張する。以上から、フォードは聖なる豚の息子の誕生譚、聖なる豚との聖婚、聖なる豚の狩猟という神話がアーサー伝承の枠に取り込まれたのだと考える（Ford 1990）。

　豚の神に由来するという説はどの程度、信ぴょう性があるのだろうか。確かに、ゴーレイジズの突然の発狂は、神の気に触れたと解釈すれば合点がいくものの、さらなる検討が必要だ。そこで、キルフーフの名前の由来についてもう少しくわしく見ていこう。定訳とされるエヴリマンズ・ライブラリ版（Jones & Jones 1974:93）では「豚の囲いのなかで生まれたから（because he was found in a pig-run）」と訳されており、訳注には 'Culhwch: pig-run' とある。ところが、豚を入れておく囲いの意味での「キル」は英語 'kil（n）' からの借用語で、ウェールズ語としての初出は、『ウェールズ大学ウェールズ語辞典』[40]（*Geiriadur Prifysgol Cymru*: GPC）によると一四世紀の詩人ダヴィッズ・アプ・グウィリムの詩であるとされる。一方、GPC は、「キル」のより古い用例として、「墓のエングラニオン」より「狭くて、この墓はかつ長細い（Es cul y bet ac ys hir.）」を挙げている。この詩は九世紀の作ともされるため、年代的に見て、ここでの「キル」は「すらっとした、細い」の意味と取るのが妥当だ

40　詩人がオートケーキの作り方について老婆と交わす会話「納屋から粉ひき場へ　袋から製粉機へ（O'r kul i'r felin or sach i'r hopran）」に登場するのが初出とされる。

（図４）右：トルクをつけ、猪の彫られた神像（モックス？）、前一世紀、国立考古学博物館サン＝ジェルマン＝アン＝レー
左：猪（右の拡大図）

ろう。ガリアの豚の神モックスはローマのメルクリウスと同一視されるような英雄神であることからも、すらっとしたという形容詞の方が神の子にはふさわしく思われる（図４参照）。

さらには、原文を正確に読むと、赤ん坊の名の由来について、「フーフ（hwch）」の「ねぐら（retgyr）」で見つかったからと説明されている。このレトギルというウェールズ語は中世散文では他に例がなく、詩でも『カエルヴァルジンの黒本』所収の「子豚の詩」（LIDC no.17）に二か所出てくるだけの珍しい単語である。「子豚の詩」は、野人マルジンの歌う預言の詩で、レトギルが使われるのは、「子豚よ、山のてっぺんの巣穴に隠れるな（Nachlat dyredcir ympen minit）」、および「子豚よ、巣穴に隠れて、ずっとすわっているな（Na chlat de redkir nac iste. wiuuy）」という詩行である。この例が示すように、「ねぐら」と訳したレトギルは、豚飼いが作った小屋ではなく、自然の巣穴が原意であると思われる。[41] 豚の神の子の誕生の場には、その方がふさわしい。

また、キルフーフの名を「すらっとした豚」と解釈した場合、同じ形の名前が一二世紀のアイルランドの地名由来譚（ディンシェンハス）にあることが知られている。コナハトのドゥマ・セルガのディンシェンハスによれば（Gwynn 1903: 386-94）、この塚山は、魔法で豚に変えられた六人の頭部を葬ったものであるという。アイルランド大王エオヒ・フェドレフの娘デルブレンが預かって育てていた男子三人とその妻三人は、男たちの生母によって呪いをかけられた木の実を食べたがため赤い豚になってしまった。コナハトの女王メズヴが彼らを捕まえ食べてしまうと、残った頭部を塚に葬らせたという。豚に変えられた妻の一人コイルヘス（Caelcheis）の名がキルフーフに相当する。[42]

豚に姿を変えられた人間と言えばトゥルッフ・トルウィスがまさにそうである。タレズ公の息子で、アーサーの言葉によれば、自分自身も王であったが、神罰により豚（フーフ）に変身させられたのだという。実は、前述した「ブリタニアの奇蹟」に登場する豚トロイト（porcum Troit）はアイルランド語にすると‘orc tréith’となる。そして、九〇〇年ごろにアイルランドで編纂された『コルマクの語彙集』には‘Orc tréith’という項目があり、「王の息子」と注釈されているのだ。[43] 同書によれば、アイルランド語の‘tríath’は「王」「猪」「海／波」という三つの意味をもつ。ラッセルは、これこそまさに「かつて王であった猪が海に消えた」という、トルウィスの特徴そのものではないかと指摘している（Russell 2008:4 n.11）。

さらに、本作には、トルウィスの眷属で人語を解するグリギンも登場する。この名は、「ヒース」を表すグ

41 シャーロット・ゲストが「なぜならば豚の巣穴で見つかったから（because he had been found in a swine's burrow）」と訳しているのは適切であると言える。

42 cáel（古アイルランド語では cóil）と cul は、ケルト語 *koilo- の派生語で、cés は子豚の意味（DIL）。

43 三つは語源が異なり、それぞれ語形変化で区別されるという（たとえば「王」という意味の triath の属格は tréith になる）。

リンに「小さい」を表す接尾辞がついた形で、デルブレンの六匹の魔法の豚のうちフロイハーン（Fraechán）に相当するのだという（CO165）。

アメリカ出身のケルト学者ジョン・ケアリは九〇〇〜一一〇〇年ごろに書かれたとされる、トゥアサ・デ・ダナーン族についてのアイルランド伝承に登場する猪の王トリアスに関する地名由来譚も踏まえ、トルウィスの物語はもともとアイルランド起源であり、猪の王トレートス（*Trētos）についてのケルト神話がアイルランドからの入植者によってウェールズ南部にもたらされたのではないかと主張する（Carey 1992）。

豚が古代ガリア社会で牛や羊とともに大切な家畜であったことは、古代の著述家の記録からも明らかである。ギリシャの地理学者ストラボン（西暦二四年ごろ没）は、ガリアの民は肉のなかでは豚肉をもっとも好み、大量に飼育してローマやイタリアにも輸出していたこと、彼らの豚は気性が荒く、動きも素早く、人はおろか狼さえ近づくのが危険であると記している（Tierney 1959/1960:268）。そのためだろうか、前述のカンザラン追悼歌で「カンザランは野生の猪（gwythhwch）の心臓をもっていた」と讃えられるように、勇士の形容にも猪は使われている。アイルランドの伝承では、宴席に饗される豚肉のうち最上の部分は「クラド・ミール」と呼ばれ、一番の勇者に与えられる名誉とされた。この「勇士の取り分」をめぐる戦士たちの争いは、『マク・ダトーの豚の話』や『ブリクリウの饗応』などで扱われている伝統的なモチーフである。

一方、『マビノギの四つの枝』にもあるように豚は異界と結び付けられ、屠られても翌日には生き返るという豚の話は、アイルランドの異界譚にしばしば登場する。ウェールズの三題歌「ブリテン島の三人の剛腕の豚飼い」（TYP no.26）では、白い雌豚ヘーンウェンが、子を身ごもると、キルフーフの母ゴーレイジズ同様、人里から逃走する。ヘーンウェンはコーンウォールから海を渡り、ちょうど猪トルウィスと逆コースをたどってウェールズに逃げ込むと、南ウェールズには小麦と蜜蜂をもたらし、北ウェールズでは狼、鷲、そしてパリグの怪猫を産み落とす。トルウィスの逃走路が荒地と化すのと似て、豚は豊饒とともに破壊ももたらすと考えられていたのだろう。アイルランドの物語では、フィン・マク・クウィルの妃グラーネと駆け落ちしたディアルミドは、王と和解したものの、フィンの策略によりベン・バルベンの猪を狩ることになる。実は、この猪ももとは人間、ディアルミドの異父兄弟だった。どんな槍も剣も歯が立たぬという魔法の猪との一騎討ちで、ディアルミッドは死闘の末、猪を仕留めるものの、牙で突かれた傷がもとで命を落とす。

本編の古層に以上のような豚をめぐる神話があったかどうかはさておいても、「マビノギオン」の世界では獣と人間の境界があいまいなことは確かだ。人間が獣になるだけでなく獣が人間になる話もあるし、豚や猪が物語で重要な役割を果たすのも本作に限らない。

5．口承から書かれた物語へ

これまでにあげてきた伝承的要素以外にも、本作の語り手はさまざまな伝統的素材や趣向を語りに活用している。以下、主なものを見ていきたい。

カウの伝説

アーサーの宮廷リストにはカウの一九人の息子の名が列挙されるほか、父親についても「プラディンのカウ」として、アスバザデンの難題に登場する。カウの名が記録に現れるのは、九世紀にブルターニュのリュイス修道院で書かれたとされる『ギルダス伝』が最初である。聖ギルダスの父で、北方のストラスクライドの王カウヌス（Caunus）がカウにあたる。ここではギルダスには四人の兄弟と一人の姉妹がいるだけだが、その後、本作にあるような、カウの子沢山伝説が生まれたとみえ、カラドグ・オブ・スランカルヴァンによる一二世紀前半の『ギルダス伝』では二四人の息子（ただし名はナウとある）、前述の「ハネシン・ヘーン」系図では二〇人の息子と一人の娘があったとされる（EWGT85§3）。こうした伝説は、カウと「巨人」を意味するカウルの混同から来たのではないかと推察される。たとえば、『聖カドク伝』では、スコットランドを訪れた聖人が蘇らせた巨人は、自分はかつて「バノウグ山の向こう側」を治めていた「プラディンのカウ、またはカウルと呼ばれていた」と語る（VSB84）。プラディンはウェールズ語でピクト人の住むスコットランド北部のことで、聖人伝の王の名が、いつしかピクトの国の巨人と入り混じっていたことがうかがえる。

一一世紀までには、カウ一族の伝承がアーサーに結び付けられるようになった。カラドグ版『ギルダス伝』では、ギルダスの兄弟として唯一名前が挙げられているヒアイルは、すぐれた戦士で、「いかなる王にも屈せず（nulli regi obedivit）」（Mommsen 1898:108）、当時ブリタニアの王だったアーサーに対してもたびたび攻撃を仕掛けたことから、ついにマン島で殺害されたとある。これを受けて、ギラルドゥス・カンブレンシスは、『ウェールズ案内』（一一九四年）のなかで、ギルダスの著作にアーサーの名が全く出てこないのは兄を殺されたことへの怒りのせいだと、もっともらしく述べている。ヒアイルとアーサーのいさかいに関しては本編の語り手も知っていたようで、ヒアイルについて「彼はいかなる主君の手にも決して屈しなかった」と述べたうえ、カウの娘グウェナブウィの息子グウィドレをヒアイルが刺したことから、ヒアイルとアーサーの間に争いが起こったとする。これは、カラドグの記述とは異なるが、グウィドレは、猪狩の場面でアーサーの息子の名となっていることから、元は、アーサーの息子をヒアイルが殺害したという挿話に基づくのかもしれない。

ギルダスとヒアイル以外、カウの子どもたちの名が伝承によって異なる点も興味深い。アーサーの宮廷リストのうち、現存する最古の記録となる九世紀の『ギルダス伝』に登場する名に当てはまるのはメイリグとエルガリアドだけである。「ハネシン・ヘーン」系図の場合でも共通するのは娘一人を含む七人のみだ。宮廷リストの方の名を見ると、ディルミグ（「中傷・軽蔑」の意）にエドミグ（「名声」）、ケリン（「柊」）にコニン（「茎」）、マブサント（「守護聖人」）にアルドウィアド（「保護者」）、スルウィブル（「小道」）、コッホ（「赤」）、ネーブ（「誰かさん」）といった、語呂合わせやおかしな人名が続いており、これは既存の系図とは関係なく、語り手がおもしろおかしく名前を付け加えていったものだろう。リストにはないが猪狩の場に出てくる二〇番目のカウの息子グワルセギズも「牛追い」の意味なので、猪の追跡に引っ掛けた名前だと思われる。そうかと思えば、カルカスこと、『イーリアス』の預言者カルハースがカウの息子として登場したりする。一方、「ハネシン・ヘーン」系図ではカウの息子となっている、ブルターニュのドルの修道院創設者サムソンは、一九人のリストのあとに「サムソン・ヴィンサッハ」として登場する。添え名のヴィンサッハは「唇の乾いた」という意味で、説教ばかりしている聖人にユーモアを込めて言及しているのだろうか。語り手が、伝承を巧みに操って物語に彩を加えていることが改めてうかがえる。

モドロンの息子マボンと世界最古の動物

猪狩のハンターとして難題で名指されるマボンは、生まれて三晩で母親のもとから連れ去られ、誰もその居場所を知らぬという。六人の戦士たちは世界最古の動物の知恵を借りて、カエル・ロイウ（グロスター）の砦に囚われているマボンを救い出す。マボンは、これほどむごい虜囚の憂き目にあったのは自分のほかには、銀の手のスリーズとエリの息子の熱血グライドのみ、と嘆くのであるが、実は「ブリテン島の三人のもっとも位高き囚われ人」という三題歌（TYP no.52）が本編とは別に知られており、そこではマボンとともにスリール・スレディヤイスとグワイリオエズの息子グワイルの名が挙げられている。グワイルは、前述の「アヌーヴンの略奪品」のなかで異界の砦に鎖でつながれている囚人とおそらく同一人物だろう。銀の手のスリーズはアーサーの宮廷リストにクレイザラドの父親として登場する。エリの息子の熱血グライドもリストに名があるほか、巨人の難題でも猪狩に必要な猟犬の持ち主として言及されている。また、ニーズの息子グウィンの捕虜になったことが後述される。二つのヴァージョンを見比べたとき、共通するのはマボンだけであることから（もっとも、スリーズとスリールは似かよった名前が混同された可能性もある）、「ブリテン島の三大囚人」という伝統的モチーフがあって、語り手は、物語に合わせて名前のリストを変えていたようにも思えるのである。

さらにおもしろいことに、三題歌では、このあとに次のような文章が書き加えられている。

もう一人、彼ら三人よりもまさりたる囚人あり、カエル・オイスとアノイスの牢にいること三晩、グウェン・ペンドラゴンの手で囚われること三晩、エッハイヴァイントの石板の下にある魔法にかけられた牢にいること三晩。この位高き囚われ人ことアーサー。そして、一人の若者がこれら三つの牢獄から彼を解き放った。その若者こそ、キステニンの息子ゴーライ、アーサーのいとこである。

この三題歌は『白本』に収録されたもので、アーサーとゴーライのくだりにはキルフーフの物語の影響が濃厚だ。物語が口承の語りをもとに書かれ、書かれた物語がまた口承の語りに変化をもたらしていく、この時代の様相が垣間見られる。

世界最古の動物は中世に流布していた民話から取られたもので、起源はインドとされ、古くは紀元前三世紀ごろの仏典に収録されている（Cowell 1882）。ウェールズではコンウィ近くのトレヴリウー出身の学者トマス・ウィリアムズが一六世紀末に記録した民話が残されているほか、本作以外にもさまざまなヴァージョンが存在する。ウィリアムズ版では、世界最古の生き物はグウェルン・グウィの鷲、フレディンヴレの牡鹿、スリン・スリウォンの鮭、コウルウィドの谷のフクロウ、キルグーリーのツグミのほか、コルス・ヴォッフノーのヒキガエルが登場する。一八世紀の写本に基づく三題歌では、コウルウィドの谷のフクロウ、グウェルナブウィの鷲、ケスリ・ガダルンのつぐみとなっている（TYP no.92）。

カタログ詩

次に、本作で用いられている語りのフォルミュラを見ていきたい。大ざっぱに言うと、この物語は、定型化された語りの部分と、ストーリー進行を語る地の文を継ぎ合わせてできている。アーサー宮廷に向かうキルフーフの描写やオルウェンの美しさを語る場面は、「アライス」と呼ばれる、美辞麗句を連ねた韻文的な文章である。キルフーフがアーサーの宮廷に入ろうとして門番とくり広げる問答も、お定まりの趣向だろう。物語の後段、ウルナッハの剣を奪いに行く場面でも、門番とのほとんど同じやりとりがくり返されている。『カエルヴァルジンの黒本』にも、砦の門番との対話の詩があるのは先に見たとおりだ。さらには、海の向こうアイルランドでも、トゥアサ・デ・ダナーンの砦に入ろうとした若き英雄ルグに対し、門番が何らかの技芸をもつ者しか入れぬと押し問答する、似たような場面が一一世紀ごろの『マグ・トゥレドの戦い』に登場する。

そして、もっとも多用されているのが、人名や地名、物の名などを列挙していくカタログ的構成である。キルフーフの来城をアーサーに告げに入った門番のグレウルウィドによる、本筋とはまったく無関係な長台詞はその典型だ。音の反復や語呂合わせを用いた、耳に心地よい弁舌のなかで、グレウルウィドは、中世の世界観に従って、ヨーロッパ、アフリカ、アジア（大インドと小インド）にいたことがあると豪語している。言及される場所（カエル・セとアッセなど）は実在のどこかを示すものではなく、異国的、あるいは異界を連想させる響きで、自分は世界の果てでさまざまな驚異を体験したという大言壮語を彩っている。「俺はいた（Mi a fum）」という、Be 動詞の過去時制（bum）をくり返し、自分は過去においてどこそこにいて、何をし、何を見聞していたという表現を連ねる形は、『タリエシンの書』の「木々の戦い」や『カエルヴァルジンの黒本』の「グウィズナイ・ガランヒールとグウィン・アプ・ニーズの対話」などに見られる古詩の定型的なフォルミュラである。「木々の戦い」では、詩人タリエシンは「カエル・ネヴェンヒールにいたことがある（Bum yg Kaer Nefenhir）」と歌い（BT 24.1 = *Legendary Poems* no.5:41）。後者では、語り手は「われはいた、ブラーンが殺されし場に」、「われはいたスラッハイ〔アーサーの息子〕が殺されし場に」と、おそらく聴き手にもなじみ深い古の戦いや伝説の勇者の名を一スタンザごとにあげていく（LIDC no.34.43 行以下：*Legendary Poems* 462,507）。

口承芸能の特徴としての固有名詞の列挙は、アイスランドではスーラ（古ノルド語 pula）と呼ばれる。一〇世紀の写本に残る古英語の詩『ウィドシース』にも同様の技巧として、古今の有名な王三〇人、語り手が出会った五四の部族と二八人の英雄の名のカタログが続く。「われは……とともにいた（Mid …… ic wæs）」というフォルミュラが用いられている点など、ウェールズ詩と共通する。

『赤本』とほぼ同時期に編纂された『タルガルスの赤本』には、「エングラニオン・ア・クラワイド」の名で知られる一連の詩がある。[44] これは、三行連句のエングリン・ミルールという形式で作られており、一行目が「Xの歌語りを聞いたことがあるか？」という問いかけ、二行目がXの語りに関する描写、そして三行目に格言的文句が来るが、一行目の人物の名前とすべてが同じ脚韻を踏む形で一セットとなる。本作の登場人物への言及もある。以下はキルフーフの例である。

A glyweisti a gant Kulwch
Am y heneint a'e hedwch
Detwyd a gar dadolwch

聞いたことがあるか、キルーフの歌を
自分の老境と平安について語るのを
幸運なるは平和を愛する者なり

44 クラワイドは「聞く」を名詞化したクラウェッド（clywed）の複数形なので、「耳にしたものの詩」とでも訳せるだろうか。Haycock 1994 はウェールズ語テクストと現代ウェールズ語訳および注解を含む。

七三連が現存、なかには魚や鳥など固有名詞でないものも取り上げられているが、七〇近い英雄や聖人の名が列挙されている。一二世紀末から一三世紀初めに作られたとされるので（Haycock 1994:316）、この当時、伝承の人物の名を借りて、本来の伝承とは独立した箴言集の形式が成立していたことがわかり、カタログ詩の伝統の根強さがうかがえる。

巨人の難題もカタログ的趣向の一つである。そのうえ、巨人とキルフーフのやりとりは同じ言葉遣いのくり返しを使っているので、読むより、聞くにふさわしい。実際、写本では、後になると、定型的文言を略語化して記載している。たとえば、次の難題に移る際の巨人の台詞「それが手に入っても、まだあるぞ（Kẏt keffẏch hẏnẏ ẏssẏd nẏ cheffẏch）」は‘Kẏt keffẏch.’、そしてついには‘Kẏt’一語に省略される。同様に、それを受けるキルフーフの返答「たやすいこと、そちらはそう思わんだろうが（haỽd ẏỽ genhẏf gaffel hẏnnẏ kẏt tẏbẏckẏch ti na bo haỽd）」も‘Haỽd ẏỽ genhẏf.’と簡略化されていく。

こうした略記が写字生の慣習に由来するものだったとしても、実際に物語で取り上げられるのがリストの半分しかないことからして、この部分は本編とは独立した形で語ることも目的とした台本だったのではあるまいか。巨人が次々に繰り出す奇想天外な難題の数々と、二人の丁々発止のやり取りは、語り部の話芸の見せ所である。台本と言ったが、決定版というわけではなく、語りの場に合わせていくつものヴァリエーションを記録していたのだろう。畑を耕すための二頭の牛についての難題が三回も出てくること、二匹の猟犬や馬についても似たような難題が重複するし、猪のアスギスルウィン・ペンバエズとトゥルッフ・トルウィスは明らかにダブルである。また、ピクト人の国との境界をなすバノウグ山の二頭の牛の名に、ナニオウとペイビオウという、ウェールズ南東部エルギングの王の名前が当てられているのは、語り手の活動舞台の聴衆になじみの人名を選んだからだろう。

アーサーの宮廷リスト

キルフーフが、巨人の娘を賜りたいという望みを宣言する場で、証人として呼び上げられるアーサーの宮廷の面々は『白本』では一一のコラムに延々と続く、これも一種のカタログ的趣向である。誰それの息子たちといったあいまいな表現や動物か人間か区別できないもの、さらに名前の重複（ヌウィヴレの息子グウィン、リッカの息子ゴルマント、ナウ／ナヴの息子グウェンウィンウィン、スレンスレオウグ・ウィゼル）、類似の綴り（アンワス／ヘーンワス、エリとミル／トラフミル）などがあり、訳者によって数え方はさまざまであるが、おおよそ二百十数名の男性に二〇名の宮廷の女性たちの名前が挙げられている。

大多数が物語には二度と登場しないので、これはまさに人名を淀みなく唱え上げることだけが目的のカタログである。また、決定稿ではないところも難題と似ている。というのは、『白本』のフォリオ83ヴェルソには、ヒール・エイディルにヒール・アムレンという、アーサーの二人の従者の名前のあと剛毛髭のイッフドリードまでの間に九行半のブランクがある。語り手は、さまざまなソースからリストの名前を書き足し、改訂を加えていたのだろう。この空白は、宮廷リストには、そもそも最終版・決定稿というものがなかったことを示している。また、物語が書き留められた後も、新しい写本が作られていく過程で、リストは「更新」されていったようだ。『赤本』にはこの部分にグワスタッドの息子の記述が挿入されており、『赤本』の写字生ハウェル・ヴァッハンは、ご丁寧なことに『白本』の該当箇所にも自ら筆を入れて、このくだりを付け加えている。

以下、宮廷リストの構成で特徴的なところを見てみよう。

(1) 他の伝承からの人名の借用

『ゴドジン』など、「北方」由来の勇士の名前だと思われるものが一〇名ほど含まれる。[45] かつてのローマン＝ブリテンの北端、現在のカンブリア地方からスコットランド南部にかけての「北方」は、ローマ撤退後は、ブリテン諸族とアングロ＝サクソン人の激戦の地となった。たとえば、ドラースの息子のフリヴォウン・ペビルである。三題歌「ブリテン島の三人の恵まれし君主」（TYP no.3）としてイリエーンの息子オワイン、マエルグンの息子フリンとともに、デウルアルス公の息子フリヴォウン・ベビルの名がある。「ハーリー写本系図」では、フリヴォウンは「北方」出身で、ウェールズ諸王家の祖となったキネザ・ウレディグの息子の一人とされ、グウィネッズの小国フリヴォニオグ（現在のデンビシャーあたり）の名祖となった。ダヴンワル・モエルは、「ハーリー写本系図」にコエル・ヘーンの孫として名が挙がっているダヴンワル・モエルミドのことだと思われる。コエル・ヘーンは北方のブリテン諸王家の伝説的祖とされる人物であるから、やはり「北方」起源の名ということになるだろう。リストにはダヴンワルに続いて、その名もずばり「北方の王」ディナルスが登場する。ディナルスは、スコットランドのダール・リアダの王アエザーン・マク・ガブラーンの祖父として系図にあるドーマンガルトから派生した可能性があるからである。

実は、宮廷リスト以外にも「北方」由来の人物が登場する。まず、キルフーフの父キリーズは、『ゴドジン』に出てくるティドヴルフの父の名である。また、巨人の難題で、角杯の持ち主とされるグルゴウド・ゴドジンは、『ゴドジン』では「マナゾウグの宴の仕度をした」者として言及されている。猪狩にハンターとして登場するクルウィドの山のタロウグは、添え名の「アスト・クルウィド（Allt Clwyd）」が「北方」のかつてのブリ

45　ブロムウィッチらは、リストのうち『ゴドジン』の登場人物と共通するものとして、ブラドウェン（Bradwen）、グワウルジル（Gwawrddur）、モレン・マノウグ（Moren Mynawg）、ヌウィソン（Nwython）、クラドノー・エイディン（Clydno Eidin）、グライド（Graid）、カンザリグ（Cynddylig）の七名を挙げている（CO lxxxiii n.235）。

テン人の王国ストラスクライドの都の名であることから、「北方」出身の戦士と考えられる。

もちろん、このような人名のすべてが聴き手にとってなじみ深いものだったとは思えない。しかし、宮廷リストをはじめ、物語全体にただよう「北方」の雰囲気が、ある種のノスタルジアを醸し出す効果を持っていたことは間違いない。「北方」がウェールズ人の故地、異民族の侵攻によって奪われてしまった先祖の地という集合的記憶と結び付き、『ゴドジン』をはじめとするアングロ＝サクソンとの戦乱時代の数々の戦い、そして英雄たちの武勲や最期を想起させる一種のトポスだったからである。この物語は、現実の勢力地図とは別の、ブリテン島が一つの世界であった英雄時代の思い出の上に成り立っているのだ。

(2) 語呂合わせ

既存の伝承とのかかわりではなく、名前自体の響きや意味のおもしろさから作られたものも多数ある。中世ウェールズの人名は男性の場合だと「○○・ヴァブ・△△」(△△の息子○○)と女性だと「息子」を表すヴァブが「娘」を表すヴェルフに変わる。それを踏まえて、息子の名と父の名の取り合わせの妙をねらったパターンとして、たとえば、モリエン・マノウグの息子ブラドウェンを見てみよう。息子の名に含まれたブラドが「裏切り、陰謀」などを意味するのに対し、父親の添え名、マノウグは「高潔な」と対照的な言葉を配している。アラルの息子のディゴンでは、「過剰」ことアラルに対し、息子はディゴン「十分」なので、これも父と息子の名前を対照的に使ったレトリックのケースである。

一方、カダルンの息子ネルスの場合は父と子の名がともに「剛力」を表す同意語の例となっている。アーサーの宮廷にいながらにしてブリテン島の北の端まで見渡せるというドレムは、名前自体が「視力」の意味で、父の名ドレミディーズは同じ語から派生した「視る人」となり、父と子で、音と意味が重複するパターンである。

(3) 三題歌風趣向

そのほか、よく使われているのが、三人一組の人名の組み合わせである。ヘーンワスにヘーンウィネブにヘーンゲダムザイスは、「古い、年老いた」などを意味するヘーンが頭につく名前のトリオで、直訳すると、順に「古い郎党」、「古顔」、「古い仲間」となる。これは、中世ウェールズの口承伝承における三題歌のフォルミュラを踏襲したものだろう。同様の例として、アリーン・ダヴェッドの御曹司、サイディの御曹司、グーリオンの御曹司のグループがある。アリーン・ダヴェッドの息子の名は、他のソースからは固有名詞が知られている[46]し、サイディの息子とグーリオンの息子については、当該リスト自体に後に息子の名が登場することから、この部分はリストの他の部分との整合性より、御曹司こと三人のマブを三題歌風に並べるのが、そもそもの目的なのだろう。同様に、エスニの息子グウィンにヌウィヴレの息子グウィンにニーズの息子グウィンの場合も、三人のうち個別の伝承が存在するのは、アヌーヴンの王とされる最後のグウィンだけなので、三人グウィンを並べるだけの趣向である。

次は、リストのなかでも、三題歌の形がもっともよく確認できる例である。音の効果もわかるように、原文（表記は現代ウェールズ語とした）と発音をカタカナ表記で示した。ブルフ、カヴルフ、セヴルフという「ウルフ」の脚韻を踏む三人の名前を筆頭に、「クレジーヴ・カヴルフの三人息子、クレジーヴ・ディヴルフの孫息子」と、同じ音を含む添え名をもつ父と祖父が続く。父と祖父の名である「クレジーヴ」は「剣」のことで、カヴルフは「完璧な、見事な」、「ディヴルフ」は「ブルフ（穴・傷・へこみ）のない」ことから、父と祖父の名は同じ意味となる。続いては「ブルフ」三人組にまつわるものを三題歌として並べた趣向である。四〜六行目はそれぞれ盾、槍、剣の描写で、使われている修辞は頭韻を踏むとともに類語を二つ連ねた形。グラースにグレシグ

46　『フロナブウィの夢』と『エルビンの息子ゲライント』ではアリーン・ダヴェッドの息子はダヴィール、『墓のエングラニオン』ではフリンとある。

にグレイサドという犬の名は頭の音、カスにキアスにカヴァスという馬の名は最後の音が重なっている。

Bwlch a Chyfwlch a Sefwlch　ブルフ　ア　ハヴルフ　ア　セヴルフ
meibion Cleddyf Cyfwlch　メイビオン　クレジーヴ　カヴルフ
wyron Cleddyf Difwlch　ウイロン　クレジーヴ　ディヴルフ
Tair gorwen gwen eu tair yscwyd　タイール　ゴルウェン　グウェン　アイ　タイール　アスクウィド
tri gowan gwan eu tri gwayw　トリー　ゴーワン　グワーン　アイ　トリー　グワイユー
tri benyn benau eu tri chleddyf　トリー　ベニン　ベナイ　アイ　トリー　フレジヴ
Glas, Glesig, Gleisad eu tri chi　グラース　グレシグ　グレイサド　アイ　トリー　ヒー
Call, Cuall, Cafall eu tri meirch　カス　キアス　カヴァス　アイ　トリー　メイルフ
Hwyr Ddyddwg a Drwg Ddyddwg a Llwyr Ddyddwg eu tair gwragedd　ホウィル・ザズーグ　アドルーグ・ザズーグ　ア　スルウィル・ザズーグ　アイ　タイール　グラゲッズ
Och a Garym a Diasbad eu tair wyryon　オッホ　ア　ガリム　ア　ディアスバド　アイ　タイール　ウィリオン
Lluched a Neued ac Eisiwed eu tair merched　スリヘド　ア　ネイエド　ア　エイシウェド　アイ　タイール　メルヘド
Drwg a Gwaeth a Gwaethaf Oll eu tair morwyn　ドルーグ　ア　グワエス　ア　グワエサーヴ・オスアイ　タイール　モルウィン

九行目は三人妻の登場である。「特質をもつ者」を意味すると思われるダズーグ（ザズーグは頭の音が変化

したもの）という共通の添え名をもち、直訳すると順に愚図、邪、絶対的なという意味になり、個性的な顔ぶれがユーモラスだ。次は三人の孫で、こちらも直訳するとため息、わめき声、地獄の叫び、続く三人娘は稲妻、欲望、欠損となる。最後に出てくる三人の侍女の名は、悪い（ドルーグ）の比較級、最上級、英語にすれば'bad, worse, worst of all'という取り合わせである。

興味深いのは、ブルフ、カヴルフ、サヴルフの三題歌が、ほぼ同じ形で巨人の難題にも出てくることだ。彼らは後の物語には登場しないことから、カタログ的趣向のためだけに言及された人物である。彼らのほかにも、エリの息子グライド、コルス、カンアスティル、キリーズ・カンアスティル、ガルセリード・ウィゼル、野人カネディル、ニーズの息子グウィン、フランス王グウィレニン、アリーン・ダヴェッドの息子、アエル（またはネル）の息子エイドエルら、宮廷リストに言及されていながら、難題にも出てくる名前がある。アーサーの宮廷人の名が猪狩に必要な人員として難題のなかに混在するのは、ストーリー上は明らかな矛盾である。これが何を示唆しているのかというと、宮廷リストと難題リストは、そもそも本編とは関係なく、独立して存在していたと想定されることだ。語り部の口承レパートリーの一つであったものが、ある段階で、巨人の娘の物語に挿入されたが、そこにあった重複については編集されることなく現在まで残ったのだろう。

オーサーシップ

解説のなかでは、本作の「著者」（オーサー）について「作者」、「語り手」、「編纂者」など、いろいろな用語を用いてきた。原稿用紙を前にし、自分の想像力を駆使して物語を「創作」していくといった、現代人が考えるような著者像が中世の物語には当てはまらないことは、これまで見てきたところから明らかだろう。フォスターにならって、征服王ウィリアムのウェールズ来訪を知り、その名を一一〇〇年前後に物語に取り込んだ人物を「作者」としたとしても、その後に改変を加えた者（たち）の存在を否定することはできない。印刷書籍の時代とは異なり、物語は書き留められてもそのままの形に固定されるわけではなく、物語の一部は口承の世界で語られ続け、それが書かれたテクストに反映され、さらにそれをもとに語り部が手を加えるといったように、現存する写本に行き着くまでの間に口承と書承の往来はやむことを知らない。

とはいえ、物語の大筋を形作った者については、ある程度、その姿を想定することが可能である。言及されている地理的範囲から南ウェールズを活動拠点とする者、特に猪狩のルートの詳細さから見て、セント・デイヴィッズからブリストル海峡周辺の地理に詳しい人物であることは明らかだ。聖人伝や聖人の系図の知識があるとともに語り部の話芸やレパートリーにも通じていたが、後述するように、新しいタイプの宮廷社会のエンターテイナー／文化人だった。

この作者は、物語の最初から結末までを一貫した読み物として書いたわけではないし、そもそも作品として完成させる意図もなかった。そう考えられるのは、物語の中に複数の語りの種が見出せるからだ。すでに言及したように、宮廷リストや難題リストは、それ自体が独立した語りの態をなしている。一方、難題解決の部分では「どれが一番良いだろう、難題のうち最初にとりかかるのは」というアーサーの問いかけに「一番良いのは○○を探し出すこと」と戦士たちが答えるパターンから始まるケースが三回あり、このようなフォルミュラを使って聴衆の好みに合った冒険を選んで語っていた痕跡がうかがえる。

「聴衆」という言葉をあえて使うのは、「物語を書くこと」イコール「読者の誕生」とは必ずしも言えないからである。特に、本作については、読まれるより、声に出して読み上げられるテクストと考えた方がわかりやすい。物語は、もしかしたら、キステニンの息子ゴーライを主人公にして語られることもあったかもしれない。ゴーライは、キルフーフと同様、不思議な出生と命名譚という英雄物語に必須の条件を満たしている。巨人がキステニンの妻が生んだ男児たちを殺したのは、彼らの誰かに殺されるという預言があったからだろうか。アスバザデンとキステニンの兄弟関係は『赤本』に一か所言及があるだけなので、二人の巨人を同一人物とすれば、オイディプス物語のように、自分の息子に殺されるという伝承モチーフに沿った語りとして再現することも可能だ。つまり本作は、語るための「台本」として、さまざまなヴァリエーションを書き留めたものとは考えられまいか。

けれども、わたしたちは、本作が既存の伝承を単に連ねたものでないことも同時に意識すべきだろう。語りの芸能は何世紀も前から存在したが、昔の語り部は「台本」を書き残していない。記憶のなかから紡ぎだされる語りと、いったん書き留めるという段階を経て再構成された語りは同じものではない。中世ウェールズにおいて、ラテン語とともにウェールズ語が書き言葉として用いられるのは、残っている写本の状況から考えて本作と同時代である。「書く」という新しいテクネーがわたしたちの作者にもたらしたもの、それは、英雄の武勲を讃える宮廷詩のスタイルや語彙をまねび、大時代の佇まいを残しつつ、笑いとユーモアをもって物語に再活用する、新しい散文レジスターの構築だったのである。

マビノギの四つの枝

1．物語の梗概

ダヴェッドの領主プウィスは、異界アヌーヴンの王アラウンに非礼を働いた償いに、アラウンの代理として彼の宿敵ハヴガンと決闘する羽目になる。ハヴガンを倒しアヌーヴンを統一したことから、プウィスにはペン・アヌーヴン（アヌーヴンの頭目）の呼び名がついた。その後プウィスは異界の乙女フリアノンと出会い、婚約者グワウルの手から乙女を奪って結婚する。生まれた夜にさらわれた息子もグウェントの領主テイルノンの働きで生還し、プラデリと名付けられるとプウィスの跡を継ぐ（「マビノギの第一の枝」）。

その当時、勇者の島（ブリテン島）を統べていたのはスリールの息子ベンディゲイドヴラーンである。スリールの娘ブランウェンがアイルランド王マソルッフと結婚することで両国は同盟を結ぶが、ベンディゲイドヴラーンの異父兄弟エヴニシエンがマソルッフの馬を傷つけた代償として、ブランウェンはアイルランドで虐待を受ける。ブランウェンを救出にきた勇者の島の軍に対し、アイルランド側はブランウェンの息子グウェルンをアイルランド王にする条件で和睦を申し出、さらに巨人ベンディゲイドヴラーンのために壮大な館を建てる。これが自分たちを焼き討ちしようとする罠だと見抜いたエヴニシエンはグウェルンを火に投げ込み、アイルランド軍がもつ、死者を蘇らせる魔法の大鍋に自ら飛び込んで破壊する。こうして勇者の島は勝利したものの、ベンディゲイドヴラーンは毒槍で致命傷を負う。生き残った七人の戦士は、王命を受け、ロンドンの白い丘に、王の生首をフランスに向けて埋め、外敵の侵入に対する護符とする（「マビノギの第二の枝」）。

スリールの息子マナワダンは、兄ベンディゲイドヴラーンをなくしたうえに、アイルランド遠征中に王位も領土も従兄弟カスワッスロンに奪われた。遠征からともに生還したプラデリの計らいでマナワダンはプラデリの母フリアノンと再婚、ダヴェッドで暮らし始めるが、ある日、霧とともにダヴェッドの地から人家が消え失せ、プラデリとフリアノンも失踪する。すべては、フリアノンの婚約者グワウルをプラデリの父プウィスが辱めた遺恨を晴らすために仕組まれたことだった。マナワダンの働きによってフリアノンとプラデリは解放され、ダヴェッドにかけられた魔法も解消される（「マビノギの第三の枝」）。

グウィネッズ王マースは、平時は処女の膝に両足をのせていないと生きられない不思議な定めの持ち主。王の甥ギルヴァスウィがその処女に恋したため、ギルヴァスウィの兄グウィディオンはプラデリがもつアヌーヴンの豚をだましとり、グウィネッズとの間に戦争を引き起こすとマースの出陣中に兄弟で乙女を犯し、プラデリも殺害する。グウィディオンが姉妹アランフロッドを膝抱き役に推薦したところ、マースの魔法の杖をまたいだ彼女は赤子を産み落とす。辱めを受けたアランフロッドは息子に三つの呪いをかけるが、グウィディオンの策略で解決する。スレイ・スラウ・ガフェスと名付けられた息子は、人間の妻を得ることができないという呪いのため、野の花から作られた乙女と結婚する。グウィディオンは夫の殺害を企てた花の乙女を罰としてフクロウに変え、スレイの命も救う。その後スレイはマースの跡を継いでグウィネッズの王となった（「マビノギの第四の枝」）。

2. 物語の成立時期と作者

成立年代

写本については『フラゼルフの白本』と『ヘルゲストの赤本』のほか、「第二の枝」と「第三の枝」の断片が一三世紀後半のペニアルス6写本に残る（Huws 2000:245）。これら現存する写本は共通の原本より別個に筆写されたというのが、今日の研究者のほぼ一致する見解（Huws 2000: 255, nn.55, 56; Hughes 2007: x）だが、今は失われた原本が、どこまで本来の「著者」によるオリジナルに忠実だったのかは不明である。

書かれた年代には諸説あるが、『白本』に準拠したテクストを一九三〇年に初めて編纂した中世ウェールズ文学研究の泰斗サー・イヴォール・ウィリアムズの説が現在でも影響力をもつ。四編すべてに登場するプラデリを全体の主人公と考えるウィリアムズは、一一世紀の古い綴りの痕跡が残っていることを踏まえ、[47]ダヴェッド出身の作者がグウェント、ダヴェッド、グウィネッズ各地の伝承を収集し、郷土の英雄の物語にまとめることができたのは、グリフィズ・アプ・スラウェリンの覇権のもとウェールズのほぼ全域が統一された一〇五五〜一〇六三年にかけての時期であり、一〇六〇年ごろの成立を主張したのである（PKM xxii, xl-xli）。

ウィリアムズ説に最初に異を唱えたのは二〇世紀ウェールズを代表する劇作家・批評家ソインデルス・ルイスである。ルイスは一九六〇年代後半に次々と論考を発表し、ウィリアムズがパリ・ファッションをまとってお里帰りしたと評した、アーサー王ロマンスの一つ『エルビンの息子ゲライントの物語』の描写との類似を指摘したのを皮切りに（Lewis 1966-7）、『マビノギの四つの枝』にノルマンの封建制度の影響を指摘、ストラータ・フロリダ修道院（一一六五年創設）の修道士によって一一七〇〜一一九〇年に書かれたと推論した（Lewis 1969b:33）。

ルイスの主な論点は次のとおりである。

47　PKM xiii-xx. 一九五七年に「マビノギの第一の枝」の校訂本を出版したトムソンも、ウィリアムズの説を踏襲し、その趣旨を英語で要約しているので参照されたい（*Pwyll* xii-xiii）。

①『ゲライント』と共通する、フランス語からの借用語が用いられている。
②プウィスとハヴガンの決闘は騎士のトーナメントであり、作者は『ゲライント』の決闘場面より描写を借用している。
③ブリテン島の王座をロンドンとするのは『ブリタニア列王史』（一一三八年ごろ）の影響。
④マソルッフの船隊がアイルランドの南からやって来るのをブリテン側が目撃するシーンは、王位を奪われたレンスター王ディアルミド・マク・ムルハーダが、一一六六年八月にアイルランド南部のウェックスフォードから船出し、ヘンリ二世に援助を請うため来島した史実に基づく。
⑤ベンディゲイドヴラーンのアイルランド遠征は、ヘンリ二世のアイルランド遠征（一一七一年）を下敷きにしている。
⑥プラデリがブリテン王カスワッスロンに忠誠を誓うエピソードは、ヘンリ二世が一一七七年にオックスフォードにウェールズ諸公を集め臣従の礼を受けた史実を踏まえる。

それに対し、チャールズ＝エドワーズは中世ケルト法研究の立場から以下のような反論を行った（Charles-Edwards 1970）。

①ウィリアムズによればノルマン＝フレンチからの借用語は三つのみで[48]、これらは後世に書き換えられたか、国境地帯のノルマン人の用語が商人によって伝えられた。いずれにしろ一三世紀の『フロナブウィの夢』などと比べ借用語数は圧倒的に少ない。
②プウィスとハヴガンの決闘は古アイルランド法にも明記されている、一騎討ちによる裁定であり、これはプウィスの場合同様、通常、浅瀬で行われた。

48 「錦織の絹衣（pali）」、「コルドバ革の脚絆（cordwal）」、「荷馬（swmer）」。ただしサリッジは、このほかに「王冠（coron）」その派生語 'coronawg' など四語を借用語として挙げている（Surridge 1984）。

③ブリテン島を統一王国とする伝承は『列王史』以前、たとえば『ブリテン人の歴史』にもあり、ロンドンを首都とするのは、ローマン＝ブリテン時代のロンドンの位置付けがウェールズで記憶されていたと考えられる。

④「アイルランド南部」とは、アイルランドを北と南の半分に分ける古伝承に基づくもので、マソルッフの船出の地をウェックスフォードに特定する根拠はない。一方、一一一六年にはアイルランド西部のコナハト王がアイルランドの覇権を掌握するため、アイルランド王が南から出航するという設定が可能なのは一一二〇年ころまでである。

⑤ルイスがマソルッフのもう一人のモデルと考えるコナハト王でアイルランドのハイキング（大王）だったルアドリ・ウア・コンホヴァルは、ヘンリ二世が自ら軍を率いてアイルランドの宗主権を主張した一一七一年にはダブリンにおらず、ヘンリに謁見して臣従の礼をとったという歴史的根拠がない。[49]また、マソルッフがベンディゲイドヴラーンのために館を建てるというエピソードは、主君と認める王の館に自ら赴くことで服従の姿勢を示すという一一世紀中ごろに生まれたアイルランドの慣習に基づくもののため、『マビノギの四つの枝』の想定上のもっとも早い年代（terminus post quem）は一〇五〇年と定めることが可能である。

⑥テクストで使われている「グーロガエス（gwrogaeth）」という語は「誰それのグール（gŵr）」になる、すなわち家来として仕えるといった意味であり、封建制における「臣従の礼（homage）」を誓って「臣下（vassal）」となることを意味しない。

こうした考察を下敷きに、チャールズ＝エドワーズは、『マビノギの四つの枝』は、一〇五〇年から

49　ちなみにルアドリがヘンリの宗主権を正式に認めたのは一一七五年のウィンザーでの会見である。

一一二〇年の間に、一人の作者によって書かれたと結論する。

一方、中世ウェールズ文学におけるアイルランドの影響を研究しているシムズ＝ウィリアムズは、アイルランドが舞台だからといって当時のアイルランド情勢を反映していると考える根拠はないとし、むしろ魔法の大鍋を奪取する異界遠征の伝承がアイルランド遠征に形を変えたという定説を支持する（Sims-Williams 1991）。シムズ＝ウィリアムズは二〇一一年の著作でも見解を変えておらず、成立年代の問題はいまだに決着を見ていない。[50]

作者について

『マビノギの四つの枝』（以下『マビノギ』）は、今日では中世ウェールズ文学を代表する古典とされる。四作には相互につじつまの合わぬ箇所があるが、それを補って余りあるとして賞賛されるのが、話し言葉の特徴を取り入れた、歯切れのよいリズミカルな文体、そして伝統的語りにありがちな大仰な物言いや誇張を抑えた明快な語り口だ（Mac Cana 1992: 44f）。また、友情や和を尊び、争いを避けるという一貫したモラルが全編を貫き、既存の伝承を寄せ集めただけではない、高い文学性をもった作品と評価される。このような名作を生みだした

50　成立時期は翻訳に際しても重要な要素となる。ここではチャールズ＝エドワーズ説に則って、ノルマン社会の影響が浸透していない時代という前提で訳出した。そのため、ウェールズ語のアーサー王ロマンスではフランス語の「騎士（chevalier）」に対応する「マルホウグ（marhawg）」は単に「騎馬の男」とし、騎士見習いの「従士（escuyer, 英語の esquire）」に当たる「マックウィヴ（macwyf）」は「小姓」と訳出した。ただし「第一の枝」で、アラウンの宮廷を訪れたプウィスを二人のマルホウグが大広間で着替えさせるというシーンでは、文脈上、騎馬の男では妙なので「騎士」としてある。チャールズ＝エドワーズ説が正しいとすれば、この箇所は後世の写字生がオリジナルをより当世風の語に置き換えたということになろうか。

「作者」像については、前述したウィリアムズのダヴェッドの男説が有力である。[51] 作者の名前や経歴が不明なのは、「マビノギオン」の他の物語と同様だ。

それに対し、「マビノギの第二の枝」におけるアイルランドからの借用について分析したプロンシャス・マッカーナは、アイルランド文学や地理にくわしくダヴェッドに縁があるという条件を満たす者として、セント・デイヴィッズの司教シリエン（一〇九一年没）とその息子フリガヴァルフ（一〇九九年没）を挙げる（Mac Cana 1958: 183-186）。シリエンはアイルランドで一三年間修養ののち、中部ウェールズのスランバダルン・ヴァウルに学校を建て、スランバダルンのクラースを学芸の中心として栄えさせただけでなく、セント・デイヴィッズ司教を二度、合わせて一二年間務め「ウェールズ一の学者」と年代記で謳われた人物だ。父の薫陶を受けた四人の息子のうちでも特に長男のフリガヴァルフは文才にすぐれ、代表作であるラテン語の『聖デイヴィッド伝』は、マッカーナによれば、アイルランドの聖人伝の影響を強く受けているという。ダブリンのトリニティ・コレッジには、フリガヴァルフの名を冠する装飾写本『リゲマルフ祈禱書』が所蔵されており、一〇七九年ごろ、スランバダルンのスクリプトリウムでシリエンの息子たちにより制作されたと考えられ（Huws 2000:113）、アイルランドとのつながりが確認できる。[52] マッカーナは「第二の枝」だけでなく四編すべてがシリエンまたはフリガヴァルフの手で書かれた可能性を示唆するが（Mac Cana 1958: 183-186）、現存する史料からは肯定も否定もできないのが実情である。

51　以下にあげる説のほかに作者を女性とするブリーズの見解もあるが（Breeze 2009）、他の研究者の支持は得られていない。

52　フリガヴァルフによるウェールズ語の作品は現存しないが、ケンブリッジのコーパス・クリスティ・コレッジ所蔵の写本には、古ウェールズ語によるエングリン一二行が余白に残されており、作者はフリガヴァルフの弟イエヴァンだとされる。スランバダルン教会の創設者である聖パダルンを讃えた宗教詩の断片のようだ（Williams 1972: 181-187）。

いずれにしても、テクストからは現実を冷徹に観察する作者像が浮かび上がる。『マビノギ』における男女の性交渉のシーンを、いかにもヴィクトリア朝人らしくシャーロット・ゲストが省略したのはよく知られているが、結婚すれば初夜に夫婦が「床をともに」するのはもちろん、結婚の場以外でも男女が欲し合い不倫も犯すことを作者ははっきり描いている。「マビノギオン」の他の作品において男女の関係の描写が初夜の場に限られているのとは対照的だ。加えて、心理描写が緻密であり、それも登場人物間の会話からくっきりと浮かび上がってくる点が特筆される。

また、「マビノギの第三の枝」の事実上の主人公であるマナワダンの造形を見る限り、戦士の英雄的所業を讃える宮廷詩や、緻密な性格描写よりアクションを重視する口承とは異なる観点から物語が組み立てられていることは確かだ。武力より思慮分別、即断より忍耐を重視するマナワダンは、周囲から優柔不断、意気地がないとそしられても信念を貫き、プラデリの友情に報いる。マッカーナは、中庸と良識の人マナワダンこそ作者の理想の体現者だとする（Mac Cana 1992:58）。そこから浮かび上がる作者像は、聖職者か少なくとも修道院教育を受け伝承にも通じた者ということになる。すなわち、シリエンがスランバダルンに作った、世俗の者の教育も行う教団組織「クラース」出身者、「第三の枝」に登場する旅をしながら詩作も行う学僧、宮廷付きの司祭・法律家といったところだ。

それに加えて、そもそも、中世ウェールズ人のアイデンティティを構築する「知」や「伝統」とは、過去の英雄戦士の功績、地名や一族由来譚から、現代で言えば歴史・文学・法律・宗教・哲学に至るまで幅広く、「カヴァルウィジド」[53]と呼ばれる、そうした知の総体を語り伝える者が「カヴァルウィズ」だった（Mac Cana 1980: 136-141; Roberts 1992: 2-3）。中世では、カヴァルウィズは語り部の意味で限定的に使われるようになっ

53　'cyfarwyddyd' の語幹、ブラソニック語 '* ueid-' は、ウェールズ語の 'gweld' に残るように「見る／知る」を意味し、ゲール語で「見る人＝詩人／賢者」の意である「フィリ」とも共通する。

たが、それは逆に、カヴァルウィジドを担う者がバルズ、聖職者、法律家など、時代とともに専門職化していったことを物語る。それでも、法律や詩の文法、物語のモチーフなどが三題歌の形で伝わっているように、彼ら知識層は共通の世界に属していたと想定される。

それを裏付ける例として、マッカーナも引用しているグウィディオンのエピソードを紹介する。「第四の枝」で、バルズに変装したグウィネッズの戦士一行がプラデリの宮廷を訪れた際、プラデリに「カヴァルウィジド」をと所望されると、「貴人の館で最初にカヴァルウィジドを披露するのはペンケルズの役割」とグウィディオンが答え、当代随一のカヴァルウィズであるグウィディオンが自ら物語を語ったとある。これは、詩人と語り部の職能が元来、重なっていたこと、さらには、カヴァルウィジドと呼ばれる知の伝承を司るのがペンケルズと称される、バルズのギルドの長であった可能性を示唆している。ペンケルズは、文字通りには「ケルズ（技芸）の頭・長」の意で、アイルランドのフィリの最高位であるオラヴに相当する存在だったと考えられる（Mac Cana 1980: 16-17）。

ところで、イヴォール・ウィリアムズをはじめ従来の研究では、既存のさまざまな口頭伝承をまとめ、現在、わたしたちが手にしている四話の「文学」を創作した個人を「作者」と想定してきた。この「作者像」についての見直しが近年、行われている。

まずは視点を変えて、『マビノギ』がプラデリについての物語であるという前提を抜きに各話を見てみよう。プラデリ生誕のいきさつを語る第一話はともかくとして、第二話では、プラデリはアイルランド遠征の生存者の一人として名前が一度言及されるのみである。第三話はマナワダンの慎重な性格を引き立てる脇役に徹し、第四話に至っては前半でグウィディオンに殺されてしまう。また、物語の舞台は、第一話と第三話以外は北ウェールズが中心で、全体的に見ても北ウェールズの方が登場する地名が多く地理も詳細に描かれており、対して南のダヴェッドは宮廷のあるアルベルス周辺に限定されている。ウェールズ各地の伝承をダヴェッドで集

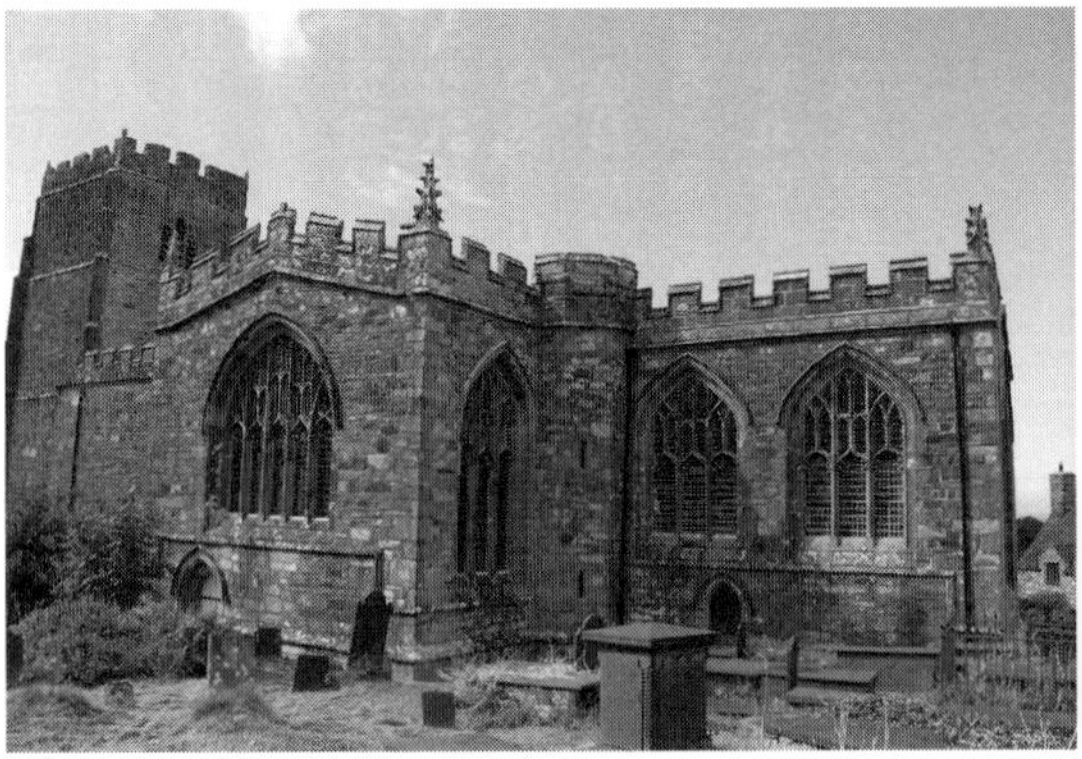
（図5）クラノッグの聖ベイノー教会（訳者撮影）

約したというウィリアムズ説とは逆に、南の伝承が北にもたらされたと考える方が筋が通るのである。第三話の冒頭だけが「人物＋肩書＋領地」のフォルミュラに従っていないのも、ダヴェッドの物語（第一話）とグウィネッズの物語（第二話・第四話）をつなぐために後から挿入されたとすれば納得がいく。それでは、このような「編集」の作業が行われたのは実際にどこなのだろうか。

ウェールズ出身のケルト学者ブリンリー・ロバーツは、一二世紀から一三世紀にかけて、グリフィズ・アプ・カナンの伝記、『列王史』のウェールズ語訳、ペニアルス16写本版『ローマ皇帝マクセン公の夢』、ペニアルス7写本版『ペレディル』や宮廷詩、ラテン語の宗教作品の翻訳、さらにはウェールズ法の編纂書がグウィネッズから生み出されたことを指摘し、背景として中世において権勢を誇ったグウィネッズ王家の存在を挙げ、『マビノギ』もグウィネッズの文化的土壌で誕生した可能性を示唆している（Roberts 2001）。

シムズ＝ウィリアムズは、『マビノギ』がまとめられた地として、ロバーツが候補に挙げているクラノッグについて、さらに突っ込んだ考察を行っている（Sims-Williams 2001）。

クラノッグ（現クラノッグ・ヴァウル　図5）は、グウィネッズの北西、スリーン半島の海岸沿いにあり、聖ベイノーが六三〇年ごろ創設したクラースを母体に、グウィネッズ王家の保護のもと、中世では多くの所領や地域教会を有する、信仰および学芸の中枢として君臨していた。シムズ＝ウィリアムズは、クラノッグ教会が所管する広範な地域ネットワーク圏内に、北ウェールズを舞台とした第二と第四の枝の地理が収まってしま

う と指摘する。そのなかには、グウィネッズだけでなく、「第二の枝」に登場するポウィスと周辺のウェールズ北東部も含まれるが、ポウィスにはベイノーの生地があるほか、ゆかりの地も多い。

たとえば、ベンディゲイドヴラーンが出征にあたって島の守りを託した七人の戦士が駐屯したことに由来する「七騎の庄（サイス・マルホウグ）」（デンビシャーのブリン・サイス・マルホウグ）の三キロメートルほど南には、グウィゼルウェルン（Gwyddelwern）という地名が残っている。[54]ベイノーは聖グウェンフレウィをはじめ、七人の死者を蘇らせた奇跡で知られる聖人であり、『聖ベイノー伝』[55]によれば、聖人がアイルランド人（ウェールズ語でグウィゼル）を蘇生させたところから、この地名が生まれたとある。「ウェルン」はブランウェンとアイルランド王マソルッフの息子グウェルンの名の語頭が落ちた形であり、「第二の枝」で扱われる「アイルランド人グウェルン」の伝説との関連をシムズ＝ウィリアムズは示唆する。グウィゼルウェルンの南にはカンウィッドという場所がある。[56]『アネイリンの書』に収録された「チドヴルフの歌」にはカンウィッドにおけるブラーンの戦いへの言及があり、このブラーンをスリールの息子ベンディゲイドヴラーンと同定する研究者はマッカーナを含め複数いる（Mac Cana 1958: 137; EWSP239）。さらに、今度は北上してフリントシャーに入ると、カエルヴァスッフ（Caerfallwch）、すなわち「マスッフの砦」という地名も存在する。『白本』版よ

54　英語名ウィニフレッド。土地の貴族の求婚を拒んだために首をはねられたが、聖ベイノーの力によって蘇ったとされる。北ウェールズ、フリントシャーのホーリーウェルにあるウィニフレッドの泉は聖女の首が落ちた所から湧き出た霊泉で、治癒力があることから巡礼の場となっている。

55　現存する『ベイノー伝』は一三四六年の作であるが、これは、失われたラテン語のオリジナルのウェールズ語による翻案だとされる（VSB344）。シムズ＝ウィリアムズは、ラテン語版は少なくとも一二世紀には存在していたとする（Sims-Williams 2001: 123f）。

56　詩句は途中脱落している。イヴォール・ウィリアムズによる修復に従うと「〔音に聞こえし〕ブラーンの戦い、カンウィッドにて（ymwan bran / [clot lydan] yg kywyt）」（CA1.1291）と読める。

り百年古いペニアルス6写本ではマソルッフは'Mallolwch'と綴られており、その形に似ていることからもベンディゲイドヴラーンの物語とベイノー伝承の地の結びつきが想定されるのである。[57] シムズ＝ウィリアムズは、誰がどこで『マビノギ』四編を最終的にまとめたのかという問題はさておいて、第二と第四の枝の物語はクラノッグで編纂された可能性が高いと考える。

クラノッグとの関連は、『マビノギ』の成立に法関係者が携わったという考察にも結び付く。『マビノギ』に法律用語が多く登場することは、T・P・エリスを始め研究者の指摘するところだ。「中世ウェールズ法」は「ハウェル・ザーの法」とも呼ばれるように、一〇世紀のデヘイバルス王ハウェルの治世から編纂が始まったと考えられるが、現存する写本はラテン語版・ウェールズ語版ともに一三世紀のもので、この成文化の作業にグウィネッズ、特にクラノッグのある、アルヴォンの法律家が関わったことが知られている。

当時のグウィネッズは、スラウェリン・アプ・ヨルウェルスのもと政治的にも文化的にも黄金期を迎えていた。大王と称されるスラウェリンは一二一六年にアベルダヴィにウェールズ諸公を集め臣従の礼を誓わせ、以後、一二四〇年に没するまで、事実上のウェールズ王として君臨した。ウェールズ統一の基盤となる統一法制の策定を目指したスラウェリンの意図を受けてウェールズ法再編が行われ、「ヴェネドティアン型」と総称される写本の元本とされる『ヨルウェルス本』が書かれることになる。[58]

こうした社会的背景を踏まえ、『マビノギ』を具体的な社会的文脈のもとにウェールズ法の適用事例を示したもの、いわば法学生のための教本ないし用例集と考えるハリスは、『ヨルウェルス本』を編纂したと伝えら

57 グウィネッズ王家に仕えたプラディーズ・ア・モッホら宮廷詩人がポウィス北東部を「ブラーンの地（Bro Bran）」と呼んでいたことも、ブラーン伝承の起源がポウィスにあることを示唆する（Mac Cana 1958:137）。

58 「ヴェネドティアン」はグウィネッズのラテン語名ウェネドティアに由来する。『ヨルウェルス本』自体は現存しないが、『チャークの黒本』（一二五〇年ごろ）ほか一三世紀後半の写本が六点残っている（永井 1987）。

れるヨルウェルス・アプ・マドウグ、あるいは彼の一族の法学者かバルズが作者である可能性を示唆する[59]（Harris 2003）。

「ヴェネドティアン型」に属するウェールズ法テクストの特徴として、法令とは関係のない物語を含むことが挙げられる。その理由をモルヴィズ・オーウェンは、一三世紀のグウィネッズにおいて、ウェールズ法の編纂者たちは、ノルマン朝イングランドの圧力に対しウェールズの威光を宣伝する役割も担っていたとする（Owen 2000a:225）。ウェールズ法の原典を作ったとされるハウェル・ザーがローマを訪れ、教皇から法令のお墨付きを得たとする序文から始まり、「ロンドンの王冠がサクソン人に奪取される以前」ブリテン島を統べていたダヴンワル・モエルミッドがブリテン最古の法を策定、それに代わる新法を作ったのがハウェルであるとする記述、言い換えれば、ウェールズ法はブリテン統一時代にまで遡る起源をもつといった伝統の創出だけではない。ロンドンの王冠と王笏がサクソン人に奪われた後、ウェールズの諸公がアベルダヴィに集まり、誰を宗主とするか決めることになった。羽でできた白い椅子にすわっていたマエルグン・グウィネッズだけが満ちてきた潮に流されることがなかったため、ライバルたちを退け大王となったという逸話。マエルグンの跡を継いだフリンがアルヴォンを焼き討ちした北方勢の討伐に出向いた際、アルヴォンの戦士たちが先陣を任されたが、戦争があまりに長期に渡ったため、妻女たちが下僕と関係をもってしまい、その代償としてフリンがアルヴォンの戦士たちに一四の特権を与えたという話。後者の物語には、ヨルウェルス・アプ・マドウグが「カヴァルウィジドの権威」として登場、また、アルヴォンの男たちの権利は、「バンゴールのクラースとベイノーの人々」

59　系図によれば、ヨルウェルス・アプ・マドウグの一族はグウィネッズの一五の氏族の一つ、キルミン・ドロエドジー（「黒い足」のキルミン）の家系で「アルヴォンの男たち」と呼ばれる。ヨルウェルス家はモーンとアルヴォンに所領をもち、兄弟のエイニオンはスラウェリン大王の長男グリフィズに頌詩を贈った宮廷詩人である。さらに、グリフィズの息子である最後のウェールズ大公が一二八二年に非業の最期を遂げた際、挽歌を作ったグリフィズ・アブ・アル・アナッド・コッホは、同じくキルミンを先祖とし、ヨルウェルス兄弟とは曽祖父が兄弟の関係にあたる（Jenkins 1953）。

によって伝承されていくだろうと結ばれる。『マビノギ』の作者をヨルウェルス・アプ・マドウグやその一族と断定することはできないまでも、「カヴァルウィジドの権威」とされる、これら知識階層が関与したと考えることは不可能ではない。

次に、「複数作者説」あるいは「複数起源説」というべき学説について紹介したい。

現存のテクストにおける口承的要素を分析しているショネッド・デイヴィスは、各話が平均一〇〜一一段からなるユニット二〜三より構成されている点を踏まえ、もともと独立して語られていたエピソードを時間的順序でつなぎ合わせた可能性が高いとする（Davies 1993: 23f）。さらに、各話平均で四〇％という会話文の多さも、口頭伝承の名残と考える（ibid.49）。このように、語り全体は口承のスタイルや常套的フォルミュラに典拠する一方、物語間で表現や文体に多くの差異が存在するとデイヴィスは指摘する（Davies 1988）。

デイヴィスが特に注目するのは会話文である。「第一の枝」は単に会話の比率が五〇％ともっとも高いだけでなく、主要登場人物間の直接話法を用いた対話によって物語が進行するため、会話が五〇行から一〇〇行に及ぶケースが四例見られる。「第三の枝」でも対話は四八％を占めるとともに、物語の展開に重要な役割をもつ。反対に「第二の枝」では、独白と並んで、主要登場人物が複数の人間と問答する形式が多く、「第四の枝」でも独白が多く、会話文の長さは二〇行程度と短い傾向が見られる（Davies 1988: 453-454; 1993:49）。そこから導き出されるのは、複数の作者の手になる物語を集めたという可能性である。

四つの枝が内容的に関連しているのは明らかで、各話の最後にある共通のコロフォン〔後出429ページ参照〕によって統一されていることも確かだ。だからといって、われわれの考察対象が、一人の作者による作品であるとは必ずしも限らない。文体的特徴は表面的には類似しているが、よく見れば細かい違いがある。さらに言えば、語りに使われている技法の多くは、「マビノギオン」のすべての話に共通するものだ。

すなわち、『マビノギの四つの枝』は、語りに関して共通した知識をもち、同じ手法を尊重しながらも異なる使い方をしている、複数の人間が作った物語のコレクションではないだろうか？〔強調は著者〕（Davies 1993: 50）

デイヴィスの問いかけに対し、『マビノギ』各編の新しい校訂を手掛けているイアン・ヒューズは、近年の研究成果をもとに肯定形で答える。[60] デイヴィスによる会話文の分析に加えてヒューズが「複数作者説」の根拠として挙げるのは、次のような形態論的な差異だ。

①動詞の三人称単数過去の形から「マビノギオン」各話の成立年代を特定する研究において、サイモン・ロドウェイは『マビノギ』では語尾が'-ws/-wys'の形が多いことを明らかにしている。一三世紀後半からは'-awdd'が主流になることから（Rodway 2007: 68）、ロドウェイは『マビノギ』の成立はそれ以前であるとする（ibid. 65）。ヒューズは、ロドウェイのデータに基づき四話間で三人称単数過去の形に差があることに注目する（表3）。

60　以下の情報は、出版予定の「第二の枝」校訂本（ヒューズは『スリールの息子ベンディゲイドヴラーン』をタイトルにしている）による。

（表3）『マビノギの四つの枝』における'-ws/-wys'の割合（Rodway 2007: 71 に基づく）

	『白本』	『赤本』
第一の枝	72%	71%
第二の枝	82%	81%
第三の枝	100%	58%
第四の枝	71%	62%

②動詞'gwneuthur'の過去形には語根が'gorug-'と'gwnaeth-'の二つの形があるが、「第一の枝」では前者の比率が二八％であるのに対し、「第二の枝」では『白本』に一例、『赤本』に二例しか存在しない。

③ウェールズ語の前置詞には人称によって変化するものがあるが、'gan'（英語の'with'）の三人称単数および複数には'ganthaw'（with him）'と'gantunt（with them）'のように'ganth-'と'gant-'という二つの形が存在し、前者は北ウェールズ、後者は南ウェールズの特徴とされる。『マビノギ』では各話によって表のような差異が見られる（表4）。

同じ写本内で同じ写字生の手になるものにもかかわらず、こうした形態上の差が認められるのは、四つの物語がもともと別々の人間によって書かれたことの証左であるとヒューズは結論する。それでも『マビノギ』の「作者」という言い方が使われるのは、ヒューズによれば、全体を貫くテーマや共通の世界観があるからだ。[61] それでは、『マビノギの四つの枝』のテーマ、物語世界とはどのようなものなのか、次に考えたい。

（表 4）『マビノギの四つの枝』における 'ganth-' の割合

	『白本』	『赤本』
第一の枝	86%	40%
第二の枝	61%	11%
第三の枝	24%	12%
第四の枝	27%	0%

61　ボラードは四編に織りなされる「友情・結婚・争い」の三つのテーマが、これらを一つの作品として成立させているとし（Bollard 1974-75）、ロバーツは「侮辱・友情・恥辱」を、全体を結び付けるキーワードとして挙げている（Roberts 1992: 99-102）。

3.「マビノギ」の意味

「マビノギ」の名は現存写本のコロフォンに由来する。『白本』では各話に「かくして、マビノギのこの枝は終わる（Ac yuelly y teruyna y geing honn or mabinogi）。」という結び文句がつく。[62]『赤本』では、第一話の最初に「これよりマビノギが始まる（llyma dechreu mabinogi）。」とあり、続く三編には、それぞれ冒頭に「マビノギの第二の枝」、「マビノギの第三の枝」、「マビノギの第四の枝」という文言があることから、四話を総称して「マビノギの四つの枝」という名称が一九世紀末より使われるようになった。[63]

四編に共通して用いられている「マビノギ」という用語が、ある特定のジャンルを指す普通名詞なのか、あるいは神話的古層に基づく固有名詞なのかについては、これも成立年代・作者の問題同様、諸説ある。四編を最初に英訳したウィリアム・オーウェン・ピューの『ウェールズ語辞書』（一八〇三年）は、次のような説明を与えている。

マビノギ（複数形マビノギオン）:「マビノオグ（mabinawg）」より、若いこと。若者への教え。若者の娯楽。昔の物語のタイトル。「イエス・キリストのマビノギ」、すなわち『イエス・キリストの幼年時代』（Owen Pughe 1803, vol.2, 314）

ウェールズ国立図書館所蔵の「マビノギオン」（全体解説で述べたようにピューによる誤用）翻訳原稿には「マ

62　「第一の枝」のみ、「マビノギ」の代わりに「マビノギオン（Mabynogyon）」と記されているが、これは写字生の写し間違いであるというのが研究者の共通の見解である。

63　文献上、この名称が最初に確認されるのはフリースとエヴァンズが編纂した『赤本』からの「マビノギオン」テクストの序文である（Rhŷs and Evans（1887: vii）。

ビノギとは若者にかかわること、すなわち幼年期の物語（a tale of infancy）と訳せよう」（NLW 13242）とあることから、ピューは、英雄の幼少期に関する物語を指す普通名詞と理解していたようだ。その理由は、マビノギに含まれる「マブ（mab）」という単語が、ゲール語の「マク（mac）」同様「息子、少年」を意味したからだろう。

一九世紀におけるドルイドへの関心や比較神話学の勃興によって、「若者への教え」の内容がバルズの弟子――ジョン・フリースによれば「マビノグ（mabinog）」[64]――が暗記すべき伝承、神話、ドルイド教に由来する教義など（Davies 1809: 147, 459; Schulz 1841: 71; Rhŷs and Evans 1887: viii-ix）と定義される一方、「息子」を意味するマポノスの神話という解釈も進んだ。

マビノギ＝マポノス／マボン神話

オックスフォード大学ケルト学講座初代教授で印欧比較言語学者のジョン・フリースは、コレージュ・ド・フランスのケルト学教授アンリ・ダルボワ＝ド＝ジュバンヴィル（D'Arbois de Jubainville 1884）がアイルランド伝承のルグと大陸ヨーロッパで広く信仰されていたルグスを同定したのを受け、写本では'Llew'と表記されているグウィディオンの養い子を'Lleu'と読むべきだとし、太陽英雄ルグス＝ルグ＝スレイ信仰をケルト神話の基底に据えた（Rhŷs 1888: 398-409）。さらにフリースは、ローマン＝ブリテン時代に信仰されたアポロ＝マポノス神を同様にケルトの太陽英雄だとみなし、母モドロン（ガリアの母神マトローナに該当）のもとから奪われ異界に幽閉されていたマボン（マポノスに該当）をアーサーが救出するというウェールズ伝承に基づき、冥界に連れ去られた若き太陽英雄（マポノス／ルグス）を文化英雄（アーサー／グウィディオン）が奪回し、地

64　ただしGPCによれば、この語を最初に用いた（造語した）のは一九世紀初頭の自称バルズにして稀代の贋作者イオロ・モルガヌグである。

上に豊穣と光が戻るという、古代ギリシャのペルセポネー神話に類似したシナリオをケルト神話に見出した。[65]

マポノス＝マボン神話を『マビノギ』解釈に援用したのが、イヴォール・ウィリアムズの弟子W・J・グリフィズである。ウィリアムズにならって四編の主人公をプラデリとするグリフィズは、アイルランド伝承の「誕生（コンペルト）」、「少年時代の冒険（マクニーヴラダ）」（プラデリの異界遠征譚と魔法の大鍋の奪取）、「追放（インダルヴァ）」（プラデリの幽閉）、「死（アーデズ）」に相当する四部作からなるプラデリことマボン英雄伝であると考えた（Gruffydd 1953）。印欧比較言語学者のエリック・ハンプは、この説を敷衍して、「マビノギ」という語自体がマポノスの名から派生したものであり、「マポノス神にかかわる素材の集合体」であると主張する（Hamp 1974-75）。

アメリカのケルト学者パトリック・フォードは、マポノス＝プラデリの母であるフリアノンをケルトの馬の女神エポナと同一視し、本文中に言及される「雌馬と息子の冒険」が「第一の枝」の本来の物語名で、その原型は豊饒を司る馬の女神と人間の出会い、王と国土との結婚を象徴する両者の聖婚、聖なる息子の誕生と失踪、発見に関する神話だったと考える（Ford 1977: 4-12）。さらにフォードは、「第三の枝」でも馬の女神の聖婚と豊饒神話のパターンがくり返されていると分析している（Ford 1981-2）。

マビノギ＝君主の鑑

一方、近年では、『マビノギ』は神話としてではなく、再び世俗的な説話と解釈する傾向が強まっている。ハーバード大学ケルト学科教授のキャサリン・マッケンナは、『マビノギ』の作者はフォードが指摘した豊穣と主権に関するケルト神話を、王権が聖なる力によって保障される時代でなくなった激動期のウェールズに向けて

65　くわしくは Ito-Morino 2013 を参照。

（図6）クラノッグとカエルナヴォンの中間に位置するディナス・ディンスレの海岸は「マビノギ第四の枝」のスレイゆかりの地とされる（訳者撮影）

書き直したと考える。すなわち、世捨て人の身から立ち上がるマナワダンの成長を通して、如才なく立ち回り、妥協しながらも国を守ることがヒロイズムよりも求められる時代に即した君主像を示す物語と読み解く（McKenna 1999）。

ブリストル大学のヘレン・フルトンも同様に、一二世紀末よりヨーロッパで盛んに書かれた「君主の鑑」のジャンルに属すると指摘する（Fulton 2005）。ノルマンの封建制の影響で、君主と臣下の関係が契約的なものに変わり、君主もまたより権力をもった支配者に仕える一領主として、かつてのような絶対的王権を喪失した時代にあって、君主としての正しいふるまいを宮廷の聴衆である貴族たちに示す教訓的な物語だったというのがフルトンの解釈だ。たとえば、若く未熟なプウィスは、アラウンというメンターとの出会いや結婚を通じて家臣を束ねる「良き君主」に成長する。フルトンは、四編はそれぞれ、地方領主（プウィス）、グウィネッズのような大国の王（ベンディゲイドヴラーン）、世間知らずの領主を補佐する摂政（マナワダン）、世継ぎとなる王子（スレイ）という、一三世紀のウェールズ社会において想定される四つのタイプの君主を描いていると考える。

マビノギ＝息子の物語

『マビノギ』研究史を概観したが、同時代のウェールズ人には、これらはいかなる物語と解されていたのだろうか。

一四世紀前半のペニアルス写本14には、「幼時福音書」と呼ばれる、一二歳までのイエスの逸話を扱った聖書外典のうち、通称『偽マタイの福音書』こと『マリアの誕生と救世主の幼年時代の物語』のウェールズ語訳断片が収められている。その書き出しに「これよりイエス・キリストのマビノギが始まる（llyma vabinogi Iesu Grist）」とあり、マビノギという語が「幼年時代」にあたる、ラテン語のインファンティアの訳語として採用されたことがわかる。一方『白本』では、同じ物語が「主イエス・キリストのマボリアエス（mabolyaeth）」と記されている。ウェールズ語の「マボリアエス」または「マボラエス」は、「息子・少年」を意味する「マブ」の形容詞形‘mabol’に接尾辞‘-iaeth/aeth’をつけて名詞化したもので、GPCによれば「幼年期、少年時代、若者」、転じて「幼年／少年／若者時代の出来事・物語」、さらには「息子であること（y cyflwr neu'r ystad o fod yn fab）」と定義されている。

「マビノギ」と「マボリアエス／マボラエス」が意味的範囲を同じくする言葉だったことは、グウィネッズの宮廷詩人プラディーズ・ア・モッホがスラウェリン・アプ・ヨルウェルスに捧げたエングリンからもうかがえる。[66]「若き日のわが殿が軍を率いる」という一行から始まり、それぞれの連の最初の語句が「マボラエス」、「マブザスグ（若き日の教育）」、「マビノギ」、「マビッド（少年時代）」と頭韻を踏みながら、大王と歌われるスラウェリンの十代のときの武勲を寿ぐ歌である。

「中世ウェールズ法」によれば、自由民の男子は一四歳まで「息子（マブ）」として父親の保護・管理下にあった後、主君に拝謁、親元を離れ主君の親衛隊に加わる。一四歳から父の死によって所領を相続し一人前の成人男子と認められるまでの期間が「若者（グワース）」とされる（Charles-Edwards 1993:176）。

66　ウェールズ語テクストおよび英訳は *Math* xxix-xxx に掲載されている。なお現存するテクストでは、第三連の冒頭は‘Mamynogi’となっているが、他の連がすべて‘Mab-’で始まっていることから‘Mabynogi’と読み改めて解釈されている。

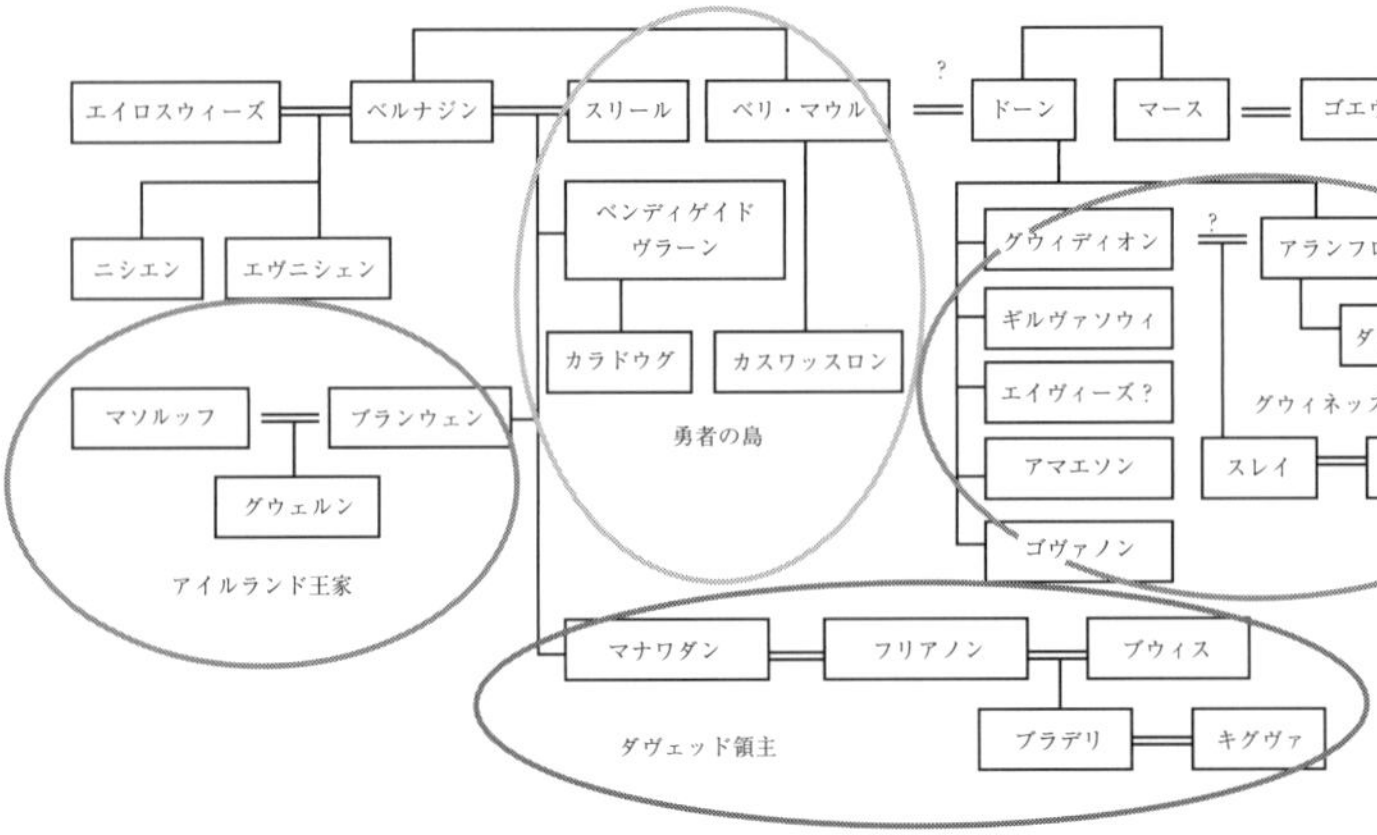

（図B）『マビノギの四つの枝』における家系図

こうした社会的背景も踏まえると、「マビノギ」とは「息子」の時期に相当する少年についての物語ということになるが、『マビノギの四つの枝』のうち、その定義に当てはまるのは「第一の枝」のみである。この点に関し、イヴォール・ウィリアムズは、「第一の枝」のプラデリの物語が本来のマビノギであり、それに他の地域の伝承が付け加えられ、プラデリの死を含む長編に仕立て直されたと考える（PKM xlix）。その過程で、マビノギの意味も「幼少期」から「幼少期の物語」、さらには単なる「物語」と変わったと指摘する（ibid. li）。「第三の枝」の最後に、この物語は異界に囚われたフリアノンとプラデリの苦難に因んで「くびきとくびわのマビノギ」と呼ばれるとあるが、ここでの「マビノギ」を少年時代の物語と解釈することはできないため、ウィリアムズ説には一理ある。特に「第三の枝」が後世の挿入であるとしたら、当時すでに「マビノギ」の原義が忘れられていた可能性は高い。その一方で、前述のように四編をプラデリ物語という枠を取り払って読むならば、ほかにも重要な「息子の物語」の存在に気づくはずだ（図B参照）。

「第二の枝」のグウェルンは、勇者の島の王の姉妹とアイルランド王との間に生まれた息子として両国の同盟の象徴かつ、その命運を握る鍵である。「第四の枝」のスレイは、処女と起居をともにしながら懐妊させることのできぬマースの跡を継ぐべく、おそらく近親相姦の結果、生まれた運命の子だ。支配者にとって世継ぎを絶やさぬことは、国の存続にかかわる重大事である。だが、フルトンも指摘しているが、『マビノギ』に登場するプウィス、ベンディゲイドヴラーン、マースという三人の君主には跡取りが一人しかいない。『マビノギ』を「君主の鑑」の教本と捉えるフルトンは、こうした設定も、単子相続による後継者の確保の重要性を教えるものだと解釈する（Futon 2005: 235-6）。

相続に関する「中世ウェールズ法」の規定を見ると、一般の自由民・貴族の場合、父親の土地は庶子を含め兄弟間、兄弟が生存しない場合は第一いとこ（父親の兄弟の息子たち）、彼らも生存しない場合は第二いとこ（祖父の兄弟の息子たち）間で分割相続するのが古来のやり方で、この慣習はエドワード征服以後の一三世紀、一四世紀にも存続していた（永井 1993）。土地相続に権利をもつ、この男系四世代の血縁者集団が「共同相続人」を意味する「キドエティヴェジオン」と呼ばれる（Charles-Edwards 1993:215）。

それに対し王族の場合、「中世ウェールズ法」には、王の生前に指名された後継ぎを指す「エドリング」という用語があり、エドリングになれるのは「王の息子、または甥（王の兄弟の息子）」、あるいは「王の兄弟」を含む場合もある（ibid.217）。ウェールズには「王の後継ぎ」の意味で「グルスラッフ」ないし「グルスラヒアッド」という自前の語があったが、「中世ウェールズ法」の一三世紀写本では、古英語エゼリングの借用語であるエドリングを注釈として使うほど、すでに死語と化していたようだ（Charles-Edwards 1971:185）。

王の後継ぎ一人をあらかじめ定めておくことは、分割相続による王家の弱体化や跡目争いを防ぐためには有効だったが、現実には機能していなかった。たとえばオワイン・グウィネッズ（一一七〇年没）は長子のフリンを後継ぎに指名、フリンの夭折後は同じく庶子であるハウェルを王と定めたが、オワインが死ぬとハウェルは異母兄弟たちに殺され、結局グウィネッズは彼らによって分割相続されている。デヘイバルスのフリース公（一一九七年没）の場合も同様で、フリースが世継ぎとした嫡子グリフィズと庶子のマエルグンの間で紛争が

（図７）ベンディゲイドヴラーンがアイルランド水軍を見下ろしたハーレッフの岩には、今やノルマンの城砦がそびえる（訳者撮影）

続くこととなった。にもかかわらず「中世ウェールズ法」にエドリングの規定が存在するのは、スラウェリン大王が、長男だが庶子のグリフィズを退けて、嫡男のダヴィッズを自分の後継者とし、一二三八年にはストラータ・フロリダ修道院にウェールズ諸公を集めてダヴィッズに臣従の礼を誓わせるなど、正嫡の長子相続の制度化に努めた影響とも考えられる(LHDd222)[67]。いずれにしても、中世ウェールズ史の研究者であるウェンディ・デイヴィスは、さまざまな相続のパターンから見て、王の後継者を指名する制度は中世ウェールズでは一般的でなかったと結論づける(Davies 1982:125)。

中世ウェールズ社会の現状とかけ離れた、『マビノギ』における単子相続の在り方は、模範的な王権の姿として果たしてどれだけ聴衆を納得させただろうか。むしろ、本編を印象付けるのは、多くの「息子たち」の無残な死である。プラデリ、グウェルンに加え、ベンディゲイドヴラーンの跡取りカラドウグ、アランフロッドの息子ダラン・アイル・トンの名

67　スラウェリンはノルマン朝のジョン王の娘ジョーンと結婚した関係から、一二二〇年にはジョン王の息子で王位を継いだヘンリ三世にもダヴィッズを跡取りとして認知させたが、スラウェリンの死後、ヘンリはダヴィッズにグウィネッズ以外の領土を放棄させた。ダヴィッズには息子が生まれず、結局、グリフィズの息子スラウェリン・アプ・グリフィズが後を継ぐことになった。

も挙げることができる。スレイはグウィディオンの力によって蘇生するが、魔法で造られた花嫁に裏切られ、人間の娘とは結婚できぬという定めを負ったままの彼に新たな後継ぎが誕生する日は望めない。またプラデリを除き、すべての「息子たち」がおじや妻など近親者に殺されるのも特徴的だ。その結果、図Bに示した、物語を彩る王家はすべて滅亡してしまうのである。

各編は問題が解決され、ハッピーエンディングのごとき終わりを迎えるも、全編を通して浮かび上がるのは、信義も友情も、法も正義も、忍耐も分別も、そして魔術さえも息子たちを守りきることができないという寂寞たる光景である。それは、「第二の枝」の作者にも擬されるフリガヴァルフが一一世紀末に目撃した、ノルマン人に蹂躙されるデヘイバルスの情景を彷彿させる。[68]

今や、昔日の労働は貶められ、民も司祭もノルマン人の言葉、精神、ふるまいによって貶められている。彼らが税を増やし、われらの財産を燃やすからだ。百人の地元民を卑しき一人〔のノルマン人〕が一声で縮み上がらせ、ひとにらみで怖気づかせる。家族は子孫を得る喜びをもたず、後継ぎは父の領地を得る望みをもたず、金持ちは家畜を殖やす望みを失う。若者が娯楽を楽しむこともなく、詩人の歌を聞いても心は弾まぬ。逆に心折れて、物憂げに打ち沈み、影に包み込まれ、今日がいつかもわからぬ次第。[69]

68　一〇九三年イースターにデヘイバルス王フリース・アプ・テウドルがノルマンとの戦いで戦死したのを受け、同年七月にシュルーズベリ伯ロジャー・ド・モンゴメリが、現在のケレディギオンに侵攻した出来事に基づく。肥沃な南ウェールズを制圧しようとしたノルマンの試みは数年で潰え、一〇九九年にケレディギオンはウェールズ人の支配下に復帰するが、その年にフリガヴァルフも四二歳で没した（Lloyd 1937: 35-39）。

69　「フリガヴァルフの嘆き」と通称される、このラテン語詩のテクストは Lawlor 1914:121-3 及び Lapidge 1973-74. に収録されている。

フリガヴァルフが描くノルマン侵攻の風景が『マビノギ』に反映されていると考える研究者は複数いる。「第三の枝」でマナワダンの丹精込めた畑を襲うネズミの大軍は、フリガヴァルフによる別のラテン語詩「みじめな収穫」（一〇九四年ごろ）に現れる、降り続ける豪雨で収穫もままならぬのに容赦なく麦を食いつくすネズミの群を連想させ、[70]ネズミとはノルマン軍の比喩だとする解釈（Goetinck 1988:267）、同じく「第三の枝」で突如、出現する巨大な城はノルマンの石の城砦だとする解釈（Faletra 2014:179）などが存在する。

先の詩に戻って、怠惰と安穏にふけった咎で神に見捨てられたわれらブリテン人は、ノルマン人の「くびき」のもと、もはや武器をもつ気力もなく、ただただ嘆くのみと綴るフリガヴァルフのペンは、六世紀のギルダスの『ブリタニアの破壊』以来、『ブリテン人の歴史』、『ブリタニア列王史』へと続く、異民族によるブリテン没落の主題に沿いつつ、中世ウェールズの散文物語を生み出した変革の時代を鮮やかに描き出している。伝統的なウェールズ社会を支えてきた家族集団や、それに基づく相続と家系の存続、戦勝と武勇を鼓舞するバルズの頌歌が意義を失った乱世は『マビノギ』の舞台そのものである。だが、天国での平安に望みを託して終わる詩文の雰囲気がきわめて一義的かつキリスト教的であるのに対し、現存する『マビノギ』のかもし出す世界は、もっと多彩で陰影に富んでいる。

作者像、成立状況、内容について、さまざまな読みを誘発する『マビノギ』は、光のあて方によって模様や色合いを変える織物のような存在だ。口承のカヴァルウィジドから書かれたテクストに生まれ変わっていく過程で、乱世に揉まれながらも多くの手によって紡がれ織り直され、いまだにその色は褪せない。

70　この詩のテクストと英訳は Lapidge 1973-4: 92f に収録されている。マッカーナは、「ネズミの大軍（turba muris）」という詩句に注目し、フリガヴァルフ作者説の裏付けとする（Mac Cana 1979-80: 179-180）。

スリーズとスレヴェリスの冒険

1. 物語の梗概

ロンドンの名祖として知られるスリーズの治世に、ブリテン島は三つの災厄に襲われた。一つ目はどんな話し声も聞き取ってしまうコラン人、二つ目は生き物すべての生気を奪う、この世のものとも思えぬ叫び声、そして第三の災厄は王宮の食料がことごとくなくなってしまうという怪異である。スリーズは、弟スレヴェリスの知恵を借りて三つの災厄を解決し、その後はブリテン島を平和と繁栄のうちに治めた。

2. 物語の成立時期

本編は、他の「マビノギオン」の作品同様、『フラゼルフの白本』（一三五〇年ごろ）、『ヘルゲストの赤本』（一四〇〇年ごろ）に収録されているが、それとは別に、ジェフリ・オブ・モンマス作『ブリタニア列王史』のウェールズ語版に、ルッド王の事績に挿入される形で現れる。もっとも古くは一三世紀中ごろに編纂されたスランステファン1写本で、『白本』・『赤本』を含む後続写本にあるものは、このスランステファン版に収められたテクストに基づくと考えられている（*Cyfranc* xxxi）。

翻訳には、ウェールズ版スリーズの物語を『列王史』とは独立した説話として扱っている『白本』と『赤本』

版を用いた。[71] ただし『白本』版は不完全で、スレヴェリスとフランス王女の結婚のくだりで終わっているため、残りは『赤本』に従っている。

本作の特徴を知るために、『列王史』とスランステファン版の対応関係を図Cに示した。

点線部分が、ウェールズ語の翻案に追加された箇所である。オリジナルにヘリ（ウェールズのベリ）には三人の息子がいたとあるのに続き、スランステファン版では「カヴァルウィズの何人かが語るところによれば（a megys y dyweyt rey o'r ky-varwydyeyt）、四人目の息子スレヴェリスがいた」という文章が挿入されている。カヴァルウィズは「知恵、技、魔術などに秀でた者」という原義から、中世では散文物語の語り部を意味するようになった。カヴァルウィズが語る伝承がカヴァルウィジドで、『白本』の該当箇所は、「伝承によれば（a herwyd y kyu-arwydyt）」となっている。『列王史』のスランステファン版翻訳者――文体からみてプロの語り部ではなく聖職者と考えられる――が、ウェールズ固有のルッド／スリーズに関する、おそらく口承の語りを参考に『列王史』の記述を補完したことをうか

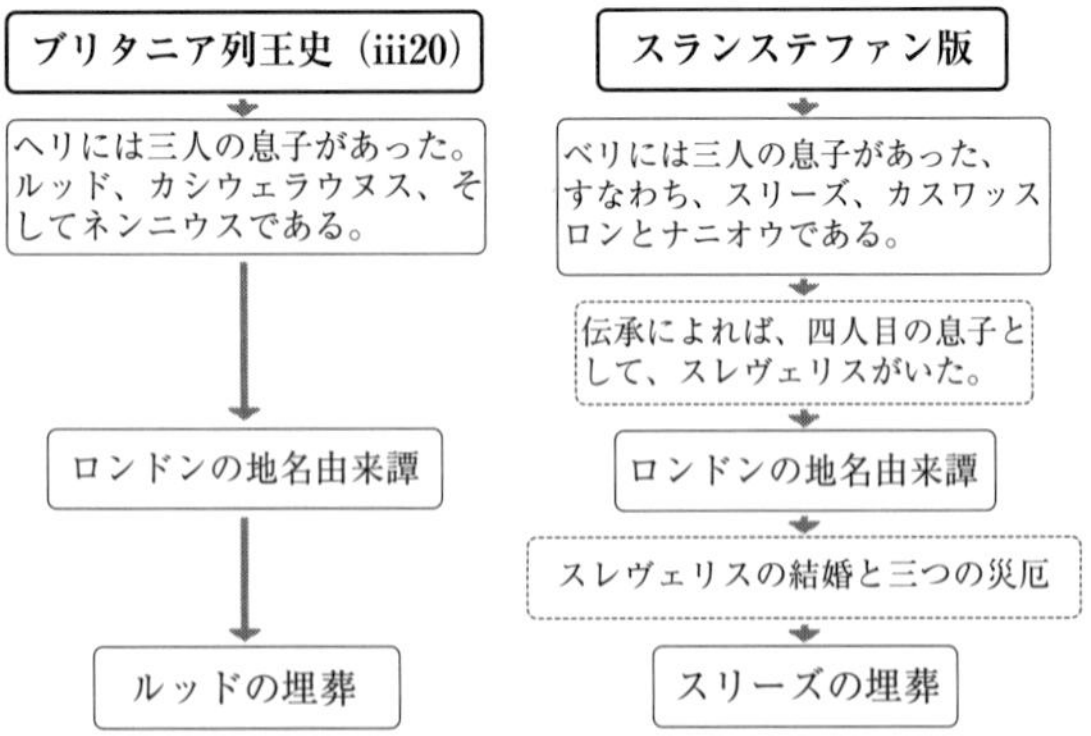
ブリタニア列王史（iii20）
ヘリには三人の息子があった。ルッド、カシウェラウヌス、そしてネンニウスである。
ロンドンの地名由来譚
ルッドの埋葬
スランステファン版
ベリには三人の息子があった、すなわち、スリーズ、カスワッスロンとナニオウである。
伝承によれば、四人目の息子として、スレヴェリスがいた。
ロンドンの地名由来譚
スレヴェリスの結婚と三つの災厄
スリーズの埋葬

（図C）『ブリタニア列王史』によるルッドの記載と、ウェールズ語翻案の比較

71 『赤本』には『列王史』のウェールズ語版も収録されているが、そちらにはスリーズの冒険は含まれていない。

がわせる一文である。

それでは、その語りとは、どのようなものだったのだろうか。残念ながら、ベリの息子スリーズとスレヴェリスについての物語は本作以外、現存しない。ただ、一四世紀前半の写本『タリエシンの書』に収められた預言詩のうち、本作と関係がありそうなものが二編存在する。一つは「スリーズについての大いなる賛歌」と題された長編詩（BT 74. 12-76.14 = *Prophecies* no.7）で、本文にスリーズの名前は登場しないものの、世界が荒地と化して牛や馬の子を育てることも食べ物を手に入れることもできなくなるという預言の内容は、本編の災厄を連想させる。やがてブリテンに再生の日が訪れるといった文言や、救世主カドワラドルとカナンへの言及（『ローマ皇帝マクセン公の夢』の解説を参照のこと）から、ブリテンの荒廃と復活について唱えるという、ダロガンと呼ばれる伝統的預言詩のパターンを踏襲している。この詩と対になっていると思われるのが「スリーズの対話についての小さな詩」と題された断片である（BT 78. 18-79.8 = *Prophecies* no.9）。「多くの無慈悲な軍勢がブリテンを征服するだろう」と歌い、ブリテンを脅かす異民族としてアジア、ヨーロッパ、アラビア、サラセンの名が挙げられる。続いて現れるのが次の詩行である。

Cristyawn difryt diryd dilis
kyn ymarwar lludd a llefelis
キリストが束縛されし者の真の救い主だった
スリーズとスレヴェリスが対話を交わす前は

スリーズの冒険を校訂したB・F・ロバーツは、一一五〇〜七〇年ごろに活動した詩人スラウェリン・ヴァルズの詩に次のような一節があることから、スリーズ兄弟の冒険は、『スリーズとスレヴェリスの対話

（ymarwar）』の名で、少なくとも一二世紀後半には流布していたのではないかと指摘する（*Cyfranc* xx）。

handwyf huawdyl was a wys yn llys
ual ymarwar llut a lleuelys
われは弁舌巧みなる若者、宮中にも知られる
スリーズとスレヴェリスの掛け合いのごとく

3．ブリテン島の三つの災厄

本作が依拠した語りは現存しないものの、それが、スリーズとスレヴェリス兄弟による、三つの災厄の退治の物語であったことはほぼ間違いない。さて、この災厄の解釈をめぐっては、いくつか興味深い研究がなされている。

まず、比較神話学者のジョルジュ・デュメジルは、インド＝ヨーロッパ語族の世界観に共通する「三区分イデオロギー」が、この三つの災厄にも当てはまると指摘している。聖性・叡智、戦闘（身体的力）、生産・豊穣という三つの機能が、印欧語族の神話伝承、社会階層、神々の体系などに通底して見られることから、デュメジルは、彼らが世界を構造化するモデルを「三区分イデオロギー」と呼んだ。デュメジルによれば、第一の災厄であるコラン人は魔術的な知力によって、第二の災厄は過剰な攻撃性によって、第三の災厄は食料の奪取という、それぞれが三つの機能を乱用し暴走することにより、統治・軍事・豊穣という国の基盤を脅かす脅威となっていることを指摘する（Dumézil 1958:21）。

キルフーフの物語に登場する銀の腕のスリーズ（スリーズ・スラウ・エライント）とベリの息子スリーズは

同一視されることが多い。そこから、アイルランド伝承におけるトゥアサ・デ・ダナーン族の王、銀の手のヌアドゥとスリーズは対応する神話的人物であるという説が生まれ、トゥアサ・デ・ダナーンと邪悪なるフォウォレ族との戦いを記した『マグ・トゥレドの第二の戦い』と本作との類似を指摘する研究者もいる。マグ・トゥレドの戦いは、デュメジルの三区分イデオロギーによれば、第一・第二機能を体現するトゥアサと巨人族フォウォレの戦いを通じて、第三機能が導入される神話となる。この戦いでトゥアサを勝利に導いたのは、腕を失い、王としての身体的資格を失った古き指導者ヌアドゥに代わり、あらゆる技芸に通じた若き英雄ルグだった。アメリカのケルト学者パトリック・フォードは、これらを踏まえ、スレヴェリスをスレイユリス（Lleuelys）と読むことを唱え、すなわち、アイルランドのルグに相当するウェールズのスレイと解釈する（Ford 1977: 111f）。

こうした神話的解釈に対し、ウェールズの研究者はブリテン島の歴史に関する言説と結び付ける。重要な手がかりとなるのが、「この島にやって来て、戻ることのなかった三つの災厄」（TYP no.36）という三題歌である。

一つ目のコランという者たち、ベリの息子カスワッスロンの時代にここに至り、一人として戻ることはなかった。彼らはアラビアからやって来た。

第二はグウィジル＝フィクティ〔ピクト人〕の災厄。一人として戻ることはなかった。

第三はサクソン人の災厄で、ホルサとヘンギストを首領としてやって来た。

災厄と訳した「ゴルメス（gormes）」は異民族や怪物、異界の存在などによってもたらされる脅威、暴虐を意味する。引用した三題歌は、ブリテン島を襲った三大外来民族をまとめたもので、その文脈からすると、第一のゴルメスはコラニアイドことコラン人という空想上の民族ではなくセサリアイド、すなわちウェールズ語でユール・セサール（Iŵl Cesar）と呼ばれるユリウス・カエサル率いるローマ人の間違いではないかと、三題歌を校訂したブロムウィッチは指摘する（TYP92）。

一方、ブリテン島をゴルメスから守る三つの護符に関する伝承（TYP no.37）も存在する。そのうちの一つに、本作に登場する、スリーズがエラーリに埋めた龍が挙げられている。

空中バトルをくり広げる二匹の龍のエピソードは、『ブリテン人の歴史』のアンブロシウスの伝説に基づいている（HB 40-42）。サクソン人をブリテン島に住まわせるなど、失政や悪行をくり返したブリテン王ウォルティゲルンは、人里離れた場所に難攻不落の砦を作って敵から身を隠すことにする。選ばれたのは北ウェールズ一の高山スノードンである。ところが、何度、土台を組もうとしても一晩で消えてしまう。そこで、父親のいない少年を生贄に捧げることになった。連れてこられた少年は、砦ができない理由を知っているという。少年の言葉に従って土台部分を掘ると、白と赤の二匹の龍が布に包まれて眠っていた。やがて二匹は戦い始め、最初、劣勢だった赤い龍が白い龍を追い払った。少年は、赤い龍はブリテン人、白い龍はアングル人で、ブリテン人がアングル人を海の彼方へと追い払うだろうと預言する。少年の名はアンブロシウス、すなわちウェールズ語でエムリス・グレディグと注釈が続く。本作で、龍を埋める場所がディナス・エムリスとされるのは、そのためである。なおジェフリの『列王史』（HRB vi:19）では少年はアンブロシウス・メルリニウス、すなわちマーリンとされ、このあとに長文の「マーリンの預言」が続く（図8）。オリジナルは、このように、異民族によるブリテン島の滅亡と復活の預言という、ウェールズの年代記の「大きな物語」（後述）に沿ったものだが、アングロ＝サクソンの来襲はスリーズの時代より数世紀後のことなので、本編では、相手は「よそからきた他の部族の龍」と書き換えられている。いずれにしても、スリーズの物語が外来民族の脅威に関する三大ゴルメスの伝承を下敷きにしたものであることは明らかだ。

ブリテン島の歴史についての「大きな物語」

ローマ軍団が撤退し、ブリテン島がさまざまな外敵の襲来にさらされるようになった時代を振り返り、六世紀半ばに修道士ギルダスが書いた『ブリタニアの破壊』、九世紀初頭にウェールズでまとめられた年代記『ブリテン人の歴史』、一〇世紀の詩『ブリテンの預言』に至るまで、ウェールズ人の歴史認識には通底する物語がある。すなわち、ギリシャ・ローマの文明世界の後継者であり、ブリテン島の先住民としてブリテンの主権を維持してきたブリテン人が、自らのおごりにより異民族＝ゴルメスによって滅亡し、ブリテン島の辺境ウェールズでかろうじて生きながらえているが、やがて救世主が現れ、異民族を島から追い払うだろうという語りだ。

新たな外来民族であるノルマン人のジェフリがまとめた『ブリタニア列王史』は、おもしろいことに、こうしたウェールズ人の歴史観——「ブリテン島物語」と仮に呼んでおく——と一致し、それどころか、この「大きな物語」をさらにドラマチックに語るものだった。そのため、ウェールズでも広く受け入れられ、「ブリット」と呼ばれる、ウェールズ語版翻案が多数、作られたのである。

ブリットを編集したウェールズ人は、『列王史』に自分たちの解釈をほどこし、「ブリテン島物語」を補完していった。そのような物語が『スリーズとスレヴェリスの冒険』であり、また、同様に『列王史』の記述を敷衍した、『ローマ皇帝マクセン公の夢』なのだ。

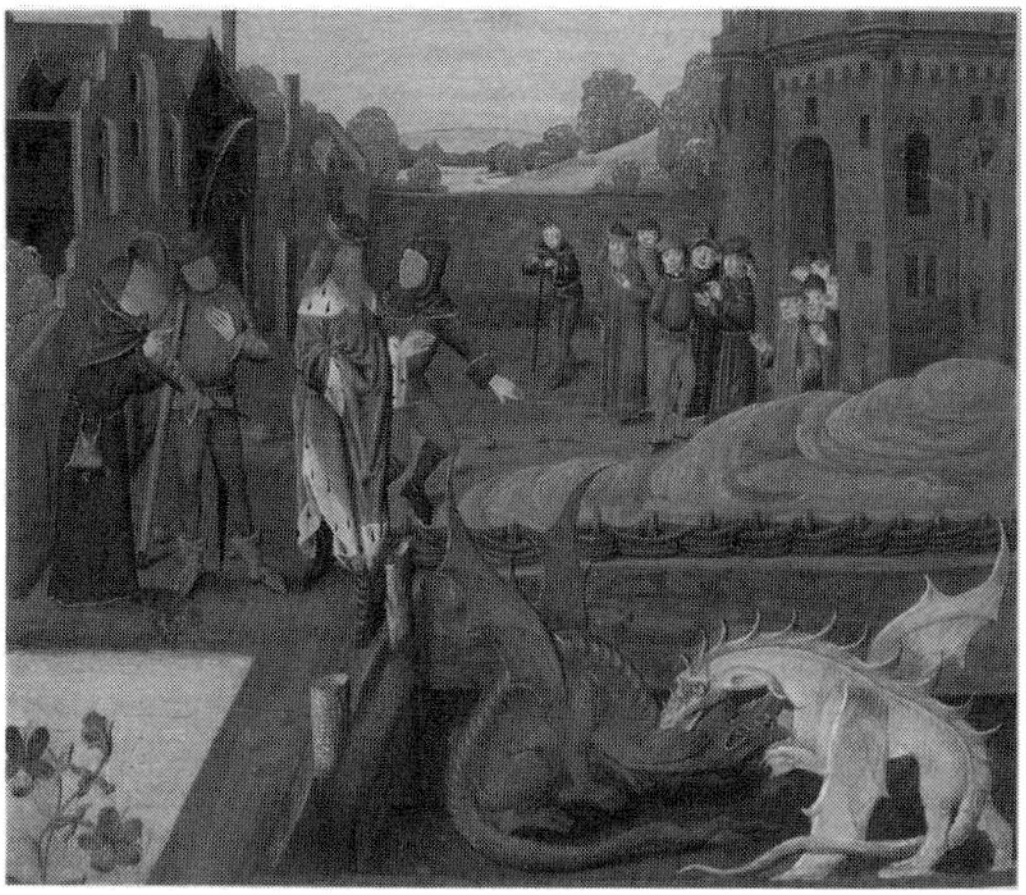

（図 8）『ブリタニア列王史』15 世紀写本より戦う二匹の龍

ローマ皇帝マクセン公の夢

1. 物語の梗概

ローマ皇帝マクセンは、狩の途中、絶世の美女の夢を見る。夢の乙女に恋い焦がれた皇帝は使者を世界中に派遣するが、乙女の消息はようとして知れなかった。探索を始めて三年目に、使者はようやく乙女がブリテン島のアベル・サイントの城（北ウェールズのカエルナルヴォン）にいることを突き止める。マクセンも自らブリテン島に渡りエレンという名の乙女と結婚すると、七年間をともに過ごす。やがてローマに新たな皇帝が立ったという知らせが届くが、エレンの兄弟カナンらブリテンの援軍の力によってマクセンは帝位を奪回する。一方、カナン一行はブリテンには戻らず、ガリアの地にブルターニュを建国する。

2. 物語の成立時期

本編は、『フラゼルフの白本』、『ヘルゲストの赤本』に加え、一三世紀後半のペニアルス16写本にも収録されている。[72] 物語にはジェフリ・オブ・モンマスの『ブリタニア列王史』の影響が見て取れることから、

72　ペニアルス16写本の該当部分の成立年代についてはHuws 2000:58を参照。

一一三〇年以降に書かれたことは間違いなく、研究者の見解は一二世紀後半〜一三世紀前半でほぼ一致している（BM lxxxv）。

翻訳に際しては基本的にペニアルス16版を用い、『白本』・『赤本』との大きな異同がある場合は、訳者の判断で適切な方を選択した。なお、ペニアルス16版は、マクセンがローマに帰還する以降が欠けているため、結末部分は『白本』に拠っている。

3．マクセンとマグヌス・マクシムス——歴史とロマンスの交錯

物語の枠組は、アシュリングと呼ばれるアイルランドの伝承物語のタイプによく似ている。一五世紀の写本に残る『オイングスの夢』は、オイングスがマクセン同様、夢で見た美女を探し出し結ばれるというストーリーだ。だが、オイングスがトゥアサ・デ・ダナーン一族のダクザと川の女神の息子という超自然的存在であるのに対し、本作のマクセンは人間、それも実在したマグヌス・マクシムスをモデルとしており、ローマン＝ブリテン時代の歴史的出来事を下敷きにしている（図9参照）。

（図9）『スランベブリグ時禱書』（c.1390〜1,400）よりマグヌス・マクシムスと思われる像、国立ウェールズ図書館

マグヌス・マクシムスは、ローマ帝国

支配下のブリタニアに駐留していたローマ軍の将軍である。大陸ヨーロッパで民族大移動の波が帝国支配を脅かすなか、三八三年、マクシムスはローマ皇帝フラウィウス・グラティアヌスに叛旗を翻して挙兵、ガリアに進軍しグラティアヌス帝を倒すと、ブリタニア、ガリア、ヒスパニアを制圧しローマ皇帝となる。しかし、三八七年イタリアに侵攻、テオドシウス一世に敗れ処刑された。

ローマ領ヒスパニア生まれのマクシムスはブリテン人ではない。その彼についての伝承が、なぜ中世ウェールズの物語のなかで語られているのだろうか。

ウェールズ伝承におけるマクシムス

ウェールズにおいて、最初にマクシムスの名前が現れるのは、ギルダスの『ブリタニアの破壊』（五四〇年ごろ）である。第14章では、マクシムスがブリタニアから出兵し二度と戻らなかったことから、防備を失った島はスコット人やピクト人に蹂躙されるに至ったとある。こうした外敵と戦う目的でアングロ＝サクソンの傭兵が招き入れられ、ブリタニア滅亡につながるのである。

『ブリテン人の歴史』でも同様に、マクシムス（マクシミアヌスと表記されている）がブリタニアから若き精鋭を奪い、彼らに小ブリタニア（ブルターニュ）を与えて住まわせたため、ブリタニアの栄華は二度と戻らなかったと記されている（HB c.27）。

以上の年代記の記述を受けて、三題歌「この島から出ていき二度と帰らなかった軍隊」（TYP no.35）では、エレン・スルウィゾウグとカナンの軍隊、すなわち本作でマクセンに同行したブリテン人の軍隊の名を挙げている。

おもしろいことに、ウェールズ伝承のマクシムスにはもう一つの顔がある。ウェールズ諸王朝の父祖という肩書だ。北ウェールズのヴァレ・クルキス修道院跡近くに九世紀前半の石柱「エリセグの柱」が今も建つ。ポウィス王カンゲン・アプ・カデス（八五五年没）が、アングル族から九年間ポウィスの国を守ったという祖父のエリセッズ（エリセグ）の名誉を記念して建立したもので、そこに「ローマ人の王を倒したマクシムス王」の名が先祖として記されている（EWGT2-3）。ハーリー写本所収の一〇世紀の諸系図（「ハーリー写本系図」）には、マクシム・グレディグの名でダヴェッド王家とマン島の王統に名が残り(EWGT10§2, §4)、時代は下るが、グヴィネッズ王国のフロードリ・マウルの先祖とする一四世紀の系図も存在する（EWGT46§19）。

僭帝マクシムスの物語は、『ブリタニア列王史』のなかでさらに脚色を加えられることになった。反乱を起こしてブリタニアの王位を簒奪したコエルに対し、ローマ元老院は智将として知られるコンスタンティウスを使者として派遣する。両者は和睦し、コエルの死後、コンスタンティウスがブリタニア王となり、コエルの娘ヘレンと結婚する。コンスタンティウスがヨークで亡くなると、息子コンスタンティヌスが王位を継ぐ。コンスタンティヌスは専制を振るうマクセンティウス討伐のためにローマに赴き、彼を倒して帝位につく。一方、ブリタニアではオクタウィウスが王となる。彼には息子がいなかったため、マクシミアヌス（マクシムスのこと）がローマから呼び寄せられ、オクタウィウスの娘と結婚して王位を継ぐ。というのは、マクシミアヌスの父はコンスタンティヌスのおじ、母はローマ人と、双方の王統の血を引いていたからである。しかしマクシミアヌスはブリタニアの王位だけでは満足できず、大陸に出兵しローマで敗死する。

『列王史』のウェールズ語版では、コンスタンティウス（ウェールズ語ではコンスタンス）と結婚するコエルの娘がエレン（またはヘレン）・スルウィゾウグ、二人の間にできた息子がキステニン、オクタウィウスはエルギングおよびエイワス伯エイダヴ（BD 69f）、そしてエイダヴの娘（『列王史』では名前が与えられていない）もまたヘレンとなっている（BD75）。一方、本作『マクセン公の夢』では、コンスタンティウスではなく、マクセンの妻となるエイダヴの娘がエレン・スルウィゾウグになるなど、人物関係が混乱している。

エレン・スルウィゾウグと聖ヘレナ

混乱の始まりは、ウェールズ伝承のエレン・スルウィゾウグと、ローマ皇帝コンスタンティヌス一世の母ヘレナとの混同から始まった（TYP342）。コンスタンティヌス一世（在位三〇六～三三七年）はキリスト教を公認したことで知られ、コンスタンティノポリス（コンスタンティノープル）に都をおき分裂していた帝国を統一、「大帝」と呼ばれた。父はコンスタンティウス・クロルスで、ブリタニアの反乱を鎮圧後三〇五年に帝位についたが、ピクト人討伐のために来島、翌年ヨークで没した。同行していたコンスタンティヌスは、軍団に擁立され、後継ぎとして戴冠する。ヘレナは、そののちエルサレムに聖地巡礼に訪れ、イエス・キリストが磔刑になった聖十字架を発掘、その一部をコンスタンティノポリスへ持ち帰ったという。この伝説は、四世紀のミラノの司教アンブロシウスがテオドシウス一世の葬儀の際、三九五年二月二五日に捧げた演説「テオドシウスの死」で初めて言及され、さらにカエサレアのエウセビオス著『教会史』のラテン語訳に付されたルフィウスの補遺（四〇二年ごろ）、さらには五世紀前半のソクラテス・スコラスティクスによる補遺でも取り上げられた。聖遺物の発見、教会建立などキリスト教の布教に貢献したことから、彼女は聖ヘレナとして聖別された。

一方のエレン・スルウィゾウグについては、添え名の「軍団」が表すようにローマ街道の建設と結び付けられている。ウェールズ各地のローマ街道の名残は、「エレン（またはヘレン）の道」を意味するサルン・エレン／ヘレン、フォルズ・エレン／ヘレン、スルウィブル・エレンなどの名で呼ばれている。また、モーン島のローマ街道沿いにはカエル・エレンと呼ばれる砦の跡があるという（LBS III.258）。

両者の混同は、すでに図Dのように「ハーリー写本系図」に見られる（EWGT10§2）。

ヘレンについては、「ブリタニアからエルサレムにあったキリストの十字架を訪れ、コンスタンティノポリスに持ち帰り、今でもそこにある」と説明が付されている。同じ系図には、ヘレンとコンスタンティウスの子孫としてマクセンの名がある。系図を見る限り、一〇世紀の段階では、マクセンとヘレン／エレン・スルウィゾウグとの結びつきはない。

ブリテンとローマの結婚

ローマ皇帝マクシムスことマクセンとブリテン人の花嫁エレン・スルウィゾウグのロマンスが作られた背景には、ローマ軍撤退後、アングロ＝サクソンに敗退したブリテン人の子孫であるウェールズ人が、自分たちのルーツを北方の蛮族とは異なる、ギリシャ・ローマの栄光にたどろうとする民族的プライドがあったと考えられる。早くは『ブリテン人の歴史』のなかで、ブリテン島の先住民ブリテン人は、トロイの王子でローマ建国の祖アイネイアスの子孫ブルートゥス（またはブリットー）の一族とされているのだ。

一三世紀前半のモスティン写本117では、エレンの父エイダヴは、ブリテン王ベンディゲイドブラーンの息子カラドウグの子孫とされている（EWGT39§5）[73]。「マビノギの第二の枝」によれば、ベンディゲイドブラーンのアイルランド遠征中に、ベリの息子カスワッスロンがカラドウグを殺し王位を簒奪する。本作では、マクセンはベリ一族を島から追い出したあと、エレンとの結婚と引き換えに、エイダヴにブリテン島の支配権を与えたことになっている。すなわち、エレンとマクセンの婚姻によって、ブリテンの王権はベンディゲイドブラーン

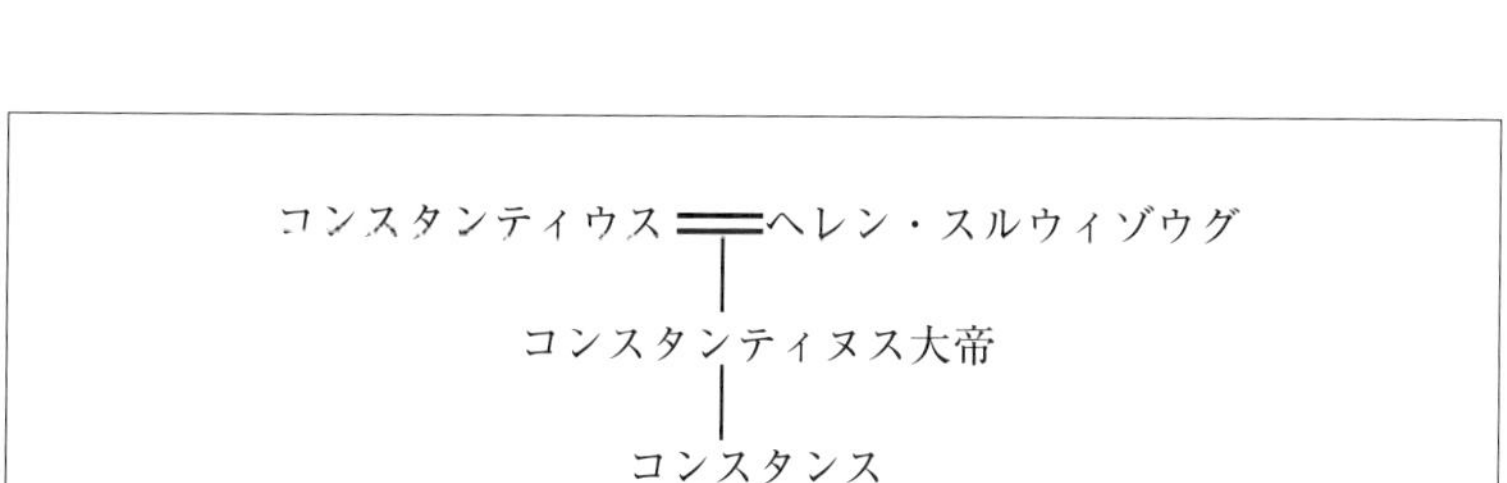

（図D）ハーリー写本系図（10世紀）によるエレン／ヘレンの血統

73 ただし、現存する写本では、ブラーンの息子カラドウグの息子がカナンで、カナンの孫がエイダヴと記載されている。

の血統に戻ったことになる。同じ系図では、アーサーの祖父キステニン（『列王史』のコンスタンティヌスにあたる。ただし、前出のコンスタンティヌスとは別人）を通じて、アーサーはエイダヴの子孫に位置付けられている。つまり、ブリテン王家、そしてその末裔であるウェールズ諸公には、マクセンとエレンを介して古代ローマと古代ブリテンの血が流れているという言説が中世ウェールズで成立していたのである。

なお、本作でエレンがカエルナルヴォンにいる設定になっているのは、物語の成立時期が、グウィネッズ王スラウェリン・アプ・ヨルウェルスが、ウェールズにおける覇権を確立した時代と重なるからだろう。

ブルターニュ建国伝説

本編の最後に登場するブリテン人のブルターニュ移民と、現地の女性たちの舌を切り取って、子孫が土地の言葉を話せないようにしたという伝説は、『ブリテン人の歴史』に言及されている（HB c.27）。『ブリタニア列王史』では、マクシミアヌスからアルモリカ（ブルターニュ）を領土として与えられたのは、オクタウィウスの甥コナヌス・メリディアドクスとされる。本作のエイダヴの息子カナンにあたる。舌を切り取る挿話はないが、ガリアの女たちとの混血を避けるため、ブリタニアより娘を送るよう要請するも、花嫁たちはフン族やピクト人によって殺されたとある。

カナンの建国伝説はご当地ブルターニュにも残っている。中世の作と確認されているのは三点で、いずれも『列王史』より前のテクストと考えられている（ただし異論もある）。

最初に紹介するのは『アーサーの事績の書』と呼ばれるもので、フランスの歴史家ピエール・ル＝ボーが一五世紀末に編纂したブルターニュ史に関する書物に、ル＝ボーの記述に引用される形で伝わっている。ル＝ボーの歴史書には二つの異本があり、一四八〇年に書かれた最初の版には『アーサーの事績の書』への直接の言及はないが、ル＝ボーの没後、一六三八年に系図学者ピエール・ドジエによって出版されたもう一つの版では二四か所に『事績の書』からのラテン語引用文、あるいは『事績の書』に典拠したとする記述が挿入されている。[74] ブルターニュのケルト学者レオン・フロリオは、『事績の書』は九五四年から一〇一二年の間に書かれたと主張する（Fleuriot 1980:246）。概要は次のとおりである。

オクタウィウスの娘をめとり、ブリタニアの王位を継いだマクシムス（マクシムスの父はブルトン人レオニウスで、コンスタンティヌス大帝の母ヘレナのおじとされている）は、アルモリカの王妃のいとこにあたるコナン・メリアドクとともに大軍を率いてブリタニアから船出するとアルモリカに上陸した。マクシムスは好戦的な武将で、アルモリカを征服すると、コナンにその地と住民を委ね、自分はローマをめざし、ライン河を渡りトレヴ〔ドイツのトリーア〕に首都を築いた。一方、コナンは国を整備し、都市や要塞を築き、城壁で固めた。また、プレープス・コロンバエ〔ブルターニュのプルグルム〕に作られた砦は、メリアドクの城砦と呼ばれた。

次に挙げるのは『聖ゴエズノヴィウス伝』の序文の一節である。[75] この聖人伝自体は現存せず、一五世紀の写本に一部が残るほか、一四世紀末に編纂された『サン＝ブリユー年代記』に『列王史』の筆写などとともに断片が収録されているのが、今に残る最古のテクストである。また、先にあげたル＝ボーも自作に引用している。

74　ドジエによるヴァージョン *Histoire de Bretagne, avec les chroniques des maisons de Vitré, et de Laval par Pierre Le Baud, chantre et chanoine de l'église collégiale de Nostre-Dame de Laval, tresorier de la Magdelene de Vitré, conseiller & aumosnier d'Anne de Bretagne reine de France.* は、*Les Bibliothèques Virtuelles Humanistes* のアーカイブで電子版が閲覧できる。http://www.bvh.univ-tours.fr/Consult/consult.asp?numtable=B372615206_20571&numfiche=265&mode=3&offset=4&ecran=0

75　聖ゴエズノヴィウスことグウェズヌー（伝六七五年没）はコーンウォール出身で、ブルターニュのレオンの司教になった。

要約を以下に示した。[76]

われわれが読んだ『ブリタニアの歴史』（*Ystoria Britanica*）によれば、ブルートゥスとコリネウスのもとブリテン人がアルビディア〔アルビオン〕――彼らはブリタニアと名付けた――と隣接するすばらしき島々もともに制圧したのち、彼らはどんどん数が増え王国も繁栄をきわめたので、コナヌス・メリディアドクスという、カトリック信徒で勇猛な武将が彼らのうち大勢を引き連れ、ガリアのアルモリカにやって来ると、メリアドクの砦を作ってそこに居をおき、異教徒の住民を殺した。女は妻ないしは召使とするため生かしたが、舌を切り取り、自分たちの言葉が汚染されないようにした。教会が建てられ、かの地は小ブリタニアと呼ばれ、このようにして、アルモリカの住民と島のブリテン人は、同じ法と兄弟愛によって、一つの民として長らく結ばれるようになった。

オリジナルの聖人伝の成立時期について、ギレルムスと名乗る作者は、一〇一九年に書いたと記している。もしこれが事実なら『列王史』よりも古いことになるが、研究者間でも意見が分かれている状況だ（Tatlock 1939:361-5）。

一一一九年～一一二八年にブルターニュで編纂された『聖グルシエルン伝』にもカナンが登場する。聖グルシエルンはブルターニュのカンペルレに修道院を建てたとされるブリテン島出身の聖人で、その家系は聖ヘレナに遡ると、この聖人伝には書かれている。同じ系図によると、祖先のウタム・セネックスにはベリとケナンという二人の息子があり、ケナンは、ブリテン人がローマへ向かったときの王で、ブリテン人はラエティキア〔レ

76　ラテン語テクストは Arthur de La Borderie 1883: 91-94 に収録されている。

タウィア＝ブルターニュ」を支配したとあることから、本編のカナンと同一人物、また、ブルトン名のウタムがエイダヴに相当すると考えられる。ただし、この系図ではウタムの父がマクシミアヌスとなっている。[77]

では、このカナンとはいかなる人物だろうか。一〇世紀の作とされる『ブリテンの預言』[78]には、ウェールズ人をサクソン支配から解放する救世主としてカドワラドルとカナンの名が挙げられている。「暗闇を照らすろうそく」と讃えられる、このカナンは、ブルターニュ建国の父カナンのことだと研究者は考える。その理由は、サクソンに対抗するために、アイルランドやコーンウォールなどに加え、「スラダウ（ブルターニュ）より来るだろう、見目麗しき一隊が」（AP l.153）と、ブルターニュからの援軍が預言されているからだ。

歴史家のダンヴィルは、一〇世紀当時、ブルターニュとイングランドはすでに友好関係にあったことから、未来の同盟軍にブルターニュを含めるのは政治的現実ではなく、より古い伝承に由来すると指摘する（Dumville 1983: 151-58）。すなわち、ブルターニュに移民したブリテン人が戻らなかったためにブリタニアは外国人に支配されるに至り、神の助けが来るまで、ブリテン人は島から追放される憂き目にあったのだという「歴史認識」（HB c.27）は、カナンに率いられたブルターニュの同胞が帰還することでサクソン人は一掃され、ブリテン人は再び北方の「マナウからブルターニュまで」を支配するだろう（AP l.172）という未来につながるのである。『列王史』によれば、マクシミアヌスとコナヌスの出兵後、蛮族の襲来に苦しめられたブリタニアはアルモリカのブリテン人の同胞に助けを求める。コナヌスから数えて四代目のアルモリカ王アルドロエヌスは兄弟のコンスタンティヌスをブリタニアに送った。ブリタニア王となったコンスタンティヌス二世の息子がアーサーの

77　ラテン語テクストは Tanguy 1989: 180-184 に収録されている。

78　カドワラドルは七世紀後半のグウィネッズ王で、父のカドワッソン・アプ・カドヴァンは、六三二年にマーシア王ペンダとともにノーサンブリアを攻撃、エドウィン王を破った勇将だが、カドワラドルの事績自体は記録にない。ただし、『列王史』では、ブリタニアの最後の王として、ローマに巡礼中、天に召されたことになっている。

父ユーサー・ペンドラゴン、つまり、ブリテン人の純粋な血を引くカナンの子孫がアーサー王という筋書きだ。

古代ローマの記憶

ローマ皇帝を名乗りブリタニアから出兵し、ガリアで横死したマクシムス。ブリタニアで皇帝に擁立されたコンスタンティヌス一世。初のキリスト教徒のローマ皇帝の母にして、受難の十字架を探し当てた聖ヘレナ。ウェールズでは「ローマ軍団のエレン」として知られるエレン・スルウィゾウグ。ブリタニアからのブルターニュ移民。ブルターニュ地名由来譚。コナン／カナンの建国伝説。これらさまざまな素材が、伝承という魔女の大鍋のなかで煮込まれ、できあがったのが本作『ローマ皇帝マクセン公の夢』である。

このごった煮のような物語の味付けは、言及したように、中世ウェールズに残る、古代ローマ帝国への憧憬だった。ローマの記憶は、その後も、ローマ文明の後継者として、ゲルマン諸族が君臨した「暗黒時代」に、キリスト教の教えと文字文化のもと、輝かしい文芸を花開かせた民族として、ウェールズ人のアイデンティティを支えていくことになる。帝国に征服されることのなかったアイルランドや、帝国支配が浸透することのなかったスコットランドという、ブリテン諸島の他のケルト諸語地域とウェールズの大きな違いがここにある。[79]

79　一四世紀末のジーザス・コレッジ20写本には、マクセンとエレンの逆パターンとして、ブリテン王ベリ・マウルをローマ皇帝の娘アナの息子、つまり母方からローマの血、父方からブリテン人の血を引くとする系図が収録されている(EWGT44§4)。

三つのロマンス

1．物語の成立時期

「三つのロマンス」とは、中期ウェールズ語で書かれたアーサー王ロマンス『オワインまたは泉の女伯爵』、『エヴロウグの息子ペレディルの物語』、『エルビンの息子ゲライントの物語』を指す。ただし、『マビノギの四つの枝』とは異なり、通常、同一作者によるものとはされず、また、ウェールズ語でロマンスを指す「フラマント」という語句もテクストには登場しないが、大陸の騎士道ロマンスの影響を受けたジャンルであることから、「三つのロマンス」という総称のもと、三編を一緒に論じることが慣例化している。以下、個々の作品は、それぞれ『オワイン』、『ペレディル』、『ゲライント』として表記する。

写本について

「マビノギオン」の他の物語と同様、三編は『フラゼルフの白本』と『ヘルゲストの赤本』に収録されているが、写本の状況はそれぞれ異なる。

まず『オワイン』は、完全に残っているのは『赤本』版のみである。もっとも古い写本である『白本』では、カノンの冒険の途中から始まり黒騎士との対戦までの部分（フォリオ 49r-50v、コラム 225-236）のあと記載の不鮮明な部分および欠落ページがあり、以下、アーサーの騎士団との再会からリネッドとの出会い（フォリオ53r-54v、コラム249-256）が残る。オックスフォード大学ジーザス・コレッジ20写本（一三七五年ごろ〜一四二五年ごろ）では、冒頭部分からカノンが泉にたどり着くまでが収録されている。このほか、一八世紀までに七つの写本が現存し、人気のある物語だったことが推測される（*Owein* x）。[80]

『ペレディル』は『白本』、『赤本』版以外に、中期ウェールズ語期の二つの写本が存在する。ペニアルス7写本は、古文書学の専門家ダニエル・ヒウズの鑑定によれば一三〇〇年ごろ（Vitt 2011:9）と『白本』より半世紀ほど早い。天幕の乙女とのエピソードの途中からコンスタンティノープルの女帝と一四年間暮らしたというくだりまでが残る。ペニアルス14も一四世紀前半の写本のため（Huws 2000:59）、『白本』に先行する。こちらには、冒頭から一人目のおじ（母の兄弟）との出会いまでが保存されている。その他、後世のものとしては七つが確認されているが、どれも『白本』または『赤本』のコピーであり、独立した写本ではない（Vitt 2011: 16-17）。

『ゲライント』については、『白本』・『赤本』に先行するペニアルス6写本の第三部と第四部に断片が残されている。これらの写本の時期は、第三部が一三世紀後半[81]、第四部が一四世紀前半とされ（Huws 2000: 58-59）、第四部には、ゲライントがエニッドを連れてアーサーの宮廷に戻るところからほぼ最後まで（翻訳の最後の一行は欠けている）を含む。

80　スランステファン171（一五七四年）、スラノーヴァーB17（一五八五-九〇）、スランステファン58（一七世紀初頭）、クルトマウル20（一七五〇年ごろ）、以上の四つは独立した写本だが、ペニアルス120とスランステファン148（一六九七年）は、それぞれ『白本』、『赤本』のコピー、ペニアルス68はスランステファン171の一部をコピーしたものである（*Owein* x）。

81　ただし、ヒウズは近年、ペニアルス6写本第三部の成立時期について、一三世紀末から一四世紀初めに見解を改められているという（*Legendary Poems* 2, n.3; Rodway 2013:38）。

成立年代

「三つのロマンス」では、アーサーの宮廷はカエル・スリオン・アル・ウィスクこと、ウスク河のほとりのカーリオンに置かれている。アーサーの宮廷は、『キルフーフがオルウェンを手に入れたる次第』（以下『キルフーフ』と略）ではコーンウォールのケスリ・ウィッグとされており、カーリオンをアーサーの宮廷とするのは、一一三〇年代に執筆されたジェフリ・オブ・モンマスの『ブリタニア列王史』が確認できる最初の例である。[82]そのため、三編に『列王史』、または一三世紀から出現するウェールズ語訳『列王史』の影響を認める研究者が多い一方、九世紀の『ブリテン人の歴史』でアーサーがアングロ＝サクソン人と戦った戦場の一つである「軍団《レギオン》の市」がカーリオンであるとすれば、ジェフリ以前にアーサーとカーリオンを結び付ける伝承が存在していた可能性が生じる。また、これもジェフリ以前の作とされる聖人伝では、アーサーはウェールズ南東部、おそらくウスク河東岸のグウェントあたりを支配する王として描かれている。[83]

こうした点からカーリオンという設定をジェフリの影響と考えない場合、早くは一一〇〇年（Jones 1960: xiii; Mac Cana 1992: 96; *Owein* xxi）に物語の成立を見ることが可能になる。一方、ノルマンの騎士制度や風俗の影響が濃いことを考慮すれば、現存する最古の写本の年代から見て、遅くとも一三〇〇年までに書かれたと推定するのが安全だろう（Middleton 1991:147）。『オワイン』に登場する女伯爵一人が亡き夫の土地を相続している点を根拠に、男系相続を原則とするウェールズで、このようなアングロ＝ノルマンの相続が行われるのは少なくとも一三世紀後半、それが法的にウェールズに適用されるのが一二八四年のエドワード一世によるフリズラン法令であることから、物語の成立時期を一二五〇〜一二八四年とする中世ロマンス研究者ディヴェー

82 『列王史』では「軍団の市」と呼ばれる。ガリアを征服したアーサー王は、聖霊降臨祭の際、全ての臣下を集め、この地を選んで盛大に戴冠式を催す（HRB ix.12）。

83 『ブリテン人の歴史』および聖人伝におけるアーサーへの言及については森野聡子(2016)を参照のこと。

ルの見解（Diverres 1981-82）も注目に値する。

三作はクレティアン・ド・トロワの三つの韻文ロマンスと密接に対応しており、これらが書かれたのが一一七〇年代～一一八〇年代と考えられるため、成立年代の考証にはクレティアンの作品との関係をどう見るかがかかわってくるが、この点については後述する。以下、いくつかの観点から、さらに物語の文化的背景について見ていきたい。

(1) 騎士道ロマンスの影響

結論から言うと、もっとも騎士道ロマンス的表現が散見されるのが『ゲライント』、もっとも少ないのが『オワイン』となる。

忠誠を誓った貴婦人の前で騎士が技量を競いあう馬上槍試合は騎士道の華、騎士道物語の見せ場だ。古英語またはアングロ＝ノルマン語に由来するトゥルナマイントは「三つのロマンス」には一七件登場、そのうち八件が『ペレディル』、九件が『ゲライント』[84]で『オワイン』にはない。しかし、オワインと泉の騎士の戦いは、トーナメントにおけるジョストと呼ばれる一騎討ちに明らかに該当する。[85]ジョストでは、馬上で長槍を構え突進、

84 『ゲライント』では九件のうち六件がハイタカの試合に関して使われているが、これは厳密には一騎討ちであってトーナメントではない。クレティアンの『エレック』も、トーナメントという語ではなく、戦いを意味する「バタイユ（bataille）」を用いている。

85 泉の騎士との決闘場面では「アムワーン（ymwan）」という動詞が用いられている。これは、「突く、撃つ」を意味する「グワニー（gwanu）」に'ym'をつけた形で、GPCの定義は「二人の人間が馬上で槍を使って戦う」こと、まさにジョストにあたる。『オワイン』では、この場面のほか、カイとグワルフマイが、泉の騎士となったオワインと対戦するシーンでこの語が使われている。『ペレディル』では、主人公がアーサーの宮廷を訪れた後に出会う騎士との対決の場、粉ひき場の騎士としてコンスタンティノープルの女帝のトーナメントに出場する場面、『ゲライント』ではハイタカの騎士との一騎射ちで用いられている。

相手を落馬させた方が勝ちとなる。槍が折れたら剣で、どちらも落馬したら徒歩で対戦する。ジョストは敵を殺すことが目的ではない。倒した相手の馬と鎧[86]を戦利品とし、身代金を得れば決着がつく。その意味では、『マビノギの四つの枝』（以下『マビノギ』と略）などに登場する、期日を決めた果たし合い（「オエド」ないし「カヴランク」）とは性質が異なる。『オワイン』は、騎士道的ジョストと伝統的な決闘を区別しており、リネッドを処刑しようとした二人の若者との戦いにはオエドが用いられ、彼らは決闘の末、殺される。『ペレディル』、『ゲライント』も同様で、命乞いをした相手は助けるが[87]、追剝を働く無法者は容赦しない。このあたり、騎士道的理念と古来の戦士像が共存していると言える。

なお、おそらく一一世紀末か一二世紀初頭にフランスで誕生したトーナメントは、一二世紀後半にはヨーロッパ各地で盛んに行われるようになるが、イングランドのノルマン王朝はたびたび禁止令を出しており、騎士道鼓舞のためにリチャード一世がトーナメントを許可するのは一一九四年のことだ（Barker 1986: 4-7）。

騎士道用語の不完全な理解、あるいは折衷的用法は「マックウィ（ヴ）」についても当てはまる。この語はアイルランド語マックウィムの借用語で、「中世ウェールズ法」（LHDd 6.26, 124.24）を見ると、王のそばに仕え身の回りの世話をする小姓、侍従の意味で使うのが元来の用法だったようだ。GPCは、「マックウィ（ヴ）」

86　中期ウェールズ語では武器も甲冑も「アルヴァイ（arfau）」と表記するため、訳文では文脈に応じて訳し分けている。鎧・甲冑の意味でアルヴァイが使用される例は『キルフーフ』にはない。『マビノギ』では、プウィスとハヴガンの決闘の際にハヴガンの鎧がばらばらになったという描写があるのと、グウィディオンがアランフロッドをだまして、息子に鎧（おそらく武器も）を手に入れるという二例が該当する。なお、ハヴガンの決闘とゲライントとハイタカの騎士の決闘の類似についてはソインデルス・ルイス（Lewis 1966-7）が指摘するところだが、両者は描写が似ている点を除けば、まったく性質の違うものである。

87　唯一の例外として、ペレディルは黒い圧政者に対し、一度は命を助けるとしながら、長い間人々を苦しめたゴルメス（災厄）を退治するという名目で、結局、殺害している。

の語義として「エスクワイア」を最初に挙げている。これはノルマンの騎士制度の流入とともに、一人前の騎士に叙任される以前の騎士見習い・従騎士の訳語にあたる。「マビノギオン」では、『フロナブウィの夢』と「三つのロマンス」には頻繁に現れるが、それ以外は『マビノギ』に一例、『ローマ皇帝マクセン公の夢』に三例[88]見られるだけと、成立年代が遅い作品ほど多用される傾向が見受けられる。

「三つのロマンス」には、『白本』版の場合、「マックウィ（ヴ）」が複数形を含め『オワイン』で三件、『ペレディル』で二一件、『ゲライント』で一四件、計三八件登場するが、文脈から意味を見ていくと、必ずしも従騎士を指すわけではない。たとえば、自分を助けてくれた女伯爵の窮地を救うべく馬と鎧を所望したオワインに対し、女伯爵がマックウィヴを二人遣わし身支度を手伝わせるというくだりでは、小姓と訳した方が適切だ。

ペレディルとゲライントの場合は、主人公に対して、この呼び名が使われる。ペレディルは、武者修行を始めたときから終始マックウィ（ヴ）と描写され、それは女帝と結婚後も変わらない。けれども、同時に「粉ひき場の騎士」、「無言の騎士」、「黄色の盾の騎士」とも呼ばれている。そもそも、ペレディルはアーサーの宮廷に行って一人前の騎士「マルホウグ・イルゾウル（marchawg urddawl）」に取り立ててもらおうと家を出たのに、いつ騎士になったのかがわからない。対応するクレティアン版で、武術の手ほどきを受けたゴルヌマンからペルスヴァルは騎士に叙任されたと明記されているのとは対照的だ。

同様に、クレティアンのエレックは、最初に登場したときから、二五歳に達していないが円卓の騎士の一人であるとされているのに対し、ゲライントは、結婚し、父の跡を継いでからも、まだマックウィ（ヴ）と呼ばれている。一方、小人の王の介添え役として槍を手渡す家来は、中英語からの借用語である「アスワイン

88 「マビノギの第一の枝」で、アラウンの身代わりにアヌーヴンの宮廷に入ったプウィスの着替えをさせる侍従たちがマックウィヴと呼ばれている。『マクセン公の夢』では、カエル・アルヴォンの広間でグウィズプウィスをしている二人の若者がマックウィと描写されている。

（yswain）」と表記されている。これは、グウィフレッド・プティという名の小人の王がウェールズ人ではなくアングロ＝ノルマンの領主であることから、その家来に対し、騎士道的意味におけるエスクワイアを表わす表現を意識的に使っている例と考えられる。ところが、ゲライントが放浪の旅に出る際、呼び寄せる家来は、アングロ＝ノルマンの借用語である「アスクウェル（yscwer）」と書かれているのに、その役割は、むしろ伝統的なマックウィヴ（小姓）に近い。

　このように、「三つのロマンス」におけるマックウィ（ヴ）、そしてエクスワイア自体、騎士制度における従騎士と若者という意味が混用または未分化で存在している。「マビノギオン」の他の物語で一般に若者を指すのに「マブ」や「グワース」が用いられ、マックウィ（ヴ）は宮廷の侍従という限定的意味で使われていたのが、ロマンスではマックウィ（ヴ）が前者に取って代わったと言っていい。『ゲライント』において、アーサーの森番や侍従に対しマックウィ（ヴ）という語が使われているのは、まさにそうした例にあたる。[89]

　騎士道ロマンスにおける恋愛の要素としては、結婚とは切り離された異性愛の形として、フランス語のアミ（amie）にあたるゴルゼルフ（gorderch）——恋愛対象、訳文では「恋人」とした——や「最愛の女性（gwraig fwyaf a garo/garaf）」といった表現が登場する。ペレディルには複数の愛する女性が存在するし、『ゲライント』

89　マックウィ（ヴ）に関しては、イヴォール・ウィリアムズが『マビノギ』の年代推定のために用いたことでも知られている。ウィリアムズは、末尾の f/v/ について、宮廷詩の韻を根拠に一一五〇年ごろまでには発音されなくなったとする（PKM: xx）。つまり、f/v/ が残るのは、それ以前の古い形ということになる。「三つのロマンス」を見ると、『オワイン』では三つの用例のうち、『白本』版では単数形に‘macwyf’という形が見られるが、複数形は二つとも‘macwyaid’と f のない形になっている。『赤本』版では単数形も‘macwy’である。『ペレディル』に関しては、現存する最古の写本であるペニアルス7写本の場合、f/v/ を含む用例一七件に対し含まぬものが六件となっている（Vitt 2010:39）。ただし、創作年代が一番新しいと想定される『ゲライント』において、『白本』版の用例がすべて f を残す形となっていることから、f/v/ を発音しなくなっても、綴りとして f/v/ を残すことが慣例として残ったとするチャールズ＝エドワーズの意見（Charles-Edwards 1970:264）に従い、f/v の有無は物語の年代特定の決め手にはならないとするのが現在の研究者の一般的見解である。

では、最愛の女性を伴わぬ者はハイタカの試合の出場資格がないとされており、宮廷風恋愛の香りが色濃い。一方、オワインは後に妻となる泉の女伯爵一人を最愛の女性と呼んでいるが、同朋のグワルフマイは、女性に目のない大陸ロマンスのゴーヴァン同様、アンジュー伯の姫からもらった衣を着てオワインと立ち会っている。クンサストと表記されている、このグワルフマイのマントは語源が不明だが、人と馬両方を覆う絹衣とあることから、馬衣の一種であるカパラソン／カパリソンを指すと思われる。『ゲライント』には、騎士と馬ともに鎧をつけているという描写が六か所、見受けられる。布にしろ鎧にしろ、馬の身体を覆うような馬具は、装飾写本を見る限り初期中世には使われていなかったようだ。一〇六六年のノルマン征服の戦乱を描いたバイユー・タペストリー（一一七〇年代制作）には、馬衣も馬鎧も描かれていない。馬衣や馬鎧が写本の挿画等に現れるのは一三世紀以降で、このころから普及したと考えられる。[90] 泉の騎士となったオワインとグワルフマイが、相手が友人とわからぬまま決闘するのは、互いが鎧装束をつけていたことのほかに、頭部全体を覆う「グレート・ヘルム」と呼ばれる兜を着用していたからだが、この型の兜が普及するのも一三世紀からである（図10参照）。

（図10）『梨物語』（1250-1275）より、そろいの衣裳を着た騎士と馬、フランス国立図書館

90 ヴィクトリア&アルバート・ミュージアムの学芸員クロード・ブレアによれば、馬鎧の使用は古代ローマの重騎兵以降、西欧では一二世紀半ばまで廃れていた。中世の描写としてもっとも古いものの一つはウェストミンスター宮殿のペインティッド・チェンバーにあった一三世紀の壁画だとされる（Blair 1958:184）。

(3) 借用語

「三つのロマンス」において、ノルマン征服による、フランス語やアングロ＝ノルマン語からの借用語が、『キルフーフ』や『マビノギ』よりもはるかに多いのは、騎士道ロマンスだけでなく、文化的にもノルマン社会の影響を強く受けていることの証拠である。借用語に関しては訳注で、その都度、指摘しているので、ここでは三例だけ取り上げる。

まずタオル（twel）である。食事の前に手を洗うという描写は『マビノギ』にも登場するが、『オワイン』では、タオルで手をふく、頭を洗ったあとにタオルでふくという場面が登場する[91]。タオルは薄いリネン地とされ、高価な品だったと推察される。

同じく『オワイン』には、女伯爵と対面する際、主人公は絹のチュニックの上にスルコット（swrcot）と呼ばれる袖なし、または短い袖の上衣を重ね、さらにマントを着て正装したとある。スルコットは十字軍の騎士が鎧の上にはおる衣（図11参照）シュルコからの借用語で、「三つのロマンス」では先のオワインの例を含め五回言及される。

91 OEDによれば、英語におけるタオルの初出は一三〇〇年ごろ、語源となった古フランス語'toaille'は、一二世紀のヴァースやクレティアンの作品に存在する。

（図11）『処女の鑑』（一二世紀）より、甲冑の上にシュルコを着た騎士たち、ケストナー美術館蔵

三つ目はラテン語の「カステルム（castellum）」を語源とする「カステス（castell）」で、ノルマン征服前後にイングランド経由で入って来たと思われる。[92]『マビノギ』や『キルフーフ』には一度も登場しない外来語である。おもしろいのは「三つのロマンス」での用例だ。『オワイン』では、野人と化したオワインを救う、名前のない女伯爵の城についてのみ、この語が使われている。夫を亡くしたのちも自ら伯爵領を所有している女伯爵は、男子親族にしか土地相続権のないウェールズの貴族の出ではない。その女伯爵の館を、アングロ＝ノルマン的な響きのあるカステスと呼んでいるのは偶然だろうか。同様の例は『ペレディル』にも見られる。カエル・ロイウの魔女の攻撃からペレディルが守ることになる「城《カステス》」もまた、女主人しかいない居城のようだ。『ペレディル』では、そのほか、異教徒である灰色の巨人の城、「高慢の城」、囚われの乙女のいる山上の城といったカステスが遍歴の騎士が冒険をめざすにふさわしい場所として登場する。『ゲライント』では、ハイタカの騎士が訪れる城塞都市と小人の王グウィフレッド・プティの王宮がカステスである。前者は、現在のカエルディーズ（カーディフ）にあたり、カーディフの城は征服王ウィリアムが一〇八一年に着工を開始、アングロ＝ノルマン人の居住地として発展した。

このように見ると、「三つのロマンス」におけるカステスは、いずれもアングロ＝ノルマン社会であるウェールズ辺境地域、ないしはウェールズの外にある異郷の城について使われていることがわかる。それに対し、アーサーの宮廷は、ウェールズ古来の語である「スリース（llys）」、ペレディルのおじが住む砦は「カエル（caer）」と呼ばれている。強固な城壁と城門に守られた、豪壮なノルマン式城郭（図12）と、険阻な山の上にそびえ立つ、

92　OEDによれば、古フランス語からの借用語として'castle'にあたる'castel'が英語に入ったのは一〇五〇～一〇七〇年ごろで、初出として紹介されているのはロード本『アングロ＝サクソン年代記』（一〇七五年）の一〇四八年の項目、「そのころには、ウェールズ人がヘレフォードシャーに城を建てていた（þa hæfdon þa welisce men gewroht ænne castel on Herefordscire.）」である。ヘレフォード城は、後にノルマン人のヘレフォード伯の居城として、ウェールズ辺境地域の支配のかなめとなった。

四角い天守閣を擁したウェールズ式城砦（図13）が物語の風景を彩っているのである。[93]

上：（図12）カーディフ城
下：（図13）ドルウィゼラン（スラウェリン・アプ・ヨルウェルスの城砦、トマス・ペナント『ウェールズ旅行』より

93 「カステス」がウェールズにおけるノルマン侵略のアイコンとして用いられた例はほかにもある。一三世紀後半の写本に残る『グリフィズ・アプ・カナン伝』では、一〇九四年に起こったノルマンに対するウェールズ人蜂起の際、グリフィズは「グウィネッズをカステスから解き放ち、領地を自らのものにした」と、その勝利を讃えている（HGK21）。

（4） アライスの使用

ここでいうアライスとは、「鋭く突き刺すような、容赦ない激烈な（tostlym creula6ndrud）一撃」といったように、複数の形容詞を並べるだけでなく、「激しい・鋭い（tost）」と「鋭利な（llym）」を組み合わせて「トストリム（tostlym）」という一つの形容詞にするといった技法である。こうした修辞は、『オワイン』にはなく、『ペレディル』、『ゲライント』の順で多くなる。特に『ゲライント』の場合、GPCに用例が挙げられていない語が二四例もある（*Gereint* xxiv）ことから、これらの複合形容詞は、伝統的な語り部の常套句を踏襲したものではなく、作者が新たに作り出した造語と思われる。したがって、複合形容詞の例が多いほど口承物語とはジャンルを異にする、言い換えれば、創作年代の遅い、書かれたロマンスであるということができるだろう。なお、『フロナブウィの夢』のテクストを校訂したメルヴィル・リチャーズによれば、こうした造語が「マビノギオン」中、一番多いのが『フロナブウィの夢』であり、したがって書かれた時期ももっとも遅いことになる（BR xix-xxiii）。

（5） 言語の形態的特徴

サイモン・ロドウェイによれば、動詞の三人称単数過去の語尾が‘-ws/-wys’から‘-awdd’に変化するのは一三世紀後半で、『マビノギ』における‘-ws/-wys’の割合が七〇％以上なのに対し、「三つのロマンス」は『オワイン』と除くとかなり低い傾向にある（表5）。数字だけを見れば、制作年代は古い順から『オワイン』、『ペレディル』、『ゲライント』となる。ただし、『ペレディル』の場合、もっとも古いペニアルス7写本（一三〇〇年ごろ）

（表5）「三つのロマンス」における‘-ws/-wys’の割合（Rodway 2007: 71に基づく）

	『白本』	『赤本』
オワイン	67%	55%
ペレディル	37%	29%
ゲライント	3%	3%

では‘-ws/-wys’の割合が三％と逆に低くなっており、形態的特徴が成立年代の特定にどの程度有効かは議論のあるところだ。[94]

2．クレティアン・ド・トロワ作品との関係

『オワイン』、『ペレディル』、『ゲライント』は、それぞれクレティアン・ド・トロワの韻文ロマンス『イヴァンまたはライオンを連れた騎士』（一一七七～一一七九年ごろ）、『ペルスヴァルまたは聖杯の物語』（一一八二～八三年ごろ）、『エレックとエニッド』（一一七〇年ごろ）に対応する。[95] 各編のストーリーの異同についてまとめたのが次ページ以下の表である。[96]

「三つのロマンス」とクレティアン作品の関係、いわゆる「マビノギオン問題《マビノギオンフラーゲ》」については一九世紀以来、紆余曲折をたどっており、ここでは概要の紹介にとどめたい。一九世紀前半は、アーサーについての最初の言及がウェールズで書かれた年代記に存在することから、アーサー伝承の起源はウェールズにあると考えられていた。シャーロット・ゲストも一八四八年版『マビノギオン』序文で、カムリことウェールズこそ「ヨーロッパの〔アーサー王〕ロマンス揺籃の地」と述べている。ところが、古文書学の成果によって『ヘルゲストの赤本』の成立年代が一四〇〇年ごろ（Rhŷs and Evans 1887: xiii; Evans 1898-1910）と判定されると（当時『赤本』よ

94　ロドウェイ自身は、ペニアルス7写本はグウィネッズで作成されたものなので方言的特徴の可能性を示唆している（Rodway 2007:73 n.120）。

95　クレティアンのロマンスの成立年代については、渡邉浩司氏のご教示により、Anthime Fourrier による説を挙げている。

96　クレティアン作品のテクストについては、DÉCT（Dictionnaire Électronique de Chrétien de Troyes）及び Staines（1990）による英訳を参照した。

『オワイン』と『イヴァン』の対応関係

『オワイン』	『イヴァン』
皇帝アーサーがカエル・スリオンで宮廷を催していたとき、クリドゥノーの息子カノンが冒険譚を語る。	ブリテン王アーサーがカルドゥエルで聖霊降臨祭の祝宴を催しているとき、騎士のカログルナンが冒険譚を語る。
カノンの朋輩オワインは、泉の騎士と対戦すべく一人宮廷を抜け出す。オワインは致命傷を負った泉の騎士の後を追って城砦に入り、侍女リネッドのとりなしで泉の女伯爵と結婚する。オワインは3年にわたり、泉を守護する。	カログルナンの従兄弟イヴァンは、泉の騎士エスクラドスと対戦すべく一人宮廷を抜け出す。イヴァンは致命傷を負った泉の騎士の後を追って城砦に入り、侍女のとりなしでランデュックの奥方と結婚する。
オワインを探しにアーサー一行が泉を訪れ、オワインと再会する。オワインは3か月の約束でアーサーのもとに戻るが、いつしか3年が過ぎる。	結婚の宴が続くなかアーサー一行が泉を訪れイヴァンと再会する。イヴァンは1年の約束でアーサーのもとに戻るが、いつしか2年が過ぎる。
乙女がカエル・スリオンを訪れ、オワインが女伯爵との約束を反故にしたことを責める。宮廷を抜け出したオワインは、世界の果てを流浪のうち野人となるが、とある女伯爵に助けられる。	乙女が訪れ、イヴァンが奥方との約束を反故にしたことを責める。宮廷を抜け出したイヴァンは狂人となって森に暮らすが、とある貴婦人に助けられる。
オワインはライオンを助け一緒に旅を続けるうち、自分のせいで幽閉されたリネッドに出会う。オワインは残虐な巨人を倒し、リネッドの命も救って、泉の女伯爵と和解する。	イヴァンはライオンを助け一緒に旅を続けるうち、自分のせいで幽閉されたリュネットに出会う。イヴァンは残虐な巨人を倒し、リュネットの命も救う。さらに「ライオンの騎士」と名乗って武勲を重ね、ついに奥方ローディーヌに許される。
オワインは黒い無法者の手から24人の乙女を救出し、アーサーの親衛隊長としてしばらく務めたのち自分の領国に戻る。	

り古い『白本』は個人蔵で非公開だった)、大陸のアーサー王文学研究者を中心に、ウェールズ語ロマンスはクレティアンの韻文作品の翻訳ないし翻案とみなされるようになる。[97]

一方、一九四〇年代になると、アメリカの中世文学者R・S・ルーミスが、ウェールズのロマンスとクレティアン作品は、フランス語で書かれた、今は現存しないオリジナルに典拠するという共通起源説を提唱する。ルー

97　この立場の急先鋒が、オーストリア出身でボン大学教授のヴェンドリン・フェルスターで、クレティアン作品の最初の学術的校訂の序文において、この説を展開した（Förster 1887: xxii）。

ミスは、ウェールズ版の方がクレティアンより遅く、おそらく一三世紀に成立し、フランスやアングロ＝ノルマンの影響を強く受けているとする一方、クレティアンの脚色によって失われた原作の構成要素を保存している部分もあるとした（Loomis 1949: 33,37）。というのもルーミスは、中世物語文学の三大サイクルの一つアーサー王物語群を形成する「ブルターニュの素材」における登場人物・テーマ・モチーフ等はケルト神話に遡るという立場だったからである。

ルーミスが、共通起源となる原作の存在を主張するのに対し、ウェールズの研究者であるR・M・ジョーンズとゴエティンクは、エルギングを中心とした南東ウェールズの多文化・多言語社会を、アーサー王ロマンス誕生の地として想定する（R. M. Jones 1960, 1986: 173-175; *Peredur* xx-xxiii）。

南東部の国境地帯はウェールズでもっともローマ化の進んだ地域で、ローマ軍撤退後は、イングランドと境を接する、軍事的・社会的・文化的るつぼとしてあり続けた。また、五世紀後半から六世紀にかけて、グルシエルンやサムソンといった聖人がブルターニュに渡り布教に努めるなど、ブルターニュとの交流も盛んだった。エルギングが六世紀から七世紀初頭にかけてブリテン人の部族国家として繁栄したことは、『スランダフの書』[98]にある土地寄進状から明らかである。[99]『ブリタニア列王史』の著者は「ガルヴリドゥス・モネムテンシス」ことモンマスのジェフリと名乗っているが、そのモンマスがあるのがエルギングだ。モンマスはブルターニュとゆかりが深く、ノルマン征服後はその支配下に入ったが、一〇七五～一〇八二年にかけてはブルターニュ

98　『スランダフの書』は、現在のカーディフ郊外にあるスランダフ大聖堂で一一二〇年代から一三世紀初頭にかけて編纂された、スランダフ司教区の記録。ゆかりの聖人に関する伝記や、周辺の領主からの土地寄進状一五八を含む。寄進者の名には六世紀に遡る者も数名おり、中世史家のウェンディ・デイヴィスは、オリジナルは九世紀以前には成立したと考える（Davies 1978: 12-13）。

99　ジェフリとモンマスの関係は定かでない。おそらくブルトン系であると思われる、ジェフリ一族が居住していた可能性もあるが（Roberts 1991:98）、彼がここで生まれ育ったという記録は存在しない。

『ペレディル』と『ペルスヴァル』の対応関係

『ペレディル』	『ペルスヴァル』
エヴロウグ伯と６人の息子を戦闘でなくした夫人は、末息子のペレディルを人里離れた森で育てる。息子はある日、３人の騎士と出会い、自分もアーサーの宮廷に向かう。途中、天幕の中にいる美女と出会い、接吻し指輪をとる。乙女の恋人「空き地の高慢な者」は復讐を誓う。	未亡人の手によって人里離れた森で育てられた息子が、ある日、５人の騎士と出会い、自分も騎士になるためにアーサーの宮廷に向かう。途中、天幕の中にいる美女と出会い、接吻し指輪をとる。乙女の恋人の騎士は復讐を誓う。
アーサーの宮廷に到着したペレディルを騎士たちが嘲るなか、賞賛の言葉をかけた小人がカイに打擲される。ペレディルは王妃から杯を奪った騎士を倒し馬と甲冑を手に入れると、カイに復讐するまで宮廷には戻らないと宣言する。	アーサーの宮廷に到着した若者に対し、賞賛の言葉をかけた乙女がクーに打擲される。若者は、アーサー王から杯を奪った騎士を倒し馬と甲冑を手に入れると、必ずやクーに復讐すると宣言して立ち去る。
湖のほとりの城の、足の不自由な城主（ペレディルの母の兄弟）から剣の手ほどきを受ける。どんな不思議を目にしても自分から問いただしてはならないと教わる。	城主ゴルヌマンから武具の使い方を習い騎士に叙任される。騎士は口数が多くてはいけないと教わる。ブランシュフルールを救い恋人とするが、母と再会するため旅を続ける。
同じく母の兄弟である別の城主のもとに滞在、血のしたたる槍とお盆にのせられた男の生首が運ばれてくるのを見る。翌朝、殺された恋人を抱いて泣いている乙女に出会う。乙女は自分がペレディルの義理の姉妹であること、彼は母親を死に至らしめたため呪われていると語る。ペレディルは、倒した騎士をアーサーのもとへ遣わす。また自分に横恋慕する伯爵に包囲された乙女を救うとともに、森の空き地の騎士（天幕の乙女の恋人）を打ち負かす。	川で釣りをする男と出会い、身体の不自由な城主の城で血のしたたる槍とグラアル、肉切板が運ばれるのを見る。翌朝、殺された恋人を抱いて泣いている乙女に出会う。乙女は槍やグラアルのことを尋ねていたら王の傷は癒えただろうと非難、自分はペルスヴァルの従姉妹で、彼のせいで母親が亡くなったと告げる。ペルスヴァルは天幕の乙女の騎士オルゲイユー・ド・ラ・ランド（「荒野のおごれる者」）を倒し、アーサーのもとへ遣わす。
ペレディルはカエル・ロイウの９人の魔女たちのもとで、馬の乗り方と武器の扱いを教わる。	

『ペレディル』	『ペルスヴァル』
純白の雪を染める紅の血と死肉の上の烏の濡れ羽色を見て、最愛の女性を思い出す。ペレディルを捜すアーサーの一行が物思いに沈む騎士を見つけ、正体を知らずに打ちかかったカイは叩きのめされる。小人の仇をとったペレディルはアーサーの宮廷に迎え入れられる。	純白の雪を染める紅の血を見て、最愛の女性を思い出す。ペルスヴァルを探していたアーサーの一行が物思いに沈む騎士を見つけ、正体を知らずに打ちかかったクーは叩きのめされる。乙女の仇をとったペルスヴァルはアーサーの宮廷に迎え入れられる。
金の手のアンガラッドに拒絶されたペレディルは再び旅に出、武勲の末、乙女の愛を得る。	
ある日狩に出たペレディルは、黒い無法者の館にたどり着く。そののち、怪物アザンクを倒すなどの冒険の末、馬上槍試合で優勝して、コンスタンティノープルの女帝と14年間ともに暮らす。	
黒い乙女がアーサーの宮廷を訪れ、足の不自由な王の城で質問をしなかったことでペレディルをののしる。一方、グワルフマイは、ある王をだまし討ちしたかどで騎士から挑戦を受ける。グワルフマイは騎士の後を追って伯爵の館に到着するが探求の旅の途中であると言って、1年間の猶予を得る。	醜い乙女がアーサーの宮廷を訪れ、グラアルのことでペルスヴァルをののしる。一方、ゴーヴァンは、ある王をだまし討ちしたかどで騎士から挑戦を受ける。ゴーヴァンは果たし合いのため、エスカヴァロンの王の館に赴くが、そこで聖槍の探索という新たな使命を得て、決闘は1年間延期される。
黒い乙女の消息を追うペレディルはアスビディノンガルの城でグワルフマイと再会する。さらに、カエル・ロイウの魔女がペレディルのおじを傷つけ従兄弟を殺したと知り、アーサーの親衛隊とともに魔女を皆殺しにして復讐を遂げる。	ペルスヴァルは母の兄弟である隠者のもとで贖罪し、聖体を拝領する。一方、ゴーヴァンは、旅を続ける。

『ゲライント』と『エレック』の対応関係

『ゲライント』	『エレック』
アーサーが聖霊降臨祭の折、カエル・スリオンにいて白鹿狩に出かけたときのこと、寝坊した王妃グウェンホウィヴァルは侍女とゲラインとともに狩の一行を追う途中、騎士と貴婦人と小人の三人連れに出会う。騎士の名前を尋ねた侍女とゲライントは小人に罵倒・打擲される。ゲライントは復讐のために３人を追って城砦の町にたどり着き、零落した老伯爵から翌日、槍試合があること、くだんの騎士は槍試合のチャンピオンでハイタカの騎士と呼ばれていることを聞き、自分も試合に参加することにする。	アーサーが復活祭の折、カーディガンにいて白鹿狩に出かけたときのこと、寝坊した王妃グウィネヴェールは侍女とエレックとともに狩の一行を追う途中、騎士と貴婦人と小人の三人連れに出会う。騎士の名前を尋ねた侍女とエレックは小人に罵倒・打擲される。エレックは復讐のために３人を追う。
	鹿狩が終わると、王妃はエレックが戻るまで褒美の件は待つように進言し許される。
ゲライントは老伯爵の娘を伴い試合に出場、ハイタカの騎士を打ち負かすと、アーサーの宮廷に送り出す。ゲライントは老伯爵と甥のいさかいを調停し、老伯爵に領地と臣下を返させると、乙女を連れアーサーの宮廷に戻る。	エレックは城砦の町にたどり着き、零落した貴族の接待を受ける。彼の娘を伴って試合に参加、ハイタカの騎士を打ち負かしアーサーのもとに送り出す。貴族には自分の父の領土から土地を与えると約束し、乙女を連れアーサーの宮廷に戻る。
鹿狩が終わると、王妃はゲライントが戻るまで褒美の件は待つように進言し許される。	
ゲライントが戻り、アーサーによってエニッドとの結婚がなされる。ゲライントは騎馬試合で武勲を立て３年が過ぎる。アーサーのもとにゲライントの父エルビンの使者が訪れ、老齢のエルビンが息子の帰還を望んでいると告げる。ゲライントは大勢の朋輩に伴われ帰国し、父の跡を継ぐ。	エレックはアーサーの宮廷に戻り、エニッドとの結婚式が盛大に執り行われる。エレックは馬上槍試合で連勝し名声を上げるが、故国へ戻ることを願い出、許される。
妻への愛に溺れるようになったゲライントに対し、家臣らが陰口を叩くようになる。そのことをエルビンから知らされたエニッドが嘆いているのを聞き、ゲライントは彼女を連れ旅立つ。	妻への愛に溺れるようになったエレックに対し、家臣らが陰口を叩くようになる。そのことを耳にしたエニッドが嘆いているのを聞き、エレックはエニッドを連れ旅立つ。

『ゲraイント』	『エレック』
ゲraイントはエニッドに先頭を行かせ、決して自分に話しかけないようにと命じるが、道中、追剥の騎士たちに出会うたびにエニッドは危険を知らせて夫の怒りをかう。	エレックはエニッドに先頭を行かせ、決して自分に話しかけないようにと命じるが、道中、追剝の騎士たちに出会うたびにエニッドは危険を知らせて夫の怒りをかう。
美貌のエニッドを見た伯爵が彼女を略奪しようとするが、エニッドは夫に危急を知らせ、ゲraイントは追っ手を打ち破る。ゲraイントは小人の王を一騎討ちで倒す。王はゲraイントが危機に瀕していると聞いたら助けにくると約束する。	美貌のエニッドを見た伯爵が彼女を略奪しようとするが、エニッドは夫に危急を知らせ、エレックは追っ手を打ち破る。エレックは小人の王を一騎討ちで倒し、自分が危機に瀕していると聞いたら助けてほしいと頼む。
ゲraイントはアーサー一行と行き合い、治療を受けたあと、またエニッドとともに旅立つ。道中、夫を３人の巨人に殺された若妻と出会い、巨人を殺すが、自分も重傷を負って意識を失ってしまう。リムリス伯爵が彼らを見つけ、自分の城に連れていく。伯爵はエニッドに言い寄るが拒絶され、彼女を打擲する。妻の悲鳴に息を吹き返したゲraイントは伯爵を殺す。	エレックはアーサー一行と行き合い、治療を受けたあと、またエニッドとともに旅立つ。道中、恋人を２人の巨人に殺された貴婦人と出会い、巨人を殺すが、自分も重傷を負って意識を失ってしまう。リモルスの伯爵が彼らを見つけ、自分の城に連れていく。伯爵はエニッドに言い寄るが拒絶され、彼女を打擲する。妻の悲鳴に息を吹き返したエレックは伯爵を殺す。
小人の王のもとで治療を受けたゲraイントは、霧の垣根のなかで行われる魔法の試合の話を聞き挑戦したいと考える。試合に勝利したゲraイントはエニッドとともに領国に戻る。	小人の王のもとで治療を受けたエレックは、「宮廷の悦び」と呼ばれる冒険の話を聞き挑戦したいと考える。試合に勝利したエレックは、エニッドとともにアーサーの宮廷で戴冠式を挙げる。

のドル出身のウィーノクが治めた。ウィーノクは、フランスのロワール河畔にあったサン・フロラン・ド・ソミュール修道院から修道士たちを呼び、一〇七五年にベネディクト会修道院をモンマスに設立する（Roberts 1991:98）。

ウェールズのノルマン領、ブルターニュ、そして大陸ヨーロッパともつながるエルギングから、ウェールズ伝承がノルマン社会にもたらされ、フランスではクレティアンのロマンスを生み、片やウェールズでは、ノルマン文化の影響を受けつつ「三つのロマンス」が誕生したというのがジョーンズらの見解である。[100]

ウェールズとノルマン社会の文化的仲介者の例として挙げられるのがブレズリの存在である。ギラルドゥス・カンブレンシスは『ウェールズ案内』（一一九四年）のなかで、自分たちの時代より少し前に生きていたという、「かの高名な物語作者（fabulator）ブレゼリクス」について言及している（DK cap.xvii）。カーマーゼンの聖ヨハネ修道院の記録のなかに、一一二九年～一一三四年ごろ、カディヴォールの息子ブレドリなる男が修道院に耕作地を寄進したという記載がある。このブレドリは'Latemeri'、すなわち「通訳」という添え名をもっていた。また一一三〇年のイングランド王室監査記録『財務府記録』にはブレゼリクス・ワレンシスこと「ウェールズ人ブレゼリクス」の名があり、歴史家のJ・E・ロイドは、一一一六年のデヘイバルスにおけるウェールズ人反乱の際、カーマーゼン近郊のノルマンの城を託されたブレズリ・アプ・カディヴォール、そして自分の所領をノルマン人の建てたベネディクト派修道院に寄贈し、同郷人とノルマン人の仲介者の役割を果たしていたブレドリと同定する。さらにロイドは、W・J・グリフィズの説を踏襲、ブレズリとギラルドゥスの「ブレゼリ

100 ただし、三編のうち少なくとも『ペレディル』に関しては、最古の写本であるペニアルス7が北ウェールズの方言で書かれていること、一三世紀のグウィネッズ王家の台頭のもと、グウィネッズで宮廷詩や法編纂などの文芸復興が起こっていることを踏まえ、グウィネッズで書かれたテクストが南ウェールズにもたらされたという見解が主張されている（Thomas 2000, Owen 2000b）。

クス」は同一人物の可能性が高いとの見解を示している（Lloyd 1935:138）。ブレゼリクス／ブレズリは、アングロ＝ノルマン人トマが、フランス語の韻文『トリスタン』（一一五五年ごろ〜一一六〇年）を書く際、参考にしたというブレーリ、トマの言葉によれば「ブリテンに生きた、すべての王や貴族に関する武勲もロマンスもそらで覚えている」というロマンス作者、そしてクレティアンの『聖杯物語』の続編で言及される、ポワティエの宮廷でゴーヴァンの物語を語ったという「ウェールズで生まれ育った」ブレーリスという、聖杯物語の権威である語り部ともしばしば同一視される（Jones 1913-14: 289; Bromwich 1991: 286-287; Loomis 1959a:57）。

ブレゼリクス／ブレゼリの正体が誰であれ、ノルマン征服後の異文化接触のなかで、多言語を操る語り部や詩人の手によって「三つのロマンス」とクレティアン作品の原型が生まれたことは間違いない。そうした背景のなか、ウェールズ語版は、ウェールズの文化や歴史観に合わせて、ロマンスという新ジャンルをアダプテーションしているのである。

『オワイン』――ライオンの騎士、それとも水盤の騎士？――

主人公オワインは、六世紀に「北方《ア・ゴグレッズ》」の一部、北イングランドのフレゲッド（現在のカンブリア州）[101]に実在した武将だと考えられている。フレゲッド王イリエーンに仕える詩人タリエシンによるオワインへの頌詩二編が『タリエシンの書』（BT 60,68）に現存するほか、『ブリテン人の歴史』（HB c.63）には、イリエーンはベルニカ王イダー（五五九年没）の息子たちと戦ったとあり、父も息子もアングロ＝サクソンとの戦いで勇名を馳せ、戦闘で命を落とした「北方の戦士たち」としてウェールズでは記憶されていた。

クレティアンの『イヴァン』では、主人公の名前は「ユリアン王の息子（Filz estes au roi Urien）イヴァン（Yvains）」

101　北はスコットランド、西はアイルランド海と接する地方で、カーライルや湖水地方が含まれる。

である。ブロムウィッチは、Yvain（s）という形がオワインの名前の異形であるEwein/Yweinから取られたもので、書かれたテクストに典拠したと考える（TYP468）。また、クレティアンがアーサー王の宮廷に設定したカルデュエルは、フレゲッドの都があったカエル・ルエルことカーライルを指す。

おもしろいことに、『オワイン』の後世の写本のうちスランステファン171、スラノーヴァーB 17、クルトマウル20には、黒い無法者のエピソードを除きライオンが登場しない（*Owein* x）。ライオンの不在は題名にも反映されていて、「ライオンの騎士」という文言が含まれる題名はウェールズ写本には存在しない（*Owein* xi）。逆に、『赤本』のコロフォンにある『泉の女伯爵の物語』という題名は、クレティアンほか大陸ロマンスにはない。[102] クレティアンのローディーヌと比較すると出番も少なく、[103] 名前すら与えられていない女伯爵が、オワインのロマンスのもっとも古い名称として伝わっているのはなぜだろうか。

ヒントになるのが、グラスゴーの守護聖人ケンティゲルンの誕生にかかわる伝説である。作者不明の『聖ケンティゲルン伝断片』（一一四七～一一六四年ごろ）には、ケンティゲルンの父親はオワイン、母親はスコットランド南東部のレウドニア（ロージアン）王レウドヌスの娘タネイと記されている。[104] イリエーンの息子エウェ

---

102 翻訳では、後世の写本で使われる『オワインの物語』を踏まえ『オワインまたは泉の女伯爵の物語』としている。フリースとエヴァンズ版は『オワインとリネッド』というタイトルをつけているが、現在では、この名を採用する研究者はまれである。

103 たとえば『イヴァン』では、主人公がローディーヌのもとに再び訪れ和解するまでに五〇〇行費やされているのに対し、『赤本』版ではたった四行で終わっている。

104 ルーミスは、これを典拠に、ローディーヌこと「ランデュックの貴婦人、ローデュデ公の娘（ll.2151-53 'la dame de Landuc…qui fu fille au duc Laududez'）」の名はレウドニアに由来、オワインが求愛したロージアンの乙女その人だと解釈する（Loomis 1949: 301-308）。それに対し、フランスを代表するアーサー王物語研究者のジャン・フラピエは、ラテン語で「賞賛」を意味するラウス（laus）の属格'laudis'から、宮廷ロマンスにふさわしいヒロインの名を命名したのではないかと示唆する（Frappier 1969:117）。その他には、ガリアで信仰されたルグスの砦を意味する'Lug-dunum'

ン（Ewen filius Ulien）の求婚を断ったタネイは、父王によって宮廷から追放される。乙女への愛にかられた若者は、ある日、泉のほとりで休む彼女を見つけわがものにする。だが乙女がなびかぬため、別に愛人がいると誤解したエウェンは彼女を置き去りにする。身ごもった乙女は王命でコラクルにのせられ海に流されるが、神の恩寵により生きながらえ息子を無事出産する（Forbes 1874: 125-133）。

ファーネス修道院の修道士ジョセリンによる『聖ケンティゲルン伝』（一一八五年ごろ）には聖人の父親の名は記されていないが、ウェールズに残る『聖人の系図』（EWGT56§14）では、カンデイルン・ガルスウィス（ケンティゲルンのウェールズ語名）の父はイリエーンの息子オワイン、母はディナス・エディン（エディンバラ）のスレイジン・スルウィゾウグの娘デヌーとされている。また一五〇七年に編纂された『アバディーン聖務日課書』でも、両親の名をカンブリア王エウフレン〔の息子〕とエウゲニウスとロージアン王ロトの娘テヌーとしており、この伝承の存在が裏付けられる。[105] ロトは、『列王史』によれば、グワルグワヌス（グワルフマイ／ガウェイン）の父で、またウリアヌス（イリエーン）の兄弟（HRB viii.21; ix.9）とあるので、グワルフマイとオワインはいとこ同士になる。

以上のような聖人伝におけるオワインのエピソードは、古アイルランド語の物語のモチーフにもある、トフマルクと呼ばれる異国／異界の乙女への求婚譚、あるいはエフトラこと異界遠征譚に似ている。それに対し、

に由来するというヴァルテールの説がある。ヴァルテールはさらに、ルグのウェールズ語形'Lleu'がライオンを意味する'llew'と混同された点に注目し、ライオンの騎士の伴侶にして主権の女神であるローディーヌの神話的起源を説明している（Walter 1988: 198-201）。

105 'Praeclarus Dei confessor Kentigernus nobilissima inclitorum Scotia prosapia patre Eugenio Eufurenn rege Cumbriae, matre vero Tenew filia Loth regis Laudoniae ortus.'（LBS II233）。スコットランドの歴史家ヘクター・ボイスは『スコットランドの歴史』（一五二七年）のなかでロトをピクト人の王、その娘テヌーをケンティゲルンの母としている。

「泉の女伯爵」に「主権の女神」の姿を重ねるマッカーナらの指摘（Mac Cana 1992:111）がある。[106] 女伯爵は、本来は泉に象徴される大地を体現した女神であり、彼女との「聖婚」（ヒエロス・ガモス）によって英雄は領土の統治権を得るとともに、領土の守り手としての王――本編では泉の騎士――の役割を負うという主権の女神のテーマが現存する語りからうかがえることは確かだ。しかし、この説の難点は、オワインが女伯爵を連れて故国に戻ってしまう点である。主権の女神のテーマに従えば、結末は、クレティアン版のように英雄は妻の国の君主となるはずだからだ。

オワインがアーサーの宮廷を離れ自分の国に戻るという結末は、北方の武士としてのオワインの歴史的記憶が中世ウェールズに残存していたことにも起因するだろう。だが、もう一つの要因として、この物語が、本来は主権の女神の神話とは別個の伝承だった可能性が考えられる。それを示唆するのが、「水盤の伯爵（Iarll y Cawg）」というオワインの異名がウェールズに存在する点だ。スランステファン58が題名の一部にこの文言を使っているほか、一五世紀末～一六世紀初めの詩にも言及されている（TYP471）。[107] 水盤の水を石板にかけるという行為は、泉という異界の入り口をあけること、そして女伯爵の伴侶である騎士に挑戦することである（「マビノギの第三の枝」でも、水盤に手をかけたプラデリとフリアノンは異界へ拉致される）。「水盤の伯爵」、よりウェールズ流にいえば「水盤の戦士」は異界への遠征者、そして「泉の女伯爵」もとい「泉の乙女」は、英雄の武勲の証として異界から勝ち取る戦利品とは言えないだろうか。

106 主権の女神と王の聖婚についての概要とアイルランドの物語およびトリスタン伝説における考察については、Mac Cana 1955-56, 1957 を参照のこと。

107 たとえば、詩人ティディル・アレッドがパトロンのサー・フリース・アプ・トマスに捧げた詩では、オワインの末裔であるというフリースのことを「水盤の伯爵、氷とライオンと落とし格子の伯爵」と呼んでいる。なお、フリース・アプ・トマスは、一四八五年のボズワースの戦いでヘンリ・テューダー（後のヘンリ七世）に味方し、テューダー朝で重用されることになった騎士である。

実は、オワイン自身、人間と異界の乙女との交渉から生まれたという伝承が存在する。一五世紀半ばのペニアルス47写本にある三題歌「ブリテン島の三つの美しき胎の荷」（TYP no.70）は、オワインと彼の姉妹モルヴィズの母をアヴァスラッハの娘モドロンとしている。また、ペニアルス147写本（一五六六年ごろ）には、次のような関連する伝説が記載されている。

デンビシャー〔北東ウェールズのカウンティ〕にスランヴェレスという教区があり、そこにフリード・ア・ガヴァルスヴァ〔咆哮の渡し〕がある。昔この地方の犬どもが渡し沿いに集まっては対岸に向かって吠えていたが、そこに何がいるのか確かめようとする勇気のある者はイリエーン・フレゲッドが来るまでいなかった。彼が見たのは洗い物をしている女。犬はなきやみ、イリエーンは女をつかまえ意のままにした。すると女が言うに「汝をここまで運んだ足に神の恵みあれ。」「なぜだ？」ときくと「われはキリスト教徒により子をはらむまで、ここで洗い物を続ける定めだった。われはアヌーヴンの娘、汝は一年の終わりにここに来るべし、男児を得るであろう」[108] そこでそうすると男児と女児を得た。イリエーンの息子オワインとイリエーンの娘モルヴィズである（TYP 450）。

このエピソードは、「浅瀬の洗濯女」と呼ばれる、昔話のモチーフに属するものだが、古アイルランドの物語のなかに戦いの女神モリーガンやバズヴが渡瀬で死者の血塗られた鎧を洗う姿で登場するなど、その起源は古い。オワインの母とされるモドロンも、ガリアで信仰された母神マトローナと通常同一視され、ウェールズ伝承では息子神マポヌスことマボンの母として知られる。モドロンの父アヴァスラッハは、「ハーリー写本系図」

108　くわしくは「三つのロマンス」訳注18参照。Walter 1988は、赤子が生まれたのは8月であり、オワイン／イヴァンは獅子座のもとに生まれた戦士、すなわちライオンの騎士であるとする。

では、ベリ・マウルの息子として、北方のブリテン人の先祖と位置付けられている一方、アニス・アヴァスラッハは、『列王史』のウェールズ語訳で、異界の島アヴァロンの訳語に使用されている。[109] このように、イリエーン一族と異界とのかかわりは深く、イリエーンと異界の乙女との物語が、息子オワインの冒険に書き換えられたとも考えられる。[110]

最後に、作者不詳のフランス語のレ[111]『デジレ』について紹介したい。一二世紀後半の作とされ、概要は以下のとおりである。

スコットランドに子のない貴族の夫婦がいた。二人は海の向こうプロヴァンスへ赴き、聖ジル（聖ジャイルズ）に子宝を授けてくれるよう祈願したところ、妻はすぐに身ごもった。生まれた男児は、待望の子の意味で「デジレ」と名付けられた。立派な騎士に成長したデジレは、ある日、泉のそばで美しい乙女に出会い、彼女の導きで、女主人である妖精と愛を交わす。妖精はデジレに金の指輪を渡し、自分を裏切ったら指輪は消え去るだ

109　アヴァスラッハは、ウェールズ語で「林檎」を意味する「アヴァル（afal）」に由来し、普通名詞としては「林檎園」となる（GPC）。

110　オワイン自身の女性関係に関するウェールズ伝承はロマンスとは程遠い。ペニアルス47写本にある三題歌「ブリテン島の三人の不実な妻」（TYP no.80）では、キルヴァナウィド・プラダインの不実あるいは不貞な三人娘として、トリスタンの愛人の白い首のエサスト、オワインの妻ペナルワン、フラムズウィンの妻ビーンの名が挙がっている。そして「この三人よりも不実だったのがアーサーの妻グウェンホウィヴァルである、なぜなら他の三人の男よりもすぐれた男に恥をかかせたのだから」と続く。オワインの不貞な妻ペナルワンについての伝承の詳細は不明だ。だが、一六世紀の詩人グリフィズ・ヒラエソーグが書き残したところによれば、オワインの兄弟（あるいはその息子、つまりオワインの甥）がオワインの妻と駆け落ちしたとある（WCD 592-593）。なお、フラムズウィン（「炎をもつ者」の意）は、タリエシン作のオワインへの挽歌で、オワインが殺したサクソン人の大将の名でもある。

111　「ブルターニュのレ」としばしば呼ばれる、古フランス語や中英語で書かれた短い韻文物語。妖精と人間の騎士との恋愛をテーマにした騎士道ロマンスを主として扱う。一二世紀末のマリ・ド・フランスによる一二編が有名だが、その他にも作者不詳の作品が多数、伝わっている。

ろうと告げる。二人は何度も逢瀬を重ねるが、デジレが隠者にそのことを告白したとたん指輪は消えてしまう。恋人を失ったことを悟ったデジレが病気になると、死の床に彼女が現れ回復する。スコットランド王が聖霊降臨祭の祝いを催していると、美しい貴婦人が乙女と若者を伴い、二羽のハイタカをもって宮廷に現れる。貴婦人は、二人が自分とデジレの間の子であることを告げ、息子は騎士に取り立て、娘は結婚させるように頼んだのち、デジレを連れて自分の国へと旅立つ。デジレは二度と戻ることはなかった。[112]

デジレの物語とケンティゲルンの出生譚、イリエーンと浅瀬の洗濯女の出会い、そしてオワイン／イヴァンの物語の類似性は、ルーミスらアーサー王物語研究者がすでに指摘するところである（Loomis 1949:272）。さらには、ジャン＝クロード・ロザクムールは、デジレはオワインのブルトン語名から派生したとし、これらの伝承の関係性を単なる相似以上のものと考える（Lozac'hmeur 1984）。ここでは、ウェールズとクレティアンの物語の原典探しはさておき、中世におけるブリテン島と大陸ヨーロッパの伝承の相互交流は、現代人が想像する以上に盛んであったことを確認しておきたい。

『ペレディル』――聖杯物語の起源？――

『ペレディル』の主人公、エヴロウグの息子ペレディルは、ヨークを意味する父の名から出自が北方と設定されているばかりでなく、実際、オワイン同様、六世紀に北ブリテンに実在した戦士をモデルとしていると想定される。

一〇世紀後半に編纂された『カンブリア年代記』には、五八〇年に「グールギーとペレディル没（Guurci et Peretur moritur.）」との記載がある。この二人は「ハーリー写本系図」や『北方の男たちの系図』によって、北方

112 テクストはGrimes 1928、英訳はBurgess and Brook 2016を参照。

の勇士たちの祖コエル・ヘーンの一族であるエリフェール・ゴスゴルズヴァウルの息子として存在が確認されている(EWGT:11§12;73§5(G))。前述した「ブリテン島の三つの美しき胎の荷」では、兄弟の母はカンヴァルフの娘となっているので、イリエーン・フレゲッドのいとこにもあたるわけだ。さらに、『カンブリア年代記』の一三世紀末の写本[113]では、五七三年のアルデリーズ[114]の戦いの際、エリフェールの息子たちがグウェンゾライと戦い、グウェンゾライは戦死、グウェンゾライに仕えるメルリヌス（ウェールズ伝承の野人マルジン、アーサー伝承のマーリン）が発狂したとの記述があり、[115]グールギーとペレディル兄弟が、この伝説的戦いに参戦していたことがうかがえる。[116]また『ゴドジン』では、ペレディル・アルヴァイ・ディール[117]こと「鋼鉄の武具の」

113 いわゆるB写本と呼ばれるもので、南ウェールズのニース修道院で作成されたと考えられている。西暦一二八六年までの記載がある（Gough-Cooper 2015:89）。

114 アルデリーズまたはアルヴデリーズは、カンブリア州カーライル近郊のアーサレット（Arthuret）だとされる。後出のように、アルヴデリーズ王グウェンゾライのバルズ、マルジンは、戦いの惨状に発狂しケリゾンの森で野人として暮らしながら多くの詩を作ったり預言を行ったりしたというのが、ウェールズに伝わるマルジン伝説である。なお、『カエルヴァルジンの黒本』所収の「マルジンとタリエシンの対話」（LIDC no.1.29）では、タリエシンが「エリフェールの七人の息子」に言及しており、本作のエヴロウグ伯の息子の数と一致する。

115 Bellum Erderit inter filios Elifer et Guendoleu filium Keidiau. Merlinus insanus effectus est.(Williams ab Ithel 1860:5)

116 赤本版の三題歌「三つの馬荷を運びし三大馬」（TYP no.44）では、コルナンという馬がエリフェールの息子グールギーとペレディルを戦塵たなびくアルデリーズへ運んだとある。一方、三題歌「ブリテン島の三つの不忠な親衛隊」（TYP no.30）では、大膝のエーダ（エーダ・グリンヴァウル、ベルニカ王イーダの子孫）との戦闘の前夜、親衛隊が彼らを見捨てたため、兄弟は討ち死にしたとある。三題歌や系図での言及から、兄弟がウェールズ伝承で北方の勇士として名を馳せていたことがわかる。

117 一四世紀末のペニアルス11写本に残る『聖杯』（『ペルレスヴォー』の中期ウェールズ語訳）には、この呼び名の由来として、フェンズ（イングランド東海岸の沼沢地帯）の王がエヴロウグを攻めていたため、「槍（パル）」の複数形ペールに「鋼（ディール）」をとってペレディルと名付け、息子が成長した際、その名にかけて、父の領土を奪ったフペレディルは、他の戦士たちとともにカトラエスでアングル人と戦い幾多の敵を殺したが、自らも殺され、故郷に戻ることはなかったと歌われる（CA ll.359-362）。

クレティアンのロマンスでは「ウェールズ人ペルスヴァル（Perceval li Gallois）」と呼ばれており、オワイン同様、主人公のモデルがブリテン島由来であることが意識されている。それに加えて、クレティアンの語りには、山出しのウェールズ少年がさまざまなイニシエーションを経て洗練されたノルマンの騎士へと成長する、きわめて帝国主義的なウェールズ観を見出すことも可能だ。対照的に、ウェールズのペレディルの物語に、「ケルト的／ウェールズ的なるもの」と「ガリア的／フランス的なるもの」（フランス性）の緊張と混淆を見るという、ポスト・コロニアル的な読解を行うのがスティーヴン・ナイトである。

カーディフ大学の英文学教授であるナイト（Knight 2000）によれば、ウェールズ版では冒頭から二つの価値観が衝突する。ペレディルの父エヴロウグ伯爵（伯爵はノルマンから流用された身分である）は、ウェールズ語の「一騎討ちと戦」とノルマンからの借用語である「馬上槍試合」の双方に明け暮れていたとある。小人がペレディルのことを「戦士の長にして騎士の華」と讃えるように、ノルマン征服後のウェールズ人支配層は古代ブリテンの「北方の戦士たち」という出自と征服者ノルマンの臣下という二つのアイデンティティのせめぎ合いのなかにいた。しかし、ペレディルが古来の英雄さながらに魔女を唐竹割する結末において、ウェールズ的戦士像が勝利したとナイトは読み解くのである。

次に聖杯伝説との関係について概観したい。「グラアル」と呼ばれる聖杯が文学史上初めて登場するのは、クレティアンの『ペルスヴァル』で、ペルスヴァルが漁夫王の城を訪れたときに目撃する以下のような不思議な情景である。

エンズの王に復讐することを忘れさせぬようにしたとある（NLW Pen.11 120r 1- 8, TYP478 参照）。ロマンスでペレディルが「長槍のペレディル」と呼ばれていることから創作された由来譚だろうか。

（図 14）グラアルの行列（14 世紀の写本より）、フランス国立図書館

炉のかたわらに置かれた寝台にペルスヴァルと城主は腰をかけ、食事が運ばれてくるのを待っている。すると、別室からひとりの若者が銀色にきらめく槍をかかげて通り過ぎる。槍の穂先からは一筋の血が流れ若者の手もとを赤く染めている。次に燭台をもった二人の若者が現れ、一人の乙女が両手で捧げもったグラアル、銀の肉切板（タイヨワール）と行列は続き、二人の間を通り過ぎていった（図14参照）。

高価な宝石が象眼された純金製で、強い光を放つ「グラアル（graal）」は、普通名詞としては「くぼんだ皿」を意味する（DEAF）が、中身は聖餅で、漁夫王の命を永らえさせてきた唯一の食料である。一二〇〇年ごろにロベール・ド・ボロンが書いた『聖杯由来の物語』では、グラアルはアリマタヤのヨセフがキリストの血を受けた聖なる器となり、ヨセフの姉妹の夫で「豊かな漁夫」と呼ばれるブロンが、西方のアヴァロンの谷で守護することになったとされる。その後の聖杯物語では、槍はキリストを突いた聖遺物とみなされた。ペルスヴァルは、槍から血の滴るわけはなぜなのか、グラアルで給仕を受けるのが誰なのかを問い損ねたことで、漁夫王の傷を治癒し領土を回復することに失敗するが、物語は途中で終わるため、その後の顛末については不明である。

片やペレディルが目撃するのは丸皿にのった男の生首で、カエル・ロイウの魔女が殺害した、ペレディルのいとこであることが後に判明する。血族の仇を討つまでペレディルの遍歴は終わらない。ペレディルの物語の原型を再構成しようとしたゴエティンクは、生首はペレディルの実父のもので槍はおそらく父を殺めた武器で、主人公が復讐を遂げ、失われた父祖の地を取り戻し、天幕の乙女・コンスタンティノープルの女帝などさまざまな姿をとって現れる主権の女神と結ばれるというのが原話だったと考える（Goetinck 1975:284）。けれども、エドリムと出会った際、ペレディルが自分は伯爵領をもっていると述べていることから父の領土は回復されたと考えられる。父と兄弟の没後、物語に登場するのはすべて母方の親族（母の兄弟とその息子たち）である点からも、切られた首は母方のいとことする方が自然だ。法律的には父系親族集団からなる中世ウェールズ社会だが、母方の血族が重要な役割をもつのは「マビノギオン」の世界では珍しくない。[118]

『ゲラint』——ブルターニュの建国伝説？——

ゲラintの物語はクレティアンと細部まで類似しており、翻案または共通のブルトン伝説に由来する可能性が高い。そもそもエレックとエニッドは、ウェールズ語にもフランス語にもない人名で、現在ではブルトン起源だと考えられている。[119]

118　ナイトにならって、ウェールズ的／ノルマン的要素のハイブリッドとして、父なるものを征服者、母なるものを故国ウェールズとすれば、征服者に奪われたウェールズの指導者の首——ペンには頭目と頭部の二つの意味がある——、すなわちウェールズの独立の表象と男の頭部を捉えることも可能かもしれない。また、本編では、ペレディルの成長において女性の力が大きな役割を果たす点にも注目したい。ペレディルが、仇であるカエル・ロイウの魔女のもとで修業し、武器を得るというくだりは、クー・フリンが影の国の女武者スカータハから武術を教わり、ガイ・ボルガという無敵の槍を手に入れるエピソードを連想させる。ペレディルは魔女に出会う前に、二人の母方のおじから剣の手ほどきを受けているので、魔女が教えたのは槍の扱いだと考えられる。その後、ペレディルは「長槍のペレディル」と呼ばれるようになるが、長槍は魔女から授かったとすると、ペレディルを育てたのは、戦士としての彼の定めを封印しようとした母（エヴロウグ伯の妻）と、それを開花させた母（魔女）という相反する母性ということになる。

119　クレティアンは、エレックを‘Estre-Gales’あるいは‘Outre-Gales’の王国出身としている。‘Estre-/Outre’ともに英語の‘outer’に当たる古フランス語だが、ここでは「ウェールズの外部・向こう側」か「ウェールズの（中心部に対する）外縁部」

バス＝ブルターニュ地方のヴァンヌは、古代ローマによる征服以前に居住していたウェネティ族の名をとって、ブルトン語でブロ・ウェネド（現在はグウェネド）と呼ばれる。また、トゥールのグレゴリウス著『フランク史』（六世紀末）に登場する六世紀の建国者グウェレッグまたはワロックの名をとって、ブロ・エレッグとも呼ばれた。ブロムウィッチは、エニッドの名前はブロ・ウェネドから、エレックはブロ・エレッグから取られたとし、根底には、主権の女神であるエニッドを得るためのヒーローの冒険と、建国伝説があると考える（Bromwich 1960-61: 464-466）。

以上のような背景から判断して、本編は「三つのロマンス」のなかでももっとも成立が遅く、またウェールズ伝承からも遠い作品であると言えよう。けれども作者が、ウェールズの聴衆に受け入れられるよう、「ウェールズ色」を出す工夫をしている点にも注目したい。まず、主人公の設定である。ゲライントの名は、建国者グウェレッグともクレティアン版の主人公ラック王の息子エレックとも言語的に関係はなく、他の二つのロマンス同様、ブリテン島の戦国時代に遡る、歴史上の人物に由来する。

エルビンの息子ゲライントが登場する現存する最古の例は、『カエルヴァルジンの黒本』所収の「エルビンの息子ゲライント」という詩[120]（LIDC no.21）で、ブロムウィッチは九〇〇年くらいの作と推定する（TYP357）。ゲライントが、スロングボルスの戦いでデヴォンの戦士たちを率いて戦うも戦死したこと、アーサーも戦場にいたことが歌われている。また、一二世紀に書かれた『聖カビ伝』では、ゲライントは六世紀のコーンウォー

か定かでない。いずれにしても、当時のフランスの読者・聴衆が、ウェールズへの言及からエレックを辺境の国の王子と認識したことは確かだ。アーサーの宮廷がウェールズのカーディガンに置かれていることに注目するファレトラは、カーディガン城主フリース公の領国デヘイバルスをエレックの出身地と考える（Faletra 2014: 106-109）。

120 南西イングランドのサマセットのラングポート、あるいは普通名詞と解釈すれば「船の港」となる。

ルの聖人カビの先祖とされている（VSB 234, EWGT27）。[121] こうした記録から、ゲライントは、六世紀後半にドゥムノニア（現在のデヴォンシャーからコーンウォールあたりまでのイングランド南西部）を支配していた王と考えられる。

本作では、エルビンはアーサーのおじ、ゲライントはアーサーのいとことされている。一三世紀の写本に残る『聖人の系図』には、エルビンの父はキステニン・ゴルネイ（「コーンウォールのキステニン」とある（EWGT58§§26-27）。キステニンはラテン語のコンスタンティヌスに相当するウェールズ語名で、『列王史』におけるアーサーの祖父コンスタンティヌスも、ウェールズ語訳ではキステニン・ヴェンディガイド（「祝福されたキステニン」）となる。エルビンがアーサーのおじとなっているのは、二人のキステニンが混同された結果のようだ。いずれにしても、ここで強調しておきたいのは、『ゲライント』の作者が、こうした系図を踏まえ、ブルターニュ起源の伝説の主人公をアーサーの血族とすることで、ウェールズのアーサー物語の一員として位置付けている点である。『キルフーフ』の宮廷リストを思わせる（実際に典拠した可能性もある）、アーサーの廷臣たちの名前の列挙も、ウェールズ伝承の色合いをつける、作者のアダプテーションの手際と言えるだろう。[122]

「三つのロマンス」を、主人公と主権の女神の聖婚を通じて、ウェールズ人にとって失われた故地である「北方」の回復を寿ぐ物語であるとするゴエティンクの見解には異論のあるところだが、三編がフランス語ロマン

121　この系図では、ゲライントがエルビンの父となっているが、後の諸系図がすべてゲライントをエルビンの息子としていることから、後者が正しいと考えられている。

122　そのほかにも、『エレック』では、主人公はエニッドの父親の困窮を救うため、自分の所領から二つを贈呈しているが、土地の所有が親族集団に限られているウェールズ法に合わせるため、『ゲライント』では、ニュウル伯爵と甥を和解させることで、甥が簒奪した領土を伯爵に戻させている。当初、父親の土地を相続できなかったことを不満に思って反逆した甥が、伯爵の唯一の男系親族として、いずれは伯爵の領地を相続することになるため、ウェールズの聴衆にとって、ゲライントの仲裁はもっとも理にかなった「大岡裁き」ということになるだろう。

スの単なる翻訳や翻案でないことは、以上見てきたことからも明らかである。

「三つのロマンス」が書かれたと考えられる一二～一三世紀は、『キルフーフ』や『マビノギ』以上にウェールズのノルマン化が進行した時代だった。ウェールズ独立地域「プーラ・ワリア」とウェールズ辺境地域「マルキア・ワリア」という二つのウェールズ世界は、婚姻や同盟によってますます政治的に結ばれ、文化的な交渉が盛んになった。そうした両者の密接な関係は、これらの作品の多様な需要・受容を可能にしたに違いない。

たとえば、オワインやペレディルによる異国の高貴な女性への求愛は、マルキア・ワリア的文脈からすれば、宮廷風恋愛の定石とも、また、女性に相続権のないウェールズとは異なり、アングロ=ノルマン社会では認められている女子相続人との結婚という現実を反映したものとも読めただろう。片やプーラ・ワリアの伝統に則れば、『キルフーフ』の物語にあるような、異界の乙女への求婚譚として受け取ることも可能である。「三つのロマンス」における「北方」の記憶、ウェールズ古来の英雄像や法・慣習・風俗と、ノルマン的制度や騎士道文化の併存、他のウェールズ伝承への言及がもたらすインターテクステュアリティと大陸由来のロマンスとの混淆は、ナイトが主張するように、コロニアルな状況におけるウェールズが生み出した語りの形だと言えるのかもしれない。

この点からすると、クレティアンのロマンスが韻文で書かれているのに対し、ウェールズ語版は散文であるのも興味深い。モルヴィズ・オーウェンはノルマンの伯爵の訳語として用いられている「ヤルス（iarll）」という語が、一二～一三世紀の宮廷詩人たちの作品には一例しか見られないこと（Owen 2000b:93）、また前述した「カステス」もほとんど存在しないこと（ibid.95）を指摘している。宮廷詩人の韻文がもっぱら「プーラ・ワリア」の栄光を讃えるのに用いられたのに対し、ノルマン侵攻時代に誕生した書承文学としてのウェールズ語散文は、時代の変化を映すための新しいメディアだったのである。

フロナブウィの夢

1．物語の梗概

物語の舞台はイングランドと国境を接する中部ウェールズの王国ポウィス。マドウグ王の腹違いの兄弟で国境地帯に潜伏し悪事を重ねる、お尋ね者を探索する一隊のなかにフロナブウィという男がいた。フロナブウィは仲間二人とともにあばら家で一夜を過ごすうち、黄色い牛皮の上に横になる。気づくと、そこはなんと伝説のアーサーの時代だった。皇帝アーサーは大軍とともにハヴレン〔セヴァーン河〕の渡しに陣営を張っている。どうやらバゾン〔ベイドン山〕の戦に向かうところらしい。ところが、行軍の途中、アーサーはイリエーンの息子オワインとグウィズブウィス〔チェスのように盤上で駒を戦わせるゲームの一種〕の対局を始め、一向に戦場に赴く気配がない。そうこうするうち対戦相手のオスラから休戦の申し入れが届く。その後、詩人たちが意味不明の歌を歌うやら、アーサーに付き従うかで軍隊が右往左往するやらの混乱のなか、フロナブウィは目を覚ます。物語は次のような文言で締めくくられる。

この物語、名づけて『フロナブウィの夢』という。この夢をそらんじている者は誰もいない。詩人や語り部ですら本を見なければわからぬとやら。それもそのはず、色とりどりの馬、奇妙きてれつな色合いの鎧に馬飾り、おまけに高価なマントやら魔法の石やらの描写が覚えきれないほどあるのだから。

2. 物語の成立時期

他の「マビノギオン」の物語とは異なり、本編は『ヘルゲストの赤本』にしか現存しない。『赤本』に収められた年代記には一三八二年までのエントリーがあるため、写本が作られたのは一三八二年から一四一〇年ころだとされる(Huws 2000:254)。物語の冒頭に登場するマドウグ・アプ・マレディーズは実在の人物で、一一三二年からポウィスの王となり一一六〇年に没した。また『赤本』には、一四世紀末に活躍したとされる詩人マドウグ・ドウィグライグがグリフィズ・アプ・マドウグ・アプ・ヨルウェルスに捧げた挽歌が収録されており、そこにフロナブウィへの以下のような言及がある(GMD no.1: 69f)。

Rhy anniben wyf ail Rhonabwy
Rhyw freuddwyddyd moel coel celadwy
鈍重なる　われは第二のフロナブウィ
隠れたる　徴を見たる　ただの夢見人

上記の詩が作られた一三七〇~八〇年(Padel 2013:74)にはフロナブウィの名が聴衆にも知られていたと想定すると、物語が書かれたのはマドウグの治世から一四世紀末の間だと考えられるが、実際にいつ成立したかについては研究者によって意見はまちまちだ。たとえばチャールズ=エドワーズは、フロナブウィらを見たアーサーが、こんなちびどもが島を守っているのかと嘆く場面を例にとり、アーサーの黄金時代と比較することでマドウグの時代を風刺した作品であり、マドウグと同時代の作者が一一五〇年から一一六〇年の間に書いたとする（Charles-Edwards 1970:266）。トマス・パリーは、マドウグの名前を物語に使うには死後ある程度の時間が必要だろうとし、「一三世紀中ごろ」を提唱する（Parry 1944:66）。

同じ風刺でも、アーサーの時代に対比されているのはマドウグの死後のポウィス、王国が分裂しグウィネッズの覇権のもと独立が失われた一二二〇〜一二二五年あたりとするのがメルヴィル・リチャーズである（BR xxxviii-xxxix）。リチャーズは、マドウグの治世、ポウィスの領土がポルフォルズからアルウィストリの高地にも及んでいたという書き出しにポウィス王国全盛期への「ヒライス」が感じられるという。ヒライスとはウェールズ語特有のパトスを表す言葉で、はるか昔に失われたものへの哀惜、ノスタルジアとでも訳すべきか。マドウグが一一六〇年に没すると、領土はマドウグの三人の息子、異母兄弟のヨルウェルス・ゴッホ、甥のオワイン・カヴェイリオウグの五人の間で分割相続された。マドウグとライバル関係にあったグウィネッズ王朝はこの機に乗じてポウィスにも勢力を伸ばす。大スラウェリンことスラウェリン・アプ・ヨルウエルスがポウィスに侵攻、一二一六年にオワイン・カヴェイリオウグの息子グウェンウィンウィンが戦死すると、統一国家ポウィス再興の夢は潰えた。

一方、アンジェラ・カーソンは、フロナブウィ一行に宿を貸すヘイリン・ゴッホに注目し、彼を一四世紀末に実在したカディヴォールの息子ヘイリン・ゴッホと同定、ヘイリンがディドレストンの家督を継ぐことのできる年齢から判断して、物語の成立を一三八〇年以降とする（Carson 1974: 292-293 n.13）。

歴史的背景がある程度わかっていても、中世ウェールズ散文説話の成立年代を確定するのはかくも困難なのである。以上のような先行研究を踏まえ、年代を考察する助けとなると思われる点をさらに補足したい。

①本作でマドウグと不和になって出奔したヨルウェスは、マドウグの父マレディーズの庶子でマドウグには異母兄弟にあたるヨルウェルス・ゴッホと推定される。ペニアルス20写本版の『諸公の年代記』（一三三〇年

ごろ）には、一一六五年、マドウグの息子オワイン・ヴァッハンとオワイン・カヴェイリオウグがヨルウェルス・ゴッホをモッホナントの領地から追い出し、二人のオワインで領土を分け合ったとある（*Brut* 113b）。これ以降『年代記』にはヨルウェルスへの言及がないことから、一一七〇年ごろまでには没したと考えられる。実在の王族を悪人として物語に登場させるのは、生存時よりもその没後の可能性が高い（パリーの説に従えば百年の猶予が必要となるが、それが妥当な計算かどうかはひとまず置く）。

②本文中にはジェフリ・オブ・モンマスの『ブリタニア列王史』に典拠したと思われる記述が散見される。たとえば、カムランの戦いでアーサーとメドラウド（モードレッド）が戦死したことは一〇世紀後半に編纂された『カンブリア年代記』に言及されているものの、二人が敵同士だったという記述は、ジェフリ以前のウェールズ文献では確認されていない。それに加えて、本作の作者が参照したのは一一三〇年代に書かれたジェフリのラテン語によるオリジナルではなく、そのウェールズ語翻案だったと思われる。というのも、物語の終盤近くに登場するエミール・スラダウの息子ハウェルは、ジェフリではアーサー王の甥とされるアルモリカ（ブルターニュ）公ホイルに該当し、父の名はブディキウス王とされている。ハウェルことホイルの父称をエミール・スラダウとするのはウェールズ語版の特徴である。エミールは「王」、スラダウはブルターニュのウェールズ語名で、もともとは「ブルターニュの王」を指す普通名詞だったのがウェールズ伝承では人名として定着したようで、中世の系図には諸聖人の父親として登場する。ホイルと同様にジェフリが創作した人物とされるカドールは、『列王史』では「コーンウォール公」の肩書をもつが、ウェールズ語訳では「コーンウォール伯」となっており、本作も後者を踏襲している。『列王史』のウェールズ語版テクストの存在が確認されるのは、一三世紀半ばの写本からである。

③アーサーの騎士たちの武具や紋章から物語の成立年代を特定しようとするギフィンは、特に兜について、それまでの円筒形の実用的なタイプが、一三〇〇年までに円錐形で先に羽をつけたり動物の紋章を飾ったりす

る装飾的なものに代わった点を指摘する（Giffin 1958:37）。本作で後者のタイプの兜をかぶって登場するのは、大烏による殺戮の様子を注進にくる伝令三人である。ここで注目したいのは、最後の騎士のもつ槍の柄の色を描写するのに 'asur' というウェールズ語が使われている点だ。これはラピスラズリの色を指す言葉で、「マビノギオン」の他の物語には登場しない。GPC によれば、一四世紀の詩のほか、シャルルマーニュや聖杯物語といった一三世紀の大陸ロマンスの翻訳に使われるのが本作とともにもっとも早い例である。中世ウェールズ文学の多くが失われたという事情を考慮しても、この単語が比較的新しく移入されたものであることは明らかだ。

なお、GPC では 'asur' は中英語からの借用とされているが、OED によれば英語での初出は一四世紀とかなり遅いことから、フランス語経由での借用も考えられる。ただし、クレティアン・ド・トロワのロマンスに該当するウェールズ語のアーサー王ロマンス三作には 'asur' は使われていない。ちなみに、一一八〇年代初めに成立したとされるクレティアンの『ペルスヴァルまたは聖杯の物語』の後半部で、ガンガンブレジルなる騎士がアーサーの宮廷に現れ、自分の主君を裏切って殺したとしてゴーヴァン（ウェールズのグワルフマイ）に決闘を挑む場面がある。騎士のもつ盾は金色にアジール（azur）の縞が入っていたと描写されている。ウェールズ語版の『ペレディル』で該当部分を見ると、『白本』も『赤本』もアジールの代わりにスラサール・グラース（lassar glas）が用いられている。スラサールはアシール／アジールと同様、ラピスラズリに由来するウェールズ語だが、『マビノギの四つの枝』でも用例が確認されている単語である。つまり、ラピスラズリの色を表すのに古くから使われていたのはスラサールであり、ウェールズ語のアーサー王ロマンスの書き手にとってアシールはなじみのない言葉だったと推測され、ここからも『フロナブウィの夢』が、これらロマンスより新しい可能性が示唆される。[123]

123　ロドウェイは三人称単数過去の古ウェールズ語形である '-ws/-wys' と、より新しい形の '-awdd' との出現頻度の統計的比較から、『ペレディル』は一三世紀後半と推定している（Rodway 2007:73）。同じ指標を用いると『フロナブウィの夢』

④現行の『白本』は、スリーズの物語とオワインの物語の間で一帖分が欠落する。その部分に『フロナブウィの夢』がもとはあったという伝統的見解に対し、ヒュウズはページ数が不足すると否定的だ（Huws 2000:246 n.25）。ロイド＝モルガンも『白本』に本編が収録されていなかった可能性を指摘するが、『赤本』版には書き間違いが散見される[124]ことから、先行する写本を写し間違えたと考える(Lloyd-Morgan 1991: 183-184)。ちなみに、筆写したのは『赤本』の写字生の中核、老練なハウェル・ヴァッハンである。

『赤本』は年代記や詩、医術に関係するものなど、『白本』にはないテクストを広範に含むが、散文物語を比べた場合『白本』と『赤本』の内容はほぼ同じで、少なくともこの部分に関しては共通の写本に基づいていると考える研究者は多い。となると、『白本』に『フロナブウィの夢』が実際、不在だったとしたら、その理由は何だろうか。参考までに本作が含まれる『赤本』の第一二帖は次のような順番になっている。

①『農学書』：イングランドのウォルター・オブ・ヘンリが一二八〇年ころフランス語で書いたLe Dite de Hosebondrie のウェールズ語訳　②『ローマ七賢人物語』：中世ヨーロッパで広く知られた説話集のウェールズ語版（一四世紀中ごろ）

このあと『フロナブウィの夢』が始まるが、オワインの鳥の逆襲を伝えに来る二番目の伝令の部分からは第

は一〇例中‘-ws/-wys’が八件という結果になるが、ロドウェイ自身が認めているように、少ない用例から結論を引き出すのは危険である（ibid.70）。ちなみには『ペレディル』の場合は『白本』版で九九、『赤本』版で九六の用例が対象となっており、そのうち‘-ws/-wys’の出現頻度はそれぞれ37%と29%である。またロドウェイは、作者が伝統文学を風刺する目的であえて古形を用いていることもありうるとする（ibid.73）。

124　たとえば「老婆」を意味する‘gwrach’が‘gwrwrach’と綴られるなど、十数か所の間違いがある。

一三折丁に入り、ラテン語原本のウェールズ語訳『シビラの預言』へと続く。一方、『農学書』と『ローマ七賢人物語』は『白本』には含まれていない。このことから、第一二折丁は、『白本』とは異なる系統の写本に基づくという仮定も成り立つのではあるまいか。実際、『フロナブウィの夢』を「マビノギオン」のグループに入れること自体誤りであり、他の一〇編とは異なるタイプの作品であるという見解をとる研究者も複数いる。たとえばマッケンナは、年代記を指す「ブリット（brut）」が、エドワード一世によるウェールズ征服以降、過去に未来の出来事の予知や啓示を含むジャンルに発展したことを踏まえ、本作も同様の作品として少なくとも一四世紀の読者には受容された、またそのことが『赤本』での配置に反映されていると考察する（McKenna 2009）。

一方、ロイド＝モルガンやパデルはアレイシアイ・プロスとの類似を指摘する（Lloyd-Morgan 1991: 189f; Padel 2013:75）。アレイシアイ・プロスとは、アライスこと修辞的文体の鍛錬や技法習得のために一四世紀以降作られた散文のことで、ストーリーよりレトリックが優先される特徴や、そのために先行する物語を下敷きにしたり夢の趣向を用いたりして、荒唐無稽な世界を技巧を凝らして描きだす点が本作と共通するという。たとえば一四世紀後半に活躍した詩人イオロ・ゴッホ作アライスはこんな具合だ。[125] その昔、ドロサッフ公の息子フリアウン・ベヴルがグウィネッズを治めていたころ、恋に焦がれ、悲しみの色をたたえ、青い顔をした従士がポウィスの美しい姫に恋をした。恋にやつれた若者は相談の結果、郎党を姫のもとに送ることにした。乙女は使者に対し、親戚らを集め相談したら、返事をあげましょうと答える。使者が「それはいつになりますか？」と問うと、乙女は、カラスのスティーブンなる者が天使の顔のサンゼと同じくらい美しくなったとき、

125　写本には異本が二つ現存するが、ここでの記述はモスティン133写本に基づく。ウェールズ語テクストはJones, D. Gwenallt 1934: 12-17に収録されている。

といったように、決して起こり得ないようなことを挙げて、それが起こったときにと応じる。こうしたやりとりがくり返されたのち、最後に「びっこのドゥーゲン・ディーがトーメン・ア・バラ（ウェールズのバラにある、高さ九メートルの塚山）を登っているときの足跡が、アスバザデン・ペンカウルの娘オルウェンの足跡と同じように美しくなるとき」と答える。使者は、乙女の言葉を、恋に焦がれ、青い顔をした従士に伝えた。

アライスはここで終わり、恋の病の若者がその後どうなったのかは語られない。キルフーフの物語におけるオルウェンへの求婚と、アスバザデンの難題のくだりのパロディであることは明らかだ。『フロナブウィの夢』をこのような文学の流れに位置付けるならば、物語の成立時期はむしろ一四世紀、それも後半と考える方が妥当になってくる。

読者の皆さんは、『フロナブウィの夢』の年代の特定がなぜそんなに重要なのかと疑問に思われることだろう。実はこの議論の背景には、ウェールズ人にとってウェールズ国文学の古典である『マビノギの四つの枝』の年代が、大陸の文学の影響をもっとも強く受け、しかも当初から書かれた作品として成立したテクストとされる本作との対比によって論じられてきた経緯がある。つまりは、本作が書かれた時代をチャールズ＝エドワーズのように一二世紀と規定すれば、その分、『マビノギ』四編の成立も早くなるからだ。

3．夢または幻視文学としての本作

文学において、夢という形式を用いた語りは珍しいものではない。紀元前五一年に完成されたとされるキケロの『スキピオの夢』といった哲学的思索から一三世紀フランスの愛のアレゴリー『薔薇物語』、前者をもとに長詩『鳥たちの議会』を書き後者を英訳した一四世紀のチョーサーなど、例には事欠かない。

夢の内容はと言うと、一二世紀の『聖パトリックの煉獄譚』や『トゥヌクダルスの幻視』など、キリスト教の黙示文学の伝統に属するものでは、地獄や煉獄の試練や天国への道などが神の啓示として夢に示されるものが多い。対して、ケルト諸語圏の例としては、何といってもタルヴェシュが有名である。文字通りには「雄牛の眠り」を意味し、王の後継者を選ぶ秘儀のことで、白い雄牛の肉とスープを平らげたあと眠りにつくと、ドルイドが呪文を唱えるなか、未来の王の姿が夢に現れるという。九世紀ごろの作とされる『ダ・デルガ館の崩壊』では、主人公のコネレ・モールは雄牛の儀式により新王に選ばれたとある。

夢のお告げと言えば、『ブリタニア列王史』では、流浪の身のブルートゥスが、ダイアナの神殿に雌鹿を生贄に捧げて祈ったあと、その雌鹿の皮の上で眠っていると、夢のなかに女神が現れ、ガリアの西の海の向こうにある島（ブリタニア）をめざすよう宣託する。

本作でフロナブウィが黄色い牛の皮に横たわるというエピソードは、以上のような夢や幻視の文学伝統を踏まえたものである。けれども、すでに多くの研究者が指摘しているように、フロナブウィは夢のなかで未来ではなく、過去へ連れ戻される。夢の導き手となるイゾウグはカムランの戦いの仕掛け人で、さらに戦いのあと七年間を懺悔に費やしたという話なので、アーサーが亡くなったカムランから、アーサーの栄誉のアイコンであるバゾンことベイドン山の戦前夜へと、夢のなかの時間は過去へとさらに遡る。また、夢のなかみも預言や啓示とはまったく関係のない、支離滅裂なものだ。いや、支離滅裂というのは正確ではない。入れ子になった空間にひしめく記号が解読してくれと叫んでいて、読み手はさまざまなコード[126]をあてはめては、何とか意味づけをしようと迫られる。前述した時代風刺、ロマンス文学のパロディに加え、中世における夢解釈の理論と照合させたり、騎士たちの装いの色を四体液説に結び付けたりといった読解も行われている（McKenna 2009）。

126　ロマンス文学、とりわけアーサー王ロマンスのパロディ、あるいは風刺する作品という見解については、Bollard 1980-81, Slotkin 1989, Lloyd-Morgan 1991 を参照のこと。

氾濫する色や武具の描写は、作者が言うように、この作品が最初から書かれたものである証拠だとされてきた（Parry 1944:66; Lloyd-Morgan 1991: 184,193）。それに対し、これらは逆に常套句を連ねたもので、語り部にとって記憶しやすいようパターン化されていると指摘する研究者もいる（Bollard 1980-81: 156-159; Padel 2013:73）。けれども、本作に口承的性格を見るのは明らかに間違いである。書かれた作品が読み上げられたことを否定するものではない。キルフーフの物語でアーサーの宮廷リストのみを語ったり、難題の一つ二つを取り出したりしても語りとして成立するのに対し、本作にはその図式は当てはまらない。たとえばアーサー王とオワインの碁盤対決のくだりをお聞かせしましょうと言っても、この場面は、入れ子のなかに組み込まれているからこそおもしろいので、独立して語られても意味をなさない。『フロナブウィの夢』は計算された入れ子構造の上に成り立つ作品であり、切り取った一部だけでは、ジグソーパズルの一片のように全体像を満たすことはできない。

『フロナブウィの夢』を支えるのは、こうした語りの構造に加え、先行作品とのインターテクスチュアリティである。『ブリタニア列王史』あるいはそのウェールズ語翻案との関係はすでに指摘したが、それに加えて、物語の終盤に登場するアーサー王の相談役リストは、明らかにキルフーフの物語の宮廷リストの「パクリ」である。というのも、長々と人名リストを連ねるという形式もそうだが、リストに挙がっている四二人の相談役のうち二一名が宮廷リストにも言及されている。[127] 相談役中のゴーライ、マボン、カウの息子グワルセギズは

127 ベドウィン司教、グワルフマイ、エデルン、フリヴォウン・ペヴィル、グウェングウィンウィン、フランス王グウィレニン（本作ではグウィリム）、ハヴァイズ・インスレン、ペリーヴの息子トゥルッフ、ネルス、逞しい足のイヘルの息子ゴブルウィ（本作ではゴヴルー）、ゲライントの息子カドウィ（本作ではアドウィ）、モリエン・マノウグ、髭面のスラウヴロゼズ、モールヴラーン、アリーン・ダヴェッドの息子、言語万能グールヒル、カスナール公の息子スラリ（本作ではスララ）、フレウドゥル・フラム、猛将グレイドル、タイルグワエズの息子メヌー、カウの息子ギルダス。ボラードはそのほとんどが、宮廷リストの最初の方に登場すると指摘している（Bollard 1980-81:160）。

リストにはないが、キルフーフの物語自体には登場する人物だ。

インターテクスチュアリティという観点からすると、興味深いのが大剣のオスラである。キルフーフの物語ではアーサーの配下であり、その大剣は戦士たちが急流を渡る際の橋代わりとなるという伝説的勇士である。ところが、このオスラは、本作ではバゾンの戦いでのアーサーの交戦相手となっている。オスラ——本作では一か所オッサ（Ossa）と綴られている——という名前や、サクソン人の代名詞でもある「長剣」（スクラマサクス）を連想させる添え名のカスレスヴァウル（Cyllellfawr）——直訳すると「大きなナイフ」——からは、アーサーの敵役アングロ＝サクソンの武将の方が確かにふさわしい。実際、メルヴィル・リチャーズとカーソンはオスラをマーシア王オファ（在位七五七〜七九六年）と同定（Richards 1948: 46; Carson 1974:297）、イドリス・フォスターはヘンギストの息子オクタと考える（Foster 1961:42）[128]。それに対しスロトキンは、オスラはキルフーフの物語に登場する「あのオスラ」であるとする（Slotkin 1989:98）。そして、枠物語におけるマドウグ王とヨルウェルスの仲たがい、夢のなかでのアーサー王とオワインの碁盤試合、バゾンにおけるアーサーとオスラの戦い、そしてアーサー王の世界の終焉にあたるカムランの戦いにおけるアーサーとメドラウドの対決は、いずれも武勲や名誉のために親族や友人が敵同士になるというパターンの反復であると指摘する。そのうえで、フロナブウィの夢の世界では、いずれの対立も収拾ないし回避されることから、栄誉と戦いを第一とするアーサー王物語の世界に対する、ユマニストの作者の風刺を垣間見るのである。

次にバゾンの戦いへの言及について考えたい。九世紀の年代記『ブリテン人の歴史』で、九六〇名のサクソン兵をアーサーが一網打尽にしたとされる戦である。『ブリタニア列王史』では戦場はバースとされ、アーサー

---

128 『聖人の系図』の一五世紀に付け加えられたテクストでは、「大剣のオファ、イングランド王、ベイドンの戦でアーサーと戦えし者」としている。おそらく本作の影響だろう、後世には、ベイドンの対戦相手としての役割が定着してしまったようだ（EWGT64§70）。

王率いるブリテン勢がサクソンの大軍に劣勢を強いられていたところ、アーサーが自ら名剣カリブルヌス（後のエクスカリバー）を振りかざし四七〇人を殺したので味方は活気づき、サクソン軍を敗走させたとある。ところが本作ではアーサーとオスラの間に休戦が結ばれ、戦闘は結局起こらない。

多くの研究者が本作をパロディないし風刺と捉えてきたが、もう一歩踏み込んでアーサー物語を語ること自体についてのメタフィクションとみなすことはできないだろうか。『ブリテン人の歴史』に登場した一武将が、キルフーフの物語では二〇〇人を超える配下を有して魔界の猪を退治する英雄へ、さらに『列王史』ではヨーロッパを征服する大皇帝へと変貌し、大陸のロマンスでは個々の騎士の活躍の引き立て役のごとき無為の王となるように、アーサーについての伝承は語り直されるたびに性格を変え、新たな解釈が加わっていく。オスラの役割の変化も、この文脈から言えば奇妙なことではない。そもそもサクソン人のオスラがアーサーに仕えるのは別に不思議ではない。キルフーフの物語世界では、征服王ウィリアムやアイルランド伝承の英雄たちもアーサーの宮廷に集うのだから。同じオスラが本作ではアーサーの敵側として語り直されると同時に、ベイドンの戦いは、アーサーの記念碑的勝利の象徴から決して戦われることのない「伝説的戦い」へと変わったのである。

こうした観点からもう一度、本編の構造を見てみると、夢という枠のなかで起こる出来事は、イゾウグによってフロナブウィに説明される。両者ともに、この作品に先行する伝承がないことから、作者の創造した登場人物だと考えていいだろう。[129] つまり、イゾウグはアーサーの伝承世界の外にいる一人の語り手として、一般読者代表であるフロナブウィにアーサー物語を新たに語っているのである。ところが、このイゾウグ、自分がカムランの戦いの仕掛け人だとうそぶくが、アーサーに無礼を働いたアザオンを品性、知性にすぐれた者、アザ

129　三題歌「ブリテン島の三人の不名誉な男」のペニアルス51写本（一五世紀後半）には、メドラウドの項の説明に、アーサーとメドラウドの間に不和を引き起こした者として、ナニオーの息子イゾウグの名が登場する（TYP140）が、写本の時代からみて、明らかに『フロナブウィの夢』に典拠した言及である。

オンの無礼を制したエルフィンを乱暴者と評することからわかるように、皮肉好きで信頼のおけぬ語り手だと言える。イゾウグが語るアーサー物語は、こうして筋の通らぬもの、まさに意味のわからない「夢」となる。しかしイゾウグは、アーサーの魔法の指輪のおかげで、フロナブウィはこの「夢」を忘れないだろうと断言する。かくして、フロナブウィは目覚めたあと、この「夢」を仲間にとくとくと語るのだろう。物語は誤解され、脚色され、意味を変え、それでも時空を超えて語り続けられていく。アーサー王物語とは、まさにそうした存在なのではあるまいか。

タリエシン物語

1. 物語の梗概

ペンスリンの領主テギッドの妻ケリドウェンは、外見も中身も跡取りにはふさわしからぬわが子のため、叡智と霊力を授ける秘薬を大鍋で作ることにする。ところが、魔力をもつ汁を浴びたのは召使のグウィオン・バッハだった。グウィオンはさまざまな獣に姿を変え追跡を逃れようとするが、麦粒になったとき雌鳥に変身したケリドウェンに飲み込まれてしまう。ケリドウェンは妊娠し、生まれた子を海に流す。時は移り、マエルグン王の治世にエルフィンという貴族が海辺で赤ん坊を拾いタリエシンと名付け育てる。王の不興を買ったエルフィンが投獄されると、少年タリエシンは王宮に出向き、すぐれた知恵と詩才を駆使してエルフィンを救い、恩に報いる。

2. 物語の成立背景

写本について

詩人タリエシンの名を冠する作品や関連する伝承は、後述するように中世に遡るものの、まとまった物語として伝わるのは一六世紀以降である。そのうち現存する最古のテクストが、テューダー朝のヘンリ八世の治世にカレーの要塞に勤務したことから「カレーの兵士」の異名をもつエリス・グリフィズが書き留めたものだ。[130] グリフィズが一五五二年ごろウェールズ語でまとめた年代記『六つの時代の年代記』第一部にタリエシンにまつわる物語が挿入されており、前半のグウィオン・バッハの部分はアーサー王の時代、エルフィンが登場する後半部が六世紀の北ウェールズの王マエルグン・グウィネッズの時代に設定されている。

グリフィズのテクストは一部、欠損しているが、エドワード・スルウィッドの助手を務めたデイヴィッド・パリーが一七世紀末に筆写した版が伝わっている。また、ウェールズ文芸復興の中心人物の一人だったイオロ・モルガヌグによる写本も存在、グリフィズ版を校訂したフォードによれば、ウィリアム・オーウェン・ピューの英訳[131]はこの写本に基づく（HT56）。このほか、北ウェールズ、デンビシャー出身の古事研究家ロジャー・モリスが一六〇〇年前後に筆写したヴァージョンに基づく写本群があり、シャーロット・ゲストの翻訳の前半部は、こちらの系統の写本に由来する（HT57）。

今回の翻訳では前半は一六世紀末のスラウェリン・ショーンの写本を用いた。[132] グリフィズ版に比べ語り部の口調を残す再話であるが、残念ながら「エルフィンへの慰め」の詩で終わっている。そのため、そののちの物語はグリフィズ版を採用した。

130　現在はウェールズ国立図書館所蔵（NLW Manuscript 5276D）。

131　ピューの英訳は *Cambrian Quarterly Magazine and Celtic Repertory*, Volume5（1833）に『タリエシンのマビノギ』の題名で198〜214ページと366〜382ページの二部に分けて連載された。グラモルガンシャー出身のホプキン・トマス・フィリップなる者が一三七〇年ごろに書いたテクストに基づくとピューは記しているが、それを裏付ける証拠はない。

132　ウェールズ国立図書館所蔵（NLW MS 13075B）。スラウェリン・ショーン版のテクストは Ford 1974-75 に基づく。

詩人タリエシンのモデル

『ブリテン人の歴史』（八二九／八三〇年）第六二章に、ノーサンブリア王イーダの治世に活躍した五人の詩人の一人としてタリエシンの名が挙がっているのが、本編の主人公についての確認できる最古の言及である。ともに名のあるネイリン（アネイリン）は、六〇〇年ごろ、現在のヨークシャーでブリテン人のゴドジン族とアングル人が激突したカトラエスの戦いを題材とする詩『ゴドジン』の作者に擬せられる詩人、同様にタリエシンも、アングロ＝サクソン侵攻時代の六世紀に、ブリテン北辺の、いわゆる「北方《ア・ゴグレッズ》」を中心に活躍した古詩人「カンヴェイルズ」の一人と考えられている。初期ウェールズ文学研究の大家イヴォール・ウィリアムズは、一四世紀前半の写本『タリエシンの書』に収められた詩編[133]のうち、イリエーン・フレゲッドとその息子オワインらに捧げられた一二編の詩を、歴史上実在したタリエシンの作とする。[134]『タリエシンの書』のその他の詩から、一〇世紀のダヴェッド王国で作られた愛国的プロパガンダ「ブリテンの預言」と宗教詩を除く残り三六編が、高名なバルズの名を借りて後世、作られた作品となる。時空を超えて森羅万象に通じた賢者、預言者にして変幻自在な魔術師というバルズのアーキタイプとして伝説化されたタリエシンが、自分の叡智と知識を難解な言い回しとともに延々と披瀝する「弁舌《アライス》」というのが、これらの詩のスタイルである。

ある時は、異界の島の硝子の砦カエル・シジーからアヌーヴンの頭目のもつ[135]大鍋を奪おうとするアーサーの遠征に同行し、またある時はスレイとグウィディオンとともに木々の戦いの戦場にいた。われはあまたの

133　写本自体にタリエシンの名はなく、『タリエシンの書』という呼称が使われるようになったのは一七世紀以降、写本の持ち主だった古事研究家ロバート・ヴォーンの命名によると思われる（*Legendary Poems*1）。

134　これらの詩はウィリアムズによって『タリエシンの歌』（PT）として編纂されている。

135　『タリエシンの書』では二つの詩で言及されているが、木々の戦いの伝承の詳細は不明。グウィディオンらドーンの息子た

姿であった、血にまみれた剣だった、言葉であった、書であった、水面に浮かぶコラクルだった、竪琴の糸だった。昼と夜はどこから来る？　鷲はなぜ灰色？　こうした詩句を連ねるタリエシンは、本編の主人公の姿と重なりあう。[136]

実際、タリエシンの詩には一六世紀の物語と共通する要素がいくつも見られる。たとえば、「われは主を讃えん」（*Legendary Poems* no.8）という一節からの以下の引用がそうである。

われはデガヌウィに来たり
最強のマエルグンと競わんがため
わが主君を解放せり　高貴な者たちの面前で
エルフィンは　すばらしき者たちの君主なり
われには三つのカダイルあり　調和と均衡にまされり
それらは最後の審判まで　歌い継がれん　歌人たちにより
（BT 33.19-23）

136　ちが、異界アヌーヴンから獣を盗んだことでアヌーヴンの王との間に起こった戦いか（TYP 217-218参照）。
『アイルランド来寇の書』において、ミールの息子たちがアイルランドに上陸する際、息子の一人アワルギンが立ちはだかる嵐を鎮めるために唱える言葉も、「われは海を渡る風なり、われは水のなかの鮭なり、われは知恵の言葉なり、誰が月齢を預言する？」といった同様の形式をとる。アイルランドの詩人のアーキタイプたるアワルギンとタリエシンには、その言霊の力において共通するところが見て取れる。また、転生に関しては、同じくアイルランド伝承に、『赤牛の書』ほかに登場するトゥアン・マク・カリルの転生譚がある。トゥアンは、大洪水後アイルランドに渡来したパルトローンの一族の一人で、疫病で仲間が死んでしまったなか唯一生き残り、雄鹿、猪、鷲、鮭に姿を変え、アイルランドの入植の歴史の生き証人となったとされる。

この詩には、「カダイル」（おそらく詩作の意）を生み出す「ケリドウェンの大鍋」への言及もある（BT 33.10）。エルフィンの救出については、『タリエシンの書』では、上記以外に二か所で取り上げられている（BT 35.21, 40.15）。

グウィズノーの息子エルフィンの名は一三世紀の『北方の男たちの系図』に登場する（EWGT73§10）。本編の物語のエルフィンのモデルが系図にある歴史的人物かどうか断定はできないが、実在したバルズとされるタリエシンの活動域が「北方」であることを考えると、同じ北方の戦士だったエルフィンと結び付いた伝承がどこかの段階で生じた可能性は十分ありうる。[137]

タリエシンによるエルフィンの救出については、プラディーズ・ア・モッホが一二一七年にグウィネッズのスラウェリン・アプ・ヨルウェルスを讃えた詩のなかで言及しているのが、『タリエシンの書』以外で確認できるもっとも早い例である。詩人は詩の霊感たるアウェンを賜るよう神に願い、「詩を統べる者（rhwyf barddoni）」たるケリドウェンの言葉を、そしてエルフィンを解放したタリエシンのような力を望むのである（CBT V. no.25.1-5）。[138]

「バルズここにあり」という一文で始まる長詩（*Legendary Poems* no.4）では「アヴァグジーの雄弁《アライス》／巧みに作り出す／韻律の言葉」（BT 19.12-14）とあり、別の詩では「アヴァグジー、わが息子」は「詩の競技では、

137 なお、エルフィンの名はウェールズ語形の Elffin ではなく Elphin と綴られることが多く、これはエルフィンのラテン語形アルピヌス（Alpinus）に由来するという説もある（WCD）。アルピヌスは、『アルバ諸王の年代記』と呼ばれる、一四世紀のラテン語写本のなかで、スコットランドの最初の王キナディウス（Cináed mac Ailpín、英語名ケネス・マカルピーン、治世八四三～八五八年）の父でダール・リアダの王だったと記されている（Weeks & Weeks）。

138 ノルマン軍に対するスラウェリンの一連の勝利を寿ぐ、この詩は、一二一三年にスラウェリンがノルマンから奪取したデガヌウィの城で披露された可能性をヘイコックは示唆する（*Legendary Poems* 285）。

その叡智われにまさる」（BT 36.1-3）と歌われる。後者は作品中にケリドウェンが登場しないにもかかわらず、写字生が書き込んだ「ケリドウェンのカダイル」という題名で知られているが、他の詩同様、語り手はタリエシンとするのが自然だろう。だとするとアヴァグジーはタリエシンの息子ということになる。

『フロナブウィの夢』には、タリエシンの息子としてアザオンまたはアヴァオンが登場する。アヴァグジーは、エリス・グリフィズ版の『タリエシン物語』では、テギッドとケリドウェンの間にできた息子モールヴラーンのあだ名とされる。[139]また、ロジャー・モリス版を筆写したゲスリラヴディーのジョン・ジョーンズのペニアルス写本111（一六〇七年ごろ）は、アヴァグジーはモールヴラーンの兄弟だとしている。だが、グリフィズ以前にケリドウェンとテギッド、そしてモールヴラーンを結び付ける伝承は存在しない。ヘイコックは、アウェンをもたらす魔法の大鍋の持ち主として知られていたケリドウェンが、[140]『タリエシンの書』における「ケリドウェンのカダイル」という写字生の書き込みによってアヴァグジーの母親とされ、『キルフーフがオルウェンを手に入れたる次第』（以下『キルフーフ』）に登場する、テギッドの息子で悪魔のように醜悪なモールヴラーンとアヴァグジーが同一視されるに至ったのではないかと推測する（*Legendary Poems* 322）。

『キルフーフ』の物語には、タリエシン自身も「詩人の長」としてアーサーの宮廷リストに名を連ね、『カエルヴァルジンの黒本』（一三世紀半ば）所収の「墓のエングラニオン」では、主エルフィンに古の戦士の墓についての

139　アヴァグジー（Y Vagddu/Afagddu）は、「育ち・生育」を意味する女性名詞「マグ（mag）」に定冠詞‘y’がついたため語頭の音が‘f’/v/に変化した形。グリフィズ版では、文脈から、容貌、性質ともに「どす黒い」（「ディー（du）」）ことに由来すると読み取れる。GPCによれば、普通名詞としては‘fagddu/afagddu’には「真っ暗、真っ黒、闇、地獄」といった意味がある。

140　ヘイコックによれば、詩の力をもつケリドウェン／ケリドヴェンの名は、一一〇〇年ごろの宮廷詩人の詩にすでに現れるという。また、アウェンを生み出すケリドウェンの大鍋についての、現存する最初の言及はプラディーズ・ア・モッホ作の詩（CBT V10）である（*Legendary Poems* 312-313）。

伝承を語る。『タリエシンの書』における伝説的タリエシンの諸作の成立年代をヘイコックに従って一二世紀から一三世紀初頭とするならば、高名にして神秘的なバルズ、タリエシンの伝承が形成されていったのは、ちょうどこの時期だと考えられる。

3．バルズのアーキタイプとしてのタリエシン

アネイリンとタリエシン

タリエシン伝説の特徴の一つは、伝承に名を遺す他のバルズとの関係で詩聖としての名声が構築されていった点にある。まずは、三題歌のなかで「なめらかな舌先のバルズの君主」[141]と讃えられるアネイリンとの対比である。『アネイリンの書』のなかには、「カンヴェリンの歌《グアルハン》」のテクストの後に、『ゴドジン』のオード一つが詩の競技の際の詩一作分の単位と数えられ、長詩グアルハン一編は詩三〇〇に相当するという記述がある。さらに、「マエルゼルーの歌」はタリエシンが作ったため、『ゴドジン』のオードすべてと他のグアルハン三編に値するステイタスをもつと続く（CA55）。実際、『タリエシンの書』三〇ページから四四ページには、それぞれ詩の値が書き込まれており、後世のバルズにとって、伝説のタリエシンが、アネイリンとともに、詩の競技会で作品の価値を決める基準となっていたことがうかがえる（*Legendary Poems* 257-58）。

マルジン／マーリンとタリエシン

141　'Aneirin Gwawdrydd mechdeyrn beirdd'（TYP no.33）。『ヘルゲストの赤本』所収の、「イリエーンの贈り物」という作者不明の詩（一二～一三世紀）では、「なめらかな舌の、アウェンをもったアネイリン（Aneirin gwawtryd awenyd）」という同様の賛辞をタリエシンが口にしている（RBP col.1050 ll.3-5）。

ペニアルス写本252には、モールヴリンの息子マルジン、マルジン・エムリスとタリエシンを「アーサーの宮廷の三大バルズ」として並べた三題歌（TYP no.87）が存在する。写本自体は一七世紀のものだが、アーサー王物語の魔術師マーリンの原型である、狂人にして預言者マルジン・ウィスト（モールヴリンの息子マルジン）とタリエシンのかかわりは少なくとも数世紀遡る。

ウェールズ語の最古の写本である『カエルヴァルジンの黒本』には、「タリエシンとマルジンの対話」（LIDC no.1）と呼ばれる詩が収められている。二人のバルズは、交互に二つの悲惨な戦争――マエルグンのダヴェッド攻撃と北方におけるアルデリーズの戦い――のことを語り、最後はマルジンの以下の言葉で締めくくられる。

二〇の七倍の高貴な武士《もののふ》が、正気を失い
ケリゾンの森へと逃げ込んだ
われマルジンは　タリエシンに次ぐ者なれば
わが預言は　あまねきものなり。

一方、『タリエシンの書』には、「マルジンは預言する」という詩句を含む古詩「ブリテンの預言」（九三〇年ごろ）が存在する。

三題歌に現れるマルジン・エムリスとは、『ブリテン人の歴史』に登場するアンブロシウスのことである。ウォルティゲルンがスノードン山中に砦を建てようとするが、石材や木で土台を組んでも夜のうちに消え失せてしまうという怪異が続いた。そこで、王の賢者《マギ》たちは、父親のいない少年を人柱に捧げるように進言する。連れてこられた少年は、砦の基礎の部分に湖が隠れており、そこに布にくるまった二匹の長虫がいると告げる。賢者たちが少年の言うとおりに土を掘り返し布をとりさると、赤い長虫と白い長虫が戦っているのが見えた。劣勢だった赤い長虫が白い長虫を追い払って飛び立ったとたん布は消えた。王の問いに答えて少年は、布は王国、赤い長虫は王の龍、湖は世界、白い長虫はブリタニアの民を苦しめている龍で、やがてわれらの民が立ち上がり、サクソン人を追い払うという予兆であると語る。この少年の名がアンブロシウス、ウェールズ語のエムリスである（HG c.42）。王の前で、すぐれた叡智を示し、並み居る賢者たちの面目をつぶす少年のエピソードは、『タリエシン物語』のマエルグンの宮廷での少年タリエシンの活躍を彷彿させる。

以下のエリス・グリフィズの記述にあるように、マルジンとタリエシンは同一人物、あるいは、マルジンのアウェンを転生したタリエシンが体現したという解釈が、一六世紀には受け入れられていたようだ。

ある人々の主張するところでは、マルジンは人間の姿をまとった精霊であり、ウォルティゲルンの時代から現れ、アーサー王の治世の始めに姿を消した。その後、その精霊はマエルグン・グウィネッズの時代に再び現れタリエシンと呼ばれた。彼は今でもカエル・シジアで生きているという。三度目に顕現したのはエサストの息子モルヴィン・ヴリッフの時代で、彼の息子だと言われており、当時の名は狂人マルジン。その日から今日まで、彼はカエル・シジアで安らかな日を送っており、そこから最後の審判の日の前に再び立ち上がるだろうと信じる者もいる。（Ford 1976: 386）

カエル・シジアとは、前述した「アヌーヴンの略奪品」の詩に登場する、異界の硝子の砦カエル・シジーのことであろう。なお、マルジンの終の棲家としての硝子の館への言及は一五世紀に遡る（Ford 1976: 384-385; TYP462）。

グウィオンとアウェンの獲得

アウェンとは、聖なるものと交信する力を与える霊力のことであり、マルジンの狂気が示すように、それは聖なるものが憑依した状態、そしてタリエシンの転生が伝えるように、人間の肉体を離れ、事物そのものになりかわることである。グウィオンとしてのタリエシンの前世譚は、アウェンを神秘的な儀式によって授かるという、まさに詩人の原初的体験を述べているように思われる。

実は、タリエシンよりもグウィオンという名の方が、アーキタイプとしての詩人の呼称にはふさわしい。グウィオンはウェールズ語で「白」を意味するグウィン（gwyn）に由来し、ゲール語のフィン（Finn）に相当、両者の名前の語源であるケルト語ウィンドス（*uindos）はブルゴーニュ地方から発見された碑文「ウィンドヌス（Vindonnus）」に見出される。ウィンドヌスは、「明るく光るもの」を意味し、アポロに当たる太陽神、水と癒やし、特に眼病を癒やす力をもった神として信仰されたという（Green 1986:164）。

グウィオン／グウィンとフィンの類似は名前だけではない。フィアナ戦士団の長として、さまざまな伝説に登場するフィン・マク・クウィルは武勇にすぐれるだけでなく、預言の力をもっていた。フィンが霊力を獲得する少年時代の冒険にはいろいろなヴァージョンがあるが、もっともよく知られているのが「フィンと知恵の鮭」と呼ばれる、以下の物語だ[142]。

デヴネという少年が詩を学ぶためにフィンという詩人に師事することになった。このフィンはボイン河のほとりで、知恵を授けるというフェーグ湖の鮭が現れるのを七年間待っていた。とうとう鮭をつかまえると、師匠は少年に鮭を料理するように、けれども一口も口にしてはいけないと命じた。やがて、料理をもってきた少年に対し、詩人が尋ねた。

「おまえは、この鮭を少しでも食べたか？」

142　ゲール語テクストはMacgnimartha Find ed. Kuno Meyer, *Review Celtique*, V（1882）, 195–204, 英訳（The Boyish exploits of Finn）, *Ériu*, I（1904）, 180-190. その他のヴァージョンや類似の物語についてはYT18-29にくわしい。

「いいえ、でも親指をやけどしたので、あわてて、口に入れました」

「フィン、それがおまえの名。鮭が与えられたおまえこそ、フィンなる者である」

以来、フィンが何か知りたいときに親指をしゃぶれば、すべてが明らかになったという。

スラウェリン・ジョーン版およびジョン・ジョーンズ版では、秘薬の三滴で指をやけどしたグウィオン・バッハは、フィン同様、指をしゃぶったことで預言の力を得ることになっている。グウィオンとフィンのエピソードの類似はジョン・フリース（Rhŷs 1888: 552-3）ら多くのケルト研究者の指摘するところであり、物語の原型が詩人へのイニシェーション儀礼であることはほぼ間違いない。

けれども不思議なのは、ウェールズがイングランドに併合され、英語の公用語化が進み、イングランド文化がジェントリや宮廷官吏のなかに浸透していくテューダー朝に、ウェールズのバルズのアーキタイプとしてのグウィオン／タリエシンの物語が書き留められた理由は何かという点だ。

関連していると思われるのが、北ウェールズのカエルウィスでアイステズヴォッドと呼ばれるバルズの集会が一六世紀に二回行われた事実である。一五二三年にはヘンリ八世の認可のもと、フリントシャーの有力ジェントリであるモスティン家の肝いりで開催され、「グリフィズ・アプ・カナンの法」に則って、詩作の技芸に携わるバルズ・楽人の職階と権限の確認が行われた。また、エリザベス女王の治世にあたる一五六七年にも、同種の集会が催されたことがわかっている。二つのアイステズヴォッドは、千年を超える歴史をもつウェールズのバルズの栄光の最後の輝きと言っていいかもしれない。

この時期、バルズの霊感アウェンの本質について盛んに議論されたことは注目に値する（Gruffydd 1997:343）。パトロンの武勲を讃えることを生業としてきた宮廷バルズの時代が終焉に向かっていたからこそ、バルズたちは、彼らの技芸の根源である未来を見通す力、預言者としてのバルズの本源的役割を再認識したのだと考えられる。一三世紀以来、バルズの詩で言及されることがなかったアネイリンが、一六世紀に入って、英雄詩の詩人としてではなく、神秘的な箴言を語る賢者として再評価されるにようになったのは偶然ではない（Owen 1978: 141,148）。さらに、ウェールズ国立図書館所蔵のペニアルス写本のもととなったヘングルト蔵書の所有者ロバート・ヴォーンやスラウェリン・ショーン、ゲスリラヴディーのジョン・ジョーンズに代表されるように、ウェールズのユマニストや古事研究家が、ウェールズの伝統・過去を忘却・散逸の運命から救い出すため、写本の収集や筆写に精力的に動いたのも同時期のことである。

このようにしてみると、ノルマン侵攻の時代にウェールズの口承物語が書き留められていったように、テューダー朝もまた、ウェールズ伝承の「発見」の時代だったと言えるだろう。『タリエシン物語』は、その意味で、「マビノギオン」一一編と同列に並べられてもおかしくない意義をもつのである。

図版

Alamy
p.14, 135, 213, 317, 320, 467
RMN-Grand Palais
p.395, 464, 486
Royal Commission on the Ancient and Historical Monuments of Wales
p.355
Shutter Stock
p.23
The National Library of Wales
p.10, 68, 76, 80, 85. 87. 94, 102. 108, 115, 131, 134, 135, 139, 143, 153, 155, 368
123RF
p.467

索引

書名・題名

あ

『アイルランド来寇の書』507, xxxiii, xxxvi
『アイルランド来寇の書』507
「アーサーの宮廷の三大将軍」xv
「アーサーの宮廷の三人のやんごとなき乙女」lii
「アーサーの宮廷の 24 人の騎士」387, xi, xv, l
「アーサーの三大王妃」xxix
『アーサーの死』380
『アーサーの事績の書』452
「アヌーヴンの略奪品」381, 400, 512, xvii, xxi, xxxii, xxxiv, xxxvi
『アネイリンの書』381, 423, 510, lxi, lxii
『アバディーン 聖務日課書』479
『アングロ＝サクソン年代記』466
『アンボー』365

い

『イヴァンまたはライオンを連れた騎士』469
『異教徒に反駁する歴史』lx
『イスティッド伝』388
『イングランド人年代記』369

う

『ウィドシース』403
『ウェールズ案内』399, 476
『ウェールズ紀行』363
『ウェールズ年代記』xvi
『ウシュリウの息子たちの流浪』l
「馬の歌」xxii, xxiii
『ウラド人の酩酊』xxx

え

「エルビンの息子ゲラィント」488
『エルビンの息子ゲラィントの物語』353, 392, 415, 457, xlvi
『エレックとエニッド』469, li
「エングラニオン・ア・クラワイド」403

お

『オイングスの夢』447
『オワインまたは泉の女伯爵』353, 457

か

『カヴネルス本』xxxix
『カエルヴァルジンの黒本』367, 378, 382, 395, 402, 484, 488, 509, 511, xii, xvi, xxxiv, xl, xli, lvii
「悲しみのあまり心が砕けた三人」xliv
「カンヴェリンの歌」381, 510, lxi
「カンザランの死」392
『カンタベリー物語』365
『カンブリア年代記』386, 483, 484, 494, lvi
『カンブリアン・レジスター』352

き

「木々の戦い」402, xx, xxxviii

『ギルダス伝』398, 399
『キルフーフがオルウェンを手に入れたる次第』354, 459, 509, xxvii
『キルフーフとオルウェン』375

く

『クアルンゲの牛捕り』xiii
「グウィズナイ・ガランヒールとグウィン・アプ・ニーズの対話」402, lvii
「くびきとくびわのマビノギ」434
『グリフィズ・アプ・カナン伝』467

こ

『ゴドジン』377, 381, 406, 407, 484, 506, 510, ix, xi, xxii, lix, lx, lxii
「子豚の詩」395
『コルマクの語彙集』396

さ

『サン＝ブリユー年代記』453

し

『シビラの預言』497
『修道士オドリーグの旅』xii
『諸公の年代記』363, 493
『処女の鑑』465

す

『スキピオの夢』498
『スコットランドの歴史』479
『スラワルフ翁の歌』377, 387, xv
『スランダフの書』390, 471, xii, xix, xxiii, xxvi
『スリーズとスレヴェリスの冒険』354, 445, xxviii
「スリーズについての大いなる賛歌」441
「スリーズの対話についての小さな詩」441

せ

『聖カドク伝』382, 399, xviii
『聖カビ伝』488
『聖グルシエルン伝』454
『聖ケンティゲルン伝』479
『聖ケンティゲルン伝断片』478
『聖ゴエズノヴィウス伝』453
『聖人の系図』388, 479, 489, 501, xviii, liv, lviii
『聖チャド福音書』355
『聖デイヴィッド伝』419
『聖杯』484
『聖杯由来の物語』486
『聖パトリックの煉獄譚』498
『聖ベイノー伝』423

そ

『双剣の騎士』365

た

『ダ・デルガ館の崩壊』499, xxx, xxxi, xlvii
『タリエシンの書』381, 402, 441, 477, 506, 508, 509, 510, 511, xii, xxii, xxiii, xxxii, xxxvi, xxxvii, xxxviii, xxxix, xl, xliii, lx, lxii, lxiii
『タリエシン物語』352, 367, 370, 387, 509, 512, 515, xxi, lxii
『タルガルスの赤本』403

ち

『チャークの黒本』424, xxvi, xlii

て

『デイシー一族の追放』xviii
『ディンジェストー版ブリット』388, xxii, liv
『ディン・リーグの殺戮』xxx
「テオドシウスの死」450
『デジレ』482

と

『トゥヌクダルスの幻視』498
『トリスタン』477
『鳥たちの議会』498
『トロイラスとクレシダ』365

な

『梨物語』464
「何者が門番か」382, xv, xxxiv, lvii

に

「肉体と魂の対話」xvi

の

『農学書』496, 497

は

「墓のエングラニオン」394, 509, xii, xl, xli
『薔薇物語』498
「ハーリー写本系図」406, 449, 450, 481, 483, xxiii
「バルズのビアルス」lxii

ふ

『フラゼルフの白本』351, 358, 359, 367, 368, 374, 376, 415, 439, 446, 457, xlvii
『フランク史』488
「フリガヴァルフの嘆き」437
『ブリクリウの饗応』397
『ブリタニア考古学』391
「ブリタニアの奇蹟」380, 396
『ブリタニアの破壊』438, 445, 448, ix, lix
『ブリタニア列王史』354, 360, 361, 363, 369, 380, 388, 416, 438, 439, 440, 445, 446, 449, 452, 459, 471, 494, 499, 500, 501, xiii, xxii, xxv, xxviii, xliii, xlv, l, liv, lv, lxii
『ブリテン人の歴史』380, 417, 438, 444, 445, 448, 451, 452, 459, 477, 501, 502, 506, 511, ix, x, xxii, xxiii, xxviii, xlvi, li, lii, liv
『ブリテン島の三題歌』354, 370
「ブリテン島の三大魔法」xxxvi
「ブリテン島の三大雌牛」xvi
「ブリテン島の三人の黄金の靴作り」xxxv, xli
「ブリテン島の三人の雄牛の将」liv
「ブリテン島の三人の剛腕の豚飼い」397, xv, xxvii
「ブリテン島の三人の執政」xxxi
「ブリテン島の三人の戦隊長」liv, lvi
「ブリテン島の三人の慎ましい将」xxxiv
「ブリテン島の三人の不実な妻」482
「ブリテン島の三人の船乗り」xv
「ブリテン島の三人のへっぽこ詩人」xxiii, lvii
「ブリテン島の三人の魔法使い」xv, xix
「ブリテン島の三人の恵まれし君主」406
「ブリテン島の三人のもっとも位高き囚われ人」400, xxviii, xxxvi
「ブリテン島の 13 の秘宝」xiii, xvi, xxi, lv
「ブリテン島の戦場の盤石」lvi
「ブリテン島の地名」xvii
「ブリテン島の三つの美しき胎の荷」481, 484
「ブリテン島の三つの不運な殴打」xxxiii, xlix
「ブリテン島の三つの不運な殺戮」liv
「ブリテン島の三つの部族の玉座」384, lvii
「ブリテン島の三つの不忠な親衛隊」484, xvi, xliii
「ブリテン島の三つの埋蔵と三つの発見」xxxiii
『ブリテンの預言』445, 455, xxviii
『ブリュ物語』361
『フロナブウィの夢』354, 360, 366, 367, 370, 408, 416, 462, 468, 491, 495, 496, 497, 498, 500, 502, 509, ix, xiii, xiv, xv, xvii, xlix, li, lii
『文献学とメルクリウスの結婚』xix

へ

『ヘルゲストの赤本』351, 352, 358, 359, 367, 369, 374, 376, 415, 439, 446, 457, 469, 492, 510, xlvii
『ペルスヴァルまたは聖杯の物語』469, 495
「ペルスラン・ヴァンゴールの戦の三大門番」lvi
ペルティネ xxvii
『ペルレスヴォー』484
『ヘレーズの歌』392

ほ

『北方の男たちの系図』388, 483, 508, lix

ま

「マエルゼルーの歌」510
『マク・ダトーの豚の話』397
『マグ・トゥレドの戦い』393, 402
『マビノギの四つの枝』351, 359, 360, 370, 377, 397, 415, 417, 418, 427, 428, 434, 457, 461, 495, 498, xvii, xviii, xx, xxi, xxvi, xliv
『マリアの誕生と救世主の幼年時代の物語』433
「マルジンとタリエシンの対話」484

み

「みじめな収穫」438
「三つの馬荷を運びし三大馬」484, xxii
「三つのロマンス」457, 459, 460, 462, 463, 465, 466, 468, 469, 476, 477, 481, 488, 489, 490, xlvi, xlviii, l, lii

む

『六つの時代の年代記』505

め

「雌馬と息子の冒険」431

ゆ

『ユウェンクス写本』355
『ユダヤ古代誌』lxi

よ

『ヨルウェルス本』424

り

『リゲマルフ祈禱書』419
「林檎の木」xix

る

『ルー物語』361

ろ

『ローマ皇帝マクセン公の夢』 354, 422, 441, 445, 456, 462
『ローマ七賢人物語』496, 497

人名・事象

あ

浅瀬の洗濯女 481, 483, xlviii
アザンク／アヴァンク 473, l
アスチッド／アスヴロ 358
アニス・アヴァスラッハ 482
アヌーヴン／アヌーン 381, 400, 408, 413, 414, 462, 481, 506, 507, 512, xi, xiv, xvii, xxi, xxiv, xxvi, xxvii, xxx, xxxii, xxxiv, xxxvi, xxxviii, xliv
アネイリン 381, 423, 506, 510, 514
アモッド xxxix
アモブル xx
アライス 402, 468, 497, 498, x, xix, l, li
アレイシアイ・プロス 497
アワルギン 507
アンブロシウス・アウレリアヌス ix
アンリ・ダルボワ＝ド＝ジュバンヴィル 430

い

イオロ・ゴッホ 497
インファンティア 433

う

ウィーノク 476
ウィネブウェルス xiii, xxix, xxx
ウィリアム１世／ウィリアム征服王 356
ウィリアム・オーウェン・ピュー 352, 429, 505
ウィリアムズ、トマス 401
ウェールズ辺境地域 466, 490
ヴォーン、ロバート 367, 391, 506, 515, lii
ウタム・セネックス 454
ウレディグ 388, 406, ix, xxviii, xlix, lvii

え

エイニオン・アプ・マドウグ・アプ・フラハウド 425
エヴァンズ、ジョン・グェノグヴリン 370
エドリング 435, 436, xii, liii
エドワード１世 356, 363, 459, 497, lix
エポナ 431, xxvi
エムリス・ウレディグ ix
エルギング 390, 404, 449, 471, 476
エレン・スルウィゾウグ 448, 449, 450, 451, 456
エレン（ヘレン）の道 xlvi
エングリン（複数形エングラニオン） 392, 403, 419, 433, xxiii, xxxii, xl, xli, xlii, xliii

お

オエド 461
オファ 501
オロシウス lx
オワイン・アプ・グリフィズ→オワイン・グウィネッズ（グウィネッズ王）またはオワイン・

カヴェイリオウグ（ポウィス領主）362
オワイン・カヴェイリオウグ 493, 494, liii
オワイン・グウィネッズ 363, 435, liii
オワイン・グリンドゥール 369

か

カヴァルウィズ 420, 421, 440, xiv, xxxix
カヴァルス（無心・贈り物）xiii
カヴランク 461, xliv
カエル・シジー 381, 506, 512
カドヴァン・ストーン 355
カトラエス 485, 506, lix, lxi
カドワラドル 363, 441, 455, xxviii, xxxiv
カナン 376, 422, 441, 446, 448, 451, 452, 454, 455, 456, 467, 514, xlvi, lxi
カネザーヴ xvi
カネズヴ xxvi, xxx
カムランの戦い 386, 387, 494, 499, 501, 502, xxxiii, xliii, xlix
カムリ 358, 359, 360, 366, 469, xvii, xxx, xxxi
カラドグ・オブ・スランカルヴァン 398
カラン・ガエア（ヴ）xxv, xxvii, xlviii, lix
カラン・マイ xxvii, lix
カーリオン 385, 459, xlvi
カンヴェイルズ 506
カンゼルー xiii
カントレーヴ xxi, xxiv, xxv, xxvii, xxviii, xxix, xxxvi, xxxvii, xxxix, xlii, liv, lviii
カントレーヴ・ア・グワエロッド xvi, lviii

き

騎士道ロマンス／騎士道物語 377, 380, 457, 460, 463, 465, 482, xlix
キステニン・ゴルネイ 489
キドエティヴェジオン 435
キネザ・ウレディグ 406, ix, lvi
漁夫王 485, 486, xxxii, xlix
ギラルドゥス・カンブレンシス 363, 399, 476
ギルダス 362, 398, 399, 438, 445, 448, 500, ix, xxxii, lix

く

グウィズブウィス 491
グウィネッズ 356, 359, 362, 363, 372, 376, 406, 414, 415, 421, 422, 423, 424, 425, 432, 433, 435, 436, 449, 452, 455, 467, 469, 476, 493, 497, 505, 508, 512, xi, xii, xiv, xxii, xxviii, xxix, xxxvi, xxxvii, xxxviii, xxxix, xl, xlii, xlv, liii, liv, lv, lix, lxi
グウェズヌー 453
グウェルセヴィル／ウォルティマー xxviii, xxxiii
グウェレッグ／ワロック 488
グウェンウィンウィン 405, 493, xv, xvi, lv
グウェンゾライ（ケイディオ―の息子）484
クムード（コモート）xxiv, liv
クラース 363, 364, 419, 420, 422, 425, lix
クラノッグ 359, 422, 424, 432, xli, xlii
グリフィズ・アプ・アル・アナッド・コッホ 425
グリフィズ・アプ・カナン 376, 422, 467, 514
グリフィズ・アプ・スラウェリン（スラウェリン大王の長男）415, xxxiv, liv
グリフィズ、エリス 505, 509, 512, lvii, lviii, lix
グリフィズ・ヒラエソーグ 482
グルシエルン 454, 471
グルセイルン／ウォルティゲルン 444, 511, 512, xxxiii
クレティアン・ド・トロワ 361, 380, 460, 469, 495, xlvi
グワルハン lxii
クンサスト 464
君主の鑑 431, 432, 435

け

ゲシュ x, xxxix
ゲスト、レイディ・シャーロット 351
ケスリ・ウィッグ 384, 385, 386, 459, lvii
ケネドル 389, xxix
ケリゾン 484, 511, ix

こ

ゴヴィネッド xxxix
古ウェールズ語 355, 358, 359, 373, 377, 378, 388,

390, 419, 495, xiv, xv, xvi, xix, xxii, l
コエル・ヘーン 391, 406, 484, xxiii, xlv
コーゲド xxxiii
ゴルセッズ xix, xxvi, xxxv, xlvii
コルドバ革 416, xxxv, xlv
ゴルメス 443, 444, 445, 461, xxxiii, l
婚資 xlv

さ

サイセニン lix
サウィン xxv, xxvii, xlviii, lix
里子 ix, xxvii, liii
サルハエド xxix, xxx, xliii
三区分イデオロギー 442, 443

し

シー xxvi
ジェフリ・オブ・モンマス／ガルヴリドゥス・モネムテンシス 354, 380, 439, 446, 459, 494, xlv
主権の女神 479, 480, 487, 488, 489
シュルコ 465, xlv, xlvii, lvi
巡回（領地視察・巡視）xi, xxiv
ジョーンズ、ジョン（ゲスリラヴディーの） 509, 514, 515, lxiii
ジョスト 460
ジョセリン 479
ジョン王 436
シリエン 419, 420
親衛隊（テイリ） 357, 360, 433, 473, 484, x, xi, xii, xvi, xxiv, xxvii, xxxviii, xliii, liii, lvi
親衛隊長（ペンテイリ）470, l
臣従の礼 366, 416, 417, 424, 436

す

水盤の伯爵 480
スヴネ・ゲルト ix
スティーヴン（イングランド王）361, 363
ストラータ・フロリダ修道院 367, 415, 436
スラウェリン・アプ・グリフィズ 356, 363, 436
スラウェリン・ヴァルズ 363, 441
スラウェリン・ショーン 505, 514, 515, lvii, lviii, lix
スラウェリン大王／スラウェリン・アプ・ヨルウェルス 424, 425, 433, 436, 452, 493, 508, xii
スラフリン lv, lxi
スルウィッド、エドワード 391, 505

せ

聖カビ 488, lix
聖グウェンフレウィ 423
聖ゲルマヌス x
聖ケンティゲルン／カンデイルン・ガルスウィス (518? - 603) 478, 479, liv
聖婚／ヒエロス・ガモス 394, 431, 480, 489
聖テイロー xii
聖ベイノー 422, 423
聖ヘレナ 450, 454, 456

た

ダヴィッズ・アプ・グウィリム 367, 394
ダヴンワル・モエルミッド 425, xxv
タリエシン 381, 402, 477, 484, 504, xxi, xxxii, xxxvi, xxxvii, liv, lvi, lvii, lx, lxi, lxii, lxiii
ダロガン 441
タンゲッド x, xli

ち

チッド 357, 358
中世ウェールズ法／ウェールズ法 358, 360, 367, 387, 422, 424, 425, 433, 435, 436, 461, 489, x, xi, xii, xix, xx, xxi, xxii, xxiv, xxv, xxvi, xxvii, xxx, xxxv, xxxvii, xxxviii, xxxix, xl, xlii, xliii, xlv, l, lii, liii, lvi
長老／良き人 390, xxvi, xxvii, liv, lvii

て

ディアルミド・マク・ムルハーダ 416
デイヴィス、サー・リース 356
ティディル・アレッド 480
デヘイバルス 356, 358, 362, 366, 379, 424, 435, 437,

476, 488, xxxvi

と

トゥアサ・デ・ダナーン 397, 402, 443, 447, xx, xxxvi, xxxvii, xlviii
トゥールのグレゴリウス 488
トマ 477
トリノウァントゥム xliii
トロイト／トロイント 380, 381, 396
トロエドウグ xxxvii
ドーン／ドノー 506, xx, xxxvi, xxxvii, xxxviii, xli

の

ノルマン征服 355, 361, 364, 379, 464, 465, 466, 471, 477, 485, xxiv, xxv, xxxiv, li
ノルマンディー公ウィリアム→ウィリアム１世 xvi

は

ハウェル・ヴァッハン・アプ・ハウェル・ゴッホ 369
ハウェル・ザー／ハウェル・アプ・カデス） 358, 424, 425, xxvi
馬上槍試合／トゥルナマイント／トーナメント 416, 460, 461, 485
ハネシン・ヘーン 390, 398, 399, 400, xli
バルズ・テイリ 357, xxxviii

ひ

ピクト人の地／プリディン 385, xxvi, lvii
非標準構文（アブノーマル・オーダー／アブノーマル・センテンス）358, 359, 378

ふ

フィドヘル lvi
フィール・ヴラテウォン xxxix
フィン・マク・クウィル 398, 513
フラゼルフ・アプ・エヴァン・スルウィッド 367
プラディーズ・ア・モッホ（スラワルフ・アプ・スラウェリン）424, 433, 508, 509, xii
プーラ・ワリア 356, 490
フリガヴァルフ 419, 437, 438
フリース・アプ・テウドル 437
フリース・アプ・トマス 480
フリース公／フリース・アプ・グリフィズ 362, 366, 379, 435, 488
フリズラン法令 459
ブリテンの王権（インベニアエス・プラダイン） 357, 451
古き北方（アル・ヘーン・オグレッズ）／北方（ア・ゴグレッズ） 357, 384, 385, 388, 389, 391, 392, 406, 407, 425, 451, 455, 477, 480, 482, 483, 484, 485, 489, 490, 506, 508, 511, xlii, xlix, lv, lvii
ブルートゥス／ブリットー 356, 361, 451, 454, 499, xliii, lvi, lxi
ブレゼリクス／ブレゼリクス・ワレンシス 476, 477
ブロ 357, 358

へ

ベイドン山の戦い liv
ベケット、トマス xxxiv
ペニアルス写本 367, 433, 509, 511, 515
ベルティネ xxvii
ヘーンウェン 397, xv
ヘングルト蔵書 367, 515
ペンケルズ 421, xxxviii
ヘンリ２世 361, 366, 416, 417, xxxiv, liii
ヘンリ３世 436
ヘンリ８世 354, 504, 514, lix

ほ

ボイス、ヘクター 479
ポウィス 356, 362, 392, 423, 424, 448, 449, 491, 492, 493, 497, xxxviii, xxxix, liii, liv, lvi
北方の戦士たち（グウィール・ア・ゴグレッズ） 357, 477, 485
北方→古き北方 357, 384, 385, 388, 389, 391, 392, 398, 406, 407, 425, 451, 455, 477, 480, 482, 483, 484, 485, 489, 490, 506, 508, 511, ix, xi,

xii, xx-xxiii, lv, lvii
ホプキン・アプ・トマス 369

ま

マエル・ウマイ・マク・バエダーイン xiv
マエルグン・グウィネッズ 362, 372, 425, 505, 512
マクニーヴラダ 431
マグヌス・マクシムス 447
マックウィ（ヴ）418, 461, 462, 463, lvi
マドウグ・アプ・マレディーズ 492
マドウグ・ドウィグライグ 492
マナナーン・マク・リル xxxiv
マビノギ 351, 418, 420, 421, 422, 424, 426, 427, 428, 431, 432, 435, 436, 438, 461, 462, 463, 465, 466, 468, 490, 498, xxvi, xxvii, xxx, xxxvi, xxxvii, xliii, xlvii
マビノギオン問題（マビノギオンフラーゲ）469
マポノス／アポロ＝マポノス 430, 431
マリ・ド・フランス 482
マルキア・ワリア 356, 490
マルジン・ウィスト（野人マルジン）511, ix
マルジン・エムリス 511
マロリー、サー・トマス 380

め

メドラウド／モードレッド 386, 387, 494, 501, 502

も

モックス 393, 395
モドロン 383, 400, 430, 481, xxxvi
モリーガン 481, xxvi, xlviii
モリス、ロジャー 505, 509
森の野人 393, ix

や

ヤウン xxvi, xxvii, xxx, xxxiv, xl
野人カネディル／カレディル 410, ix, xxiii

よ

ヨセフス、フラウィウス lxi
ヨルウェルス・アプ・マドウグ 425, 426
ヨルウェルス・ゴッホ 493, 494, liii

る

ルアドリ・ウア・コンホヴァル 417
ルグ／ルグス 393, 402, 430, 443, 478, 479, xv, xliii
ル＝ボー、ピエール 452

ろ

ロベール・ド・ボロン 486

訳注

キルフーフがオルウェンを手に入れたる次第

1. キリーズの父の名は『白本』では'Keledon'、『赤本』では'Kelydon'と綴られており、ケリゾンこと、ローマ人がカレドニアと呼んだ、スコットランドとイングランドの境界付近の地名に由来すると考えられる。ここは、中世ウェールズ文学では「北方（ア・ゴグレッズ）」と呼ばれ、アングロ=サクソン人によって奪われた父祖の地としてノスタルジアの響きを強くもっていた。ケリゾンという地名をキルフーフの父方の祖父の名に用いることで、語り手は舞台を同時代のウェールズから遠く離れた北辺の地、『ゴドジン』などの舞台となった過去の英雄時代に置こうとしたものと思われる。なお、9世紀の年代記『ブリテン人の歴史』は、「アーサーの12の戦い」の一つとしてケリゾンの森の戦を挙げており、伝承のアーサーゆかりの地でもある（HB c.56）。
2. 原文の「ウレディグ（Wledig）」は、ウェールズ語の音韻変化の法則により、肩書きを示す「グレディグ（Gwledíg）」の頭の音が人名の後に来たことによって落ちた形。ウェールズ語で「王」や「領主」を表す言葉は時代によってさまざまで、12世紀以降の宮廷詩では、グレディグは主イエスや世俗の支配者一般に対しても使われているが、元来は、ローマ軍が撤退した5～6世紀に、異民族の侵攻に対抗したブリテン諸族の王に対してつけられたものとされる（GPC）。ウェールズ伝承で「ウレディグ」の名で親しまれるのは、北方のゴドジンの地から一族を連れて北ウェールズに移民し、ウェールズ諸王家の祖となったキネザ・ウレディグと、ギルダスの『ブリタニアの破壊』で言及される、サクソン人に対抗したブリテン軍の将軍アンブロシウス・アウレリアヌスのウェールズ語名エムリス・ウレディグである。グレディグという名称は、本作ではキリーズの父親を含め5人に使われているが、「マビノギオン」の他の物語でグレディグと呼ばれるのはローマ皇帝マクセンと『フロナブウィの夢』でアーサー王の相談役として名が挙げられているデオルサッフ公、ガルスムル公のみである。
3. 原文のウェールズ語 'mynd yng ngwylltog' は、英語に直訳すると 'go into wild' となる。「グウィスト（gwyllt；アイルランド語geilt）」は人に手なづけられていない、自然のままの状態にある野生の動植物を形容するのが原義だが、人名と結びつくと「野人・狂人」の意として使われる。ブリテン北方は、ウェールズ伝承のマルジン・ウィスト、アイルランドのスヴネ・ゲルトに代表される「森の野人」伝説の故郷である。ケルト諸語圏の物語では、野人となった人間は理性を失い、人を恐れ、森で獣のように暮らすうち預言や詩の力を授かる。なお、本編には野人カネディル（またはカレディル）が登場し、注1で述べたように、北方的雰囲気を物語に付け加えている。
4. 中世ウェールズでは、アイルランド同様、王族や高位の者たちの間では里子制度が広く行われた。「マビノギの第一の枝」ではプラデリも両親のもとに戻ってすぐ里子に出されている。里子の期間はアイルランドの場合、通常7歳から14歳（Charles-Edwards 1993:37）—ただし法によって年齢はまちまちで、男子は17歳、女子は14歳とするものもある（Kelly

1988:88f）—とされていたようだが、「中世ウェールズ法」には厳密な規定はない。けれども、男子は14歳で成人に達すると考えられていたので、ウェールズの場合もアイルランドと同様だったと推測される（Charles-Edwards 1993:176）。14歳で父親のもとに戻った息子は、父の君主のもとに伺候し、君主の親衛隊の一員として20歳ごろまで務めるのが一般的だったようだ（Carr 2000:64）。

5. 王妃が「子どもたちはどこにいるのか」と複数形で尋ねたので、老婆は「子どもは一人」（キルフーフのこと）いるが、「子どもたちはいない」ととぼけている。
6. 「定め」と訳した原語のタンゲッドは魔力をもった言葉のことで、普通の手段では、その縛りを解くことができない。その意味でアイルランドのゲシュに似ているが、ゲシュを破ることが破滅を招くのに対し、少なくとも本編におけるタンゲッドは、最終的には解くことのできる呪いである。
7. アスバザデンは「サンザシ」の意。名前の後につく添え名（エピセット）のうちペンは「頭」、カウルは「巨人」を表す。巨人の頭目・王である。
8. チャールズ＝エドワーズ（Charles-Edwards 1993:181f）は、このくだりについて以下のように解説している。成人儀礼として少年の髪を切る慣習（カピアトリア）は古代ローマから伝わった。『ブリテン人の歴史』では、ウォルティゲルンが娘との近親相姦の子を聖ゲルマヌスの子と偽ろうとするが、聖人は剃刀とはさみと櫛を用意させ、それらを実の父に渡すよう言う。子どもが迷わずウォルティゲルンの前に進み出て髪を切ってくれと頼むと、暴君は激怒してその場を逃げ出したとある（HB c.39）。このことから、9世紀初めには男児の髪を切る儀式が血縁関係の確認とされたこと、髪を切る役割は通常、父親が行うと認識されていたことがわかる。したがって、キルフーフの髪を実の父親ではなくアーサーに切ってもらうということは、アーサーがキルフーフの父代わりとなることを意味する。
9. 以下、アーサーの宮廷へ旅立つキルフーフの描写は、ウェールズ語でアライスと呼ばれる、頭韻を駆使したリズミカルで技巧的な語りとなっている。一例をあげると、キルフーフの乗る馬には4つの複合形容詞がついており、ペン・**スリッフ**ルウィド　ペドワール・**ガイヤ**ーヴ　ガヴルガ**グウング**　カルン・**グラー**ゲンというふうに、それぞれ真ん中の音節に強勢（太字の部分）をおいて軽やかなひづめの音のようなリズムをかもし出している。こうした味わいを再現するため、あえて七五調で訳した。
10. 4歳馬は人間の20歳前後に相当するので、キルフーフは十分に経験を積んだ「おとな馬」にまたがっている。
11. 中世ウェールズやアイルランド社会では、ものの値を表すのに牛を用いた。「中世ウェールズ法」では、賠償金の基準となる各人の「価値」として、宮廷の詩人の場合は126頭の雌牛と定めている（LHDd 20）。
12. ユーモラスな顔ぶれの4人の門番の名が続く。ヒアンダウ（Huandaw）は「聞く（andaw）」に利点や才などの肯定的意味を添える接頭辞 'hu-/hy-' がついた形で、耳の良い者の意。二人目は『白本』・『赤本』ともに'gogigwc'となっているが、正しくは「小さい（go-）」「肉屋ないし肉を食う者（gigwr）」、すなわちゴギグール（Gogigwr）と思われる。スラエス・カミン（Llaes Cymyn）は「怠慢な、のろい、ぐずぐずした（llaes）」＋「歩み（cam）」の者。ペンピンギオン（Penpingion）については「頭（pen）」以外は不詳だが、頭で独楽のように回る特技の持ち主とある。

13. 王宮の宴会に招かれずに入れるのは、王の息子の肩書をもつ者（mab brenin gwlad teithiawg）とケルゾール、すなわち歌い手・楽士・吟遊詩人・語り部から、いわゆるクラフツマンまで何らかの「ケルズ」（技芸）に秀でた者だけである。「テイシオウグ」は法に則った権利資格をもつという意味だが、『ゴドジン』で、グウィネッズの戦士ゴルシン・ヒールなる者が「正当なる王の息子」と讃えられているように（CA l.1095）、もっぱら詩歌で使われる雅語で、散文に登場するのは珍しい。なお、ここではチャールズ=エドワーズの説（Charles-Edwards 2010:51）にのっとって 'gwlad' は「国」ではなく「君主」の意味と解した。「由緒正しき君主（国王）の息子」に対し、「その他の（国王ではない）君主たちの息子（meibyon gyladoed eraill）」は廷内には入れず、宿所で一夜を過ごすことになる。

14. 『赤本』では「技」ではなく「カルフ（kylch）」と記載されている。カルフとは、王やその親衛隊が王国を巡回することで、『白本』の 'kerth' を誤記、『赤本』の読みが正しいとするエドワード・アヌウィルのような見解も存在する。『赤本』をとると、ここは「アーサーの宮廷に巡回で訪れる者以外が宿泊所で食事をとる」という意味になる（Rodway 2005: 35-37参照）。

15. 「中世ウェールズ法」のなかに、父祖の土地の権利を要求する方法として「ディアスバド・イウッフ・アヌーヴン」を挙げるものがある（LHDd 104）。正確な意味は不明だが、冥界アヌーヴンの死者（先祖）に向けて自分の権利の正当性を訴える儀式であったと考えられる。ブリテン島中に響き渡るというキルフーフの絶叫は、そのような呪術的な叫びを指していると解釈できる。

16. ペン・グワエズ岬は、コーンウォールのペンウィズ岬で、その突端はランズ・エンドである。ディンソルに該当する地名としてはコーンウォールの西海岸にあるデンゼル、またはセント・マイケルズ・マウントが指摘されているが、それでは「北方」というロケーションと合致しないので、本来の地名が伝承の段階で忘れられてしまったと考えられる。ブリテン島の長さを言うのに、伝統的に「スコットランドのブラソンからコーンウォールのペンフリン・ペンワエズまで」という表現が使われた（TYP 246）ことを思い合わせると、ブリテン島の南端から北端まで響き渡るといった意味の成句と解釈できる。エスガイル・オエルヴェルは文字通りには「寒さの尾根」の意味で、どこか特定の地域を表すというよりは、荒涼としたアイルランドの自然を連想させるような、比喩的な名前として使われていると考えられる。シムズ＝ウィリアムズ（Sims-Williams　2011: 139-150）はランズ・エンドと対比されるような海沿いのランドマーク、晴天の日にはウェールズからも見えただろう、アイルランド東海岸、ダブリンの南にあるブレイやウィックローの丘陵である可能性を示唆している。

17. グレウルウィドは「灰色（髪？）の豪傑」の意。添え名の「ガヴァエルヴァウル」は「大きくつかむ／握ること」。門番は「中世ウェールズ法」では24の宮廷官吏の14番目に位するので、勇士グレウルウィドがアーサーの宮廷の門番を務めるのは元日のような特別な祝祭のときだけである。15世紀半ばの「アーサーの宮廷の24人の騎士」(TYP 267)では「三人の抗いがたい騎士」の一人とされ、その理由は彼の大きさと力と凶暴さにあるとされることから、巨人だと考えられる。

18. 中世ヨーロッパでは、インドは世界の東の果てを指す用語で、三つに区分されることが多かった。マルコ・ポーロの『東方見聞録』（1300年ごろ）では、「小インド」はベトナム

からジャワ島、スマトラ島、そしてスリランカまでの東南アジア、「大インド」はインド半島の海岸部、「中インド」はアフリカ東岸のマダガスカルやエチオピアを含む一帯を指す。「二つのインド」については、時代は下るが、イタリアの修道士ポルデノーネのオドリコの東方旅行記（14世紀前半）にはペルシア周辺を「大インド」としてインド本土と区別する用例がみられる。旅行記のウェールズ語訳『修道士オドリーグの旅』が15世紀中ごろのスランステファン2写本に残っている。

19. 聖人伝などの記録で、600年ごろに南東ウェールズを治めたアニルなる者がいたことが確認されている。12世紀初頭に編纂された『スランダフの書』には、アニル・グウェントの息子で6世紀に南東ウェールズのグウェントを治めていたイゾン王が、聖テイローに土地を寄進したと記されている（LL 121-123）。「アニルの人質」については、『タリエシンの書』のなかで、戦闘でサクソン人を捕虜にし敵に打撃を与えたこと、「ウェセックスの男たちの血塗られた刈り手（死神）」と恐れられたが、戦いのあとは自分の一族を宴席でもてなす度量の大きい男であったことが歌われている（BT 42＝*Legendary Poems* no.14）。サクソン人との戦いで勇名を馳せた過去の王の記憶が、不確かな形で言及されているのだろう。

20. 中世の年代記では「スカンディナヴィア」、特に「ノルウェー」の意味で使われるが、ここでは他の地名同様、実在の地域ではなく、世界の果ての異郷を漠然と指していると思われる。

21. ミル・ディーは文字通りには「黒い獣」。10世紀の写本に残るラテン語の聖マロ伝には、ブレンダンとともに航海に出た聖人がミルディーなる巨人を蘇らせるエピソードがある（LBS III 417）。ディーキムについては不詳。

22. オエス、アノエスはどちらも「手に入れることが困難なもの、達成不可能なこと、驚異」（GPC）の意で、散文での用例は本編のみ。『カエルヴァルジンの黒本』の「墓のエングラニオン」（エングラニオンについては注120参照）では「オエスとアノエスの親衛隊」の墓所がグアナスにあると記す（LlDC no.18:90）。同じ詩の「驚異なるがアーサーの墓（Anoeth bid bet y Arthur）」はよく知られた一節である。本編で巨人が課す難題はアノエスの複数形「アノエサイ」と呼ばれることから、カエル・オエスにアノエスは、人がたどり着くのが困難な異界の砦を思わせる。

23. 高名な宮廷詩人プラディーズ・ア・モッホが、グウィネッズのスラウェリン大王の北方での戦勝を寿いで1215年ごろ作ったとされる詩には「ネヴェンヒール・ナウ・ナント」という語句が出てくるため、ナントの書き間違えとする研究者が多いが、ここでは、「防衛」という意味をもつナウズ（Nawdd）とした。なお、「ナウ・ナント」は九つの歯をもつという意味になる。いずれにせよ、巨人アスバザデンの砦が九つの門と門番によって守られている（後出）ように、難攻不落の異界の城砦を指していると考えられる。

24. 文字通りには家の下からてっぺんまで祝福をとなるが、「家の下（低い部分）」とは母屋に接した、牛や家畜を入れておく土間のある小屋のことだろう。

25. エドリングは、「中世ウェールズ法」では王の世継ぎについて使われる用語で、古英語のエゼリングからの借用語である。「中世ウェールズ法」によれば、王と王妃に次ぐ最上の席にすわる権利があった。

26. 面目と訳した「ウィネブ」は文字通りには「顔」の意味、転じて、「中世ウェールズ法」

で定める「ウィネブウェルス」、その人間の「ウィネブ」（顔）についた値、すなわち名誉のこと。原文では、キルフーフは、あなたの「顔」（名誉）をこの世の果てまで持ち去ると言ってアーサーを脅している。

27. アーサーの船はプラドウェン（後出）、マントは『フロナブウィの夢』によればグウェンという名の透明マントで、「ブリテン島の13の秘宝」(TYP 258f) の一つとされる。

28. カレドは「固い」、ブルフは「切れ目」または「守り」の意味なので、戦闘を貫き突破する、あるいは守り固める剣の力を指す。アイルランドの物語に登場する剣 'Caladbolg' と語形が対応しており、両者の関係については諸説ある。最近ではシムズ＝ウィリアムズが、アーサーのアイルランド遠征の場面でアイルランド人スレンスレオウグがカレドヴルフを振り回す描写に注目し、アイルランド語からの借用の可能性を改めて示唆している（Sims-Williams 2011: 165f）。なお、アーサーの剣の名前はジェフリの『ブリタニア列王史』ではラテン語形のカリブルヌスとなり、さらにエスカリボール等を経てエクスカリバーと変化した。

29. フロンゴマニアドは「槍（rhon）」と「なぎ倒す（gomyniad）」の複合語、ウィネブグルスイヘルは「顔（wyneb）」と「宵（gwrthucher）」の複合語。カルンウェナンは「柄（carn）」に「白い」の女性形 'gwen'と「小さい」を意味する接尾辞がついた形。

30. 後世のロマンスではグウィネヴィアとなるアーサーの妃。グウェンは「白い」、ホウィヴァルは「妖精、幻影」を表すケルト語 '*seibara'（古アイルランド語 'síabair' ）に由来するとされ、『クアルンゲの牛捕り』に登場するコナハトのメズヴ女王の娘フィンダヴィル（Findabair）と語源的には同じになるという（TYP 376）。アーサーの妃の名が登場するのは、本作が最初である。

31. 髪を切る成人儀礼が血縁の確認として使われる例については注8を参照。

32. アーサーがカイに対し「贈り物（cyfarws）を与えれば与えるほど、われらの身分、人望、名誉も高まるのだ」と述べているように、グールダーと呼ばれる社会的に高位のステイタスにある者は、請願者の頼みに応じ贈り物をやることがその信用の裏づけとなった。なぜならば贈り物は贈り手の権威の象徴であり、クリスマスや元日などの祝祭の日は、領主や貴族の人望を頼って宮廷にやって来る者たちに、それぞれのステイタスに応じた物を与える儀礼的機会だった。「カヴァルス（cyfarws）」はブラソニック語の '*kom-are-u̯id-to-'に由来、語幹にある '*u̯id-' はウェールズ語の 'arwydd' に残っており、「しるし、象徴」を意味すると考えられている。アーサーはキルフーフの髪を切ることで、彼の父および主君として、キルフーフが望む物を与える責任を負ったことになる。この点からすると、キルフーフの命名のくだり以降、アーサーの宮廷に乗り込んであいさつをするところまでキルフーフの名前は出てこず、すべて「息子（mab）」と呼ばれているのが興味深い。「父」となったアーサーに対し、キルフーフは、巨人の娘を賜りたいという「望み（cyfarws）」を「宣言（aswyno）」、アーサーの宮廷の戦士たちを証人として名指す。

33. グレイドルは「熱血、激しい」の意。三題歌には「ブリテン島の三人のガソヴィーズ」としてグレイドルの名が挙がっており、添え名の 'Gall（dd）ofydd' をブロムウィッチは「敵を屈服させる者」と解釈している（TYP 19）。グライドは「情熱、勇猛」の意。12世紀の宮廷詩人カンゼルーの詩に、「勇敢なる男、エリの息子グライドのごとき（gŵr greidol fel Graid fab Ery）」という一節があるので、勇猛な戦士の代表として中世ウェールズで知ら

れていた人物と思われる。また、引用からもわかるように、グレイドル、グライドは頭韻を踏んだ、同じ意味の名前のくり返しとなる。以下、添え名や人名から意味がくみ取れるものについては訳文に反映させた。

34. 添え名の「カヴァルウィズ」は語り部の意味で使われるが、原義は「さまざまなことに通じた者」。ここでは、ガイドとして、キルフーフの6人の助っ人に指名される。
35. 添え名の「トウィス・ゴーライ」は、見え透いたうそといった意味。タサルはアイルランド語の人名トゥアサル（Túathal）からの借用の可能性が指摘されている。この後、アイルランド起源の名前がリストに続く。
36. アイルランドのアルスター王マエル・ウマイ・マク・バエダーインからの借用。マエル・ウマイは、600年ごろ、スコットランドのダール・リアダの王アエザーンがノーサンブリア王エセルフリスと戦ったとき、アエザーンの側に立ったとされる（Sims-Williams 2011:173）。
37. 5名はアイルランドのアルスター物語群に登場する英雄たちで、順にコンホヴァル・マク・ネサ、クー・ロイ・マク・ダーリ、フェルグス・マク・ロイヒ、ロイガレ・ブアダハ、コナル・ケルナハに該当する。古ウェールズ語の綴りが使われていることから後世の挿入ではなく、本作が最初に書きとめられたとき、アイルランド語からウェールズ語風に書き写されたと推定されている（Sims-Williams 2011: 168-172）。アイルランドの物語がウェールズでも知られていたというより、エキゾチックな響きの名前を羅列した、これも語りの技巧の一つだろう。
38. グウィン・アプ・ニーズの名で呼び習わされる、アヌーヴンの王にして妖精の王。父称に用いられているニーズは霧の意。ヌウィヴレも空・大気を表すので、冬の空を駆け巡る、ワイルド・ハントの狩人であるグウィンのイメージに引っ掛けたものと思われる。リストには、ヌウィヴレの息子としてフラムが登場する。フラムは火の意で、古代の四元素を連想させる名前である。
39. 『白本』・『赤本』ともに 'ac adwy m. gereint'と記されているが、諸系図ではゲライントの息子はカドーまたはカドウィである。リストには後にカドーの息子ベルス、ゲライントほかエルビンの息子たちの名も登場する。
40. 『白本』・『赤本』とも綴りは 'Rhuawn'となっているが、他の伝承から本来の形である 'Rhufawn'として訳出した。解説参照。
41. 写本では 'Moren'と綴られているが、『フロナブウィの夢』、および時代は下るが16世紀のペニアルス134写本では 'Morien'となっていること（Bartrum 1978:373）、中世の系図でも 'Morien' はあるが 'Moren' という名前は見当たらないこと、'Moren' の普通名詞としての意味がニンジン、あるいは女性の召使であることから、'Moren'と書かれている名前は 'Morien'に置き換えて訳出した。なお、ペニアルス134版の系図では、モリエン・マノウグはメイルヒオンの息子マルフ（トリスタン伝説のマルク王）の息子で、グウィネッズのタラボントのエグリ一族の祖とされている。
42. 父の名は、『白本』・『赤本』とも 'Kimin' と記載しているが、三題歌では 'Cunyn'、系図でも 'Cunin'の綴りとなっているので、翻訳ではキニンの表記を採用した。キン（cun）は「王」、コーヴ（cof）は「記憶」の意で、キニン・コーヴはすぐれた記憶をもつ君主、あるいは記憶の主となるので、その息子ダスダヴは「理解する（dallt）」の変化形と解釈

した。「アイル（ail）」は「二番目・次の（もの）」転じて「息子」の意だが、訳文では通常使われる「マブ（mab）」と区別するために「跡取り」とした。

43. 添え名のゴヴァニアドは「求める、要求する」に人を表す接尾辞がついた形で、ここではブロムウィッチらにならい、「人の命を求める者」＝殺人者とした（CO 75）。

44. 順にディー（黒い）、ブラス（突き刺すこと）、ネルス（力）に名詞化接尾辞 '-ach'がついた形だが、ここでは軽蔑的意味が付与されている（GPC –ach²）。三人組の父親のグワウルジルの添え名、カルヴァッハは、外形が先の曲がった鉤のよう、すなわち、「背中の曲がった」の意味。

45. ウェールズ語のイフェルン（Uffern）はラテン語 'inferna' からの借用語で、インフェルナは古代ギリシャで死者が行くという地下の国ハーデスに対応する。キリスト教における地獄と必ずしも同義ではないため、ここでは冥府と訳した。

46. ここでは 'Lloch'と表記されているが、後では 'Llwch'と綴られているため、そちらを採用した。添え名は「スラウ」（手）に「グウィニオグ」（風の強い）。「何者が門番か」の詩には、スルッフ（Lluch Llauynnauc—古ウェールズ語の綴りでは 'w'は 'u'となる）と次に名が挙がる翼のアンワスが登場、「エディンバラの国境を守っていた」と続く。スルッフをアイルランドのルグ、ケルトのルグス神と同一視する見解もあるが、シムズ＝ウィリアムズは否定的である（Sims-Williams 2011: 162）。

47. サイスヴェッドは7つ目の意味なので、本来は4人ではなく7人息子の名があったのかもしれない。このうちグウェンウィンウィンは「ナヴ」の息子として三題歌「ブリテン島の三人の船乗り（または艦隊長）」（TYP no.14）にエルビンの息子ゲライント、メイヒオンの息子マルフとともに名が挙がっている。

48. ゴブルウィは文字通りには「褒賞、贈り物」の意。三題歌「アーサーの宮廷の三大将軍」（TYP no.9）の一人。『フロナブウィの夢』ではゴブルーとして登場する。興味深いのは父親のイヘル・ヴォルズウィッド・トゥスの方で、イヘルはギリシャの英雄アキレウスのウェールズ語名。添え名の「モルズウィッド」は足の大腿部、トゥスはGPCによれば「穴のあいた」と「分厚い、力強い」の二つの意味があるが、『スラワルフ翁《ヘーン》の歌』では老スラワルフが若くして散った息子グエーンを 'Morddwyd tyllfras'（'tyll'は 'twll'の複数形、'bras'は太い、逞しいの意）と呼んでいる（EWSP 407 l.18）ので、ここでは賞賛の意をこめた「逞しい足」とした。「マビノギの第二の枝」に登場する 'Morddwyd Tyllion'という語句の解釈については該当する注を参照。

49. 添え名は「ダス」（盲目の）＋「ペン」（頭）の意。三題歌の「ブリテン島の三人の剛腕の豚飼い」（TYP no.26）では、白豚ヘーンウェンの持ち主としてダスウィル・ダスベンの名が挙げられているが、異本によっては豚の所有者の名はダドワイルと綴られており、同一人物の可能性が高い。

50. 父称はタイル（三度）＋グワエズ（叫び）で、メヌーは「小さい」の意。三題歌「ブリテン島の三人の魔法使い」（TYP nos. 27,28）の一人で、キルフーフの6人の助っ人に選ばれる。

51. 「ドリード」（勇敢）に「グワース」（若者）がついた形。15世紀の写本にある三題歌ではブリテン島の三大名馬の持ち主、同じく15世紀半ばの「アーサーの宮廷の二四人の騎士」では黄金の舌をもつ騎士の一人とされる。一方、17世紀のモスティン写本では、ドリードワスが3頭のグリフォンを使ってアーサーを殺そうとするが、誤って自分が殺され

てしまうという話がのっている（TYP 330）。

52. トゥルッフは一般には猪の意だが、ここでは人間を指しているのか獣なのか定かでない。「マビノギの第四の枝」では、猪の姿に変えられたグウィディオン兄弟の子どもが、魔法の力で猪から立派な戦士と変わるというエピソードがある。

53. ジョセフ・ロトは父親のフレルガントを、ウェールズ伝承ではアラン・ヴァルガンまたはヴェルガントとして登場する、ブルターニュ公アラン4世と同定。ノルマンディー公ウィリアムは、イングランド征服に際しブルターニュと同盟を結ぶため、娘のコンスタンスをアランに嫁がせた（1087年）。アランは1119年に逝去しており、リストのなかではもっとも編纂者の同時代に近い人物と言える（CO 82）。三題歌「ブリテン島の三つの不忠な親衛隊」では、アラン・ヴァルガンの親衛隊は夜中、主君を残して逃走、アランは召使とともにカムランの戦場に行くことを余儀なくされ、そこで殺されたとある（TYP no.30）。

54. GPCによれば、父親の名に使われている ‘Glythfyr’は、他の用例としては、『カエルヴァルジンの黒本』の宗教詩「肉体と魂の対話」（LlDC no.5）に古ウェールズ語の形（glithuir/glethuir）で2回登場するのみの古語である。詩の該当箇所では、魂が肉体に対し、「そなたは glethuir に行くのだ、謙虚でなかったゆえ」、「彼らは glythfyr に行く、悪魔の領域に」とあるので、キリスト教における「地獄・奈落」を指すと推定される。「冥府」との違いについては注45参照。

55. スラウヴロデーズは三題歌「ブリテン島の三大雌牛」の持ち主（TYP no.46）かつ「ブリテン島の13の秘宝」のひとつ、食卓で24人に給するというナイフの持ち主である。なお、後者では添え名 ‘Farfawg’が騎士を意味する ‘Farchawg’となっているが、他の文献では本編と同じ形をとっているので、こちらが本来の添え名だと考えられる。ノダウルの添え名は『白本』・『赤本』ともにヴァルヴ・トゥルッフ（Farf Twrch）すなわち「猪の髭」となっているが、添え名としては ‘Farf Trwch’の用例が他に複数見られること、髭面に対して髭を剃ったという対比の面白さをねらった技巧と考え、ブロムウィッチら（CO 86）にならい、‘Twrch’ は ‘Trwch’ の書き間違いだという判断した。

56. 5人の名が挙がっているが、そのうちの3人はカネザーヴこと「生まれながらの不思議な特性あるいは能力」の持ち主である。翼のヘーンワスは、すでに登場した翼のアンワスのダブルか。ヘーンベゼスティルは「ヘーン」（英語の ‘old’）に「ペゼスティル」（歩く人）の複合語。スキルティはアイルランドのフィン物語群に登場するカイルテ・マク・ローナインに該当する。スキルティの添え名「アスガヴァンドロイド」は「軽やかな足取り」の意で、カイルテもアイルランド伝承では同様のあだ名で知られる（Sims-Williams 2011:174）。

57. 英語のエーカーに当たる。現在の1エーカーは63m x 63mだがウェールズの尺度は不明。もともとエーカーはギリシャ語で「くびき」を意味する言葉で、2頭の牛が1日で耕すことが可能な土地の広さを1エーカー（約4反分）の面積とした。

58. 沈める王国カントレーヴ・ア・グワエロッド伝承への言及。エクセター大聖堂に残る13世紀のラテン語写本『ウェールズ年代記』には、海に呑み込まれた三つの王国の「三題歌」があり、その第一は、セント・デイヴィッズとアイルランドの間にあったテイシ・ヘーンの島である（TYP lxxv）。

59. ナウの息子としてグウェンウィンウィンの名がすでに登場している（注47参照）。父親の

名は写本によってナウ（Naw）とナヴ（Naf）があり、『白本』の写字生はナウの息子との重複と判断したのかこの名はなく、『赤本』のみに記載されている。

60. 添え名の「（グ）ウィゼル」は「アイルランド人」を表す。出身地とされる「ガモン岬」について、シムズ＝ウィリアムズはウェールズ語でウェックスフォードの港を指すガルモンの誤りではないかと指摘している。また、スレンスレオウグの名前の由来として、「アヌーヴンの略奪品」の詩行に出てくる「スルッフ・スレオウグの剣」の可能性を示唆する（Sims-Williams 2011: 160-161）。

61. ブリテン島の南の端から北の端までの意。

62. 写本の表記は 'Glwyddyn Saer' だが、アーサーの石工頭としてグラジン・サエルの名が後出するため、後者の読みを採用した。アーサーの大広間の名エアングウェンは「広い」と「白い、美しい」の複合語。

63. 『フロナブウィの夢』ではアーサーの対戦相手として登場。オスラの剣ブロンスラヴン・ヴェルスラダンは、「胸」「刀身」「短い」「幅広い」の合成語。

64. ウェールズ語で 'Tair Ynys Prydain a'e Thair Rag Unys'という。最初のアニスは「島」ではなく「地域」の意で、中世ウェールズの伝承では、ブリテン島はスロエグル（イングランド）、カムリ（ウェールズ）、アルバン（スコットランド）の三つの領域からなるとされた。「フラグ・アニス」は近接する島の意で、『白本』に収められた「ブリテン島の地名」によれば、ブリテンには三つの大きな島（アングルシー、マン島、ワイ島）と27の小さな島が隣接するとされる（TYP 246）。したがって、「ブリテンの三つの領域と三つの群島」は、アイルランドを除くブリテン諸島を意味する。本編ではこの形で3度使用されるが、おそらく「三」をくり返すことでリズムを作り出す、口承のフォルミュラを連想させる。

65. 写本では父親の名は 'Kel Coet'となっているが、'Llwyd fab Cil Coed' というよく似た名の人物が『マビノギの四つの枝』に登場することから、森の一角を意味するキルコイドを採用した。

66. スルッフ自身は前出。「怒涛の海（Môr Terwyn）」についてはアイルランド海、ティレニア海（イタリア半島の西側に広がる海、コルシカ島、サルデーニャ島、シチリア島に囲まれている）など諸説あり（Sims-Williams 2011: 163-164）。

67. 名前は「有名な」の意の形容詞であるが、ここでは固有名詞とした。

68. アイルランド語のギラは、ウェールズ語のグワースに当たる言葉で、成人前の若者、あるいは郎党・男の召使に使われる。エルーについては注57参照。300エルーはエーカーに換算すると1万平方キロ以上となるが、ここでは、とてつもなく広いという意味で慣用的に用いられていると思われる。前出のスキルティことカイルテ同様、アイルランド人と俊足が結び付けられている。同様のステレオタイプは、すでに12世紀には見られるという（Sims-Williams 2011:179）。

69. ソルと（ゴ）ソルはともに踵、グワディンは足の裏で、こちらはウェールズの健脚自慢トリオ。

70. 直前に言及される「フラミーの二匹の子犬」の名前とする訳も存在するが、二つの名の間が写本ではピリオドで分けられていること、フラミーの子犬の名は後でも出てこないことから戦士の名ととった。

71. この後『白本』では剛毛髭のイッフドリードまでの間に9行半のブランクがある。グワスタッドの息子の記述は『赤本』のみに記載されている。
72. 「ブリス（brys）」は「急ぐこと、そばやいこと」の意。南ウェールズの小国ブラヘイニオグの王ブラハンはアイルランド人を父祖とするとされ、『聖カドク伝』（1100年ごろ）は、彼の先祖にブリセサッハとその息子ブリスクの名を挙げている。8世紀のアイルランドの『デイシー一族の追放』のような、アイルランド王族による南ウェールズの建国伝説がウェールズでも流布しており、それを示す失われたラテン語写本にリストのこの名は典拠している可能性が指摘されている（Sims-Williams 2011: 180-182）。「ブリテンの黒いシダの地のてっぺん」がどこを指すのかは不明。中期ウェールズ語の綴りでは、ブリテン（Prydein）とピクト人の国を指すプリディン（Prydyn）がしばしば混用されるので、ブリスはピクト人の国から来たとも読める。
73. 以下、音の響きと語呂合わせを意図した名前が続く。
74. 「運ぶ・もたらす」を意味する動詞 'dyddwyn'の派生語ダズーグ「悪をもたらす者」に、形容詞がついた形。
75. 『白本』・『赤本』とも「息子（mab）」ではなく「娘（merch）」と誤記している。また、プウィス・ハネル・ディンを別人物とし、『マビノギの四つの枝』に登場するプウィスと関係づける解釈もあるが、両写本とも 'Gбaedan merch kẏnuelẏn keudawc pбẏll hanner dẏn' と１文にしているため、プウィス・ハネル・ディンも添え名とした。
76. ヘトゥンは後にクラヴァリオウグの添え名を伴って言及されるので、「銀の顔」とはハンセン病を指すと考えられる。野人については注3を参照。
77. アーサー王ロマンスのゴーヴァン／ガウェインに相当。名前の原義は通常、解される「5月の鷹」ではなく「草原の鷹」とされる（TYP 367）。グワルフマイは「アーサーの甥、姉妹の息子にしていとこ」と後の説明にある。『列王史』は、アーサーの姉妹アナの息子、すなわちアーサーの甥とする。グウィアルは『聖人の系図』の後世のヴァージョン（写本は15世紀後半）でアムラウズ公の娘と記載されているため（EWGT 65, §76F）、グワルフマイの父ではなく母の名だと考えられ、グウィアルをアナとすれば、ジェフリの記載に合致する。一方、グウィアルの父の名は本作のアンラウズに当たるため、アーサーとは母親同士が姉妹という関係が成り立ち、そうすればグワルフマイはアーサーのいとことなる。なお、同じ系図では、グウィアルは、アーサーのいとこゲライントの妻とされている。こうした系図間の矛盾は、グワルフマイの出自に関するウェールズ伝承が仮に存在したとすれば、それが『列王史』によってすり替えられたことを示唆する。一方、キルフーフの助っ人の5人目に指名されるが、それ以降、物語には登場しないことから、本来の助っ人は探索に役立つような不思議な能力をもつ別の戦士だった可能性がある。グワルフマイがウェールズのアーサー物語で活躍するのはフランスのロマンスの影響を受けた三つのロマンスであり、本作での言及も、ジェフリの著作に基づき、後から付け加えられたのかも知れない。
78. 添え名の「グワルスタド・ヤイソイズ」は「通訳」＋「言語（複数形）」で、あらゆる言葉に通じることからキルフーフの助っ人に選ばれる。
79. アーサー王ロマンスのイズー／イゾルトに相当する。トリスタンとエサストとマルク王の三角関係の物語がウェールズでまとまった形として現れるのは16世紀と遅いが、それ以前

にも伝承が存在したことは三題歌からうかがえる。しかし、「二人のエサスト」への言及は本作のみである。これが後世のロマンスの「金髪のイズー」と「白い手のイズー」のモデルとなったかどうかについては異論があり、ブロムウィッチはキルフーフのリストにおけるエサストは同一人物のダブルで、二人目のイズーはフランスで発展したと考える（TYP 351）。

80. 『赤本』では、このあと次のような文言が続く。「捜索のためにしばし時間をくれ」若者が言った「承知した、それでは今夜から1年の猶予を差し上げよう」そこでアーサーは使者を各地につかわし、隅々まで件の乙女を探させた。その年の終わりにアーサーの使者たちが戻ってきたが、オルウェンについての便りも情報も、出発の日より何の進展もなかった。
81. 三題歌「ブリテン島の三人の魔法使い」の一人。名前は直訳すると「オークの木の器の息子、鏡（または写像）」の意味となる。古代の著述家の記録によれば、オークはドルイド教の聖なる樹木だったことから、「鏡」はオークの森での呪術を連想させる。
82. 『赤本』では、『白本』の動詞的名詞の代わりに過去形が使われているほか、この後の文章も以下のように異なる。「だが、砦に近づいたと思いきや、その朝とちっとも変わらない。二日目、三日目と歩き続け、やっとのことでそこまでやって来た。そして砦に近づいたところで、羊の群れが…」
83. ゴルセッズは土の盛り上がったもの、自然にできた丘などのほかに土墳の意もある。現世と異界を結ぶ入り口としてウェールズの物語にはしばしば登場する。
84. 『白本』では‘Custenhin Amhynwyedic’、『赤本』では‘Custenhin uab dyfnedic’と表記されていることから、『白本』の‘Amhynwyedic’は添え名ではなく父称「マヌウィエディグの息子」（fab Mynwyedig）とするのが一般的見解となっている。
85. 『白本』で「わが妻（vym priawt）」が誤ってくり返されている箇所を『赤本』では「わが兄弟（vym brawt）」と書き直している。巨人アスバザデンと羊飼いキステニンの兄弟関係を示すのは、この『赤本』の記述一箇所のみである。
86. 以下のオルウェンの描写もアライスの一種。
87. 原語の‘banadl’はGPCによれは、エニシダ属（Cytisus scoparius）のウェールズ語名とされる。春から夏にかけて金色に輝く黄色の花が木を覆うように咲くことから、『スランダフの書』では、スランダフ教会に寄進された土地の境界を示すのに「エニシダの茂み」が使われている（LL 214.5）。
88. 幼鳥は羽が抜けかわることにより成鳥になっていく。「中世ウェールズ法」では、羽かわりした鷹の方が幼鳥よりも価値が高かった。3回換羽した鳥は十分に成熟した大人の鳥ということになる。
89. 比喩に使われているフィオン（ffion）はデイヴィスやジョーンズの英訳では「ジギタリス（foxglove）」とされているが、5世紀の著述家マルティアヌス・カペッラの『文献学とメルクリウスの結婚』の9世紀写本（Cambridge Corpus Christi College Library MS 153）に書き込まれた古ウェールズ語の注解ではラテン語‘rosarum’にフィオンの複数形が当てられている。また『カエルヴァルジンの書』所収のマルジンの歌う「林檎の木」（LlDC no.16）には「林檎の木、梨にフィオンの木（Afalen peren apren fion）」と、フィオンを林檎や梨の木と並べているのでこれも薔薇の木、あるいはジャーマンの注にあるように「赤い花」の

木となる。「ジギタリスの花のように赤い」という表現は中世英文学や仏文学にも見られないことから、ここでは「（赤い）薔薇の花のように」と訳出した。

90. 本文にあるように「足跡」を表すオールに「白い」の女性形（グ）ウェンがついた形。

91. 中世ヨーロッパで男性が櫛を髪にさして飾ったというのは、ほかに例を知らない。難題の一つに猪の王トゥルッフ・トルウィスが頭にさしている櫛というのがあるので、それに引っ掛けた語り手のユーモアだろうか。

92. 原文では「アグウェジ（agweddi）」と「アモブル（amobr）」を支払うとあり、どちらも法律用語である。「中世ウェールズ法」には、夫婦関係に9つのタイプを定めているものがあり、「アグウェジ」は「プリオダス」に次ぐステイタスとして記載されている。この二つの婚姻は、夫と妻の親族（後出のように4世代までを含む）間の契約に基づく点で同じであるが、おそらく婚姻期間の長さによる区別だと考えられる。女性は結婚（夫の親族に嫁ぐことになる）に際し動産をもっていくが、7年間は夫は妻の持参金に対する権利をもたない。結婚が7年続く（すなわちプリオダスの段階に入る）と妻の持参金は夫婦の共同財産となり、その後、婚姻関係が解消された場合、夫と妻は財産に関し半分ずつの権利をもつ。一方、7年未満で破婚した場合の妻の取り分をアグウェジと呼び、その額は妻の身分（父親の身分に基づく）によって変わる（Jenkins and Owen 1980: 28-30; 187f）。アモブルとは、婚姻に際し妻の父親が領主に支払う金のことで、もともとは処女を喪失することへの補償として娘の保護者となる主君に贈られたもの（ibid. 190）。ここではオルウェンの婚姻に対し、娘の父親と女親族に二つの補償金を払うことを約束したことになり、法律の用法とは異なる支払いがされているため、「支度金」と訳した。

93. 「マビノギの第四の枝」に登場するグウィディオンとともにドーンの息子たちの一人。名前は「農夫」を意味する。ケルトの農耕の神という解釈もあるが、ガロ＝ローマ時代の碑文にもアイルランド伝承にも該当する存在がないほか、ウェールズ伝承では、本編と「木々の戦い」で言及されるのみである。後者については『マビノギの四つの枝』注123を参照。

94. 同じくドーンの息子たちの一人で、アイルランド伝承ではトゥアサ・デ・ダナーン族の鍛冶屋ゴヴニウに相当する。

95. 三題歌「ブリテン島の三大雄牛」（TYP no.45）には、次の難題に出てくるメリン・グワヌウィン（「黄色い春」の意）とイッフ・ブリッフ（「まだら牛」の意）とともに「グウィルリズの牛、グウィナイ（栗）」が登場する。グウィルリズ自体「おだやかでおとなしいもの」（GPC）という意味なので、牛グウィナイの添え名の可能性が高い。一方、本編ではグウィナイは牛の持ち主の添え名に変わっている。グウィルリズあるいはグルーリズ（「灰色の切れ込み（模様？）」の意）という人名は本編以外に登場しない（TYP 124f）。

96. バノウグは、スコットランドのスターリングとダンバートンの間にある高地を指す（現在はスターリングの南にあるバノックバーンの地名に残る）。「バノウグの向こう」という表現は、ピクト人の国と北方のブリテン人の国の境界の意味で中世ウェールズでは一般的に用いられた。並外れた力をもつバノウグの二頭の牛は、民間伝承では湖の怪物アヴァンクを引きずり出した話で知られる。

97. どちらも6世紀のエルギング王エルブの息子とされ、ナニオウはグウェントの王、ペイビ

オウはエルギングの王として系図に登場する。イオロ・モルガヌグが収集した伝承によれば、ナニオウは「空は自分の牧草地である」と言い張り、方やペイビオウは「星は自分の羊だ」と主張して戦争を起こした。それを見たウェールズ王フリータ・ガウルは兄弟を打ち負かし、戦利品として髭を刈り取ったという（The Iolo MSS 193f）。神が下された罰のもとがこの兄弟喧嘩にあったのかどうかは定かでない。

98. ヘストールは乾量を測る単位および該当する計量用の器のこと。１ヘストールで2ブッシェル＝約70リットル。現代の家庭用浴槽の満水量を300リットルとして計算すると、9ヘストールは浴槽2個分強となる。

99. 初夏のころに新女王蜂が誕生すると、旧女王蜂は巣の半数以上の働き蜂を連れて巣を出て、新しい巣を作る。よって、先に巣分かれした蜂たちの蜜の方が、新しく巣分れしてできた密よりも甘くて美味であるということだろう。

100. これらの不思議な力をもつ器の類は、「ブリテン島の13の秘宝」の伝承に類するもので、実際、グウィズナイ（グウィズノーと表記されている）のかごは秘宝のリストにのっている。なお、グウィズナイまたはグウィズノー・ガランヒールは、『タリエシン物語』でタリエシンのパトロン、エルフィンの父として登場する。また、沈める王国カントレーヴ・グワエロッドは、ケレディギオンにあったグウィズノーの王国についての伝承である。

101. フリアノンは『マビノギの四つの枝』に登場する異界の乙女、後にダヴェッドの領主プウィスと結婚しプラデリを生む。魔法の力をもつ「フリアノンの歌鳥」は「マビノギの第二の枝」に言及されている。

102. 「ブリテン島の13の秘宝」には、巨人ディルヌッフ・ガウルの大鍋の名が挙がっている。肉を入れると、臆病者の肉はちっとも煮えないが、勇士の肉はたちまちできあがるので、勇敢な者と臆病者を見分けることができたとある。「アヌーヴンの略奪品」で、アヌーヴンの頭目の大鍋が臆病者の肉は調理しないとあるのを連想させる。ディウルナッハはアイルランド王の「マエル」とある。「中世ウェールズ法」では、マエルは土地の差配や課金徴収に当たる廷吏だが（LHDd 363）、ここでは大鍋の持ち主ということから「執事」の訳語を当てた。

103. カウの19人の息子と娘1人の名はアーサーの宮廷リストで言及されているが、ここでは父親のカウ自身が難題として名指される。この箇所は『白本』・『赤本』ともカウの名をカドゥー（Kadw/Cado）と表記しており、猪の牙を「託す・持っている（cadw）」と語呂を合わせている。また、後段に登場する黒魔女の血のくだりでも、カウが血を「持っていく（cadw）」ことになる。

104. 後の説明では、アーサー一行は黒魔女の血をとりに「北方」へ出向くとあるので、「アヌーヴンの略奪品」で異界アヌーヴンと「冥府（Uffern）」が同義で使われているように、ここでもキリスト教の地獄というよりは異界の別名であるようだ（CO 135）。

105. 後にわかるように、トゥルッフ・トルウィスは猪である。以下の難題は、この猪を狩るために必要な猟犬や狩人に関するものとなる。トゥルッフ・トルウィスについての伝承は解説を参照。

106. グウィンは「白」、マングズンは「たてがみを切った」の意。15世紀の写本に残る三題歌「ブリテン島の三大名馬」（TYP no.46A）にはグワルフマイ、カイの飼い馬とならんで、グウェズーの馬マングルンの名が挙がっている。マングルンは「たてがみが弓なり／半円

形になった」の意味で、同じ馬だと考えられる（TYP 127f）。

107. ディスリスの添え名はここでは 'Varchawc' と表記されているが、後出では「髭の生えた」の意 'Ua(r)ruawc'に統一されるので、そちらを採用した。「二匹の子犬」については、後に出てくるフラミーの子犬であると思われる。

108. 『赤本』版の三題歌「三つの馬荷を運びし三大馬」（TYP no.44）にディー・ア・モロエズ、直訳すると「海原の黒」という馬が登場するものがある。グウィネッズ王マエルグンの死後、娘の夫であるエリディル・ムウィンヴァウルが王位を要求し、北方からモーン（アングルシー）まで遠征した際、エリディル一族を背にのせた馬である。一方、『タリエシンの書』にある「馬の歌」には 'Du moroed enwawc'という一節があり（LT no.15:41）、これはディー・モロエズではなく「ディーはたいそう有名」（現代ウェールズ語表記に改めると 'Du mor oedd enwog'）と読める。こちらの馬の持ち主はブルウィン・ブロン・ブラドウグこと「胸に陰謀を秘めたるブルウィン」で、別の三題歌ではキネザの息子とある。本編は、こうした伝説の黒馬についての伝承が誤って記憶され、馬の持ち主モロと混同された模様である（TYP 113-119）。

109. ここでのアスバザデンの台詞は『赤本』版を採用した。『白本』版では「アーサーと彼の狩人たちがトゥルッフ・トルウィスを狩るには必要じゃ。強大な力をもつ男だが、おまえには同行しない。その理由は、わが手の下にやつはおるからじゃ」となる。アーサー自身がアスバザデンのことを知らないと言っているため、アーサーが巨人の勢力下にあるという弁舌の根拠は不明である。巨人が有名なアーサーの名を引き合いに出し大言壮語しているという解釈はできる。

110. 「中世ウェールズ法」には、青い刃の値打ちは16ペンスだが、白い刃は24ペンスとある（LHDd 194）。青い刃は焼き戻しただけだが、白い刃はそのあと研いで磨くので価値が高い（ibid. 300）。

111. 『白本』は「アーサーの宮廷へ」の前で終わっている。

112. ラテン語でグロスターを指す 'Glevum'の属格に由来。古ウェールズ語の綴り 'Gloiu'は、『ブリテン人の歴史』に登場する地名 'Cair Gloiu'（「グロイウの砦」の意で中期ウェールズ語ではカエル・ロイウ（Caer Loyw）すなわちグロスター）に現れる。『ブリタニア列王史』ではローマ皇帝クラウディウスがグロスターを築いたとあるが、ウェールズ語の翻案である『ディンジェストー版ブリット』では、ウェールズの伝承にならって、クラウディウスをグロイウに変えている（BD 55:60）。だが、グリウィの砦がカエル・ロイウであると、後の探索の物語とは矛盾する。

113. キルグーリーはディー河とマージー河の間にあるウィラル半島のこと。マージー河の対岸はリヴァプールとなり、北ウェールズとイングランドの境界をなす。

114. フレディンヴレは直訳すると「シダの丘」。キルグーリーに近いことから、ディー河沿いにあるチェシャー州の村ヴァルンドン（Farndon<古英語faern-dun「シダの丘」）の可能性が示唆されている。

115. カウルウィドの谷に該当する地名は不明だが、グウィネッズ州のカペル・キリッグとスランルストの間にスリン・コウルウィドという湖がある。フクロウの意味でキアンという名詞が使われているのは、中世ウェールズ文学ではこの用例のみである。

116. グウェルナブウィには人名としての用例がある。たとえば、『ゴドジン』では戦士の名

（CA l.299）、『スランダフの書』では聖職者の名（LL 75.27）として登場する。一方、地名と考えた場合、北ウェールズのスリーン半島にあるボデルナブウィ（「ハンノキのある地」）が形としては近似している。

117. 後出のスリン・スリウォンのことか。

118. 南ウェールズ、ペンブロークを流れる東西二つのクレザイ河が合流したダイグレザイ河口に当たる。現在、ミルフォード・ヘイヴンのウェールズ語名アベルダイグレザイに、その名が残る。

119. 中部ウェールズの中央を走る山地。「五つの峰」の意で、もっとも高いのはペン・ピムリモン・ヴァウル（752 m）である。カルン・グウィラシルという地名は現存しない。

120. 中世ウェールズの定型詩の一つ。複数形はエングラニオン。さまざまな種類があるが、ここでは3行1連で、各行7音節、すべて「アイ」という同じ脚韻を踏む「エングリン・ミルール」という古い形が用いられている。

121. カイは実際、これ以後、物語には登場しない。三題歌「ブリテン島の三人のへっぽこ詩人」（TYP no.12）にアーサーが選ばれているのは、このエピソードに由来するのかもしれない。

122. 10世紀の「ハーリー写本系図」ではコエル・ヘーンの孫とあり、いわゆる6世紀の北方の戦士の一人である（EWGT 10 § 8,11§12）。添え名のスレドルム（lledlwm）は直訳すると「半裸の」となる。スコットランドのキルトの原型のようなスタイルを指しているのではないかという研究者の意見もあるが（CO 157）、キルト自体は16世紀以降のものであり、確証はない。翻訳では、その意もくんで「すねむき出し」とした。その息子のダヴナルスは宮廷リストに登場する北方の王ディナルスと同一人物とも考えられる。どちらの名も、スコットランドのダール・リアダの王アエザーン・マク・ガブラーンの祖父として系図にあるドーマンガルト（Domangart）から派生した可能性があるからである。

123. ヌウィソンの3人の息子が宮廷リストに既出。ヘトゥンの息子、野人カネディルという名もリストにはある。アイルランド伝承に登場するレンスターの王ラヴリズ・ロングシェフ（Labraid Loingsech）に関するエピソードとして、ラヴリズが子どものとき、謀殺された父と祖父の心臓の一部を無理やり食べさせられたため口がきけなくなったとある（Greene 1955:19）。

124. 巨人の難題リストには入っていない。なお 'Glythmyr' と 'Glythfyr' の表記が混在しているが、翻訳では前者に統一した。

125. 添え名は3世紀のローマ皇帝セウェルスに由来。『ブリテン人の歴史』では、蛮族の侵入を防ぐためにセウェルス帝が北方に防壁（ハドリアヌスの長城）を建てたことになっている。

126. 『タリエシンの書』所収の「馬の歌」にはアーサーの雌馬（名は不明）とは別に「そしてスラムライ（「灰色の跳ね馬」）見事に跳躍（A Llamrei llam elwig）」との言及がある（BT 48.15＝*Legendary Poems* no.15:51）。

127. ケルジン（Cerddun）は「ナナカマドの木」の意。場所は不明だが、おそらくブリストル海峡に接するウェールズ南海岸の港であろう。

128. 直訳すると「大鍋の計測」だが、地名由来譚だと思われる。『スランダフの書』には、アーサーの船プラドウェンを連想させる 'Messur Pritguenn' という地名が登場しており（LL 207. 20）、シムズ＝ウィリアムズ は、メシール（Mesur）とは谷を指す言葉で、メシー

ル・ア・パイルは、大鍋に似た形の谷またはくぼんだ岩場だろうと指摘する（Sims-Williams 2011: 237f）。メシール・ア・パイルの候補として従来挙げられてきたのは、ウェールズ南部のフィッシュガードの近くのプスクロハン（Pwllcrochan）の海岸で、岩に囲まれた円形の浜辺が引き潮のときに姿を現す。クロハンこと「大鍋」を置いてできたプス（水溜り）が語源である。

129. アルスター、マンスター、レンスター、コナハト、ミースを指す。
130. セント・デイヴィッズから2キロメートルほど南下したところにある入り江。
131. ウェールズ西部に約20キロメートルにかけて連なる丘陵地帯。鉄器時代の砦や墓所、ケルンなど、古代の遺跡が多く残る。アイルランドとウェールズを結ぶ西海岸の港からプレセリの尾根を走る古道は5000年前に遡るともいわれる。また、ストーンヘンジに使われた、通称ブルーストーンと呼ばれる火成岩はプレセリから採掘され、ダイ・グレジーヴの河口からブリストル海峡を通って、約240km離れたイングランドのソールズベリ平原に運ばれたというのが通説である（Richards 2005:9）。
132. プレセリの北側から現在のネヴァーンの村を経て、ペンブロークシャー西海岸のニューポート湾に注ぐ河。トゥルッフ・トルウィスはプレセリの山を下り、再び海に向かったことになる。

マビノギの四つの枝

1. プウィスの名は文字通りには「思慮、知恵」を意味する。身分を表す「ペンデヴィッグ（pendefig）」は領主・貴族といった意味だが、ここではプウィスが後に得る「ペン・アヌーヴン」という称号との語呂合わせから「頭領」とした。
2. ダヴェッドは南西ウェールズにあった中世の王国で、現在のペンブロークシャーとカーマーゼンシャーの一部に当たる。ダヴェッドの7つのカントレーヴとは、ケマイス、ペビディオウグ、フロス、ペンヴロー、ダイ・グレジーヴ、エムリン、カントレーヴ・グワルサーヴを指す。カントレーヴは「国」を意味する「グラッド」を構成する行政単位で、文字通りには「百のトレーヴ」の意。「中世ウェールズ法」によればトレーヴ4つでマエノール、マエノール12と王領のトレーヴ二つを合わせてクムード（英語のコモート）、2クムードで1カントレーヴとなる（LHDd 121)。しかし、クムードへの言及が1100年以前の文献にないことから、中世ウェールズの本来の行政単位はカントレーヴであり、ノルマン征服後、徴税等の便を図るためにクムードへの区分けが始まったと考えられている（Davies 1982: 235-6 n.68）。
3. ペンヴローのカントレーヴの北、英語名ナルベルスとされる。中世ウェールズでは、君主が親衛隊や宮廷官吏を連れて領内を回り、宿泊先で宮廷を開く「巡回」という制度があった。アルベルスの城は、プウィスが本拠地とする根城である。
4. カーマーゼンシャーとペンブロークシャーの境界を流れる、テイヴィ河の支流キッフ河沿いの渓谷。
5. 中世ウェールズの慣習では、身分の低い方が高位の者にあいさつをする。騎馬の男は後にわかるように異界の王なので、一介の地方領主であるプウィスに自分からあいさつするいわれはない。
6. 二つのグループが猟の獲物のことで争った場合、どちらが仕留めたかにかかわらず先に

獲物を追い立てた方か王の猟犬に優先権があると「中世ウェールズ法」は定めている（LHDd 186）。プウィスの「無知で無礼」は、こうした法慣習をわきまえず、たとえ自分の領内であれ、猟犬の持ち主が誰か確かめぬまま獲物を横取りした短慮に起因する。

7. 中世ウェールズでは、身分によって賠償金の基準となる「価値」が定められていた。プウィスの名誉の値が百頭の鹿とあるのは、もっとも位の低い君主であるカントレーヴの領主の場合の百頭の牛になぞらえたとの解釈がある（Charles-Edwards 1970: 278）。

8. プウィスは相手が王と知り、これまで対等の相手に用いる「インベン」という呼びかけを改め、目上の君主に用いる「アルグルウィズ」という敬称に変えている（Charles-Edwards 1978/9: 125 参照）。

9. ウェールズ語で「異界」を指す普通名詞。「世界」を意味するドゥヴンに接頭辞 'an-' がついた形で、英語にすると 'not-world' あるいは 'in-world' となる。キリスト教の地獄と同一視され、地下の国と考えられる場合もあるが、中世伝承では海上の島、あるいは森や丘などを入り口に現世とつながっているように描かれることが多い。

10. 原語「グワース・アスタベス」は「部屋付き若者」の意味で、その名のとおり、王の寝室で寝床の支度、身の回りの世話を行い、王の用命を伝えに行くとき以外は王の寝室で寝起きし食事をとった（LHDd 19）。侍従に見抜けなければ、誰にも正体を知られる心配はないことになる。

11. カエサルの『ガリア戦記』（第6巻18節）には、ガリア人は時間を昼ではなく夜の数で区切るとある。すなわち、新しい時節の始まりは夜で、ウェールズ語で「一週間」を意味する「ウィスノス」 が文字通りには「8つの夜」の意であるのも、そうした慣習の名残だと思われる。なお、本編の後半では5月1日の前夜が重要な役割をもつが、物語の発端は11月1日の前夜と考えることもできそうだ。「中世ウェールズ法」によれば、雄鹿狩のシーズンは6月24日の聖ヨハネの日から11月1日のカラン・ガエアヴ（アイルランドのサウィン）までと定められている（LHDd 22）。ウェールズやアイルランドの伝統的な暦によれば1年は夏と光の半分と冬と闇の半分に分けられ、カラン・ガエアヴは新年の始まりと同時に冬の半年の始まりでもあった。カラン・ガエアヴの前夜、現在ハロウィーンに当たる10月31日は現世と異界の帳がなくなる聖なる時であり、プウィスが異界の王アラウンと出会うのにふわさしい。また、そうだとすれば、ハヴガン（ハヴは「夏」の意）とアラウンの決戦も夏と冬の境目の夜、川の渡瀬という境界的場で行われることになる。

12. フランス語 'palie' の借用語。絹地に2色以上のよこ糸で花などの文様が刺繍のように表面に浮き出して見える織物。ブロケード。

13. 当時の宮廷の夕食時の慣習がわかる場面である。まず手を洗い、各自の身分・役職によって決められた席順に従って着席する（LHDd 7）。食事、音楽・歌、余興と続いて夜が更けると就寝する。

14. 原語 'iarll' は、古ノルド語起源の語彙で、ノルマン征服後、英語の 'earl' と同様にフランス語の「伯爵（comte）」に対応する用語として使われるようになった。「中世ウェールズ法」に規定がないため、元来、どのような身分・役職を表すものだったのかは不明。ただ、『ブリタニア列王史』で「コーンウォール王の息子」とされるドゥンワロー・モルムティウスことウェールズ語名ダヴンワル・モエルミッドは、『列王史』のウェールズ語訳でもやはり「コーンウォール王の息子（tywyssavc Kernyv, BD 32: 11）」になっているの

に対し、13世紀半ばの『チャークの黒本』では、「王（ラテン語 regis／ウェールズ語 tywysog）」に 'iarll' を当てていることから、一国の支配者を表す肩書だったと推測される。王の隣という席順からも高位の者だったことがうかがえる。

15. 原語「グウィールダー」は、文字通りには「良き人たち」となるが、「中世ウェールズ法」や「マビノギオン」の物語の文脈では、王の助言者や相談役を務めるような、昔からの地主や地元の名家の長たちを指す。翻訳では、統一して「長老」の訳語を当てている。本編が示すように、中世ウェールズ、特に南部では王の支配にも介入する、大きな権威をもっていた（Davies 1982:133f）。
16. 『スランダフの書』の土地寄進状や「中世ウェールズ法」で使われる慣用句で、領有権をもつ土地一帯を指す。
17. プウィスがアヌーヴンに入って以来、一度もプウィスという名は現れない。
18. 馬具の一つ。馬の尾の下に廻し、鞍につなぐ紐。
19. 当時の宮廷では、領主と客、廷臣が最初に食事をすませ、彼らが外に出て歓談している間に召使が席について食事をとった。
20. 原語の「ゴルセッズ」は小さい丘の意だが、自然の小山だけでなく古代の墳墓なども表す。同じ語源に由来する、ゲール語の「シー」同様、ゴルセッズはしばしば異界の入り口である。「マビノギの第一の枝」、「第三の枝」では、アルベルスのゴルセッズが異界の驚異との出会いの場として登場する。
21. 原語の「カネズヴ」は、生まれながらに備わった特殊な力の意味。似たような伝説として、中部ウェールズの山、カダイル・イドリス（「巨人イドリスの椅子」の意）の山頂で一晩過ごした者は狂人か詩人になるといわれている（Owen 1917: 124-7）。
22. フリアノンの名は、アイルランドの戦の女神モリーガンと同様に「女王」を意味する「リーガン（rīgan- ＜ケルト祖語 *rīganī-）」（PCEW）を含む。人間が追いつくことのできない馬にまたがって登場するフリアノンは、ローマ軍団にも広く信仰されていた、古代ケルトの馬の女神エポナとの関連が指摘されている。父親のヘヴェイズ・ヘーンについては不明。ヘヴェイズをハヴァイズと読む英訳もある。10世紀に南西ウェールズで覇権を誇ったハウェル・ザーが結婚したヘレンはダヴェッド王家の血統で、彼女の祖父の名がハヴァイズである（Lloyd 1912: 333）。『マビノギの四つの枝』の校訂者のイヴォール・ウィリアムズはこの点に注目するも（PKM xxxix）、HefeyddとHyfaidd を同定するのは困難としているため、ここではウィリアムズにならって、別の名前であるとして扱った（PKM 129参照）。
23. プウィスという名前とは裏腹に、プウィスはアラウンに対する非礼をはじめ、ここでも短慮で軽率なさまを露呈しフリアノンにもなじられる始末である。自分の無分別が招いた恥辱を晴らす手段を異界の人物に教えられ、窮地を切り抜けるのも前回と同じ展開である。
24. グワウルは「壁」の意味で、西暦2世紀にスコットランドのクライド湾からフォース湾にかけてローマ軍が建てたアントニヌスの長城は、ウェールズ語で「グワウル」と呼ばれ、長城の北はピクト人の地カレドニアとされた。もし、その意味であれば、グワウルの名は「クライドの息子〔ローマの〕壁」となり、ピクト人の武将を示唆する蔑称、少なくともからかうような呼び名とも受け取れる。
25. 「ヤウン」とは『マビノギの四つの枝』（以下『マビノギ』）のキーワードである。それ

ぞれの枝によって、登場人物が守るべき正義、正しき道、すなわちヤウンが異なっている。本編のプウィスは、人の上に立つ君主としてのあるべきヤウンをアラウンやフリアノン、ヘヴェイズによって教えられ、成長していく。

26. 『キルフーフがオルウェンを手に入れたる次第』（以下『キルフーフ』）のアーサーの宮廷に見るように、宴の際、訪れる客の願い事をかなえ、楽人や詩人をもてなすことが君主の器（寛大さ）の証とされた。

27. 中世ウェールズの習わしとして、プウィスは子どものときに里子に出されていたため、同じ里親に育てられた貴族たちとは義兄弟の関係にある。

28. ウェールズ南西部のペンブロークシャーに広がる丘陵地帯。先史時代の墳墓やストーン・サークルなどの遺跡が数多く残る。

29. ウェールズ国境地帯の南東部、ウスク河とワイ河にはさまれたカントレーヴで、南はブリストル海峡に接する。

30. 添え名のうちトゥルヴは「雷鳴・轟音」を意味する。ヴリアントは「麻」となるため、スリアント（lliant）と読み替え「水の轟き」、すなわちブリストル海峡に注ぐセヴァーン河の河口に潮が満ちてきたときの轟音に言及しているという見解をとる研究者もいる（PKM 146 n.22.2）。

31. 5月1日はウェールズ語でカラン・マイといい、アイルランドのベルティネ同様、暦の上では夏の始まりとされる。冬と闇の季節が始まる11月1日（カラン・ガエアヴ、アイルランドのサウィン）に対し、カラン・マイは物語では新しい生命が生まれる聖なる時である。

32. 本編を含め『マビノギ』では、赤子の命名の儀式を「洗礼」と呼んでいるが、キリスト教の洗礼式とは異なることを示すために、「当時」すなわちキリスト教以前のやり方でという注釈を入れていると思われる。

33. 「中世ウェールズ法」では領地を回るのは親衛隊、王宮の鷹匠や狩人の役目である。王自身が巡視を行っていた古い慣習への言及とも考えられる（Lloyd 1912: 312f; Charles-Edwards 1970: 267）。

34. フリアノンのこの一言が期せずしてプラデリの名前の由来となる。原文の 'oed escor uym pryder im' は文字通りには「わが損失〔息子を失ったこと〕からの解放」となるが、「解放」を表す「エスゴール」には「出産」の意味もあるため、「わがプラデリを産む」という二重の意味が読み取れる（*Pwyll* 41 n.616）。

35. 実父を差し置いてプラデリの命名を認め、プラデリの里親になる重要人物だが詳細は不明。ペン・アヌーヴンの呼称と同様にペンは「頭目」の意味をもつので、ダヴェッドの長老のなかでも君主に並ぶ権威の持ち主か。ペンに続くダラン（タラン）には、雷またはオークの木の意味がある。三題歌「ブリテン島の三人の剛腕の豚飼い」では、プラデリが養父ペンダラン・ダヴェッドの豚をグリン・キッフで守っていたとあり、アヌーヴンから贈られた異界の豚の持ち主（「マビノギの第四の枝」参照）は、元来はペンダランだったと読める（TYP no.26）。

36. 本編でプウィスが自ら下した唯一の決定は君主としての「叡智（プウィス）」を示すものとして、ようやく長老たちに認められる。

37. アストラッド・タウィは南西ウェールズのテイヴィ河とタウィ河にはさまれた一帯で、カントレーヴ・マウル、カントレーヴ・バッハン、カントレーヴ・エギノウグの三つの州を

含む。

38. ケレディギオンは中部ウェールズ、カーディガン湾に面した一帯。10のコモートが4つのカントレーヴに分けられていたようだが、カントレーヴの名称についてはつまびらかでない（Lloyd 1912: 257）。
39. 父の名は「マビノギの第三の枝」ではグウィン・グロイウまたはゴロエウと綴られている。祖父のカスナール公は『キルフーフ』にアーサーの廷臣として登場する。カスナールにつけられた称号「ウレディグ」は、中世ウェールズ伝承では元来、ローマン＝ブリテン時代に遡るブリテン諸族の王に対して使われたものなので、ウェールズの一地方国家ダヴェッドがプウィスの代に正当な跡継ぎを得て、息子プラデリがさらに領土を増やしたうえに、ブリテン島の古い家系の血を引く娘を妻にして支配を盤石なものとしたことを示すものと読める。
40. 「祝福された／聖なるブラーン」。ブラーンは「大ガラス」の意。「ベンディガイド」（祝福された）という添え名はイエス・キリストに使われるなどキリスト教的色彩の濃いものであることから、本来の添え名はブラーンの不思議な頭（ペン）を含むものだったのではないかとの見解がある（TYP 291）。なお、中世ウェールズ伝承で「祝福された」の添え名を戴く世俗の将としては、『ブリタニア列王史』でブリテン人最後の王とされるカドワラドル（彼はまた『ブリテンの預言』ではアングロ＝サクソンのくびきからブリテン人を救う預言の救世主とされる）、『ブリテン人の歴史』で暴君ウォルティゲルンの跡を継ぎ、サクソン人を四度破ったブリテン王ウォルティマー（ウェールズ語のグウェルセヴィル）がいる。後述するようにグウェルセヴィルの骨はブラーンの首級とともに、ブリテン島を外敵から守る護符とされる。
41. 一つの島としてのブリテンの主権の象徴。アングロ＝サクソン侵入以前、ブリテン島は一人の王を戴く統一王国だったとする歴史観＝「ブリテン島物語」については『スリーズとスレヴェリスの冒険』（以下『スリーズ』）の解説を参照のこと。
42. 北ウェールズ、グウィネッズのコモートで、カーディガン湾の東岸、フェスティニオーグ渓谷からマウザッハ河口までの一帯。
43. ウェールズ南部には、聖イスティッドゆかりのイサンまたはニシエンの教会に由来すると考えられるスランイシエン（Llanisien）という地名が2か所残っている（LBS III 321）。聖人君主のようなニシエンに対し、兄弟のエヴニシエンは対極にあるトラブルメーカー、マッカーナによれば、アイルランドのアルスター物語群におけるブリクリウに当たる役柄である（Mac Cana 1958: 78-82）。エヴニスは「敵意・悪意」の意味。父親の名エイロスウィーズは、直訳すると「黄金の敵」という意味になる。
44. 三題歌「ブリテン島の三人のもっとも位高き囚われ人」（TYP no.52）によれば、スリールはエイロスウィーズに囚われたとある。ペナルジンの略奪がその目的だったのかもしれないが、詳しい経緯は不明である。
45. ベリ大王一族は、ウェールズ伝承ではローマ帝国に下る以前のブリテン島の支配者。「第三の枝」には、ベリの息子カスワッスロンはマナワダンのいとことあるので、ペナルジンはベリの娘ではなく姉妹だった可能性が高い（TYP 290）。
46. 原文の 'ymgyfathrachu' は文字通りには「血統（ach）」を結び合わせること、すなわち、婚姻を通じて二つの家が同盟関係を結ぶことを意味する。ブランウェンとマソルッフの政

略結婚の目的が、冒頭に明確に提示されている。

47. 直訳すると「白き大ガラス」。テクストでは一か所だけ「ブロンウェン（Bronwen）」と綴られており、こちらは「白き胸」を意味する。ヒロインの美女の名としては後者の方が適切なことから、本来はブロンウェンだったものが、後世ブラーンと結び付けられてブランウェンに変わったとの見解もある（Mac Cana 1958: 155）。

48. 「乙女」と訳した原語「フリエニ」は現代ウェールズ語では「両親」の意味で使われるが、ここでは単数形のため「女祖先」、支配者の血筋を伝える姫を指すとする解釈がある。プラデリの母フリアノン、スレイの母アランフロッド、そしてのちにグウェルンを産むブランウェンが該当する（PKM 165-67; *Branwen* 22 n.46）。あるいは『白本』に「アーサーの三大王妃」（TYP no.56）という三題歌があることから、王妃こと「フリアイン」の誤記の可能性もある。「フリアイン」はケルト祖語の '*rīganī-' に由来し、ラテン語の 'rēgīna' 同様に「王妃」ないし「女王」を意味する（TYP 161f）。

49. モーン（アングルシー島）にあるグウィネッズ王国代々の支配者の王座がおかれた宮廷。

50. 海路でアベルフラウにやって来たマソルッフがこんなに多くの馬を連れているのは奇妙なので、持参金として新婦側から贈られたものだろう。そう解釈すると、馬への暴行は贈り主ベンディゲイドヴラーンの顔に泥を塗る行為となり、結婚の相談から締め出されたエヴニシエンの意趣返しの意図が明確になる。

51. オルウェンを妻にと申し出たキルフーフに対し、巨人アスバザデンが四人の曾祖父と曾祖母に相談しなければいけないと答えているように、ウェールズの慣習法では、さまざまな決定が「ケネドル」と呼ばれる血縁集団内で行われた。だがケネドルは父系親族なので、ブランウェンの結婚にエヴニシエンの同意は必要なく、怒る理由がない。そのため、ソインデルス・ルイスの戯曲『ブランウェン』（1971）では、エヴニシエンがブランウェンに恋をしていたという設定にしている。一方、仮にエヴニシエン兄弟がペナルジンとエイロスウィーズの正規の婚姻から生まれたのではなかったとしたら、ペナルジンの夫スリールの一族のもとで育てられたという解釈も可能ではある。その場合、チャールズ＝エドワーズが推察するように、エヴニシエンは成人に達していないため婚姻の相談に与れなかったのかもしれない（Charles-Edwards 1993: 179）。

52. ここでは「恥をかかせる」を意味する 'gwaradwyddaw' に否定を表す接頭辞 'di-' をつけた 'diwarandwyddaw' が使われている。GPCによれば、中期ウェールズ語における用例はここ一か所のみで、作者による造語だと考えられる。ベンディゲイドヴラーンがどんなに償いをしようとしてもマソルッフの恨みを晴らすことはできないことが暗示されており、これが後半の悲劇へとつながるライトモティーフとなる（Roberts 1992: 98 参照）。

53. 原語は「ウィネブウェルス」で、文字通りには「顔の値」をいい、中世ウェールズでは、各人の地位や属性によって、名誉が損なわれたときの賠償の値が決まっていた。たとえばアベルフラウの王の場合は、所有する一カントレーヴにつき乳牛百頭、百頭の乳牛につき赤耳の雄牛一頭、そして長さは王の背丈大で小指ほどの太さの金の延べ棒と、大きさは顔くらいで厚みは7年間働いてきた農夫の爪ほどの金の皿が支払われねばならないとある（LHDd 5-6）。テクストには「小指ほどの」に相当する文句がないが、イヴォール・ウィリアムズに従って補足して訳出した。なお、本人の体重と同じだけの金か銀を支払うのが、もともとの慣習だったことが示唆されている（*Branwen* 26 n.）。サルハエドと同義。

54. 犯罪に対する賠償は加害者の一族から被害者の一族へと支払われるが、同族内ではできない。ベンディゲイドヴラーンは、血縁であるエヴニシエンによる自分への侮辱に関しては報復や賠償請求ができないと述べているのである。本来は父系である一族に母方の親族がおり重要な役割を占めるのは『マビノギ』の特徴で、これがアナクロニズムか作者の意図かは不明である。
55. 「マビノギの第一の枝」のヤウンが、君主がとるべき正しい決断や行いだったのに対し、本編では、老練な支配者であるベンディゲイドヴラーンが、アイルランドとの友好関係を維持するための配慮がヤウンとなる。ベンディゲイドヴラーンは馬を弁償し、マソルッフにも相応の賠償をしているのに加え、さらに魔法の大鍋を追加しようと申し出るほど、戦を回避する努力を厭わない。
56. 大鍋または大釜は不思議な力(カネズヴ)を備えた魔法の器として、アイルランドやウェールズの伝承にたびたび登場する。食べ物が無尽蔵に入ったダグザの大鍋、詩の力を授けるケリドウェンの大鍋、臆病者の食べ物は調理しないという、異界アヌーヴンの頭目のもつ大鍋などが有名である。
57. モーンにあるコモート、タレボリオンのこと。
58. イヴォール・ウィリアムズは、アイルランド出身の大男の名スラサールは、古ゲール語で「炎」を表す 'lassar' に由来すると考える(PKM 179 n.35.5)。添え名は直訳すると「ゆったりとした+交換/やりとり」。カヴネウィッドは通常、交易や売買を意味する用語だが、ウィリアムズは、本来の形は「襲撃」を意味する「カングウィズ(cyngwydd)」ではなかったかと示唆する(ibid)。炎に包まれた鉄の館からラザロ(ラザロのウェールズ語名はラサールとなる)のように復活するスラサールのエピソードは、彼の名前の由来譚にもなっている(Sims-Williams 2011: 253-255)。
59. カミダイは「戦」を意味するカミッドの複数形。添え名は「大きな腹」で、後出のように腹のなかには武装した戦士が入っている。
60. 敵を宴に呼ぶと見せかけて鉄でできた館に火をかけ、焼き殺すというモティーフは、『ディン・リーグの殺戮』や『ウラド人の酩酊』など9〜10世紀ごろのアイルランドの物語に見られる。マッカーナは、鉄の館に関する二つのエピソードがともにアイルランドを舞台にしていることから見て、このモティーフはアイルランド伝承からの借用だとみなす(Mac Cana: 1958:23)。
61. おぞましいカップルの姿は、同じくアイルランドの物語『ダ・デルガ館の崩壊』で、アイルランド王コネレ・モールが出会う、豚をかついだ片目片手片足の大男と醜い大女を連想させる。
62. ウェールズ本土とモーンの間にあるメナイ海峡の入り口となる、もっとも西側の水域を指す。
63. 原語の「サルハエド」は「中世ウェールズ法」で使われる法律用語で、前出のウィネブウェルス(注53参照)同様、サルハエドに対する償いは被害者の身分・属性によって定められていた。「中世ウェールズ法」では、平手打ちは王妃への三大侮辱の一つとされる(LHDd 6)。
64. 柳に皮張りの小舟。この一節は、アイルランドとウェールズの間に海を介して、かなりの交流があったことを示している。
65. ウェールズを意味する「カムリ」が使われるのは、『マビノギ』のなかでこの部分のみで

ある。ここではアイルランドの敵は勇者の島（ブリテン島）ではなく、ウェールズであるかのように書かれている。

66. セゴンティウム。北ウェールズのカエルナルヴォンの郊外にあり、かつてローマ軍団の砦が置かれていたところ。

67. 総計154。なお、カムリには156のコモートがあったとされる（PKM 191 n.21）。

68. 綴りは 'Cradawc' だが、『白本』版より古いペニアルス16写本所収の三題歌ではカラドウグとあり、ウェールズの人名としてはラテン語のカラタクスに相当するカラドウグの方が一般的であることから、カラドウグとして表記した。

69. ウェールズ中部にあるコモート。現在のコルウェンを8キロほど北上したところに、ブリン・サイス・マルホウグ〔七騎の丘〕と呼ばれる村がある。

70. おそらく前出のスラサールと同一人物で、こちらの添え名が本来の形だったと思われる（注58参照）。

71. ペンダラン・ダヴェッドは「第一の枝」で、プラデリの里親に任命される。そのプラデリが「第二の枝」では、アイルランド遠征に加わっているので、ここには明らかに矛盾がある。

72. 三題歌「ブリテン島の三人の執政」（TYP no.13）はブラーンの息子カラドウグと、カラドウグの息子カウルダーヴ、マクセン公の息子オワインの名を挙げている。執政と訳した「カンウェイシアッド」は文字通りには「高位の若者／召使」の意味。中世ウェールズの慣習法（AL ii. 895）に、宮中で火の用意をするのが小姓とカンウェイシアッドの役目とあるが、本編では支配者・君主を表すタウィソウグと同義に使われており、三題歌のうちカラドウグとオワインは王である父親の出兵後、代理として領土の管理を任された者であると考えられることから「執政」の語を当てた。

73. 以下は、「見張りの証言（the Watchman Device）」と呼ばれる語りの趣向。不可解な光景や見知らぬ人物を見た目撃者が語る描写が、事情を知る他の登場人物によって解き明かされるという趣向で、古くは『イーリアス』のトロイ戦争の場面において、進軍してくるギリシャ兵の様子を伝えるプリアモスの言葉に、ヘレネーがその人物の名前を教える場面で使われている。ベンディゲイドヴラーンに関する豚飼いのファンタスティックな描写は『ダ・デルガ館の崩壊』に登場するマク・ケヒトの描写を借用したというマッカーナの見解に対し（Mac Cana 1958: 24-30）、直接の借用ではなく、共通する語りの技巧に由来するという意見もある（Sims-Williams 2011: 111-133）。

74. シャノンあるいはリフィー河。シャノン河は北アイルランド、アルスター地方に水源を発し、アイルランド島中央部を流れ、西部のリムリックで大西洋に注ぐアイルランド最長の河で、アイルランドを西部のコナハトと東部および南部のレンスターとマンスターに分ける自然の境界線となる。イアン・ヒューズは、北でシャノンに注ぐエルン河（ゲール語Leamhain）の可能性も指摘、その場合、マソルッフ軍はシャノンとエルンを盾に、アイルランド東部に立てこもることになる。一方、後に続くダブリンの地名由来譚との関連からするとリフィーの可能性も高い。リフィー河はダブリン市内を東西に流れ、ブリテン島に面するダブリン湾に注ぐ河川である。ベンディゲイドヴラーンの軍勢がダブリン湾を渡ってくるのを見たマソルッフ軍はリフィー河の対岸に渡り、橋を落として進軍を食い止めようとしたのだろう。

75. その前の文章にあるように、河底にある、鉄を吸い付ける力をもった石を指す。西欧でマ

グネスと呼ばれた磁石の発見については、ローマ帝国の大プリニウスが『博物誌』（77年）36巻25章でくわしく述べている。

76. 原文では「ペン」（頭）と「ポント」（橋）が同じ 'p' の音で韻を踏んでいる。ペニアルス6写本には、ここからアイルランド兵が「粉だ」と 2回目に答えるところまでが残っており、この断片ではマソルッフは 'Mallolwch' と綴られている。また宮廷詩2編にも同じ綴りで登場するため、こちらが本来の形だった可能性がある（TYP 441）。'mall' は「疫病・邪悪」などの意味をもつ。

77. ダブリンのゲール語名、アース・クリアス（Áth Cliath）、すなわち「柵をめぐらした／杭を打った浅瀬」の地名由来譚となっている。アイルランドの地名伝承ディンヘンハスではダブリンの語源について諸説あり、本編のもととなった伝承はないようだ（Sims-Williams 2011: 197-201参照）。

78. エヴニシエンが歌うのは、エングリンと呼ばれる定型詩のうちでも、三行連句の古い型に属する。ここでは袋の中身をきかれたアイルランド人の返答「ブラウド（blawd）」の二つの意味、「粉」と「花」すなわち「武士の花＝英雄」を語呂合わせしている。

79. 「グウェルンの犬ども」、すなわちアイルランド兵に対し自分の名を呼ばわる、この武将は、通常ベンディゲイドヴラーンの別名と解される（Mac Cana 1958: 163; Davies 2007: 235 n.32）。『タリエシンの書』に「われは歌った、エビル・ヘンヴェレン〔アベル・ヘンヴェレン〕でスリールの息子たちを前に。われは見た、戦の痛み、嘆きに悩み」続いて「われはブラーンとともにアイルランドにいた。そこでモルズウィド・タッソンなる者〔モルズウィド・タッソンの前に定冠詞あり〕が殺されるのを見た」とタリエシンが歌う一節（BT 33.4-5, 31-32＝*Legendary Poems* no.8）がある。本作では、タリエシンの名が勇者の島の生き残りの一人として言及されていることから、詩編と本作は同一の合戦を扱っていると解釈されている。モルズウィドは「腿」の意で、タッソンを「穴」を表すトゥスの複数形とするルーミスは、ベンディゲイドヴラーンを聖杯伝説の漁夫王ブロンの原型とみなす（Loomis 1959b: 280）。漁夫王が槍で負傷したため国土が荒地と化すのと同様に、ブラーンの傷がアイルランドとブリテンを荒廃させるからだ。それに対し、タリエシンの詩を校訂したヘイコックは、モルズウィド・タスリオンとは「たくましい太ももの戦士たち」とも解釈できるとする。すなわち、「グウェルンの犬ども〔アイルランド兵〕、われらたくましき足の戦士たちに心せよ」というブリテン人側の鬨の声となる（*Legendary Poems* 288）。

80. 大鍋は豊饒、不死、叡智などの源泉となる異界の器としてウェールズやアイルランドの伝承に登場する。本編のアイルランド遠征は、「アヌーヴンの略奪品」と同様、魔法の大鍋を奪いに異界に遠征する冒険譚に由来、異界がアイルランドに、遠征の目的がブランウェンの奪取に変わったと考えられている（Mac Cana 1958: 175f）。

81. ここから、エヴニシエンの心臓が砕け散るまでの描写は、すべて現在時制（いわゆる史的現在）で語られており、臨場感と緊迫感を出している。

82. アイルランド人（スコットランド人、ピクト人も含め）はズボンではなく短いキルトのようなものをはいていた、あるいは鎧をつけず裸で戦ったといった記述がギルダスやギラルダス・カンブレンシス、『列王史』などに見られる。シムズ＝ウィリアムズは、中世アイルランドの文献自体にはこうした風俗を裏付ける文言がないため、これは他国の者から見

たアイルランド人のステレオタイプだと指摘している（Sims-Williams 2011: 24-28）。

83. 現在、ロンドン塔が建つタワーヒル、あるいはセント・ポール大聖堂のある丘だとされる（PKM 214 :45:1n; TYP 98）。一方、本来は、冒頭に登場するハーレッフ、あるいはベンディゲイドヴラーンゆかりの地名が多く残る北東ウェールズに埋葬されたのではないかという見解も存在する。たとえばスランゴスレンにはディナス・ブラーンと呼ばれる鉄器時代の丘砦跡があり、さらにディナス・ブラーンから9キロほど北上したところには、その名もずばりグウィンヴリンすなわち「白い丘」という丘があって、頂上からはイングランドとの国境地帯の平野部が見渡せるという（*Manawydan* 16: n.2）。

84. 死者をめざめさせ生者を眠りにいざなうというフリアノンの三羽の歌鳥は、巨人アスバザデンが課す難題の一つである。

85. 現在のペンブロークシャーの沖合にあるグラスホルム島。

86. モーンのアラウ河沿いにはベッズ・ブランウェン（ブランウェンの墓）として知られる青銅器時代の石墳がある。

87. 三題歌にはブランウェン、カラドウクともに『スリーズ』で言及されるファラオン・ダンゼの名がある（TYP no.95）。

88. 三題歌「ブリテン島の三つの埋蔵と三つの発見」（TYP no.37）および『赤本』版の異本（TYP no.37R）によれば、スリールの息子ベンディゲイドヴラーンの首級、グウェルセヴィル・ベンディゲイドの遺骨、ベリの息子スリーズの龍が安置されている限り、いかなる外敵（ゴルメス）もこの島にはやって来ない、とある。外敵とはサクソン人のことであり、これら三つは、サクソン人の来襲からブリテン島を守る護符という意味で「幸運な埋蔵」と呼ばれる。護符の呪力を解いたのが「三つの不運な発見」で、グウェルセヴィルの骨と2匹の龍を掘り出したのはグルセイルン（ラテン語名ウォルティゲルン、サクソンの傭兵を招き入れ、ブリテン人を滅亡させた張本人とされる）、ベンディゲイドヴラーンの首級を暴いたのはアーサーとある。そのわけは、三題歌に曰く「この島が自分以外の者の力で守られるのは正当でないと思ったからである」。本編は、本来は別個の伝承だった、異界あるいはアイルランド遠征のテーマとブリテン島を外敵から守る護符の物語が合体されたと考えられる。後者についての詳細は『スリーズ』の解説を参照されたい。

89. 原語の「カヴァルウィジド」は物語を表す古い語である。詳しくは解説参照。

90. アイルランドの地域区分を表す伝統的表現。一区分を表す「コーゲド」は「五分の一」という意味で、通常、ウラド（アルスター）、コナハト、ラギン（レンスター）、ムウ（マンスター）にハイキングの都タラのあるミデ（ミーズ）を加えて五つとする。『アイルランド来寇の書』によれば、ノアの洪水後にアイルランドに渡来した三番目の入植者であるフィル・ヴォルグ一族の五兄弟が、アイルランドを五地方に分けて支配するようになった。シムズ＝ウィリアムズは、アイルランド伝承には洞窟のエピソードが登場しないことから、『旧約聖書』のロトの物語の影響を受けたのではないかと推察する。ソドムとゴモラが神の怒りによって焼き払われたとき、洞窟に逃げ込んだ預言者ロトと二人の娘の間に生まれた息子たちがモアブとアンモンという民族の祖となったとする伝承のことである（Sims-Williams 2011: 202-205）。

91. 三題歌「ブリテン島の三つの不運な殴打」（TYP no.53）は、ほかの二つとして、グウェンホウィヴァッハがグウェンホウィヴァルを叩いたこと（それにより、カムランの戦いが

起こったと続く）、そして詩人ゴラダンがカドワラドル・ベンディガイドを叩いたことを挙げているが、三題歌以外にその詳細は伝わっていない。また、三題歌では、ブランウェンを叩いたのはマソルッフ本人とされている。

92. マナワダン・ヴァブ・スリールは、アイルランドのマナナーン・マク・リルと形の上では対応している。リルとスリールはともに「海」の意味で、マナナーン／マナワダンは、マン島を表すマナーン／マナウに由来するからである。けれども、現存する伝承では、マナワダンにはマナナーンのもつ海の神や異界の楽園の主といった特徴は見られない。一方、『カエルヴァルジンの黒本』所収の「何者が門番か」の詩には、マナワダンとともにマナウィド（Manawyd）という形も登場し、さらに「アヌーヴンの略奪品」では、プラデリと並んでマナウィドの名が言及されている。マナウィドとは、靴屋が使う革通しの道具である。マナワダンは、名称のみをマナナーンから借用、ウェールズ語のマナウィドとの混同から、ウェールズ独自の伝承が形成されたと考えられる（Sims-Williams 2011: 11-13参照）。

93. 王位を簒奪した、ベリの息子カスワッスロンのこと。

94. 三題歌「ブリテン島の三人の慎ましい将」（TYP no.8）には、エリディール・スレダヌウィンの息子スラワルフ・ヘーン、スリール・スレディヤイスの息子マナワダン、大軍率いるエリヴェールの息子ペレディルの息子グーゴウン・グーロンの名をあげ、呼び名の由来は「彼らは領地を求めようとしなかった、誰も拒む者はいなかったのに」とする。添え名のスレズヴとは「控えめ、慎み深い、多くを求めない、遠慮がちな」といった意味で、ブリテン島の王ベンディゲイドヴラーンと、その息子カラドウグの死後、権利がありながらマナワダンが王位どころか領地も要求しなかったことを指す。「土地と大地」については注16を参照。

95. プラデリの申し出は、ダヴェッド七州をフリアノンとともに自由に治めてよいという意味で、領主はあくまでもプラデリである。

96. 「第三の枝」では、友情・信頼に基づく、正しい選択や行為が「ヤウン」と評される。

97. ドーヴァー海峡をはさんでフランスと対峙する、イングランドの最東端の地域。『白本』・『赤本』ともにウェールズ語でケントに当たる 'Caint' ではなく、英語のKent と書かれている。カスワッスロンのモデルをイングランドのヘンリ2世と考えるソインデルス・ルイスは、元カンタベリ大司教トマス・ベケットの暗殺にかかわったとしてヘンリが1174年7月12日にケントにあるカンタベリ大聖堂を訪れ、ベケットの墓の前で懺悔した事件はキリスト教世界では広く知られており、そのため英語名があえて使われていると説明する（Lewis 1969a: 23）。一方、ウェールズ南東部のスランカルヴァンの修道士を作者と推定するゴエティンクは、スランカルヴァン修道院がイングランドとの交流が深かったことから英語のケントという呼び名が慣例化していたのではないかと考える（Goetinck 1988: 256）。

98. 注33参照。

99. アルベルスの宮廷の近くにある、この塚の上では怪異が起こるとされる。プウィスが騎馬のフリアノンの姿を認めたのも、アルベルスの塚の上だった。

100. イングランドとウェールズの国境地帯に当たる。ウェールズ語名「古い道」が示すように、ワイ河沿いに位置する、古くから交通の要所だった。1056年にはグリフィズ・アプ・スラウェリンが町を攻略したが、ノルマン征服以降はノルマンの伯爵領となった。

101. ウェールズ語のカルフはラテン語からの借用語で、第一義は「石灰」のことだが、武具に使う皮革を石灰で漂白することから武具あるいは、武具に塗るエナメルや塗料のことをいうようになった（GPC）。「中世ウェールズ法」によれば、槍の値段は8ペンスだが、「カルフ・スラサール」か金が施されていれば24ペンスと三倍の値打ちがついた（LHDd 194）。「カルフ・スラサール」はラテン語版では「青（glaucus）」と訳されている。シムズ＝ウィリアムズは、ラピスラズリを原料とした、あるいはラピスラズリのような青色の顔料のことをウェールズ語で「カルフ・スラサール」と呼んだことから、このエキゾチックな響きをもつ名前の起源を説明するために、アイルランドからのスラサールの移住のエピソードが加えられたのではないかと推論する（Sims-Williams 2011: 251-255）。
102. 植物から抽出したタンニンでなめした上質の革で、生産地にちなみコルドバ革と称された。
103. 三題歌「ブリテン島の三人の黄金の靴作り」（TYP no.67）では、ベリの息子カスワッスロン、スリールの息子マナワダン、スレイ・スラウ・ガフェスとされる。マナワダンには「ダヴェッドに魔法がかけられたとき」という説明があり、本編のエピソードとの関連がうかがえる。
104. ここから、フリアノンが城砦の中へ入るところまでが、1250年ごろ書かれたペニアルス6写本に残っている。
105. おそらく、ゴルセッズ・アルベルスのこと。
106. 猪突猛進のプラデリと、慎重なマナワダンの性格の対比がよく出ている場面である。のちの独白にあるように、マナワダンはダヴェッドに魔法をかけた犯人と、その後の一連の災難には関連があることに気づいている。
107. ラテン語で 'clerici vagantes' と呼ばれる、決まった教会組織に属さず、諸国を放浪して回る聖職者の一人と考えられる。歌を作って、とあることから、ミンストレルや後にゴリアールとも呼ばれる、遍歴の楽士を兼ねていたようだ。
108. 「中世ウェールズ法」によれば、窃盗で訴えられた者が無罪を立証できない場合、7ポンドの罰金を支払わなければならない。もし支払えぬときは追放されるとある（LHDd 158）。
109. 「マビノギの第一の枝」80ページを参照。パトリック・フォードは、ウェールズ語でアナグマのことを「プリーヴ・スルウィド（pryf llwyd）」と呼ぶこと、マナワダンが捕まえたネズミ、実はスルウィドの身重の妻がやはり「プリーヴ」と呼ばれていること、どちらも袋に入れられ賠償と引き換えに解放されることから、二つのエピソードは語りのうえで意味的に呼応し合う構造をもっていることを指摘している（Ford 1981-2: 123-124）。
110. 原文の「マンワイル（mynwair）」と「マノルズ（mynordd）」は、どちらも「首」を意味する「ムーン（mŵn）」を含む複合語で、グワウルの復讐のために、仇（プウィス）の息子と妻に首枷をかけて拘禁するというのが、この罰の意味である。フリアノンに与えられた罰は、犂を馬につなぐための環を首にかけられるというもので、「第一の枝」同様、彼女と馬とのかかわりを強く感じさせるものだ。プラデリの首環は、文脈からすると、城門に取り付けられ、訪問者が叩いて来訪を知らせるための叩き金、いわゆるノッカーの取っ手部分だと思われる。イヴォール・ウィリアムズは、さらに、スルウィドの宮廷に訪れた者がノッカーの代わりにプラデリの首にかけられた金具を叩いたとすれば、

袋のなかで叩かれたグワウルと同じ苦しみを味わうことになったと指摘する（PKM 248-9 65:n.23）。一方、『マビノギ』の神話的原型を復元しようとしたW・J・グリフィズは、マンワイルとはグワイルという人名から派生したもので、グワイルは『タリエシンの書』にある「アヌーヴンの略奪品」のなかで異界の城砦の囚人とされること、またプラデリの最初の名がグーリであることから、グワイルとグーリとプラデリが同一人物であるとする。さらに、三題歌「ブリテン島の三人のもっとも位高き囚われ人」にグワイルとともに登場するマボン・アプ・モドロンとプラデリを同定するグリフィズは、「マンワイルとマノルズのマビノギ」とは、本来「グワイルとモドロンのマビノギ」ないしは「グワイル・アプ・モドロンのマビノギ」だったと推論している（Gruffydd 1953: 103）。ブロムウィッチも、このタイトルにグワイルという人名が含まれている可能性を認めている（TYP 373-374）。

111. マースの名は、「熊」を意味するケルト祖語 '*matu-'（PCEM）に由来か。相似した名称としては、ガリアの碑文にMATTOという名があるほか、アイルランド伝承では、『アイルランド来寇の書』がトゥアサ・デ・ダナーン族のドルイドとしてマースの名を挙げており、『マグ・トゥレドの第二の戦い』にもマスゲン（Mathgen）またはマトゲン（Matgen）という名の魔術師が登場する。ウェールズでは魔術師として伝説化されていたようで、三題歌「ブリテン島の三大魔法」（TYP no.28）には次のようにある。「マソヌウィの息子マースの魔法（それを彼はドーンの息子グウィディオンに教えた）、イスル・ペンドラゴンの魔法（それを彼はタイルグワエズの息子メヌーに教えた）、そして小人グウィセリンの魔法（それを彼は甥である、コスヴレウィの息子コスに教えた）」『タリエシンの書』ではタリエシンは、自分は人間の父母から生まれたのではない、マースの魔法によって創られたと歌う（BT 25.26= *Legendary Poems* no.5）。マソヌウィについては、その形から女性の名前の可能性が高い。同じく『タリエシンの書』にはマソヌウィの魔法の杖についての言及もあるが（BT 28. 26-27）、ブロムウィッチは、マースの名前から作られた、実体のない父／母称であるとする（TYP 439）。

112. 中世ウェールズ一の強国グウィネッズは時代により支配地域が異なるが、本作では、モーン島（アングルシー）とコンウィ河以西、南はマウザッハ河口までのウェールズ北西部を指している。

113. 「第一の枝」の終わりに、プラデリは父プウィスが治めるダヴェッドの7州に加え、アストラッド・タウィ3州とケレディギオン4州も所領としたとあるから、ここではさらに南東部のモルガヌーグ7州も支配する大領主として登場する。プラデリが統治する南部は、中世でデヘイバルスと呼ばれた地域に相当する。デヘイバルスは、11世紀中ごろから、北のグウィネッズに対抗するウェールズ南部の総称として年代記で盛んに用いられるようになった（Davies 1982: 108）。

114. 南はブリストル海峡、東はイングランド国境部と接する一帯。7つのカントレーヴと通称され、そのうちゴルヴァニーズ、ペンアッヘン、ア・カントレーヴ・ブレイニオル、グウィンスルーグ、グウェント・イス・コエド、グウェント・イオッフ・コエドの6つは知られているが7番目については不確かである。歴史家のロイドは、現在ではイングランド、ヘレフォードシャーとなる、エルギングかエウィアスを候補として挙げている（Lloyd 1912: 275）。

115. 「中世ウェールズ法」によれば、「トロエドウグ」という役職が王宮にあった。宴会のとき王の両足を膝にのせ、王が寝室に入るまで、その身を守護するのが役目だったようだ（LHDd 32f）。『マビノギ』を理想的な君主になるまでの成長物語と解釈する立場から、キャサリン・マッケンナは、マースが常に膝抱き乙女を必要としていたのは、両足をのせていないと「生きられない」という宿命によるものではなく、怠惰な暮らしを好み、王地視察も人任せにしてカエル・ダスルの居城にこもっているという、君主としての資質の欠如を示すものと考える（McKenna 2003: 98-102）。
116. アルヴォンはグウィネッズ王国のカントレーヴでメナイ海峡をはさんでモーンに面する。ドール・ペビンは、後出のナントスレイ渓谷に位置する。
117. アランフロッドの城砦に向かうグウィディオンがカエル・ダスルからメナイ海峡の西端アベル・メナイまで海岸沿いを歩いたとあるため、アルヴォンの海沿いと推定される。カエルナルヴォンと考える研究者も多い（*Math* 29f）。
118. 『白本』では「ドノー」とも綴られる。ドーン／ドノーは、アイルランド伝承のトゥアサ・デ・ダナーン族の母ダヌに相当するとされ、その名はドナウ河（ケルト祖語 '*Dānu' に由来）にも残る。アランフロッドをベリの娘とする三題歌（TYP no.35）があり、もしそうであれば、ドーンの夫はブリテンの大王にしてウェールズ諸公の伝説的先祖ベリ・マウル（注45参照）になる。
119. 『白本』ではギルヴァスウィ（Gilfathwy）という綴りが4回、キルヴァスウィが1回、ギルヴァエスウィ（Gilfaethwy）が4回登場する。「ギル」をゲール語のギラの借用と考えると、ギルヴァスウィは「マースの郎党」の意味となる。本編以外に伝承が存在せず、本編でも兄弟のグウィディオンのダブルの役割しかもたないことから、マースの名より作られたものとして、ギルヴァスウィの形を翻訳では採用した。
120. 『白本』ではギルヴァスウィの名前に続いて 'a euẏd uab don o' と読める。「そして」を意味する接続詞 'a' は母音の前では 'ac' でなければならないことから（ただし『赤本』では 'ac eueyd uab don' に直されている）、グウィディオンの名前の略字「グウィズ（guyd）」を写字生が読み間違えたと解するのが一般的だ。けれども、グウィディオンとは別に、ドーンの息子にエヴィーズ／エヴェイズなる人物がいたことも他の伝承から確認されている。たとえば、『タリエシンの書』では、「マースとエイヴィーズ（Eufydd）が魔法で巧みの者〔タリエシン〕を創った」（BT 68. 14-15）と歌われる。さらに「〔われタリエシンはいたことがある〕マース・ヘーン、ゴヴァノン、エイヴィーズ、エレストロンとともに」（BT 3.1-2= *Legendary Poems* no.1）、「われ〔タリエシン〕はいたことがある、木々の戦いに、スレイとグウィディオンとともに。木々を作りし彼らはエイヴィーズとエレストロン」（BT 33: 23-24）という一節も存在する（この詩行の解釈については*Legendary Poems* 287 n.30参照）。ペニアルス182写本（1514年ごろ）に残る「アルヴォンのドーンの子どもたち」の系譜には、グウィディオン、ゴヴァノン、アマエソンらとともに、エイヴィーズとエレストロンの名も14人の子どものなかに含まれている（EWGT 90§25）。こうしたことを踏まえ、翻訳には写本の記載どおりエイヴィーズの名を挙げ、グウィディオンを括弧として表示した。
121. 『タリエシンの書』では、マースとともにタリエシンを創った5人の魔術師の一人に数えられる（BT 26.1= *Legendary Poems* no.5）ほか、魔法で花から乙女を創り、知恵にものを

言わせて南部から豚を盗み出したと歌われる（BT 36. 3-5= *Legendary Poems* no.10）。「グウィド」には「狡猾、邪悪、欲望」などの意味もある。一方、グウィディオンはグーリオンという別名で知られていた可能性もある（PKM 260）。グーリオンは、『タリエシンの書』のなかで、「すばらしい乗り手」と讃えられる勇者である（BT 61.7, 34.2）。グウィディオン＝グーリオン説については、注133を参照のこと。なお、グウィディオンとギルヴァスウィの兄弟関係であるが、グウィディオンが目下あるいは年下の者への呼びかけである「グワース」をギルヴァスウィに対し使っている一方、ギルヴァスウィはグウィディオンに敬意を表す「アルグルウィズ」と呼びかけているため、グウィディオンが兄であると判断した。

122. マースが治めるウェールズ北東部グウィネッズ、ポウィスこと北西部、さらにプラデリの治める南部を合わせるとウェールズ全土となる。

123. プラデリの父プウィスとアヌーヴンの王アラウンとの交友関係によって、アヌーヴンからの贈り物が始まったことは「第一の枝」に述べられている。すでに言及したように、『タリエシンの書』には「木々の戦いにスレイとグウィディオンがいた」という一節がある。17世紀と時代は下るが、ペニアルス98B写本には、この戦いの原因に関し、アヌーヴンから来た白いノロジカと猟犬の子犬をドーンの息子アマエソンがつかまえたため、アヌーヴンの王アラウンとの間に戦闘が起こったとある。さらに、片方の軍勢には一人の男、もう一方には女がおり、どちらも本名が知られぬ限り決して打ち負かされることはなかったが、ドーンの息子グウィディオンが男の名をブラーンであると突き止めたと続く（*Math* lxiv）。ブロムウィッチは、「木々の戦い」の伝承は本作における異界アヌーヴンの豚の略奪のエピソードと関連しており、本来、グウィディオンはダヴェッドではなくアヌーヴンより豚を含む異界の獣を盗み出して戦争となったのではないかと示唆する（TYP 217-218）。

124. 豚の意味でのフーフは、キルフーフの名前に残る。ハネルホブ（略してハネロブ）とは、文字通りには「半分の豚」で、塩漬けにした豚わきばら肉のベーコンのこと。

125. ランピターとスランダシルの中間、テイヴィ河沿いに位置。

126. 「中世ウェールズ法」は、ペンケルズとバルズ・テイリの2種類のバルズに言及している。バルズは、鍛冶屋、聖職者とともに、自由民にしか許されない、特別な技能を必要とする職（ケルズ）に数えられた（LHDd 40:29-34）。言い換えれば、自由民の子弟は、君主に仕えるほかに、これらの道につくことができた。したがって、バルズの組織は教会同様、本来は宮廷とは独立した存在だったといえ、そうしたバルズのギルドの長がペンケルズであったと考えられる（Jenkins 2000）。プラデリの言葉にある「若い衆」とは、ペンケルズの弟子ケルゾールのことと思われる。「中世ウェールズ法」には、ペンケルズはバルズの見習いであるケルゾール一人につき24ペンスの教授代を要求できたとあるからだ（LHDd 38）。一方、バルズ・テイリは、宮廷官吏としてのバルズの職名であり、テイリと呼ばれる王の親衛隊とともに従軍して、戦争を鼓舞し、戦果を歌で讃える役割を担った。もし、異国のペンケルズが宮廷に訪れた場合は、ペンケルズがバルズ・テイリに先駆けて技芸を披露し、褒美を要求する権利をもった（ibid.）。バルズ・テイリが大広間の下座にすわるのに対し、ペンケルズの席は炉をはさんで王の向かい側に、王の司祭、王の判事の並びと定められている（ibid.）。このように、旅のペンケルズを歓待するのは宮廷の

習いだったが、プラデリの隣に席を与えられたグウィディオンは、さらに賓客としての扱いを受けたことになる。

127. 原語「カヴァルウィズ」および、グウィディオンが語る「カヴァルウィジド」の含意については解説を参照。

128. 原語の「アモッド」は、「中世ウェールズ法」では「契約」を表す法律用語である。しかし、中世法のなかでももっとも起源が古いとされる『カヴネルス本』には、「アモッドは正義にまさる」（WML 89）、「法を打ち破る三つのもの、暴力、アモッド、困窮」（WML 131）といった文があって、アモッドは法にもまさる力があるとされている。特に、「正義」と訳したウェールズ語の「グウィール（gwir）」は、ゲール語のフィールに相当し、元来「真実」を意味する言葉である。古代アイルランド文学に「フィール・ヴラテウォン」という用語が登場するが、これは、君主が守るべき正義のことで、この務めに反すると国は衰え、災厄がふりかかるとされた。アモッドが慣習法や成文法にも縛られない根拠は法文には明確に示されていないが、14世紀の写本には「誰もアモッドを破ることはできないといわれる。なぜならば、アモッドはゴヴィネッドと同様だからだ」という記載がある（LHDd 80）。ゴヴィネッドとは、神に対してたてた神聖な誓いのこと（GPC）である。これらから、アモッドとは、「中世ウェールズ法」が成文化される以前の古い慣習に基づくものであり、人知を超えた効力をもち、それに違反することは許されない類の約束だったと考えられる。その意味で、ヒューズが、アモッドをアイルランドのゲシュに比しているのは正しいといえるかもしれない。ゲシュの場合と同様に、アモッドを破ったプラデリは、その代償として命を失うことになるからだ（Hughes 2001: 59）。

129. 以下、豚にちなんだ地名由来譚が続く。モッホ・ドレーヴの場所は特定できないが、ケレディギオン州のアバリストウィスの北11キロほどいった高地に、現在ナント・ア・モッホの地名が残る。エレニッドは、さらに北のピムリモン山系にある。

130. ケレディギオンとポウィスの国境に当たる。現在のニュータウンの近くにモッホ・ドレーヴの村がある。グウィディオン一行は、まっすぐ北進せず、なぜか東のポウィスを回ってグウィネッズに向かう進路をとる。ポウィスには、スランフラエアドル・アム・モッホナントという地名が残る。

131. ウェールズの北の海沿いのカントレーヴで、現在、スランディドノーとコルウィン・ベイの中間にモッホ・ドレーヴと呼ばれる場所がある。

132. 後出のように、コンウィ河をはさんでフロスの西にあるアルスレフウェッズを指す。マースの勢力範囲がコンウィ河以西であることから、王のお膝元に豚を連れ込む作戦である。

133. グウィディオンが作った「クレイ」を語源とする地名由来譚であるから、クレイ（グ）ウィディオンとなるべきところ、クレイ＋ウリオンの形になっている。これを踏まえ、イヴォール・ウィリアムズは『タリエシンの書』に二回名前が登場するグーリオンをグウィディオンの別名ではないかと示唆している（PKM260）。

134. 『白本』・『赤本』ともに、この箇所の原文は「マソヌウィの息子マースが見ているところで（ac ẏ|guelei uath uab mathonбẏ）」となっているが、これではあとの展開と矛盾するため、マースの寝床として訳すのが慣例となっている。けれども、その後に「ギルヴァスウィとゴエウィンは床をともにさせられた」と続くのが奇妙ではある。

135. 中世ウェールズの行政単位の一つ。マエノールには町（トレーヴ）4つが含まれ、広さは

1024エルーと「中世ウェールズ法」にはある（LHDd121）。１エルーは、グウィネッズの場合、一日に耕せる土地に相当した（GPC）。

136. カエルナルヴォンを南下しトーメン・ア・ミールへと通じるローマ街道沿い（現在の国道A487にほぼ相当）で、南軍を待ち受ける戦略だ。

137. 現在の国道A487沿いにあるパント・グラス近くにナントキスの地名が残る。地名由来譚の体裁になっているが、なぜその名がついたのか、本文には説明がない。ヒューズは、ナントは谷間であり、そこに逃げ込むのは「カス」、つまり賢明な作戦だったという意味ではないかとしている（*Math* 55 n.124）。ドール・ペンマエンは、ナント・カスからさらにローマ街道を6キロほど南下したところに位置する。

138. 他のウェールズ伝承には登場しないので詳細は不明。グールギーとは文字通りには「犬男」の意で、中世ウェールズの戦士の名前としては珍しくない。添え名のグワストラは「見栄っ張り、品性が卑しい」といった否定的な意味をもつ。勇猛果敢であると自負し、自ら人質に名乗りをあげるようなタイプの人物を揶揄しているのだろうか。

139. グラスリン河の入り江にある砂浜。18世紀末から埋め立てが始まり、現在では、ポルスマドッグ付近の干拓地となっている。

140. 文字通りには「黄色の渡瀬」。フェスティニオーグ渓谷を流れるアベル・ドウィリードがアベル・プラソールと合流する地点にある。後出のマエントゥローグは、この渡瀬より1マイル西にいったローマ街道沿いに位置する。

141. 『カエルヴァルジンの黒本』所収の「墓のエングラニオン」によれば、プラデリの墓は、「波が岸にあたっては砕ける、アベル・グウェノリ」にあるとされる（LlDC no.18. 20-21）。アベル・グウェノリは、ヴェレン・フリードに流れ込む小さな川なので、プラデリ終焉の地についての伝承は本編と合致する。

142. ここでの「ヤウン」は、侮辱や損害に対する償いとしての法律用語である。マースは、ゴエウィンが凌辱されたことへの償いとして彼女を妻に迎え、子どもが生まれたら自分の後継ぎとすることを約束する。同時に、王の乙女を奪われたことは、マースにとっても恥辱に当たるため、その償いを求めることを宣言している。

143. 兄弟のあいさつに対し、マースが通常のように、「神のご加護を」といった返礼を返していない点に注目。作者は、こうしたちょっとした言葉の応酬で登場人物の心理状態を表現するのにたけている。

144. エングリンと呼ばれる古い詩形のうち、1行7音節の三行連句ですべて同じ脚韻を踏む「エングリン・ミルール」となっている。

145. それぞれ、「ブライズ」（狼）、「ヒーズ」（鹿）、「フーフ」（豚）に黒を意味する「ドゥン（dwn）」をつけた複合語。

146. 二つの三題歌（TYP no. 35, no.78）にアリアンフロッド（「銀の車輪」）という名で登場するが、本編では終始、アランフロッドと綴られていることから、アランフロッドが本来の名であったと考えられる。『タリエシンの書』の詩のなかでは、「アランフロッド、名高き美貌は燦々たる太陽にまさる」（BT 36. 14-15=*Legendary Poems* no.10）と歌われている。

147. 直訳すると「波の息子、海」となる。ダランの死の詳細は不詳で、本文で言及されている三題歌も現存しない。しかし、『タリエシンの書』にはダランの死を悼む哀歌（BT 67.9-17=*Legendary Poems* no.22）が存在し、ダランは海辺で死の一撃を受け、その亡き骸

は潮流にもまれたとある。また「墓のエングラニオン」（LlDC no.18.10-13）では、ダランの墓所はスランヴェイノーことクラノッグにあると歌っている。ドーンの息子ゴヴァノンは、『キルフーフ』のなかで、不思議な力をもつ鍛冶屋として言及されている。

148. ディナス・ディンスレ（イ）の沖合にカエル・アリアンフロッドという名の小さな島がある。干潮のときには歩いて渡れるが、満潮時には海に囲まれてしまうという。グウィディオンらが最初の訪問では徒歩で向かい、二度目は船を使っている点にも合致することから、ヒューズはこの島がアランフロッドの城砦であると考える（*Math*74）。なお、18世紀以降、カエル・アリアンフロッドは銀河の比喩として使われるようになった（GPC）。

149. グウィディオンとアランフロッドはドーンの子どもであるので、きょうだい関係にあるがどちらが年長かは明示されていない。だが、中世ウェールズ社会の慣行として、下の者から高位の者にあいさつをすることを踏まえ、アランフロッドは城砦の主人であるが、相手が年長者であるため先にあいさつしたと解し、グウィディオンを「兄」として訳出した。

150. アランフロッドは息子に三つの「定め（タンゲッド）」をかす。いったん定められたタンゲッドは、普通の手段では解くことができないため、グウィディオンは持ち前の機転と魔法で対抗する。

151. 『赤本』では、スレイの名は、すべて「ライオン」を意味する「スレウ（lleб）」と綴られている。『白本』では ‘lleu’ という表記が1回だけ現れる。けれども、二つの理由から、‘lleu’ が本来の綴りであったと考えられる。第一に、アランフロッドが不本意にもわが子に命名してしまう台詞「なんて手先の器用なこと、この金髪（スレイ）の子は」では ‘lleu’ と表記されている点である。第二に、後出のグウィディオンの歌うエングリンのなかで ‘(g)eu’ と韻を踏んでいることからだ。ただし、中期ウェールズ語における ‘-eu’ がどのよう音価だったかは不明である。「偽り、うそ」を意味する ‘geu’ は現代ウェールズ語では「ガイ（gau）」となり、それに合わせると「スライ」となるが、現存するナントスレ、ディナス・ディンスレなどの地名との関連を作者が明らかに意識していたことから「スレイ」と表記した。なお、13世紀に成立したとされる「ハネシン・ヘーン」系図には、マソヌウィの息子マースの子どもたちとして、スレウ・スラウ・ガフェス、ダラン・アイル・トン、ブロデイウェッズの名が挙げられており、母親はドーンの娘アリアンフロッドと記されている（EWGT 90§26）。

152. 三題歌「ブリテン島の三人の黄金の靴作り」（TYP no.67）では、ベリの息子カスワッスロン、スリールの息子マナワダン、スレイ・スラウ・ガフェスの名が挙がっているが、本編ではグウィディオンを指しているとも解釈できる。

153. 写本には「ディナス・ディンスレヴ」とあるが、「スレイの砦」を意味する「ディンスレイ」が正しい形だろう。カエルナルヴォンから約8キロ西の海岸沿いにディナス・ディンスレという鉄器時代の丘砦が残っている。「墓のエングラニオン」の異本（ペニアルス98写本版）では、グウィディオンの墓はモルヴァ・ディンスレイ（「ディンスレイの湿原」の意）にあるとされる。写本自体は17世紀のものだが、校訂したトマス・ジョーンズは、オリジナルは『カエルヴァルジンの黒本』とほぼ同時代であると考える（Jones 1967: 99）。だとすれば、グウィディオン、アランフロッド、そしてスレイの伝承の舞台は、いずれもディナス・ディンスレ周辺のアルヴォンの北西海岸沿いと推定される。

154. 『カエルヴァルジンの黒本』所収の「墓のエングラニオン」では、先に引用したダランの墓

所の前に、「アウェン（詩）の父タダイの墓は、ブリン・アレンにあり」（LlDC no.18.10-13）とあることから、ダランの墓のあるクラノッグ周辺にある丘陵だと考えられる。

155. 該当する地名は現存しないが、「中世ウェールズ法」の最古の写本の一つである『チャークの黒本』（1250年ごろ）には、グウィネッズ王マエルグンの娘婿で北方出身のエリディル・ムウィンヴァウルがアルヴォンのアベル・メウェジスで殺されたため、同郷のクラドゥノー・エイジンが北方の武将たちを率いてやって来ると、復讐のためにアルヴォンを焼き討ちしたと記載されている（TYP 491; 伝承自体はOwen 2003にテクストと英訳がある）。アベル・メウェジスはクラノッグの北を流れるデサッハ河に注ぐウェヴィス川だとされる。いずれにしても、グウィディオンらは、ディナス・ディンスレを出立したあと、あえてクラノッグ方面まで南下し、そこからまたカエル・アランフロッドへ北上するという遠回りをしている。これは、南ウェールズのモルガヌーグから来た詩人という変装を見破られないための作戦だろう。

156. オークは柏に似た葉をもつブナ科の落葉樹。薄緑の小さな花が細い尾のように垂れ下がって咲く。メドウスイート（西洋夏雪草）は白い小さな花が房のように集まって咲き、甘い香りを放つ薬草として使われた。

157. 『白本』、『赤本』ともに ‘blodeued’ と ‘blodeuбed’ という綴りが混在しており、どちらが正しい形か判断がむずかしい。前者は花の複数形「ブロダイ（blodau）」に、複数形を示す接尾辞 ‘-edd’ がついた形、後者は同じくブロダイに「グウェッズ（gwedd）」（姿・形）、あるいは「メッズ（medd）」（蜂蜜酒、ないし「支配する・所有する」を意味する動詞）がついた形と考えられる（*Math* lxxxvi）。翻訳では、『白本』で命名の箇所に用いられているブロダイエッズを採用した。

158. スリーン半島の付け根から南はマウザッハ河口に至る一帯。歴史家のロイドは、岩山ばかりの荒れた土地であることから、初めて領主となる若者に苦労をさせ鍛え上げるという意味で「最高のところ」だと解釈している（Lloyd 1912: 238）。

159. ローマ街道（現在の国道A470）沿い、スリン・トラウスヴァニーズの人造湖の東にある、ローマの城砦トーメン・ア・ミールのこと。

160. ペンスリンはアルディドウィの東、バラ湖（スリン・テギッド）周辺の内陸部のカントレーヴ。グロヌーの添え名は「たくましい（pebyr）」ないし「輝かしい（pefyr）」に由来する。

161. ミール・カステスの北、フェスティニオーグ近くを流れる河。

162. 文字通りには「襲撃の丘」。ミール・カステスの北東に、ブリン・カヴェルギッドという地名が残る。

163. 「スレイの谷」の意。ペンナグロエスからB4418道路を東に5キロほど行ったところにナントスレの地名が残る。かつては、スリン・ナントスレ・イハヴとスリン・ナントスレ・イサヴという二つの湖があった。それらが、グウィディオンの歌に出てくる二つの湖のことである。

164. ここで歌われる三つのエングリンは、原則として「エングリン・カルフ」という形式を踏襲している。1行7音節で、4行連句のうち1行目・2行目・4行目が同じ脚韻を踏み、3行目の最終音節は、4行目の中間の音節と韻を踏む詩形である。オリジナルの韻にできるだけ忠実にするために意訳した。

165. 2番目のエングリンは1行目・2行目・4行目が「エス」という音で韻を踏んでいる。イヴォール・ウィリアムズは、1行目の最後にある「マエス」が12世紀中葉の詩では2音節（マ・エス）ではなく１音節と数えられた点を指摘、『マビノギ』の成立を1100年以前と考える根拠の一つとする（PKM xviii-xix）。
166. ミール・カステスの北東、フェスティニオーグの近くに「スリン・ア・モラニオン」（乙女たちの湖）と呼ばれる湖水が残っている。
167. ショネッド・デイヴィスは、ここで 'maeddu という法律用語が使われている点に注目する。「中世ウェールズ法」で、夫が妻を叩いても「サルハエド」を支払う義務のない三つのケースの一つに妻の姦通が挙げられている。つまり、本来は夫であるスレイが行うべき罰を鳥たちが代行することになるわけだ（Davies 1993: 64f）。該当する規定についてはJenkins and Owen 1980: 51 n.37を参照。
168. 賠償金とは「中世ウェールズ法」が定めるサルハエドのことである。グロヌーはスレイに対し、妻と姦通し、殺害を企て、領地を奪うという三つの罪を犯している。「土地と大地」は第三の、「金と銀」は第一の罪に対する賠償金となるが、殺人の件についての賠償は示されていない。そのため、スレイは、自分と同じように槍を受けることを要求するのである（Ellis 1928: 113f 参照）。
169. 三題歌「ブリテン島の三つの不忠な親衛隊」（TYP no.30）によれば、あとの二つはグールギーとペレディルの親衛隊（戦闘の約束の前日に主君を見捨て、二人を死に追いやった）、そしてアラン・ファルガンの親衛隊（カムランの戦いの際、主人を見捨て、死に追いやった）とされる。なお、この三題歌ではグロヌーの名はゴロヌウィとなっており、こちらの方がウェールズ語の人名としては一般的なことから、グロヌーはゴロヌウィが崩れた形だと考えられている（*Math* lxxxix）。

スリーズとスレヴェリスの冒険

1. ベリの息子スレヴェリスの名は、中世ウェールズの他の説話や系図にも現れない。ただ、『タリエシンの書』にはベリの息子を7人とする一節があり（BT 70.19-21）、ウェールズ人の伝説的父祖であるベリには名前不詳の大勢の息子がいたと中世では信じられていたと考えられる。一方、スレヴェリスがフランス王になったという経歴から、フランス語のルイ（Louis）のノルマン＝フレンチ形 'Leueeis' を写字生が誤記したという説（W. J. Gruffydd 1958:20）、アイルランドのルグに該当するという説もある。後者の神話的解釈については解説を参照。
2. ロンドンのウェールズ語名スリンダインの地名由来譚。ロンドンは、ローマン＝ブリテン時代、ロンディニウムと呼ばれ、ブリタニアにおけるローマ支配や交易の中心地だった。『ブリタニア列王史』によれば、ブリテン建国の祖ブルートゥスが「新しきトロイ」ことトロイア・ノーヴァと名付けた首都が、いつしかトリノウァントゥムと呼ばれるようになり、城壁を再建したルッド王にちなんでカエル・ルッドと名を変えたとある。ウェールズ語のカエルは「城塞」の意味で、カエルのあとに続く語の冒頭の子音が音韻変化を起こすため、カエル＋スリーズはカエル・リーズ、カエル＋スリンダインはカエル・リンダインとなる。
3. 『白本』はここで終わり。以下は『赤本』に基づく。

4. 原文の 'Coraniaid' は コランに複数形を表す '–iaid' がついた形。たとえば 'Celt-iaid' は「ケルト人」（複数形）となるため「コラン人」と訳出した。ウェールズ語のコル（cor）は「小さい」の意味で、ブルトン語の「コリガン（Korrigan）」に相当する「小人」の意でも使われる。コラン人が小人だという明確な記載は本文にはないが、超能力をもつ異界の住人であることは間違いない。三題歌ではアラビアを出自とする。
5. 原文のディアスバドは、異界アヌーヴンの叫びとも呼ばれる呪術的な力をもつ。アーサーの宮廷への入城を断られたキルフーフも、ディアスバドを三度上げて宮中の女性の子宝を奪うと脅している。
6. 『マビノギの四つの枝』の注31参照。
7. 原語は 'cythral' はラテン語の 'contrārius'（'contrary'）に由来し、「敵対する、反逆する」が原義。後に悪魔の意味で使われた。
8. 文字通りには「雄牛の渡し」で英語のオックスフォードに相当する。オックスフォードをブリテン島の中央とする伝承は、ほかには見当たらない。
9. スノードンは、北ウェールズにあるブリテン島で二番目に高い山である。
10. 北ウェールズのスノードン山系にある鉄器時代の丘砦。名称はエムリス（ラテン語のアンブロシウス）の城砦（都市）の意味。
11. 18世紀に筆写された三題歌「悲しみのあまり心が砕けた三人」（TYP no.95）は、スリールの娘ブランウェン、ブラーンの息子カラドウグとともにファラオン・ダンゼの名を挙げている。ブランウェンとカラドウグの死については「マビノギの第二の枝」に言及されている。ファラオンは、エジプトのファラオに当たるウェールズ語である。スランステファン写本には、ディナス・エムリスの元の名がディナス・ファラオン・ダンゼだったという一文はなく、新たに付け加えられたコメンタリーとなるが、これらにかかわる伝承は現存しない。
12. 『赤本』版の終わり文句。「冒険」と訳したカヴランクは文字通りには「対話、対面、対決」、転じて「物語」の意味で使われるようになった。内容からすると「会見」ないし「密談」などの訳も可能だろう。

ローマ皇帝マクセン公の夢

1. マクセンはローマ皇帝なので、各国の王たちを臣下として付き従えている。30人と言わずに10と20に分ける数え方は、現在のウェールズ語でも踏襲されている。『白本』と『赤本』では32人とある。いずれにしても、それぞれの王にも随行する家臣たちがいたはずだから、たいそうな数の一行だったに違いない。
2. 以下、動詞には未完了過去（imperfect）の時制が使われており、マクセンが夢のなかの出来事を現在、進行する形で体験している臨場感を表わしている。
3. 原文では床は複数形の'lloriau'で、『白本』と『赤本』では床ではなく扉の複数形となっている。広間の床を複数形として描写するのは論理的に奇妙であるが、ここはワトキンの説にならって、広間の床に敷きつめられた金のタイルと解釈した（Watkin 1962: 306f）。中世の宮殿の扉は通常、寄せ木細工で装飾され、タペストリーによって覆われているので、金の扉という描写は考えにくいとワトキンは言う。

4. 二人の若者は、フランス語でブレーと呼ばれる膝下までのズボンに、おそらく靴下を重ね、英語ではバスキンと呼ぶ、つま先から膝までを脚絆のように革の紐を巻いて留めるブーツをはいている。革は高級皮革の代名詞であるコルドバ革で、ブーツには金のバックルがついているという豪華ないでたちの描写である。
5. 乙女はシュミーズ（ここではチュニックと訳）の上に、シュルコ（ここでは上衣と訳）を重ね、さらにマントをはおっている。この描写からもわかるように、シュミーズは肌の上に直接着る衣服だが、現代の下着とは異なり、そのまま人前にも着て出られるものだった。乙女の胸元の留め飾りは原文では複数形になっているので、頭からかぶれるよう、ゆったりと作ってあるシュミーズの首回りをしぼるためにつける留め具だと考えられる。二つの留め具を飾り紐やチェーンでつないで、襟元にある切れ込みの左右につけて留めるような形状のものだろうか。シュルコは十字軍の騎士が鎖かたびらの上にはおった陣羽織に由来、袖なしか半袖なので、下に着た白絹と金襴の取り合わせが乙女の清楚な美しさを引き立てていたと思われる。ローブと訳したのはアスギーンという用語で、「中世ウェールズ法」によれば、同じマント状の外衣でも身分の高い者が着用するものがアスギーンと呼ばれ、その値は王と王妃の場合1ポンドとされた。一方、平民が使うのはフリウッフで、値は60ペンスと定められていた（LHDd 195）。
6. 中世ヨーロッパの世界観を表すものにTO図と呼ばれる世界地図がある。それによれば、世界は円盤状で、その周りをアルファベットのOのように大洋が取り巻き、内部はT字型に流れる大河によってアジア・ヨーロッパ・アフリカの三つに分かれると考えられた。この後わかるようにマクセンはブリテン島のあるヨーロッパ西方に向かっていたので、それまで使者たちが乙女の消息をつかむことができなかった理由は、アジアとアフリカを探索したからだろう。
7. マクセンの夢の旅路をたどる使者たちは、ガリア（フランス）から海を渡ってブリテン島に上陸し、さらに西のウェールズへ向かうと、北進してスノードン山系を越え、グウィネッズ王国の中心アルヴォンへ到着する。アルヴォンは、アニス・モーンことアングルシーの対岸に広がる地域で、その中心が、本編のアベル・サイント（サイント河がメナイ海峡と合流する河口）の城砦、すなわち現在のカエルナルヴォン（カナーヴォン）である。
8. ブリテン島の伝説的王であり、系図では中世ウェールズの諸王朝の祖とされている。ジェフリ・オブ・モンマスの『ブリタニア列王史』にはヘリの名で登場、ヘリの息子カッシウェラウヌス（ウェールズのベリの息子カスワッスロン）はユリウス・カエサル軍に降伏、以来、ブリテン島はローマに貢納することとなった。
9. ジーザス・コレッジ20写本（14世紀後半）に残る系図（EWGT 45§7）には、コエル・ヘーンの妻の父としてエイダヴの息子ガデオンの名があり同一人物だと思われる。本編での言及と諸系図に現れる以外、不詳。
10. 原語のアグウェジは、「中世ウェールズ法」によれば、婚姻関係が7年続く以前に破綻した場合、妻に分与される共同資産のことを通常指すが（Jenkins and Owen 1980: 187f）、本文からもわかるように、初夜の翌朝、処女だったことの証として夫が妻に贈るもの、「中世ウェールズ法」の用語ではコウィスの意味でここでは使われている。コウィスも結局は夫婦の共同資産に数えられるので、ここではアグウェジとしたのかもしれない。しかし乙女が要求した婚資は、ブリテン島を父親のエイダヴに与えるものなので、マクセンの資産

にはならないことになる。

11. 原文で使われている「モール・イズからモール・イウェルゾンにかけて」はブリテン島の広さ（横幅）を表す慣用的表現なので、モール・イズは北海および英仏海峡も含むと考えられる（TYP 253）。「三つの群島」はモーン、マン、ワイの三つの島のこと。
12. ペニアルス16写本版では「ローマ皇帝」、『白本』と『赤本』では「ローマ女帝」となっている。妻から夫へ要求するという文脈から「ローマ女帝」とした。ロバーツは、乙女が「ローマ皇帝」の宗主権を認めることで、父親のブリテン支配を確実なものとする意図だと考え、「ローマ皇帝」を採用している（Roberts 2005: 40 n.227）。
13. アルヴォンには、ローマ軍団の砦セゴンティウムが置かれていた。その他の二つの城砦都市も、ローマン＝ブリテン時代のローマの砦があったところである。
14. 地名由来譚としては、通常、預言者・詩人のマルジンと結び付けられるが、本作では「軍隊」を意味する「マルズ（myrdd）」に由来するとしている。
15. 現在のペンブロークシャー、プレセリ丘陵の峰の一つ（高さ約400m）。
16. ローマ街道のこと。ウェールズでは、南北ウェールズを結ぶローマ街道を「ヘレンの道」を意味する「サルン・ヘレン」と呼んだ。
17. ペニアルス16写本版はここで中断している。
18. その後に出てくるブリテン人同様、ここではマクセンではなくカナン兄弟の手勢のこと。休戦のしきたりに背いて彼らは抜け駆けし、ローマを落として、砦を占拠したのである。そのため、マクセンは自分への謀反と思ってエレンに相談することになる。
19. ウェールズ語でブルターニュを指すスラダウの語源を「半分、静かな」を意味する「スレッド＝ダウ（lled-taw）」とする地名由来譚。『ブリテン人の歴史』（c.27）では、母語を失ったブルターニュ人は、「半分愚鈍な」と意味する「レテウィキオン（Letewicion）」と呼ばれるようになったとある。

三つのロマンス

1. 「三つのロマンス」では、アーサーの宮廷はカエル・スリオン（カーリオン）に置かれている。南ウェールズ、ニューポートの北に位置し、ローマン＝ブリテン時代にはイスカと呼ばれ、ローマ軍団が置かれた。
2. 中期ウェールズ語の物語の語り出しは、より年代の古い作品、たとえば「マビノギの第二の枝」では、「スリールの息子ベンディゲイドヴラーンは、王冠を戴く王としてこの島を統べていた（Bendigeiduran uab llẏr a|oed urenhin coronaẏc ar ẏr ẏnẏs hon）」というように、「人名＋oedd（was）＋肩書＋領国」という形式をとるのに対し、「三つのロマンス」では、こうした伝統的語りのフォルミュラを完全には踏襲していない。対応するクレティアン・ド・トロワの『イヴァン』の書き出しは、「アーサー、ブリテンの良き王（Artus, li boens rois de Bretaingne）」は「ウェールズのカルデュエル（Carduel en Gales）」の宮廷で聖霊降臨祭の祝いを開いていたとある。
3. 『キルフーフ』では、元日のみ、『エルビンの息子ゲraintの物語』ではキリスト教の三大祝日のみ門に立つとある。ウェールズのアーサー伝承固有の名物キャラクターである。
4. クレティアンのロマンスでは、アーサー王の騎士たちの冒険の舞台はブロセリアンドの森だが、ウェールズの「三つのロマンス」の風景は異なる。なお、ウェールズ語の「ディ

フェイスッフ」（荒野）は不毛の大地という意味ではなく、人里の反対語、森や山岳地帯のことである。

5. この部分は、『フラゼルフの白本』では、短剣は金の刀身、二つの的のそれぞれは象牙の柄、そして二人は短剣を投げ合っているように読めるが、翻訳では『ヘルゲストの赤本』に従い、二人の若者は短剣の象牙の柄を的にし、矢を射るゲームをしていると解釈した（*Owein* 36 n.48）。
6. あいさつは通常、訪問者から主人に、身分の低い者から高位の者にする。
7. 原語のブリアントはフランス語からの借用語で、薄地の上質なリネン。『マビノギ』には登場しない、舶来の高級生地である。
8. シャツ（原文は「クリス」）はフランス語の「シュミーズ」に当たる、リネンのゆったりとした下着。ズボンはフランス語の「ブレー」に当たる、膝下までのズボン状の下着。
9. フランス語シュルコに由来。十字軍の騎士が鎧の上にはおった上衣（陣羽織）が起源で、後には、男女ともに、チュニックの上に重ねて着る、ゆったりとした上着のことを指すようになった。
10. 原語のオルフレイスも、やはりフランス語からの借用語。
11. 原文の「グール・ディー」は、「黒髪の男」、「黒い肌の男」、「黒衣の男」いずれにも解釈可能であるため、その多義性を損なわぬよう「黒い男」という訳語を用いた。後出の「黒い無法者」（ディー・トラウス）も同様。なお、ゴルセッズと呼ばれる古代の墳墓が異界への冒険の入り口となるのは、「マビノギオン」の他の物語と同様である。
12. 原文は 'ac nẏt gϭr anhẏgar efo. gϭr hagẏr ẏϭ ẏnteu.' で、「愛想の良い（hygar）」に「醜い（hag（y）r）」という、どちらもハガルとなる同音異義語（最初の語には、否定の接頭辞 'an-' がつく）を並べた言葉遊びになっている。
13. 『白本』とジーザス20写本では「コエドゥール」、『赤本』では古英語からの借用語である 'wdwart' が使われている。イドリス・フォスターは、ルーミスの説を踏襲して、アイルランドの『ダ・デルガ館の崩壊』に登場する、片目片足の巨人で「森の男」の名をもつ、フェル・カイリとの類似を指摘する（Foster 1959b: 197）。
14. 黒騎士は兜の下にペンフェスティンという防具—鎖または革製の頭巾、ないしはフランス語でカマイユと呼ばれる、頭部から首までを保護する鎖でできたフード—をかぶり、さらにその下に布製の頭巾をかぶって頭を保護していたが、これら三層の防具を突き破り、オワインは相手に致命傷を与える。ニューヨークのピアポント・モルガン・ライブラリーが所蔵するフランスの装飾写本『ルイⅨ世の十字軍聖書』別名『マシェジョスキ聖書』〔13世紀中ごろ〕のフォリオ10v には、そうした装束の騎士の姿が確認できる〔MS M.638, fol. 10v　http://www.themorgan.org/collection/crusader-bible/20〕。
15. 原文では単に「門」とあるが、構造からみて落とし格子だろう。ローマ帝国はカタラクタと呼ばれる落とし格子の仕掛けを使っていたことが知られるが、中世の築城術において普及するのは12世紀以降で、この描写にはノルマンの城の影響がうかがえる。ウェールズ語で「落とし格子」を意味する「オーグ（og）」が現れるのは、GPCによれば15世紀以降である。
16. 寝床に敷かれた寝具は緋色の絹（'ysgarlat' はフランス語 'escarlate' の借用語）、アーミン（白地に黒い斑点の毛皮＝'gra'は中英語からの借用語）、錦織（pali）、薄絹（'syndal' は

フランス語 ‘cendal’ の借用語）、そして紗（bliant）と、すべて王者にふさわしい最高級の布地でできている。

17. クレティアンのロマンスのローディーヌに当たる女性だが、本作では名前がない。「女伯爵」の原語は ‘iarlles’。英語では、伯爵夫人に対しては、ゲルマン語形の ‘earl’ の派生語ではなく、フランス語からの借用語である ‘countess’ を採用したのに対し、ウェールズ語では ‘iarll’ の女性形が用いられている。なお、従来の英訳では ‘Lady’ と訳し、それに対応する形で日本語でも「淑女・貴婦人」などの訳語が与えられてきた。しかし本作を読む限り、伯爵領（iarlleth）の支配権を有するのは彼女であることから「女伯爵」とした（注19参照）。
18. テクストを校訂したトムソンは、オワインの靴止めにライオンの像が飾ってあることに注目する。後世の7つの写本のうち6つにはライオンが登場しないため、『白本』、『赤本』にあるライオンの冒険は大陸ロマンスからの借用とも考えられる一方、ライオンの登場以前に現存写本すべてにこの記述が存在すること、つまり、オワインの印としてライオン像が用いられていることは、ウェールズにもオワインをライオンと結びつける伝承が存在した可能性があるからである（*Owein* 52 n.432）。これに関し、フランスのアーサー王ロマンス研究者フィリップ・ヴァルテールの説を紹介する。ヴァルテールは、ウェールズに伝わるオワインの出生譚に注目し、オワインの父イリエーンが異界の乙女と浅瀬で出会って子をもうけたのは11月1日のサウィンの夜なので、生まれたのは9か月後の8月1日、アイルランドでルーナサの祭日に当たり、したがって獅子座のもとに誕生したとする（ヴァルテル1999:4）。伝承を伝える写本自体にはサウィン（ウェールズではカラン・ガエア）に受胎したという記述はないが、同じ「浅瀬の洗濯女」というモティーフに連なる、トゥアサ・デ・ダナーン族のダグザと戦いの女神モリーガンの性交渉が行われるのはサウィンの夜である。
19. 原文は文字通りに訳すと、彼女の伯爵領が「伴侶を失った（gweddw）」となる。女伯爵が領地の主権を体現し、夫である泉の騎士が伯爵領を守る武力であるという象徴的意味合いがうかがえる。
20. 「三つのロマンス」では、冒険はカエル・スリオンのアーサーの宮廷から始まり、宮廷に戻ることで一段落する。ここから、本編の第二部に入るわけである。
21. オワインが人間としての理性を失い、中世の伝承にある「野人」と化したことを表している。野人は森に住み、裸体は獣のような毛でおおわれており、好色で暴力的であると表象されることが多い。
22. 「三つのロマンス」には、ラテン語「カステルム」に由来する「カステス」（英語の ‘castle’ に相当）が登場する。伝統的な語りで用いられてきた「宮廷（llys）」、「城砦（caer）」と区別するため、翻訳では「城郭・城」という訳語を用いる。
23. 原文ではリネッドが閉じ込められているのは「石の入れ物のなか（yn y llestyr maen）」となっているが、中のリネッドがオワインと食べ物を分かち合うことができること、後にライオンがここに閉じ込められる場面では「入り口を石の壁でふさいだ」とあることと合致しない。クレティアンのロマンスでは、乙女はチャペルに閉じ込められている。ウェールズ版をクレティアンの翻訳とする研究者はチャペルの誤訳とする一方、トムソンは写字生の誤記で、本来は「わたしが今いるところ（yn y lle yd yttwyf yn awron）」ないし「この呪

われた場所（yn y lle yscymun hwn）」だったのではないかと考える（*Owein* lxi-lxii）。

24. 「略奪者（yspeilwr）」と「歓待者（yspytywr）」、「略奪の館（yspeilty）」と「歓待の館アスパティ（yspyty）」のかけ言葉になっている。「アスパティ」とは、エルサレムの聖ヨハネ修道会（後のマルタ騎士団）が12世紀に、聖地巡礼をするキリスト教徒の休養や治療のために設立した宿泊所（ホスピタル）のこと。修道会の騎士はホスピタラーと呼ばれた。
25. ケンヴェルヒンは、歴史上のオワインの祖父カンヴァルフの子孫たちの意味で、ケンヴェルヒンの三百の剣は、オワイン自身の軍勢を指す。『フロナブウィの夢』では、オワインの大烏が、アーサーの手勢と戦うさまが描かれている。
26. ウェールズ伝承で「古き北方」と呼ばれるブリテン島北部。ローマ軍撤退後、アングロ＝サクソン軍とブリテン人の部族の激戦の末、ブリテン側が敗北し、失われた地。エヴロウグは地名としてはヨークのことで、「北方」に位置する。
27. 中世ヨーロッパで、騎士が長槍を使って対戦相手を馬から落とす競技。英語またはフランス語からの借用語である、このトーナメントという語が使われるのは、「マビノギオン」中、本編と『ゲライント』のみである。
28. 『フロナブウィの夢』に登場するアーサーの42人の相談役の一人。16世紀後半の写本に残るアーサーの騎士の系図では、グワイルの父グウィスティルはアヴラウ・ウレディグことアムラウズ公の娘の息子、つまり、アーサーとは母方のいとこ同士になる（Bartrum1965:242）。宮廷詩人の詩では、グウィスティルは「悲哀にくれる者」の象徴として、しばしば引き合いに出されている（WCD）。
29. 三題歌「ブリテン島の三つの不運な殴打」（TYP no.53）の一つに、グウェンホウィヴァッハがグウェンホウィヴァルに平手打ちをしたためカムランの戦いが起こったという言及がある。王妃への殴打は宮廷に対する最大の侮辱の一つとなる。
30. 馬からおりずに大広間に入るのは無作法である。キルフーフも、初めてアーサーの宮殿を訪れた際、騎馬のまま大広間へ乗り入れる。キルフーフの不遜な態度には、その発言にも見られるように若さゆえの傲慢さが見て取れるが、自然児として育てられたペレディルは宮廷の作法に通じていないがゆえの無作法である。
31. ウェールズ伝承のカイは、アーサーの宮廷随一の勇士で、「背高き（ヒール）」、「麗しの（グウィン）」といった添え名で賞される美丈夫であるが、ここでは、同じ「ヒール」という形容詞を使っているものの、大陸ロマンスの影響を受けた、毒舌で嫌われ者のご意見番役に徹している。
32. 灰色の髪の足の不自由な男は、聖杯ロマンスの漁夫王の原型とも解釈されている。
33. 以下は、聖杯伝説における聖槍（十字架上のイエスを刺した槍）と聖杯（イエスの血を受けた杯）が聖杯城で運ばれてくる場面に該当する。しかし本作では、聖杯の代わりに「ダスグル」（ラテン語の 'disculus' の借用語）と呼ばれる丸い盆または大皿にのせられた男の生首が登場する。
34. クレティアンのペルスヴァルが「麗しの君（Bele）」という呼びかけを多く使うのに対し、ペレディルは出会う乙女に対し、血縁関係の有無にかかわらず「姉妹」を意味する 'chwaer' と呼んでいる。日本語としては不自然だが、大陸の騎士道ロマンスとは異なる、ウェールズのペレディル像を伝えるために、そのまま訳出した。

35. 「中世ウェールズ法」が定める、王宮の24人の官吏のうち、親衛隊長、王の司祭の次に位置する、高位の役職である。官吏たちをたばね、宿所の差配、食べ物や酒蔵の管理などにあたった（LHDd 12-13）。このディスタインとは別に、宮廷官吏にはトリスリアドと呼ばれる給仕がおり、英訳では通常ディスタインをステュワード、トリスリアドをバトラーと表記することから、翻訳では、ディスタインがバトラー（執事）よりも高位の役職であることを示すため「家令」としてある。
36. 服の下に着る肌着とズボン下のこと。注8参照。
37. クレティアンのロマンスの該当箇所には黒髪と黒い眉についての描写はない。中世フランスでは黒髪は美女の形容として使われなかったからだろう。「マビノギオン」を英訳したショネッド・デイヴィスは、このシーンは、アイルランドの『ウシュリウの息子たちの流浪』の物語で、老王の妃になるために育てられていたデアドラが、大烏のような髪、血のような頬、雪のような肌の若者と恋したいと願う場面に影響された可能性を示唆している（Davies 2007: 247 n.79）。
38. 『赤本』では、この後に「〔ペレディルは〕カイの上を馬で21回走った」という一文が続く。
39. 原文は修飾語を重ねた華麗でリズミカルな文体、いわゆるアライスと呼ばれる修辞法で、「三つのロマンス」では、ペレディルとゲラィントの物語に特徴的な技法である。
40. アザンクまたはアヴァンクとは、水中に棲む怪物のこと。
41. 原語のゴルメスとは、ウェールズ伝承では、ブリテン人の主権を脅かすような脅威・外敵、特に、島を略奪したサクソン人を指す言葉である。本作では、片目の黒い男、アザンク、女伯爵の土地を荒らす鹿がゴルメスと呼ばれており、以上のような民族的記憶の文脈とは切り離されているようだ。
42. 本作を収めた、現存する最古の写本であるペニアルス7写本（1275年ごろ～1325年ごろ）はここで終わっている。「物語（ystoria）」とは書かれた物語を指すが、ここで言及されているのがペニアルス7写本かどうかは不明である。
43. 16世紀の写本に残る「アーサーの宮廷の24人の騎士」には「三人の王家の騎士」の一人に挙げられている。エミール・スラダウとは「ブルターニュ皇帝」を意味する普通名詞が人名に転用されたものとされる（TYP 348）。ハウェルは、『ブリタニア列王史』ではアーサーの甥とされる。
44. イエス・キリストが十字架上で受難した日。
45. 原語はグウェリンで「人々・平民」の意。チェスのポーンに当たる。
46. キリストの復活後50日目に聖霊が使徒の上に降臨したのを記念する聖霊降臨祭の日曜日から始まる一週間で、復活祭後から数えて第七週目に当たる。
47. フランクは、古ウェールズ語の用例では「外国人・傭兵」を意味するが、オディアルはアーサーの宮廷の家令（ステュワード）だと後に説明されている。GPCはノルマン人・フランス人の意味としている（GPC 'Ffranc'）。なお、『赤本』にはオディアルの名前はない。
48. 前出のクリスマス、復活祭、聖霊降誕祭のこと。この表現は「中世ウェールズ法」のラテン語版に存在する。
49. このうち、ペンピンギオン、スラエスガミン（またはスラエス・カミン）は『キルフーフ』でも剛腕のグレウルウィドの部下で平時の門番として登場する。ドレムとクリスト

は、同じくアーサーの宮廷リストで言及されており、このくだりは、キルフーフの物語に典拠していると思われる。

50. ウェールズの南東部の国境地帯にある森林地帯。現在はイングランドのグロスターシャーの一部。ノルマン征服以降は、イングランドの王領狩場とされた。
51. カドリヤイスとベドウィールの息子アムレンは、キルフーフの物語でもアーサーの宮廷のメンバーとして言及されている。アーサーの息子アマル（アムル）は、『ブリテン人の歴史』の地名由来譚で、アーサーによって殺されたとある。キステニンの息子ゴーライは、キルフーフの物語では巨人退治で活躍する。
52. ゲラィントは、チュニックの下に、ズボン状の下着ブレーや、ストッキングをはいていない。これは、急いで狩の一行を追ったからではなく、ズボンに当たる脚衣をはかないのが「ウェールズ風」の風俗とみなされていたからである。アーサー王の宮廷に向かうペルスヴァルも、革のブーツを脚衣がわりにはくという「ウェールズ風のいでたち」をしていたとクレティアンは述べている。中世史家のＲ・Ｒ・デイヴィスによれば、裸足（靴や靴下をはかない）の田舎者というのが、辺境の山国、「ワイルド・ウェールズ」の住民に対してノルマン人が抱く典型的イメージだったという（Davies 1984:169）。オーヴァーは、ズボンをはいていない「野蛮なウェールズ人」のステレオタイプと、頭部をすべて覆う「異国風」の鎧を着た騎士の姿と対照させることで、ゲラィントと正体不明の騎士を、ウェールズ人と非ウェールズ人として読者に対比して見せていると分析する（Over 2005:193）。
53. キルフーフもアーサーの宮廷へ向かう際、金の玉飾りのついた紫のマントをまとっている。ウェールズ語で紫を表す 'porffor' はラテン語 'purpura' に由来し、プールプラと呼ばれる巻貝の出す分泌液から染色されるため、たいへん高価だった。
54. いくつもの形容詞を並べた、アライスと呼ばれる修辞の例。ゲラィントの物語には、こうしたアライスが多く使われている。
55. 貴族の女性はクリスと呼ばれるワンピース型のリネンの肌着の上にドレスを着るが、この乙女はドレスの代わりにショールをはおっているだけなので、一家の零落ぶりがわかる描写である。クレティアンの『エレックとエニッド』では、エニッドは白いシュミーズを着て、その上に長袖のリネンの、ひじから下が擦り切れたシェーンズ（チュニック）を着ている。
56. 小麦粉で作った最上級の白パン。
57. タカ科の猛禽類で、一般にタカと称されるオオタカに比べると大きさは半分ほどと小ぶりで、背面は灰色。
58. クレティアンの『エッレクとエニッド』のイデルに該当する。ウェールズ伝承では、『キルフーフ』のアーサーの宮廷リストにその名が言及されているほか、『フロナブウィの夢』にはアーサーの42人の相談役として登場する。
59. これまで銀髪の男と記されてきた老人のことである。この後、『白本』・『赤本』ともニュウル（「霧」の意）にアまたはエのついた形が使用されるが、本来の名はニュウルと考えられるため、この表記に統一した。クレティアンでは、作品の最後に、エニッドの父の名はリコラン（l.6834 'et Licoranz ot non ses pere'）という記述が登場する。ルーミスは、クレティアンとウェールズ版がともに典拠したと彼が考える、失われたフランス語の写本

は、ライバルである「若い伯爵」との対照からエニッドの父を「老伯爵（li cons vials）」と呼んだが、それをウェールズの物語作者が誤ってアニュウル伯爵とし、クレティアンも固有名詞と誤解したという説を述べている（Loomis 1949:35）。一方、「三つのロマンス」はフランス語版とは独立して存在したと考えるR・M・ジョーンズは、ニュウルはゲール語のニアル（Niall）に当たるケルト語系の固有名詞であり、雲や霧を操る嵐の神格だったのではないかと示唆する（Jones 1957:216）。

60. 9世紀のラテン語年代記『ブリテン人の歴史』には、アーサーが猪狩をしたときに猟犬カバルがつけた足跡が中部ウェールズに残っているという伝説が収録されている。カヴァスは、キルフーフの物語でも猪狩で大活躍する。

61. キルフーフの物語でアーサーの宮廷リストに登場する聖人。

62. タヴ河のほとりの城砦の意で、現在のカエルディーズ（カーディフ）。

63. 『フロナブウィの夢』には、アーサーの従兄弟として登場。

64. アーサーの宮廷医師とされるが、ウェールズ伝承ではゲライントの物語にしか登場しない。クレティアンのロマンスでは、アーサーの異父姉妹で、治癒の力をもつモルガン・ル・フェイとして登場する。

65. ここで初めて乙女の名が明らかにされる。古事研究家ロバート・ヴォーンの手になるペニアルス185写本（17世紀中ごろ）に収録された三題歌「アーサーの宮廷の三人のやんごとなき乙女」（TYP no.88）にはニュウル伯爵の娘エニッドの名がある。

66. ペニアルス6写本ではダンガナン。ゲライントの領国のはずれだと思われるが、該当する地名は現存しない。

67. 原文は直訳すると「ガラスの部屋（ystauell wydrin）」だが、中世ではガラスは高級な建築資材であり、ガラスの入った窓さえ教会以外では珍らしいくらいだから、ガラス張りの部屋とは考えられない。なお、この印象的な情景は、クレティアンの『エレック』にはない。

68. 『白本』では「‘y gwr’ が彼らに襲いかかる」とあり、ゲライントが5人の騎士たちに襲撃したと読めるが、ここでは主語を ‘y gwr’ の複数形 ‘gwyr’（男たち）とする『赤本』とペニアルス6写本の方を採用した。『白本』どおりだと、ゲライントは ‘y gwr’ ことエニッドの「夫」ないし「その戦士」と表現されていることになり、特に前者の場合は夫婦の細かな心情を描写する場面とも解釈できて興味深い。

69. このタオルは手ぬぐいではなく、語源である古フランス語トアイユのもう一つの意味である、食卓に広げる布を指すと思われる。クレティアンの『エレック』では若者（エスクワイア）がトアイユを首に巻いているという描写はなく、草地の上に持参した白いトアイユを広げパンやワインやチーズをふるまったとある（*Erec* l.3166）。

70. エニッドに横恋慕した伯爵のこと。ドゥンは「褐色」の意味で、伯爵の前に定冠詞があることから、伯爵の名前ではなく、褐色の鎧または衣服を来た伯爵という意味だと思われる。

71. 原語は ‘bilain’、古英語 ‘vilein’（農奴）または古フランス語 ‘vilain’ の借用。この語に相当するウェールズ語はタエオグで、「マビノギオン」での用例はここのみ。

72. クレティアンのGuivrez li Petizに相当する。

73. 前出の家令はフランク人オディアルであるが、ここではカイのことを指す。

74. 「モルウィンウライグ」（文字通りには処女妻）とは、「中世ウェールズ法」では結婚し

たが夫と床をともにしていない妻のことを言う（LHDd 60）。
75. クレティアンでは伯爵の名ではなく伯爵の宮殿のある地名が 'Limors' である。いずれにしてもウェールズ語でLから始まる固有名詞はないからフランス語からの借用語である。
76. 二本の分かれ道のうち男が来た方が「こちらの／下の道」。

フロナブウィの夢

1. 12世紀中ごろ、中部ウェールズ、ポウィス王国を治めていた王（在位1132～1160）。グウィネッズ王オワイン・グウィネッズと対抗するためにノルマン朝イングランドのヘンリ2世と同盟を結び、ポウィスの国土を守る政策をとったが、マドウグの没後、ポウィスは分裂、縮小の道をたどることになった。
2. ポルフォルズはチェスターの南、イングランドとウェールズの国境地帯にあるプルフォードのことで、ポウィス王国の北端となる。グワヴァンについては特定されていないが、文脈から見てポウィスの南端、次に出てくるアルウィストリの一部だと考えられる。ロイドは、現在のスランギリッグあたりとする (Lloyd 1912: 242 n.76)。海抜300メートルの高さに位置するスランギリッグはウェールズ（あるいは中部ウェールズ）でもっとも高いところにある村といわれる。
3. 中世ウェールズの年代記にはヨルウェルス・ゴッホ（赤毛のヨルウェルス）という名で登場する、マレディーズの私生児。1157年にヘンリ2世がグウィネッズに遠征した際、異母兄弟のマドウグとともにヘンリ側に加担するが、1165年には今度はグウィネッズ側についたとある。本作のテクストを編集したリチャーズは、マドウグの治世にヨルウェルスが領国の一部を治めていたという記録がないのに対し、1149年には、マドウグがオワイン・カヴェイリオウグとメイリグという二人の甥にカヴェイリオグのコモートを与えていることに注目、本作に描かれているヨルウェルスとの不和につながった可能性を示唆している (BR25 n,1.5)。いずれにしても、マドウグの死後、ポウィスがヨルウェルスを含めた5人に分割されると、彼らの間ですぐに領地争いが起こっているように、男性親族間での土地の分配や相続が中世ウェールズでは常に紛争の種だったことは間違いない。
4. 中世アイルランドやウェールズでは、王族や貴族の子弟は生まれると里子に出される慣習があった。里子制度は生みの親と里親との間の同盟関係を確立するうえで重要だったが、里子は成人を迎えるころには里親のもとを離れてしまう。それに対し、里親の実子、あるいは里親をともにする兄弟との間に生まれた絆は生涯、続く。血のつながった兄弟同士が相続をめぐってしばしば争いを起こしたことを考えると、義兄弟の関係の方が、自分の味方としてより重要な意味をもっていたともいえるだろう (Charles-Edwards 1993: 81f, 216)。
5. ウェールズ語でテイリと呼ばれる、王直属の親衛隊の長をペンテイリという。「中世ウェールズ法」では王の24人の廷吏の筆頭をなす高位の役職で、王の息子や甥がなる場合が多かった (LHDd 8)。けれども、ペンテイリとは別にエドリングと呼ばれる王位継承者が定められ、宮中でのヒエラルキーを表す席順では、エドリングは王の向かい側にすわる権利を有するのに対し、ペンテイリは親衛隊とともに広間の入り口近くに座を与えられた。このことから、ペンテイリに選ばれるということは王位継承の可能性から除外されたことを意味したのではないか、つまりヨルウェルスをペンテイリにするということは、ポウィスの王位がヨルウェスではなく、マドウグの息子に渡ることを示したために、ヨルウェル

スは拒絶したのではないかとの見解もある (Charles-Edwards 2000: 324)。

6. クムード（コモート）。中世ウェールズの土地の単位で、トレーヴ、クムード、カントレーヴといくほど単位が大きくなる。トレーヴが百集まるとカントレーヴ、クムードが二つでカントレーヴになるという計算だが、広さは地域によって異なった。
7. 原文のフラッフディールは文字通りには「耕地」で、イングランドとの境をなす、現在のオズウェストリ周辺の平野部。
8. ケイリオグ河の南東にある、シュロプシャーのディドレストンのこと。追っ手はポウィスを北上し、イングランドとの国境に向かっている。
9. ロングハウスと呼ばれる中世の民家。土間か敷石をしいた1間で、一部が家畜小屋になっている。長椅子と訳したものは、壁際に作りつけられたベンチのようなもので、そこで住人が食事や睡眠をとったと思われる。
10. ウェルッシュプールから北に向かい、セヴァーン河を渡ったところが「ハヴレンのクロエスの渡し」、現在のバッティングトンとなる。
11. ウェールズ語名フリード・ア・グロエスは、ハヴレン河をはさむ古戦場として知られる。893年にはマーシアとウェールズの同盟軍がデーン人の侵攻を食い止め、1039年には、グウィネッズ王グリフィズ・アプ・スラウェリン率いるポウィス軍がマーシアに大勝している。
12. ピクト人の国は現在のスコットランドに該当することから、原文の 'Llech Las'はスコットランド・ゲール語で「みどりのくぼち (Glaschu) 」を意味するグラスゴーを指すとも考えられる。グラスゴーは、聖ケンティゲルンが6世紀に築いた教会を基礎に、12世紀までには司教座大聖堂を有する都市に発展していた。
13. 『キルフーフ』では、アーサーの宮廷リストに登場する戦士。写本では 'Rhwawn'となっているが、キルフーフの物語同様、 'Rhufawn'として訳出した。父の名は伝承によってさまざまで、宮廷リストではドラース、三題歌 (TYP no.3)では「勇敢なる熊」ことデウルアルス (Dewrarth)とあるが、いずれの名でも伝承は伝わっていない。
14. 写本では父の名は 'Telessin'または 'Telyessin'と綴られているが、伝説の詩人タリエシンを指していると思われる。タリエシンの息子アザオンまたはアヴァオンは、三題歌「ブリテン島の三人の雄牛の将」(TYP no.7)、「ブリテン島の三人の戦隊長」(TYP no.25)に言及される戦士。エディンバラの戦いで命を落としたとされ、その死は「ブリテン島の三つの不運な殺戮」(TYP no.33)と呼ばれる。
15. 『ブリテン人の歴史』で、アーサーがサクソン人に勝利した12の戦いの最後を飾るベイドン山の戦いのこと。
16. 添え名のヴレイフヴラスは「腕の強い」の意。三題歌では「コーンウォールの長老の長」(TYP no.1)、「戦場の三大騎手」(TYP no.18)と謳われ、彼の愛馬スリーアゴール─「軍隊を突破する者」の意─はブリテン島の三大名馬に数えられる(TYP no.38)。16世紀後半の写本に残る系図では、カラドウグの母をアヴラウ公の娘ダウェッズとしている (Bartrum 1965: 242)。ダウェッズは12世紀に編纂された『聖人の系図』にあるアムラウズ公の娘タワンウェッズに当たる(EWGT 61§43)。一方、『ブリタニア列王史』のウェールズ語版『ディンジェストー版ブリット』(BD 136:15)によるとアーサーの母エイグル（『列王史』のイゲルナ）もアムラウズ公の娘なので、カラドウグは母方を通じてアーサーのいとこに

なる。

17. 原文の 'gwaraf'は「のんびりとした、鷹揚な」を意味する 'gwâr'の最上級 (BR 47n)。バゾンの決戦を目前にしているのに、アーサーの軍隊はいずれものんびりと構えている。

18. 原語はスラフリン。『ブリタニア列王史』によると、アーサーはブリテン島に加え、隣接する6つの島、すなわち、アイルランド、アイスランド、ゴットランド、オークニー諸島、ノルウェー、デンマークを支配したとある(HRB ix. 10-11)。『列王史』のウェールズ語版で、ノルウェーに当たる地名がスラフリンである。

19. トリスタン伝説のマルク王に相当する。父称は写本では 'Meirchawn' と綴られているが、ラテン語 'Marcianus'のウェールズ語形である 'Meirchiawn'に即して訳出した。16世紀のペニアルス134写本に収録されたマルフについての伝承(Bartrum 1978:373)では、マルフの祖父はキステニンとある(March ap Meirchion ap Kystenin ap Kynvarch ap Tudwal)。キステニンはコンスタンティヌスのウェールズ語形で、『ブリタニア列王史』では、アーサーの祖父はコンスタンティヌスとされることから、マルフとアーサーはいとこ同士ということになる。13世紀のウェールズ語写本でもアーサーの系図は'Arthur m.Vthyr m. Kustenhin m. Kynuawr m. Tutwal' (EWGT 39§5) と記されているので、上記のマルフの系図と一致する。一方、時代は下るが、17世紀のスランステファン100写本にはアーサーとマルフの母親は姉妹同士となっていることから、マルフの母はアムラウズ公の娘という可能性もある。マルフは、エルビンの息子ゲライント、ナヴの息子グウェンウィンウィンとともに「ブリテン島の三大船乗り (llyghesog)」(TYP no.14) と呼ばれており、本編でマルフがノルウェー人の兵士の長とされているのは、海の男である彼らが 'llynghesog'の名で知られていたからではないかとの解釈もある (TYP 435)。

20. 原文は「彼〔アーサー〕の勇者の軍団」。「マビノギの第二の枝」では、ブリテン島は「勇者の島」と呼ばれているので、このように訳出した。

21. 『ブリタニア列王史』のコーンウォール公カドールに相当。アーサーの戴冠式の際、カドールは、スコットランド、ダヴェッド、グウィネッズの王とともに、4本の黄金の剣の一つをアーサーに捧げたと記述にある (BD 159)。

22. 写本では 'Eiryn Wych Amheibyn' と記されているが、既存の英訳にならい 'Amheibyn'は添え名ではなく父称「ペイビンの息子(fab Peibyn)」と解釈した。添え名の（グ）ウィッフは、「華麗な、すばらしい」という意味なので、外見とは正反対の呼び名がついていることになる。

23. 原語は 'llen o bali caerog'。パリ (pali) はブロケード（複数のよこ糸を用いて、花などの文様が刺繍のように浮き出て見える織物）のことで、「マビノギオン」では豪華な布地の代表として登場する。一方 'caerog'とは、GPCによれば十字の文様が浮き出たさまが城 (caer)の城壁のように見えることから、その名がついたとあるので、おそらく、グウェンという名のとおり、白い絹のサテン地に文様と地の部分が表と裏で反対になるように織り出した、いわゆるダマスク織のマントだと思われる。「ブリテン島の13の秘宝」(TYP 258f) の一つである。

24. オワインとその父フレゲッドの王イリエーンは、6世紀のブリテン北方でアングロ＝サクソン人と戦ったブリテン人の英雄として知られる。オワインが主人公として登場する『泉の女伯爵』でも言及されているように、オワインと彼の大烏の伝承は中世ウェールズでよ

く知られていたようだ。

25. 文字通りには「木の知恵」を意味する。盤の上に駒を並べて二人で対戦するボードゲームの一種で、語源的にはアイルランドの碁盤ゲーム、フィドヘルに相当する。チェス・将棋のように敵駒をとることを競うのではなく、中央にいる王将が敵陣を突破して盤の端に逃げるのを追い詰め包囲して捕獲する盤上ゲーム。

26. 原語はマックウィ。「中世ウェールズ法」では小姓の意味で使われており、王宮の24の廷吏や親衛隊に入る前の少年のことだと考えられる。後には、騎士を意味するマルホウグに対し、騎士見習い（従騎士、スクワイア）を指す言葉となる。本作では「騎士」と対照させるために「従士」の訳を当てた。

27. 陣羽織は、フランス語のシュルコ、英語のサーコートに当たる借用語で、十字軍の騎士が鎧に上にまとった衣から転じて、フランス語でコットと呼ばれる、肌着の上に着るチュニック状の衣服の上に重ねる、ゆったりとした外衣を指す。

28. 以下に登場する3人の従士は、英語のホーズに当たる「ホッサン(hossan)」という長靴下の上に、ふくらはぎまで「グウィンタス(gwintas)」をつけている。グウィンタスは、英語でバスキンと呼ばれるもので、つま先から膝までを革の紐をゲートル（脚絆）のように巻いて留めるため、靴下の色が見えるのである。

29. 原語は 'twtnais'。ブリテン島南部デヴォンシャーの地名トトネスに由来。トトネスは、ウェールズの歴史ではブリテン人の父祖、トロイのブルートゥスが上陸した港として有名だが、中世では毛織物の生産地としても知られていた。

30. 原語は 'syndal'。古フランス語の'cendal'または古英語'sindal'の借用語で、タフタのような薄い絹地。

31. 原語 'lattwn' は古英語 'lat(o)un'（現代英語では「ラッテン」）からの借用語で、叩いて薄い板状にされた、真鍮に似た黄色い合金のこと。中世では教会の調度品などに使われたという。

32. 紋章の豹は、顔が正面を向いたライオンを表す。

33. 原語 'asur'はラピスラズリ、またはラピスラズリのような青を表す。

34. 7世紀初めにポウィスを治めていた王。『カンブリア年代記』によれば、616年、チェスターの戦いでバーニシア王エゼルフリッドと対戦し戦死したとある。前出のタリエシンの息子アザオン、オワインの父イリエーンとともに「ブリテン島の三人の戦隊長」(TYP no.25)に数えられるほか、「サルフガダイ(sarffgadau)」――直訳すると「戦場の蛇」――の添え名でも知られる、勇猛な武将としてウェールズ伝承では記憶されている (TYP 498)。

35. 添え名「グレジーヴリーズ」が示すように、グーゴンも三題歌「ブリテン島の戦場の盤石」(TYP no,24)と讃えられる豪傑。三題歌「ペルスラン・ヴァンゴールの戦の三大門番」(TYP no.60) の一人ともされる。ペルスラン・ヴァンゴールはチェスターの戦いと考えられている。一方、グーゴン・グレジーヴリーズは1200年ころの写本に残る系図では、キネザ・ウレディグの息子でケレディギオンの名祖となったケレディグの子孫 (EWGT 20）とされている。10世紀に編纂された『ハーリー写本系図』には、ケレディギオン王メイリグの息子グーゴン（EWGT 12§26）の名があり、こちらのグーゴンは『カンブリア年代記』などの記録によれば、870年ころ溺死したとある。ある年代記では、ケレディギオンへのヴァイキング侵攻を防ごうとして、行軍の最中に川に落ちたとされる。このように、伝承

によって食い違いがあるものの、異民族から自国を守ろうとした英雄として、ウェールズでは記憶されていたようだ。

36. 写本では 'Gwers'となっているが、2度目に登場するときは 'Gwres'と綴られており、どちらかが写字生の写し間違い。「情熱、熱血」の意味をもつ後者の方が戦士の名前にふさわしいという判断からか、英訳では、レイディ・ゲスト以来 'Gwres'を採用しているため、それにならった。フレゲッドは歴史上のオワインの領国であるが、それ以外、この人物については不詳。
37. 父称のムルヘスはアイルランド語の 'Murchad'に相当する (Sims-Williams 2011: 288 n.6)。『キルフーフ』には「コーンウォールのケスリ・ウィッグからピクト人の地のペン・ブラサオンまで」という表現があり、ピクト人の地とは現在のスコットランドであることから、ブラサオンの名が北方の響きをもっていたと考えられる。
38. 長槍のペレディルは『エヴロウグの息子ペレディルの物語』の主人公の異名。
39. 「マビノギの第二の枝」に登場する、スリールの娘ブランウェンに形が似ている。
40. 『カエルヴァルジンの黒本』所収の「何者が門番か」では、スラッハイの名がカイと並んで登場 (LlDC no.31: 76)、同じ写本中の「グウィズナイ・ガランヒールとグウィン・アプ・ニーズの対話」では、「われはいたスラッハイが殺されし場に、アーサーの息子にして技芸に秀でし者、大烏の羽が血にまみれていた」(LlDC no.34: 49)と歌われる。このように、ウェールズにおけるアーサー伝承でもカイ、ベドウィール同様、古くから名の知れた勇士だったことがうかがえる一方、現存する散文説話では、本作で名前が言及される以外、取り上げられることがない。
41. 三題歌「ブリテン島の三人のへっぽこ詩人」(TYP no,12)にアーサーとともに名を連ねる以外、詳細は不詳。名前は「容易な、陽気な」などを意味する「ハウズ (hawdd)」に強調の接頭辞 'rhy'がついた形。
42. 父の名は直訳すると「戦場を目覚めさせる（者）」。ギルバートはノルマンの名前で、南ウェールズのペンブロークからイングランドとの国境地帯には、ギルバートを名乗る多くのノルマン領主が存在した。本作のギルバートは、時代的にギルバート・ド・クレア（1114年没）、ないし同名の息子（1147/48年没）と考えられている。父親のギルバートは1100年にヘンリ1世よりケレディギオンを与えられ、現在のアバリストウィスとカーディガンに城砦を建て、中西部ウェールズを支配した。
43. 三題歌「ブリテン島の三つの部族の玉座」(TYP no.1) では、北方のペン・フリオニズの長老の頭として名が挙がっている。なお、諸公の頭はアーサー、司教の長はケンティゲルンとされているので、北方ことスコットランド国境地帯でアングロ＝サクソン人と戦った5〜6世紀の勇士と考えられる。ウェールズ伝承では、こうした北方のブリテン領主に対し「ウレディグ」のタイトルをつける慣例があった。

タリエシン物語

※ 前半のグウィオン・バッハの物語はスラウェリン・ショーン版、後半のタリエシンの物語はエリス・グリフィズの写本に基づく。

訳注

1. 「湖の先端」を意味するペンスリンは、北ウェールズ内陸部にあるスリン・テギッド（英名バラ湖）周辺のカントレーヴ。
2. 「禿げ頭のテギッド」。『聖人の系図』(EWGT 55§6)に、6世紀のウェールズの司教、ビエストの聖アヴァンの母方の祖父とある以外は不詳。
3. この湖の水底には町が沈んでいるという伝説がある。昔、ひどく残酷な領主がいた。領主の孫の誕生祝いの夜のこと、竪琴弾きは、どこからか「復讐だ」とささやく声を聞く。そして小鳥にいざなわれ宮殿を後にした。翌朝、宮殿のあったところには大きな湖が広がり、竪琴が浮かんでいた。今でも、晴れた日には湖の底に沈む城の塔が見え、湖水からは「復讐が三代のちにやって来る」という戒めの声が聞こえるという (Rhŷs 1901: 408-410)。
4. スラウェリン・ショーン版では「カライドウェン (Caraidwen)」と表記されているが、後半部との整合性を保つため、一般に知られているケリドウェンの名称に変更した。ケリドウェン／カライドウェンともに、「愛された」に「白い」の女性形「グウェン (gwen)」がついた形だが、イヴォール・ウィリアムズは、もともとは「（腰または心の）曲がった女」を意味する「カリドヴェン (Cyrridfen)」だったとする (Williams 1957: 3-4)。確かに、本編に登場する魔女の名としてはカリドヴェンの方がふさわしい。ただしヘイコックは、「女性」を意味する語尾の「ベ(ヴ)ェン」以外については、ウィリアムズの解釈に疑問を呈している (Haycock 2003: 152-153)。
5. モールヴラーンは「大ガラス」の意味。15世紀中ごろのペニアルス47写本には、「ブリテン島の三大美女」(TYP no.78) としてケリドウェンの娘クレイルウィの名が挙がっている。テギッドとケリドウェンには、世界一美しい娘と世界一醜い息子がいたという伝承があったようだ。エリス・グリフィズ版には、モールヴラーンは、醜さゆえに「アヴァグジー」（黒い外見の意）とあだ名がついたとある。
6. ウェルギリウスは『アエネーイス』などの作品で知られる、古代ローマの詩人であるが、中世では預言者、魔術師として伝説化された。ウェールズでは、ウェルギリウスのウェールズ語名フェリスト(Fferyllt/Pheryllt) が錬金術師・魔術師を意味する普通名詞となり、現在でも薬剤師・化学者の意味で残っている。なお、グリフィズは、ケリドウェンが魔法(hud)、黒魔術 (wishkrafft), 妖術(sossri) の三つの技に通じていたとし、魔女であることを明確にしている。ヒッド(hud) は「魔法」を意味するウェールズ語だが、あとの二つはいずれも英語(witchcraft, sorcery) からの借用語。ウェールズ語のヒッドには、ほかの二つがもつような否定的意味合いはもともとない。
7. アウェンとは、詩人に創造の力を与えるインスピレーションをいう。
8. スリン・テギッドの56キロほど南にある村。
9. 「ダス(dall)」は「目の見えない」という意味。グリフィズ版では、目の見えない老人の代わりにグウィオン・バッハが火の番をしたとある。
10. 「長い脛のグウィズノー」。『キルフーフ』の物語で、巨人アスバザデンが出す難題の一つに、誰もが好物を見つけられる、無尽蔵の「グウィズナイ・ガランヒールのかご」がある。その他のウェールズ伝承では、カントレーヴ・ア・グワエロッドと呼ばれる沈める王国の伝説と結び付けられている。伝承によれば、グウィズノーの土地、マエス・グウィズノーは、井戸あるいは堰の番人の不注意によって海にのみ込まれた。13世紀のペニアルス16写本に残る『聖人の系図』(EWGT 60§40)では、海にのまれたマエス・グウィズノーの

王はサイセニンとなっている。

11. 「グウェンウィン」とは「毒」、「ヴェイルフ」は馬の複数形「メイルフ」の語頭が変化したもの。
12. ケリドウェンの胎内に宿った子は、今度は子宮代わりの革袋のなかで転生の時を待つことになる。
13. 以下、エリス・グリフィズ版に基づく。
14. 6世紀に北ウェールズのグウィネッズ王国を治めていた王。ギルダスが『ブリタニアの破壊』（540年ごろ）のなかで、「ブリタニアのドラゴン」と呼んだ暴君の一人 (DEB §§33-36)。その一方で、聖カビなどの伝道者たちを保護し、土地を与えたことでも知られる。547年ごろ、おそらく疫病にかかり没した。
15. コーンウォール王の息子として生まれた6世紀の聖人。エルサレムに巡礼に行き、聖職の道に入る。ウェールズ各地に教会を建立、北ウェールズでは、マエルグン王よりモーン（アングルシー）に土地を与えられ、そこに教会を建てた。モーンの先端にあるカエル・ガビ（英名ホリヘッド）は、カビが創設したとされる教団（クラース）があった地とされ、中世の修道院ネットワークの中心の一つだった。
16. 北ウェールズ、コンウィ河口にあった丘砦。マエルグンの居城として知られる。中世を通じて、グウィネッズを占領しようとするイングランド軍との攻防の場として重要な地位を占めたが、エドワード1世が1280年代にコンウィ城を建てたのちは、要衝としての役割を失った。
17. 梁。川の中に足場を組み、すのこ状の台を置いて魚を取る仕組み。すのこは上流側に傾けて設置し、上流側に水がたまるようにする。川の水はすのこを通って流れるが、上流から泳いできた魚はすのこの上に打ち上げられる。グウィズノーのやなは、グリフィズ版では、北ウェールズのコンウィ河に仕掛けてあったとされるが、スラウェリン・ショーン版では中部ウェールズのダヴィ河とアストウィス河の間にあると書かれている。
18. ウェールズの伝統的暦では1年を二期に分け、11月1日のカラン・ガエアより新年が始まるとした。アイルランドのサウィン、キリスト教暦の万聖節に当たる。カラン・ガエアの前夜（現在、ハロウィーンと呼ばれる）は古い年と新しい年のはざまにある聖なる時で、異界と人間界の往来が可能になる。なお、スラウェリン・ショーン版ではカラン・マイの宵とある。カラン・マイは5月1日に当たり、1年の夏の半分の始まりで、やはり、物語では不可思議なことが起こる聖なる時である。
19. ヘンリ8世の息子エドワード6世（治世1547 –1553）の時代に流通していた金貨エンジェルが10シリング＝2分の1ポンドに相当した。
20. 14世紀前半の写本に残る『北方の男たちの系図』(EWGT 73§10)には、エルフィン・アプ・グウィズノー・アプ・カウルダヴの名がある。また600年ごろ、ヨークシャー付近のカトラエスでアングル人と戦い壊滅したブリテン部族ゴドジンの戦士に捧げられた詩『ゴドジン』には、ある戦士の戦いぶりが「エルフィンのよう」(CA l. 421)と形容されており、エルフィンの名が北方の伝承から取られた可能性は高い。
21. 枝編み細工の枠に皮を張った楕円形の小舟。赤子を川に流す話は、『出エジプト記』のモーセのエピソードを連想させる。当時、エジプトにおいてイスラエル人の子孫が強力になるのを恐れた王が、男の赤子はナイル河に流すよう命じたが、生まれた赤子があまりに

美しかったため、パピルスで編んだかごに入れ、ナイルの岸の葦の中においておいたところ、エジプト王の娘が見つけ育てたのがモーセである。

22. 中世ウェールズで古くから作られた定型詩の一種。ここでは、一連が7音節4行で同じ脚韻を踏む形となっている。
23. 原語は中英語 ‘heraud’（現在の‘herald’）からの借用語。ウェールズの宮廷詩人バルズに外交官、使節、あるいは通訳としての職務があったことは、16世紀のペニアルス147写本に「三つのバルズ：第一バルズ、ポスヴァルズ、伝令バルズ (Tri bardd y sydd: prifardd. posvardd. arwydd/vardd. GPC)」とあることからうかがえる。また、ここで挙げられているバルズの知識・技能については、同じく16世紀の写本で「ブリテン島の三つの記憶」と総称されるものに該当する。すなわち、ブリテン島の「歴史」、「言語または文芸」、「系図」である (G. J. Williams 1955: 234-5)。
24. 原語「アマラソン(ymryson)」 は、詩人バルズが詩の出来栄えを競い合うコンテストの意。今日、ウェールズで行われているアイステズヴォッドにおける定型詩のコンクールのようなものが中世でも実施されていたことがうかがえる。韻律の巧みさを競ったほか、注50にあるように、『ゴドジン』などの古典と比較して、作品には点がつけられたようだ。実際、タリエシンの名にあやかった写本『タリエシンの書』には、4編の詩に24点、１編に90点、3編に300点がマークされている。
25. 中世ウェールズで「ア・ゴグレッズ」と呼ばれる、かつてブリテン人の英雄がアングロ＝サクソンと戦ったブリテン北方のこと。
26. キリスト教の天使。日本語では「智天使」と訳される。『創世記』では、エデンの園で命の木を守る役目をもっていたとされる。身体はなく、顔から四つまたは二つの翼と自転する車輪をもった姿で描かれる。翼と車輪にはそれぞれ目があることから、知を司ると考えられた。タリエシンはここで、世俗の身では（エルフィンの）第一バルズ (Prifuardd kyffredin) だが、もとは天上の身であると述べている。
27. 『ヨハネによる福音書』、あるいは『ヨハネの黙示録』の作者とされる「ヨハネ」を指すと思われる。
28. アーサー王伝説のマーリンのモデルとなった、中世ウェールズの伝説の詩人兼預言者。
29. 中世ヨーロッパで、アーサー王、シャルルマーニュ王とともに「九大偉人」に数えられ、その偉業を伝説化したロマンス群が作られている。『タリエシンの書』にはアレクサンドルに関する詩が2編ある。一つ目(BT 51.1-52.5=*Legendary Poems* no.16) は、大王の歴史的偉業を讃える頌詩。スペインのオロシウスが5世紀初頭に書いた『異教徒に反駁する歴史』をもとにしていると考えられている (*Legendary Poems* 404)。二番目(BT 52.18-53.2＝*Legendary Poems* no.17) は、王が技芸あるいは知を求めて深海にもぐったこと、風にのって天空にのぼり2頭のグリフォンの間から全世界を一望したことが歌われている。
30. 銀河のこと。グウィディオンは「マビノギの第四の枝」に登場する人物で、魔術にたけるとされる。
31. テトラガマトンとはヘブライ語の聖書で神の名を表すのに使われる四文字 יהוה のこと。ラテン語では、通常、YHWHと書かれる。タリエシンは、この4文字のうちの一字であったとも読める。
32. 『旧約聖書』で、神がアブラハムの子孫、つまりイスラエルの民に与えるとした「約束の

地」。以下、『旧約聖書』への言及が続く。
33. イスラエルの王ダビデの息子。『サムエル記』によれば、父ダビデに反旗を翻し、一時はヨルダン河の西、カナンの地を制圧したが、やがてダビデ軍に敗れ、非業の最期を遂げた。
34. ヨルダン河西岸、エルサレムの南西30キロにある。アブラハムの一族が住んだ地域とされる。
35. 死せずして天国に上げられた二人の預言者。エノクは天界に連れていかれたのち天使になったが、エリヤは人間の姿を保ち、イエス・キリスト受難の前に天より降り立ち、モーセとともにイエスと語り合ったという。
36. バベルの塔を指す。『創世記』によれば、ノアの洪水後、人間が天にも届く高い塔を建て始めたのを見た神が、それまで一つであった人々の言葉を乱し、彼らをすべての土地に散り散りにさせたため、塔の建設は取りやめられた。『創世記』には塔の建設者の名はないが、エルサレム生まれのユダヤ人で、後にローマ皇帝に仕えたフラウィウス・ヨセフスによる『ユダヤ古代誌』（94年ごろ）では、『旧約聖書』に登場する、ノアの子孫で絶大な権力をもった男とされたニムロド（ニムロデ）が、神に反逆するために建てたとある。
37. アリアンフロッドは「マビノギの第四の枝」に登場する、グウィディオンの姉妹アランフロッドのこと。アリアンフロッドの砦も銀河とされる。
38. 『ヨハネの黙示録』に、主の言葉として「わたしはアルファであり、オメガである。」(01:08, 21:6, 22:13)というものがある。ギリシャ語のアルファAはアルファベットの最初の文字、オメガΩは最後の文字であることから、「世界の始まりと終わり」の意とされる。ここでは、大洪水後の、世界の新たな始まりにタリエシンが立ち会ったことを意味すると思われる。
39. 『創世記』に登場する背徳の町。その罪業ゆえに、天から下された硫黄と火によって滅ぼされた。
40. 中世ウェールズ伝承によれば、ブリテン島の住民はトロイの王族ブルートゥスの子孫とされる。
41. 『新約聖書』における、イエス・キリストの誕生の逸話を指している。
42. 『出エジプト記』において、シナイ山で神の啓示を受けたモーセがイスラエルの民を率いてエジプトを脱出した物語への言及と思われる。ただし、モーセ自身は約束の地を目の間にしながら、ヨルダン河を渡ることなく死んだと『申命記』にはある。実際にヨルダン河を渡ってイスラエルの民を約束の地へと導いたのはモーセではなく、その後継者のヨシュアである。ヨルダン河は、洗礼者ヨハネがイエス・キリストに洗礼を授けた場所でもある。
43. スレオンは「軍団（レギオン）」の意か。ウェールズ語のスラフリンは、通常スカンディナヴィアを指す。
44. 「マビノギの第二の枝」で、ブリテン島の王ベンディゲイドヴラーンの首級を護符として埋葬した、ロンドンの塚の名で現在、ロンドン塔が建つあたりとされる。
45. 『アネイリンの書』の「カンヴェリンの歌」に登場する、カトラエスの戦いで戦死したグウィネッズ出身の勇士など、ウェールズ伝承には複数のカンヴェリンが存在する。「白い丘」への言及から、紀元前1世紀後半にブリテン島南東部で強大な勢力を誇り、後にロー

マの歴史家スエトニウスが「ブリテン人の王(Britannorum rex)」と呼んだクノベリヌスの可能性が高い。『ブリタニア列王史』ではブリタニアの王キンベリヌス、そのウェールズ語訳がカンヴェリンとなる(BD 55)。ホリンシェッドの『年代記』、及びそれに基づいたシェイクスピアの戯曲ではシンベリンの名で知られる。

46. 原文の 'ymlygiawd' は '-awd' より三人称単数過去形であるとわかるが、動詞 'ymlygu'については、再帰動詞を作る接頭辞 'ym' に「曲げる・折る・包む」を表す 'plygu'がついた形、あるいは「覆う・囲む」を意味する 'amblygu'、または「明らかな」の意の 'amlwg' の派生語ともとれ語義は不明。ここでは'amlygu'「明らかになる、顕わす」として解釈した。

47. グリフィズ版は「動かす、奮い起こす(dysgogi)」+ '-awd'だが、ここではパリー版の 'dysgawd' (＜dysgu「学ぶ」) に合わせて訳出した。

48. 原文の「キーグ(cig)」は通常「肉」のことだが、ここでは魚との対比から、陸上の獣、水中の魚とタリエシンが転生してきたことを指すと解釈した。

49. エリス版では「キルヴァルズ(culfardd)」の複数形となっている。バルズにつけられた「キル」は、マエルグンのお抱え詩人たちを「狭量な、偏狭な」と揶揄する言葉、あるいは「キル」のもう一つの語義である「囲い」から、周りを囲まれた、競技の場とも解釈できる (HT 119 n.467)。『タリエシンの書』には「バルズのビアルス」という詩がある（BT 7.12-8.20）。「ビアルス」とは「家畜を入れておく囲い」、転じて「群れ・集会」、「コートヤード・中庭」といった意味がある (GPC)。それを敷衍すると、バルズの競技が行われる宮廷の広間、そして、そこに連なる競技者たちといった意味が文脈上読み取れる。

50. 『タリエシン物語』の校訂者フォードは、『タリエシンの書』で、詩の冒頭にccc.という記号が書き込まれている箇所が三つ(BT 34.15, 35.22, 36.22)あることを踏まえ、三百とはタリエシンの詩の価値を示す表現ではないかと示唆する(YT 120. n.479)。翻訳ではフォードに従い、タリエシンの作る詩一編が300の詩に値すると豪語していると解釈した。『アネイリンの書』には、『ゴドジン』のオード一つが詩の競技の際の詩1作分の単位と数えられ、グワルハンと呼ばれる長詩は、詩300に相当するという記述があることからも、妥当な解釈だと思われる。

51. タリエシンの歌の価値を知らぬバルズは、槍・石・指輪をもつ資格がなく、彼の周りにいる（あるいは、バルズの輪に入る）ことができないという意味だと思われる。

52. 意味不明な語を呪文のように並べている。

53. 原文の'furment' はおそらく古英語 'beorma'からの借用語（現代英語の 'barm'）で、発酵して泡立つ状態を指す。ケリドウェンの大鍋のなかで薬草が煮込まれ、沸騰し、詩の霊感のもとアウェンを生成する過程になぞらえた表現か (YT 122 n.533)。

54. 原文の 'iaith' は言語を意味するが、さらに古くは言語を一にする民族の意。

55. ここでやり玉にあがっているのは、原文で「クレール (clêr)」と呼ばれる吟遊詩人や旅芸人で、中世ウェールズではバルズや楽士の最下層に当たる職業だった。

56. 前者は、クリスマス・イヴや復活祭前夜など、キリスト教の祝祭日の前夜に徹夜で断食と祈禱を行う儀式ヴィジリアを指す。「断食」はカトリックでいう「四季の斎日」のことで、春夏秋冬のそれぞれ1週間のうち3日間、断食と四季の祈りを行う。春は復活祭に先立つ四旬節の第1日曜のあと、夏は 復活祭後の聖霊降臨祭のあと、秋は十字架賞賛の祝日（9

月14日）のあと、冬は聖ルチア祭（12月13日）のあとの水曜・金曜・土曜に行われる。

57. タリエシンの名前の「タル」（額）と「タール」（支払い）をかけている。

58. 詩の4つの韻律のこと。『タリエシンの書』に出てくるカダイルと同義だと考えられる。カダイルの原義は「椅子」だが、座を支える脚部、さらには主要な韻律という語義が派生したと考えられる (*Legendary Poems* 263)。GPCによれば、16世紀のバルズの詩の文法書に、そうした用例が見られる。

59. 古代ローマの農耕神。

60. 十分の一税とは、中世ヨーロッパでカトリック教会が教区の農民から徴収した税。『レビ記』や『申命記』で農作物の10分の1は神のものであるという記述に由来するとされる。

61. このスタンザの意味は、おそらく赤ワインは晴天の昼間にまいたブドウから、白ワインは満月の夜にまいたブドウから生まれるということだと思われる。アルバは固有名詞としてはスコットランドを表すが、ここではラテン語で「白い」を意味するアルブスの女性形か。紅の原語 'sinobl'は英語またはフランス語からの借用語で、鮮やかな赤をした水銀の鉱物（シナバー）のこと。

62. 聖書で預言されている救世主の名。イエス・キリストと同一視される。

63. アダムの三つの杖の物語はラテン語の聖書外伝『アダムの物語』(*Historia Adam*) に記されており、中期ウェールズ語訳が『白本』ほかの写本に残る。物語によれば、アダムの死後、息子のセトが父の亡き骸を楽園の林檎の木の種三粒とともにヘブロンの谷に葬ったところ、三本のまっすぐな若木が出てきた。モーセがユダヤの民を癒やし、エジプト脱出の際に海を割って道を開いた「アロンの杖」はこの三本のうちの一本ないし、三本が一つになったものとされ、後にイエスの受難の十字架もこの若木から作られた (Jenkins 1919-20: 121-131)。

64. グリフィズ版を書写したジョン・ジョーンズによれば、「間違ってタリエシン作とされた」詩。ここでは割愛した。

参考文献

【ウェールズ語テクスト・校訂本】

＊ウェールズ語版，［　］は解説、注で使用した略語を示す

Rhyddiaith Gymraeg 1300-1425. edited by Diana Luft, Peter Wynn Thomas, and D. Mark Smith, Cardiff: School of Welsh, Cardiff University, 2013.
http://www.rhyddiaithganoloesol.caerdydd.ac.uk.

Bendigeiduran Uab Llyr - Ail Gainc y Mabinogi, edited by Ian Hughes,Aberystwyth: Centre for Educational Studies, University of Wales, 2017.* [*Bran*]

Branwen Uerch Lyr, edited by Derick S. Thomson, Dublin: The Dublin Institute for Advanced Studies, 1961. [*Branwen*]

Breudwyt Maxen Wledig, edited by Brynley F. Roberts, Dublin: The Dublin Institute for Advanced Studies, 2005. [BM]

Breudwyt Ronabwy. Allan o'r Llyfr Coch o Hergest, edited by Melville Richards, Caerdydd: Gwasg Prifysgol Cymru, 1948.* [BR]

Cyfranc Lludd a Llefelys, edited by Brynley F. Roberts, Dublin: The Dublin Institute for Advanced Studies, 1975. [*Cyfranc*]

Culhwch ac Olwen, edited and completed by Rachel Bromwich and D. Simon Evans, Caerdydd: Gwasg Prifysgol Cymru, 1997.* [CO]

Historia Peredur vab Efrawc, edited by Glenys Witchard Goetinck, Caerdydd: Gwasg Prifysgol Cymru, 1976.* [*Peredur*]

Manawydan uab Llyr, edited by Ian Hughes, Caerdydd: Gwasg Prifysgol Cymru, 2007.* [*Manawydan*]

Math uab Mathonwy, edited by Ian Hughes, Dublin: The Dublin Institute for Advanced Studies, 2013. [*Math*]

Owein or Chwedyl Iarlles y Ffynnawn, edited by R. L. Thomson, Dublin: The Dublin Institute for Advanced Studies, 1975. [*Owein*]

Pedeir Keinc y Mabinogi, edited by Ifor Williams, Caerdydd: Gwasg Prifysgol Cymru, 1930.* [PKM]

Pwyll Pendeuic Dyuet, edited by R. L. Thomson, Dublin: The Dublin Institute for Advanced Studies, 1957. [*Pwyll*]

Ystorya Gereint uab Erbin, edited by Robert L. Thomson, Dublin: The Dublin Institute for Advanced Studies, 1997. [*Gereint*]

Ystoria Taliesin, edited by Patrick K. Ford, Cardiff: University of Wales Press, 1992. [YT]

【略語】

『東方見聞録』『マルコ・ポーロ　東方見聞録』，月村辰雄・久保田勝一（訳），岩波書店，2012.

AL　*Ancient Laws and Institutes of Wales: Comprising Laws Supposed to be Enacted by Howel the Good*, edited by Aneurin Owen, Public Record Office of Great Britain, 1841.

ALMA　*Arthurian Literature in the Middle Ages: A Collaborative History*, edited by R. Loomis, Oxford: Oxford University Press, 1959.

AP *Armes Prydein, The Prophecy of Britain from the Book of Taliesin,* edited by Ifor Williams, English Version by Rachel Bromwich, Dublin: The Dublin Institute for Advanced Studies, 1972.

BBCS The Bulletin of the Board of Celtic Studies.

BD *Brut Dingestow*, edited by Henry Lewis, Caerdydd: Gwasg Pryfisgol Cymru, 1942.

Brut Brut y Tywysogion MS. 20 Version, edited by Thomas Jones, Caerdydd: Gwasg Prifysgol Cymru, 1941.

BT *Facsimile and Text of the Book of Taliesin*, reproduced & edited by J. Gwenogvryn Evans, Llanbedrog, 1910.

CA *Canu Aneirin*, edited by Ifor Williams, Caerdydd: Gwasg Prifysgol Cymru, 1938.

ChDE *Li chevaliers as deus espees: altfranzösischer Abenteuerroman* zum ersten Male herausgegeben, edited by Wendelin Foerster, Halle: Max Niemeyer, 1877.

CMCS Cambridge Medieval Celtic Studies / Cambrian Medieval Celtic Studies.

DEAF *Dictionnaire Étymologique de l'Ancien Français*

DEB Gildas, *De Excidio Britanniae*, edited by Theodore Mommsen, Chronica Minora Saec. iv, v, vi, vii vol. 3, 1-85, Berlin: Monumenta Germaniae Historica, Scriptores, 1892, reprinted 1961.

DÉCT *Dictionnaire Électronique de Chrétien de Troyes*, http://www.atilf.fr/dect, LFA/Université d'Ottawa - ATILF/CNRS & Université de Lorraine.

DK Giraldus Cambrensis, *Descriptio Kambriae*, edited by J. F. Dimock, *Giraldi Cambrensis opera*, vol. 6, London: Longman, Green, Longman, & Roberts, 1861; Eng. translation: Gerald of Wales, *The Journey Through Wales and the Description of Wales*, translated by Lewis Thorpe, edited by Betty Radice, Penguin Classics, 1974.

ÉC Études Celtiques

eDIL Electronic Dictionary of the Irish Language, http://www.dil.ie/

EWGT *Early Welsh Genealogical Tracts*, edited by Peter Bartrum, Cardiff: University of Wales Press, 1966.

EWSP *Early Welsh Saga Poetry: a Study and Edition of the Englynion*, edited by Jenny Rowlands, Cambridge: D. S. Brewer, 1990.

GLlF *Gwaith Llewelyn Fardd I ac Eraill o Feirdd y Ddeuddegfed Ganrif*, edited by Kathleen Anne Bramley, Nerys Ann Jones, Morfydd E. Owen, Catherine MacKenna, et al, Cardiff: University of Wales Press ,1994.

GMD *Gwaith Madog Dwygraig*, edited by Huw Meirion Edwards, Aberystwyth: Canolfan Uwchefryd-iau Cymreig a Cheltaidd, Prifysgol Cymru, 2006.

GPC *Geiriadur Prifysgol Cymru,* http://www.geiriadur.ac.uk/

HB *Historia Brittonum*, edited & translated by J. Morris, *Nennius, British history; and the Welsh annals*, History from the Sources, vol. 8, London and Chichester: Phillimore, 1980.

HGK *Historia Gruffud vab Kenan*, gyda rhagymadrodd a noddiadau gan D. Simon Evans, Caerdydd: Gwasg Prifysgol Cymru, 1977.

HRB Geoffrey of Monmouth, *Historia Regum Britanniae*, edited by .Acton Griscom and Robert Ellis Jones, *The Historia Regum Britanniæ of Geoffrey of Monmouth*, London: Longman, 1929.

Hunbaut The romance of Hunbaut: an Arthurian Poem of the Thirteenth Century, edited by Margaret Winters, Leiden: E.J. Brill, 1984.

IK Giraldus Cambrensis, *Itinerarium Kambriae*, edited by J. F. Dimock, *Giraldi Cambrensis opera*, vol. 6, London: Longman, Green, Longman, & Roberts, 1861; Eng. translation: Gerald of Wales, *The Journey Through Wales and the Description of Wales*, translated by Lewis Thorpe, edited by Betty Radice, Penguin Classics, 1974.

LBS *The Lives of the British Saints. the Saints of Wales and Cornwall and such Irish Saints as have dedications in Britain*, S. Baring-Gould and Hign Fisher, London: C.J. Clark, 1907.

LL *The Text of The Book of Llandâv*, edited by J. Gwenogvryn Evans, Oxford, 1893.

LHDd *The Law of Lywel Dda, Law Texts from Medieval Wales*, translated and edited by Dafydd Jenkins, Llandysul: Gomer Press, 1986.

Legendary Poems Legendary Poems from the Book of Taliesin, edited and translated by Marged Haycock, Aberystwyth: CMCS Publications, 2015.

LlDC□*Llyfr Du Caerfyddin*, edited by A. O. H. Jarman, Caerdydd: Gwasg Prifysgol Cymru, 1982.

OED Oxford English Dictionary, http://www.oed.com/

The Iolo MSS *Iolo Manuscripts. A Selection of Ancient Welsh Manuscripts, in prose and verse, from the collection made by the late Edward Williams, Iolo Morganwg, for the purpose of forming a continuation of the Myfyrian archaiology; etc.*, with English translations and notes by Taliesin Williams, Llandovery: W. Rees, 1848.

PCEW Proto-Celtic-English Wordlist, Centre for Advanced Welsh & Celtic Studies, University of Wales, 2002.
http://www.wales.ac.uk/Resources/Documents/Research/CelticLanguages/ProtoCelticEnglishWordlist.pdf

Prophecies Prophecies from the Book of Taliesin, edited and translated by Marged Heycock, Aberystwyth: CMCS Publications, 2013.

PT *The Poems of Taliesin*, edited by Ifor Williams, translated and revised by J. E. Caerwyn Williams, Dublin: The Dublin Institute for Advanced Studies, 1968.

RBP, *The Poetry in the Red Book of Hergest*, reproduced & edited by J. Gwenogvryn Evans, Llanbedrog, 1911.

RR Wace, *Le Roman de Rou de Wace*, 3 vols., Publications de la Société des anciens textes français, edited by A. J. Holden, Paris: Picard, 1970-73. [Eng. trans. = Burgess 2004]

SEDES Société d'édition d'enseignement supérieur

THSC The Transactions of the Honourable Society of the Cymmrodorion, London: The Honourable Society of Cymmrodorion.

TYP *Trioedd Ynys Prydein*, *The Triads of the Island of Britain*. Edited with Introduction, Translation and Commentary by Rachel Bromwich, Fourth Edition, Cardiff: University of Wales Press, 2014.

VSB *Vitae Sanctorum Britanniae et Genealogiae: The Lives and Genealogies of the Welsh Saints*, edited and translated by A.W. Wade-Evans. New edition by Scott Lloyd, Cardiff: Welsh Academic Press, 2013.

WBO Welsh Biography Online http://wbo.llgc.org.uk/en/index.html

WCD *A Welsh Classical Dictionary: People in History and Legend up to about A.D. 1000*, by P.C. Bartrum, Aberystwyth: National Library of Wales, 1993.
https://www.llgc.org.uk/discover/digital-gallery/printed-material/a-welsh-classical-dictionary/

WML *Welsh Medieval Law: being a text of the laws of Howel the Good; namely the British Museum Harleian Ms. 4353 of the 13th century*, edited by A.W. Wade-Evans, Oxford: Clarendon Press, 1909.

【参考文献】

永井一郎 1987.「ウェールズ法」の歴史的意義,『国学院経済学』第 35 巻　第 1 号.
永井一郎 1993. 一三世紀ウェールズにおける土地相続,『国学院経済学』第 41 巻　第 1 号.
森野聡子 2016. ウェールズ伝承文学におけるアーサー物語の位置づけ,『アーサー王物語研究 源流から現代まで』中央大学出版部, 33 － 80.
渡邉浩司　2004.「短詩」から「ロマン」へ ──「ブルターニュの素材」における口承性をめぐって ──,『人文研紀要』第 50 号, 中央大学人文科学研究所, 73-100.
ヴァルテル、フィリップ　1999. 神話的な物語：クレチアン・ド・トロアワ作『獅子の騎士』(Un roman mythologique: *Le Chevalier au Lion* de Chrétien de Troyes), 渡邉浩司訳,『世界文学』No.90, 1-7.
Barker, Juliet R. V. 1986. *The Tournament in England, 1100–1400*, Woodbridge: The Boydell Press.
Bartrum, Peter C. 1965. Arthuriana from the genealogical manuscripts, *National Library of Wales Journal*, Cyf. 14, rh. 2, Gaeaf, 242-245.
Bartrum, Peter C. 1978. Pedwar Iarddur, *National Library of Wales Journal*, Cyf. 20, rh. 4 Gaeaf, 373-376.
Bollard, J. K. 1974-75. The Structure of the Four Branches of the Mabinogi, *THSC* 1974-75: 250-272.
Bollard, J. K. 1980-81. Traddodiad a Dychan yn *Breuddwyd Rhonabwy*, *Llên Cymru* 13, 155-63.
Breeze, Andrew 2009. *The Origins of the Four Branches of the Mabinogi*, Leominster: Gracewing.
Bromwich, Rachel 1960-61. Celtic Dynastic Themes and the Breton Lays, *ÉC*, vol.8, 439-474.
Bromwich, Rachel 1991. First Transmission to England and France, *The Arthur of the Welsh* edited by Rachel Bromwich et al, 273-298.
Bromwich, Rachel, A. O.H. Jarman, and Brynley F. Roberts (eds.) 1991. *The Arthur of the Welsh, The Arthurian Legend in Medieval Welsh Literature*, Cardiff: University of Wales Press.
Burgess, Glyn S. 2004. The History of the Norman People. *Wace's Roman de Rou*, Woodbridge: Boydell.
Burgess, Glyn S and Leslie C. Brook (trans.) 2016. *Twenty-Four Lays from the French Middle Ages*, Liverpool: Liverpool University Press.
Carey, John 1992. A *Tuath Dé* Miscellany, *BBCS*, 39, 24-45.
Carr, A. D. 2000. *Teulu* and *Penteulu*, T. M. Charles-Edwards et al eds., 63-81.
Carson, J. Angela 1974. The Structure and Meaning of *The Dream of Rhonabwy*, *Philological Quarterly* 53, 289–303.
Charles-Edwards, Thomas M. 1970. The Date of the Four Branches of the Mabinogi, *THSC*, 263-298.
Charles-Edwards, Thomas M. 1971. The Heir-Apparent in Irish and Welsh Law, *Celtica*, vol. 9, 180-190.
Charles-Edwards, Thomas M. 1978/9. Honour and Status in Some Irish and Welsh Prose Tales, *Ériu*, vol. xxviii-xxiv, 123-141.
Charles-Edwards, Thomas M. 1993. *Early Irish and Welsh Kinship*, Oxford: Clarendon Press.
Charles-Edwards, Thomas M. 2000. Food, Drink and Clothing in the Laws of Court, T. M. Charles-Edwards et al. eds., 319-357.
Charles-Edwards 2010. The date of *Culhwch ac Olwen*, *Bile ós Chrannaibh: A Festschrift for William*

Gillies, Wilson McLeod, Abigail Burnyeat, Domhnall Uilleam Stiùbhart, Thomas Owen Clancy and Roibeard Ó Maolalaigh eds., Ceann Drochaid: Clann Tiirc, 45-56.

Charles-Edwards, T. M., Morfydd E. Owen, and Paul Russell (eds.) 2000. *The Welsh King and his Court*, Cardiff: University of Wales Press

Coleman, Joyce 1995. Parchment: The Theory and Practice of Medieval English Aurality, *The Yearbook of English Studies*, Vol. 25, Non-Standard Englishes and the New Media Special Number, 63-79

Coleman, Joyce 1996. *Public Reading and the Reading Public in Late Medieval England and France*, Cambridge: Cambridge University Press.

Cowell, E.B. 1882. The Legend of the Oldest Animals, *Y Cymmrodor*, Vol.5, 169-172.

Crosby, Ruth 1936. Oral Delivery in the Middle Ages, *Speculum*, Vol. 11, No. 1, 88-110.

Daniel, Iestyn, 2000. *Ymborth yr Enaid* a'r Chwedlau Brodorol, *Llên Cymru*, 23, 1-20.

D'Arbois de Jubainville, Henri 1884. *Le cycle mythologique irlandais et la mythologie celtique*, Paris: Ernest Thorin.

Davies, Edward 1809. *The Mythology and Rites of the British Druids Ascertained by National Documents: and compared with the general traditions and customs of heathenism, as illustrated by the most eminent antiquaries of our age: with an appendix, containing ancient poems and extracts: with some remarks on ancient British coins ...*, London: J. Booth.

Davies, R. R. 1984, Buchedd a Moes y Cymry, *Welsh History Review*, vol.12.no.2, 155-179.

Davies, R.R. 1987. *The Age of Conquest. Wales 1063-1415*, Oxford: Oxford University Press.

Davies, Sioned 1988. *Pedeir Keinc y Mabinogi*—A Case for Multiple Authorship, *Proceedings of the First North American Congress of Celtic Studies*, ed. by Gordon W. MacLennan, Ottawa: University of Ottawa Press, 443-459.

Davies, Sioned 1990. Ail Gainc y Mabinogi—Llais y Ferch, *Ysgrifau Beirniadol,* 17, 15-27.

Davies, Sioned 1993. *The Four Branches of the Mabinogi*, Llandysul: Gomer.

Davies, Sioned 2005. "He was the best teller of tales in the world": Performing medieval Welsh narrative, Performing Medieval Narrative, Evelyn Birge Vitz, Nancy Freeman Regalado and Marilyn Lawrence, eds., Woodbridge: D. S. Brewer, 15-26.

Davies, Sioned (trans.) 2007. *The Mabinogion*, Oxford: Oxford University Press.

Davies, Sioned and Peter Wynn Thomas (eds.) 2000. *Canhwyll Marchogyon, Cyd-destunoli Peredur*, Caerdydd: Gwasg Prifysgol Cymru.

Davies, Wendy 1978. *An Early Welsh Microcosm: Studies in the Llandaff Charters,* Royal Historical Society.

Davies, Wendy 1982. *Wales in the Early Middle Ages*, Leicester: Leicester University Press.

Diverres, A. H. 1982. *Iarlles y Ffynnawn* and *Le Chevalier au Lion*: adaptation or common source?, *Studia Celtica*, 16/17, 144-62.

Dumézil, Georges 1958. *L'idéologie tripartie des Indo-Européens*, Bruxelles: Latomus (松村一男訳『神々の構造　印欧語族三区分イデオロギー』国文社 1987).

Dumville, David N. 1983. Britanny and «Armes Prydain Vawr», *ÉC*, 20-21,145-159.

The Earl of Bessborough (ed.) 1950. *Lady Charlotte Guest - Extracts from her journal 1833-1852*, London: John Murray.

Ellis, T. P. 1928. Legal references, terms and conceptions in the "Mabinogion," *Y Cymmrodor*, XXXIX,

86-148.

Evans, D. Simon 1964. *A Grammar of Middle Welsh*, Dublin: Dublin Institute for Advanced Studies.

Evans, John Gwenogvryn 1898-1910. *Report on Manuscripts in the Welsh Language*, 2 vols, London: Royal Commission on Historical Manuscripts.

Fleuriot, Léon 1980. *Les Origines de la Bretagne: l'émigration*, Paris: Payot.

Forbes, Alexander Penrose 1874 (ed. & tr.). *Lives of St.Ninian and St.Kentigern*, The Historians of Scotland, Vol.5, Edinburgh: Edmonston and Douglas.

Förster, Wendelin 1887. *Der Löwenritter (Yvain) von Christian von Troyes*, Halle: Max Niemeyer.

Ford, Patrick K. 1974-5. A Fragment on the Hanes Taliesin by Llywelyn Siôn, *Études Celtiques,* vol.14, 451-60.

Ford, Patrick K. 1976. The Death of Merlin in the Chronicle of Elis Gruffydd, *Viator*, vol.7, 379-390.

Ford, Patrick K. 1977. *The Mabinogi and Other Medieval Welsh Tales*, Berkeley and Los Angeles: University of California Press.

Ford, Patrick K. 1981-2. Prolegomena to a Reading of the *Mabinogi*: 'Pwyll' and 'Manawydan,' *Studia Celtica*, vol. XVI-XVII, 110-125.

Ford, Patrick K. 1983. On the Significance of some Arthurian Names in Welsh, *BBCS*, 30, 1983, 268-273

Ford, Patrick K. 1990. A Highly important Pig, *Celtic Language Celtic Culture: a festschrift for Eric P. Hamp*, A. T. E. Matonis and Daniel F. Melia eds., Van Nuys, Calif.: Ford & Bailie, 292-304.

Foster, Idris Ll. 1959a. *Culchwch and Olwen* and *Rhonabwy's Dream* in ALMA, 31-43.

Foster, Idris Ll. 1959b. *Gereint, Owein*, and *Peredur* in ALMA, 192-205.

Frappier, Jean 1969. *Étude sur Yvain ou Le Chevalier au lion de Chrétien de Troyes*, Paris: société d'édition d' enseignement supérieur SEDES.

Fulton, Helen 2001. Individual and Society in *Owein/Yvain* and *Gereint/Erec*, Joseph Falaky Nagy (ed.), 15-50.

Fulton, Helen (ed.) 2005a. *Medieval Celtic Literature and Society*, ed. by Helen Fulton, Dublin: The Four Courts Press.

Fulton, Helen 2005b. The *Mabingi* and the education of princes in medieval Wales, Fulton (ed.) 2005a, 230-247.

Giffin, Mary 1958. The Date of the "Dream of Rhonabwy," *THSC*, 33-40.

Goetinck, Glenys 1975. *Peredur. A Study of Welsh Tradition in the Grail Legend*, Cardiff: University of Wales Press.

Goetinck, Glenys 1988. *Pedair Cainc y Mabinogi*: Yr Awdur a'i Bwrpas, *Llên Cymru*, 15, 249-69.

Gough-Cooper, Henry W. 2015 (transcribed). *Annales Cambriae The B text From London, National Archives, MS E164/1, pp. 2–26*, The Welsh Chronicles Research Group: http://croniclau.bangor.ac.uk/index.php.en

Green, D. H. 1994. Medieval Listening and Reading: The Primary Recetion of German Literature 800-1300, Cambridge: Cambridge University Press.

Greene, David (ed.) 1955. *Fingal Rónáin, and Other Stories*, Mediaeval and modern Irish series, vol. 16, Dublin: Dublin Institute for Advanced Studies.

Grimes, E. Margaret (ed.) 1928. *The Lays of Desiré, Graelent and Melion: Edition of the Texts with an Introduction*, New York: Institute of French Studies; reprinted Genève: Slatkine Reprints, 1976.

Grooms, Chris 1993. *Giants of Wales/Cewri Cymru*, Lampeter: The Edwin Mellen Press.
Gruffydd, R. Geraint (ed.) 1973. *Meistri'r Canrifoedd, Ysgrifau ar Hanes Llenyddiaeth Gymraeg gan Saunders Lewis*, Caerdydd: Gwasg Prifysgol Cymru.
Gruffydd, R. Geraint 1997. The Welsh Language in Scholarship and Culture 1536-1660, *The Welsh Language Before the Industrial Revolution*, ed. by Geraint H. Jenkins, Cardiff: University of Wale Press, 343-68.
Gruffydd, W. J. 1953. *Rhiannon*, Cardiff: University of Wales Press.
Gruffydd, W. J. 1958. *Folklore and Myth in the Mabinogion: A Lecture Delivered at the National Museum of Wales on 27 October 1950*, Cardiff: University of Wales Press.
Guest, Lady Charlotte 1838-49. *The Mabinogion from the Llyfr Coch o Hergest and other ancient Welsh manuscripts, with an English translation and notes by Charlotte Guest*, Llandovery: W. Rees, London: Longmans & co.
Gwynn, Edward J. (ed. & trans.)1903. *The Metrical Dindshenchas*, vol. 3.
http://www.ucc.ie/celt/published/G106500C/index.html
Hamp, Eric P. 1974-75. Mabinogi, *Transactions of the Honourable Society of Cymmrodorion*, 243-49.
Harris, Meinir Elin 2003. Dychwelyd at gyfeiriadau, termau a chysyniadau cyfreithiol yn y Mabinogi, *Y Traethodydd*, Cyf. 158, 17-39.
Haycock, Marged 1994. 'Englynion y Clywaid, *Blodeugerdd Barddas o Ganu Crefyddol Cynnar*, Cyhoeddiadau Barddas, 313-37.
Haycock, Marged 2003. Cadair Ceridwen, *Cyfoeth y Testun. Ysgrifau ar Lenyddiaeth Gymraeg yr Oesoedd Cano*l, gol. gan Iestyn Daniel, Marged Haycock, Dafydd Johnston, Jenny Rowland, Caerdydd: Gwasg Prifysgol Cymru, 148-175.
Hilling, John B. 1976. *The Historic Architecture of Wales*, Cardiff: University of Wales Press.
Hughes, Ian 2001. The King's Nephew, Bernhard Maier and Stefan Zimmer (eds.), 55-65.
Hughes, Ian 2007. Camlan, Medrawd a Melwas, *Dwned. Cylchglawn Hanes a Llên Cymru'r Oesoedd Canol*, Rhif 13, 11-46.
Huws, Daniel 2000. *Medieval Welsh Manuscripts*, Cardiff: University of Wales Press.
Ifans, Dafydd a Rhiannon 1980. *Y Mabinogion*, Llandysul: Gomer.
Ito-Morino, Satoko 2013. Myths and Mythmaking in John Rhŷs's Reading of the Mabinogion, *Celtic Forum*, vol.16, 2- 11.
Jackson, Kenneth H. 1961. *The International Popular Tale and Early Welsh Tradition*, The Gregynog Lectures, Cardiff: University of Wales Press.
James, Christine. 1993. 'Llwyr Wybodau, Llên a Llyfrau': Hopcyn ap Tomas a'r Traddodiad Llenyddol Cymraeg.in *Cwm Tawe* ed. by Hywel Teifi Edwards, Llandysul: Gwasg Gomer, 4-44.
Jenkins, Dafydd 1953. Iorwerth ap Madog: Gŵr Cyfraith o'r Drydedd Ganrif ar Ddeg, *Cylchgrawn Llyfrgell Genedlaethol Cymru/ National Library of Wales Journa*l, Cyf. 8, rh. 2, 164-170.
Jenkins, Dafydd 2000. *Bardd Teulu* and *Pencerdd*, T. M. Charles-Edwards et al. eds., 142-166.
Jenkins, Dafydd and Morfydd E. Owen (eds.) 1980. *The Welsh Law of Women*, Cardiff: University of Wales Press.
Jenkins, John 1919-20. Medieval Welsh Scriptures, Religious Legends, and Midrash, *THSC*, 95-140.
Jones, D. Gwenallt 1934. *Yr Areithiau Pros*, Caerdydd: Gwasg Prifysgol Cymru,

Jones, Gwyn and Thomas Jones 1974. *The Mabinogion*, Everyman's Library, London: Dent.

Jones, R. M. 1957. Y Rhamantau Cymraeg a'u Cysylltiad â'r Rhamantau Ffrangeg, *Llên Cymru*, vol.4, 208-227.

Jones, R. M. (Bobi Jones) 1960. *Y Tair Rhamant*, Aberystwyth: Cymdeithas Lyfrau Ceredigion.

Jones, R. M. 1986. Narrative Structure in Medieval Welsh Prose Tales, *Proceedings of the Seventh International Congress of Celtic Studies: Oxford, 1983*, eds. by D. Ellis Evans, John G. Griffith and E. M. Jope, Oxford: Oxford University Press, 171-198.

Jones, Thomas Gwynn 1913-14. Bardism and Romance: A Study of the Welsh Literary Tradition, *THSC*, 205-310.Jones, Thomas 1967. The Black Book of Carmarthen 'Stanzas of the Graves,' Sir John Rhŷs Memorial Lecture, *Proceedings of the British Academy*, vol. 53, 97-137.

Kelly, Fergus 1988. *A Guide to Early Irish Law*, Early Irish Law Series, Vol. IIIm Dublin: The Dublin Institute for Advanced Studies.

Knight, Stephen 2000. Resemblance and Menace: A Post-Colonial Reading of *Peredur*, Davies and Thomas (eds.), 128-147.

La Borderie, Arthur De 1883. *L'Historia Britonum attribuée à Nennius et L'Historia britannica avant Geoffroi de Monmouth,* Paris: H. Champion.

Lapidge, Michael 1973-74. The Welsh-Latin Poetry of Sulien's Family, *Studia Celtica*, vol. 8/9, 68-106.

Lawlor, H. J. (ed.) 1914. *The Psalter and Martyrology of Ricemarch*, 2 vols, Henry Bradshaw Society 47-48, London: Henry Bradshaw Society.

Lewis, Saunders 1966-7. Pwyll Pen Annwn, R. Geraint Gruffydd, ed., 1973, 1-5.

Lewis, Saunders 1969a. Manawydan,fab Llŷr, R. Geraint Gruffydd, ed., 1973, 19-25.

Lewis, Saunders 1969b. Math,fab Mathonwy, R. Geraint Gruffydd, ed., 1973, 26-33.

Lewis, Saunders 1970. Branwen, R. Geraint Gruffydd, ed., 1973, 6-18.

Lloyd, John Edward 1912. *A History of Wales from the Earliest Times to the Edwardian Conquest*, two volumes, second edition, London: Longmans, Green.

Lloyd, John Edward 1931. *Owein Glendower/Owen Glyn Dŵr*, Oxford: Clarendon Press.

Lloyd, John E. (ed.) 1935. *A History of Carmarthenshire*, vol.1, From Prehistoric Times to the Act of Union (1536), Cardiff: London Carmarthenshire Society.

Lloyd, John Edward 1937. *The Story of Ceredigion (400-1277)*, Cardiff: University of Wales Press.

Lloyd-Morgan, Ceridwen 1991. *Breuddwyd Rhonabwy* and Later Arthurian Literature, Bromwich, R., Jarman, A. O. H., Roberts, B. F. (eds.), *The Arthur of the Welsh*, University of Wales Press, Cardiff 1991.

——— 1996. The Branching Tree of Medieval Narrative: Welsh *Cainc* and French *Branche*, Romance Reading on the Book: Essays on Medieval Narrative presented to Maldwyn mills, ed. by Jenifer Fellows et al., Cardiff: University of Wales Press, 36-49.

Loomis, Roger Sherman 1949. *Arthurian Tradition and Chrétien de Troyes*, New York and London: Columbia University Press.

Loomis, Roger Sherman 1959a. The Oral Diffusion of the Arthurian Legends in ALMA, 52-63.

Loomis, Roger Sherman 1959b. The Origin of the Grail Legends in ALMA, 274-294.

Lozac'hmeur, Jean-Claude 1984. D'Yvain à Désiré: sur les origines de la légende d'Yvain, *Études Celtiques*, vol. 21, 257-263.

Mac Cana, Proinsias 1955-56. Aspects of the Theme of King and Goddess in Irish Literature, *ÉC*, vol.7,

76-114, 356-413.

Mac Cana, Proinsias 1957. Aspects of the Theme of King and Goddess in Irish Literature, *ÉC*, vol.8, 59-65.

Mac Cana, Proinsias□1958. *Branwen Daughter of Llŷr: A study of the Irish Affinities and of the Composition of the Second Branch of the Mabinogi*, Cardiff: University of Wales Press.

Mac Cana, Proinsias 1973. On Celtic Word-Order and the Welsh 'Abnormal' Sentence, *Ériu*, vol. 24, 90-120.

Mac Cana, Proinsias 1979-80. Notes on the 'Abnormal Sentence,' *Studia Celtica*, 14/15, 174-187.

Mac Cana, Proinsias 1980. *The Learned Tales of Medieval Ireland*, Dublin: Dublin Institute for Advanced Studies.

Mac Cana, Proinsias 1992. *The Mabinogi*, 2nd ed., Writers of Wales, Cardiff: University of Wales Press.

Maier, Bernhard and Stefan Zimmer (eds.) 2001. *150 Jahre »Mabinogion« --Deutsch-walisische Kulturbeziehungen*, Tübingen: Max Niemeyer.

McKenna, Chaterine 1999. Learning Lordship: The Education of Manawydan, *Ildánach, Ildírech: A Festschrift for Proinsias MacCana*, ed. John Carey, John T. Koch and Pierre-Yves Lambert, 101-20.

McKenna, Chaterine 2003. Revising Math: Kingship in the Fourth Branch of the Mabinogi, *CMCS*, 46, 95-117.

McKenna, Chaterine 2009. 'What Dreams May Come Must Give Us Pause': *Breudwyt Ronabwy* and the Red Book of Hergest, *CMCS*, 58 Winter, 69-99.

Middleton, Roger 1991. Chwedl Geraint ab Erbin, *The Arthur of the Welsh* edited by Rachel Bromwich *et al,* 147-157.

Mommsen, Theodr, 1898. *Chronica Minora, saec. IV, V, VI, VII, Bd. 3*, Berolini: Weidmanno s. http://daten.digitale-sammlungen.de/0000/bsb00000825/images/?id=00000825&seite=115

Morris-Jones, John 1913. *A Welsh Grammar Historical and Comparative*, Oxford: Clarendon Press.

Nagy, Joseph Falaky (ed.) 2001. *The Individual in Celtic Literatures*, CSANA yearbook, 1, Dublin: Four Courts Press.

Over, Kristen Lee 2005. Transcultural change: romance to *rhamant*, Fulton (ed.) 2005a, 183-204.

Owen, Hugh 1917. Peniarth Ms.118, fos. 829-837: Introduction, transcript and translation, *Y Cymmrodor*, vol 27, 115-152.

Owen, Morfydd E. 1978. 'Hwn yw E Gododin. Aneirin ae Cant, *Astudiaethau ar yr Hengerdd*, eds. Rachel Bromwich and R. Brinley Jones, Caerdydd: Gwasg Prifysgol Cymru, 123-150.

Owen, Morfydd E. 2000a. Royal Propaganda: Stories from the Law-Texts, T. M. Charles-Edwards et al. eds., 224-254.

Owen, Morfydd E. 2000b. 'Arbennic milwyr a blodeu marchogyon': Cymdeithas *Peredur*, Davies and Thomas (eds.), 91-112.

Owen Pughe, William 1803. *A Dictionary of the Welsh Language, Explained in English, with numerous illustrations, from the literary remains and from the living speech of the Cymry*, London: E. Williams.

Padel, O. J. 1991. Some South-Western Sites with Arthurian Associations, *The Arthur of the Welsh* edited by Rachel Bromwich et al, 229-248.

Padel, O. J. 2013. *Arthur in Medieval Welsh Literature*, Cardiff: University of Wales Press.

Parry, Thomas 1944. *Hanes Llenyddiaeth Gymraeg hyd 1900*, Caerdydd: Gwasg Prifysgol Cymru: *A His-*

tory of Welsh Literature, translated from Welsh by H. I. Bell, London: The Clarendon Press, 1955.
Pwllgor Llên Bwrdd Gwybodau Celtaidd Prifysgol Cymru 1928. *Orgraff yr Iaith Gymraeg, Caerdydd*: Gwasg Prifysgol Cymru.
Rhŷs, John and J. Gwenogvryn Evans (eds.) 1887. *The Text of the Mabinogion and other Welsh Tales from the Red Book of Hergest*, Oxford: J.G. Evans.
Rhŷs, John 1888. *Lectures on the Origin and Growth of Religion as illustrated by Celtic Heathendom*, London and Edinburgh: Williams and Norgate.
Rhŷs, John 1901. *Celtic Folklore, Welsh & Manx*, 2vols., Oxford: Oxford University Press.
Richards, Julian C. 2005. *Stonehenge*, London: English Heritage.
Roberts, Brynley F. 1976. Geoffrey of Monmouth and Welsh Historical Tradition, *Nottingham Medieval Studies*, vol. xx, 29-40.
Roberts, Brynley F. 1991. Geoffrey of Monmouth's *Historia* and *Brut y Brenhinedd, The Arthur of the Welsh* edited by Rachel Bromwich et al, 97-116.
Roberts, Brynley F. 1992. *Studies on Middle Welsh Literature*, Lewiston, Queenston, Lampeter: E. Mellen Press.
Roberts, Brynley F. 2001. Where were the Four Branches of the Mabinogi written, Joseph Falaky Nagy (ed.), 61-73.
Rodway, Simon 2005. The Date and Authorship of *Culhwch ac Olwen*: A Reassessment, *CMCS*, 49, 21-44.
Rodway, Simon 2007. The Where, Who, When and Why of Medieval Welsh Prose Texts: Some Methodological Considerations, *Studia Celtica*, vol. xli, 47-89.
Rodway, Simon 2013. *Dating Medieval Welsh Literature: Evidence from the Verbal System*, Aberystwyth: CMCS Publications.
Russell, Paul 2008. *Read it in a Glossary, Glossaries and Learned Discourse in Medieval Ireland*, Cambridge: Cambridge University Press.
Schulz, Albert 1841. *An essay on the influence of Welsh tradition upon the literature of Germany, France and Scandinavia: which obtained the prize of the Abergavenny Cymreigyddion Society at the Eisteddfod of 1840/* translated from the German of Albert Schulz (by Mrs. Berrington) Llandovery: William Rees.
Sims-Williams, Patrick 1991a. The Early Welsh Arthurian Poems, *The Arthur of the Welsh* edited by Rachel Bromwich *et al,* 33-71.
Sims-Williams, Patrick 1991b. The Submission of Irish Kings in Fact and Fiction: Henry II, Bendigeidfran, and the Dating of *The Four Branches of the Mabinogi*, *CMCS*, no.22 Winter, 31-61.
Sims-Williams, Patrick 2001. Clas Beuno and the Four Branches of the Mabinogi, Bernhard Maier and Stefan Zimmer (eds.), 111-130.
Sims-Williams, Patrick 2011. *Irish Influence on Medieval Welsh Literature*, Oxford: Oxford University Press.
Slotkin, E. M. 1989. The Fabula, Story and Text of Breuddwyd Rhonabwy, *CMCS,* 18,
Staines, David 1990. *The Complete Romances of Chrétien de Troyes*, Bloomington & Indianapolis: Indiana University Press.
Surridge, Marie E. 1984. Words of Romance Origin in the Four Branches of the Maginogi and 'Native

Welsh Tales,' *ÉC*, 21, 239-55.
Tanguy, Bernard 1989. De la Vie de Saint Cadoc à celle de Saint Gurtiern, *Études Celtiques* XXVI, 159-185.
Tierney, J. J. 1959/1960. The Celtic Ethnography of Posidonius, *Proceedings of the Royal Irish Academy. Section C: Archaeology, Celtic Studies, History, Linguistics, Literature,* Vol. 60, 189-275.
Thomas, Peter Wynn 2000. Cydberthynas y Pedair Fersiwn Ganoloesoel, Davies and Thomas (eds.), 10-49.
Vitt, Anthony M. 2011. *Peredur vab Efrawc: Edited Texts and Translations of the MSS Peniarth 7 and 14 Versions*, http://cadair.aber.ac.uk/dspace/handle/2160/6118. Unpublished MPhil thesis, Aberystwyth University.
Walter, Philippe 1988. *Canicule. Essai de mythologie sur Yvain de Chretien de Troyes*, Paris: SEDES.
Weeks, T.H. and A. Weeks. The Pictish Chronicle, http://www.kjhskj75z.talktalk.net/pictish.html
Williams (ab Ithel), John, ed. 1860. *Annales Cambriae* (444 – 1288), London: Longman, Green, Longman, and Roberts.
Williams, Glanmor 1976. *The Welsh Church from Conquest to Reformation*, Cardiff: University of Wales Press.
Williams, G. J. 1955. Tri Chof Ynys Brydein, *Llên Cymru*, 3, 234-5.
Williams, Hugh (trans.) 1899. *Two Lives of Gildas by a monk of Ruys and Caradoc of Llancarfan.* First published in the Cymmrodorion Record Series. Facsimile reprint by Llanerch Publishers, Felinfach, 1990.
Williams, Ifor 1957. *Chwedl Taliesin*, The O'Donnell Lecture, Caerdydd: Gwasg Prifysgol Cymru.
Williams, Ifor 1972. *The Beginnings of Welsh Poetry: Studies by Sir Ifor Williams, D.Litt., LL.D., F.B.A.*, ed. Rachel Bromwich, Cardiff: University of Wales Press.
Williams, Stephen Joseph (ed.) 1929. *Ffordd y Brawd Odrig: o Lawysgrif Llanstephan 2*, Caerdydd: Gwasg Prifysgol Cymru
Wrexham County Borough MuseumWrexham Heritage Service
http://www.wrexham.gov.uk/english/heritage/medieval_exhibition/wales_1234map.htm

【テューダー朝】

Jones, R. M. (Bobi Jones) 1967. Pwnc Mawr Beirniadaeth Lenyddol Cymraeg, *Ysgrifau Berniadol* III, 253-288.

森野聡子（もりの　さとこ）

静岡大学学術院情報学領域教授。

早稲田大学大学院文学研究科博士課程前期修了（文学修士）。ウェールズ大学アバリストウィス校（現アバリストウィス大学）博士課程にてウェールズ語·アイルランド語を学び、1989 年、日本人として初めてケルト研究で博士号を取得 (Ph. D in Celtic Studies, University of Wales)。専門はウェールズ語・ウェールズ文学。ウェールズを中心に、ケルト諸語地域における民族意識形成について研究。

著書・訳書：『ウェールズを知るための 60 章』（共著、明石書店、2019 年)、『ケルト文化事典』（共著、東京堂出版、2017 年)、『アーサー王物語研究　源流から現代まで』（共著、中央大学出版部、2016 年)、『ディラン・トマス　海のように歌ったウェールズの詩人』（共著、彩流社、2015 年)、『イギリス文化事典』（項目執筆、丸善出版、2014 年)、『ピクチャレスク・ウェールズの創造と変容—19 世紀ウェールズの観光言説と詩に表象される民族的イメージの考察』（共著、青山社、2007 年)、『ケルト——生きている神話』（翻訳、創元社、1993 年）ほか。

ウェールズ語原典訳《ごげんてんやく》
マビノギオン

2019 年 11 月 16 日　第 1 刷

編・訳者　森野聡子《もりのさとこ》
装幀　岡孝治
発行者　成瀬雅人
発行所　株式会社原書房
〒 160-0022 東京都新宿区新宿 1-25-13
電話・代表　03(3354)0685
http://www.harashobo.co.jp/
振替・00150-6-151594
印刷　シナノ印刷株式会社
製本　東京美術紙工協業組合

ISBN 978-4-562-05690-3　printed in Japan